KB138734

황제를 꿈꾸는 여인

황권

황제를 꿈꾸는 여인

황권

①

천하귀원
장편소설

arte

작품을 출판하기 시작한 2011년부터 지금까지, 나는 사실 서문을 거의 쓰지 않았다.

다양한 요소로 이뤄진 장편소설이 표현하고자 하는 의미를 몇백 자 또는 몇천 자 남짓으로 설명하기 어렵다고 생각했기 때문이다. 부처의 마음으로 보면 부처가 보이고, 어진 자는 중후하여 산을 좋아하며, 지혜로운 자는 막힘이 없어 물을 좋아한다는 말이 있듯, 모든 사람의 독서에도 각자의 성향과 취사선택이 있을 것이니, 작가가 수다스럽게 되풀이하여 그것을 보여줄 필요는 없다고 생각했다.

그런데 편집자가 한국 독자에게 보내는 서문을 요청해 왔다. 이는 『황권』이 새로운 문화 영역과 국가와 만나는 인사가 될 것이며, 작가로서는 그 자체로 영광스러운 일이기에 사양할 수 없었다.

『황권』은 망국 공주가 나라를 되찾는 여정을 허구로 그린, 역사의 진면모에 상상의 옷을 입힌 가공의 역사 이야기다. 사랑은 모든 소설의 영원불멸한 주제일 것이다. 이 소설에서도 그들은 서로 얽히고설켰고, 서로 사랑하고 죽이며 끝없는 시간과 공간을 뛰어넘어 황권과 황천(黃泉) 위에 영원히 시들지 않는 꽃을 피웠다. 나라를 잃은 공주와 빼앗아간 나라의 황자 사이에 일어난 이야기를 통해, 외로운 사람은 운명의 얄궂음과 슬픔을 보고, 분투하는 사람은 심오하고 엎치락뒤치락하는 권모술수를 보고, 섬세한 사람은 정을 보고, 거친 사람은 들끓는 피를 본다. 많은 사람이 그 속에서 자신의 그림자를 찾아내고, 살아온 삶과 살아낼 삶, 걸어온 길과 나아갈 길을 투영해볼 것이다. 마음이 통하는 친구를 찾는 과정에서 주연과 조연을 구분하는 것은 무의미하다. 다만 매 순간의 해후가 소중하고 완벽할 것이다.

여러 해 만에 이 책을 다시 읽었다. 독자를 향해 덧붙일 한 마디가 있다면, 정과 사람의 본성에 관한 이야기뿐이다. 하지만 그 부분이라면 한국 독자들은 충분히 지혜롭다. 문화의 흐름을 이끌 수 있는 나라, 신선하고 재치넘치는 예능을 창작해낼 수 있는 나라, 창을 던지듯, 비수를 꽂듯 날카롭게 병폐를 지적하여 법률과 역사를 다시 쓸 수 있게 하는 나라. 그 나라의 독자들은 분명 사랑스럽고 섬세하며 자신 있고 대담할 것이다. 모든 새로운 것과 미지의 사물을 기꺼이 쟁취하고 받아들일 것이다. 어둠 속에서 빛을 찾아내고, 밝은 곳에서는 어둠을 뒤돌아볼 줄 알고, 침묵 속에서 천둥소리를 듣고, 천둥 속에서는 폭우를 맞기 위해 기꺼이 질주하고, 마침내 날이 개면세상의 모든 아름다운 것과 아름답지 않은 것을 위해 목소리를 낼 것이다.

이것으로 충분하다. 봉지미와 영혁이 처한 풍류 넘치며 변화무쌍한 시대를 이해하고, 한 쌍의 남녀가 조정의 풍운과 가문의 대립 사이에서 어쩔 수 없이 발악함을 이해하고, 누구든 앞으로 나아가는 동안 끊임없이 성장하고 잘못을 성찰함을, 마흔이 넘어서야 비로소 서른아홉의 그릇됨을 알고, 모든 내일은 어제보다 성숙함을 이해하기에 충분하다.

왔고, 보았고 이해했다면 그것은 인연이다. 이제 책을 펼쳐 들고 이해의 미소를 짓는 모든 독자는 작가인 내가 새로 사귄 신비스러운 친구다. 독자들은 잉크 향이 퍼지는 책장 사이를 손 맞잡고 지나가며, 폭우 속에서 눈부시게 빛나는 칼을 보고, 눈부신 칼 속에서 붉은 연꽃이 피어난 지옥을 본다. 불과 함께 춤추는 까마귀 떼와, 용틀임하듯 하늘로 뻗어 올라가는 고목을 만나고, 붕괴한 궁궐과 애통하게 울부짖는 무리와 궁궐 계단 끝에 펼쳐진 피와 눈을 보게 될 것이다.

그해 대성 황조가 멸망하던 날, 성이 부서지고 궁이 기울던 날부터 봉지미는 패망한 나라의 황족이 되었다. 여러 해 뒤에 그녀는 또 다른 궁의 주인이 되었고 그것을 복수라고 여겼다. 하지만 잃은 것은 영원히 잃은 것일 뿐, 새 궁을 일만 칸 지은들 본래의 것일 수는 없다. 마치 인생에서 떠나간 그 사람들과 닮았다. 놓친 일, 오해로 빚어진 화도 종국에는 긴 강물처럼 거세게 흘러가 영원히 돌아오지 않을 것이다.

어쩌면 존재라는 것 자체가 허망한 것인지 모른다. 얻고 잃는 것은 다만 인연을 따를 뿐이다. 하늘의 뜻에 따라 나타난 어린아이도 은하수로 돌아가고, 마주한 사랑과 증오와 애환도 다만 수백 년의 전 전설 속 곡조에 불과하다. 궁궐의 꽃과 풀은 해마다 봄이 되면 피어오르지만, 오동나무가 없으면 봉황이 살지 못하는 것과 같다.

결국, 이 세상에 남을 수 있는 것은 삼천 리를 오가는 속세의 먼지와 영겁의 세월 동안 우주를 부유하는 겁회(劫灰)일 뿐이다.

하지만 나는 행운이 닿아 만나는 모든 사람의 마음이 제자리에 남아 있길 바란다. 각자 지키고자 하는 사람을 지키길 바란다. 봉지미와 영혁처럼, 나라와 가문, 강토, 묵은 원한과 새로운 원수를 사이에 두고도 여전히 서로의 마음을 알고, 두 마음을 나란히 하고, 두 마음이 통하며, 결국 두 마음이 아득히 멀고 험한 생사의 바다를 넘어서, 새로운 관 앞에 서서 뒤를 돌아봤을 때 옛사람을 다시 만났듯.

그렇게 할 수 있다면, 사람 사는 세상은 아름다울 것이다.

2020년 5월

天下归元

봉지미

어릴 적 부모를 여의고 봉 부인 슬하에서 자랐다. 생존을 위해 얼굴을 추하게 위장하고 속마음을 감추며 지내다 우연한 계기로 청명서원에 들어가게 된다. 이후 '위지'란 이름으로 남장을 하고, 어린 나이에 조정 대신으로 중용되어 빼어난 능력을 발휘한다.

영혁

천성 황조 6황자. 수려한 외모 못지않게 뛰어난 능력과 수완을 지녔으나, 황실의 견제를 피하고자 기생집을 드나들며 때를 기다린다. 봉지미에게 호기심을 느끼고 그녀를 지켜보면서, 두 사람 사이에 미묘한 기류가 흐르기 시작한다.

고남의

봉지미를 납치하려다가 호위 무사가 된 인물로 정체가 베일에 싸여 있다. 신비로운 미모와 남다른 성품, 뛰어난 무예 실력으로 주변을 압도한다. 말없이 자신의 방식대로 혼자서 살아왔으나 봉지미를 통해 감정을 배우기 시작한다.

혁련쟁

호탁의 왕세자. 강인하고 대범하며 자신의 사람들을 지키는 일에 목숨을 아끼지 않는다. 중원의 여인은 나약하다고 생각했으나 봉지미를 만나면서 생각이 바뀌고, 그녀의 마음을 얻기 위해 노력한다.

봉 부인

봉지미의 어머니. 열네 살에 전쟁터에 나가 용맹을 떨쳐 온 천하에 이름을 알린 화봉여수. 현재는 추가 식구들의 눈총을 받으며 쓸쓸하게 지내고 있다.

봉호

봉지미의 동생. 봉 부인의 양자. 어머니의 극진한 사랑을 받으며 자랐지만, 철이 없고 늘 사고를 친다.

천성 황제

대성 황조가 **멸**망한 후 군사를 이끌고 도성으로 돌아와 멸망한 황조의 도성을 손에 넣었다. 이후 이름을 제경으로 바꾼 뒤 천하를 평정하고 천성을 건국하였다.

태자

천성 황조의 1황자이자 태자. 권력 다툼의 한가운데 있으면서 영혁을 견제하는 한편 자기 수하로 끌어들여 이용하려 한다.

소녕 공주

천성 황조의 공주이자 황제의 사랑을 독차지한 딸이다. 6황자인 영혁을 견제하며 자기 손으로 제거하려 한다.

신자연

청명서원의 서원장. '천하에서 가장 총명한 자'로 알려져 있다.

차례

대성황조의 멸망

어둠이 깊게 내려앉은 밤, 겹겹의 구름이 허공 위를 빠르게 미끄러졌다. 은빛 뱀 같은 번개가 번쩍이며 구름의 경계를 비추자 십만 리 밖까지 길게 이어진 광활한 허공이 모습을 드러냈다. 세상을 짓누른 어두운 구름 사이로 당장이라도 비가 쏟아질 듯한 밤이었다.

쾅.

땅을 뒤흔드는 천둥소리가 깊은 밤의 적막을 깨고 울리자 어둡기 그지없던 세상이 순간 대낮처럼 환해지고, 대지 위에 곧게 선 나무들의 흉악한 그림자가 선명하게 드러났다. 요사스러운 그림자들이 땅 위를 수놓던 바로 그 순간, 그보다 더 어두운 그림자들이 유성처럼 빠른 속도로 허공을 가로질렀다.

가장 앞에 선 남자는 평범한 눈으로는 도무지 쫓을 수도 없을 만큼 빨라서 그가 지나간 자리마다 은은한 잔영이 남을 정도였다. 그가 발을 디디기만 해도 온 땅이 흔들렸다. 자신의 속도를 스스로도 제어하기 힘들어 보였지만 그는 매번 땅을 딛고 더 빨리, 더 멀리 달려 나갔다. 지치지도 않는다는 듯이, 자신에게 멈출 기회 따위는 주지 않겠다는 듯이.

그의 몸이 조금씩 앞으로 숙여졌다. 더 빨리 앞으로 나아가기 위해서였다. 두 손에는 작은 보따리 하나가 소중히 들려 있었다. 그는 이 자그마한 짐을 한시도 자신의 품에서 떼어 놓지 않았다. 행여 비라도 맞을세라 소맷자락으로 꽁꽁 감춘 채였다.

그의 뒤로 멀지도 가깝지도 않은 거리를 유지한 검은 그림자들이 이어졌다. 하나같이 남자와 그가 품은 것을 지키려는 모양새였다. 그 경지야 각기 다르겠지만 적어도 지금 이 순간은 모두 하나 된 자세와 속도를 유지하고 있었다. 이들은 한눈으로 봐도 엄청난 훈련을 받아 왔다는 것을 알 수 있었다. 선두에 서서 전력을 다해 달려나가는 그를 제외하고는 모두 때때로 고개를 돌려 뒤를 살폈다.

쏟아지는 빗소리가 땅의 소란을 감췄다. 거세게 불어오는 바람이 그들의 뒤에서 달려오는 이들의 인기척을 묻어 버렸다. 말발굽이 진흙탕에 부딪히는 소리도, 창검이 숲을 베어 내는 소리도, 채찍이 말의 등을 내리치는 소리도 모두 바람에 파묻혔다. 하지만 이내 달아나던 무리에게도 그 소리가 들리기 시작했다. 몹시 지친 그들은 있는 힘을 다해 속력을 높였다.

궂은 날씨에 굽이굽이 이어진 산길과 빽빽한 숲을 헤쳐 나가며 빗속의 추격전이 이어졌다. 도망자와 추격자는 체력과 인내심의 대결을 펼치고 있었다.

"이제 거의 다 왔습니다!"

도망자 무리 중에서도 유난히 건장한 남자가 눈앞을 가리는 빗물을 닦아 내며 산 너머 보이는 어딘가를 가리켰다. 피범벅이 된 얼굴에 한 줄기 희망의 빛이 스쳤다.

"도착하면 우선 소륙부터 치료해야겠어."

그때 호리호리하고 잘생긴 남자가 고개를 돌리더니 제 뒤에서 쌍검을 들고 있는 소년 하나를 다정한 눈길로 바라보았다.

'소륜'이라고 불린 소년은 아직 어린아이였다. 창백하고 마른 몸이 피로 물들었다. 소년은 자신을 향하는 걱정 어린 시선들을 알아차리곤 아랫입술을 깨물며 고개를 저었다.

"오지 말라는데도 굳이 따라나서더니 꼴좋다! 괜히 우리 발목이나 잡고 말이야."

땅딸막한 남자 하나가 한쪽 입꼬리를 올리고 피식 웃으며 말했다. 그러고는 어디선가 환약 하나를 꺼내 소년의 입에 억지로 쑤셔 넣었다. 하지만 소년은 그가 준 약을 곧장 퉤하고 바닥에 뱉어 버렸다.

"야, 너!"

"삼호!"

선두에서 보따리를 안고 있는 남자가 낮은 소리로 호통 치자 땅딸막한 남자가 곧 입을 다물었다. 선두에 선 남자가 죄책감 어린 눈빛으로 소년을 바라보았다. 아직 제대로 학업도 마치지 못한 아이였다.

'애초에 데려오지 말았어야 했는데……'

그의 입에서 한숨이 새어 나왔다. 그가 부드러운 손길로 소년의 머리를 쓰다듬며 말했다.

"그래도 거의 다 왔으니 다행……."

휘익.

허공을 가르는 날카로운 소리가 그의 말을 가로막았다.

빗물이 핏물과 한데 뒤섞이며 땅으로 떨어졌다. 맨 뒤에서 적을 경계하던 그림자가 맥없이 아래로 떨어졌다. 그의 등을 통과한 검은 화살촉이 잠시나마 피어났던 한 줄기 희망을 산산조각으로 부서뜨렸다.

'적이 나타났다!'

선두의 남자가 무의식적으로 가슴에 품은 보따리를 꽉 끌어안았다. 입술을 앙다물고 머리를 흔들자 온몸의 빗물이 사방으로 흩어졌다. 번쩍, 번개가 내려치자 흠뻑 젖은 얼굴이 섬광 속에 드러났다. 매처럼 예리한 눈빛이 대열의 끝을 향했다.

그의 눈짓을 본 건장한 사내가 재빨리 적을 향해 몸을 돌렸다.

"허, 참! 엄청 귀찮아지게 생겼잖아."

피식 웃으며 농담하듯 소리친 사내는 망설일 새도 없이 바로 적진을 향해 뛰어들었다. 앞도 잘 보이지 않는 폭우를 뚫고 화살처럼 달려 나간 그는 지쳐 보이던 조금 전과는 달리 눈앞에 보이는 적들을 쉬지도 않고 베어 냈다. 그가 머물렀던 자리는 어느덧 널브러진 적의 시체들로 가득했다.

열이 오를 대로 오른 추격자들이 두 눈에 불을 켜고 날아 올라와 그들을 포위했다. 그들의 몸에 맞고 튕겨져 나온 빗줄기가 그림자처럼 어두운 그들의 윤곽을 또렷이 만들어 냈다. 저 멀리서 주인 없는 비명이 울렸다. 쏟아져 나온 피가 땅에 고인 빗물에 아무렇게나 섞여 들어갔다. 창백한 번개마저 피에 젖어 붉게 빛나는 듯했다.

번쩍이는 번개 속에 홀로 남은 검은 그림자는 빠른 속도로 거리를 좁혀 오는 추격자들을 뒤로하고 이를 악문 채 다시 앞으로 달려 나갔다. 그에게는 머뭇거릴 시간이 허락되지 않았다. 동료들의 죽음을 애도할 시간 따위는 더더욱 없었다. 동료들의 피와 살을 대가로 치르고 달려온 길이었다. 원래 삼백이었던 무리는 그렇게 도살되어 숲속에 버려졌다. 이제 남은 자는 고작 몇 명뿐이었다. 하지만 그들 중 누구도 두려워하지 않았다. 억울해하지도 않았다. 그들은 원래 오늘 같은 죽음을 위해 존재하는 이들이었다.

육백 년 전 모두의 존경을 받던 황제는 비밀 부대를 만들었고, 그들을 훈련시키는 데 힘을 쏟았다. 그들은 나라에서 가장 좋은 대우를 받았으며, 그들의 식솔까지 최고의 교육과 보살핌을 받았다. 평소에는 전투에 참여하지도, 왕의 호위를 맡지도 않았다. 다른 귀족이나 고위 관료에게 불려 다닐 필요도 없었다. 그들이 직접 나서는 경우는 평생에

한 번 있을까 말까였다. 하지만 한 번 나선 이상 온전히 목숨을 걸어야 했다. 하늘이 무너지고 땅이 뒤집히는 한이 있어도, 그들은 일당백의 투사가 되어 주어진 일을 마무리해야 했다.

아니, 일당백으로도 부족했다. 천 리에 달하는 도망의 길을 수만의 추격자들과 싸우며 완주해야 했다. 암살과 매복, 첩자, 끝없이 이어지는 공격을 떨쳐 내는 동안 삼백의 전사는 대부분 목숨을 잃었다. 이제 고작 다섯만이 남았을 뿐이다. 그들은 여기까지 달려오기 위해 수백 수천의 죽은 살덩이를 뒤로해야 했다. 황실의 비밀 기록은 그들을 '혈부도(血浮屠)'라 이름 붙였다. 혈부도는 결코 일반 백성에게 알려져서는 안 되는 존재였다. 그들이 목숨을 바쳐 이뤄 낸 모든 일은 역사에 기록되지 않는다. 그들의 모든 것은 소리 없이 사라져야 한다. 그들은 필요한 순간에 적절히 희생되기 위한 존재였다.

등 뒤로 적이 달려오는 소리가 다시금 들려왔다. 이제 목숨이 다할 순간이 얼마 남지 않았다는 것을 알 수 있었다. 순간 냉기를 띤 눈빛으로 적을 돌아보던 소륙이 순식간에 방향을 틀어 적을 향해 달려갔다. 그때 땅딸막한 삼호가 그의 목덜미를 낚아챘다.

"나서지 마!"

쏟아지는 비를 맞으며 삼호는 조금 헐거워진 허리끈을 질끈 동여맸다. 피를 토해 내던 상처에 압박이 가해지자 그가 살짝 눈을 찌푸렸다.

"이젠 내 차례라고."

칼을 뽑아 든 삼호가 동료들에게 의기양양한 뒷모습을 보이며 손을 흔들었다.

"누구든 살아남는 놈이 내 딸아이에게 대신 전해 줘. 아무래도 아비 새장가는 힘들 것 같으니 이제 걱정하지 말라고!"

모두 그의 말에 아무런 대답도 할 수 없었다. 소륙은 창백해진 얼굴로 그를 바라보았다. 선두에 선 남자가 두 눈을 질끈 감았다.

"좋았어!"

칼이 부딪치는 날카로운 소리가 바로 뒤에서 들려왔다. 세 사람은 다시금 죽을힘을 다해 달렸다. 멈출 시간 따위는 누구에게도 없었다. 머지않아 익숙한 목소리의 비명이 들렸다. 온 세상을 울릴 만큼 처절하고 고통스러운 울부짖음이었다.

"돌아보지 마!"

선두의 남자가 필사적으로 소리쳤다. 하지만 한발 늦었다. 소륙의 두 눈이 똑똑히 바라보고 있었다. 빗물에 젖은 진흙처럼 엉망으로 찢어져 짓밟히는 살과 피를.

당장 그쪽으로 달려드려는 소륙을 선두의 남자가 겨우 붙잡았다. 소륙이 그의 손을 뿌리치려 발버둥을 쳤다. 하지만 그를 잡은 손은 강철보다 더 단단하고 강했다. 소륙에게는 그를 이길 재간이 없었다. 대장의 단호한 목소리가 빗소리를 가르고 소륙에게 와 꽂혔다.

"연, 네가 가!"

소륙이 휙 고개를 돌려 그를 쏘아봤다.

"대장! 미쳤어요?!"

그때 호리호리한 남자가 싱긋 웃으며 다가와 말했다.

"제 아이는 대장께 맡기겠습니다."

초연한 그의 얼굴을 마주한 선두의 남자가 고개를 끄덕였다. 소륙이 당장이라도 소리칠 기세로 그를 바라보았다. 하지만 그의 머리를 쓰다듬는 연의 다정한 손길에 곧 말문이 막히고 말았다.

"이제 천전세가(天戰世家)의 후계자는 너 하나뿐이니 꼭 살아남아야 한다."

그가 마치 작별 인사를 하듯 소륙에게 나지막이 말했다. 그러고는 선두의 남자와 말없이 눈빛을 나눴다. 그는 마치 그리운 이의 얼굴을 떠올리듯 잠시 허공을 바라보았다. 묵묵히 마지막 인사를 건네는 것처럼 보였다. 그의 두 눈에서 옅은 고통과 슬픔이 느껴졌다. 하지만 찰나였다. 그는 이내 냉철한 얼굴로 적을 향해 달려갔다.

획.

아직 적들이 닿기도 전이었다. 그가 손목을 살짝 휘두르자 땅속에서 검은 밧줄 같은 것이 튀어나와 그들을 쫓고 있던 병사와 말을 순식간에 휘어 감았다. 적진의 선봉에 서 있던 병사가 비명을 지르며 바닥에 쓰러졌다. 바로 그 뒤를 따르던 궁수도 속수무책으로 고꾸라졌다. 눈 깜짝할 사이 그 둘의 피가 분수처럼 뿜어져 나왔다. 고연은 지체 없이 폭풍우를 뚫고 앞으로 달려 나갔다. 첫걸음에는 말의 다리가, 그다음 걸음에는 말의 몸이 가차없이 두 동강 났다. 그는 피를 뒤집어쓴 채 칼을 휘두르며 앞으로 다시 앞으로 나아갔다.

핏물의 파도가 휘몰아치는 사이, 이미 조각난 말에 타고 있던 병사마저 땅으로 쓰러졌다. 평범한 다른 검보다 훨씬 더 가늘고 긴 고연의 검이 눈앞에 보이는 모든 것을 단칼에 베어 냈다. 병사는 희미한 빛이 자신의 눈앞에서 번뜩이는 장면을 목격했다. 그것이 그의 눈에 담긴 마지막 세상이었다. 고연의 가벼운 손놀림 한 번에 그의 생명은 곧 빛을 잃었다. 고연은 그렇게 순식간에 병사 셋과 말 둘을 해치웠다. 과연 혈부도 최고의 고수다운 모습이었다.

선두의 남자에게 억지로 끌려가고 있던 소륙은 번개처럼 빠르게 움직이는 고연에게서 눈을 떼지 못했다. 그가 혼자 싸우는 모습을 보니 온몸이 덜덜 떨려 왔다. 화가 났다. 모든 혈부도원들은 대장의 지시에 따르는 것이 원칙이고, 다들 제 생명을 아까워하지 않아야 한다는 것도 잘 알고 있었지만, 고연의 목숨을 희생시킨다는 것은 말도 안 되는 일이었다. 그는 대장의 친아우였다. 그걸 아는 이는 아무도 없었지만 그렇다고 해서 두 사람이 혈육이라는 사실이 달라지지는 않았다.

그리고 더 중요한 것은 그가 한 아이의 아버지라는 사실이었다. 그의 외동아들은 그 집안의 마지막 후손이었다. 그리고 그 가여운 아이는 이제 아버지 없이 살아남아야 한다. 이게 가당키나 한 말인가!

지금 대장이 뒤로한 것은 한 사람의 목숨이 아니라 두 사람의 목숨이나 다름없었다. 그것도 혈부도 수령 가문의 마지막 불씨라고 해도 과언이 아닐 목숨이었다. 소륙은 대장이 어떻게 이런 결정을 내리고도 저리 태연한 모습일 수 있는지 이해되지 않았다.

소륙이 발버둥치던 것을 그만두고 고개를 떨어트렸다. 푹 젖은 머리칼이 소년의 두 눈을 가렸다. 창백해진 소년의 얼굴을 마주한 대장이 안타까운 얼굴로 그를 바라보며 어깨를 토닥였다.

"왠지 좋지 않은 예감이 드는구나. 앞에도 적이 있는 모양이야."

대장이 나지막한 목소리로 말했다.

"적이 나타나면 내가 유인할 테니 넌 반드시 이걸⋯⋯."

"가세요!"

말이 끝나기도 전에 소륙이 그의 품에 안겨 있던 보따리를 있는 힘껏 던지며 소리쳤다. 동그랗고 작은 보따리가 호선을 그리며 저 멀리 허공 너머로 날아가고 있었다. 하늘을 쪼개는 천둥소리 틈으로 여린 울음소리가 터져 나왔다. 바로 그 순간 그쪽을 향해 날아간 대장이 무사히 보따리를 다시 품에 안았다. 그제야 마음을 놓은 그의 입에서 안도의 한숨이 길게 흘러나왔다.

그가 다시 고개를 돌렸을 때, 자리에 남아 있어야 할 소년은 이미 적진 사이로 달려가고 있었다. 핏물을 뒤집어쓰고 지칠 대로 지친 고연도 인기척에 고개를 돌렸다. 소륙과 마주친 그의 눈에서 슬픔인지 기쁨인지 모를 감정이 묻어 나왔다. 그의 마음을 알긴 아는 건지 소년은 천진한 얼굴로 웃으며 말했다.

"우리 천전세가 사람들은 형제를 두고 달아나는 일 따위 하지 않으니까."

영영 그치지 않을 것처럼 끝도 없이 내리는 빗물 사이로 비극적인 기운이 감돌았다. 말로를 향하고 있는 황조의 마지막 충신들은 기꺼이 죽음을 택했다.

보따리를 품에 안은 선두의 남자는 사투를 벌이는 그림자들을 애써 뒤로하고 계속해서 앞으로 달렸다. 줄곧 냉철하던 그의 눈가에도 슬픔이 묻어났다. 할 수만 있다면 형제들 대신 저곳에서 죽고 싶었다. 하지만 그럴 수는 없었다. 그에겐 마쳐야만 하는 임무가 있었다. 그의 품에 안겨 있는 작고 여린 존재는 단연코 이 세상 그 어떤 것보다 중요했다. 그는 자신의 임무를 다하기 전까지 결코 멈출 수 없었다.

그는 빗소리를 뚫고 전해져 오는 죽음의 소리를 애써 외면한 채 번개보다 빠른 속도로 달렸다. 저 멀리 산 너머에서 작은 불빛이 보이기 시작했다. 마을을 발견하고 그의 얼굴에 기쁜 기색이 묻어났다. 이제 곧 목적지에 도착할 참이었다. 하지만 희망은 그리 오래가지 못했다. 순식간에 다시 굳어진 얼굴로 그가 소리쳤다.

"누구냐!"

하지만 숲은 이상하리만치 고요했다. 바람이 빽빽한 나뭇잎에 스치며 내는 소리만이 음산하게 들려왔다. 숲은 텅 비어 있었다. 남자가 눈썹을 살짝 찌푸리며 조금 더 주위를 살피다 이내 단념한 듯 숨을 골랐다. 그러고는 약속했던 대로 숲 끝자락에 있는 허름한 초가로 다가가 입을 열었다.

"황제의 명으로 곡주(谷主)를 만나러 왔소. 곡주는 밖으로 나와 밀약을 지키시오!"

미리 지시 받은 대로 세 번을 반복했지만, 누구의 인기척도 들리지 않았다. 본디 사람이 있어야 할 초가인데 등불 하나 없이 깜깜한 어둠 속에 묻혀 있었다. 뭔가 잘못된 게 분명했다. 이상한 낌새를 눈치챈 남자가 소리 없이 천천히 뒷걸음질 치며 주위를 살폈다. 그러고는 조금 높은 지대에 있는 커다란 나무에 기대어 섰다. 살짝 높은 곳에 서자 시야가 이전보다 훨씬 넓어졌다. 뒤에 큰 나무도 하나 있으니 적이 공격하더라도 방어하기 수월할 것이었다. 숲속 전투에서 자신에게 유리한 고지를 선점하는 것은 혈부도라면 반드시 익혀야 할 방어 기술이었다.

남자는 매우 신중한 모습으로 나무에 기대어 주위를 살폈다. 지금 본인이 기대고 있는 나무에는 별다른 이상한 점이 없다는 것도 다시 한번 확인했다. 이 나무는 그에게 아무런 위해도 가하지 못할 것이었다.

하지만 그때 그의 입에서 갑작스러운 고함이 터져 나왔다. 그는 죽을힘을 다해 나무에서 몸을 돌렸다. 겨우 중심을 잡은 그의 앞에 뚝뚝 흐르는 선혈이 모습을 드러냈다.

고요하던 숲속에서 갑자기 인기척이 여럿 느껴지더니 곧 회색 옷을 입은 사내들이 나타났다 사라지기를 반복했다. 그는 순식간에 정체 모를 이들에게 포위당하고 만 것이었다.

그의 얼굴이 조금씩 파랗게 질려갔다. 그는 놀란 눈으로 조금 전까지 자신이 기댔던 나무의 그루터기를 뚫어져라 살폈다. 구불구불 굽은 나뭇가지에 푸른 이끼까지 끼어 있는, 아무리 봐도 별로 특별할 것 없는 평범한 나무였다. 하지만 남자의 눈빛은 마치 지하에서 땅을 뚫고 올라오는 마귀를 보고 있는 것처럼 파르르 떨렸다. 땅을 뚫고 올라온 건 마귀가 아니라 사람의 손이었다. 유난히 하얗고, 어른의 것이라기에는 너무도 작은.

어두운 숲 사이로 잿빛 빗물이 추적추적 떨어졌다. 온통 검은 세상에서 하얗고 작은 손은 유난히 더 눈에 띄었다. 이끼 가득한 나무에서 작은 손이 천천히 자라 나오자 차분함을 유지하던 남자의 심장도 쿵쿵 소리를 내며 뛰기 시작했다. 아무리 봐도 괴이한 장면이었다. 먼저 손이, 그다음은 손목이, 그다음은 검은 머리통이 모습을 드러냈다. 나무 속에서 튀어나온 정체를 마주한 순간, 남자는 자기도 모르게 한 걸음 뒤로 물러섰다. 작은 손의 주인은 과연 어린아이였다.

기껏해야 예닐곱으로 보이는 아이가 짙은 녹색의 털옷을 입고 그를 바라보았다. 나무와 비슷한 색의 옷은 아름다움이라고는 조금도 느껴지지 않았지만 아이의 몸에 걸쳐지자 이상하게 맑고 아름다워 보였다. 한밤중 내린 비로 진흙탕이 되어 버린 숲속에 우두커니 서 있는 그 모습을 보고 있자니 저도 모르게 한 단어가 머릿속을 스쳐 지나갔다.

'옥인(玉人).'

맑고 반짝이는, 옥으로 만든 사람.

어찌 됐든 어린아이가 이토록 위장에 능하다니 보통 일은 아니었다. 장성한 후에는 무시무시한 인물이 될 게 자명한 일이었다. 남자는 경계심 짙은 얼굴로 아이를 살피며 보따리를 안고 있는 두 팔에 조금 더 힘을 주었다. 지금 그의 눈앞에 서 있는 맑고 무해해 보이는 저 어린아이가 수많은 전투에서 살아남은 그를 빗속에서 유인하고 습격한 장본인이라는 사실을 다시금 되새겼다.

최고의 훈련을 받고 성장한 최정예 혈부도는 숲속에서 적과 맞닥뜨리는 순간 본능적으로 큰 나무를 등지고 유리한 위치를 찾아가게 되어 있다. 특별한 상황을 제외하고 인간의 시선은 보통 위나 아래가 아닌 정면을 향하기 마련이라, 그런 곳에 구멍을 파 어린아이를 심어 두었을 거라고는 그도 상상하지 못했다.

'우연인가? 아니면 고도의 계획인가?'

만약 미리 계획된 일이라면 저 아이는 두려워해야 마땅한 존재였다. 이 상황을 계획했다는 것은 혈부도의 방어 방식과 훈련 과정을 매우 잘 알고 있다는 뜻이자, 인간의 본능적 선택을 이미 꿰뚫어 보는 데다 담대하고 치밀하며 두려움이 없는 인물이라는 뜻이기도 했다.

그가 수상한 기운을 감지하고 재빨리 피하지 않았다면 그 공격은 그에게 치명타가 되기에 충분할 만큼 날카로웠다. 성공했다면 지금쯤 그의 허리춤에서 피가 쏟아져 나오고 있을 것이었다.

아이가 살짝 고개를 기울이며 재미있다는 눈빛으로 그를 응시했다. 그가 품에 안고 있는 작은 보따리에 잠시 시선을 두었다 거둔 아이가 차분한 목소리로 나지막이 말했다.

"가만 보면 세상엔 우매한 이들이 참 많습니다. 그렇지요? 수천 수백의 사람을 사지로 몰아넣으며 개처럼 뒤꽁무니나 쫓다니요. 수천 리를 추격하느니 저처럼 수주대토(守株待兔)하는 것이 나을 텐데요. 그렇지 않습니까?"

아이가 묻자 남자가 턱에 힘을 주고 뒤를 살폈다. 그 모습을 본 아이가 다시 말을 이어 갔다.

"찾으실 필요 없습니다. 여기서 만나기로 한 이는 이미 떠나 버렸으니까요."

아이의 말에 순간 남자의 눈빛이 흔들렸다. 이 골짜기의 주인인 곡주와 선왕은 분명 그들이 이곳에 도움을 청하러 오기 전까지 절대 떠나지 않겠다는 약조를 주고받았다. 그가 그 밀약을 지키지 않고 혼자 떠나버렸을 리 없었다. 하지만 그가 아직 이곳에 남아 있다고 하기에는 이곳은 너무 조용했다. 바로 앞에서 소란이 벌어지고 있는 와중에도 초가에서는 조금의 인기척도 느껴지지 않았다.

'정말 떠나 버렸단 말인가?'

절망적인 생각이 스치자 심장이 쿵 내려앉았다. 하지만 그의 얼굴에는 당황한 기색이 조금도 드러나지 않았다. 그럼에도 아이는 초조해 하는 그의 심경을 꿰뚫어 보기라도 한 듯 입꼬리를 올리며 싱긋 웃어 보였다. 천진해 보이는 미소와는 달리 그 눈빛은 얼음장처럼 차가웠다.

"믿지 못하시는 것이지요? 사실 별로 어려운 일은 아니지 않습니까. 혈부도의 명패를 가진 누군가가 비슷한 보따리를 들고 이미 이곳을 다녀갔을 수도 있으니까요."

"네가 그걸 어떻게……."

수백 년 동안 지켜져 온 황실의 비밀을 일개 어린아이가 알고 있다니 말도 안 되는 일이었다.

"글쎄요. 제가 그걸 어떻게 알았을까요?"

아이가 싱긋 웃는 얼굴로 반문했다. 가을밤 허공에 날아오르는 등불처럼 은은한 미소였다.

"비밀이란 아무도 모르는 것이 아니라 소수의 사람만 아는 것이지요. 그러니 언젠가는 밝혀지기 마련 아니겠습니까?"

아이의 말에 남자의 주먹에 힘이 들어갔다.

'혈부도 안에 밀정이 있다!'

나라가 위기에 처하고 황실이 기울기 시작하자 권력을 가진 자들이 하나둘 몰락하고 황조에 충성을 다하던 오랜 충신들도 줄줄이 도륙을 당했다. 그 어떤 권력자의 통제에서도 자유로운 혈부도는 그러한 난세에도 그 명맥과 충성심을 이어가며 황실의 마지막 혈맥을 지키기 위해 죽을힘을 다해 싸웠다. 수천 리가 넘는 길을 도망쳐 오며 수많은 동료가 다치고 희생됐다. 오늘까지 살아남아 있던 고연, 노석, 삼호, 소륙 모두 하나같이 뛰어난 혈부도이자 그와 매 순간 생사를 함께해 온 형제들이었다.

'도대체 누가……. 도대체 누구란 말인가……!'

의심하고 싶지 않았다. 의심해서는 안 될 일이었다. 품는 순간 그의 정신을 파고들어 깊고 어두운 그림자를 만들어 낼 위험한 생각이었다. 그들 중 밀정이 있다는 게 사실이라면, 그가 뒤로하고 온 수많은 희생과 의리가 모두 거짓이었다면 이 세상 그 무엇이 진짜일 수 있단 말인가?

남자는 뒤로 한 걸음 물러나며 깊은 한숨을 내쉬었다. 지금은 누가 밀정인지 따지고 있을 때가 아니었다. 이 순간 가장 중요한 것은 그에게 주어진 임무를 끝내는 것이었다.

그가 한 걸음 물러서자 회색 옷을 입은 사내들이 한 걸음 앞으로 나왔다. 그는 저들과 자신의 거리가 조금 전과 한 치의 오차도 없이 일치하는 것을 알 수 있었다. 그 사실을 깨닫자 긴장감이 밀려왔다. 그가 상대해야 하는 무리가 엄청난 고수라는 사실을 확인한 셈이었다. 내내 추격을 피해 달리느라 체력을 많이 소진한 그는 저들 중 하나를 제대로 해치우기도 버거운 형국이었다. 저들을 모두 따돌리고 이곳에서 무사히 빠져나가기란 거의 불가능에 가까웠다.

어느덧 빗소리가 잦아들고, 이제 들리는 것이라곤 잔뜩 긴장한 사내들의 숨소리뿐이었다. 그때 회색 무리의 우두머리로 보이는 자가 남자의 품에 안긴 작은 보따리를 말없이 가리켰다. 남자의 시선이 자연스레 잠시 아래로 향했다. 그의 입에서 차분한 목소리가 흘러나왔다.

"이걸 가져가려면 네놈들의 목숨을 모두 내놓아야 할 거다."

그때였다. 아이가 갑자기 피식 웃음을 터트리더니 허공을 향해 손을 휙 휘저었다. 퍽, 둔탁한 소리와 함께 정체 모를 덩어리 하나가 모습을 드러냈다. 희미한 달빛에 비친 붉은 빛의 윤곽이 보는 이의 얼굴을 절로 일그러트렸다. 그것의 정체를 알아차리지 못하고 한참이나 응시하던 남자의 손이 이내 소맷자락 안에서 조금씩 떨리기 시작했다. 그의 손톱은 이미 제 살을 파고들고 있었다.

삼호의 시신이었다. 아니, 시신이라고 하기에는 너무 많이 망가진 모습이었다. 한눈에 봐도 땅딸막한 키와 허리춤에 남아 있는 혈부도 표식이 아니었다면, 야무지기로 둘째가라면 서러운 삼호의 딸아이가 와서 보아도 알아보기 힘들 정도로 끔찍한 모습이었다.

남자는 입을 다문 채 처참한 동료의 모습을 바라보았다. 숲은 순식간에 적막에 휩싸였다. 누구도 움직이지 않았지만 일촉즉발의 긴장감이 흘렀다. 그때 이런 분위기 따위는 전혀 개의치 않는다는 듯한 태연한 목소리가 들려왔다.

"이미 무너진 황실을 위해 이렇게 목숨 다해 싸우는 것도 이제 혈부도밖에 안 남았습니다."

아이가 동정심이 살짝 묻어나는 목소리로 나긋하게 말했다.

"정말……. 바보같이 충성스럽다는 말밖에는 표현할 도리가 없습니다. 동료분의 말로를 잘 보셨지요?"

땅에 널브러진 그 참혹한 '덩어리'를 가리키며 아이는 너무도 태연한 얼굴로 말을 이어 갔다. 속을 알 수 없는 눈빛에서 차가움이 묻어났다.

"계속 그렇게 입을 다물고 계시면…… 같은 처지가 되실 텐데."

그 말을 듣고 삼호에게서 시선을 거둔 남자가 아이를 바라보며 피식 웃음을 터뜨렸다.

"지금의 황실엔 적어도 그들을 위해 끝까지 싸워 줄 우리 혈부도라도 남아 있는데……."

그가 미소를 지으며 말을 이어 갔다.

"다음 황실도 언젠가는 그 끝을 보게 될 텐데, 그들을 위해 끝까지 나설 인물이 있기나 할까 걱정이군."

"무척 아쉬우시겠습니다. 그 모습을 직접 보실 수 있다면 참 좋을 텐데요."

도발하는 남자의 말에도 아이는 동요하기는커녕 싱긋 웃어 보였다. 하지만 이내 나긋하던 말투에 날카로운 기색이 더해졌다.

"그런데 말입니다. 본인은 그렇다 치더라도 후손들에게는 그 모습을 볼 기회를 주셔야 하지 않겠어요?"

아이의 말에 남자의 낯빛이 순식간에 어두워졌다.

"대를 잇는 일에 어려움을 겪고 계시다고 하는 것 같던데요?"

아이가 그를 보며 다시 나긋한 목소리로 말했다.

"선생의 대가 되어서야 겨우 남자 형제 둘이 나왔다지요? 그 집안에선 백 년에 한 번 있을까 말까 한 일이라 들었습니다. 그런데 이를 어쩌면 좋습니까? 아무래도 대를 이어 가시긴 어렵겠어요. 일찍이 장가를 든 아우께서도 아직까지 고작 아들 하나가 전부라지요? 하나 있는 그 아들도⋯⋯."

말을 죽 이어 가던 아이가 피식 웃으며 말을 멈췄다. 남자의 얼굴은 온통 파랗게 질려 있었다. 줄곧 평정을 유지하던 그의 몸이 다른 이들의 눈에도 보일 만큼 떨리기 시작했다. 어린아이를 바라보는 그의 눈빛에서 충격을 받은 기색이 느껴졌다.

혈부도와 그 가족에 대한 정보는 기밀 중에서도 기밀이었다. 혈부도의 수장인 그의 가족에 관한 이야기를 알고 있는 자는 온 천하를 통틀어도 몇 되지 않았다. 그런데 지금 눈앞의 이 어린아이가 그 정보를 모두 꿰뚫고 있다니 말이 되지 않는 일이었다.

한편 아이는 충격에서 헤어나오지 못하는 그의 모습을 가벼이 무시한 채 계속 말을 이어 갔다.

"죽음이 두렵지 않으시겠지요. 저도 잘 알고 있습니다. 이 세상 금은 보화를 다 드린다고 해도 눈 하나 깜짝 안 할 혈부도의 수장 아니십니까. 하지만 대대로 혈부도를 지켜 온 가문의 37대 가주로서 본인의 손으로 가문의 대를 끊고 싶지는 않으실 테지요."

나긋하고 부드러운 목소리에 담긴 말이 남자의 몸을 뚫고 지나갔다. 남자는 잠시 휘청이며 뒤로 물러섰다. 그의 얼굴이 조금씩 일그러졌다. 죽음을 두려워하는 전사는 없다. 하지만 위대한 영웅일수록 그 책임에서 벗어날 수도 없는 법. 가문의 대가 오늘로 끊긴다면 죽어서도 선조를 뵐 낯이 없었다.

어두워진 남자의 얼굴을 본 아이가 만족스러운 듯이 입꼬리를 올리며 말했다.

"해치지 않겠습니다. 무엇을 묻지도 않겠습니다. 품에 안은 그것을 여기 두고 가세요. 그렇게만 하시면 조카분도 무사하실 겁니다."

남자를 향해 손을 내밀며 풋내가 묻어나는 어린 목소리로 아이가 말했다.

"성(聖) 영(寧)씨 가문을 걸고 맹세 드리지요. 약속을 어기는 자는 결단코 끝을 내겠습니다."

숲속 모두가 그 모습을 주시하고 있었다. 대성황조(大成皇朝)를 손안에 넣고 주무르는 영 씨 가문은 대성황조의 외척 세력으로, 백여 년 전에는 대성의 속국이었던 왕실의 왕족이었으나 얼마 지나지 않아 대성에 완전히 병합되었다고 전해진다. 그 후 영 씨 가문은 자신을 스스로 '성(聖)'이라 호칭하며 영 씨 혈통의 계승을 그 무엇보다 중요시했다. 따라서 '영 씨 가문을 걸겠다'라는 것은 결코 가벼운 말이 아니었다.

그런데도 남자의 표정에는 조금의 변화도 없었다. 그의 눈빛에서 회한과 비참함이 동시에 흘렀다. 아이의 말에 조금이나마 흔들렸다는 뜻이기도 했다.

"어서, 이리 가져오세요."

가만히 남자의 기색을 살피던 아이가 그를 향해 천천히 손을 뻗으며 말했다. 그의 품에 들린 그것을 고대하는 몸짓이었다. 어둡고 검은 숲에서 아이의 희고 매끄러운 손은 유난히 밝아 보였다. 그의 목소리는 사람을 홀릴 만큼 나긋했고, 어찌할 바를 모르고 불안하게 뛰어대는 남자의 심장을 조금씩 죄어 왔다.

"이제 혈부도엔 아무도 없습니다. 이 자리에 있는 우리만 입을 다물면 그 누구도 모를 일이지요. 그것만 제게 주시면 아무 일도 일어나지 않습니다. 그 누구도 선생의 가족을 위협하지 않을 것입니다."

그를 유혹하는 목소리가 은은하게 울렸다. 하지만 남자는 여전히 답이 없었다. 그저 시선을 들고 저 멀리 어딘가를 바라보며 생각에 잠겼을 뿐이었다. 그는 마치 그리운 이의 얼굴을 떠올리듯 잠시 허공을 올려다봤다.

모두 그의 모습을 숨죽여 바라보았다. 기다리는 중이었다. 그가 움직이기를, 그리하여 자신들이 이 시대의 끝을 알리는 자가 되기를, 이 황조의 마지막 불씨를 꺼트리는 자가 되기를.

침묵이 이어질수록 무거운 적막이 모두의 심장을 옥죄었다. 그렇게 한참의 시간이 흐른 뒤, 남자가 시선을 내려 아이를 쳐다보았다. 그의 입가에는 옅은 미소가 피어올랐다. 한없이 가벼운 듯하면서도 속을 알 수 없는 미소였다. 가볍게 띤 미소가 칠흑 같은 어둠 속에서 아침 안개처럼 옅게 떠올랐다. 아이는 두 눈을 가늘게 뜨고 남자의 얼굴을 살폈다. 순간 아이의 눈에 날카로운 냉기가 스쳤다.

남자의 손이 점점 허공으로 올라갔다. 조금 붉어진 손바닥이 그가 지금 온 힘을 다하고 있음을 보여 주고 있었다. 그를 바라보는 아이의 두 눈이 가늘어졌다. 하지만 그의 몸은 여전히 미동도 없이 제자리에 가만히 서 있었다. 그들의 바람과는 달리, 남자의 손은 들고 있던 보따리를 내려놓을 모양새가 아니었다. 바로 그때 그의 손이 갑자기 아래를 향해 빠른 속도로 내려갔다. 손이 향한 곳은 품에 안은 보따리의 정 가운데 부분이었다.

비참하고 구슬픈 웃음소리가 숲속에 울려 퍼졌다. 그 소리에 나뭇잎들이 하나둘 휘청이며 맥없이 바닥으로 떨어졌다.

"조국을 잃었는데 가족을 지켜 무엇하랴. 이렇게 된 이상 내 손으로 모두 끝내주마!"

말이 끝나기가 무섭게 아이가 빠른 속도로 그를 향해 날아가듯 달려들었다. 주위를 둘러싸고 있던 회색 옷의 사내들도 재빨리 몸을 움직였다. 그들이 원하는 것은 단 하나, 남자의 손을 막는 일이었다.

하지만 그들이 아무리 빨리 움직인다 한들 혈부도의 수장을 이기기에는 역부족이었다. 눈 깜짝할 사이 붉은빛이 숲을 채웠다. 그의 손은 이미 보따리를 누르고 있었다.

"응애—!"

가냘픈 울음소리가 마지막 숨결과 함께 허공으로 사라졌다. 여리고 어린, 무력하기 그지없는 울음은 어둠으로 가득한 숲속에서 마지막 불씨처럼 속절없이 사라졌다.

그 광경을 지켜보던 모든 이의 낯빛이 새파랗게 질려갔다. 아이는 순식간에 식은 두 눈으로 말없이 남자를 응시했다. 자그맣고 약한 몸인데도 그에게선 산 위에 군림하는 대호(大虎)의 기운이 느껴졌다.

아이의 시선이 이미 차갑게 식은 보따리에 닿았다. 순간 의아함이 아이의 두 눈을 스치고 지나갔다. 남자는 정신을 아예 놓은 듯 웃음을 터트리며 손에 들고 있던 보따리를 저 멀리 던졌다.

"이미 대성과 함께 죽어 버린 존재이니 어디에 묻히든 상관없겠지!"

그의 손을 떠난 작은 보따리가 허공을 가르며 점점 멀어졌다. 모두 하나같이 고개를 들고 금빛 호선을 그리며 날아가는 작은 존재를 바라보았다. 하늘 위를 날던 보따리는 이내 숲의 끝자락에 있는 절벽 아래로 빠르게 곤두박질치기 시작했다.

아이의 눈썹이 눈에 띄게 일그러졌다.

"잡아!"

아이의 호통에 회색 옷의 사내들이 정신을 차린 듯 달려 나갔다. 그때 가만히 서 있던 남자가 갑자기 아이에게로 달려들었다. 당장이라도 아이의 몸을 두 동강 낼 것 같은 기세에 보따리를 잡으러 가려던 이들이 모두 제 주군을 향해 방향을 틀었다. 남자는 아이에게 달려들며 다시 웃음을 터트렸다.

"혈부도는 황실과 운명을 같이 하는 존재! 단 한순간도 나의 조국보다 오래 살 생각이 없다!"

아이를 향하던 남자의 손이 이내 아이의 앞에 놓인 그 '덩어리'로 향했다. 그는 이미 얼굴을 알아볼 수 없는 주검을 들고 조금 전 자신이 던진 보따리보다 훨씬 더 빠른 속도로 절벽 아래를 향해 튀어나갔다.

족히 수천 리를 쉬지 않고 달려온 그에게 아직도 저렇게 빨리 움직일 힘이 남아 있다는 것이 놀라웠다. 회색 옷의 사내들은 그를 따라갈 엄두도 내지 못한 채 자신들의 주군이 무사하다는 사실에 안도의 한숨을 내쉬었다.

모두 방심하고 있던 그때였다.

쾅!

눈을 찌르는 밝은 불빛이 짙은 안개를 뚫고 번뜩였다. 허공에 피어오른 금빛 꽃의 거대한 여파가 숲을 감싸고 내리던 빗방울을 순식간에 밀어내고 처참한 피와 살의 비를 그 자리에 쏟아 냈다.

검은 숲이 엉망으로 붉게 물든 혼란의 순간, 폭발의 여파를 고스란히 맞은 아이가 소리도 없이 자리에 쓰러졌다. 그를 지키고 서 있던 남자들은 비명조차 지르지 못하고 하얗게 질린 얼굴로 그를 둘러쌌다.

한참이 지나자 핏물이 맺힌 살덩어리들이 나뭇잎을 스치고 땅으로 떨어졌다. 조금 전까지 소년의 앞에 널브러져 있던 혈부도의 주검이었다. 동료의 주검을 수습하는 줄 알았던 남자의 행동은 사실 그들이 방심한 사이 주검 속에 숨겨진 폭약을 터트리려는 손짓이었다.

혼비백산하는 와중에도 사내들은 곧장 생사가 불분명한 제 주군을 향해 달려갔다. 그 순간 어디선가 구슬픈 목소리가 들려왔다.

"혈부도여, 남은 육신을 불살라 적을 쓰러트렸으니 이제 그만 편안히 눈감아라."

피를 뒤집어쓴 남자가 이미 정체조차 알아보기 힘들어진 그 덩어리를 슬프고 아련한 눈으로 바라보고 있었다.

혈부도 중에서도 높은 지위에 오른 자들은 모두 몸속에 작은 폭약을 품고 있었다. 필요한 순간 최대한 많은 적과 함께 공멸하기 위해서였다. 오랜 훈련을 이겨 낸 혈부도는 비범한 살상 기교를 가진 자들이었다. 그들은 자신의 주검이 살아남은 혈부도의 사기를 진작할 수단으로 이용될 수 있다는 사실을 누구보다 잘 알고 있었다. 그들은 죽어서라도 혈부도라는 조직과 황실을 지키기 위해 희생할 준비가 되어 있었다. 이미 죽은 몸, 땅에 묻혀 흙이 되느니 이렇게라도 이용되는 편이 훨씬 나았다.

산산이 조각나 흩어진 주검을 잠시 바라보던 남자는 이내 땅을 뒤흔드는 엄청난 기합 소리와 함께 모습을 감췄다. 떠나는 그의 목소리가 숲을 관통하고 세상을 흔들었다. 영웅의 마지막 울부짖음이었다.

아이를 둘러싸고 서 있던 사내들이 그 소리에 저도 모르게 하나같이 고개를 돌렸다. 하지만 그들의 눈에 보이는 것은 절벽 너머로 빠르게 사라지는 검은 옷자락뿐이었다.

그 모습을 모두가 넋을 놓고 바라보았다. 차갑게 빛나는 달빛이 쏟아지자 그들의 얼굴이 유난히 더 창백해졌다. 남자의 검은 옷자락이 절벽 너머로 완전히 모습을 감추고 나서야 다들 참아 왔던 숨을 겨우 내뱉었다.

육백 년의 번영과 십만 리 금수강산, 하늘 아래 만국을 다스리던 황실의 위엄과 수천만의 병사들도 이제 모두 저 절벽 너머로 아스라이 사라졌다. 대성황조의 손아귀에 있던 영광과 번영은 이제 새로운 주인을 맞이했다.

화광(和光) 16년, 건국 육백 년이 되던 바로 그해, 한 시대를 풍미했던 대성황조가 무너졌다.

궁에서 쫓겨난 황족의 유해와 피가 쌓이고 흘러 산과 바다를 이룰 때, 천성황조(天盛皇朝)의 시대가 새로이 시작됐다.

더러운 손

장희(長熙) 15년 겨울, 천성황조 도성 '제경(帝京)'.

물안개가 가득 낀 이른 아침이었다. 얇은 막 같은 안개가 온 세상을 유유히 훑고 지나는 동안, 도성 서쪽 어귀에 있는 추(秋)가 저택의 붉은색 유리 기와 위에는 하얀 눈꽃들이 살포시 내려앉았다. 복슬복슬한 눈꽃 아래 숨어 빼꼼 모습을 드러낸 기왓장이 꼭 앙증맞고 탐스러운 열매처럼 보였다.

'열매……'

봉지미가 머릿속으로 맛난 과일을 그리며 꿀꺽 침을 삼켰다. 굶주린 배에서 꼬르륵꼬르륵하는 소리가 울렸다.

'가을 내내 푹 익은 빠알간 홍시를 겨울 첫눈에 얼리고 거기다 값비싼 벌꿀까지 올리면 빨갛고 반짝이는 게 꼭 유리구슬같이 고울 텐데. 그걸 한입 가득 베어 물면 배 속까지 달콤한 게 한겨울 추위도 한 방에 싹……'

행복한 상상에 빠져 있던 얼굴에 이내 실망한 기색이 피어올랐다.

'쳇, 다음 생에나 그 호사를 누려볼 수 있으려나.'

봉지미는 고개를 들고 허공을 바라보며 옅은 한숨을 내쉬었다. 그러고는 한껏 늘어진 동작으로 비질을 이어 갔다. 길 위를 덮은 눈들이 바로 옆에 있는 인공 호수 속으로 쓱쓱 사라졌다.

빗자루 손잡이가 얼음장처럼 차가웠다. 정말 얼음이 조금 맺혀 있기도 했다. 다른 사람이었다면 그저 보기만 해도 몸이 덜덜 떨렸을 테지만 봉지미는 아무렇지도 않은 얼굴로 비질을 계속했다. 그 냉기가 퍽 시원하고 마음에 든다는 듯이.

그때 어디선가 장신구들이 맞부딪치는 잘그락잘그락 소리와 함께 짙은 향낭 냄새가 전해져 왔다. 봉지미는 뒤도 돌아보지 않은 채 손에 들고 있던 빗자루를 탈탈 털었다. 그러자 반쯤 녹은 얼음덩어리들이 후드득 땅에 떨어졌다.

"어머나, 이게 누구야? 우리 지미 아가씨 아니야?"

등 뒤에서 웃음기 섞인 여인의 목소리가 들려왔다. 가벼운 듯한 웃음 너머로 옅은 한기가 느껴졌다.

"아침 일찍부터 여기서 뭘 하고 계셨을까?"

"보시다시피요."

봉지미가 천천히 고개를 돌리며 다시 빗자루를 털었다.

"눈 치우는 중이었어요."

"그런 건 아랫것들한테나 시킬 일이지. 우리 금지옥엽 아가씨께서 할 일은 아니지 않나?"

이제 스물을 조금 넘긴 여인이 짙게 화장한 눈을 치켜뜨며 비아냥거리는 듯한 시선으로 봉지미를 바라보았다. 두 뺨은 붉은 연지로 발갛게 물들어 있었다. 요즘 도성에서 가장 유행하는 화장이었다.

"외숙부께서 아시면 또 안절부절 얼마나 마음을 쓰시려나."

조소가 묻어나는 여인의 말에 봉지미가 두 눈을 아래로 내리깔며 살짝 웃어 보였다.

"외숙부님께서는 워낙 공사다망하시니까요. 이런 사소한 일에는 마음 두실 겨를이 없으시지요. 저는 다섯째 외숙모께서 이렇게 걱정해 주시는 것만으로도 이미 충분합니다."

"하긴, 이 나라의 안전을 책임지시는 오군 도독이시니 그럴 만도 해. 이런 쓸데없는 허드렛일엔 신경 쓰실 겨를이 없으시지…… 우리 아가씨야 분수를 잘 아는 분이니 나도 별걱정 안 하지만."

추 도독의 총애를 잃은 지 이미 오래인 다섯째 첩 옥화가 제 앞에 얌전히 머리를 조아리고 있는 봉지미의 모습을 만족스럽다는 듯 바라보았다. 어려서부터 성질이 순한 계집애였다. 아무리 신경을 긁어도 좀처럼 화내는 일이 없었다. 이젠 남은 체면조차 없는 추 도독의 누이에게서 이런 말랑한 딸이 나왔다는 게 아직도 믿어지지 않았다.

"오늘은 어쩐 일로 혼자 나오셨어요, 외숙모님?"

봉지미가 공손하게 한 걸음 뒤로 물러나 빗자루를 내려놓고 물었다. '다섯째'라는 수식어를 생략한 호칭이 마음에 들었는지, 옥화가 입꼬리를 살짝 올리며 만족스러운 미소를 지어 보였다.

"손님이 오셨다고 해서 말이야. 아무래도 내가 직접 맞이하는 게…… 됐다. 네가 상관할 바 아니야."

봉지미는 여전히 살짝 고개를 숙이고 있었다. 하지만 조금 전 지어냈던 옅은 미소는 이미 사라지고 무표정한 얼굴이었다. 천성국은 꽤 개방적인 사상을 가진 나라로, 황족과 귀족들은 일반 백성들보다도 더 방탕한 생활을 누렸다. 서로 자주 왕래하며 여인을 공유하는 일도 파다했기에 서로 첩을 주고받거나 선물하는 것도 별난 일은 아니었다. 물론 추가 지붕 아래에도 수많은 첩이 살고 있었다. 이미 뒷방으로 밀려난 지 오래인 다섯째 부인은 하루하루 따분한 날들을 보내며 시간이나 때우는 인물이었다. 오늘 머리끝부터 발끝까지 잔뜩 치장하고 홀로 정원에 나온 것도 어디서 높으신 분이 왔다는 이야기를 듣고 팔자나 한번 고쳐 보려는 심산이 분명했다. 이 여인에게 걸려들 재수 없는 사내가 누구일지는 모르겠지만.

"외숙모님을 보필할 아이 하나 없어요?"

봉지미가 옥화의 옆으로 다가가 살짝 팔짱을 꼈다.

"제가 모시고……."

"됐어! 그 더러운 손으로 어딜!"

옥화가 봉지미의 손을 단번에 뿌리치며 비명을 지르듯 소리쳤다. 그러고는 눈송이가 덕지덕지 묻은 봉지미의 손과 왠지 모르게 붉은 기가 맺힌 미간 사이를 경멸스러운 눈빛으로 바라보더니 무슨 역병에라도 걸린 사람을 보듯 뒤로 물러섰다.

봉지미는 그런 여자의 반응에 말없이 웃어 보이곤 자신의 손을 소매 속으로 감췄다.

"너도 이제 열다섯이니 매일같이 정원에서 얼쩡거리는 건 경우가 아니야."

눈 더미 옆에 선 옥화가 봉지미를 흘겨보며 불만스럽게 말했다.

"언제 날을 잡아 부인께 네 짝을 하나 찾아 달라고 말씀드려야겠어. 너도 알지? 정원 관리인 류(劉)가 아들 말이야. 보아하니 괜찮은 아이 같던데."

그래, 괜찮은 사내다. 장장 5년 동안 『삼자경(三字經)*중국에서 어린이들에게 문자를 가르치는 데 사용한 교과서』하나 못 뗀 괜찮은 사내.

봉지미는 여전히 웃는 낯을 하고 있었다. 조금 전보다 훨씬 더 다정하고 차분한 미소였다. 누런 눈꺼풀 아래로 살짝 숨겨진 두 눈동자에서 아름다운 기색이 나비처럼 날아올랐다.

그런 봉지미를 쳐다보던 옥화의 눈동자가 잠시 흔들렸다. 누렇게 뜬 피부만 아니었다면 꽤 봐 줄 만한 여인이 되었을 거란 생각이 들었다.

간혹 어떤 이들이 봉지미를 보고 그 사람과 닮았다고 하는 것도 왠지 조금 이해가 됐다.

물론 그래 봤자 모두 부질없는 일이었다. 악명 높은 핏줄을 가지고 태어났으니 출신부터 틀려먹은 아이였다. 어차피 오래 살기는 글러먹은 병을 달고 났으니 용모가 아무리 빼어나다고 한들 결국 꺾이고 말 일이었다.

옥화가 흥, 하고 시선을 확 돌렸다. 오늘따라 이 계집애와 넘치게 많은 이야기를 나눴다는 생각이 스쳤다. 예전 같으면 거들떠보지도 않고 지나쳤을 아이였다. 초왕(楚王) 전하께서 뒷마당에서 조용히 만나자고 밀회를 청하신 일만 아니었다면 이 아이의 혼사 따위야 입에 올리지도 않았을 것이다.

추상기의 다섯째 부인인 옥화는 천성에서 제일가는 미남으로 알려진 초왕 전하의 옆자리를 당당히 차지하고 이 빌어먹을 집구석에서 벗어날 행복한 미래를 상상하며 고개를 있는 대로 치켜들고 다시 걸음을 옮겼다.

"꺅!"

엷은 얼음 방울이 맺혀 잔뜩 미끄러워진 길에서 순간 중심을 잃은 옥화의 몸이 휘청하고 크게 흔들렸다. 외마디 비명과 함께 발버둥을 치다 옆에 놓인 빗자루를 발견하고 손을 뻗은 바로 그 순간, 봉지미가 재빨리 빗자루를 휙 낚아챘다.

허공에 헛손질하던 옥화가 그대로 쿵 하고 바닥에 넘어졌다. 땅 위에 얼어붙은 얇은 얼음 막 때문에 제자리에 멈추지도 못하고 속절없이 계속 미끄러져 내려갔다. 옥화의 눈앞에 펼쳐진 것은 살얼음이 둥둥 떠다니는 얼음 호수였다.

"으악! 살려 줘! 나 좀 잡아 줘!"

정신없이 미끄러지는 와중에 옥화가 겁에 질린 얼굴로 소리쳤다. 봉지미는 여자가 호수 쪽으로 빨려 들어가는 모습을 바라보며 자신의 두 손을 소맷자락 안으로 숨겼다. 그러고는 아주 다정한 목소리로 나지막이 말했다.

"이 더러운 손으로 어딜요."

풍덩.

사람이 물에 빠지는 소리가 경쾌하게 들려오자 미소 띤 얼굴로 봉지미가 빗자루를 들고 천천히 호숫가로 다가갔다. 수영을 조금 할 줄 아는지 옥화가 물속에서 버둥버둥 헤엄치며 버티고 있었다. 얼음장 같은 수온에 얼굴은 이미 시퍼렇게 질렸고, 기름칠을 곱게 했던 머리는 산발이 되어 온 얼굴에 실뱀처럼 달라붙어 있었다. 너무 차가워서 비명조차 나오지 않는 건지, 아니면 봉지미가 자신을 구해 주지 않을 거란 사실을 눈치 챈 건지 구해 달라는 한마디 말도 없이 미친 듯이 호숫가를 향해 헤엄치고 있었다.

봉지미는 호숫가에 쪼그리고 앉아 태연한 얼굴로 그 모습을 바라보았다. 원래 외진 곳인 데다가 오늘은 집안 식솔부터 외숙부까지 다른 일에 정신이 팔려 있으니 누군가 올 일은 없었다. 애초에 조심성도 없이 여기 혼자 나온 저 여인이 멍청한 것이었다.

물에 젖어 엉망이 된 옥화가 덜덜 떨리는 손가락으로 겨우 땅을 짚었다. 하지만 봉지미가 빗자루로 쓱 밀어내자 속절없이 다시 호수 안으로 밀려 들어갔다.

'이건 우리 어머니 몫이야.'

봉지미가 속으로 속삭였다. 어머니가 자신과 동생을 데리고 이 집으로 돌아오던 때가 떠올랐다. 3일 밤낮을 대문 앞에 꿇어앉아 빌고 나서야 대문이 열렸다. 하지만 열린 대문 틈으로 삐져나온 것은 차디찬 물 한 바가지였다. 문 뒤에서 바가지를 들고 있던 이가 바로 지금 저기서 허우적대고 있는 다섯째 첩의 종년이었다.

오늘처럼 눈이 많이 내린 날이었다. 오늘보다도 더 차고 매서운 추위였다. 어머니 옆에 꿇어앉은 봉지미는 어머니가 뒤집어쓴 더러운 물이 조금씩 얼어 가는 모습을 지켜봐야만 했다. 그날 이후 어머니는 다시 삼일 밤낮을 지독한 고열과 싸워야 했다. 하마터면 목숨을 잃을 뻔한 일이었다.

옥화가 다시 호숫가를 향해 헤엄쳐 오기 시작했다. 그녀가 가까이 오자 고요하던 호수가 크게 울렁였다. 조금 전보다 훨씬 느릿한 동작으로 돌덩이처럼 꽝꽝 언 두 손을 다시 한 번 호숫가의 돌멩이를 향해 뻗었다. 봉지미가 이번에는 빗자루를 뻗어 옥화의 머리를 물 아래로 꾹 눌러 넣었다.

'이건 내 몫이고.'

류 관리인은 저 여인의 아주 먼 친척으로, 예전부터 봉지미에게 눈독을 들이던 인간이었다. 처음에는 봉지미를 제 둘째 부인으로 삼고자 했지만 거절당한 후 멍청한 제 아들과 혼인시켜 며느리로라도 집에 들이려는 심산이었다. 아들과 봉지미를 공유할 속셈인 게 뻔히 보였다. 그 말을 들은 어머니가 외숙부에게 바로 달려가 그 사실을 고하고 나서야 조금 수그러드는 듯했지만, 며칠 전에는 봉지미를 납치해서 외딴 오두막에 가두기까지 했다. 몸에 호신용 칼을 지니고 다니지 않았다면 지금쯤 류가네 사람이 됐거나 정조를 잃었다는 이유로 추가에서 쫓겨났을 게 분명했다.

옥화가 또다시 호숫가로 헤엄쳐 왔다. 역시 사납고 독한 여자였다. 이번에는 호숫가에 손을 짚지 않고 먼저 빗자루를 획 낚아채더니 거칠게 잡아당겼다.

풍덩.

그 탓에 빗자루를 잡고 있던 봉지미마저 호수 속으로 빠지고 말았다. 얼음처럼 차가운 호수가 온몸을 휘어 감았다. 몸이 저도 모르게 바르르 떨려 왔다. 당장이라도 꽁꽁 얼어붙을 것만 같았다. 하지만 그도 잠시, 차가운 기운이 훑고 지나간 자리에 따뜻한 온기가 불붙듯 확 피어올라 봉지미의 온몸을 데웠다. 몸속의 열기와 바깥의 냉기가 한데 뒤엉키자 더할 나위 없이 편안한 온도가 봉지미를 에워쌌다. 잔뜩 수축해 있던 혈관들이 편안하게 풀어지는 느낌이 생생히 전해졌다. 꼭 목욕물에 들어가 있는 것처럼 나른해졌다.

순간 조금 당황한 봉지미가 무의식적으로 자신의 심장에 손을 가져다 댔다. 어려서부터 정체 모를 열병을 앓아 온 봉지미는 시시때때로 타는 듯한 열기에 시달려야 했다. 의원들은 하나같이 봉지미가 스물을 넘기지 못할 거라고 단언했다. 봉지미는 늘 '곧 죽을 아이'였다.

'내 병이…… 더 심해진 걸까? 한겨울 호수에 빠졌는데도 전혀 춥지 않다니…….'

그때 갑자기 머리가 확 꺾이며 두피에 저릿한 통증이 느껴졌다. 어느새 옆까지 헤엄쳐 온 옥화가 봉지미의 머리를 잡아당기고 있었다. 고개를 돌리자 이미 회색으로 질린 얼굴이 보였다. 날 것 그대로의 교활한 웃음이 맺힌 얼굴이었다. 마지막 힘을 모두 쥐어짜 봉지미의 머리칼을 휘감은 옥화의 모습에서 '혼자 죽지 않겠다'는 최후의 의지가 묻어났다.

봉지미는 그런 옥화를 보며 피식 웃음을 흘렸다.

싹둑.

칼날에 반사된 햇빛이 호수 표면을 반짝 스치고 지나갔다. 한 줌 검은 머리칼이 물 위로 떠올라 아무렇게나 흘러갔다. 다시 헛손질을 하고만 옥화는 결국 더 이상 버티지 못하고 깊은 호수 아래로 소리 없이 잠겨 들어갔다.

봉지미는 아래로 가라앉는 옥화의 머리를 발로 밟아 더 깊은 곳으로 밀어넣었다. 이왕 죽을 거라면 조금이라도 더 빨리 죽는 편이 나았다. 여자를 밟고 위로 헤엄쳐 올라가던 봉지미가 물속에서 자신의 젖은 머리칼을 더듬었다. 물속에 들어와 있으니 늘 그녀를 괴롭히던 열기가 완전히 가신 것 같아 몸이 가벼웠다. 이 안이 너무나도 편안한 나머지 아예 밖으로 나가고 싶지 않다는 생각마저 들었다.

봉지미는 가만히 물속에서 떠다니며 이 일을 어떻게 수습하면 좋을지 혼자 생각했다. 갑자기 댕강 잘려 나간 머리와 흠뻑 젖어 버린 옷을 어떻게든 어머니에게 설명해야 할 터였다.

다행히 봉지미에게는 이 모든 것이 별 문제가 되지 않았다. 잠시 호수를 유영하던 봉지미는 이내 호숫가 바위 하나를 지지대 삼아 뭍으로 올라오려 했다. 하지만 수면에 비친 무언가를 발견한 순간, 그대로 굳어 버리고 말았다.

펄럭이는 소맷자락과 기다란 그림자가 거울처럼 맑은 호수 위에 떠올랐다.

살인에 이유가 필요한가

봉지미는 가만히 그림자를 응시했다. 비취색 머리 장식과 은색 수가 놓인 흰색 두루마기, 그 위로 찬란한 광택을 내는 값비싼 털옷을 두른 사람. 하지만 그중에서도 가장 찬란하게 빛나는 건 그의 얼굴이었다. 이 세상 모든 아름다움이 응축된 듯한, 이 세상 모든 사람의 시선을 빼앗고도 남을 그런 얼굴이었다.

남자의 눈썹이 부채처럼 반듯한 곡선을 그리며 살짝 위로 올라갔다. 그의 입에는 완벽한 미소까지 걸려 있었다. 신이 가장 심혈을 기울여 빚어낸 존재가 아닐까 싶은 생각마저 들었다. 하지만 그 절세의 아름다움도 긴 속눈썹 아래 숨어 있던 눈동자가 움직이는 순간 사라지고 말았다. 천지간에 남은 것은 그 칠흑같이 검게 빛나는 눈동자뿐이었다.

초겨울의 바람이 유유히 날리던 눈송이들을 뒤흔들었다. 호숫가 한편에 서 있는 매화나무의 하얀 매화 잎이 눈송이와 섞여 푸른빛 호수 위에, 그의 두루마기 위에 내려앉았다. 하얗기 그지없는 겨울날의 풍경은 곧 한 폭의 그림이 되었다.

차마 말로는 형용할 수 없는 비범한 자태로, 두툼한 털옷에 둘러싸인 그의 크고 곧은 몸이 한 그루 나무처럼 호숫가에 우뚝 서 있었다. 아주 살짝 앞으로 허리를 숙인 그의 시선은 아무래도 물위에 비친 자신을 바라보는 듯했다.

봉지미는 곧장 다시 물속으로 들어갔다. 잠시 후 고개를 들자 깊고 차가운 검은색 눈동자가 보였다. 지극히 아름다운 동공이었다. 두 눈동자는 세상 그 무엇보다 부드럽고 유려하게 움직였다. 가만히 응시하는 시선은 잔잔한 연못처럼 고요했다. 흑백이 분명한 가운데 은은히 보이는 맑은 푸른빛은 꼭 화려한 비단 같았다. 화려하고 고귀하면서도 또 무겁고 차가운 그 눈빛에 누구라도 잠식될 것 같았다.

봉지미는 자신의 가슴에 손을 올린 채 깊은 밤처럼 고요한 그 동공을 바라보았다. 그리고 생각했다. 세상 사람들은 아마 저 아름다움에 홀려 그의 눈동자 아래 숨어 있는 서늘함을 알아차리지 못할 거라고.

"송구하지만 잠시 비켜 주세요."

봉지미가 고개를 치켜들고 그를 바라보며 말했다. 하지만 그는 움직일 생각이 없었다. 그저 가만히 서서 봉지미를 바라볼 뿐이었다. 물에 흠뻑 젖은 길고 검은 머리칼과 맑은 얼굴, 아득해 보이는 눈동자를 가진, 꼭 얇고 투명한 천 뒤에 서 있는 듯한 여인이었다. 무척이나 가냘프고 무해한 듯 보이는 여자. 무척이나 그를…… 놀라게 하는 얼굴이었다.

일렁이는 물속에서 봉지미는 몸을 웅크린 채 자신의 가슴을 움켜쥐었다. 이런 모습을 보이는 것에 난처해하거나 당황하지 않았다. 제 살인을 다른 이에게 들켰다는 것에도 초조해하거나 두려워하지 않았다. 자신을 바라보는 남자의 날카로운 시선도 피하지도 않고 그저 담담한 모습으로 마주했다. 모든 것을 꿰뚫어 보는 유리알 같은 그의 두 눈앞에서는 어떠한 위장도 소용없는 것을 알고 있다는 듯이.

"그냥 혼자 올라올 생각인가?"

風叔

한참 만에 남자가 입을 열었다. 더없이 부드럽고 다정하게 들리는 목소리였지만 그 속에서는 옅은 냉기가 느껴졌다. 그의 말에 봉지미가 잠시 뒤를 돌아봤다. 외숙부의 다섯째 부인은 이미 호수 밑으로 가라앉은 지 오래였다.

"다시 떠오르기라도 하면 어쩌려고?"

남자가 호수 한쪽을 바라보며 말했다.

"그럼 오늘 이 정원을 청소했던 그대가 이 집 주인에게 심문을 받게될 터인데?"

말과는 달리 그에게서는 봉지미를 걱정해 주는 기색이 조금도 느껴지지 않았다. 오히려 시험하고 있는 듯한 얼굴이었다. 하지만 봉지미는 낯선 남자의 시험 대상이 될 생각이 전혀 없었다.

"심문이요?"

봉지미는 살짝 미소를 지으며 물 밖으로 성큼성큼 걸어나왔다. 봉지미의 몸에서 떨어져 내린 물방울이 두루마기 위에 튀자 조금 전까지만 해도 전혀 비킬 생각이 없어 보였던 그가 한 발짝 옆으로 물러났다.

"다섯째 외숙모님께서는 귀하를 뵈러 나오다 그만 발을 헛디딘 것입니다."

봉지미가 젖은 머리를 정리하고는 조금 곤란한 기색으로 자신의 얼굴을 매만졌다. 아무래도 그 여자의 손톱에 칠해져 있었던 '무나화(無邪花)' 가루가 물과 만나 얼굴에 칠해 놓았던 누런 칠을 모두 씻겨 내고만 모양이었다. 봉지미가 매일같이 얼굴에 누런 칠을 하고 다니는 건 어머니의 당부 때문이었다. 어머니가 절절히 부탁하는 데다 별일도 아니라고 생각해서 언제나 진짜 피부색을 가리고 다녔는데, 하필 오늘 다른이에게 들켜 버리고 만 것이다.

어찌할 도리가 없다는 듯 한숨을 내쉰 봉지미가 그를 향해 돌아보며 싱긋 웃었다.

"외숙부님께 해명할 사람은 제가 아니라 귀하인 것 같은데요?"

"나를 만나러 나왔다?"

남자가 웃음기 섞인 목소리로 반문하며 고개를 돌렸다.

"이를 어쩌나. 내가 약속하고 온 상대는 그 늙은 여인이 아니라 그대 인 듯싶은데."

그의 말에 봉지미가 걸음을 멈추고 힐끗 시선을 돌렸다. 어딘가 아 득하고 부드러운 눈길을 타고난 봉지미가 반쯤 웃는 낯으로 고개를 돌 리자, 그 모습이 마치 닿으면 아스러질 것만 같은 여린 꽃잎처럼 보였다.

"그렇습니까? 소녀를 만나고자 오셨다니 정말 더할 나위 없는 영광 입니다. 한데…… 소녀의 성과 이름이 어찌 되는지요?"

봉지미의 물음에 남자의 미소가 더욱더 짙어지는가 싶더니 이내 팔 을 뻗어 그녀를 자신의 앞으로 끌어당겼다. 그러고는 봉지미의 귓가에 대고 작은 소리로 속삭이듯 말했다.

"그건 그대의 입으로 직접 내게 말해 주게 될 터인데……"

봉지미는 미처 손쓸 새도 없이 그대로 그의 품에 안기고 말았다. 아 름다운 용모와 고귀한 자태를 가진 미남자인 줄로만 알았는데, 이제 보 니 비범하다 싶을 만큼 민첩하고 예리한 사내였다. 봉지미는 시선을 내 려 자신의 팔을 잡은 그의 손가락을 바라보았다. 길고 곧게 뻗은 손가 락과 투명해 보일 만큼 여린 피부가 눈에 들어왔다. 손이 부드럽고 고 운 것으로 보아 무인 같지는 않았지만, 자신을 붙잡은 손에서는 분명 뿌리칠 수 없는 강한 힘이 느껴졌다.

그가 더 가까이 다가오자 옅은 박하 내음이 그의 숨결을 타고 전해 졌다. 차가우면서도 산뜻한 내음. 그것은 선명한 듯하다가도 이내 허공 으로 흩어져 흔적 없이 사라졌다. 봉지미가 낯선 느낌에 눈썹을 찌푸렸 다. 그를 뿌리쳐야겠다고 생각하던 순간, 그의 뒤쪽에서 다급한 발소리 가 들려왔다.

"옥화는 어디 있느냐? 직접 나가 손님을 맞이하라 일렀는데, 왜 안 보이는 게야!"

목소리의 주인을 알아차린 봉지미가 순간 몸을 떨었다. 외숙부였다. 천성 오군(五軍)의 도독(都督)이자 비영위(飛影衛)의 지휘관인 추상기는 이 나라 무신 중에서도 가장 높은 권세를 자랑하는 인물이었다. 하지만 그런 그가 애타게 찾고 있는 옥화는 호수 바닥으로 가라앉는 중이었다. 추상기의 뒤에 서 있던 이가 몇 마디 고하기 시작했는데, 미처 말을 끝내기도 전에 저지를 당하고 말았다.

"아이고, 여기 계신 줄도 모르고……."

추상기의 음성이 봉지미가 있는 쪽을 향했다. 하지만 그의 말도 이내 그 미남자에게 저지를 당했다.

"추 대인, 내가 걸음 닿는 대로 거닐었는데, 혹 심기에 거슬렸소?"

"그럴 리가요. 제가 어찌 감히 그럴 수 있겠습니까."

추상기가 바로 남자를 향해 허리를 숙이며 말했다. 그의 말투에서 당황하고 초조한 기색이 드러났다.

그 모습을 지켜보던 봉지미는 문득 외숙부의 목소리에서 당황스러움이나 초조함만 느껴질 뿐 조금의 경의도 묻어나지 않는다는 사실을 알아차렸다. 외숙부를 대하는 이 공자의 말투에서도 뭔가 탐탁지 않은 기색이 느껴졌다. 아무리 곱씹어도 어딘가 이상한 대화였다.

"제 첩인 옥화라는 아이가 노래와 악기에 아주 뛰어난지라 특별히 모시라 내보냈사온데……."

옥화의 이야기를 꺼낸 추상기가 조금 난감한 듯 웃으며 말을 이어 나갔다.

"어딜 간 건지 보이지가 않아서……."

"그 부인이라면 이미 보았소."

남자가 가벼운 목소리로 말하자 봉지미가 눈썹을 치켜올리고 그를 바라보았다. 두 사람의 시선이 허공에서 부딪쳤다. 이내 그의 얼굴에 짓 궂은 웃음이 피어났다.

'그래, 이미 봤지. 물속에 가라앉는 모습을.'

두 사람은 그렇게 눈을 마주친 채 소리 없는 대화를 이어 갔다.

'내가 무슨 말을 하려는지 알고 계시오?'

'그건 공자님의 일입니다.'

'무서운가?'

'모든 일에는 책임이 따르는 법이지요. 원망치 않겠습니다.'

봉지미의 두 눈은 시종일관 미소를 띠었다. 그 탓에 진짜 속내가 무 엇인지 전혀 읽히질 않았다. 그의 가슴에 올려진 여린 손가락에서 약한 냉기가 느껴지는 듯했다. 순간 그의 눈썹이 치켜 올라갔다. 온몸에 두 꺼운 장포와 털옷을 걸치고 있는데도 냉기가 전해지다니, 이상한 일이 었다.

가슴에서 느껴지는 이 차가운 기운이 착각인지, 아니면 지난날 그를 뼛속까지 얼어붙게 했던 오랜 병이 재발한 것인지 알 수 없었다. 이미 사라졌다고 여겼던 오랜 병이 다시 고개를 치켜든 때에 품속 여인의 눈 동자는 짙은 안개 속에서 그를 바라보는 듯했다. 실마리 없는 이 혼란 한 감각은 그의 평생 처음 겪는 혼몽이었다.

'재미있는 여인이군······.'

혼란스러운 감정도 찰나였다. 그는 봉지미에게 닿았던 시선을 바로 거두고, 의아한 눈으로 자신을 바라보고 있는 추상기에게로 시선을 옮 겼다.

"아, 그 부인은 내가 죽였네."

길을 걷다 개미를 밟아 죽인 것보다 더 대수롭지 않다는 듯한, 가볍 고 태연하기 그지없는 음성이었다.

그의 말을 들은 추상기의 눈이 휘둥그레졌다. 차가운 기색이 옅게 느껴지는 미소 띤 얼굴을 마주하자 폐부까지 서늘해졌다. 제경을 떠도는 그에 대한 소문들이 순식간에 추상기의 머리를 스치고 지나갔다. 자유롭고 방탕해 보이는 가벼운 모습 뒤에 숨겨져 있다는 흉악함과 변덕스러움……. 그는 곧장 경악한 기색을 얼굴에서 지우고 아주 부드러운 말투로 답했다.

"그럼 되었습니다. 분명 그 아이가 큰 실례를 범한 것……."

하지만 추상기의 말은 이번에도 잘려 나갔다. 남자는 전혀 아랑곳하지 않는 모습으로 소맷자락을 매만졌다. 눈송이를 흩날리는 겨울바람처럼 나긋한 그의 음성이 이어졌다.

"살인에 이유가 필요한가?"

요상한 것

"살인에 이유가 필요한가…… 이유가 필요한가…… 필요한가……
필요하지 않은가."

반쯤 마른 옷을 걸치고 한 손에는 빗자루를 쥔 채 봉지미가 몸을 바
들바들 떨며 눈이 가득 쌓인 길을 걸었다. 입에는 조금 전 그 사내의 패
악스러운 대답이 계속 맴돌았다.

하늘에서 내린 하얀 눈보다 더 고귀하고 깨끗해 보이는 그가 그런
말을 내뱉었다는 사실이 놀라웠다. 지금껏 자신의 담력이 꽤 괜찮다고
생각했었는데, 그의 입에서 나온 그 말에는 저도 모르게 몸이 흠칫 떨
려 왔다.

외숙부도 이상하기는 마찬가지였다. 노발대발하지는 않더라도 당연
히 화난 빛을 내비칠 줄 알았는데, 그저 허허 웃으면서 상황을 넘기다
니. 아무래도 그 남자의 화법에 이미 익숙한 모양이었다. 외숙부는 그의
품에 갇혀 있는 봉지미에게 몇 번 눈길을 주는 듯하긴 했지만 무슨 이
유에서인지 가까이 다가와 살피지는 않았다.

의례적인 인사말이 몇 번 오간 뒤 외숙부는 바로 자리를 떴다. 외숙부가 저 멀리 사라지자 그도 안고 있던 봉지미를 놓아 주었다. 그는 떠나기 전 의미심장한 눈빛으로 봉지미를 힐끗 쳐다보았다. 온몸에 닭살이 쭈뼛 돋을 만큼 직설적인 시선이었다.

봉지미는 제 양팔을 끌어안으며 답답한 듯 한숨을 내쉬었다. 운이 없어도 너무 없었다. 몇 년이나 참고 참다 겨우 기회를 잡아 처음으로 사람을 죽인 것인데, 하필이면 그 모습을 다른 이에게 들켜 버리다니.

그녀를 곤란하게 할 만한 말은 전혀 하지 않았지만, 심지어 자신이 죽였다고 대신 나서 주기까지 했지만, 조금도 안심되지 않았다. 물속에서 그의 눈을 처음 봤던 바로 그 순간, 똑똑히 보았기 때문이다. 그의 눈에 가득 차 있던 살기를. 그 살기를 마주하자마자 그녀는 그대로 물속에 얼어붙어 미동조차 할 수 없었다.

"엉뚱한 사람 손에 칼자루를 쥐어 준 것 같아서 영 찝찝하단 말이야……."

봉지미는 또다시 한숨을 푹 내쉬더니 손에 들린 빗자루를 땅으로 획 내리쳤다. 애꿎은 빗자루 주위로 작은 눈보라가 일었다가 금세 사라졌다. 다시 빗자루를 손에 쥔 봉지미는 언제쯤 저도 이렇게 한번 제멋대로 굴 수 있을지 속으로 생각했다.

만약 할 수만 있다면 추운 겨울 남의 집 문 앞에 꿇어앉아 물세례 따위 받지 않고 싶었다. 만약 할 수만 있다면 역겨운 사내들이 저를 빈집에 가두지 못하게 하고 싶었다. 만약 할 수만 있다면 남에게 얹혀살지도, 동생과 저를 보호하기 위해 모든 것을 감수하는 어머니의 모습을 바라보기만 하는 일도 다 관두고 싶었다.

'꿈도 크지.'

봉지미는 부질없는 생각을 하는 자신을 비웃으며 다시 비질을 시작했다.

'살아 봤자 스물도 못 넘길 주제에 그런 걸 뭐 하러 바라?'

봉지미의 그림자가 급하지도 느리지도 않은 걸음으로 막 꽃이 활짝 핀 벽 모퉁이를 돌아 걸어나가던 그때였다. 미처 알아차리지 못한 또 다른 그림자가 말없이 봉지미를 바라보고 있었다. 봉지미의 얼굴에 비친 망연함과 답답함을 꿰뚫어 보는 눈빛이었다.

벽은 사시사철 푸른 넝쿨로 가득 뒤덮여 있었다. 바람이 불어오자 넝쿨 이파리가 소리를 내며 흔들렸다. 아무도 없는 듯 그 짙은 초록빛 잎사귀 아래 가늘게 뜬 두 눈이 어렴풋이 드러났다. 저 멀리 보이는 높은 산의 짙은 푸른빛을 머금은 눈이었다.

"영징."

"예."

"네가 보기엔……."

남자가 옷깃을 올리며 찬란한 후광으로 반쯤 가려진 얼굴에 웃음기를 내비쳤다. 투명한 두 눈동자에 차가운 웃음이 서렸다.

"저 아이를 죽이는 게 좋겠느냐, 아니면 살려두는 게 좋겠느냐? 내 일을 망쳐 놓은 아이지만, 어딘지 모르게 조금 위험해 보인단 말이지."

"주군."

평범한 용모에 회색 옷을 입은 남자가 멀리 사라져 가는 여인의 뒷모습을 바라보며 무언가를 가늠하듯 잠시 손가락을 꼽았다.

"반 각(刻)이요."

영징의 입에서 나온 '반 각'이라는 말은 '저 사람을 죽이는 데 필요한 시간'을 뜻하는 것이었다. 남자는 자신의 턱을 쓱 매만지며 웃는 듯 마는 듯한 얼굴로 비범한 직감을 가진 제 부하를 바라보았다.

"요즘 많이 느려진 모양이군?"

"저 여인은 뭔가 달라서요."

영징이 여전히 무척 진지한 얼굴로 대답했다.

"왠지 조금 익숙한 느낌이 듭니다. 조금은 어둡고 조금은 교활하고 조금은 차갑고 또 조금은…… 요상한 게……."

영징은 고개를 갸우뚱하더니 잠시 생각에 빠졌다.

"꼭……."

영징의 말을 듣고 있던 남자의 눈썹이 살짝 위로 올라갔다. 얼굴에는 웃음기가 조금 드러나 있었다. 조금은 어둡고 조금은 교활하고 조금은 차갑고 조금은…… 요상한. 얼마 지나지 않아 영징이 화들짝 놀란 얼굴을 하더니 이내 환하게 웃으며 알아냈다는 듯 손뼉을 쳤다.

"주군을 닮았습니다!"

남자는 주먹을 불끈 쥐고 가볍게 헛기침했다. 뭐가 그리 좋은지 환하게 웃고 있는 부하를 바라보며 미소지었다.

"그러하느냐?"

그가 묻자 영징이 대차게 고개를 끄덕였다.

"예!"

한편 그의 오른편에 서서 줄곧 아무 말이 없던 또 다른 회색 옷의 남자가 얼굴색 하나 변하지 않은 채 영징을 잡아끌고 자리를 떴다.

그는 자신의 두 충복이 함께 달아나는 모습을 재미있다는 듯 바라보다 이내 봉지미가 사라진 방향으로 고개를 돌렸다. 자신을 놀라게 했던 그 얼굴이 떠오르자 저도 모르게 눈동자가 흔들렸다. 그리고 이내 웃음이 터져 나왔다.

"……나를 닮았다?"

두껍고 화려한 털옷을 어깨에 걸친 남자는 흥미로운 시선으로 주위를 한 번 둘러보고는 피식 가벼운 웃음을 남기고 걸음을 옮겼다.

"그렇다면 어디 한번 두고봐야겠군."

남자의 입에서 흘러나온 작은 웃음소리가 주변을 둘러싼 수많은 나뭇잎을 뒤흔들 만큼 낮고 깊게 울렸다.

"저 여인이 나와 같이 이 폭풍 전야의 제경에서 살아남을 수 있을지. 저 여인이 과연……"

그는 말을 잠시 흐렸다. 스산한 기운이 조금 감도는 듯했다. 매화나무의 가장 높은 곳에 피어 있던 하얀 매화 한 송이가 갑자기 바닥으로 툭 떨어지며 아스러졌다.

"……석 달을 넘길 수 있을지."

이게 다 찐빵 때문

추가 저택의 서북쪽 외딴 구석에는 작은 독채가 하나 있었다. 문이 반쯤 열린 그곳은 이름이 없는 별채로 원래는 하인들이 생활하던 곳이었지만, 이제는 추가 작은 아씨의 보금자리가 되었다. 그래도 제 누이라고, 추 도독은 하인들의 숙소와 별채 사이에 키 작은 담을 하나 만들어 구분해 주었다. 누이의 체면을 지켜 주려는 배려였으나 그게 다였다. 아주 약간의 체면을 제외한 다른 모든 것은 하인들의 것과 딱히 구분하지 않았다.

처음 별채를 내준 것은 추 도독의 부인이었다. 고고하고 기세가 등등하던 시누이는 한바탕 성낼 거란 예상과는 달리 너무도 순순히 그 초라한 거처를 받아들였다. 집을 떠나 밖에서 두 남매를 낳아 데리고 돌아온 그녀는 완전히 다른 사람이 되어 있었다. 가문을 버리고 도망쳤다가 다시 돌아온 꼴이니, 사실 선택권 따위는 없었다.

봉지미는 별채 마당으로 들어오자마자 곧장 밥상 앞으로 돌진했다. 아침 일찍부터 사람도 죽이고 물에도 빠지고 또 사내에게 안기기까지

한 터라 진작부터 뱃가죽과 등가죽이 철썩 붙었다 싶을 정도로 배가 고팠다.

식탁 위에는 배춧잎이 들어간 국수 한 그릇과 하얀 찐빵 두 개가 놓여 있었다. 찐빵은 차갑게 식은 지 오래였고 국수도 퉁퉁 불어 국물과 한 몸이 되어 있었다. 차디찬 찐빵은 튼튼한 성벽만큼이나 딱딱했다. 한때는 추씨 가문의 아씨였던 봉 부인은 한쪽 다리가 삐걱거리는 작은 밥상 앞에 앉아 밥상에 묻은 검은 땟자국을 칼로 열심히 긁어댔다. 봉지미가 다가오는 모습을 발견한 봉 부인이 조심스레 찐빵 하나를 건넸다.

"어서 와서 먹으렴."

봉지미가 인상을 찌푸리며 자리에 앉았다.

"사람이 셋인데 왜 두 개밖에 없어요?"

"조 아범 말이, 내일 집에 폐하께서 행차하실 예정이라 주방이 아주 바쁘다고 하는구나. 오늘은 있는 게 이거밖에 없는 모양이야."

봉 부인은 찐빵에는 손도 대지 않고 불어 터진 배추 국수 국물을 한 모금 떠 마셨다.

봉지미는 아무 말도 하지 않고 찐빵을 베어 물며 봉 부인을 바라보았다. 부드러우면서도 매혹적인 눈빛이 빼꼼 모습을 드러냈다. 두리번거리던 눈동자가 제자리를 찾아가자 그 속에서 고귀한 기운까지 뿜어져 나왔다. 딸의 시선을 견디다 못한 봉 부인이 결국 한숨을 쉬었다.

"소녕 공주께서도 함께 오신다는구나."

"아……."

짧은 대답 한마디를 툭 뱉은 봉지미는 바로 시선을 거두고 다시 찐빵에 열중했다. 소녕 공주가 온다는 것은 외숙부의 아들들이 난리가 날 것이고, 가축들을 잡느라 온 집안이 뒤집힐 것이고, 주방은 식탐 많은 공주에게 음식을 해 나르느라 더 정신이 없어질 것이고, 그럼 봉지미는 이곳 구석에 앉아 남은 음식들이나 먹게 될 것이란 뜻이었다. 늘 그랬던 것처럼. 사실 습관이 되고 나니 그쯤은 아무것도 아니었다.

"폐하께서는 무슨 일로 출궁하시는 거래요?"

"며칠 전 한파 때문에 이곳에서도 사람들이 많이 죽어 나갔잖니. 구성(九城) 관아에서 구휼하고 있으니, 아마 그곳에 가 보시려는 거겠지."

"구휼은 무슨…… 다 거짓말. 초왕 전하가 총괄하시는 구성 관아엔 일하는 이가 없는 거 같던데요?"

봉지미가 찐빵 껍질을 힘껏 벗겨 내며 말했다.

"태자 전하가 며칠 전 서량(西涼) 여인들 몇을 들이신 일로 탄핵을 당했잖아요. 그 일 때문에 조정도 아주 시끄럽고. 초왕 전하야 태자 쪽 사람이시니 당연히 도우려고 하겠죠."

"지미야."

봉 부인이 젓가락을 내려놓았다.

"내가 도대체 몇 번이나 더 당부해야 하니. 부녀자는 조정에 대해 함부로 입을 놀려선 안 돼."

"지금 그 말 되게 이상한 거 아시죠?"

봉지미가 먹고 있던 찐빵을 내려놓고 배시시 웃는 얼굴로 봉 부인을 바라보았다.

"모르는 사람이 들으면 우리 봉 부인께서 정말 나랏일 돌아가는 데엔 관심 하나 없는 정숙한 아녀자인 줄 알겠어요."

"그럼 아니라는 거니?"

봉 부인은 봉지미의 말을 무시한 채 면발 하나를 소중한 보물 다루 듯 집어 올리며 생각했다. 세상에는 비슷해 보이지만 하늘과 땅만큼 차이가 나는 것들이 있다고. 이를테면 이 면발은 잘나갈 때 즐겨 먹던 일품요리에 들어 있던 것과 똑같이 생겼는데, 지금은 초라하기 그지없는 식은 음식일 뿐이었다. 사람도 마찬가지였다. 봉지미와 소녕 공주는 지나치게 닮은 용모를 가졌지만, 둘의 신분은 천지 차이였다.

'어휴, 이런 생각은 해서 뭐 하나. 다 타고난 팔자인걸.'

봉 부인은 고개도 들지 않고 밥을 먹는 데 열중했다. 봉지미는 그런 어머니의 모습을 흘겨봤다.

"당연히 아니죠. 우리 봉 부인께선 무사 집안에서 태어난 엄청 멋진 여장부시니까. 고작 열 살에 아버지를 따라 출정했고, 고작 열두 살에 직접 적군도 죽였고, 열네 살엔 전쟁터에서 목숨 바쳐 싸우면서 3만 적진의 목을 가차 없이 베어 버린, 그 전쟁 한 번으로 온 천하에 이름을 알린 위대한……."

"그만."

봉 부인이 동요하지 않는 모습으로 봉지미의 말을 자르곤 배추 국수를 다시 조금 덜어 갔다. 봉지미는 못 들은 척 계속 말을 이어 갔다.

"불의 여인, 화봉여수(火鳳女帥) 추명영은……."

봉지미가 자리에서 벌떡 일어나 밥상을 짚고 얼굴을 가까이 들이밀더니 어머니의 눈을 똑바로 쳐다보며 말했다.

"……이미 죽었어요. 이제 그런 사람은 없어요."

쾅.

젓가락이 밥상에 부딪히는 충격에 그릇들이 댕댕 소리를 내며 흔들렸다. 밥상을 쾅 내리친 봉 부인의 얼굴에서 순식간에 한기가 흘러나왔다. 꼭 그때 그 시절의 기운이 느껴지는 것만 같았다. 봉지미는 그 모습을 가만히 바라보며 그저 미소지을 뿐이었다.

한쪽으로 비스듬히 기울어진 국수 그릇이 국물을 뚝뚝 흘리기 시작했다. 하지만 봉지미는 아랑곳하지 않고 싱긋 웃으며 털끝 하나도 움직이지 않았다.

잔뜩 화가 난 봉 부인은 그런 봉지미를 노려보다 한숨을 내쉬며 밥상 위를 정리했다. 조금 쏟아져 나온 국수 국물이 봉 부인의 손톱 위에 후드득 떨어졌다. 아까운 마음에 당장이라도 핥아 먹고 싶었지만, 저를 바라보는 딸의 시선 때문에 결국 관두고 치마에 쓱쓱 닦아 냈다.

"이제 다 지나간 일이야."

맹렬하게 싸우던 시절은 순식간에 끝났다. 지금 봉지미의 앞에 앉아 있는 사람은 그저 국수 그릇을 소중히 껴안고 있는 평범한 아녀자였다.

"어서 밥 먹어. 먹고 조 어멈이나 좀 도와주러 가야지."

봉지미는 제 어머니의 아름답지만 조금 나이가 들어 버린 창백한 얼굴을 바라보다가 다시 자리에 앉았다. 그때 갑자기 벌컥 문이 열리더니 누군가 찬바람과 함께 안으로 들어왔다. 봉지미의 옆에 털썩 주저앉은 남자는 봉 부인이 줄곧 손대지 않고 아껴 두었던 찐빵을 바로 한 입 베어 물었다. 그 와중에도 얼굴에는 불만이 가득했다.

"또 찐빵이야?"

"천천히 먹어. 그러다 또 혀 깨물라."

봉 부인이 다정한 손길로 아이의 머리를 쓰다듬으며 말했다.

"식었지? 가서 따뜻하게 데워다 줄까?"

봉지미는 자신의 손에 들린 딱딱한 찐빵을 내려다봤다.

'데워다 준다고? 내일 행차하실 높은 분 덕에 눈코 뜰 새 없이 바쁜데 퍽이나!'

제 손에 들린 찐빵도 차갑게 식어 돌덩이만큼 딱딱하고 맛이 없는데, 어째서 '데워다 주랴' 하고 한번 물어봐 주질 않는 건지.

"다 식은 걸 어떻게 먹어?"

봉호는 찐빵을 한 입 베어 물자마자 잔뜩 얼굴을 구기더니 손에 들고 있던 찐빵을 신경질적으로 휙 내던졌다. 딱딱해진 찐빵이 바닥에 떨어지자 꽤 둔탁한 소리가 났다.

"안 먹어!"

봉지미는 땅에 떨어진 그 찐빵을 물끄러미 쳐다봤다. 저건 오늘 세 사람에게 주어진 아침 식사였다. 사람은 셋인데 찐빵은 둘뿐이라 어머니는 손도 대지 못하고 다 식은 국물만 마셨다. 그렇게 소중한 찐빵이 남동생의 손짓 한 번에 흙투성이가 되어 버렸다.

봉지미가 고개를 돌려 남동생을 바라보았다.

"주워 와."

봉지미의 목소리와 말투는 다정하고 부드럽기 그지없었다. 남동생을 바라보는 두 눈에도 온화한 미소가 옅게 묻어났다. 태어나길 선하고 맑은 눈을 가지고 태어난 사람이었다. 아무리 봐도 횡포하거나 차가운 것과는 거리가 멀었다. 어머니인 봉 부인이 조금 전 보였던 그런 날카롭고 매서운 모습이 봉지미에게는 없었다.

하지만 봉호는 그런 누이의 말에 몸을 움찔했다. 어째서인지 누이가 웃으며 말할 때마다 출처 모를 냉기가 느껴져 온몸에 소름이 돋았다. 호수같이 맑고 아름다운 두 눈 속에 보통 사람들이 보지 못하는 무언가가 있어 그를 단단히 옭아매는 듯했다.

다행히 그를 향한 어머니의 편애가 그나마 믿을 만한 구석이 되어 주었다. 봉호는 뒷걸음질로 봉지미에게서 조금 떨어진 후에야 고개를 치켜들고 흥, 콧방귀를 뀌었다.

봉지미는 그런 동생을 여전히 미소 띤 눈빛으로 바라보며 다시 자리에 앉아 자신의 찐빵을 먹기 시작했다. 그러고는 차분한 목소리로 말을 이어 갔다.

"안 줍겠다는 거지? 그래, 너도 이제 컸으니 스스로 결정해야지. 내일 내가 외숙모께 가서 널 셋째 도련님과 함께 공부시켜 달라고 부탁드려야겠다. 벌써 이렇게 총명한 걸 보면 우리 세 식구 앞날은 호 네게 걸어도 되겠어."

"안 돼!"

봉호가 사색이 된 얼굴로 봉지미를 매섭게 노려봤다.

"진짜 내 누이 맞아? 날 그 불구덩이에 밀어넣겠다고? 독한 인간 같으니라고! 지가 오래 못 산다고 나까지……."

"봉호!"

엄청난 호통에 소리를 지르던 봉호가 바로 입을 꾹 다물었다. 봉 부인의 시선이 봉호에게 머물다 이내 다시 봉지미에게로 옮겨 갔다. 조금 전까지 선명하던 웃음기가 이제 조금 옅어져 있었다. 하지만 입가엔 아직 미소가 걸린 채였다.

"고작 찐빵 하나잖니."

봉 부인이 싱긋 웃으며 땅에 떨어진 찐빵을 주우러 총총 달려나갔다. 봉지미는 흙투성이가 된 찐빵을 주워 들고 후후 불어 조심스레 흙을 털어 냈다.

"주방에 가서 좀 데워 와야겠다."

봉지미는 시선을 살짝 내리깔고 어머니의 손에 들린 찐빵을 바라보았다. 손을 보니 부드럽고 곱던 것이 어느새 거칠고 투박한 상처투성이가 되어 있었다. 다시 어머니의 머리칼로 시선을 옮겼다. 윤기 나던 검은 머리칼 사이사이로 언제 생긴 건지 모를 희끗한 머리카락들이 올라와 있었다. 그 하얀 세월의 흔적들이 바늘이 되어 봉지미의 두 눈을 찌르는 것만 같았다.

강산도 변한다는 긴 세월을 지나오는 동안, 한때 등등한 기세로 이름을 날리고 사람들이 전하는 이야기 속에서 불꽃처럼 환하게 타오르던 여장부는 먼지 덮인 역사 속으로 사라져 버렸다. 도대체 무슨 일을 겪으면 과거의 영광과 기개가 이렇게까지 흐려져 버리는 건지, 도대체 무슨 일이 있었기에 이토록 고되고 쓸쓸한 인생이 되었는지 도무지 알 수가 없었다.

"제가 갈게요."

봉지미가 반쯤 한숨을 내뱉듯 말하며 봉 부인의 손에 들려 있던 찐빵을 가져왔다. 기세가 하늘을 찌르는 주방 사람들에게 굽신거리며 부탁하는 어머니의 모습을 보고 싶지 않았다. 막 문지방을 넘은 때였다. 뒤에서 쩌렁쩌렁한 봉호의 목소리가 들려왔다. 명령조가 묻어났다.

"보고 뭐 먹을 만한 거 있으면 같이 가져와!"

그 소리에 잠시 멈칫했지만 뒤돌아보지 않고 다시 걸음을 옮겼다. 어렴풋이 들려오는 소리로 짐작컨대 어머니가 봉호를 품에 안고 위로하고 있는 모양이었다.

봉지미의 얼굴에는 아무 표정이 없었다. 양녀인 주제에 아들이 더 사랑 받는다고 불만을 가지는 건 있을 수 없는 일이었다. 사실 자신뿐만 아니라 봉호도 봉 부인의 친아들이 아닌 양자였다. 이 사실을 아는 건 봉지미 단 하나뿐이었다. 그래도 봉호가 사내라 다행이었다. 봉 씨 가문의 대를 이을 수 있는 사람이니까.

봉지미는 어머니가 지금껏 저를 버리지 않고 다른 이들에게 친딸이 아니라는 사실을 밝히지 않은 것만으로도 넘치게 감사했다. 그 덕에 권세가인 추 도독의 집에 들어와 살 수 있게 되었으니 이미 충분했다. 가족 간의 사랑이나 온기…… 그런 건 아무래도 상관없었다. 당장 언제 죽을지도 모르는데 그런 것까지 바랄 여유가 있겠는가?

주방은 마침 완전히 난장판이 되어 있었다. 다들 입맛이 까다로운 공주에게 올릴 최고급 요리들을 준비하느라 정신이 없었다. 소녕 공주는 황제에게 가장 사랑 받는 딸이었다. 건국 초기 혼란 중에 포대기에 싸인 채 황제와 함께 사라진 공주를 찾기 위해 엄청난 공을 들였다는 이야기를 들은 적이 있었다. 공주를 겨우 다시 찾아온 그날, 하늘에 큰 길조가 나타났고, 머지않아 도성을 점령하고 지금의 천성국을 세웠다고 했다. 그러니 황제에게 소녕 공주는 살아 있는 행운의 상징이나 다름없었다.

봉지미는 주방 옆 샛문으로 살금살금 들어갔다. 얼굴은 다시 누렇게 떠 있었고, 눈썹도 아무렇게나 삐뚤빼뚤하게 그려져 있었다. 겨우 그 두 개만 고쳤을 뿐인데 봉지미의 용모는 오늘 아침과는 완전히 딴판이었다. 이제 누구도 거들떠보지 않을 터였다.

아궁이에는 크고 작은 솥과 찜기들이 바삐 제 역할을 하고 있었다. 주방을 가득 채운 수증기 때문에 당장 앞에 있는 사람의 얼굴조차 제대로 보이지 않을 지경이었다. 여기저기서 온갖 맛있는 냄새란 냄새는 다 피어오르는 중이었다. 아무래도 새로운 요리를 개발하는 중인 듯싶었다. 괜히 주방 사람들을 놀라게 하고 싶지 않아 봉지미는 조용히 빈 아궁이를 찾아 솥에 물을 붓고 찐빵을 데우려고 준비했다.

주방 도마 위에는 맛있는 음식들이 가득했다. 하지만 봉지미는 그곳에 눈길조차 주지 않았다. 맛있는 것 좀 가져오라는 봉호의 말은 아직 어려서 뭣도 모르고 내뱉은 말이었다. 이 집안에서 자기네 가족이 차지하고 있는 난감하기 그지없는 위치를 생각하면 다른 이들에게 괴롭힘을 당하지 않는 것만으로도 다행이라고 여겨야 했다. 괜히 분란을 일으키거나 눈에 띄는 행동을 하는 건 득이 되지 않았다. 하지만 그냥 참아 내기에는 너무나도 향긋한 내음이었다. 봉지미는 굶주린 배를 쓱쓱 어루만졌다. 음식 냄새를 맡으니 왠지 배가 더 고픈 것만 같았다.

물이 끓기만을 기다리고 앉아 있던 봉지미는 주방 입구 쪽의 인기척을 전혀 느끼지 못했다. 동분서주하는 주방 찬모들의 시선이 종종 저에게 와 닿는다는 사실도 물론 몰랐다. 솥 안의 물이 보글보글 소리를 내며 수증기를 뱉기 시작하자 뚜껑을 열었다. 대충 온기만 조금 돌아도 되지 싶어 막 찐빵으로 손을 뻗는 바로 그 순간이었다.

쨍그랑.

갑자기 무언가 깨지는 소리가 들려왔다. 동시에 주방 찬모 하나의 날카로운 목소리가 마치 기다렸다는 듯 크게 울려 퍼졌다.

"도둑이야! 손님상에 올릴 음식이 사라졌어요!"

따귀

화들짝 놀란 봉지미는 곧장 손을 떼고 자리에서 벌떡 일어났다. 그러고는 찐빵이 뜨겁든 아니든 신경 쓸 새 없이 집어다가 품 안에 넣고는 바로 주방 뒤편에 나 있는 창 쪽을 향해 몸을 틀었다. 창까지는 고작 두 걸음 거리인 데다 높이도 낮았고, 창밖에는 작은 화단이 전부였다. 그쪽을 통해 나갈 수만 있으면 어떻게든 몸을 숨길 수 있었다. 이유를 불문하고 지금 봉지미는 이곳에 있어서는 안 되는 사람이었다.

하지만 불행히도 이미 한발 늦은 상태였다. 봉지미의 순발력이 부족했다기보다 그보다 앞서 창밖으로 뛰어내린 다른 사람 때문이었다. 경황없이 뛰쳐나가다가 발목이 꺾였는지 창밖에서 어렴풋이 아야, 하는 고통에 찬 소리가 들려왔다.

귀에 익은 목소리였다. 그녀는 순간 걸음을 멈췄다. 창가에 서서 아래로 시선을 내린 찰나 봉지미의 얼굴에 분노, 울화, 걱정, 그리고 원망이 한데 뒤섞인 복잡한 감정이 스치고 지나갔다.

봉지미는 숨을 한 번 크게 들이마신 후 빠르고 정확한 동작으로 찐빵을 조금 전 그 가마솥에 도로 넣었다. 이제 창문으로 도망치기는 틀렸다. 음식을 훔쳐 먹은 도둑도 도망치긴 글렀다. 창밖에서 들려오는 고통에 찬 숨소리가 그걸 말해 주었다. 지금 저쪽으로 뛰어내렸다간 도둑과 같이 붙잡힐 게 뻔했고, 상황은 더 복잡해질 것이었다.

주방은 도둑이라는 소리에 아까보다 훨씬 더 아수라장이 됐다. 밖에서 일하던 관리인과 찬모들까지 죄다 주방 안으로 달려 들어왔다.

"아니, 이게 무슨……."

그때 단아한 중년 여인 하나가 주방으로 들어오며 창을 등지고 서있는 봉지미를 발견하고는 조금 놀란 듯 말을 흐렸다. 분명 목소리에는 화가 가득한데 눈빛에는 한 줄기 기쁨이 스쳐 지나갔다.

'망했어.'

봉지미가 재수 없게 되었다며 속으로 욕을 삼켰다. 저 여인은 주방을 총괄하는 안 씨였다. 일찍이 남편을 잃고 예전부터 줄곧 바깥뜰을 관리하는 류 관리인과 살림을 합치고 싶어 했다. 하지만 그는 안 씨가 나이 들었다는 이유로 눈길조차 주지 않았다. 대신 어린 봉지미에게 내내 침을 흘렸다. 그 탓에 안 씨가 봉지미를 눈엣가시로 생각한 지도 꽤 오래됐다. 안 씨가 빠르게 주방 안쪽을 살피더니 갑자기 얼굴색을 확 바꾸고 봉지미에게 달려들었다.

"감히 공주마마께 올릴 제비집을 망쳐 놓다니!"

창문이 활짝 열린 덕에 주방을 가득 메우고 있던 수증기가 모두 날아가 뿌옇던 주방 광경이 훤히 눈에 들어왔다. 안 씨의 시선 끝에는 원래 은빛 덮개로 조심스레 덮어 두었던 옥 술잔이 있었다. 하지만 덮개는 저 멀리 내팽개쳐졌고, 반쯤 기울어진 술잔에서 쏟아져 나온 진득한 우유 같은 것이 상을 온통 더럽혀 놓은 상태였다. 잔 옆에는 검은 손자국까지 몇 개 나 있었다. 그야말로 추잡한 광경이었다.

공기 중에 떠다니는 향긋하고 달콤한 냄새가 점점 진해지자 봉지미가 살짝 숨을 들이켰다. 달콤한 향기에 마음은 더 무거워졌다. 저게 정확히 무엇인지는 몰라도 아주아주 비싼 물건임은 틀림없었다.

"이걸 어떻게 해야 할까요? 이걸 어떻게 해야 좋겠느냐고요!"

안 씨는 그저 봉지미를 조금 난처하게 만드는 정도에서 그치고 싶었다. 하지만 다른 것도 아니고 소녕 공주에게 올릴 진지를 건드리고야 말았다. 이건 절대 그냥 넘어갈 수 있는 일이 아니었다. 안 씨는 매서운 눈으로 봉지미를 노려봤다. 예전에는 그래도 눈치는 봐 가며 성을 냈지만, 이번에는 정말 머리끝까지 화가 치밀어 올랐다.

그때였다. 창문 밖에서 수상한 소리가 들렸다. 꼭 무언가가 벽에 부딪히며 나는 소리 같았다. 하지만 잔뜩 화가 나 숨을 몰아쉬고 있는 안 씨의 씩씩거리는 소리에 바로 파묻히고 말았다. 봉지미는 어두워진 낯빛으로 애꿎은 손가락만 만지작거렸다.

"지미 아가씨……."

안 씨 옆에 서 있던 중년 부인 하나가 새파랗게 질린 얼굴로 겨우 목소리를 짜내며 말했다.

"둘째 도련님께서 천신만고 끝에 거금을 주고 겨우 사 오신 제비 집입니다. 한 돈에 수천 냥은 하는 것인데……. 외부 사람들에게 전수하지 않는 장인만의 비법으로 아홉 번 찌고 아홉 번 말려 설산에서 직접 캔 자색 창포와 다른 진귀한 향신료들을 섞어 만든 것입니다. 게다가 만드는 동안은 값비싼 흑석목(黑石木)만 사용해야 하는데……. 이 한 잔을 만드는 데만 어마어마하게 많은 돈이 들어갑니다. 둘도 없는 귀한 음식이에요. 당장 내일 공주마마께서 오시는데, 이게 없으면 저희는 어떡하라고요?"

찬모의 입에서 줄줄이 나오는 값비싼 식재료 이름을 듣고 있자니 머릿속에 먹구름이 끼는 것만 같았다. 봉지미는 숨을 깊게 들이쉬고 차분히 입을 열었다.

"난 그냥 찐빵을 좀 데우려고 온 것뿐이야. 그건 안 건드렸어."

"그럼 누가 건드렸단 말입니까?"

안 씨가 피식 냉소를 내뱉으며 쏘아붙였다.

봉지미는 제 손을 또 만지작거리는가 싶더니 이내 차분한 얼굴로 안 씨에게 답했다.

"주방에 사람이 이렇게 많은데, 조금 전에 누가 달려 들어오다 건드렸을지도……."

짜악.

손바닥이 피부에 부딪치며 내는 날카로운 소리에 다들 화들짝 놀랐다. 봉지미는 윙윙 울리는 머리와 얼싸해진 볼의 감각 말고는 아무것도 느낄 수가 없었다. 얼얼한 감각이 지나가자 화끈거리는 통증이 곧바로 치고 올라왔다. 입안에서 비릿한 맛이 났다. 턱뼈까지 고통이 전해졌다. 모질기 그지없는 손찌검이었다.

안 씨도 놀란 듯 허공에 손을 든 채 그대로 굳어 있었다. 본인도 방금 전 자기가 벌인 짓을 믿을 수 없다는 표정이었다. 안 씨도 선을 넘을 생각은 없었다. 아무리 뒷방 신세라고 한들 봉지미도 분명 주인댁의 일원이었다. 신분 제도가 엄격한 천성에서 하극상은 큰 죄였다. 하지만 오늘 일은 경우가 달랐다. 내일 올릴 음식들 때문에 안 그래도 초조하고 불안한 와중에 눈엣가시 같은 계집이 일까지 벌이니 순간 눈이 뒤집혀 버렸다. 생각할 겨를도 없이 치밀어 오른 홧김에 손을 휘둘렀는데, 정신을 차려 보니 봉지미의 울긋불긋해진 얼굴이 이미 확 돌아가 있었다.

고요한 적막이 흘렀다. 잠시 후 얇은 핏줄기가 봉지미의 입가를 타고 새어 나왔다. 눈을 찌르는 듯한 새빨간 것이 꼭 잔혹하게 피어난 꽃처럼 보여 그 모습을 지켜보던 다른 이의 얼굴색마저 창백해졌다.

손가락을 입가에 가져다 댄 봉지미가 손끝에 묻어난 피를 물끄러미 쳐다보더니…… 웃었다. 따귀를 맞을 때 엉망으로 헝클어진 머리 사이로 웃음이 반쯤 새어 나왔다. 사방에 조용히 가라앉아 있던 아궁이 연기와 머리칼이 드리운 그림자 속에서 살며시 드러난 얼굴은 부드러우면서도 냉혹했다. 그 간극이 내뿜는 차가운 모순에 맞은편에 서 있던 안 씨까지 부르르 몸을 떨었다.

안 씨는 생각했다. 봉지미의 신분이 아가씨라서 그나마 다행이라고. 만약 집안 어른인 봉지미의 어머니를 건드렸다면 아마 좋은 꼴을 보지는 못했을 거라고…… 순간 욱해서 실수한 것이지만, 그것 좀 때렸다고 봉지미가 뭘 어쩔 수 있는 것도 아니었다. 솔직히 봉지미가 실수해 걸려든 것이 퍽 마음에 들었다. 예전에는 꼬투리를 잡고 싶어도 도무지 실수라고는 하질 않아 그마저도 힘들었는데, 딱 오늘 같은 날 걸려들었으니 오히려 잘된 일이었다. 황족에게 올릴 음식을 훔친 죄는 아가씨라고 피해갈 수 있을 리 없었다. 게다가 자신은 추 부인을 직접 모시는 사람이니 이 집안에서 지위가 영 없는 것도 아니었다.

'뒷방 여자가 데려온 씨도 모르는 계집 하나 가르쳤다고 무슨 큰일 나겠어?'

이런 생각이 머릿속을 스치고 지나가자 안 씨는 곧장 봉지미를 향해 삿대질하며 목청을 높였다.

"당장 이 도둑년부터 잡아! 부인께 데려가 단단히 벌해야 하니!"

따귀 한 대의 이자

"아니, 여기서 뭐 하시는 거예요!"

봉지미를 잡으라는 안 씨의 말이 떨어지기가 무섭게 다른 찬모의 비명 섞인 목소리가 들려왔다. 찬모는 안 씨가 봉지미의 따귀를 때리는 것을 보고 화들짝 놀라 저도 모르게 뒷걸음질을 쳤다. 그때 창문 밖에서 인기척을 느껴 고개를 돌렸더니 봉 씨 집안의 도련님이 그 밑에 쭈그리고 앉아 있었던 것이다.

사람들이 바로 달려나가 봉호를 데려왔다. 놀란 그는 새하얗게 질린 얼굴로 제대로 말 한마디 못하고 있었다. 그 모습에 봉지미의 얼굴이 절로 구겨졌다. 반면 안 씨는 무슨 보물이라도 발견한 듯 기쁜 기색을 감추지 못했다.

"아니, 우리 호 도련님께서 여긴 무슨 일이세요? 도련님도 먹을 걸 훔치러 오신 겁니까?"

'훔친다'라는 말에 봉호가 몸을 바르르 떨더니 봉지미의 눈치를 살폈다. 그러고는 고개를 푹 숙였다. 봉호의 안색을 살피던 안 씨의 두 눈에 빛이 반짝이더니, 언제 그랬느냐는 듯 다정한 목소리로 웃으며 말을 이었다.

"도련님은 아직 나이가 어리시니, 가끔은 이런 실수도 하실 수 있죠. 어머님께서 잘 타이르시는 것으로도 충분합니다. 괜히 주인마님께서 알게 되시면 일이 커질 거예요."

고민에 빠진 그가 제 손을 만지작거리자 소맷자락 안쪽에서 달콤한 냄새가 훅 풍겨 나왔다. 소매 끝에는 제비 집처럼 생긴 무언가가 비죽 튀어나오기까지 했다. 하지만 다들 애써 못 본 척하며 시선을 돌렸다.

"도련님, 큰일을 앞두고는 무엇이든 정확히 하는 것이 좋답니다."

안 씨가 웃는 듯 아닌 듯한 얼굴로 본채 쪽을 향해 턱짓했다.

"주인 어르신께서는 집안일도 군법으로 다스리신다는 거 잘 아시지요? 어르신께서 제일 엄히 벌하시는 게 물건을 훔치는 일인데, 보통 물건도 아니고 황족에게 올릴 진지를 훔쳤다는 사실을 아시면 정말 큰일이 날지도 모릅니다. 아무리 폐하께서 용서하신다고 해도 어르신께선 바로 쫓아내실 겁니다. 그러니까 도련님……."

안 씨가 말을 이어 가면 갈수록 그는 온몸을 벌벌 떨며 뒷걸음질쳤다. 봉지미는 살짝 숨을 들이켜며 얼굴을 감싸고 있던 손을 천천히 내리고 봉호를 바라보았다.

'저게 어린 시절부터 쭉 함께 자라 온 남동생이라니…….'

봉지미의 시선에 다리가 풀려버린 봉호는 바로 봉지미를 피해 옆으로 한 발짝 물러서더니 속사포처럼 말을 뱉었다.

"……누이가 맛있는 게 있으니 여기서 기다리라고 했어."

그의 말에 안 씨가 기쁜 숨을 내뱉었다. 입가에는 섬뜩한 웃음이 걸려 있었다. 주방에 있는 다른 여인들도 모두 하나같이 입꼬리를 올렸다. 봉지미는 고개를 돌려 봉호에게서 시선을 거두었다.

"봉호!"

그때 어디선가 매서운 목소리가 들려왔다. 갑작스러운 호통에 다들 주방 문 쪽으로 고개를 돌렸다. 아무도 모르는 사이 집안의 안주인인 추 부인이 모든 상황을 지켜보고 있었다. 하지만 조금 전 호통은 추 부인이 아닌 그 옆에 있던 봉 부인에게서 터져 나온 것이었다. 봉 부인은 화난 얼굴로 봉호를 응시했다.

그는 봉 부인을 발견하자마자 부리나케 그쪽으로 달려가며 외쳤다.

"어머니! 나 쟤들 때문에 다쳤어요!"

봉 부인은 파랗게 질린 얼굴로 자신을 향해 달려오는 그를 바라보았다. 봉 부인의 소맷자락이 떨리고 다리가 살짝 후들거리더니 이내 자세를 가다듬었다. 그러고는 조금 뻣뻣한 자세로 팔을 들어 달려오는 아들을 품에 안았다. 차가운 눈으로 그 모습을 지켜보던 봉지미의 눈이 순간 반짝였다. 어머니의 자세가 아무래도 조금 이상했다. 하지만 그저 그녀의 착각이었는지, 눈 깜짝할 사이 부인은 아무렇지 않은 모습으로 아들을 품에 안고 조용히 달래 주고 있었다.

이 모든 것을 가만히 지켜보던 추 부인은 온갖 살을 붙여 이야기를 한껏 부풀린 안 씨의 보고를 듣다 말고 고개를 돌려 봉호에게 물었다.

"호야, 지미가 너더러 창문 아래서 기다리라고 했니?"

추 부인의 물음에 모두가 조용해졌다. 제 어머니에게 온갖 어리광을 부리던 봉호는 조금 뻣뻣하게 고개를 들고 입술만 달싹이다 어머니의 눈치를 살폈다.

봉 부인의 손이 조금 떨리는가 싶더니 이내 아들의 시선을 피했다. 봉지미는 어머니가 소맷자락에 묻은 금빛 음식을 몰래 털어 내는 장면을 지켜봤다. 조금 전 봉호가 달려가 안길 때 묻은 것이었다. 어머니의 뜻을 알아차리지 못했는지 봉호는 멍한 얼굴을 하고 있었다. 하지만 눈 감아 주는 것으로 봉 부인은 이미 그에게 힘을 실어 주고 있는 것이나 마찬가지였다. 봉호 역시 이 집에서 쫓겨나기는 싫었으므로 독한 마음을 먹고 고개를 빳빳이 세웠다.

그때 봉 부인이 갑자기 봉호를 막아서곤 추 부인 쪽으로 몸을 틀어 허리를 숙였다. 추 부인도 살짝 고개를 숙여 예를 표했다. 그녀의 입가에는 옅은 웃음이 맺혀 있었다. 어머니의 모습을 계속 바라보던 봉지미가 그제야 안심한 듯 숨을 내쉬었다. 두 눈에 기쁨이 맺혔다.

'이 세상에 내 편 들어 주는 사람도 있긴 하구나……'

나지막한 봉 부인의 목소리가 들려왔다.

"……우리 지미가 아직 철이 없고 식탐이 많아 그런 것이니 넓은 마음으로 이해해 주면 좋겠어요."

순간 봉지미는 뒤로 한 걸음 물러났다. 마음 깊은 곳에서 천둥 번개가 치는 것만 같았다. 번개가 지나간 자리에 남은 깊고 어두운 골짜기에서 피가 쏟아졌다.

하지만 봉지미는 웃었다. 맑고 옅은 웃음이었다. 웃음이라기보다 붓으로 그려 낸 그림 같기도 했다. 완벽하고 아름답지만 딱딱한 호선을 그리며 올라간 입꼬리와 부드럽게 휘어진 눈썹 그리고 맑은 눈동자에서 교활하면서도 아름다운 기운이 뿜어져 나와 모든 이의 간담을 서늘하게 했다.

추 부인은 조금 놀란 얼굴이었다. 이미 봉 씨 남매를, 특히 유난히 허영이 심한 봉호의 심성을 잘 알고 있었다. 오늘 일은 분명 그의 식탐 때문에 벌어진 일이었다. 성미가 불 같은 시누이라 아들을 호되게 혼내고 딸을 감싸줄 거라 생각했는데 예상과는 전혀 다른 결과가 나왔으니 놀라지 않을 수 없었다.

'역시 아들이 더 중요한 건가……'

추 부인은 속으로 생각을 이어 갔다. 봉 씨 집안의 딸인 봉지미는 성격이 착하고 온순해 크게 눈에 띄거나 문제를 일으키는 일 없이 늘 조용한 아이였다.

문득 시누이가 저 남매를 데리고 대문 앞에 꿇어앉았던 그날이 떠올랐다. 집안 식솔들에게 절대 주인어른께 보고하지 말라는 엄명을 내려 두었었다. 추상기도 덩달아 모르는 척 외면했다. 봉 부인이 문밖에서 추위에 떨다 정신이 혼미해지자 고작 네 살도 되지 않은 봉지미는 조금도 당황하지 않고 남동생과 함께 대로에 꿇어앉았다. 단 한마디 말도 하지 않고 그저 두 눈에 눈물만 그렁그렁하게 맺힌 채. 머지않아 집 앞을 오가던 이들이 불쌍한 어린아이들을 보고는 수군거리기 시작했다. 그렇게 하루만에 세 사람은 겨우 대문을 넘었다.

　　어린 나이에도 봉지미는 사람들을 이용해 집안에 압력을 가하는 방법을 알고 있는 아이였다. 어머니의 몸이 상할 때까지 기다려 봉 부인이 아이들을 이용한다는 비난도 받지 않게 했다. 그 총명함과 탁월한 처신을 떠올리니 마음 한편이 서늘해졌다.

　　류 관리인의 아들에게 시집보내려 했을 때도 그랬다. 앞에서는 거절하는 티를 조금도 내지 않았는데, '우연히 만난' 외숙부에게 "셋째 아가씨가 제 옥비녀를 마음에 들어 하시니, 부디 전해주세요"라고 말해 그가 비녀의 출처를 묻게 했다.

　　"류 관리인 댁에서 보낸 것입니다. 동생이 마음에 들어하는 물건이니 제가 양보해야지요."

　　그 말을 들은 후 추상기는 노발대발하며 봉지미를 나무랐다. 몸가짐을 똑바로 하지 않은 것도 모자라 함의가 불분명한 물건을 제 딸에게 보였다는 게 이유였다. 아직 아무것도 모르는 천진한 셋째가 정말 그 비녀를 받기라도 했다간 담장 밖에서 또 이야기가 나돌 것이 분명했다.

　　그 일로 봉지미는 몇 년 동안이나 난처한 위치에 있었다. 하지만 그로 인해 이 집 밖으로 쫓겨나지도, 더는 눈에 띄지도 않고 지금껏 버텨왔다. 추 부인은 그런 점이 늘 불안했다. 실로 오늘 일은 좋은 기회라고 할 수 있었다.

"사실 그리 큰일도 아니지요."

추 부인이 웃음 띤 얼굴로 너그러이 말했다.

"한집안 식구끼리 모질게 굴 수는 없으니까요. 내일 성찬에는 다른 음식을 올리면 그만입니다. 폐하와 공주마마께선 우리 집안을 늘 아껴 주시는 분들이니 개의치 않으실 거예요."

봉 부인이 환해진 얼굴로 딸을 향해 고개를 돌렸다. 봉지미는 두 손을 소매 안에 넣은 채 아무 말 없이 창문 아래에서 바람에 흔들리는 꽃 한 송이만 바라보고 있었다.

"하지만……."

추 부인이 말을 덧붙였다.

"아랫사람들 입을 모두 막을 수도 없는 일이라, 어찌해도 바깥으로 이야기가 새어 나가기는 하겠지요. 대감께서 아시면 크게 역정을 내실 텐데……. 워낙 엄격한 분이시니 지미가 크게 혼날 게 분명하고……."

추 부인이 싱긋 웃으며 봉지미를 바라보았다.

"네 외숙부를 피해 잠시 나가 있는 게 어떻겠니? 너무 걱정하지 말렴. 이 외숙모가 다 알아서 수습해 줄 것이니."

봉지미를 이 집에서 쫓아내겠다는 말이었다. 추 부인의 저의를 알아들은 아랫사람들의 얼굴에도 웃음이 새어 나왔다. 별 대접은 못 받았지만 그래도 지금까지 쭉 양반가 담장 안에서 자라 온 봉지미였다. 여리고 또 여린 양반가 아가씨가 집 밖으로 나가 할 수 있는 일은 없었다. 시간이 지나 다시 집으로 들어온다고 해도 밖에서 나돌았다는 이유로 온갖 소문에서 자유롭지 못할 테고, 좋은 집안과의 혼인도 물거품이 될 게 분명했다. 안 씨는 기쁜 기색을 감추지 못하고 싱글벙글 웃고 있었다. 눈엣가시를 뽑아냈으니 이보다 더 시원할 수가 없었다.

봉 부인이 다급해져서 뭐라 말을 꺼내려던 순간, 추 부인이 갑자기 몸을 틀어 봉 부인의 머리를 손수 매만져 주더니 자신의 머리에 있던 붉은색 장신구를 빼서 얹어 주며 싱긋 웃어 보였다.

"호는 아직 어리고, 지미는 아직 철이 들지 못해 시누이께서 마음고생이 많으십니다. 얼굴이 많이 상하셨어요."

'호는 아직 어리다'라는 말에 봉 부인이 흠칫 몸을 떨었다. 그녀는 고개를 살짝 기울이고 손을 조심스레 머리로 가져갔다. 파리한 손가락이 미세하게 떨리고 있었다. 봉 부인은 시선을 아래로 내리깔고 작은 소리로 말했다.

"마음 써 주어 고맙습니다…… 올케."

황혼의 노을이 집 안으로 스며들어와 모두의 얼굴을 환하게 비췄다. 전설 속에서 불꽃으로 빛났던 여인은 이제 어두운 구석의 그림자 속에서 빛을 잃고 서 있었다. 붉은 석양이 그녀의 얼굴까지 스며들었고, 차가운 달빛이 창백한 낯을 더욱 두드러지게 했다.

겨울 석양 아래 선 봉지미는 얇은 옷을 뚫고 들어오는 한기를 이기지 못하고 저도 모르게 몸을 웅크렸다. 봉지미의 시선이 입술을 깨물고 서 있는 봉호의 얼굴 위를 소리 없이 지나 어머니의 머리에 꽂힌 붉은 장신구에 닿았다. 붉은 보석이 그 화려한 자태를 마음껏 뽐내고 있었다. 그들이 바로 봉지미의 남동생, 봉지미의 어머니였다.

봉지미는 두 눈을 아래로 내리깔고 순간 웃음을 터트렸다. 차갑지도 슬프지도 않은, 조소도 분노도 아닌, 평화로운 웃음이었다. 봉지미가 크게 반발하거나 울음을 터트리며 매달릴 거라고 여겼던 이들은 전혀 예상치 못했던 반응에 당황하지 않을 수 없었다. 봉지미는 아무 말 없이 휙 몸을 돌려 그대로 밖을 향해 발걸음을 옮겼다. 그 모습을 지켜보던 추 부인 역시 놀랄 수밖에 없었다.

봉지미는 뒤도 돌아보지 않은 채 그대로 안 씨의 앞까지 성큼성큼 걸어갔다. 조금 전 안 씨에게 따귀를 맞은 탓에 머리칼은 완전히 산발이 되어 있었고, 한쪽 뺨에는 붉은 손자국이 선명히 남아 있었다. 안 씨는 조금 겁먹은 얼굴로 봉지미를 바라보았다. 그제야 일개 노비인 자신이 주인에게 손찌검했다는 사실이 실감 났다.

어차피 쫓겨나게 된 마당에 봉지미가 안 씨에게 조금 전 그 손찌검을 돌려준다고 해도 누구도 쉬이 뭐라 할 수는 없는 일이었다. 그건 추부인도 마찬가지였다. 안 씨가 초조한 듯 뒤로 한 걸음 물러났다.

다가오던 봉지미가 걸음을 멈추고 손을 높이 치켜들었다. 모두들 봉지미의 손이 안 씨의 뺨에 내리꽂히며 날카로운 소리를 내기만을 기다리고 있었다. 하지만 봉지미는 아무 짓도 하지 않고 그저 싱긋 웃어 보였다. 그 미소 한 번에 늘 누렇던 얼굴색이 환해지며 눈이 부실 만큼 아름다운 용모가 모습을 드러냈다.

집 안을 둘러싼 적막 속에서 봉지미는 들었던 손을 내려 자신의 얼굴 위에 남은 붉은 손자국을 어루만졌다. 생각에 잠긴 아련한 눈빛이었다. 손끝에 전해지는 촉감으로 조금 전 그 충격과 통증을 다시금 느끼려는 듯 보였다. 봉지미는 얼굴을 만지던 손을 내리고 다정하게 미소지으며 멍한 얼굴로 서 있는 안 씨에게 가까이 다가가 귓가에 대고 속삭였다.

"조금 전 그 따귀에 대한 이자는 반드시 받아 낼 테니…… 기다리고 있어."

봉지미는 여전히 웃는 얼굴로, 다른 이들에게는 보이지 않게 안 씨의 얼굴을 툭툭 쳐 주고는 바로 문을 나섰다.

따뜻한 노을빛이 쏟아졌다. 뒤에 남은 이들의 경악스러운 눈빛이 봉지미의 등에 와 닿았다. 봉지미는 노을을 향해 걸어나가며 옅은 그림자를 남겼다.

절대 뒤돌아보지 않았다. 반성의 기미는 조금도 없을 남동생의 얼굴도, 괴로워하는 어머니의 눈빛도 보지 않았다. 가족에게 배반을 당했다는 사실도, 이 문밖에 무엇이 기다리고 있을지 전혀 알 수 없다는 사실도 떠올리고 싶지 않았다.

봉지미는 거대한 석양 속으로 덤덤히 들어가며 자신을 향해 쏟아지는 금빛 하늘을 마주한 채 숨을 들이켰다. 그리고 자신에게 말했다.

"난 반드시 돌아올 거야."

고독한 다리 위의 술만 하겠는가

겨울 해가 천천히 저 너머로 사라지자 밤의 한기가 바람에 실려 날아왔다. 해가 저문 거리에는 인적이 뜸했고, 야경꾼의 딱따기 치는 소리만 쓸쓸하게 들려왔다.

삐걱, 하는 소리와 함께 천수대로에 있는 작은 주막의 창문이 열렸다. 주모가 창문에 괴어 놓았던 대나무 지지대를 치우고 어두침침한 주막의 구석을 향해 웃으며 말했다.

"오늘은 이만 문을 닫아야 하는데⋯⋯."

구석에서 등을 기대고 앉아 값싼 술을 마시던 이가 '알겠소'라고 답하며 천천히 자리에서 일어났다. 그러고는 깨진 은 조각 하나를 툭 내려놓고 아직 덜 마신 술 두 병을 챙겨 밖으로 나갔다.

주모는 얇은 솜옷을 입은 야윈 그림자를 바라보며 소리 없이 고개를 저었다. 이런 밤에 밖에서 헤매는 것이 돌아갈 집이 없는 모양이었다.

문을 나서자 거센 바람이 불어왔다. 봉지미는 얇은 솜옷을 더 단단히 여미고 언 손을 입가로 가져가 후후 입김을 불었다. 한 손에는 술을 들고 정처 없이 사람들을 거슬러 올라갔다. 빈민들이 모여 사는 마을의 동쪽을 지나자 제경 중심이 조금씩 가까워졌다.

그렇게 잠시 걷다 보니 등불을 잔잔하게 머금은 작은 강이 보였다. 아직 녹지 않은 눈이 물가의 푸른 돌 위에 얼어 그 모습이 꼭 얼음 옥 같아 보였다.

그녀는 눈이 쌓인 푸른 돌 위에 앉아 강물을 바라보았다. 품에 소중히 안고 있던 술병을 꺼내 병째로 들고 천천히 한 모금 들이켰다. 술이 얼마 남지 않아 고개를 뒤로 한껏 젖혀야 했다.

투박하고 울퉁불퉁한 술병의 주둥이 때문에 옆으로 새어나온 맑은 술이 얼굴 위로 쏟아져 눈가를 타고 흘렀다. 봉지미는 개의치 않는다는 듯 손으로 쓱 닦아 냈다. 손이 축축하게 젖었다. 봉지미는 술과 또 다른 액체에 젖어 축축해진 손을 한참이나 바라보다 이내 손으로 두 눈을 가렸다. 쓸쓸한 바람이 불어오고 강물도 소리 없이 흐르는 고요한 겨울밤, 푸른 돌 위에 앉은 소녀의 손가락 사이로 물기가 새어 나왔다.

그때 저 멀리서 흘러나온 짙은 연지 향과 교태 섞인 웃음소리가 고요하던 강가까지 전해졌다. 곧이어 처량한 적막을 깨는 목소리가 갑작스레 들려왔다.

"공자님……."

간드러지는 여인의 목소리가 들리는가 싶더니 바로 뒤따라 누군가 가까이 다가오는 발걸음 소리가 이어졌다.

봉지미는 손을 내리고 인상을 찌푸렸다. 그제야 강물에 비친 화려한 등불이 제대로 눈에 들어왔다. 기억이 맞다면 이곳은 아마 제경 중심부에 있는 연지강(臙脂江)일 것이다. 강 양쪽으로 길게 늘어선 기생집 때문에 붙여진 이름이었다. 이곳은 늘 웃음을 파는 이들로 가득했다. 아무래도 웬 난봉꾼 하나가 기생을 밤꾀꼬리 삼아 밖으로 나들이를 나선 모양이었다.

봉지미는 자리를 떠날 생각이 없었다. 난봉꾼을 무서워할 이유가 없었다. 발소리가 점점 가까이 다가오는가 싶더니 여인의 간드러진 목소리가 가까이서 들려왔다.

"어머! 여기 사람이 있었네?"

누가 있든 말든 전혀 개의치 않는 목소리였다. 여인은 도로 제 옆의 남자에게 기대며 교태를 부렸다.

"공자님, 오늘 제게 신기한 것을 보여 주신다고 하셨지요?"

"그랬지."

여자의 말에 답하는 남자의 목소리가 어렴풋이 들려왔다. 조금 차가우면서도 왠지 귀에 익은 목소리였다. 봉지미는 술병을 만지작거리며 힐끗 시선을 돌렸다. 정갈한 은빛 수가 놓인 비단 두루마기가 눈에 띄었다. 짙은 검은색의 털옷 위에 수놓인 금빛 만다라 꽃이 춤을 추듯 바람에 흩날렸다.

장신구가 서로 맞부딪치며 내는 맑은 소리와 함께 여인의 화려한 치마폭이 휙 돌아갔다. 여인은 강물을 등지고 장포를 입은 남자의 앞으로 다가가 그의 목을 끌어안으며 웃음을 흘렸다.

"그럼…… 인아는 기다리겠습니다."

남자는 거의 움직이지 않았고, 목소리에는 조금 웃음기가 섞였다.

"오늘 아주 재미나는 일을 보았거든. 아무리 생각해도 너무 좋은 이야깃거리라 누구와 나누지 않고는 못 배겨서 말이지."

결국 마음이 동한 봉지미가 그쪽으로 고개를 돌렸다. 비단 두루마기를 입은 우아한 사내가 보였다. 눈이 내린 밤에 얼음 같은 미소를 띤 사내는 봉지미에게 힐끗 시선을 주고는 여자를 끌어안고 웃으며 한 걸음 또 한 걸음 앞으로 나아갔다.

그의 걸음은 강물 쪽을 향했다. 남자의 자태에 취해 버린 여인은 자신이 강을 등지고 있다는 사실도 잊은 채 그의 발에 맞춰 한 걸음 한 걸음 물러나고 있었다.

강물 바로 앞까지 다다르자 남자가 고개를 숙이고 싱긋 웃었다. 여자가 흐응, 콧소리를 내보이곤 그에게 입술을 들이밀었다. 남자는 다정한 손길로 여자를 뒤로 툭 밀어냈다.

풍덩.

봉지미가 머리를 감싸고 끙, 신음을 내뱉었다.

'결국…… 저렇게 됐네.'

자신이 강에 떠밀릴 줄은 상상조차 하지 못했던 여인은 너무 놀라 제대로 헤엄도 치지 못했다. 그나마 물이 깊지 않아 다행이었다. 물에 빠져서 놀란 것인지, 아니면 물이 너무 차가워서 몸이 얼어붙은 것인지는 몰라도 여인은 얕은 강물에서도 나오지 못하고 허둥대고 있었다.

물에 빠진 여인의 눈에 강가에 선 남녀가 들어왔다. 남자는 뒷짐을 진 채 싱긋 웃으며 먼 곳만 바라볼 뿐 자신에게는 눈길 한 번 주지 않았고, 건너편에 있는 여인은 우아하게 자리를 고집하고 앉아서 술만 마시고 있었다.

인아는 세상에 저런 인간들이 있다는 게 믿기지 않았다. 갑자기 애먼 사람을 강물로 밀어 버리질 않나, 그 모습을 다 보았으면서도 도와줄 생각조차 없질 않나. 물속에서 한참을 버둥대던 여인은 겨우 천천히 물가 쪽으로 헤엄쳐 가 남자에게 간절히 손을 내밀었다.

"공자님, 공자님……."

그를 향해 뻗은 얼음장 같은 손이 곧 꺾일 꽃처럼 처량하게 떨려 왔다. 남자는 그런 여인의 손을 바라보다 제 손을 천천히 소맷자락 안으로 숨겼다. 그러고는 싱긋 웃으며 말했다.

"네 손이 더러워 내키지 않는데."

그 말을 듣고 막 술을 한 모금 들이키던 봉지미가 사레 들린 듯 콜록콜록 기침했다.

"공자님, 제가 잘못했어요. 앞으로 다시는 귀찮게 매달리지 않을게요. 그러니 제발 저 좀……."

강물에 빠진 여인이 눈물을 쏟아내며 말했다.

"소녀 따위가 공자님을 마음에 담아서는 안 된다는 거, 이제 잘 알았습니다……."

눈물이 화려한 화장을 모두 지워내고 그 아래 숨겨져 있던 어린 민낯을 드러냈다. 아직 나이 어린 여인이었다. 나이가 어려 아직 제 분수를 몰라 일어난 일이었다. 차디찬 강물에 빠지고 나니 그가 구속을 싫어하는 무정하고 잔혹한 사내라는 다른 사람들의 말이 뼈저리게 다가왔다. 여인은 한겨울 강물에 빠진 채 구해 달라고 청하지도, 그렇다고 혼자 나오지도 못하고 벌벌 떨고만 있었다.

그때 봉지미가 들고 있던 술병을 내려놓고 자리에서 일어났다. 그러고는 남자 쪽으로는 눈길도 주지 않은 채 곧장 강가로 다가가 떨고 있는 그 여인에게 손을 내밀었다. 여인은 조금 망설이는 듯한 얼굴로 올려다보았다. 봉지미가 싱긋 웃어 보였다.

"어서 올라와요. 여기서 그쪽이 죽기를 바라는 사람은 아무도 없으니까."

물에 젖은 여인을 건져 내자 얇은 속저고리 하나만 입고 있는 그녀의 몸이 그대로 드러났다. 봉지미는 잠시 고민하다 자신의 얇은 솜옷을 벗어 여인에게 입혀 주었다.

웃음을 파는 여자이니 나체로 거리를 활보해도 개의치 않을지도 모르지만, 같은 여자로서 어린 그녀가 그런 모습으로 사내들 앞을 지나는 것을 두고만 볼 수는 없었다. 인아라는 이름의 그 기생이 몹시 감격한 얼굴로 봉지미를 바라보며 말했다.

"저는 저쪽 난향원(蘭香院)에 있습니다. 혹시 제가 도울 일이 있거든 언제든 오세요."

인아의 말에 봉지미가 싱긋 웃으며 어깨를 토닥였다. 인아는 남자를 쳐다볼 엄두도 내지 못하고 곧장 옷을 여민 채 저 멀리 사라졌다.

차가운 바람이 불어오자 얇은 옷 한 벌만 입은 봉지미가 추위에 몸을 떨었다. 그때 갑자기 술 한 병이 눈앞에 쓱 나타났다. 술병을 잡은 깨끗한 손가락은 길고 곧았다. 단단해 보이는 손이었다. 너무 단단해 영영 그 모습 그대로 있을 것만 같은.

봉지미는 고개를 숙이고 그 술병을 바라보며 눈썹을 찌푸렸다.

"그거, 내 술인데."

이번에는 두꺼운 털옷이 쓱 눈앞에 나타났다.

"이것과 바꾸지."

봉지미가 망설임 없이 옷을 받아 들었다.

"그럼 그쪽이 손해일 텐데요."

"상관없소."

남자가 웃으며 말했다. 살짝 올라간 눈꼬리가 꽃처럼 아름다웠다.

"오늘 그대에게서 한 수 배웠으니, 이걸로 값을 치르는 셈 치지 뭐."

봉지미는 말없이 강물에 비친 그의 모습을 바라보았다. 시시각각 다른 모습으로 변해서 진짜 얼굴을 가늠할 수 없는 자였다. 겉모습도 하루에 몇 번은 변하는 듯했다. 처음 봤을 때는 우아하고 고고해 보였는데, 조금 전 강물로 사람을 밀어넣던 때에는 바람에 아무렇게나 춤추는 만다라처럼 방종해 보였다. 그리고 자신을 보며 미소짓고 있는 바로 지금은 아름다운 복숭아꽃처럼 매혹적이었다. 이런 자는 '위험'이라는 두 글자 말고는 형용할 방법이 없었다. 그는 봉지미의 그런 생각을 아는지 모르는지 갑자기 웃는 낯으로 입을 열었다.

"강가는 바람이 많이 부니 다른 곳으로 옮기는 게 좋겠는데."

봉지미는 거절하지 않고 그를 따라 걸음을 옮겼다. 조금 걷다 옆으로 꺾어 들어가자 뜻밖에 돌다리 하나가 나타났다. 꽤 높고 큰 다리였다. 하지만 겉에 거뭇거뭇한 반점들이 남아 있는 것을 보니, 아무래도 이미 버려진 다리인 듯했다.

두 사람은 다리 위로 올라갔다. 다리 위 돌난간은 좋은 바람막이가 되어 주었다. 적당한 자리를 찾아 앉은 뒤 그가 술을 한 모금 들이켜더니 술병을 건넸다. 봉지미는 조금 당황했다. 사내와 한 술병으로 술을 나눠 마셔 본 적이 없는 탓이었다.

딱 봐도 귀한 신분의 공자인 듯한 사내가 이런 값싸고 맛없는 술을 개의치 않아서 조금 당황스러웠다. 조금 전 일로 보아 다른 사람과 엮이길 싫어하는 게 분명한데, 다른 이와 술을 나눠 마시는 것도 이상했다.

술병을 받아 든 봉지미는 그의 입이 닿았던 곳을 소매로 쓱쓱 닦아 내고 조심스레 입으로 가져갔다. 그가 화낼 거라고 생각했는데 예상과는 달리 그는 쳐다보지도 않은 채 고개를 들고 하늘만 물끄러미 바라보고 있었다. 봉지미도 고개를 들어 하늘을 바라보았다. 그제야 이 다리가 아주 높고 크다는 것이 실감 났다. 다리 위에서 하늘을 쳐다보니 달이 유난히 더 크고 청명해 보였다. 하늘뿐만 아니라 제경의 풍경도 훤히 내려다보였다. 멀리까지 늘어선 제경의 끝에는 으리으리한 황궁이 자리 잡고 있었다.

봉지미는 독하고 쓴 술을 다시 한 모금 들이켰다. 눈에 살짝 빛이 맺힌 그녀가 불현듯 그에게 물었다.

"이곳이 많이 익숙한가 봐요."

"대성황조의 첫 다리였지. 나라를 세운 대성의 황제가 황후를 위해 지었다더군."

그가 두 눈을 반쯤 감고 나른한 목소리로 말했다.

"황후가 크고 장엄한 것을 좋아해서 모든 곳이 내려다보이도록 일부러 더 크게 만들었고, 이름도 '제일교(第一橋)'라 불렀다 하오. 육백 년 전의 황제와 황후가 이곳으로 잠행을 나와 나들이를 즐겼다는 미담이 지금까지 전해지고 있지."

그의 말에 봉지미가 미소를 지었다.

"아름답네요."

하지만 속으로는 이런 사내가 전 황조의 전설 따위에 마음이 동했을 리 없다고 생각했다.

"대성이 멸망한 후 군사를 이끌고 도성으로 돌아온 천성 황제는 멸망한 황조의 도성을 손에 넣고, 그 이름을 제경으로 바꾼 뒤 천하를 평정하셨지. 폐하께서 옛 신하들과 처음으로 만난 장소가 바로 여기였소. 대성의 신하들은 발에 밟힌 풀처럼 우리 천성 황제의 발밑에 납작 엎드렸지."

차분한 말투였지만 그 속에서 오만함과 업신여김이 묻어났다. 봉지미는 자신의 입가에 묻은 술을 닦아 냈다. 갑자기 불쾌한 기분이 밀려와 저도 모르게 차가운 웃음을 피식 뱉었다.

"황제가 아닌 피와 칼에게 엎드린 것뿐이지요."

그가 고개를 돌려 칼날처럼 날카로운 눈으로 봉지미를 바라보았다. 봉지미는 초연한 모습으로 그런 그의 시선을 마주했다. 날카로운 눈에서 부드러운 웃음이 동시에 느껴졌다. 조금 지나자 그의 눈빛도 사그라드는 듯싶더니 이내 그가 웃음을 터트렸다.

"맞소. 누구든 이긴 자는 왕이 되고 진 자는 도적이 되는 법이지. 이긴 자의 편에 서니 그들은 나라가 바뀌었는데도 아직도 대신 자리를 꿰차고 있지 않소. 그나마 도적도 되지 못하는 것은 무서운 일이지만."

봉지미는 조용히 그의 말을 곱씹었다. 그나마 도적도 되지 못하는 자는 당연히 죽음을 맞이하는 수밖에. 봉지미가 싱긋 웃으며 다른 얘깃거리를 꺼냈다.

"이렇게나 아름다운 곳인데 왜 버려졌을까요?"

"천하를 평정하신 황제께서 식솔과 함께 제경으로 오시던 때에, 황제께서 가장 아끼는 소녕 공주가 이 다리 위에서 갑자기 크게 울음을 터트렸다 하오. 천문관이 그걸 보고 불길한 징조라 고했다지. 3년 후, 바로 이 다리에서……."

남자가 잠시 말을 멈추고 술병을 가져가 한 모금 들이켰다.

"3황자가 병변을 일으켜 역모를 꾀하자, 그 일로 황실에서 세 사람이 죽고, 네 사람이 다치고, 한 사람은 파멸했소. ……그리고 그날 이후 이곳은 버려졌고."

간담을 서늘케 하는 황실의 어두운 역사를 그는 담담한 어투로 이야기했다. 군더더기 하나 없는 이야기를 듣고 있자니 온통 피로 가득한 세상의 문이 열린 것만 같아 몸에 한기가 돌았다. 봉지미는 몸에 걸친 털옷을 더 단단히 여몄다.

전 황조의 황제와 황후가 남긴 발자취와 이곳에 울려 퍼졌을 비참한 비명을 생각하니, 오늘처럼 바람이 부는 어두운 밤에 그 시절 한 맺힌 영혼들이 아직도 이 거대하고 기이한 다리 위를 떠돌지는 않을까 하는 생각이 들었다.

'이 날카롭고 신비한 사내는 왜 이 다리에 이토록 특별한 감정을 가지고 있는 걸까? 잠 못 드는 깊은 밤이면 이곳에 와 배회했던 건 아닐까? 그래서 이곳이 이토록 익숙한 건 아닐까?'

하지만 이런 생각들 모두 자신과 별 상관없는 것들이었다. 한밤중 낯선 사내와 함께 술과 이야기를 나누고 있는 것만으로도 이미 인생에 두 번은 없을 기이한 일이었다. 그저 너무 적막해서 적막이 무서워지려던 때 우연히 적막한 이를 만난 것뿐이었다. 그가 자신에게 왜 그곳에 있었느냐 묻지 않는 것처럼, 자신도 그에게 왜 슬프고 쓸쓸한 눈을 하고 있느냐 묻지 않을 것이었다.

싸구려 술이 거의 동날 무렵, 하늘빛이 점점 밝아지기 시작했다. 봉지미는 이른 새벽을 알리는 첫 빛줄기를 바라보며 마지막 남은 술 한 모금을 다리 위에 쏟아 냈다. 그러고는 웃으며 말했다.

"마지막 한 모금은 이 고독한 다리에게 바치는 걸로 해요. 세상이 전부 바뀌는 동안 이곳에서 혼자 외로웠을 테니까."

봉지미는 자리에서 일어나 뒤도 돌아보지 않고 자리를 떠났다. 새벽 첫 빛줄기가 새하얀 눈처럼 맑고 하얗게 어깨 위에 내려앉았다. 여린 소녀의 뒷모습은 곧은 나무처럼 단단했다.

그는 그 자리에 가만히 앉아 멀어지는 봉지미의 뒷모습을 물끄러미 바라보고만 있었다. 그의 두 눈에 살짝 빛이 돌았다.

"영징, 저 여인이 어디로 가는 것 같아 보이느냐?"

다리 아래에서 평범한 용모의 호위무사가 모습을 드러내더니 진지한 얼굴로 봉지미의 뒷모습을 살폈다.

"두 가지 가능성이 있습니다. 집으로 돌아가 모든 것을 걸고 맞서 싸우거나, 잔뜩 숙이고 용서를 구하거나."

영징이 피식 웃으며 제 뒤에 가득 늘어선 홍등가를 가리켰다.

"어찌 되었든 곧장 집으로 돌아갈 것은 분명합니다. 이런 곳에서 버틸 수 있을 리가 만무하지요. 그랬다간 안 좋은 소문이란 소문은 다 날 텐데요."

"그래?"

그가 재미있다는 듯 웃으며 말꼬리를 올렸다.

"내기하실래요?"

영징이 신이 난 얼굴로 말했다. 남자는 영징의 말에 답을 주지 않은 채 그와 나란히 서서 저 멀리 꿋꿋이 걸어가는 여인의 뒷모습을 바라보았다. 뚜렷한 목표를 향해 걸어가는, 흔들림 없는 걸음걸이였다. 그 걸음은 머지않아 홍등이 걸려 있는 대문 앞에서 멈췄다. 여인이 머리를 올려 상투를 틀었다. 그러고는 바로 문을 두드렸다. 영징의 얼굴이 새파랗게 질렸다.

여인은 문을 열고 나온 이에게 싱긋 웃으며 말을 건네고 있었다. 안에 있는 사람은 조금 놀란 듯 어리둥절해 했다. 독순술에 능한 영징은 한참 떨어진 다리 위에서 봉지미가 하는 말을 읽어내고는 털썩 무릎을 꿇었다.

다리 위에 선 남자가 피식 웃음을 흘렸다. 검은 옥 같은 그의 눈동자가 기묘하면서도 날카로운 빛을 내며 반짝였다. 오랜 세월 고요하던 심연이 하얀 눈을 몰고 온 거센 바람에 요동치는 듯했다.

그는 다리 위로 떠오르는 붉은 태양 아래 서서, 붉은 털옷 위에서 춤추는 금빛 만다라 꽃을 바라보았다. 거세게 불어오는 차가운 바람 속에 아득한 음성이 실려 왔다. 저 어린 소녀가 난향원의 기생 어미에게 건네는 말도 안 되는 그 말이 들려오는 것만 같았다.

"여기, 종놈 안 필요하십니까?"

신참 머슴

"위지야, 듣자 하니 저자에 비단 꽃이 새로 나왔다던데, 나 몇 개만
좀 사다 줘!"

"내 것도 좀 사다 줘. 이파리는 파릇파릇하고 꽃잎은 노오란 걸로!"

"사방재(四芳齋) 찹쌀 연근 사탕도 반 근만 사다 줘!"

정오가 다가오자 연지강에 다시 활기가 돌았다. 난향원 한편에서도
재잘거리는 소리가 피어나기 시작했다. 기생들이 하나둘 단장하고 나
와 뜰에서 장을 보러 갈 준비를 하는 푸른 옷의 머슴아이를 불렀다.

그 아이는 난향원에서 잘나가는 기생인 인아의 먼 친척으로, 한 달
전 난향원에 와 몸을 의탁했다. 말은 많지 않은 편이지만 민첩하고 눈치
도 빨라 기생들이 매우 좋아했다.

"언홍 누님은 피부가 희고 홍조가 있으니 비취색 꽃은 어울리지 않
을 겁니다. 연분홍빛이 안색을 훨씬 밝혀 줄 거예요."

머슴아이가 웃음을 머금은 채 고개를 들고 말을 이었다.

"찹쌀 연근이 맛이 좋긴 하지만 너무 많이 먹으면 소화에 좋지 않습

니다. 취환 누님께서는 너무 많이 드시기도 하고요. 그러다 통통한 미인이 될지도 모르니 조심하세요."

"네 이놈!"

기생들이 나무라듯 소리를 높였지만 다들 웃는 얼굴이었다. 언홍이 생글생글한 얼굴로 머슴아이를 바라보며 말했다.

"위지야, 네가 인아의 먼 친척이 아니었다면, 여기서 우리와 함께 부대끼고 있지 않았다면 난 정말이지 네가 어느 대가 댁 공자라고 생각했을 거야."

"그럴 리가 없잖아."

인아가 방에서 나오며 언홍의 어깨를 툭 쳤다.

"우리 천성의 신분제가 얼마나 엄격한데. 귀하신 공자님들은 길거리에서 거지가 되어 굶어 죽는 한이 있어도 우리같이 천한 것들 옆에서 부대끼고 계시지는 않는다고."

인아가 조금 복잡한 표정을 지으며 머슴아이를 힐끗 쳐다보았다. 이에 머슴아이가 마주 보며 미소를 지어 보였지만 여전히 덤덤했다. 명랑하면서도 무언가 감추는 듯한, 냉정하면서도 비범한 모습이었다.

사람 좋은 머슴아이 '위지'는 바로, 봉지미였다. 기방에 신세를 진 지도 벌써 한 달이 되었다. 봉지미는 그동안 기방의 자질구레한 일들을 누구보다 잘 해냈다. 물론 모두 인아의 세심한 보살핌 덕분이었다. 인아는 봉지미가 머슴으로 일할 수 있도록 기방의 안주인인 행수를 끈질기게 설득해 주었다. 비록 큰 도움은 되지 않았지만 봉지미로서는 그 마음이 무척이나 고마웠다. 게다가 인아는 봉지미에게 몇 번씩이나 고맙다고 인사하며 제 생명의 은인이라고 말하곤 했다. 그저 손 한번 내밀어 준 게 다인데 생명의 은인씩이나 되다니. 봉지미는 몇 번이나 사양했지만 그럼에도 인아는 요지부동이었다.

인아는 그날 밤 있었던 일에서 아직 완전히 벗어나지 못했는지 그 사내의 이야기를 꺼낼 때마다 두려워했다. 강에 빠졌다는 사실보다 다른 무언가 때문에 두려워하고 있는 것 같았다.

봉지미도 그 일에 대해 더 묻고 싶은 생각은 없었다. 그날 밤 다리 위에서 함께 술을 마시고 헤어진 뒤로 그와 다시 만나고 싶다는 생각을 단 한 번도 해 본 적이 없었다. 하지만 세상일은 언제나 봉지미의 바람을 비껴갔다. 만나고 싶지 않다고 해서 만나지 않으리란 법은 없다.

바구니를 팔에 걸고 막 문을 나서려는데, 저 앞에서 한 무리 사람들이 다가오는 것이 갑자기 눈에 띄었다. 갑작스런 상황에 잠시 당황한 봉지미는 바로 몸을 숨기려 했지만 이미 그중 한 사람이 그녀를 발견하고 고래고래 소리를 질렀다.

"어이! 공자 나리들께서 행차하셨는데 어서 낭자들부터 준비하지 않고 뭐 하는 게야!"

봉지미가 고개를 살짝 숙이며 화려한 의복을 걸친 그들을 힐끗 살폈다. 한눈에 봐도 제경에서 잘나가는 부유한 집안의 공자들 같았다. 그중 하나는 은빛 실로 화려하게 수놓은 흰 비단 두루마기를 걸치고 있었다. 우아하고 고고한 자태를 보자 봉지미의 눈썹이 절로 꿈틀거렸다. 봉지미는 옆으로 비켜서서 그들에게 길을 터주며 슬쩍 고개를 돌려 난향원 안뜰에 대고 낮고 굵은 목소리로 고했다.

"손님 오셨습니다!"

이 말은 늘 기방 노비인 장덕이 손님을 맞이하며 하는 말이라 봉지미에게는 영 익숙하질 않았다. 그 탓에 뻣뻣하고 어색하기 그지없는 목소리가 튀어나오자 부잣집 공자들이 푸하하 웃음을 터뜨렸다.

"난향원에 새 종놈이 들어온 모양이구나? 말 한마디 제대로 못해서 쓰겠어, 원?"

"장덕 그놈은 어딜 가고 이런 모자란 놈을 세워 놨어?"

공자들이 하나같이 비웃음을 흘렸다. 봉지미가 고개를 푹 숙이고 땅만 쳐다보는 동안 그 화려한 비단 자락이 그 앞을 지나갔다. 봉지미가 소리 없이 안도의 한숨을 내쉬자마자 공자 하나가 그를 가리키고 웃으며 행수에게 말했다.

"잠시 후에 술 놀이를 할 것이니 저놈더러 시중들라고 해!"

깜짝 놀란 행수는 간신히 알겠다고 대답하고는 가까이 오라며 눈짓했다.

"조심해야 한다."

행수의 눈빛에는 장사가 잘돼 기쁜 기색이 조금도 보이질 않았다. 봉지미가 의아한 얼굴로 바라보자 행수가 무거운 표정으로 목소리를 낮췄다.

"저기 노란 옷을 입은 공자 보이지? 빼빼 마른. 듣자 하니 아주 가관이라고 하더구나. 요 앞 관하각 간판 기생인 연옥이가 저놈한테 좋지 않은 일을 당해 거기 행수 구 씨가 가서 따졌더니, 며칠도 안 돼 누가 들이닥쳐서는 난장판을 만들었다는 거야. 그래서 기방도 그대로 문을 닫았지 뭐니. 어휴, 오늘은 또 어찌 여길 올 생각을 했는지. 제발 큰일만 없으면 좋겠는데……"

행수가 다시 한 번 당부하듯 말했다.

"위지, 넌 늘 영리하고 예의 밝은 아이니 오늘도 부디 잘 도와주렴."

봉지미는 별수 없이 알겠다고 대답했다. 기방에 얹혀사는 신세이니 피할 수 있는 일도 아니었다. 피할 수 있는 일이라면 당장이라도 달아나겠지만, 그럴 수 없다면 헤쳐 나가는 수밖에.

공자 무리는 난향원에서 가장 좋은 방을 차지하고는 가장 잘나가는 기생들을 불러들여 옆에 앉혔다. 모두 하나같이 웃고 떠드느라 정신이 없는 사이, 어느 한쪽 구석만은 이상하리만치 조용했다. 게다가 다들 그쪽을 방해하지 않으려고 일부러 신경을 쓰는 눈치였다.

그가 있는 곳이었다. 은빛 대나무가 수놓인 흑단 나무 병풍이 바깥과 반쯤 분리된 조용한 공간을 만들었다. 검은 돌로 만든 작은 향꽂이엔 값비싼 향이 타고 있었다. 춤을 추듯 피어오르는 작고 가느다란 연기 사이로 흐트러진 긴 머리칼이 보였다. 그는 옷이 흘러내린 채 나른한 자세로 등을 기대고 앉아 기생이 제게 따라 주는 술을 받아 마시고 있었다.

그가 기생의 볼을 살짝 꼬집자 난향원의 명기인 란의도 쑥스러운 듯 얼굴을 붉혔다. 그곳에서 흘러나오는 낮은 웃음소리와 여인의 콧소리가 떠들썩한 바깥의 소란보다 훨씬 더 야릇하고 다정했다.

봉지미는 무표정한 얼굴로 차를 내놓으며 생각에 잠겼다. 저 남자가 인아를 강에 밀어넣던 장면을 봤다면 란의가 저렇게 웃을 수 있을까. 잘나가는 공자들과 함께 기방에 왔고, 행동도 전혀 부자연스러운 데는 없었지만 그는 왠지 다른 공자들과 전혀 어울리지 않아 보였다.

손을 바삐 움직이는 내내 봉지미는 자신의 등에 꽂히는 시선을 느꼈다. 탐색하는 듯한 눈빛. 자신과 가까운 곳에 앉은 이는 조금 전 그 노란 옷을 입은 빼빼 마른 공자였다. 뭔가 혼탁한 눈빛이 왠지 수상했다.

깊이 생각하고 싶지 않아 계속 모르는 척했다. 윤락가에 있다 보면 본래 온갖 종류의 인간들을 마주하기 마련이다. 그들을 상대해 줄 방법을 익히는 건 필수이지만, 그들을 모두 상대하는 건 의무가 아니다.

술상이 세 번쯤 돌아가자 다들 취기가 올랐는지 몇몇은 기생을 끼고 밖으로 나갔다. 인아 역시 한 공자의 손에 이끌려 나가고 있었다. 다들 그들에게서 눈을 떼지 못했다. 하나같이 괴상한 눈빛이었다. 인아는 사내의 품에 안긴 채 도움을 청하듯 고개를 두리번거렸지만 모두 고개를 돌렸다.

봉지미는 눈썹을 찌푸렸다. 그런데도 발은 뗄 수 없었다. 그 사람이 이곳에 있는 한 함부로 행동하지 않는 편이 좋을 거란 생각이 발목을 잡았다. 하지만 인아와 남자가 자신의 앞을 지나던 순간, 소맷자락 안에 감춰진 인아의 흰 피부와 그 위에 생겨난 울긋불긋한 멍 자국이 시선을 빼앗았다.

봉지미는 깜짝 놀라 그 자리에 굳어 버렸다. 잠시 후 조용히 다기를 내려 두고 옆문으로 몰래 쫓아 나갔다. 옆문으로 나가면 바로 인아의 방이었다.

흰 비단옷을 입은 남자가 품에 안고 있던 란의를 갑자기 웃으며 밀어냈다. 란의는 그가 장난하는 것이라고 생각해 다시 한껏 교태를 부리며 다가가 안겼다. 그가 고개를 숙여 란의를 바라보았다. 웃음기 맺힌 두 눈이 눈치도 없이 가까이 다가온 여인을 물끄러미 응시했다.

그가 팔을 휙 휘두르는 순간 갑자기 호위무사가 소리 없이 튀어나왔다. 그는 옆에 놓인 검은 향꽂이를 들어 그대로 란의의 머리를 내리쳤다. 뜨거운 불똥과 재가 머리 위로 쏟아지자 여인의 날카로운 비명이 터져 나왔다. 순식간에 적막이 흘렀다. 모두 너무 놀라 말을 잇지 못했다.

"영징, 요즘 네가 여인들에게 유난히 다정해졌구나."

남자가 고통스러워하는 란의에게 시선 한 번 주지 않은 채 웃으며 일어났다.

"난 네가 얼굴에 퍼부어 줄 거라 생각했는데."

"원래 그러려고 했습니다."

영징이 란의 쪽을 힐끗 바라보며 말을 이었다.

"그런데 화장이 어찌나 두꺼운지, 얼굴에 던졌다간 기별도 안 가지 싶어 머리로 바꾸었지요."

피식 웃어 보인 남자는 명랑하기 그지없는 자신의 호위무사를 남겨 둔 채 아무 말 없이 봉지미가 사라진 방향으로 걸음을 옮겼다. 그가 지나간 자리마다 불에 타고 남은 검은 재가 떨어져 흩어졌다. 고통에 찬 울음은 그 잿더미 속에 파묻히는 수밖에 없었다.

주머니

두 사람을 따라나선 봉지미는 곧 뒤뜰 한구석에 있는 작은 화원에 이르렀다. 기생을 데리고 나가서 방으로 가지 않고 뒤뜰로 가다니 조금 의아했다.

'야외 취향인가?'

두 사람은 개나리꽃 앞에 멈춰 섰다. 머지않아 사내의 다급하고 거친 숨소리와 여인의 여린 신음, 옷과 장신구를 벗기는 소리, 그리고 타액이 한곳에 섞여 나는 질척거리는 소리가 들려왔다.

봉지미는 얼굴이 새빨개져 급히 등을 돌렸다. 속으로 자신이 단단히 미쳤다고 생각했다. 기생방 손님과 창기의 뒤를 밟다니, 쓸데없는 의심이 과해도 너무 과했던 것이다. 다시 돌아가려던 그녀는 문득 뒤에서 전해지는 그 여린 신음이 이상하게 느껴졌다. 아무래도 달뜬 신음이 아니라 고통을 참는 듯한 신음인 것 같았다.

잠시 망설이던 봉지미는 결국 고개를 돌려 인아와 사내가 있는 곳을 향했다. 금빛 꽃 너머로 발가벗은 사내가 장미 한 송이를 따다 인아의 앞가슴에 꽂고 있었다.

가느다란 잔가시가 촘촘히 나 있는 검붉은 장미가 요염한 자태를 뽐냈다. 사내는 장미 줄기의 끝을 날카롭게 깎아 인아의 가슴 위에 있는 새빨간 점에 찔러 넣으려고 힘을 주었다. 인아에게서 고통에 찬 비명이 터져 나오기 시작했다.

봉지미는 곧장 그들에게 성큼성큼 다가갔다. 그러고는 미소를 머금은 채 사내의 어깨를 툭툭 두드렸다.

"안녕하십니까."

한창 재미를 보고 있던 사내는 갑자기 누군가 다가와 인사를 건네자 순간 당황해서는 인아에게서 손을 떼고 고개를 돌렸다.

눈 깜짝할 사이에 피 묻은 동그란 물건 하나가 봉지미의 손바닥 위에 툭 떨어졌다. 봉지미는 여전히 웃는 낯으로 두 손을 들어 보였다. 한 손에는 날카롭게 번뜩이는 칼이, 피범벅이 된 다른 한 손에는 남자의 가랑이 사이에서 거두어들인 동그란 것이 들려 있었다.

바로 조금 전이었다. 사내에게 인사하며 다가간 봉지미가 단칼에 그의 씨 주머니를 베어 버린 것이었다. 동작이 지나칠 만큼 빠르고 깔끔했던 탓에 사내는 봉지미가 손을 거두고 나서야 비명을 지르며 고통에 펄쩍 뛰었다.

하지만 비명을 지르는 것도 마음껏 할 수 없었다. 그가 입을 벌리자마자 봉지미가 장미를 그의 입에 쑤셔 넣었기 때문이다. 장미 줄기에 난 잔가시에 입가를 온통 찔린 사내는 고통으로 눈을 희번덕거리면서도 소리조차 제대로 내지 못했다.

봉지미는 여유롭게 나뭇잎 몇 장을 뜯어 손에 묻은 피를 천천히 닦아 냈다. 놀라서 말문이 막힌 인아는 옷을 챙겨 입는 것마저 잊고 창백하게 질린 얼굴로 몇 걸음 물러나 있었다. 봉지미는 그런 인아가 매무새를 정리하도록 도운 후 제 허리춤에 있는 주머니 하나를 떼어 사내의

'보물 주머니'를 그 안에 넣었다. 그러고는 그의 눈앞에서 주머니를 흔들어 보였다.

"너, 너……!"

변태처럼 치근덕거리다 쥐도 새도 모르게 당해 버린 사내는 말도 잇지 못할 정도로 온몸을 덜덜 떨었다.

"물론 저는 아주 안녕합니다."

봉지미가 싱긋 웃으며 말했다.

"공자께서는 안녕하지 못하신 것 같아 보이긴 합니다만."

"내가…… 널…… 반드시, 반드시 죽일 거야."

그가 몸을 떨며 잇새로 겨우 쉰 소리를 냈다. 분해서 바득바득 이를 가는 소리도 들려왔다.

"네 피부를 벗기고 뼈를…… 꺾어 버릴 것이다! 네 가족의…… 뼈와 살을 모조리 태우고……."

봉지미는 그런 사내를 단번에 무시하곤 고개를 돌려 인아에게 웃어 보였다. 너무나도 평온한 미소였다. 봉지미는 남자의 고환을 담은 주머니를 마치 꽃처럼 가벼이 들고 아무렇지 않은 얼굴로 입을 열었다.

"이(李) 학사(學士) 손주께서 기생을 끼고 놀다 거세를 당했다는 이야기가 조정 어사들 귀에 들어가면 어떻게 될까요? 직접 황제께 단속해 달라 하시려나요?"

그 말을 듣고 남자의 얼굴은 잠시 얼빠진 듯하더니 전보다 더 창백해졌다. 조금 전까지만 해도 너무 아파서 까무러칠 지경이었는데, 이젠 까무러칠 엄두도 나지 않았다. 봉지미의 미소가 한층 더 평온해졌다.

인아도 남자의 신분이 높다는 것 말고는 달리 아는 것이 없었지만, 그래도 요즘 조정의 정쟁이 심각하다는 것 정도는 알고 있었다. 각 파벌로 나뉜 조정 신료들은 상대의 약점을 잡았다 하면 끝까지 물고 늘어지는 끈질긴 자들이었다. 이 학사가 어느 파벌에 속해 있는지는 알 길이 없지만, 그가 파벌에 속해 있다는 것만큼은 확실했다. 오늘 같은 일은 상대가 물고 늘어지는 데 딱 좋은 약점이었다.

더군다나 조정의 중서학사(中書學士)는 매우 고결한 문직으로, 천하에서 가장 재능이 뛰어나고 고상한 선비를 키워 내는 중책을 맡고 있다. 인품과 행실이 무엇보다도 중요한 자리였다. 난봉꾼 손자가 기방에 드나들다 고자가 되었다는 사실이 알려지기라도 하면 백발백중 탄핵을 당할 것이었다.

봉지미가 매우 흡족한 미소를 지어 보였다. 보아하니 영 멍청한 공자는 아닌 것 같아 다행이었다. 그새 계산을 마친 봉지미가 손에 든 주머니를 더 높이 들어올리고는 나긋이 말했다.

"저도 공자님을 더 난처하게 해 드리고 싶지 않습니다. 공자께서 하신 방종한 짓은 저희끼리만 아는 비밀에 부칠 테니 공자께서도 성의를 좀 표시해 주셔야겠습니다."

"성의라니…… 무슨……."

공자의 얼굴은 백지장처럼 창백했고 입술은 시퍼렇게 죽어 있었다. 그는 당장이라도 통곡할 것만 같은 표정을 지었다.

"사실 주머니 하나 잃었다고 꼭 사내가 아닌 것만은 아니지요."

봉지미가 느긋한 목소리로 말했다.

"듣자 하니 천성에서 제일 잘나가는 의원 집안 출신의 헌원경이라는 자가 산남에 있다고 하더군요. 죽은 사람도 살리고 백골에 살까지 도로 붙이는 의술을 가진 자라고 하니, 이 물건을 잘 보존하시면 아마 다시 사내가 되실 수 있을 겁니다. 뭐, 다시 쓰지 못한다 해도 돌아가실 때 시신은 온전할 터이니 영 손해도 아니지요. 우리 천성국에서 가장 금기시하는 것이 온전치 못한 시신을 묻는 일 아니겠어요? 그랬다간 자자손손 화를 입는다고 하니까요."

"그…… 그……."

사내는 멍하니 제 가랑이를 움켜쥐고 있었다. 생각보다 피를 많이 흘리지는 않았다. 그녀의 칼질이 빠르고 정확한 덕이었다. 죽을 것처럼 아프긴 해도, 죽지는 않을 것이었다. 다만 갈수록 머릿속이 더 복잡해져만 갔다. 봉지미가 하는 말이 잘 이해되지 않은 탓이었다.

"그러니까 얌전히 제경을 떠나 어디 유학길에라도 오르시라는 겁니다. 산남으로 가서 그 명의를 찾으셔도 좋고요. 산으로 들로 노닐면 얼마나 좋겠어요? 어차피 오늘 후로 저희는 공자님을 모르고, 공자님도 저희를 모르게 될 테니까요."

봉지미가 그의 눈앞에다 대고 주머니를 흔들었다.

"제경 밖으로 나가시고 나면 사람을 시켜 제게 서신을 보내세요. 그럼 이 주머니를 공자님께 보내드리겠습니다. 그럼 공자님 체면도, 백 년 후쯤 공자님 시신도 모두 잘 보존할 수 있지 않겠어요?"

'자기가 잘라 낸 내 주머니로 나와 거래를 하겠다고?'

눈이 뒤집힌 그가 막 까무러치려던 순간 봉지미가 있는 힘껏 뺨을 때려 그의 정신을 붙잡았다. 그의 얼굴은 이미 회색빛이 되어 있었다.

괜히 호위무사를 대동하지 않고 나왔다 이런 변을 당하다니. 사람을 써서 이 빌어먹을 자식을 죽인다 한들 제 주머니가 이놈 손에 있으니 그럴 수도 없는 일이었다. 게다가 이 일이 밖으로 새어나가기라도 하면 집안이 풍비박산되는 것도 시간문제였다.

어찌됐든 그의 주머니가 잘려 나갔다는 사실은 변하지 않았다. 영원히 변하지 않을 것이었다. 아무리 숨기려고 해도 결국 누군가 알아차릴 게 분명하니, 지금 그가 할 수 있는 건 명의를 찾아가 제 주머니를 도로 붙이는 일뿐이었다.

"은을 얼마나……."

그가 얼빠진 눈으로 물었다.

"그리 많지는 않습니다."

봉지미가 친근한 미소로 대답했다.

"수고비 삼천 냥 정도면 됩니다."

부잣집 공자에게는 그다지 큰 부담은 아니었다. 집안 어르신의 허락 없이도 얼마든지 혼자 쓸 수 있는 돈이니 딱 좋았다. 괜히 욕심이라도 부려 더 큰돈을 불렀다가는 일을 그르칠 판이었다.

"지, 지금은…… 그만한 돈이…… 없으니……."

그가 식은땀을 흘리며 마치 마귀를 보는 듯한 눈빛으로 쳐다보았다.

"내일…… 사람을 시켜……."

"동지 연못이 있는 골목 서쪽 담장의 밑에서 세 번째 돌 아래에 두라고 하세요. 제가 은을 찾을 즈음엔 공자께서 이미 제경을 떠났다는 소식을 들을 수 있으면 좋겠습니다."

봉지미는 만족한 듯 고개를 끄덕이면서, 속으로는 그 은을 안전하게 가져올 방법을 궁리했다.

"참, 허튼 장난은 칠 생각도 하지 않으시는 게 좋을 겁니다."

봉지미의 다정한 눈동자가 햇빛 아래서 순간 번뜩였다. 이에 사내가 눈에 띄게 몸을 움츠렸다.

"공자님처럼 가진 게 많으신 분들은 빈곤한 백성과 싸우려 드시면 안 되는 법이지요. 우리 빈곤한 백성은 가진 게 아무것도 없으니 잃을 것도 없답니다."

그가 여전히 식은땀을 흘리며 입술을 꾹 깨물고 고개를 끄덕였다. 다른 마음을 먹었더라도 지금 봉지미의 눈빛을 마주한 이상 단념하는 수밖에 없었다. 이 교활한 머슴놈은 시종일관 동요하지 않는 침착한 모습을 유지하고 있었다. 그 침착함이 보는 사람으로 하여금 두려움에 떨게 했다. 하지만 그보다 더 두려운 것은 저 눈빛이었다. 아득해 보이는 눈동자 뒤에 끝없는 냉혹함이 감춰져 있었다.

위협적인 말 한마디 없었는데도 그는 거래를 깰 엄두조차 낼 수 없었다. 정말 복수를 시도하기라도 했다간 그가 죽을 때까지 쫓아올 것이 란 확신이 들었다.

"공자께서 제경을 떠나신 지 삼일째 되는 날 인편으로 물건을 보내 겠습니다. 말을 타고 최대한 빨리 달리라고 할 테니 너무 걱정 마세요. 아마 늦지 않을 겁니다."

봉지미가 싱긋 웃으며 손에 든 주머니를 툭툭 건드렸다.

"공자님의 주머니가 든 이 물건도 함께 드리지요. 물론 공짜로요. 덤 이라고 생각하세요."

"······."

봉지미는 마침 근처를 지나던 다른 머슴을 불러세워 그를 집까지 부 축하게 했다. 저 공자는 지금 화가 나기도 하고 황당하기도 해서 누굴 죽이느니 복수하느니 하는 문제는 신경 쓸 겨를도 없을 게 뻔했다. 그러 고는 놀란 마음을 진정하지 못하고 복잡한 눈빛으로 자신을 바라보던 인아를 달래 방으로 돌려보냈다.

초봄의 햇살이 누렇게 뜬 머슴의 얼굴을 환히 비추었다. 봉지미는 개나리꽃밭에 서서 촉촉한 두 눈으로 꽃이 피어 있는 쪽을 유심히 노 려보고 있었다. 그녀의 손에는 사내의 주머니가 얌전히 들려 있었다.

갑자기 봉지미가 웃음을 터뜨리며 말했다.

"구경은 이만하면 충분할 텐데요?"

부디 훔쳐볼 수 있게 해 주시오

사방이 고요했다. 꼭 허공에 대고 혼잣말한 듯한 기분이 들었다. 하지만 봉지미는 조급해하지 않고 늘 그랬듯 싱긋 미소를 지었다. 아니나 다를까, 바로 꽃 덤불이 흔들리더니 한 사내가 술잔을 들고 느릿하게 걸어 나왔다.

"어찌하여 내가 그댈 볼 때마다 이런 좋은 구경거리들이 생기는 건지 모르겠군."

새의 깃털을 본뜬 듯 살짝 휘날리는 검은 눈썹 아래 짙게 내려앉은 두 눈은 너무도 깊고 어두웠다.

"귀하의 주위에 좋은 구경거리들이 몰려드는 것이겠지요."

봉지미가 돌아보며 가볍게 웃었다. 그가 매번 위장한 자기 모습을 족족 알아본다는 사실이 조금 놀라웠다.

'누런 얼굴 때문에 너무 표가 나는 건가? 다음번엔 예쁘장한 미소년으로 위장해야겠어. 그럼 못 알아볼지도 몰라.'

장난스러운 생각이 머릿속을 스쳐 지나가자 봉지미의 눈빛에 봄날 같은 활기가 돌았다. 그 모습에 남자는 그녀를 더 깊이 바라보았다. 하지만 그 두 눈 너머에 자리한 진심이 무엇인지는 여전히 알 수 없었다.

그의 시선이 봉지미의 손에 닿았다. 웃는 듯 마는 듯, 조금 놀란 듯 아닌 듯도 한 눈빛이었다. 봉지미는 그제야 자신의 손에 아직 그 주머니가 들려 있다는 사실을 깨닫곤 조금 멋쩍어져서 웃으며 등 뒤로 손을 감췄다.

"그대를 지금까지 딱 세 번 마주쳤는데, 그중 두 번은 사람을 해치고 있었소."

그가 술을 한 모금 마시며 저 멀리 하늘을 바라보았다.

"정말이지 세상 무서울 것 없는 막무가내인 사람이 아닌가."

"다음번에 마주쳤을 땐 절대 누굴 해하지 않겠습니다."

봉지미가 웃으며 대답했다. 그가 피식 실소를 터트리며 다시금 봉지미를 유심히 살폈다. 꽃밭 앞에 서 있는 작은 소녀. 여리고 작은 몸과는 달리 강한 기개가 서려 있는 고집스러운 미간과 강하게 내리쬐는 햇볕에 송골송골 맺힌 투명한 땀방울. 실로 빼어나게 아름다운 풍경이었다. 물론 그 손에 들린 주머니를 보지 못했다는 전제 하에.

그는 손에 든 술잔을 빙그르르 돌리며 잠시 무언가 고민하는 듯싶더니 다짜고짜 물었다.

"집으로는 돌아가지 않기로 한 건가?"

"아니요. 돌아가야지요."

봉지미가 진지하게 대답했다.

"기방 머슴은 저와 맞지 않아서요."

"그럼 왜 기방에 얹혀 지내는 거지?"

그가 주위를 둘러보며 말을 이어 갔다.

"이런 불경한 곳에 있다 어찌 돌아가려고?"

"불가능 속에서 가능성을 찾아봐야겠지요."

봉지미가 어쩔 수 없다는 듯 웃어 보였다.

"집에선 제가 이런 곳에 있으리라는 생각은 전혀 못하고 있을 것입니다. 이곳에 있는 것이 저자에서 헤매다 본가에 약점을 잡히는 것보다는 훨씬 낫지요. 게다가 기방 여인들은 아주 의리가 있거든요. 양반들보다 훨씬 믿을 만한 사람들입니다."

"절에 가서 잠시 머무를 수도 있었을 텐데."

"귀하께서도 제경의 공자님이니 아실 것이 아닙니까. 이곳의 절은 권세가들의 뒷마당에 불과합니다."

봉지미가 옅은 웃음을 띤 채 말을 이어 갔다.

"온갖 악인과 악행을 덮어 주기로는 결코 기생집에 밀리지 않는 곳이지요. 일단 한번 들어가면 전 아마 평생 나오지 못할 겁니다."

봉지미의 입에서 작은 한숨이 흘러나왔다.

"전 일개 아녀자입니다. 저 꽃밭에 하늘거리는 꽃 한 송이만큼이나 꺾이기 쉬운 운명이지요. 그러니 제가 할 수 있는 한 최선을 다해서 자신을 지키고 있는 것뿐이에요."

사내는 아무런 대꾸 없이 가만히 봉지미를 바라보았다. 그의 시선이 봉지미의 눈으로 향했다.

무슨 이유에선지 두 사람이 있는 쪽을 지나는 사람이 아무도 없었다. 심지어 쉴 새 없이 재잘대던 새소리마저 이제 전혀 들려오지 않았다. 바람은 무겁게 불어오고, 꽃잎은 고요하게 피어났다. 이젠 숨소리마저 들리지 않을 지경이었다.

그렇게 한참이 흐르고 사내가 술잔 속 술을 모두 비우고는 봉지미를 향해 웃었다. 막 피어오르는 아름다운 노을처럼 비할 바 없이 맑고 고운 미소였다. 무겁던 바람이 별안간 유유히 흘러가고 꽃잎이 찬란하게 피었다. 봉지미의 숨소리가 천천히 흐르는 물처럼 느슨해졌다.

머지않아 그의 담담한 목소리가 들려왔다.

"제경에서 살아남는 것은 무척이나 힘든 일이지. 다음에 만났을 땐 그대가 부디 본분을 지킬 수 있길 바라겠소."

봉지미는 공손하게 허리를 숙였다. 땅에 닿은 시야 한편에 그가 걸친 청아한 비단옷이 사라지는 모습이 보였다. 미동도 없던 봉지미가 땀으로 젖어 등에 붙은 옷을 가볍게 떼어 냈다. 그를 처음 만났던 때와 비슷한 살기가 느껴졌다. 심지어 처음보다 더욱더 짙어진 살기였다.

봉지미도 제 운수가 영 사납다는 사실을 잘 알고 있었다. 누군가를 해치는 모습을 두 번이나 그에게 들킨 데다, 자신에게 당한 이들 모두 그와 어떤 식으로든 관계가 있는 듯했다.

어렴풋이나마 짐작할 수는 있었다. 그가 하려던 일을 자신이 망쳤다는 것을. 무슨 속사정이 있든 간에 그 사람은 분명 위험한 존재였다. 그는 자기 등 뒤에 숨겨 둔 칼날을 다른 이에게 들켜서는 안 될 터이다. 그러기 위해선 봉지미를 죽이는 것이 가장 간단한 방법이었다.

조금 전 목숨을 걸고 자신의 속내를 드러낸 것은 그에게 알려 주기 위해서였다. 절대 고의로 개입한 것이 아니라고, 자신은 결코 그에게 위험한 존재가 아니라고. 하지만 청아하고 아름다운 겉모습 안에 감춰진 뼛속까지 싸늘한 그의 마음을 설득하는 데에는 실패한 듯했다. 그럼에도 불구하고 그는 또 한 번 자신을 놓아주었다.

봉지미는 꽃밭 앞에 멍하니 서서 꽃을 바라보았다. 황금빛 꽃잎이 창백한 입술을 비추었다. 등 뒤로 저녁 노을빛이 서서히 모습을 드러냈다. 곧 황혼이었다.

"위지! 가서 꽃 몇 송이만 더 가져와! 저녁에 필요해."

"예!"

난향원은 오늘도 평소와 다름없었다. 그날 이후 봉지미는 이 공자의 은을 무사히 가져왔고, 이 학사의 유일한 손자가 제경을 떠나 멀리 유학

길에 올랐다는 소식도 바로 들을 수 있었다.

그 후로 한동안 몸을 낮추고 숨어 있었지만 특별히 위험하거나 수상한 일은 생기지 않았다. 오히려 난향원과 행수의 위기를 해결해 준 덕에 아주 편안히 지낼 수 있었다. 다만 매일 밖에 나가서 낭자들의 물건을 사다 주던 심부름은 계속했다.

정오 무렵은 제경의 천수대로가 가장 활기차고 떠들썩할 때였다. 상점에는 갖가지 물건들이 가득했고, 상인들도 쉴 새 없이 바쁘게 거리를 오갔다. 거리를 질주하며 달리는 마차에는 빛을 받아 번쩍이는 유리가 끼워져 있었고, 허영이 심한 귀족 공자들은 쌍발 총포까지 어깨에 메고 다녔다.

부유하고 번화하며 풍류가 넘치는 곳 천성은 오늘날 천하에서 제일가는 강국이었다. 천성의 영토는 남쪽으로는 금사(金沙) 연안까지 뻗어 있어, 근방 섬나라들이 신하를 자청하며 굴복했다. 북쪽으로는 호탁(呼卓)의 산맥에 이르러, 포악하고 용맹한 호탁의 십이부를 모두 수하로 거느렸다. 동쪽으로는 숙창(肅蒼)의 고원과 닿아 있어, 끝없는 푸른 초원에 셀 수 없이 많은 양 떼를 방목했다. 서쪽으로는 창하(昌河)의 고도를 장악해, 금발에 푸른 눈을 가진 서역 행상들이 매일매일 성문을 두드렸다. 나라의 남쪽 끝에서 북쪽 끝까지 말을 타고 질주해도 일 년 안에 닿기가 어려울 정도였다.

천성이 이토록 번성할 수 있었던 것은 육백여 년 동안 부와 힘을 축적했던 대성황조와 밀접한 관련이 있었다. 대성황조의 기품을 고스란히 지닌 여제(女帝) 출신의 신영 황후 맹부요는 대성황조의 첫 황제와 함께 당대 으뜸가는 제왕 부부로 불렸다. 금슬이 매우 좋았던 두 사람은 권력을 나누어 함께 나랏일을 처리했다. 그들은 재위 기간 동안 공업과 상업을 크게 일으켰고, 바다와 접한 곳에 도시를 개발했을 뿐만 아니라 화폐와 관제를 개혁하고 문화와 교육을 확대했으며, 농경에도 많은 관심을 기울여 대성황조를 서쪽 오랑캐들보다 백 년은 앞선 나라로 만들었다.

그러나 세상에 녹슬지 않고 영원히 지속되는 철은 없는 법. 대성이 천하를 통일한 후 육백 년의 세월 동안 서른두 명의 황제가 재위했다. 그중 대다수는 어진 군주였지만 19대 황제 이후로는 그 자손들이 모두 못나고 어리석어 조정에서 분쟁이 끊이질 않았다. 국력은 안에서부터 소모되기 시작해 날이 갈수록 점차 쇠퇴했다. 30대 황제인 경제(慶帝) 때에 이르자 국경을 닫아 나라를 봉쇄했고, 결국 32대째에 외척 세력인 영 씨 일가에 의해 멸망하고 말았다.

영 씨 일가는 새로운 국가인 천성황조를 세우고 중앙 집권을 강화하여 신분의 차이를 더욱 엄격히 했다. 국경의 세수를 늘려 대외 통상을 철저히 통제하기도 했는데, 내부 갈등이 매우 심각해진 탓에 국경 밖에 있는 속국에 대해서는 대성황조 시대만큼 강력한 영향력을 행사하지는 못했다. 오늘날의 천성국은 분명 부유하고 강성했지만, 대성황조 시절의 자유롭고 활기찬 기운은 이제 찾아볼 수 없었다. 도리어 케케묵은 썩은내가 곳곳에서 새어 나오고 있었다.

귀족들 마차에 끼워진 유리도 그랬다. 유리는 본래 모든 백성이 자유롭게 사고팔 수 있었던 물건이지만 조정에서 통제하기 시작하면서 곧 귀족들만의 사치품이 되어 버렸다. 봉지미는 길가 마차의 유리를 거울 삼아 머리를 정돈했다. 봉지미는 분장에 대해 제법 많이 알았다. 전문가까지는 아니었지만 소년으로 분장한 모습도 상당히 그럴싸했다. 귓구멍 안쪽까지 빼놓지 않고 노란 칠을 꼼꼼히 해 놓았으니 그럴 만도 했다.

굽이굽이 길게 늘어선 골목으로 들어간 봉지미는 어느 낡은 집 앞에 멈춰 섰다. 그러고는 차분히, 신중하게 문을 밀었다.

획!

벌어진 문틈으로 한 줄기 검은빛이 곧장 얼굴을 향해 날아왔다. 봉지미는 재빠르게 몸을 틀어 머리를 옆으로 획 기울였다. 화살처럼 바람을 가르고 나타난 그 검은빛이 아슬아슬하게 귓가를 스치며 머리카락 몇 가닥을 끊어 냈다. 제 머리카락이 유유하게 땅으로 떨어지는 모습을 바라보며 봉지미는 쓴웃음을 지었다.

'오늘은 비검술(飛劍術)인가 보네.'

그 찰나 자신을 늘 괴롭히던 몸속의 열기가 돌연 조금 시원해졌다. 뼛속까지 편안한 기운이 감돌았다. 봉지미는 눈을 반쯤 감은 채 모처럼 찾아온 가벼운 기분을 만끽했다.

그때 문 안쪽에서 헛기침 소리가 들려왔다. 봉지미의 반응이 너무 느리다며 질책하는 듯했다. 봉지미는 그제야 문을 열고 안으로 들어갔다. 칠흑 같은 어둠이 덮쳐 왔다. 방 안에는 등불은커녕 작은 불씨조차 전혀 없었다. 그저 검은색의 커다란 옷을 두르고 검은 나무 가면을 쓴 사람 하나가 어둠과 하나가 되어 있었을 뿐이었다. 사내인지 여인인지 구분되지 않는 것은 둘째 치고, 그곳에 사람이 있는지 없는지도 분간하기 어려울 지경이었다.

봉지미가 안으로 들어서자 그 사람이 획 손을 들어 방 한구석에 있는 화로를 가리켰다. 봉지미는 아무 말 없이 물을 길어다가 불 위에 올렸다.

봉지미는 그 사람의 '하인'이나 다름없는 신세였다. 이렇게 된 데에는 다소 복잡한 사정이 있었다.

난향원에 들어간 지 얼마 되지 않아 처음으로 심부름을 나왔던 날이었다. 골목에서 한 부잣집 소년과 부딪쳤는데 그 아이가 하인들을 시켜 봉지미를 두들겨 패려는 바람에 이 골목까지 도망쳐 들어왔다. 정신없이 도망치던 와중에 그만 이 집 약을 달이던 아궁이를 잘못 건드려 약방 주인에게 호되게 얻어맞을 참이었다. 그때 구해 준 자가 바로

이 사람이었다. 그는 봉지미에게 자신의 약 '구주십지대라금선회생단
(九洲十地大羅金仙回生丹)'을 갚아 내라고 요구했다.

구주십지대라금선회생단. 이름이야 실로 거창한 물건이지만 사실상
거의 사기나 다름없었다. 다 부서져 가는 낡은 화로에다 감초와 오가피
를 달여 '회생단'을 만든다니, 아무리 우매한 인간이라도 그게 말도 안
된다는 건 알 것이었다. 하지만 봉지미는 그의 말을 따르는 수밖에 없었
다. 사기 당하는 것보다는 주먹이 더 무서웠으니까.

그날 이후 봉지미는 매일같이 이곳을 찾아와 그에게 진 '신세'를 갚
아나가는 중이었다. 드나든 지 며칠 되지 않아 봉지미는 그의 성미가 고
약하다는 걸 뼈저리게 느꼈다. 하는 짓도 영 수상하고, 사람 속을 긁는
데에도 아주 특출한 재능을 가진 자였다.

상을 닦으라고 해서 닦으면 상 모서리에서 온갖 장치들이 튀어나와
혼을 빼놓았다. 옷을 빨라고 해서 빨면 온몸에 이상한 반점 같은 것들
이 마구 돋아나 삼일이 넘도록 들어가질 않았다. 그 탓에 봉지미는 위
아래로 몸을 꽁꽁 싸매 반점을 가리고 다녀야 했다. 함께 밥을 먹을 때
에도 그자의 앞에 놓인 음식에서는 맛깔난 냄새가 났는데 제 앞에는
삼키기도 힘든 음식이 놓였다. 그중에서도 가장 참기 힘든 것은 문을
열 때마다 무언가 날아오는 공격이었다. 어떤 날은 주먹, 어떤 날은 장
검, 또 어떤 날은 요상한 무기가 날아왔다. 한 번도 같은 무기는 없었다.

한 사람이 어찌 저렇게 많은 무기를 다룰 수 있는 건지. 하지만 매일
같이 그의 공격을 피하다 보니 왠지 몸이 조금 가벼워진 느낌이었다.
몸속을 헤집고 다니던 열기도 조금 누그러들었다. 그런 이유로 봉지미
도 이곳에 와 시중드는 일에 흥미를 느끼고 있었고, 매일 장을 다 보고
나면 반드시 이곳에 들르곤 했다.

오늘도 봉지미는 물 한 통을 길어 와 화로 위 단지에 부었다. 이상한
약초 냄새가 풍겨 나왔다. 어려서부터 봉 부인에게 의술을 배운 덕분에

사람의 혈맥과 각종 약초에 대해서 어느 정도의 지식은 갖고 있었지만 그 화로에서 달이는 것은 무엇인지 도무지 알 수 없었다. 처음 만나던 날 보았던 회생단에 감초와 오가피가 들어간 것을 제외하면, 그 사람이 매일 무슨 약을 무엇으로 어떻게 만드는지도 전혀 알 수 없었다.

봉지미는 참을성 있게 화로의 불을 조절해 가며 가끔씩 뚜껑을 열어 불이 너무 세지는 않은지 세심히 살폈다. 그럴 때마다 정통으로 고약한 냄새를 맡아야만 했는데, 그것도 그자의 이상한 요구 사항 중 하나였다.

붉은빛을 띤 연기가 단지 밖으로 훅 뿜어져 나와 얼굴에 닿자 오히려 차가운 느낌이 들었다. 봉지미는 살짝 맵고 떫은 냄새가 나는 연기를 저도 모르게 한 모금 들이마셨다. 동시에 몸과 마음이 편안해졌다. 봉지미를 괴롭히던 뜨거운 열기가 몸속에서 활발히 돌면서도 따뜻하고 포근한 느낌을 주었다. 기묘한 감각에 사로잡힌 봉지미는 화로 앞을 떠나지 않고 있었다.

갑자기 검은 옷의 낯선 사내가 다가와 물건 하나를 툭 던졌다. 봉지미가 옆으로 살짝 피하며 고개를 돌려 쳐다보니 그의 눈이 번뜩이고 있었다. 그것도 무척이나 괴상한 눈빛으로.

사내가 던진 물건을 집어들어 살펴보니 다 떨어진 서책이었다. 잡기(雜記)였다. 무심히 살펴보던 봉지미는 깜짝 놀랐다. 작가의 필체는 그닥 뛰어나지 않았지만 내용은 의외로 훌륭했다. 무술, 기행, 정치, 경서(經書)와 사서(史書) 등 방대한 분야에 대한 작가의 감상을 적어 놓은 것으로, 읽을수록 하나도 버릴 데 없이 훌륭한 글이었다. 게다가 재미있는 단어를 사용하고 있어 읽기에도 신선하고 재미있었다.

책장을 넘길수록 놀라움은 더욱 커졌다. 책장을 바쁘게 넘기던 봉지미의 손이 별안간 멈췄다. 지은이가 아닌 또 다른 누군가의 필체가 나타났기 때문이었다. 화려하고 힘 있는 필체였다.

'그대여, 부디 훔쳐볼 수 있게 해 주시오.'

바로 아래에는 지은이의 필체로 또 무어라 적혀 있었다. 아무렇게나 갈겨쓴 글씨를 보니 꽤 화난 듯했다.

'훔쳐보다니 부끄러운 줄 아세요!'

다시 그 아래에는 아름다운 필체로 답신이 적혀 있었다.

'미리 고하였으니 부끄럽지 않지요.'

앞선 글보다 더 갈겨쓴 지은이의 필체가 이어졌다.

'허락하지 않았는데도 계속해서 훔쳐보는 것은 더더욱 부끄러운 일입니다!'

웃음을 참지 못한 봉지미가 피식 소리내어 웃었다. 정말이지 재미있는 사람들이라고 생각했다. 봉지미는 두 필체의 주인공이 분명 한 쌍의 남녀이고 서로를 깊이 사랑하는 연인일 것이라고 확신했다.

봉지미의 시선이 그다음 줄에 이르렀다. 순간 그만 손에 들고 있던 서책을 떨어트리고 말았다.

날 강제로 범했다 고할 거요

그다음 줄은 품위 있는 남자의 필체로 적혀 있었다.

'몰래 웃는 자 또한 부끄러울 터!'

봉지미는 화들짝 놀랄 수밖에 없었다.

'설마 지금 나한테 얘기하는 건가……?'

그도 잠시, 봉지미는 자신이 말도 안 되는 착각을 한 거라 생각했다. 가당치도 않은 상상이었다. 서책이 낡고 해진 것으로 보아 여기에 글을 남긴 사람들도 진작에 작고하였을 게 뻔한데, 점쟁이가 아니고서야 먼 앞일을 알 수 있을 리가 없었다. 하지만 다시 서책을 집어 든 봉지미는 손에서 책을 떨어뜨릴 뻔했다.

'너무 그렇게 놀라지 말고 서책을 조심히 내려놓으시게.'

놀라고 펄쩍 뛸 지경이었지만 어느새 봉지미는 침착함을 되찾았다. 이제는 확신할 수 있었다. 서책이 가리키는 사람이 자기라는 사실을.

순간 장난기가 솟아난 봉지미는 서책을 화로에 던져 넣으려는 시늉을 했다. 화들짝 놀란 검은 옷의 남자가 이를 막으려고 허리를 굽혔다.

그 사이에 봉지미가 재빨리 손을 거두고 곧장 다음 줄을 읽었다. 남자의 필체로 '이 책은 황금 원숭이의 가죽으로 만들어 불에 닿아도 상하지 않소'라고 적혀 있었다.

그다음 줄이 바로 뒤따라 나왔다.

'이 아이도 꼭 당신 같은 장난꾸러기인가 봅니다.'

어투가 바뀐 것으로 보아 서책의 지은이에게 건네는 말인 듯했다. 그러자 지은이의 답이 뒤를 이었다. 조금 어이없다는 듯한 말투였다.

'괜히 겁주지 마세요. 원신(元神)까지 이용해 수백 년 뒤의 일을 살펴보실 필요까지 있나요?'

그 뒤로는 아무 말도 이어지지 않았다. 봉지미는 책장을 어루만지며 미소를 띤 채 상상에 빠졌다. 두 사람이 붓을 내려놓고 어딘가 사랑을 속삭이러 갔을지도 모르겠다고.

그 모습이 머릿속에 생생히 그려졌다. 미인과 서생이 달빛 아래에서 필담을 나누다가 붓을 내려놓고 서로를 바라보는, 몹시도 아름다운 광경이었다.

검은 옷의 남자는 줄곧 말이 없었다. 그의 얼굴은 크고 검은 가면 속에 숨겨져 있었다. 봉지미가 책을 불에 던지려고 할 때만 잠시 동요하는 기색을 내비쳤을 뿐 이후로는 한 치의 미동도 없었다. 아무래도 진짜 얼굴을 드러내길 원치 않는 것 같았다.

약초 냄새가 모락모락 피어오르고 낡은 서책이 지닌 그윽한 세월의 향기도 서리서리 피어올랐다. 그때 검은 옷을 입은 남자의 시선이 갑자기 봉지미의 손끝으로 향했다. 언제부터였는지 봉지미의 손끝에 희미한 연홍빛이 떠올라 있었다. 화로 위 단지에 가까이 다가가자 더욱 선명해지는 듯싶더니 이내 조금씩 사라졌다. 남자의 두 눈이 순간 번뜩였다.

남자의 변화를 눈치채지 못한 봉지미는 손에 든 책자를 흔들어 보이며 말했다.

"가져가서 봐도 될까요?"

곰곰이 생각해 보더니 덧붙였다.

"들키지 않게 조심할게요."

봉지미는 그 서책이 평범한 물건이 아니라고 확신했다. 황금 원숭이 가죽이라는 물건은 듣도 보도 못했을뿐더러 진짜 존재하는지도 의문이었다. 분명 이 서책을 쓴 사람은 신분이 아주 높은 사람이고 그가 남긴 글의 가치 또한 어마어마할 것이었다. 엄청난 재물을 가지고 있으면 아무리 결백한 사람도 죄인이 될 수 있다. 신분을 감추고 살아가야 할 봉지미로서는 이런 물건을 지니지 않는 것이 안전했겠지만 그러기에는 너무 아까웠다. 왠지 모르게 포기가 되질 않았다.

다행히 검은 옷의 남자는 서책을 가져가겠다는 봉지미의 말에 별로 개의치 않는 듯했다. 그는 손을 휘저으며 이만 가 보라는 표시를 해 보였다.

서책을 품 안에 넣은 순간 또다시 봉지미는 말로 표현할 수 없는 이상한 느낌이 들었다. 온몸 구석구석을 샅샅이 살펴보았지만 별로 이상한 점은 없었다. 결국 봉지미는 별 말 없이 씩 웃어 보이고 문을 나설 수밖에 없었다.

밖으로 나오자 해가 서편으로 떨어지면서 노을이 지고 있었다. 책에 정신이 팔려 시간 가는 줄 모르고 있었던 것이다. 봉지미는 앗차 싶어 걸음을 서둘렀다. 평소 봐두었던 지름길로 가면 얼마 안 가 난향원의 뒤뜰에 도착할 수 있을 터였다.

난향원으로 향하는 지름길은 길모퉁이 뒤에 숨어 있는 후미진 작은 골목이었다. 봉지미의 발소리가 횅한 골목에서 외로이 울렸다. 그때 어디선가 앙앙거리는 말소리가 들려왔다.

"어머니, 은자 한 냥만 주세요."

봉지미는 깜짝 놀랐다. 봉호의 목소리였다. 봉지미는 급히 길모퉁이 뒤로 몸을 숨긴 뒤 숨소리를 죽이고 귀를 기울였다. 얼마 지나지 않아 봉호와 어머니가 함께 걸어오는 모습이 보였다. 봉호는 봉 부인에게 쉬지도 않고 응석을 부리고 있었다.

"은자 한 냥이면 비단 속옷을 살 수 있습니다. 비구(飛球) 놀이를 하는데 무명을 입고 할 수는 없어요. 땀이 나면 온통 달라붙고 냄새도 난다고요."

그가 헤헤 웃으며 말을 이었다.

"비단 속옷을 입지 않고는 아예 오지도 맙니다."

비구 놀이는 옛 대성황조에서 전해져 내려온 놀이였다. 신영 황후가 직접 만든 것이라고 했다. 원래 온 나라에서 널리 즐겼던 놀이였지만, 오늘날에는 귀족들만의 사치가 되었다. 그도 그럴 것이 공 하나가 족히 금 백 냥은 되었다. 봉호의 신분으로는 꿈도 꿀 수 없는 놀이였다.

봉지미의 시선이 봉호와 어머니의 팔이 맞닿은 곳을 향했다. 마음이 쓰라렸다. 봉지미는 입을 꾹 다물고 길모퉁이에 숨어 그에게 잔소리하는 어머니의 다정한 목소리를 들었다.

"우리 같은 사람들은 그런 공자 나리들과 어울려서는 안 된단다."

그가 웃으며 말했다.

"그 나리들이 제게 약속했다니까요. 절 청명서원에 추천해 주겠다고 했어요. 어머니도 늘 그러셨잖아요. 청명서원이 온 천하에서 제일가는 서원이라고요."

골목에 내려앉은 석양에 두 사람의 긴 그림자가 겹쳐졌다. 봉지미의 그림자는 그 둘의 그림자와 너무도 멀리 떨어져 있어 가까이 갈 수 없을 것처럼 보였다. 집에서 내쫓기던 날 밤의 한기가 다시 덮쳐 와 봉지미는 제 팔을 감싸 안았다. 초봄의 석양은 따스했지만 봉지미의 몸은 떨렸다.

어리광을 이기지 못한 어머니가 봉호의 머리를 다정하게 쓰다듬고

風叔

는 은자 한 냥을 꺼내 주었다. 두세 마디 말을 건네고 어머니를 먼저 보낸 봉호가 수상하게 주위를 두리번거렸다. 그 모습에 봉지미는 저도 모르게 피식 비웃음을 뱉었다.

은자 한 냥이면 어머니의 한 달 생활비와 맞먹는 돈이었다. 정말 속옷을 사는 데 쓰면 그나마 다행이겠지만, 아마 저 돈은 난향원 기생들의 주머니 속으로 들어갈 것이었다. 한 달을 내리 아껴 모은 돈을 기생에게 가져다 바치는 꼴이었다.

봉지미는 쓴웃음을 지으며 다정한 모자의 모습을 머릿속에서 떨쳐 냈다. 지금 난향원으로 돌아갔다간 봉호와 마주칠 게 뻔했다. 갈 곳이 없어진 봉지미는 난향원 담장에 기대서서 다 식은 찹쌀 연근 조림을 쪼개 먹었다. 절반쯤 먹었을까. 무심코 바라본 담벼락에 누군가 발을 디디고 올라선 흔적이 시선을 사로잡았다. 봉지미가 고개를 갸우뚱했다.

이쪽 담장은 큰 나무의 가지와 이파리에 완전히 가려져 있다. 여기서 난향원 뒤뜰까지는 겨우 삼 척 거리였고, 나뭇가지가 담장에 닿아 있기까지 했다. 이 담을 타고 넘어간 흔적을 보건대, 누군가 이곳을 통해 난향원에 몰래 드나든 것이 분명했다.

'누가 난향원에서 몰래 남사스러운 일이라도 벌이고 있는 건가? 아니면 가난한 사내와 기생이 사랑에 빠지기라도 했나?'

봉지미가 한참 동안 이런저런 추측을 하고 있던 그때, 갑자기 머리 위 나뭇잎이 마구 흔들리는 소리가 들려왔다. 고개를 들자 푸른 이파리 사이로 여러 겹의 천을 덧대어 만든 밑창이 보이고, 곧이어 하얀 바지를 입은 엉덩이가 담장을 넘는 것이 보였다. 그 엉덩이는 느긋하게 나무 꼭대기로 올라앉아 서두르지도 않고 주변 풍경을 감상이라도 하는 듯 가만히 있었다.

봉지미는 나무에 기대서서 그 모습을 흥미롭게 지켜봤다. 그 엉덩이의 주인이 누구인지 퍽 궁금해졌다. 갑자기 나무 꼭대기에 앉은 엉덩이가 요란하게 흔들리더니 몹시 처연한 목소리가 이어졌다.

"국화, 하늘이 늙지 않듯 내 마음도 끊어지지 않으니, 이 내 마음 두 가닥 실로 엮인 그물 같아 수없이 많은 매듭이 지어져 있구려. *장선(張先) 의 「천추세(千秋歲)」 중 한 구절 그대 부디 무탈하시오. 부디 자신을 사랑하시오. 부디 나 때문에 아파하지 마시오……."

욱, 봉지미가 입을 틀어막고 당장이라도 터져 나올 것만 같은 토악질을 참았다. 속이 거북한 사람이 저 말고도 더 있었던 건지, 아니면 담장 안쪽에서 누군가 확 밀어 버린 건지 나뭇잎이 한바탕 크게 흔들렸다. 나무 위에 앉은 자가 으악, 소리를 내더니 다시 엉덩이로 중심을 잡고 더 애절하고 구슬프게 시를 읊어 내려갔다.

"지난 봄 우리 함께 도성의 거리를 거닐었건만, 오늘 밤은 서로 그저 꿈속의 비와 구름 되어 만날 수밖에 없으니 비통하고 또 비통하여라. 몇 번의 황혼이 더 지나가면 내 일생도 오롯이 비통해질 것을. *조령치(趙令 時)의 「청평악·춘풍의구(淸平樂·春風依舊)」 중 한 구절 아아, 국화, 그대는 참으로 잔인한 여 인이 아닌가……."

사내의 입에서 사랑의 시가 이어졌다. 고금을 총망라했을 뿐만 아니라 직접 지은 시까지 아름다운 구절이란 구절은 죄다 들어있어 얼마나 수려하고 아름다운 문장인지, 좀처럼 보기 힘든 재주였다. 저런 대단한 재주를 기녀에게 구애하는 데에나 쓰다니, 부끄러움이라고는 모르는 자다.

"저, 저, 저 부끄러운 줄도 모르는 놈을 봤나! 천 번을 죽여도 시원찮을 놈!"

"어이쿠!"

사내가 그제야 시 읊기를 그치고 허둥지둥 달아나려 했다. 정신이 얼마나 없었던지 나무 위라는 사실도 잊은 채 허둥대다가 옷이 쫙 찢어지고 말았다. 나뭇잎이 사방으로 어지럽게 날리더니 사내의 허연 엉덩이가 봉지미의 눈앞까지 혹 다가왔다. 이어 쿵 하는 둔탁한 소리가 들려왔다. 사내가 봉지미의 바로 앞에 떨어져 흙먼지 위를 데굴데굴 구르고 있었다.

봉지미가 고개를 숙여 사내의 얼굴을 살폈다. 애처롭기 그지없는 표정이었다. 요란한 비명과 함께 바닥으로 내동댕이쳐진 그는 자리에서 벌떡 일어나 어쩔 줄 몰라 하며 주위를 살폈다. 그때 안에 있던 사람이 누군가에게 호통쳤다.

"당장 저쪽으로 가서 살펴봐!"

누군가 이 남자를 잡으러 오는 모양이었다. 여기 남아 있다간 괜히 억울하게 죄를 뒤집어쓸지도 모를 일이었다. 난처해진 봉지미는 달아나려고 했다. 그런데 아무리 해도 발이 앞으로 나가질 않았다. 봉지미가 아래를 내려다보니 바짓단이 사내의 손에 단단히 붙잡혀 있었다. 바닥에 드러누워 매달린 사내가 허연 얼굴을 들고 아첨하듯 웃으며 말했다.

"제발 한번만 도와주시오!"

봉지미가 무릎을 굽히고 앉아 미소를 지으며 남자를 바라보았다. 그리고 남자를 향해 다정히 손을 내밀었다. 남자는 죽다 살아났다는 표정을 지으며, 잡고 있던 봉지미의 바짓단을 놓고 손을 뻗었다.

순간 봉지미가 몸을 획 거두어 한 걸음 물러났다. 몸을 반쯤 일으키던 사내가 다시 쿵 소리를 내며 흙먼지 위에 나뒹굴었다. 그가 원망스러운 눈빛으로 바라보는데 다급한 발소리가 들려왔다. 누군가 소리쳤다.

"감히 도망을 가?"

봉지미는 못 들은 척하고 등을 돌렸지만 이번에도 걸음을 옮길 수가 없었다. 그 남자가 봉지미를 뒤에서 단단히 붙잡은 탓이었다. 봉지미의 어깨 뒤에서 강한 향내와 함께 사내의 목소리가 또렷이 들려왔다.

"도와주지 않으면 그쪽이 날 강제로 범했다 고할 거요!"

벽돌 사건

봉지미는 천천히 돌아섰다. 그리고 손가락으로 자신을 가리키며 황당하다는 듯 물었다.

"내가? 강제로 범했다고? 당신을?"

알랑거리며 웃어 보인 남자가 구레나룻을 만지며 몸을 비비 꼬더니 제 찢어진 옷을 내보였다.

"보시오. 당신이 내 옷을 찢었다는 확실한 증좌가 여기 있잖소."

봉지미는 기가 막혀 웃음을 터트렸다.

"귀하 얼굴에 가득한 그 주름이나 좀 보고 말씀하셔. 하도 깊어서 사람이 빠져 죽었다 해도 믿겠네. 그런 노안을 누가 좋아한다고? 하, 참나. 내가 당신을 강제로 범했다고? 무슨 말 같지도 않은……."

"이 사람이 정말!"

그가 갑자기 노발대발하며 면전에 얼굴을 들이밀었다.

"내가 노안이라고? 하, 노안? 노안이라니!"

아닌게아니라 그의 얼굴을 가까이에서 보니 조금 전 자신의 말이 확실히 틀렸다고 인정할 수밖에 없었다. 저 얼굴이 노안이라면 세상사람 절반은 이미 관 속에 들어가 있을 것이다. 아름답고 생기 있는 얼굴을 가진 사내였다. 만약 그가 당했다고 말하면 남녀를 막론하고 모두 그의 편을 들 것만 같았다.

'눈앞에 닥친 상황을 피할 수 없다면 피하지 말라.'

조금 전 그 서책에 적혀 있던 문장이었다. 그 말에 백 번 동감하며 봉지미가 웃는 얼굴로 사내에게 말했다.

"알겠습니다. 도와드리지요. 그러니 일단은 좀 놓아주십시오."

남자가 눈을 가늘게 뜨고 봉지미의 얼굴을 살폈다. 아무래도 믿지 못하는 눈치였다.

봉지미는 그의 손을 뿌리치려 하지 않고 그에게 붙잡힌 채 그의 상투를 재빨리 풀었다. 그러고는 오늘 장에서 산 비단 꽃을 그의 머리에 가득 꽂고, 복숭아 가지가 수놓인 분홍빛 새 비단을 그의 어깨 위에 걸쳤다. 단지에 든 찹쌀 연근 조림의 홍갈색 국물을 떠내어 그의 얼굴에 한가득 칠하자 하얗던 피부가 바로 거무스름한 누런빛으로 변했다. 봉지미는 남자의 팔꿈치를 잡아 나무로 휙 밀어붙였다. 이렇게 일련의 동작이 이어지는 동안 남자는 아무 반응도 하지 않고 가만히 있었다.

봉지미가 그를 나무로 밀치고 가까이 다가간 순간, 남자를 잡으러 온 추격자 무리도 어느새 두 사람의 코앞까지 다가와 있었다.

맹렬하기 그지없는 여인 부대였다. 선봉에 선 풍만한 부인은 왼손에는 식칼을, 오른손에는 도마를 들고 칼로 도마를 내리치며 무서운 기세로 달려왔다. 그 부인을 따르는 다른 여인들은 조금 더 마른 체형에 각기 다른 무기를 손에 들고 있었다. 크게는 빨래판부터 작게는 나무 주걱까지 그 종류도 다양했다. 무시무시한 기세로 달려온 부인이 칼을 휘두르며 고래고래 소리쳤다.

"천 번을 죽여도 시원찮을 놈. 감히 부인을 두고 바람을 피워? 내가 오늘 네놈을 고자로 만들지 못하면 성을 간다!"

칼을 든 부인이 쿵쿵 발소리를 내며 봉지미와 사내가 있는 쪽으로 다가왔다. 제 집의 호색한을 붙잡아 끝장내러 온 부인은 푸른 옷을 입은 소년 하나가 웬 여자와 가까이 붙어 농지거리하는 뜻밖의 광경을 목격했다.

소년은 비단 꽃을 머리에 달고 비단 적삼을 입은 여인을 비스듬히 가리고 있었다. 살짝 드러난 여인의 얼굴빛이 조금 까매 보였다. 인기척을 느낀 소년이 고개를 돌렸다. 처음 보는 평범한 얼굴에 약간의 불쾌함이 서려 있었다.

머리에 꽃을 꽂은 여자는 갑자기 모여든 사람들을 보자 부끄럽다는 듯 소매로 얼굴을 가리고 파르르 몸을 떨었다. 아무리 봐도 원수 같은 남편과는 관련이 없는 사람들처럼 보였다. 그 난봉꾼이 여기로 도망쳤을 것 같아 쫓아 나왔는데, 뜻하지 않게 다른 이의 달콤한 시간을 방해한 꼴이 되었다. 칼을 든 부인은 잠시 당황하더니 이내 겸연쩍게 웃어 보이곤 여인 부대를 이끌고 쌩하니 사라졌다.

봉지미가 팔을 내리고 한 걸음 물러났다. 미모의 남자도 마음을 놓은 듯 긴 한숨을 토해 냈다. 그가 감사의 인사를 하려고 하자 봉지미가 웃는 듯 마는 듯한 얼굴로 그의 말을 막고 확 손을 펼쳤다.

"금꽃을 수놓은 강남도(江南道)의 비단 네 필, 풍의재(豊儀齋)에 새로 들어온 금분 비단 꽃 다섯 송이, 사방재의 찹쌀 연근 조림 한 근, 모두 열여섯 냥 팔 전 되겠네요. 고맙습니다."

허리를 반쯤 숙인 채 구부정한 자세로 서 있던 그가 잔뜩 구겨진 얼굴로 고개를 들더니 입을 비죽였다.

"……외상도 되오?"

그의 말에 봉지미가 두 눈을 가늘게 뜨고 그를 쳐다보았다.

"집으로 돌아가셔도 그 돈은 못 가져오실 것 같은데요?"

"기생에게 돈을 쓰는 것은 무능한 자들이나 하는 짓이지."

그가 의기양양한 얼굴로 허리를 세우며 말했다.

"기방의 여인들이 기꺼이 돈을 쓰게 하는 것이야말로 능력 있는 사내 아니겠소?"

봉지미가 그를 위아래로 유심히 살펴보다가 무언가 깨달은 듯 고개를 끄덕였다.

"뭐, 이 정도 용모라면 누가 남 좋은 일을 했는지 모르겠네요."

"뭐라!"

그의 험상궂은 얼굴에 아랑곳하지 않고 봉지미가 말을 이어 갔다.

"기방에서 밤을 보낸 돈은 내지 않으셔도 되지만 목숨 값은 주셔야겠습니다. 부인께서 분명 아직 이 근방 어디에 계실 텐데……."

별 도리가 없어진 그가 고개를 푹 숙이고 한참을 뒤적이더니 자그마한 도장을 꺼내 들었다.

"이게 전황석(田黃石)이라는 것인데 값어치로 말할 것 같으면……."

양질의 전황석은 손가락 하나 크기에 천금에 달하는 값어치를 가진 귀한 물건이었다. 봉지미는 썩 내키지 않는다는 얼굴로 그것을 받아 들고 미간을 찌푸렸다.

"흠, 아무래도 은자가 더 편한데……."

봉지미가 전황석을 일단 주머니에 챙겨 넣었다. 줄곧 지켜보고 있던 남자가 물었다.

"이 기루에서 일하는 머슴이오? 이런 꽃밭에 머물기엔 아까운 인재인데……. 자리를 옮겨 볼 생각은 없고?"

봉지미는 관심 없다는 듯 손을 내저었다.

"말씀은 고맙지만 됐습니다."

"언제든 생각이 바뀌면 제경에서 십 리 밖에 있는 송산(松山)으로 날 찾아오시오. 그 도장을 보이고 신 씨를 찾으면 되오."

그의 말에 봉지미가 건성으로 고개를 끄덕였다. 그러고는 신 씨 성을 가진 미모의 남자가 살금살금 도망치는 모습을 가만히 바라보다가 별안간 그를 불러 세웠다.

"저기, 무용한 질문이긴 한데 귀하의 부인께서는 성씨가 어찌 되십니까?"

그가 입술을 샐쭉거렸다.

"……왕(王) 씨요."

"……."

어느덧 날이 다 저물어 하늘이 어둑해져 있었다. 뒷문으로 들어간 봉지미는 먼저 언홍에게 비단 꽃을 전해 주러 향했다. 막 문을 두드리려던 순간, 갑자기 문이 휙 하고 열리더니 웬 사람 하나가 튀어나와 정면으로 쿵 부딪쳤다. 뒤이어 언홍의 까랑까랑한 욕 소리가 들려왔다.

"무슨 이런 놈이 다 있어? 꼴랑 은 한 냥 가지고 누굴 넘봐!"

쫓겨 나온 사람도 시뻘게진 얼굴로 언홍에게 욕을 돌려줬다.

"하! 은 반 냥 값도 못되는 계집이!"

봉지미는 경악했다. 봉호와 마주치지 않으려 반나절도 넘게 숨어 다녔는데, 여기서 이렇게 만날 줄이야. 더 어이가 없는 것은 여기가 기방이라는 사실이었다.

봉호는 자신과 부딪친 기방 머슴이 누구인지 살필 여유도 없이 잔뜩 화가 나서 몸만 부들부들 떨고 있었다. 얼마 전에 만난 '잘나가는' 동무들을 따라 여기저기 좋은 곳을 노닐고 다니며 새로운 것도 많이 보고 배운 터였다. 그 동무들이 가서 '여인 맛도 조금 보고 오라'며 한 냥이면 충분하다기에 은자를 겨우 구해다 여기 난향원에 왔는데, 어렵사리 구한 그 은자는 곧장 바닥에 구르는 신세가 되어 버렸다.

그때 문발이 휙 들리더니 언홍이 밖으로 나와 봉호에게 대고 삿대질하기 시작했다. 그녀의 손끝이 봉호의 코에 닿기 직전이었다.

"돈 없으면 네 집에 기어들어 가서 어미젖이나 더 먹고 와!"

어린 시절부터 오냐오냐 예쁨만 받고 자란 그에게는 난생처음 들어보는 모욕적인 말이었다. 잔뜩 화가 난 그의 손이 곧장 언홍의 뺨으로 향했다.

"이런 망할 년이!"

어디선가 손 하나가 공중에서 휙 날아와 그의 손을 붙잡았다. 봉호는 힘껏 뺨을 내리치려던 손이 막히자 시선을 들어 앞에 서 있는 머슴의 얼굴을 쳐다보았다. 누런 얼굴 하나가 말없이 저를 물끄러미 바라보고 있었다. 잠시 멍해 있던 봉호는 이내 상대를 알아보고 어, 하는 소리와 함께 입을 벌렸다.

"누⋯⋯."

"누, 누구긴!"

봉지미는 재빠르게 봉호의 말을 자르고는 언홍에게 꾸벅 허리를 굽혔다.

"언홍 낭자, 죄송합니다. 제 고향의⋯⋯."

"어쩐지, 촌티가 줄줄 흐른다 했지."

언홍이 짜증스럽게 한 마디 툭 던졌다. 그 말에 봉호는 뭐라 다른 말을 덧붙이려 했지만 이미 봉지미의 손에 붙잡혀 밖으로 끌려 나가는 중이었다.

난향원 뜰을 벗어나자 봉호가 잔뜩 성난 얼굴로 욕을 해 댔다.

"저런 은밖에 모르는 년 같으니라고!"

이쯤 되자 제대로 혼내 줄 생각도 모두 달아나 버렸다. 어머니의 편애를 한 몸에 받고 자란 탓에 요 몇 년 사이 그는 완전히 안하무인이 되었다. 거기에 몇 마디 훈수를 둔다고 한들 바뀔 리가 만무했다.

봉지미가 뭐라 화내지도 않았는데 그는 그런 누이가 마음에 들지 않았다. 잔뜩 화는 나는데 터트릴 길이 없으니 모든 게 짜증이 났다. 그는 도끼눈을 뜨고 봉지미를 노려보며 말했다.

"누나, 왜 이런 불경한 곳에 있는 거야? 대갓집 여인으로서 수치스럽지도 않아? 이런 식으로 우리 집안에 먹칠을 하려는 거야?"

봉지미가 이해할 수 없는 표정으로 동생을 바라보았다. 예전에는 어머니의 편애가 그저 그에게 좋지 않은 영향을 줄 거라고만 생각했었는데, 오늘 이 지경이 된 꼴을 보고 있자니 인품부터 의식까지 뭐 하나 제대로 된 것이 없어 보였다.

봉지미의 검은 눈동자가 황혼의 그림자 속에서 번뜩 빛났다. 눈동자 깊은 곳에서 차가운 소용돌이가 휘몰아쳤다. 그 눈빛을 마주한 봉호는 저절로 몸을 움츠렸다. 곧이어 늘 다정하고 살갑던 누나의 목소리가 냉정하게 변했다.

"내가 아무리 수치를 몰라도 어머니가 고생해서 모은 돈을 기생에게 가져다 바치지는 않아. 내가 아무리 집안에 먹칠을 해도 고작 열네 살 나이에 기방으로 쪼르르 달려가 돈으로 장난질 치지는 않는다고."

"누, 누가 돈으로 장난을 쳤다고 그래!"

봉지미에게 영락없이 꼬리를 잡혀 버린 봉호가 펄쩍 뛰며 소리를 질렀다. 입술이 비틀리고 얼굴이 구겨졌다.

"모함이야! 난 억울해! 이런 뻔뻔하고 나쁜……!"

"모함은 내가 아니라 네가 한 것 같은데."

봉지미가 냉소를 머금은 얼굴로 말했다. 그는 찔리는 구석이 있는지 기침을 해 댔다. 지금 누나가 처한 상황을 보고 제 발이 저린 그는 한참 동안 말을 더듬다가 다시 뭐라 변명하려 했다. 그때 갑자기 어디선가 한 무리의 사람들이 웃으며 다가왔다. 그중 하나가 대뜸 봉호에게 활짝 웃으며 인사를 건넸다.

"이보게 봉 아우, 재미있게 놀았는가?"

"은을 한 냥이나 가진 사내가 나타났으니 기생 아씨들이 앞다퉈 달려들었겠군. 안 그래?"

화려한 옷차림을 한 또 다른 사내가 장난기 가득한 얼굴로 놀리며 말했다.

"그랬겠지. 우리 호 도령이야 은 한 냥이면 마음에 드는 기생 하나 보쌈하는 것쯤은 일도 아니지!"

그 무리의 사내들에게서 폭소가 터져 나왔다. 봉호의 얼굴은 새파랗게 질렸고, 봉지미는 냉정한 눈빛으로 그 광경을 지켜보았다. 어머니와 그의 대화에 등장했던 그 공자들이 저 사내들인 것 같았다. 하지만 바깥출입이 적고 가진 돈도 없는 봉호가 어떻게 저런 부잣집 공자들과 친분을 가지게 된 것인지는 도무지 알 수가 없었다. 아직 어리고 세상 물정 모르는 그가 저보다 몇 수는 앞서 있는 공자들에게 놀아나지 않을 수가 없었다.

봉호는 잔뜩 얼굴을 붉히며 그들을 향해 소리쳤다.

"하, 다들 내가 돈 한 푼 없는 가난뱅이라고 생각하는 거지? 어디 두고 봐!"

봉호는 머리끝까지 화가 나 씩씩대더니 등을 돌려 성큼성큼 걸음을 옮겼다. 봉지미는 왠지 불길한 예감이 들었다. 홧김에 집으로 들어가 어머니의 물건들을 다 뒤집어엎는 것은 아닐까 걱정됐다. 마음이 급해진 봉지미가 곧장 동생을 붙잡아 세우고 낮게 말했다.

"허튼짓 하지 마!"

봉호가 몸부림쳤다.

"이거 놔! 놓으라고! 대장부가 돼서 저런 모욕을 그냥 넘길 수는 없어! 차라리 죽고 말지!"

어이가 없어 웃음이 터져 나올 지경이었다. 제대로 화가 치민 봉지미는 그대로 남동생을 벽으로 밀어붙였다. 검은 옷의 남자를 거들어 이런저런 허드렛일을 하며 저도 모르게 꽤 많이 단련되어 있었다. 봉호가 아무리 힘을 써도 누이의 손을 뿌리칠 수 없을 정도였다. 봉지미는 벽으로 제 남동생을 지그시 눌러 내리며 화난 목소리로 말했다.

"무슨 짓을 하려고? 창피는 이 정도로도 충분하지 않아?"

그는 목을 빳빳이 세우고 분노를 토했다.

"절대 못 참아!"

봉지미는 그런 남동생을 보며 생각에 잠겼다. 그가 갑자기 저런 이들과 어울리고 기방에 드나드는 것이 왠지 모르게 불길했다. 평소와 크게 달라 보이지는 않았지만, 무언가 이상하다는 생각이 자꾸만 들어 불안하게 했다.

봉지미가 잠시 생각에 잠긴 사이, 화려한 부채 하나가 두 사람 사이에 끼어들었다. 조금 전 먼저 말을 걸었던 그 사내가 배시시 웃으며 말했다.

"두 분이서 뭘 그렇게 속삭이고 계시나? 수상하게."

사내가 준수한 용모를 가진 봉호의 얼굴을 힐끗 바라보더니, 갑자기 의미심장한 미소를 지었다.

"돈이 없어 기생에게 쫓겨난 것 아닌가. 괜찮네. 우리 봉 아우 용모가 이렇게 빼어난데, 차라리 어느 왕의 저택에서 하룻밤 지내고 오는 건 어떤가? 거길 다녀오면 기생 열 명은 끼고 놀 수 있는 돈이 만들어질 거라네!"

퍽.

사내의 말이 떨어지기가 무섭게 눈을 찌르는 선명한 붉은색의 피가 허공에 흩뿌려졌다. 사내의 두 눈이 휘둥그레지는가 싶더니 억, 하는 소리와 함께 바닥으로 쓰러졌다.

바닥으로 떨어진 것은 사내의 몸뿐만이 아니었다. 봉호의 손에 들려 있던 피범벅이 된 벽돌 역시 맥없이 바닥으로 떨어졌다. 봉씨 집안 도련님께서 벽돌로 사람의 머리를 내리쳐 버린 것이었다.

"살인이다!"

벽돌을 내리치는 소리에 깜짝 놀라 그쪽으로 고개를 돌린 공자들이 바닥에 쓰러진 동무의 모습을 보고 소리쳤다.

갑작스러운 상황에 순간 멍해졌던 봉지미가 봉호와 함께 달아나려고 손을 뻗었다. 하지만 손에 잡힌 것은 동생의 손이 아니라 피로 범벅이 된 붉은 벽돌이었다.

봉호는 누이의 손에 벽돌을 넘기곤 재빨리 담벼락을 넘었다. 담 너머에서 쿵 소리가 들린 것으로 보아 꽤 세게 떨어진 듯했지만 그는 지체 없이 빠른 속도로 멀리 달아났다.

봉지미는 당장 손에 들린 벽돌을 바닥에 버리려 했지만 이미 너무 늦은 상태였다. 어느새 코앞까지 달려온 공자들이 하나같이 입을 모아 소리쳤다.

"이놈 잡아라! 이놈이 사람을 죽였다!"

초왕 영혁

바닥에는 피가 흥건했고, 쓰러진 이의 생사는 알 길이 없었다. 놀란 사람들이 소리치며 몰려왔다. 진짜 범인인 남동생은 이번에도 제 잘못을 남에게 뒤집어씌우고 달아나 버렸다. 너무도 순식간에 일어난 일이라 달리 손쓸 겨를도 없었다. 늘 차분하고 담담한 봉지미도 지금은 당황하지 않을 수 없었다.

그 자리에 서서 봉호가 사라진 방향을 명하니 바라보았다. 속에서 열불이 치밀어 오른 순간 손에서 갑자기 퍽, 하는 소리가 들려왔다. 둔탁한 소리와 함께 뿌연 흙먼지 같은 것이 허공에 흩날렸다. 무서운 기세로 봉지미를 향해 오던 사람들의 발걸음이 일제히 멈췄다.

봉지미는 고개를 숙여 벽돌이 들린 손을 바라보았다. 분명 단단하던 벽돌이 어느새 산산조각이 나 바닥에 떨어져 있었다. 그 광경에 공자들뿐만 아니라 그 자신도 적잖이 놀랐다. 봉지미는 믿을 수 없다는 듯 자기 손을 유심히 살폈다. 하지만 아무리 봐도 이상한 점은 찾을 수 없었다. 조금 전 피가 끓어오르던 감각을 재현해 보려고 다시 손에 힘을 줬지만 이번에는 아무런 느낌도 오지 않았다.

사방에서 잡으러 오던 이들이 걸음을 멈추고 경악한 얼굴로 봉지미를 바라보았다. 봉지미가 손을 탁탁 털자 남아 있던 가루마저 땅으로 떨어졌다. 덜 부서진 돌 조각들은 발로 툭툭 건드리자 바로 먼지가 되었다. 봉지미가 싱긋 미소를 지었다.

"에구머니나, 아니, 공자님께서 왜 바닥에 쓰러져 계신답니까? 어서 의원을 부르셔야지요!"

"……."

조금 전까지만 해도 손에 피범벅이 된 벽돌을 들고 있다가 이제는 갑자기 사람을 구하라며 소리치는 '살인자'의 모습에 모두가 눈이 휘둥그레졌다.

"저는 가진 것이 없습니다."

봉지미가 손에 남은 먼지를 툭툭 털어 냈다. 코앞까지 다가온 공자들이 흠칫 놀라며 한 걸음 뒤로 물러섰다.

"치료비를 낼 도리가 없습니다. 부상이 꽤 심각한 것 같으니 어서 모시지요. 어서요."

봉지미는 바보처럼 멍한 얼굴을 한 이들에게 쓰러진 공자를 넘기고는 아무렇지 않은 듯 등을 돌리고 살금살금 걸음을 옮겼다. 어디선가 불어온 차가운 바람이 등에 와 닿았다. 이제 몇 걸음만 더 가면 저들의 시선에서 완전히 벗어날 수 있었다.

짝, 짝, 짝.

느릿한 손뼉 소리가 갑자기 적막을 깨고 울려 퍼졌다. 고개를 돌리자 멀지 않은 곳에서 준수한 말 두 필 위에 앉은 사내들이 보였다. 그들의 뒤에는 대신들과 관군들이 줄줄이 따르고 있었다.

왼쪽 흰말에는 어린 소년이 타고 있었다. 아직 어린 티가 많이 나는 준수한 얼굴의 소년은 보랏빛 두루마기를 걸치고 흑진주처럼 검고 빛나는 눈동자로 봉지미를 바라보았다.

소년의 오른편 검은 말에 탄 사내는 무심한 얼굴로 봉지미를 내려다 봤다. 아주 옅은 푸른빛 무늬가 새겨진 흰 두루마기는 꼭 깊은 산속을 비추는 달빛처럼 우아했고, 그의 아름다운 얼굴과도 지극히 잘 어울렸다. 그 위에 걸친 짙은 검은빛 털옷에는 금색 만다라 꽃이 수놓아져 있었다. 날카롭고도 요염한 모습이었다. 그의 온몸에서 모순적인 아름다움이 느껴졌다. 무심한 얼굴과는 달리 그의 눈빛은 고요하고 깊었다. 다만 봉지미를 바라보는 그의 눈동자에서는 조금의 흔들림도 보이지 않았다.

봉지미는 조금 난감한 듯 입술을 깨물었다. 지난번 분명 다시는 사람을 죽이지 않겠노라 선언했는데 이렇게나 빨리 흉한 꼴을 보이게 되다니. 게다가 이번에는 벽돌로 사람을 내리치고 도망가는 형국이 되었으니 더 심각한 일이었다.

나름 귀족 집안의 자제로서 지금까지 눈에 띄는 일탈 없이 잘 지내 왔는데 왜 하필 이런 순간마다 저 사람을 만나는 것인지. 아무래도 그와 궁합이 맞지 않는 것 같았다.

보랏빛 옷을 입은 소년이 눈을 크게 뜨고 봉지미를 가리키며 말을 더듬었다.

"너, 너!"

봉지미의 가슴이 쿵 내려앉았다. 저들도 자신이 벽돌을 들고 서 있는 모습을 목격한 것이 분명했다. 이제 은근슬쩍 넘기기는 물 건너갔다.

소년은 봉지미가 흉기를 부수고 뻔뻔하게 잡아떼는 모습을 모두 지켜보았다. 그에 대고 무어라 몇 마디 으름장을 놓고 싶었다. 하지만 긴박한 상황에서도 침착한 봉지미의 눈빛에 순간 말문이 턱 막혀 입만 뻥 긋댔다.

소년이 어쩔 줄 몰라서 옆에 있는 여섯째 형님을 바라보았다. 동요하는 법이 거의 없는 그에게서 지금은 왠지 평소와 조금 다른 기색이 느껴졌다. 검은 말에 탄 남자는 제 아우가 말을 마치기 전에 입을 열었다.

"무슨 소란인가?"

"전하!"

공자 무리가 구세주라도 만난 것처럼 황급히 그에게 달려갔다. 차마 말에 너무 가까이 다가갈 엄두는 내지 못하고 조금 떨어진 곳에 무릎을 꿇었다.

"오(吳)가 공자가 살해되었습니다!"

봉지미의 가슴이 다시 한번 쿵 내려앉았다. 오씨 집안의 공자라는 건 황실 귀족인 보국공(輔國公)의 직계 자제라는 뜻이기도 했다. 봉호가 저렇게 지위가 높은 집안의 자제와 교류하는 것도 모자라 이런 큰 사고까지 치다니. 정말 펄쩍 뛸 일이었다. 게다가 지금까지 세 번이나 마주친 저 사내가 황자라니.

'몇째 황자지?'

들리는 말에 따르면 태자는 감정 기복이 매우 심하고 변덕스러운 성미를 가졌다고 하고, 2황자는 싸우길 좋아하고 성격이 포악하며, 5황자는 매우 냉정한 인물이라 다가가기 힘들다고 했다. 태자의 사람인 6황자는 용모가 빼어나고 풍류를 즐기는 것으로 명성이 자자했다. 7황자는 5황자와 가까이 지내고, 세간에 평판이 좋아 여러 황자 중에서 가장 어린 나이에 왕위를 부여 받았다. 10황자는 아직 나이가 어려 별다른 소문은 들어 본 적이 없었다.

나이를 보아하니 저자는 6황자 아니면 7황자일 듯싶었다.

"어리석은 놈들."

남자가 멸시하는 듯 눈썹을 추켜세우며 말채찍으로 바닥에 쓰러진 공자를 가리켰다.

"사람이 죽었는지 살았는지도 제대로 모르는 것인가?"

風叔

135

그의 말에 공자들이 땅에 쓰러진 오가 공자에게로 우르르 달려갔다. 몇몇 공자들은 의원에게 도움을 청하러 부리나케 사라졌다. 그때 성 안의 치안을 담당하는 지휘사가 그의 곁에 서서 얼굴을 찌푸리며 물었다.

"범인이 누군지 알고 계십니까?"

"저놈이다!"

모두가 일제히 봉지미를 가리키며 소리쳤다. 봉지미는 잔뜩 놀란 얼굴을 하곤 뒷걸음질하며 억울한 듯 두 눈이 휘둥그레졌다.

"저는 그냥 길을 지나다 우연히 휘말린 것뿐입니다. 저는 정말 억울합니다!"

"아무리 그렇다 한들 의심을 사기 쉬운 곳에서 넋을 놓고 있었으니 어느 정도 스스로 자초한 일."

말 위에서 내려다보며 말한 남자가 민첩한 동작으로 봉지미를 막아섰다. 봉지미가 고개를 들자 두 사람의 시선이 허공에서 마주쳤다. 경계심 어린 눈빛과 스산한 눈빛이 맞부딪친 순간, 봉지미가 먼저 눈꺼풀을 내리고 시선을 피했다.

지금은 나설 때가 아니었다. 아무리 좋은 말주변을 가진 자라도 나설 때와 나서지 않을 때를 정확히 구분해야 하는 법이니까. 그는 종잡을 수 없는 사람이지만 지금 알게 모르게 자신의 혐의를 벗겨 줄 수 있는 말들을 하고 있었다.

지휘사의 얼굴에 조금 난감한 기색이 떠올랐다. 그가 남자를 향해 허리를 숙이고 낮게 말했다.

"전하, 보국공께도 누구든 내놓아야 할 텐데요. 지금으로선 저자가 가장 유력한……."

남자가 봉지미에게 시선을 돌려 건조한 목소리로 물었다.

"그대가 정말 억울하다면 진짜 범인이 누구인지 말할 수 있겠지?"

남자의 말에 봉지미는 잠시 당황했다. 당장이라도 모두 봉호가 벌인 짓이라 말하고 싶었지만 입술을 깨물고 꾹 참아 냈다. 지금 와서 그런 말을 해 봤자 별로 달라질 것도 없었다. 괜히 섣부른 짓을 했다간 자신에게까지 불똥이 튈 것이 뻔했다. 봉호의 이름을 댔다가는 지금 기방에서 일하고 있는 자신도 모두 들통날 테고, 집안에 알려져 뼈도 못 추릴 것이 분명했다. 게다가 다시 봉지미와 봉호 중에 하나를 선택해야 하는 순간이 오면 어머니는 또 같은 선택을 하게 될지도 모르는 일이었다.

마음 한편이 저릿했지만 봉지미는 그런 기색을 조금도 겉으로 내보이지 않은 채 덤덤히 웃으며 자신의 뒤를 손으로 가리켰다.

"조금 전 누군가 손에 피를 묻히고 이 담을 넘어 서쪽으로 달아나는 것을 보았습니다."

흰말에 타고 있던 소년이 갑자기 기침을 터뜨렸다. 그 소리에 검은 말에 탄 남자가 고개를 돌려 그쪽을 바라보았고, 소년이 배시시 웃으며 말했다.

"아, 여섯째 형님, 저는 괜찮습니다. 말할 때 조심했어야 했는데요."

'여섯째 형님이라면……. 역시 6황자인 초왕 영혁이었어. 그럼 저 기침을 한 자는 10황자 영제겠구나.'

제경에는 '키가 큰 나무 위에 일찍이 피워 낸 매화가 초국(楚國)의 푸르른 하늘을 품었네'라는 초왕 영혁을 은유하는 시구가 전해진다. 여러 황자들 중 가장 대단한 위세를 자랑하던 것은 원래 태자도 아니고, '현왕(賢王)'이라 불리는 7황자도 아니었다. 바로 어린 시절부터 영특하기로 이름난 6황자 영혁이었다. 영혁이 태어나던 때 궁인들이 하늘에서부터 전해져 내려오는 아름다운 음악 소리를 들었다고도 한다. 하지만 그런 아름다운 소문이 그에게 진짜 행운을 가져다주지는 못했다. 그가 태어난 후 몇 달 되지 않아 그의 어머니는 산후 과다 출혈로 죽음을 맞았고, 그를 제 품에서 키우겠던 황후도 무슨 이유에서인지 얼마 되지 않아 그를 자신의 먼 친척인 귀비 상(常) 씨에게 보냈다.

소문에 의하면 영혁은 말을 굉장히 늦게 시작했다고도 한다. 세 살이 되어서야 처음으로 입을 뗀 그는 첫 마디를 시작으로 일생의 지혜들을 빠르게 습득했다. 다섯 살에는 국수(國手) 진롱국을 바둑으로 꺾었고, 일곱 살에는 천하에서 가장 총명한 신자연과 시를 주고받았다.

겨우 차 한 잔을 내릴 잠깐 사이 천 자에 달하는 유려하고 아름다운 시를 짓고 개성으로는 둘째가라면 서러운 신자연을 무릎을 탁 칠 정도로 놀라게 만든 이가 바로 영혁이었다. 그 후 두 사람은 서로의 나이 차도 잊은 채 좋은 동무가 되었고, 이를 계기로 신자연은 천하제일의 서원인 청명서원의 서원장 자리를 맡게 되었다. 하지만 그러한 영광도 찰나일 뿐이었다.

천성국이 세워진 후 영혁이 일곱 살일 때, 갑자기 찾아온 큰 병이 고결하던 소년의 재능과 지혜를 모두 앗아가 버렸다. 생사의 갈림길에서 겨우 살아 돌아온 영혁의 성품은 이미 예전과는 완전히 달라져 있었다. 홍등가를 드나들며 기생의 치마폭에 빠져들던 방탕하고 젊은 여섯째 황자 영혁은 제경 명기들 사이에서 가장 사랑 받는 손님이 되었다.

그 모습을 지켜본 신자연은 자신의 다른 벗들에게 '높고 아름답던 매화는 이미 산과 물 너머 만 리 밖으로 멀어져 버렸구나'라며 탄식했다. 매우 깊은 저의가 담긴 말이었지만 그게 무엇이든 지금의 영혁에게는 이미 아무런 의미가 없었다.

어쨌든 그 병마 때문에 영혁은 천성의 서북쪽에 위치한 자신의 영토인 초지(楚地)로 가지 않고 제경에 남아 몸을 보양했다. 물론 그가 자신의 병을 약으로 다스리고 있는지 아니면 여인의 향기로 다스리고 있는지는 아무도 모를 일이었다.

봉지미는 지금 그런 논쟁에 마음을 두고 있을 때가 아니었다. 그럴싸한 표정으로 방향을 가리켜 보이자 영혁이 그런 그녀의 얼굴을 힐끗 살폈다. 하지만 그가 뭐라 말을 꺼내기도 전에 그 '말할 때 조심하지 않았다'는 10황자 영제가 생글생글 웃으며 말했다.

"그럼 그대가 앞장서 주겠어요?"

교활한 웃음 뒤로 새까만 눈동자가 반짝 빛을 냈다. 꼭 재미있는 놀이를 시작하는 듯한 표정이었다. 봉지미가 겁을 먹을 거라고 생각한 모양이었지만 봉지미는 소년의 예상과는 달리 곧장 고개를 끄덕이곤 앞장서 성큼성큼 걸었다.

"따라가라!"

영제는 조금 당황했지만 재빨리 관군들을 향해 소리쳤다. 봉지미는 다급히 자신을 따라나서는 관군들을 이끌고 이리저리 돌고 돌아 한 작은 골목에 닿았다.

"범인이 이 골목 안으로 들어가는 것을 보았습니다."

봉지미가 가리킨 곳은 검은 옷의 남자가 사는 바로 그 집이었다. 영혁이 자신에게 스스로를 구할 기회를 주자마자 봉지미는 바로 그 신비한 이를 떠올렸다. 이 상황에서 봉호의 이름을 댔다가는 자신마저 힘들어질 것이 뻔했지만, 그자는 자신을 충분히 보호할 수 있을뿐더러 혹시 그자가 손을 쓰기라도 한다면 그 소란을 틈타 이곳을 빠져나갈 수 있을지도 모르는 일이었다. 속으로 그런 생각을 이어 가며 봉지미는 살금살금 뒤로 물러났다. 소동이 일어나길 잠자코 기다렸다가 바로 달아날 작정이었다.

봉지미가 관군들의 동향을 살피며 천천히 뒷걸음질했다. 그때 갑자기 등 뒤에서 서늘한 기운이 느껴지더니 곧 무언가가 허리를 단단히 붙잡았다. 고개를 돌리자 금과 옥으로 화려하게 장식된 말채찍이 눈에 들어왔다. 말 위에 올라타 있는 영혁이 청아한 얼굴에 미소를 띤 채 다정하게 그녀를 바라보고 있었다.

"어딜 가려고?"

연지 자국

봉지미가 웃음기라고는 전혀 묻어나지 않는 그의 눈동자를 바라보며 천천히 미소지었다.

"아무 데도 안 갑니다. 진상이 밝혀질 때까지 여기 있을 것입니다."

"잘 됐군. 안 그래도 바라던 바야."

영혁이 더 다정히 웃었다. 봉지미는 애써 입꼬리를 살짝 올려 보였다. 하지만 속은 죽을 맛이었다. 겨우 이런 사소한 일로 초왕까지 나선다는 게 말이 된단 말인가? 봉지미는 그의 준수한 검은 말에 살짝 기대어 서서 고개를 한껏 꺾어 바라보았다.

"이 아이, 이웃 나라인 대월(大越)에서 진상한 말이지요? 정말 구하기 어려운 품종이라고 하던걸요. 대월에서도 일 년에 몇 필 보내지 못한다고 하던데요."

봉지미의 말이 끝나기가 무섭게 옆에 있던 10황자 영제가 조금 걱정스럽다는 눈빛으로 영혁을 쳐다보았다. 영혁은 평소와 다름없는 표정으로 시선을 살짝 내리깐 채 덤덤하게 자신을 바라보고 있는 봉지미를 마주하고 있었다. 봉지미는 그를 살짝 올려다보고 있었다. 비록 남루한 소년의 모습을 하고 있었지만, 그 눈빛만큼은 여전히 맑고 고요했다. 별다른 이상한 점은 눈에 띄지 않았다.

봉지미를 바라보는 그의 시선이 조금 깊어지는가 싶더니 '그래' 하고 짧디짧은 대답을 내놓았다. 그러고는 조금 넋이 나간 표정으로 고개를 돌렸다. 봉지미는 그의 갑작스러운 심경 변화를 눈치 채지 못했는지 신이 난 손길로 말을 쓰다듬었다. 그 광경을 본 영제가 갑자기 사색이 된 얼굴로 소리쳤다.

"섭전 그 녀석을 함부로 만지지 마! 걔 성질이 엄청 고약……. 어라?"

성질이 엄청 고약하다는 '섭전'이라는 이름의 명마는 오늘부터 성격을 고쳐먹기로 마음먹은 것인지 봉지미의 손길에도 그저 살짝 물러나는 정도로만 반응했다. 심지어는 더 가까이 다가오기까지 했다. 이에 고개를 돌렸던 영혁도 다시 시선을 가져왔다. 그의 눈빛에서 살짝 놀란 기색이 묻어났다. 봉지미가 웃는 얼굴로 말에게서 손을 떼고 말했다.

"송구합니다. 이 아이가 워낙 예뻐서요. 참을 수가 없었습니다."

봉지미는 배시시 미소를 지으며 애꿎은 생각을 했다. 얼마 전 검은 옷의 남자와 대화를 나누다가 들은 것이 떠올랐다. 2황자와 6황자가 대월의 명마를 두고 서로 싸운 적이 있는데 일이 커지는 바람에 결국 황제가 법도로 엄히 다스려야 했다는 이야기였다. 그 일로 6황자가 석 달 동안이나 갇혔다고 하던데, 오늘 그가 타고 온 말을 보아하니 역시 사실인 모양이었다.

쾅.

관군들이 막 대문을 박차고 들어가려는데 갑자기 안쪽에서 엄청난 굉음이 들려왔다. 눈 깜짝할 사이 집의 절반이 그대로 무너져 내렸고, 한쪽에서 열심히 끓고 있던 약 주전자도 그대로 공중에 날아올라 관군들의 몸 위로 쏟아졌다. 관군 중 몇몇은 소리를 지르며 달아났고, 그보다 훨씬 더 많은 수가 맥없이 바닥에 쓰러졌다.

뿌옇게 피어오른 회색 연기 사이로 두 사람의 그림자가 모습을 드러냈다. 둘 중 하나는 검은 옷을 입고 나무로 만든 가면을 쓰고 있었다. 줄곧 봉지미를 괴롭혔던 그 검은 옷의 남자였다. 하지만 나머지 한 사람은 봉지미조차 본 적 없는 인물이었다. 망사가 달린 삿갓을 쓰고 있는 긴 그림자 위로 푸른빛 옷이 춤을 추듯 흩날렸다. 매우 기이한 몸놀림을 가진 자였다. 그는 대나무처럼 꼿꼿이 선 채로 조금씩 떠오르고 있었다. 그의 몸이 잔잔하고 깊은 물웅덩이처럼 고요해 보였다. 황혼의 석양이 그의 어깨 위로 내려앉자 그가 입은 푸른빛 옷이 반짝였다. 그 모습이 꼭 빛을 뚫고 나타난 신상(神像) 같았다.

땅을 딛고 선 모든 이가 고개를 들어 그를 바라보았다. 봉지미 역시 예외는 아니었다. 그를 더 자세히 보기 위해 두 눈을 가늘게 떴다. 얼굴은 제대로 보이지 않았지만 사람을 압도하는 그 기세만은 충분히 느낄 수 있었다.

모두가 두려움에 휩싸였을 때 그 둘이 갑자기 앞으로 튀어나갔다. 보아하니 본래 집 안에서 이미 격투를 벌이던 와중에 봉지미가 데려온 사람들이 들이닥치자 벽을 뚫고 나온 것이었다.

검은 옷의 남자가 봉지미를 발견하곤 짧은 기합 소리와 함께 곧장 달려들었다. 그러자 푸른 옷에 삿갓을 쓴 사내가 허공을 떠다니는 연기만큼이나 가벼운 몸짓으로 그의 뒤로 다가와 어깨를 붙잡았다. 검은 옷의 남자가 잠시 주춤하다가 물러났지만 푸른 옷의 사내는 웬일인지 방향을 바꾸지 않고 봉지미에게로 날아와 얼굴을 손으로 붙잡았다. 햇살에 비친 옥빛 손끝에 붉은 기가 살짝 돌았다.

그는 놀랄 만큼 빨랐다. 거센 바람이 불자 봉지미의 눈앞에 있던 꽃이 얼굴을 덮쳤다. 아름다운 꽃과 헤어지는 것이 아쉬워 탄식이 나오려던 순간, 옆에 있던 영혁에게서 싸늘한 냉기가 뿜어져 나왔다. 그의 소맷자락에서 바람이 일고 번쩍이는 빛이 휙 지나갔다.

그 빛이 너무 날카로워 모두 눈을 감지 않을 수 없을 정도였다. 봉지미 역시 예외는 아니었다. 어떻게든 눈을 뜨고 주위 상황을 살피려는데 갑자기 얼굴 위로 부드러운 비단이 내려앉았다. 한바탕 비가 지나고 맑게 갠 하늘같은 푸른빛의 비단이었다. 비단 사이로 스며든 옅은 햇살에 마치 몽롱한 꿈속에 들어와 있는 듯한 기분이 들었다.

잠시 후 하얀빛이 눈앞을 가렸다. 꿈결 속 안개처럼 자욱하던 푸른빛이 사라지고, 옅은 금빛 만다라 꽃이 눈앞을 스쳐 지나가더니 갑자기 축축한 물방울이 미간 가운데로 떨어졌다. 미간에 떨어진 선홍색의 물방울은 무심코 찍은 운명의 연지 자국 같았다.

모든 일은 너무도 순식간에 일어났다. 당황한 봉지미는 지금 무슨 일이 일어나고 있는 것인지도 제대로 알 수 없었지만, 왠지 마음속이 조금씩 시원해졌다. 그러고는 곧 몸이 붕 뜨는 느낌이 들더니, 이내 알 수 없는 곳으로 끌려갔다.

세 사람의 그림자가 순식간에 사라졌다. 그곳에는 쥐 죽은 듯 고요한 적막만이 흘렀다. 한참이 지난 후, 누군가 가벼운 신음 소리를 냈다. 곧 불안과 두려움에 휩싸인 영제의 목소리가 들려왔다.

"여섯째 형님이 다치셨다!"

지휘사가 사색이 된 얼굴로 영혁에게 달려가 그의 상태를 살폈다. 영혁은 아무런 표정 없는 얼굴로 봉지미가 사라진 방향을 덤덤히 바라보고 있었다. 그는 이제 말 위에 앉아 있지 않았다. 그가 원래 올라탔던 안장은 어느새 뒤집어진 채 바닥에 떨어져 있었다.

조금 전 그 푸른 옷의 사내에게 맞서 저도 모르게 봉지미의 얼굴을 보호하려 했지만, 그 염치없는 여인이 미리 그의 말안장에 농간을 부려 놓은 탓이었다. 대월에서 바친 말에 관한 이야기를 꺼낸 것도 고의적이었던 게 분명했다. 그의 주의를 다른 곳으로 돌리고 그 틈을 타 안장에 간단한 갈고리를 걸어 둔 것이었다. 영혁이 말에서 내려 그 사내를 붙잡으려 한 순간, 안장에 달려 있던 갈고리가 말의 피부를 찔렀고, 놀란 말이 갑자기 움직이는 바람에 영혁은 그 사내를 막기는커녕 상처만 입고 말았다.

'그 남자와는 무슨 관계지? 두 사람이 사전에 함께 계획한 일인가?'

영혁은 여전히 아무런 표정도 짓고 있지 않았다. 하지만 그의 미간 사이에서 스산한 냉기가 뿜어져 나왔다. 그는 지휘사의 걱정 어린 물음에도 아무런 대답을 주지 않은 채 자신의 소맷자락에서 손수건을 꺼내 핏자국을 닦아 냈다. 피를 닦아 낸 그가 아무렇게나 버린 손수건이 바람을 타고 날다가 바닥으로 떨어졌다. 매혹적으로 수놓인 꽃이 마치 진짜 살아나기라도 한 듯 바람에 흔들거렸다.

영혁은 그대로 뒤돌아서서 예술품이라 해도 아깝지 않을 그 아름다운 비단 손수건을 가차 없이 짓밟았다. 진흙 속으로 파묻혀 들어가도 전혀 아깝지 않은 모습이었다. 황혼의 석양은 찬란했지만 어두웠다. 석양이 얇은 막이 되어 그의 입술에 걸린 차가운 미소를 뒤덮었다.

따라오세요

이른 봄의 한기였다. 날카롭진 않았지만 여전히 싸늘한 그 기운이 느껴졌다. 봉지미는 누군가에게 붙잡힌 채 그 차가운 공기를 가르며 어딘가로 달려가고 있었다. 당장이라도 꽁꽁 얼어 버릴 것만 같았다. 고개도 들 수가 없었다. 그래서 자신을 납치한 사람의 얼굴도 확인할 방법이 없었다. 눈에 보이는 것이라곤 바람에 살랑거리며 흩날리는 푸른색 옷자락이 전부였다. 조금 전 망사가 달린 삿갓을 쓰고 자신의 얼굴을 망가트리려 했던 남자가 분명했다.

그의 옷차림은 어딘가 조금 이상했다. 요즘 사람들은 살이 드러나는 옷을 즐겨 입었다. 남자들도 약간의 쇄골을 노출하는 것이 아름답다고 여겼다. 하지만 이 남자는 머리끝부터 발끝까지 온통 꽁꽁 싸매고 있었다. 갓에 달린 망사가 어깨까지 길게 늘어져 있어 목조차 전혀 보이지 않았다. 소맷자락도 일반적인 경우보다 훨씬 길어 팔을 내리고 있으면 손가락까지 완전하게 가려졌다. 싸울 때 많이 불편할 것도 같은데 개의치 않는 듯했다.

그에게서 느껴지는 기운은 영혁의 화려하면서도 차가운 느낌과는 조금 달랐다. 그는 물 위에 떠 있는 푸른 연꽃을 연상시켰다. 아무런 향이 나지 않는 것 같지만 멀어지고 나면 그 쌉싸름하고 맑은 내음이 떠오를 것만 같았다.

그는 두 손가락으로 봉지미를 붙잡고 있었는데, 그나마도 손가락 끝을 한껏 치켜세우고 있었다. 봉지미의 살결에 절대 손을 대고 싶지 않다는 분명한 의사 표시였다. 봉지미가 씁쓸한 미소를 지었다. 딱 봐도 예사롭지 않아 보였다. 그 말은 즉 상대하기 어렵다는 뜻이었다.

무예에 있어서 검은 옷의 남자도 분명 비범한 사람이었을 텐데, 이자는 그보다도 몇 수 위에 있는 것 같았다. 이런 사람에게 잡혀 올 줄 알았다면 차라리 관군에게 끌려가 옥에 갇히는 게 나았을 거란 생각마저 들었다.

난생처음 보는 이 남자가 왜 자신을 납치해 가고 있는 건지 문득 궁금해졌다. 그때 갑자기 몸이 무거워졌다. 감겨 오는 눈꺼풀을 이기지 못하고 결국 의식을 잃었다가 한참 후에야 다시 눈을 떴다. 어느덧 제경 외곽의 야산에 당도해 있었다.

푸른 옷의 사내가 봉지미를 땅에 던져 놓으며 혈 자리를 누르는 바람에 그대로 움직일 수 없는 신세가 되어 버렸다. 그 역시 미동도 하지 않고 서 있었다. 말은 더더욱 꺼내지 않았다. 하얗고 차가운 달빛이 내려앉았지만 그는 여전히 움직이지 않은 채로 그 하얀 빛 아래 투명하게 반짝이며 서 있었다. 조금 전보다 훨씬 더 조각상처럼 보였다.

봉지미는 고개를 들고 그를 바라보았다. 왠지 두려운 마음이 들었다. 혹시 무서운 이야기 속에 등장하는 영원히 늙지 않는 귀신과 이곳에 떨어져 버린 게 아닐까 하는 생각이 불쑥 들었다. 다행히 몸만 굳고 입은 멀쩡한 덕에 은근슬쩍 그에게 추파를 던져 보자 마음먹었다.

"저기……."

푸른 옷의 사내는 여전히 움직이지 않았다. 고개 한번 돌리는 일이 없었다. 하지만 봉지미는 굴하지 않고 다시 한 번 입을 열었다.

"저기……. 협객님?"

그가 갑자기 말을 따라하기 시작했다. 봉지미 쪽이 아닌 제 앞의 허공에다 대고.

"저기, 협객님."

"……누구세요?"

"누구세요."

"……저는 위지라고 하는데요."

"……저는 위지라고 하는데요."

"……."

봉지미는 이내 말 걸기를 포기하고 잔뜩 찡그린 얼굴로 그를 살폈다.

'도대체 뭐 하는 사람이지? 왜 자꾸 내 말만 따라 하는 거야? 아니면 귀신인가? 겉모습은 엄청 아름다운데 사람 말은 할 줄 모르는 그런 귀신일까?'

그는 조용히 서 있었다. 마치 무언가를 골똘히 생각하는 것만 같았다. 그러다가 뭔가 생각이라도 난 듯 고개를 저었다. 그를 지켜본 이래 처음으로 발견한 '사람다운' 모습이었다. 마음속에 갑자기 희망의 불씨가 타올랐다. 봉지미는 곧장 화두를 바꿔 그에게 다시 말을 걸었다.

"협객님, 아무 원한도 없는 절 왜 여기까지 데리고 오셨을까요?"

그가 드디어 조금 멀쩡한 모습으로 대답했다.

"잡아."

'……무슨 뜻이지?'

봉지미가 다시 물었다.

"누굴 잡아요?"

"사람."

봉지미의 얼굴이 점점 파랗게 질려 갔다.

'나도 내가 사람인 거 안다고!'

봉지미가 방법을 바꿔 물었다.

"잡으려는 사람이 저예요?"

그렇게 묻자 그가 고개를 살짝 기울였다. 갓에 달린 망사를 뚫고 비친 달빛에 그의 두 눈이 순간 맑게 반짝이는 듯했다.

"그 집에 있는 사람을 잡는다."

그의 대답에 봉지미가 잠시 멍해 있다가 다시 물었다.

"누구든 상관없이 그냥 그 집에 있는 사람이요? 그 집에 아까 사람이 아주 많았는데요."

그가 잠시 생각하는 듯 입을 다물었다. 그는 말하는 것도, 대답하는 것도 매우 느렸다. 한 글자, 한 글자씩 아무런 높낮이도 없는 목소리로 뱉어 냈다. 묻는 사람을 쳐다보는 경우도 없었다. 그의 시선은 늘 자신의 정면에만 머물렀다. 어딘가 조금 모자란 사람처럼 보였다. 하지만 봉지미는 잘 알고 있었다. 어딘가 조금 모자란 사람이 저런 엄청난 무예 실력을 가질 수 없다는 것을 말이다. 조금 지나자 그의 목소리가 다시 들려왔다.

"그들이 말했다. 집 안에 있는 사람을 잡으라고."

봉지미는 한참이 지나서야 그의 말이 조금씩 이해되기 시작했다. 아무래도 누군가에게 지령을 받고 그 검은 옷의 남자를 잡기 위해 온 사람인 것 같았다. 그는 줄곧 혼자 살았기에 집 안에 있는 누군가라고 꼬집어 말할 필요도 없었을 것이다. 하지만 하필 봉지미가 관군들을 데리고 들이닥친 탓에 그가 아닌 저를 잡아 온 모양이었다.

'진짜 재수가 없으려니까!'

다만 조금 이상한 것은 분명 그곳에는 봉지미 말고도 사람들이 많았는데, 왜 하필 봉지미만 붙잡아 왔느냐는 것이었다.

봉지미가 다시 진지한 얼굴로 물었지만 그에게는 너무 어려운 질문이었던지 그는 다시 조각상처럼 달빛 아래 선 채 아무런 대답도 하지 않았다.

차가운 바람이 불어오고 달빛은 적막하게 빛났다. 한 사람은 제자리에 선 채, 한 사람은 바닥에 앉은 채 움직이지 않았다. 큰 두 눈이 작은 두 눈을, 아니, 얇은 망사를 바라보았다.

그렇게 반 시진(時辰)*옛 시간 단위로 1시진은 2시간을 가리킴 이 흘렀다. 달빛이 적막하게 빛나고 큰 두 눈이 얇은 망사를 바라보았다. 그리고 한 시진이 흘렀다. 차가운 바람이 불어왔다.

망사로 얼굴을 가린 그는 조각상처럼 흔들림 없이 아름다운 모습으로 가만히 서 있었다. 덕분에 봉지미는 폭발하기 일보 직전이었다.

'도대체 이게 뭐 하는 짓이냐고!'

답답해진 봉지미가 다시 물었다.

"지금 뭐 하는 거예요?"

조각상이 대답했다.

"기다린다."

"누구를 기다리는데요?"

"그들을."

봉지미가 한숨을 터트렸다. 그에게 그들이 누구인지 물어봤자 아무 소용없을 게 분명했다.

"그럼 그 사람들은 왜 아직 안 오는 걸까요?"

차라리 빨리 왔으면 싶었다. 그 사람들의 칼에 베여 죽는 게 미동도 하지 않는 이 조각상과 계속 멍하니 함께 있는 것보다는 더 나을 것 같았다.

"모른다."

역시 그의 대답은 '모른다'였다. 봉지미의 화가 조금씩 고개를 들었다. 아무리 성질이 얌전한 사람이라도 이자와 함께 있다가는 그 성질을 버리게 될 것이었다. 치밀어 오르는 화를 애써 누르며 주위를 두리번거렸다. 한참 동안 주변을 살피다 갑자기 무언가를 깨달았다.

"그 사람들이랑 이런 야산에서 만나기로 했다고요? 잘못 온 거 아니에요?"

보이는 것이라고는 나무와 돌밖에 없어 어딜 가도 똑같이 생긴 곳이었다. 이런 곳에서 만나기로 약속했다는 건 조금 이상했다. 최근 청명서원이 규모를 키운다며 제경 근처의 나무와 돌을 죄다 가져다 쓴 탓에 기존의 지형과도 이미 많이 달라진 상태였다. 어쩌면 이자의 동료들이 제경에 처음 올라온 그에게 제대로 된 약속 장소를 알려 주지 않아 길을 잃은 것일지도 몰랐다. 그가 느릿하게 고개를 돌리며 한참 동안 주위를 살피고는 다시 느릿하게 대답했다.

"그럴지도."

'그래……. 신께서 날 이 세상에 보내신 건 나를 성장시키고 시험하여 완전한 사람으로 만들기 위함이겠지……. 그래.'

봉지미는 이를 악물고 마음을 가다듬고는 화를 누르며 말했다.

"제가 이곳 길을 잘 아니 어서 풀어 주세요. 가시고자 하시는 장소까지 모셔다드리겠습니다."

"기다리라고 했다."

"아니, 엉뚱한 장소에서 기다리면 뭘 하냐고!"

결국 폭발해 버린 봉지미가 잔뜩 성난 목소리로 소리쳤다. 하지만 그는 움직일 생각이 조금도 없다는 듯 혼란스러운 기색 하나 없이 단호하고 간결하게 답했다.

"기다린다."

"……알겠으니까 그럼 제 몸이라도 좀 풀어 주시면 안 될까요?"

결국 두 손 두 발 다 든 봉지미가 애원하듯 말했다.

"그 사람들이 절 풀어 주면 안 된다는 말은 안 했을 거 아닙니까. 그렇지요?"

봉지미의 말이 효과가 있었는지 조각상이 한참 생각하는 듯하더니 이내 고개를 끄덕이곤 허공에 대고 손을 휘저었다. 봉지미는 꼿꼿하게 굳어 있던 제 몸이 풀린 것을 바로 알아챌 수 있었다.

'저 사람, 손도 안 대고 푼 거야? 그 검은 자객 어깨너머로 본 것들은 아무것도 아니었잖아!'

자유로워진 봉지미가 옷에 묻은 먼지를 툭툭 털어 내고는 조각상에게는 눈빛조차 한번 제대로 주지 않은 채 씩 웃어 보였다.

"협객님, 그 사람들이 사람 잡은 후에 뭐 어떻게 하란 얘긴 하나도 안 했겠지요?"

조각상은 아무 대답이 없었다. 자신의 기억 속에서 물음에 대한 답을 찾으려 노력하는 중이었다. 한참이 지난 후에야 조각상은 말없이 고개를 저었다.

"죽이라는 말도 없었을 테고요?"

"물을 것이 있다고 했다. 그 사람이 어디 있는지 알아야 한다고."

앞뒤도 없는 반쪽짜리 대답에 봉지미는 별 관심도 없었거니와 제대로 알아들을 수도 없었다. 봉지미는 중요한 부분만 다시 꺼내 물었다.

"그러니까 잡아 온 사람을 어떻게 처리하란 말은 전혀 없이 그냥 기다리라고만 했다는 거잖아요. 그러니 쭉 기다리십시오. 저는 이만……. 볼일이 있어 가보겠습니다. 그럼, 안녕히."

저런 인물과 계속 같이 있다가는 정신을 놓게 될 게 분명했다.

'그래, 안녕이다, 안녕. 영원히 안녕.'

봉지미는 뒤도 한 번 돌아보지 않고 그의 곁을 떠나 단숨에 꽤 먼 거리를 걸어나왔다. 하지만 자꾸 뒤로 돌아가려는 고개를 더는 막아 낼 수가 없었다.

조각상 사내는 여전히 그 자리에 그대로 서 있었다. 옅은 달빛에 그림자가 뒤로 길게 늘어졌다. 그가 걸친 푸른 옷자락이 달빛 아래 투명한 바람처럼 흩날렸다. 봉지미는 흥, 하고 콧방귀를 뀌고 계속 걸었다.

그때 갑자기 산중의 평지가 모습을 드러냈다. 그제야 이곳이 제경 밖 십 리쯤에 있는 송산의 한 자락이라는 사실을 알아차렸다. 아주 외진 데라 찾는 이가 거의 없는 곳이었는데 저 앞에 웬 큰 대문 하나가 우뚝 솟아 있었다. 봉지미의 예상이 틀린 게 아니라면 그와 '그들'이 만나기로 한 장소는 분명 저곳일 것이었다. 그가 꽤 고생할 거란 생각에 봉지미는 싱글벙글거렸다.

'그래, 거기서 꼼짝 말고 계속 기다려라. 누가 오나. 분명 그러다 굶어 죽을 거야.'

봉지미는 배시시 웃으며 계속 앞을 향해 걸었다. 걷는 것도 잠시 갑자기 한숨을 푹 내쉬며 걸음을 멈췄다.

"하아……."

곧장 걸음을 돌려 조금 전 그 사내가 있던 곳으로 돌아갔다. 그는 여전히 달빛 아래 가만히 서 있었다. 봉지미가 떠나던 때와 조금도 달라지지 않은 모습으로. 봉지미는 그가 정말 굶어 죽을지도 모르겠다고 다시 한 번 생각했다. 다가가서 그를 붙잡자 그가 바로 몸을 피했다.

"장소를 잘못 아셨습니다. 그들은 다른 곳에서 기다리고 있다고요."

그가 드디어 고개를 갸우뚱 기울였다. 봉지미가 배시시 웃으며 그의 소맷자락을 붙잡았다.

"따라오세요. 제가 데려다드리겠습니다."

그는 봉지미를 따라 걸음을 옮겼다. 봉지미는 살짝 웃어 보이며 그를 잡아끌고 아무도 없는 산길을 걸어나갔다. 봉지미가 향하는 곳은 조금 전의 그곳이 아니었다. 다른 속셈이 있는 것이었다.

그가 입은 옷의 촉감은 예사롭지 않았다. 몸에 걸친 것으로 보아 은자 역시 꽤 많이 가지고 있을 게 분명했다. 지금 당장 제경으로 돌아갈 수도 없는 노릇이고 수중에는 돈 한 푼 없으니 이자에게 좀 빌리는 것도 나쁘지 않겠다는 생각이 들었다.

엄청난 무술 실력을 갖추었지만 순진하여 쉽게 속는 남자였다. 게다가 마침 자기 신변에도 위험이 생긴 참이니 호위 무사라 생각하고 데리고 다니는 것도 나쁘지 않을 것 같았다.

경인년(庚寅年) 2월 초사흘. 높은 달과 스산한 바람이 있던 밤, 봉지미는 그렇게 신비로운 사내 하나를 손에 넣었다.

잘 지내보세

'이런 남자를 함부로 데려오는 게 아니었는데!'

후회가 밀려들었다. 분명 조금 전까지만 해도 봉지미는 꽤 기분이 좋았다. 그에게는 은자는 없었지만 대신 아주 정교하고 세밀한 가죽 가면들이 있었다. 봉지미는 그중 가장 평범하게 생긴 소년 가면을 골라 곧장 얼굴에 썼다. 꽤 만족스러웠다.

시간이 지나자 점점 힘이 들고 배가 고파 왔다.

"뭐 먹을 것 좀 없어요?"

서책에 나오는 강호의 협객들은 늘 말린 음식을 가지고 다닌다고 하지 않았던가. 이 말에 웬일로 그가 빠른 반응을 보였다. 그 반응이란 게 대답이 아니어서 문제긴 했지만. 그의 배에서 꼬르륵 소리가 났다. 그가 봉지미에게 손을 내밀었다.

"먹을 거."

봉지미는 텅 빈 그의 손을 바라보며 눈을 깜빡였다. 한참이 지나서야 그의 뜻을 알아차렸다.

'지금 자기가 배고프다고 나한테 먹을 거 달라는 거잖아!'

봉지미 앞에 내민 손도 눈처럼 새하얀 것이 꼭 조각상 같았다. 조금도 무술을 하는 사람의 손으로는 보이지 않았다. 하지만 안타깝게도 봉지미는 그의 아름다운 손에는 아무런 관심이 없었다.

"사냥할 줄 알아요?"

봉지미가 화를 누르며 억지 미소를 지어 보였다.

"네가 한다, 사냥."

"……"

이자는 협객이 아니라 그냥 도련님이었다. 봉지미는 자신의 결정을 후회하기 시작했다.

'그래, 그냥 버리자. 굶어 죽든 말든!'

봉지미는 그의 옷자락을 잡고 있던 손을 살포시 놓아 버리고는 다정하게 그의 어깨를 잡아 다른 방향으로 돌렸다.

"그 사람들은 저쪽에서 기다리고 있으니 어서 가세요. 저는 가서 사냥을 해 올 테니. 그럼, 이만."

봉지미는 그를 향해 힘차게 손을 흔들고 걸음을 재촉했다.

'드디어 아주 지혜로운 결정을 내렸어. 역시 사내는 아무 데서나 주워오는 게 아니라니까……'

달빛 아래서 씩씩하게 걸어가던 봉지미는 갑자기 의아한 느낌이 들었다. 자신의 걸음이 점점 더 빨라지고 기운이 더 좋아지고 있었다. 온종일 걷고 있는데도 전혀 피곤하지가 않았다. 걸음걸음마다 절로 힘이 실렸다.

'걸음마다…… 힘이……어?'

봉지미의 것이라고 하기에는 지나치게 힘찬 걸음걸이였다. 이상한 낌새를 느낀 봉지미가 뒤를 돌아보자 아니나다를까, 망사 갓을 쓴 남자가 걷는 듯 나는 듯 푸른 옷자락을 흩날리며 다가오고 있었다. 그 발걸음은 고요하게 흐르는 물 같았다. 머리가 아팠다. 아무래도 일이 쉽게 풀리지 않을 것 같은 불길한 예감이 엄습했다.

"왜 따라오는 거예요?"

봉지미가 묻자 조각상이 조용히 대답했다.

"네가 따라오라고 했다."

봉지미가 다정하기 그지없는 목소리로 그에게 말했다.

"거짓말이었어요."

"네가 따라오라고 했다."

조각상은 그런 봉지미의 말을 전혀 듣고 있지 않는 듯했다.

"……"

온갖 수단과 방법들을 동원해 봤지만 조각상은 계속 따라왔다. 봉지미는 이 엿가락 같은 놈이 조금도 떨어질 생각이 없다는 비참한 사실을 받아들여야만 했다. 지금 이 사내가 할 줄 아는 말이라고는 '네가 따라오라고 했다'밖에 없었다.

그에게 계속 말을 거는 것은 스스로 무덤을 파는 일이나 다름없었다. 봉지미는 결국 마음을 접고 다시 걸음을 옮겼다. 내내 걷다 보니 배가 고프고 목이 말라 죽을 지경이었다. 그때 눈앞에 작은 냇가가 나타났다. 물도 마시고 얼굴도 씻고 싶었던 터라 바로 냇가로 다가가 가면을 벗었다. 밝게 빛나는 달빛 아래로 봉지미의 그림자가 냇물 위에 선명히 비쳤다.

어딘가 조금 다른 모습이었다. 봉지미는 냇물에 비친 자신의 흔들리는 그림자를 멍하니 바라보았다. 달처럼 희고 투명한 여인의 모습이었다. 미간 사이에 묻은 연지 같은 붉은 자국이 아름다운 얼굴에 요사스러움을 더했다. 천천히 손을 미간 사이로 가져갔다. 손가락 끝에 붉은 자국이 묻어 나왔다.

봉지미는 자신의 미간 새에 묻은 붉은 핏자국을 한참이나 바라보았다. 해 질 무렵 자신의 눈앞을 스쳐 지나갔던 하얀 옷자락이 떠올랐다. 그 위에 수놓아졌던 옅은 금빛 만다라 꽃까지.

'영혁이 다친 건가?'

만약 그가 다쳤다면 자신이 몰래 해 두었던 손장난과 관련이 있을 것이었다. 봉지미는 달빛 아래 멍하니 한참이나 서 있었다. 은색 달빛이 봉지미의 하얀 얼굴 위로, 옷 위로, 소매 위로, 손가락 위로, 끝내 손끝에 묻은 붉은 핏자국 위로 내려앉았다. 누군가의 미간으로 떨어진 연지 자국은 누군가의 생명을 보장하지 못했다.

한참 만에 다시 고개를 든 봉지미는 그제야 산 중턱에 자리 잡은 건축물 하나를 발견했다. 빽빽한 나무와 암벽 사이로 화려하게 모습을 드러낸 푸른빛 추녀로 미루어 보건대, 굽이굽이 이어진 이 길 끝에 있는 저곳은 아마도 청명서원일 듯싶었다.

청명서원은 천하제일의 서원으로 대성황조의 제일서원이 그 전신이다. 예로부터 천하에서 가장 뛰어난 자들이 신분 고하를 따지지 않고 모여들던 곳이었지만 천성황조가 들어선 후부터 서원은 점점 귀족들의 학교로 변모했다. 결국 황족이나 조정 대신의 자제들을 위해서만 존재하는 곳이 되었다. 그나마 다행으로 신자연이라는 자가 서원장 자리에 앉은 이후부터는 그의 노력으로 매년 명문가 자제가 아닌 서생들도 조금씩 청명에 발을 들일 수 있게 되었다. 물론 들어가는 것이 결코 쉬운 일은 아니었지만 청명서원에 일단 들어가기만 하면 벼슬길은 훤히 열리는 것이나 다름없었다. 청명서원에 모인 자들은 죄다 귀족이거나 황족이었기에 성적은 형편없어도 사람 농사 하나만 잘 지어도 평생을 먹고 살 수 있었다.

이러한 사정으로 매년 열리는 청명서원의 입소 시험장은 늘 사람으로 붐볐다. 봉지미는 그날 남동생과 어머니가 나누던 대화가 떠올랐다. 봉호가 어울리던 그 불량하기 짝이 없는 공자들이 분명 청명서원의 서생들일 것이라는 생각이 들었다. 잔뜩 멋을 부리고 허영 넘치는 모습이 딱 맞아떨어졌다.

배는 고프고 갈 곳도 없는 노릇이었다. 게다가 성가시기 그지없는 짐 짝까지 하나 달고 있으니 그냥 저곳으로 가서 음식이라도 좀 동냥해 보는 것이 낫지 않을까 싶었다. 결국 봉지미는 조각상을 데리고 서원으로 가 문을 두드렸다. 그렇게 한참을 두드리자 웬 노인 하나가 벌컥 문을 열고 모습을 드러냈다. 봉지미가 문을 두드린 목적을 말하자 노인은 눈을 까뒤집으며 걸걸한 목소리로 소리쳤다.

"물 한 잔에 2백 냥! 돈 없으면 당장 꺼져!"

어처구니가 없었다. 물 한 잔에 2백 냥을 달라니. 옥으로 만든 물이라도 된단 말인가? 청명서원의 대문을 지키는 자의 위세가 이렇게까지 드높을 줄은 꿈에도 몰랐다. 봉지미의 성격이 좋아 그나마 다행이었다. 좀처럼 화낼 줄 모르는 그녀는 여전히 웃는 얼굴로 노인에게 다시 부탁했다.

"영감님, 제 동생이 몹시 아픕니다. 부디 아량을 베풀어 주셔서……."

"그래, 동생이 아픈 거 내가 잘 알지. 어린 시절 부모를 잃어 친척 집에 의탁하다가 구박 받고 쫓겨 나와 이곳저곳을 헤매다 기방으로 팔려 갔다가 겨우겨우 빠져나왔겠지……."

노인이 성가시다는 듯 눈을 굴리며 마구 팔을 휘저었다. 봉지미가 감탄을 금치 못하는 얼굴로 노인을 올려다보며 말했다.

"아니, 그걸 어떻게 아셨어요? 정말 용하시네요! 아, 기방엔 팔려 간 게 아니라……."

"네가 기방에 팔려 간 게 아니면 네 누이가 팔려 갔겠지. 뻔하다고!"

노인의 말을 듣던 봉지미는 뭔가 이상하다는 사실을 깨닫고 주위를 살폈다. 그제야 그 앞에 자리를 깔고 꾸벅꾸벅 졸고 있는 사람들이 눈에 들어왔다. 몇몇은 차림새가 멀끔했고, 몇몇은 남루하고 초췌했다. 봉지미보다도 얼굴이 더 누런 사람들도 있었다. 그 표정들도 하나같이 불쌍하기 짝이 없었다. 그런 자들이 모두 애처로운 눈빛으로 그 노인을 바라보고 있었다. 봉지미는 어떻게 된 일인지 조금 감을 잡을 수 있었다. 그새 노인은 벌써 문을 쾅 닫고 들어갔다.

쓴웃음을 한번 지어 보이고 그곳에서 발걸음을 돌린 봉지미에게 한 소년이 다가왔다. 매우 점잖은 모습으로 봉지미를 향해 허리를 숙여 인사했다.

"형님."

봉지미는 그가 무엇을 하려는 것인지 알 수 없었지만 우선 허리를 숙이고 인사를 받아 주었다. 매우 준수하고 맑게 생긴 소년이었다. 특히 두 눈이 반짝이는 별을 품은 것처럼 유난히 빛났는데 이것이 사람의 눈길을 사로잡았다. 소년이 조금 수상한 기색으로 가까이 다가왔다.

"왜 이렇게 된 것인지 잘 이해가 가지 않으시지요?"

"내게 설명을 해 준다면 매우 고맙겠소."

소년의 물음에 봉지미가 공손히 가르침을 청했다.

"청명의 서원장이신 신 서원장께서도 평민 출신이시지요."

소년이 낮게 웃었다.

"그런 연유로 평민 출신인 서생들을 늘 잘 챙겨 주신답니다. 그러해서……."

순간 크게 깨달았다. 돈이 있는 사람이고 없는 사람이고 청명서원에 들어가기 위해서 무일푼으로 도처를 떠도는 헐벗은 거지꼴을 하고 와서 서원장의 눈에 들려고 애를 쓰는 것이었다.

조금 전 그 노인도 봉지미가 서원에 들어가려고 거짓말하는 사람이라 여기고 문전 박대를 한 것이었다. 억울했다.

"이곳에 거짓으로 가난을 꾸미는 자들이 몰린다면 그냥 모두 돌려보내면 그만 아니겠소?"

봉지미가 묻자 소년이 매우 공손한 얼굴로 답했다.

"이자들을 모두 쫓아내면 서원도 매우 편안해지겠지요. 하지만 이 중에 단 하나라도 정말 배우고자 하나 가난하여 엄두를 내지 못하는 이가 있다면 그 기회마저 박탈하는 것이 되지 않겠습니까? 그러니 신 서원장께서 차마 이곳을 없애지 못하시고 가끔 나오시어 하나하나 직접 선별하시지요. 물론 서원장의 눈에 드는 것이 가장 어려운 일이기는 합니다."

"신 서원장께서는 참으로 자애로운 마음씨를 가진 분이시군."

봉지미가 싱긋 웃으며 말했다.

"물론입니다!"

소년이 우러러보는 듯한 표정으로 말을 이었다.

"서원장 어른께서는 인품이 훌륭하시고 마음이 따뜻하시어 가난한 자를 돌보고 여색을 멀리하시는 데다 청렴결백한 분으로서……."

소년의 입에서 칭찬이 끝도 없이 쏟아져 나왔다. 미소 띤 얼굴로 그 말을 듣고 서 있던 봉지미는 소년의 목소리가 지나치게 크다고 생각했다. 꼭 담벼락 너머에 있는 노인이나 이곳을 지나는 서원장이 듣기를 바라는 것 같아 보였다. 소년이 갑자기 답답하다는 듯 한숨을 터트렸다. 이어서 조금 전보다 훨씬 작고 낮은 소리로 말했다.

"저는 남해(南海)에서 올라왔습니다. 그 탓에 이곳 돌아가는 사정을 잘 몰라 이렇게 번지르르하게 빼입고 왔지요. 산 아래로 내려가 가난한 이들에게 옷을 좀 사 입어 볼까 했습니다만 그마저도 실패했습니다. 가난한 자들이 부호들에게 낡은 옷들을 다 팔아 치워 그자들 옷이 저보다 몇 배는 더 화려하더라니까요."

소년이 연거푸 한숨을 내쉬며 침통한 얼굴을 지었다. 하나를 말하면 열을 알아듣는 눈치 빠른 봉지미가 소년의 저의를 바로 알아차렸다.

"내가 입은 이 옷이 필요한 모양이오?"

"역시!"

소년이 손뼉을 짝 치며 기뻐했다.

"역시 호탕하신 형님이셨군요! 제가 은자 백 냥을 드릴 테니 그 겉옷만 제게 좀 팔아 주십시오. 남해에서 만든 이 상어 비단 두루마기도 함께 드리겠습니다!"

"좋소!"

봉지미가 소년보다 더 밝은 얼굴로 활짝 웃으며 몸에 걸치고 있던 외투를 벗었다. 낡은 옷 하나에 은자 백 냥도 모자라 값비싼 비단옷까지 준다는데 마다하는 게 더 이상하지 않은가.

봉지미가 막 외투를 벗자 소맷자락에 넣어 두었던 작은 물건 하나가 툭 떨어졌다. 봉지미가 그게 무엇인지 제대로 확인하기도 전에 소년이 잽싸게 그것을 주워 들고 살피더니 갑자기 어이쿠, 하며 놀란 소리를 냈다. 그의 손에 들린 것은 그때 그 전황석 도장이었다. 소년은 몇 번이나 도장을 이리저리 돌려가며 살펴봤다. 머지않아 그의 눈빛이 늑대처럼 번뜩였다.

봉지미는 조금 놀라 소년을 바라보았다. 딱 봐도 엄청난 부잣집 공자인 듯한 자가 겨우 전황석 조각 하나에 어쩜 저렇게도 큰 욕심이 일었는지 의아했다.

소년은 전황석을 들고 배시시 웃으며 말했다.

"아니, 이걸 가지고 계셨으면서 왜……."

봉지미의 영문 모를 눈빛을 발견한 소년이 곧장 하던 말을 관두고 헤헤 웃으며 달라붙었다.

"형님, 잠깐 저랑 상의 좀 하시지요."

갑자기 또 다가와 친한 척하는 소년이 이상하다고 생각한 봉지미가 툭 물었다.

"왜 그러는 것이오?"

"청명서원에 들어가고 싶으시지요?"

소년이 낮게 웃었다.

"이 아우가 형님을 모시고 들어가겠습니다. 그냥 작은 부탁 하나만 들어주시면 됩니다. 형님께서 들어가실 때, 저를 형님의 수하라고 말씀해 주시는 겁니다. 어떻습니까? 한 명의 서생이 수하를 둘까지 데리고 들어갈 수 있답니다. 아이고, 참, 제 소개가 너무 늦었지요? 저는 연(燕)가 출신입니다. 남해 연가요."

순간 봉지미의 눈빛이 번뜩였다. 남해 연가라면 천성황조의 3대 '잠족(潛族)' 중 하나로 천전세가(天战世家), 헌원세가(軒轅世家)와 함께 막강한 영향력을 행사하는 집안이다. 들리는 말에 의하면 원래는 황족 출신이었으나 이후 대성황조에 흡수되었고, 점점 조정에서 밀려나 결국 지하로 숨어 들어간 귀족들이라고 했다. 하지만 재야에서는 여전히 막강한 세력을 가지고 있는 자들이었다.

천전세가는 강호를 단단히 손에 쥐고 있었다. 헌원세가는 거상으로 전국의 의약, 제조, 방직 분야를 완전히 장악했다. 남해의 연가는 해상에서 그 영향력을 행사했는데, 전국의 가장 큰 조선소는 모두 남해 연가의 것이라 해도 과장이 아니었다. 저기 먼 바다로 나가면 온통 남해 연가의 돛이 하늘을 가린다는 말이 있을 정도였다. 하지만 아무리 막강한 영향력을 가지고 있다 해도 천자(天子)의 발아래에 있는 제경에까지 그 영향력을 미칠 수는 없었다. 어쨌든 연가의 자제라면 가까이 지내서 나쁠 것은 없었다.

"아니, 어찌 우리 아우님을 내 수하라 소개할 수 있단 말이오? 당치 않은 말일세."

봉지미는 그 전황석이 분명 아주 중요한 물건일 것이라고 생각하면서도 굳이 소년에게 묻지 않고 그저 사람 좋은 미소를 지으며 사양했다. 조급해진 소년이 쪼르르 따라왔다.

"매달 은자 삼천 냥! 우리 형님 편하게 쓰시라고 이 아우가 드리겠습니다."

"하는 일도 없이 돈을 받을 수는 없는 일인데……. 흠흠……."

"만 냥!"

"돈이 중요한 것이 아닌데, 흠흠……."

"제경에 제 사람들이 와 있으니 언제든 필요할 때 부리시지요!"

봉지미가 더는 흠흠, 하지 않고 미소 띤 얼굴로 고개를 돌려 연가 소년을 지그시 바라보았다. 그러자 소년이 단단히 결심한 얼굴로 번쩍 손을 들어올렸다.

"저희 연씨 가문의 명예를 걸고 맹세합니다!"

'저 집 조상님들도 참 불쌍하시지. 하필이면 오늘 맹세하는 데 불려 나오셔서야…….'

봉지미가 미소지으며 연가 소년의 어깨를 한번 툭 쳤다.

"그럼 어디 한번 잘 지내보세! 하하!"

앵두 유혹

연가 소년이 다시 한 번 다가가 서원의 문을 두드렸다. 이번에는 상황이 완전히 다른지라 조금 전까지 문전 박대를 하던 노인도 직접 나와 세 사람을 맞이했다. 그렇게 봉지미는 모든 이의 부러워하는 눈빛을 받으며 세상에서 가장 들어가기 어렵다는 청명서원의 대문을 넘어섰다. 물론 조각상도 함께였다. 지금 그의 머릿속에는 '봉지미를 따라간다'라는 생각밖에 없는 것 같았다. 봉지미는 문득 뒷간에 갈 때도 저자가 따라오면 어쩌나 생각했다. 한편 연가 소년은 싱글벙글 웃고 있었다. 어린 머슴이 아니라 청명서원의 서원장이라도 된 듯 기쁜 모습이었다.

봉지미는 아무래도 상관없었다. 어차피 갈 곳도 없는 신세였다. 기방으로 돌아가더라도 그 공자의 주머니를 망가트린 사건 때문에 오래 머물지도 못할 것이 분명했다. 조금 아쉬운 건 그 검은 옷의 남자 집에 가지 못하게 됐다는 것이었다. 그 집에서 약을 달이고 있으면 정말 마음이 편했는데 이제는 누리지 못할 일이었다.

봉지미가 제 품으로 손을 가져갔다. 검은 옷의 남자에게서 빌려 온

책이 떠올랐던 것이었다. 봉지미는 이 책을 그냥 가지기로 했다. 빌린 책을 돌려주는 이가 과연 몇이나 되겠나 싶었다.

연가 소년이 좋아서 어쩔 줄 모르는 얼굴로 뒤로 다가와 물었다.

"아직 형님의 성함을 듣지 못한 것 같습니다. 이 아우는 연회석(燕懷石)이라고 합니다."

'회석(懷石)이라고? 이런 녀석에게 돌을 품는다는 이름은 너무 안 어울리잖아. 저 조각상이라면 모를까.'

생각이 그에 미치자 봉지미가 피식 웃음을 터트렸다.

"내 이름은 위지라 하오."

상대가 아, 하고 말꼬리를 길게 늘였다. 전혀 믿지 않는다는 뜻이었다. 봉지미는 그가 어떻게 생각하든 아랑곳하지 않고 사근사근한 얼굴로 조각상에게 다가가 물었다.

"이름이?"

이자에게 말을 걸 때는 절대 복잡하게 물어선 안 된다는 것을 조금씩 터득했다. 간단히 물어볼수록 답을 얻을 가능성이 더 컸다. 과연 조각상이 바로 대답했다.

"고남의."

"좋은 이름이군."

봉지미가 능청스레 말했다. 하지만 속으로는 딴생각을 하고 있었다.

'이름이 아깝다, 아까워!'

청명서원은 매우 넓었다. 백 리도 넘는 크기의 땅을 가지고 있었다. 서원은 각각 정사원(政史院)과 군사원(軍事院)으로 나뉘었다. 두 분원의 서생은 모두 자신의 옷을 버리고 백의를 입은 채 서원에 들어오는 것이 원칙이었다. 신분 고하를 막론하고 모두 똑같은 대우를 받게 하려는 것이었다. 청명에서는 모든 서생의 의식주가 완전히 일치했는데 이는 신자연 서원장이 만든 규율이라고 했다. 당연한 일이지만 조정에서는 대신 관료들의 자제가 위험에 처할지도 모르는 데다 귀족으로서의 위엄에 금이 간다며 무척 탐탁지 않아 했으나 신자연이 그들보다 한 수 위에 있었다. 그는 조정과 싸우려 들지 않고 서원으로 돌아가 대문 앞에 방을 붙였다.

청명에는 통일된 음식과 의복이 준비되어 있으나 신분 고하를 구분하기 위해 서생이 직접 준비하길 원한다면 그리 하여도 좋다. 본 서원 역시 겉치장으로 사람을 구분하여, 비단옷을 걸친 자는 연말 고사를 한 번 더 치르게 될 것이며, 고사에서 우량 이하의 성적을 받아서는 아니 된다. 화려한 수가 놓인 비단옷을 걸친 자는 연말 고사를 두 번 더 치르게 될 것이며, 고사에서 탁월 이하의 성적을 받아서는 아니 된다.

그 방이 붙자마자 화려하던 비단옷들은 죄다 자취를 감췄고, 공자들은 서원에서 지급한 천 옷으로 황급히 갈아입었다. 누가 비단옷을 권하면 얼굴에 침을 뱉을 정도였다.

의식주를 통일시키고 나니 신분의 높고 낮음도 보이지 않게 되었고 서생들 간의 교류는 훨씬 더 자유롭고 편안해졌다. 하나 물밑에서 입을 타고 퍼지는 소문들까지 막을 수는 없었다. 서생 중 누군가의 신분이 아주아주 높다는 소문이 퍼지기 시작했다. 누군가 '얼마나 높은데' 하고 물어도 모두 말없이 손가락을 입에 가져다 댈 뿐 말할 엄두를 내는 이는 아무도 없었다.

봉지미는 연회석이 술술 늘어놓는 서원의 이야기를 들으며 걸었다. 이야기하는 것만 들으면 벌써 서원에 몇 년이나 다닌 서생이라 해도 믿을 정도였다.

"이 안쪽 사정을 어찌 그리 잘 알고 있소?"

봉지미가 물었다. 연가 머슴이 씩 웃으며 제 엄지와 검지를 비볐다. 돈이면 뭐든 된다는 표시였다.

"조정에선 늘 농업만 중시하고 상업을 억제하니 저희 같은 상인은 아무리 큰 재산을 모았다 한들 항상 지방관들의 비위를 맞춰 주어야 하지요."

연회석이 하늘 높이 솟은 청명서원의 추녀를 올려다보며 말했다. 줄곧 의기양양하던 눈빛이 조금 무겁게 가라앉은 듯 보였다.

"제경은 기회가 아주 많은 땅이니까요."

봉지미가 엷게 웃어 보였다. 엄청난 귀족 집안이니 형제들도 많을 테고, 집안을 이끌어 갈 자리를 두고 형제끼리 꽤 격렬한 암투를 벌이고 있을 거란 생각이 들었다. 이자가 제경으로 온 것도 형제들에게 밀려 쫓겨 나왔거나 아니면 식견을 넓혀 이후 세력 다툼에 보탬이 되고자 하는 것일 터였다. 처세술이 뛰어나고 영민한 것이 아무래도 후자 쪽에 더 가까운 것 같았다.

세 사람을 데리고 중앙 정원에 도착한 노인이 한 선비에게 그들을 넘겨주며 귓가에 몇 마디를 당부했다. 듣고 있던 선비가 조금 놀란 눈빛으로 봉지미를 바라보더니 곧 미소를 지으며 이름과 이력을 물었다. 봉지미는 부모를 일찍 여의고 제경의 친척 집에 의탁하던 산남도(山南道) 출신의 농민 위지라는 가짜 신분을 거리낌없이 늘어놓았다.

그는 봉지미와 함께 온 두 수하의 신분도 철저히 확인했다. 겉으로 보기에는 느슨한 듯 보여도 서원 내부의 안전에 꽤 심혈을 기울이고 있는 듯했다. 서원을 거니는 사람들 대부분의 발걸음이 매우 민첩해 보이는 것이 다들 상당히 높은 무예 실력을 갖추고 있는 것 같았다. 연회석은 워낙 눈치가 빠르고 처세에 강한 자라 봉지미가 별다른 말을 하지 않아도 이미 봉지미에 대해 믿을 만한 이야기를 지어내고 있었고, 심지어 고남의의 신분까지 자신이 나서서 설명해 주었다.

고남의는 시종일관 조용히 봉지미의 옆에서 가만히 두 팔을 내리고 선 채 말 한마디 없이 줄곧 정면만 바라보는 중이었다. 불어온 바람이 그의 갓에 달린 망사를 흔들면 백옥 같이 하얗고 매끈한 턱선만이 이따금 모습을 드러냈다.

주변을 오가는 이들은 하나같이 그들에게 한 번씩 눈길을 주었다. 옥으로 만든 조각상처럼 아름답게 서 있는 신비한 인물에 매료된 듯 보였다. 하지만 그를 오래 쳐다보는 이는 아무도 없었다. 한눈에 보아도 무림의 고수인 티가 나기 때문이리라. 무림의 고수들이야 원래 다 신비롭고 조금은 이상한 법이니까. 오직 봉지미만이 그가 모자란 사람이라는 생각을 굳게 가지고 있을 뿐이었다.

서생 등록을 마친 봉지미는 곧 청명의 서생임을 증명하는 호패를 받아 들고 그 선비의 지시에 따라 서원 뒤뜰에 있는 숙소로 향했다. 봉지미는 조금 재미있다는 듯 미소를 지으며 말했다.

"온 천하 사람들이 청명에 들어오기란 하늘의 별을 따는 것보다 힘든 일이라고들 하던데, 오늘 와 보니 아주 간단하기 그지없습니다."

연회석이 눈을 굴리며 음험한 눈으로 봉지미를 쏘아봤다. 거드름 피우지 말라며 나무라는 듯한 눈빛이었다.

봉지미가 몇 걸음 옮기지 않았는데 멀지 않은 곳에서 소란스러운 소리가 들려왔다. 주변을 거닐던 서생들은 무슨 지령이라도 받은 듯 재빨리 양옆으로 비켜났다. 미처 피하지 못하고 가만히 서서 두리번거리던 사이에 웬 사람 하나가 봉지미의 코앞을 쌩하고 빠르게 스쳐 지나갔다. 눈앞을 지나간 넓은 소맷자락에서 왠지 어디선가 맡아 본 듯한 익숙한 향기가 났다.

고남의의 소맷자락이 번개 같은 속도로 휙 올라갔지만 그 그림자는 물속을 헤엄치는 물고기처럼 순식간에 빠져나갔다. 깜짝 놀란 봉지미가 고개를 돌리자 누군가에게 쫓기는 듯한 남자가 회오리바람을 일으키며 멈출 기색 없이 앞으로 달려 나가고 있었다. 그는 혼비백산한 얼굴로 뒤를 돌아보며 소리쳤다.

"아, 좀 지나가겠소! 어이쿠, 안 부딪혔지? 어어, 거기 비키시오! 좀 지나가겠소!"

그의 말에 모두 일사불란하게 길을 비켜 주었다. 굳이 말하지 않아도 다 안다는 듯한 모습이었다. 오늘 처음 서원에 들어온 연회석마저 이미 옆으로 몸을 피한 상태였다. 오직 봉지미와 고남의만이 바보처럼 멍하니 그 자리에 서서 길을 막고 있을 뿐이었다.

'벌써 다 지나갔으면서 이제 와 비켜 달라 소리치면 무슨 소용이람?'

머지않아 그 남자가 왜 그런 말을 했는지 알 수 있었다.

"거기 서!"

화살처럼 날카롭고 카랑카랑한 목소리가 봉지미의 귀를 찌르고 들어왔다. 뒤따라 색색의 비단옷을 화려하게 빼입은 여인 예닐곱이 소매를 걷어붙이고 도마를 든 채 요란하게 지나갔다. 그들이 지나간 자리에는 코를 찌르는 짙은 연지 향이 남았다. 기방에서 머슴으로 지냈던 덕에 봉지미는 그 향이 값싼 '야래향(夜來香)'이라는 것을 바로 알아차릴 수 있었다.

"아니, 이게 대체……. 무슨 일이란 말이오?"

봉지미는 한 무리 꾀꼬리들이 고래고래 소리를 지르며 매섭게 달려가는 모습을 보고 입을 떡 벌렸다. 이곳이 그 유명하고 고귀한 청명서원이라는 사실을 몰랐다면 누구든 여기가 어느 저잣거리라 생각했을 게 분명했다.

"아."

당황하지 않은 것은 연회석뿐이었다. 연회석은 남의 불행을 구경하는 것이 매우 즐겁다는 듯 웃으며 말을 이어 갔다.

"이곳에선 매우 흔한 일이지요. 아마 앞으로도 하루에 두세 번씩은 저런 광경을 보게 될 겁니다. 그러니 익숙해지도록 노력해 보세요. 시간이 늦었으니 어서 저녁을 들고 쉬러 가는 것이 좋겠습니다. 내일 날이 밝으면 정사원으로 갈지 군사원으로 갈지 결정도 하셔야 하고요."

세 사람은 함께 식당으로 향했다. 오늘 저녁은 고기가 들어간 수타면이었다. 한 그릇 가득 기름기가 반지르르한 고깃덩어리가 몇 점씩이나 들어가 있었다. 부족하면 얼마든지 더 가져다 먹을 수 있는 데다 맛도 아주 훌륭했다. 덕분에 식당에는 한 그릇을 전부 비우고 부른 배를 두드리고 있는 서생들로 가득했다. 곳곳에서는 면을 넘기는 후루룩 소리가 끊임없이 들려왔다.

연회석은 식당에 들어서자마자 이미 제 할 일을 시작한 듯 보였다. 그는 지금 가득 담은 국수 그릇을 들고 여기저기를 다니며 서생들과 친분을 맺느라 여념이 없었다. 부잣집 공자님들이라면 모두 가지고 있는 고고함이나 위엄 같은 것은 조금도 보이지 않았다.

잠시 멍하니 있던 봉지미도 이내 주변 서생들을 따라 국수를 후루룩 넘기기 시작했다. 아무래도 천하의 인재들이 모인 배움의 장이 아니라 그냥 제경 언저리 시골 농가에 온 것 같았다.

국수를 먹는 데 집중하던 봉지미는 자신의 주변이 이상할 만큼 조용하자 옆으로 고개를 돌렸다. 옆에 자리를 잡고 앉은 고남의가 한 손으로는 그릇을 들고 한 손으로는 자신의 갓에 달린 망사를 올려 아름답기 그지없는 얼굴을 반쯤 드러내고 있었다. 지켜보는 이의 숨이 멈출 만큼 아름다운 모습이었다. 역시나 식당에 있던 모든 이가 수저를 내려 두고 그의 모습을 바라보았다. 하지만 고남의는 그 눈빛을 조금도 알아차리지 못한 채 제 앞의 국수 그릇만을 바라보고 있었다.

봉지미가 코웃음을 치며 속으로 생각했다.

'이보세요, 도련님. 그게 먹는 겁니까, 마는 겁니까? 국수를 먹겠다는 건지 남에게 자기 얼굴을 떠먹여 주겠다는 건지.'

그때 중얼거리며 숫자를 세는 그의 목소리가 들려왔다.

"하나, 둘, 셋……. 일곱."

'응? 일곱?'

쾅.

봉지미가 채 반응하기도 전에 그가 손에 들고 있던 그릇을 쾅 식탁 위에 내려놓았다. 그 탓에 한 그릇 가득 넘실대던 국물이 사방으로 튀었다. 봉지미가 잽싸게 옆으로 몸을 피하는 동안 고남의를 지켜보고 있던 다른 서생들은 화들짝 놀라 뛰어올랐다.

"일곱 개!"

'일곱 개라니, 뭐가?'

봉지미가 줄곧 고개를 숙이고 국수 그릇만 쳐다보고 있는 그의 모습을 살폈다. 아무래도 그릇에 담긴 고깃덩어리의 수를 말하는 것 같았다. 고개를 쭉 내밀고 세어 보니 과연 일곱 점의 고기가 들어 있었다.

'아니, 그래서 그게 뭐 어쨌다는 거지?'

잔뜩 성난 듯한 그의 모습을 바라보며 봉지미는 속으로 이게 혹시 인육은 아닐까 하고 의심했다. 하지만 제 그릇에 든 고기를 아무리 살펴봐도 이상한 점은 찾을 수 없었다.

'사람 고기는 좀 시큼하다고 하던데…….'

"여덟 개."

하마터면 제 국수 그릇을 산산조각 낼 뻔한 고남의가 한참 만에 세 글자를 뱉었다. 봉지미는 순간 다소 황당한 생각이 들었는데 한번 실행에 옮겨 보자 마음먹고 조심스레 물었다.

"혹시……. 고기를 여덟 점 먹고 싶은 것이오?"

고남의가 여전히 국수 그릇에서 시선을 떼지 않은 채 진지하기 그지 없는 얼굴로 고개를 끄덕였다. 봉지미는 당장이라도 울음을 터트릴 것만 같았다.

'고기가 필요하면 그냥 그렇다고 말씀을 하시지……. 절 더 곤란하게 하지만 않으신다면 여덟 점이 뭐야, 아홉 점, 열 점도 드릴 수 있습니다!'

봉지미는 재빨리 자신의 그릇에 담긴 고기를 건져 고남의의 그릇에 옮겨 주었다. 가진 고기를 모두 주려고 한 덩이 한 덩이씩 옮기려는데 고남의가 불현듯 봉지미의 젓가락을 막으며 말했다.

"여덟 개."

'그래, 여덟 개…….'

고남의에게 고기 한 점을 넘겨준 봉지미가 젓가락을 내려놓고 그의 갓에 달린 망사를 다시 내려 주었다. 그러고는 낮은 목소리로 말했다.

"제발 부탁이니 얼굴은 드러내지 마세요. 조용히 밥만 먹고 싶으니까요."

모든 이의 시선을 한 몸에 받으며 밥을 먹다간 여지없이 체할 것만 같았다. 마침내 만족한 고 도련님께서 조용히 젓가락질을 시작했다. 하지만 봉지미는 아무래도 음식을 넘기기가 힘들었다. 한번의 잘못된 선택으로 언제까지 이렇게 고통 받아야 하는지 알 길이 없어 괴로웠다.

식사를 마친 뒤 식당을 나와 새로 배정 받은 숙소로 향했다. 그다지 크지 않은 방 두 개짜리 집이었다. 방 하나는 손님을 맞이할 수 있는 작은 접객실이었다. 나머지 하나는 안팎으로 공간이 나뉜 방이었는데 조금 작은 방에는 침대 하나가, 조금 큰 방에는 침대 두 개가 놓여 있었다. 딱 보아도 주인과 시종의 방으로 나뉜 모양새였다. 숙소를 확인한 봉지미가 그제야 조금 숨을 돌렸다. 줄곧 마음에 걸리던 문제가 조금은 해결된 것 같았다. 그때 연회석이 배시시 웃으며 다가와 말했다.

"형님, 마음에 드십니까? 이곳이 청명서원에서 가장 좋은 서생 숙소라 합니다. 사감이 특별히 신경 써서 이곳으로 방을 배정해 주었지요."

봉지미가 연회석을 칭찬하듯 환히 웃으며 물었다.

"사감과 원래 아는 사이였소?"

"아니요. 모르는 사이였지요."

"그런데 어떻게 이곳으로 배정해 달라 부탁했소?"

"국수 그릇을 비울 때쯤엔 아는 사이가 되었으니까요."

연회석이 의기양양하게 웃으며 말을 이어 갔다.

"제가 마늘 세 톨을 직접 벗겨 주었거든요. 그리했더니 이번에 새로
들인 첩의 이름까지 모두 알려 주던데요."

"……."

꽤 긴 하루를 보낸 봉지미는 조금 빨리 침상에 누웠다. 하지만 아무
래도 잠이 들지 않았다. 바로 옆방에 낯선 남자 둘이 있다는 사실이 조
금 적응되지 않아서였다. 봉지미는 결국 몸을 일으켜 침상에 걸터앉았
다. 사방이 고요했다. 서원의 규율에 따르면 서생들은 유시(酉時)*오후 5시
부터 7시 전에 모두 침소에 들어야 했다. 적막 속에서는 미세한 움직임마저
매우 큰 소리로 들렸다. 안 그래도 조용하던 주위가 갑자기 더 조용해
진 것만 같았다.

봉지미가 눈썹을 찌푸렸다. 멀리서 물 흐르는 소리와 초봄의 벚꽃 잎
이 흩날리는 소리, 저 멀리 있는 침소에서 누군가 잠꼬대하는 소리가 들
려왔다. 정작 바로 건넛방에 자고 있는 두 사람의 기척은 하나도 들리지
않았지만.

'아직 깨어 있는 건가, 아니면…….'

그때 갑자기 끼익, 하는 문소리가 들렸다. 고개를 돌리니 건넛방 문
이 열리고 있었다. 곧이어 아직 옷을 모두 갖춰 입은 고남의가 베개를
품에 안고 나오는 모습이 보였다. 깜짝 놀란 봉지미는 눈만 크게 뜬 채
그를 바라보았다. 다 큰 사내가 베개를 품에 안고 밖에 나다니는 것이
생각보다 매우 무서운 일이라는 것을 새삼 깨달았다. 하지만 이상하게
도 고남의의 자태는 별로 보기 싫지 않았다. 심지어 조금은 매혹적으로
보일 정도였다.

베개를 꼭 끌어안은 새하얀 손가락, 살짝 고개를 숙이고 베개에 턱을 가져다 댄 나른한 자태, 살짝 올린 갓 사이로 보이는 눈처럼 하얀 피부와 붉은 입술이 보였다. 세상에서 가장 맑고 하얀 그 모습은 마치 사람의 마음 깊은 곳에 품은 가장 원초적이고 단순한 형태의 아름다움이었다. 태어날 때부터 지닌 지극히 맑고 매혹적인 것이었다.

난데없이 한 시구가 떠올랐다.

'봄날은 너무도 빨리 지나가 한낱 인간은 손에 쥘 수가 없고, 앵두가 붉게 익기도 전에 어느덧 여름이 찾아왔네.'

봉지미가 아름다운 시구에 젖어 헤매는 사이 갑자기 그가 베개를 끌어안고 침대로 다가오더니 휙 이불을 들치고 들어와 자리에 누웠다.

야래향(夜來香)

봉지미는 여전히 침대 위에 앉아 있었다. 얇은 옷 하나만 걸친 채 초봄의 찬 공기 아래에서 몸을 떨며 제 자리를 차지하고 누운 사내를 바라보았다. 사내는 거리낌 없는 모습으로 조금 전까지 자신이 친히 데워 놓은 자리로 파고들어 누워 있었다. 얼굴을 가린 갓을 여전히 쓴 채로.

봉지미는 당장이라도 소리를 지르고 싶었지만 그런다고 사내를 침대에서 몰아낼 수 없다는 사실을 너무나 잘 알고 있었다. 어린 시절부터 몸소 겪으며 깨달은 바에 의하면, 예상치 못한 일이 일어났을 때는 당황하지 않는 것이 최선이었다. 봉지미는 차분하게 이불을 잡아당기고 상대의 어깨를 부드럽게 흔들며 미소 띤 얼굴로 말했다.

"협객님, 아무래도 자리를 잘못 찾으신 것 같은데요."

봉지미의 목소리에 남자가 조금 움직인 것도 같았다. 그가 자신의 말을 알아들은 듯해 속으로 좋아하고 있는데 갑자기 퍽 소리가 들리더니 눈앞이 팽팽 돌았다. 얼마 후 엉덩이에서 강렬한 통증이 느껴졌다. 고남의가 침대 위에 앉은 봉지미를 발로 차 떨어뜨린 것이었다.

요란한 소리에 연회석이 깜짝 놀라 문을 열고 나왔다. 바닥에 풀썩 주저앉은 봉지미가 멍한 얼굴로 침대 위의 남자를 바라보고 있는 광경이 눈에 들었다. 반쯤 풀어진 옷 사이로 달빛보다 더 새하얗고 맑은 봉지미의 피부가 드러났다. 한밤중에 어디서 일었는지 모를 향긋한 내음이 진동했다.

연회석은 다급히 시선을 거두고 조금 민망한 듯 문가에 서 있었다. 가서 일으켜 주어야 할지 그냥 모르는 척 자리를 피해야 할지 판단이 서질 않았다. 주변에 아랑곳하지 않고 침대에 누워 있는 고남의의 건조한 목소리가 들려왔다.

"나 혼자 잔다."

그 소리에 화들짝 놀란 연회석이 다시 방으로 휭 들어갔다. 다음에 이어질 말은 그냥 듣지 않는 편이 나을 것 같았다. 한 방에 같이 묵을 이가 한 사내에서 다른 사내로 바뀌는 것뿐이었다. 그런데도 이불을 끌어안은 연회석의 얼굴에 배시시 미소가 피어났다. 봉지미 역시 웃고 있었다. 봉지미는 싱긋 웃으며 자리에서 일어나 부드럽게 말했다.

"예, 예. 여기서 혼자 주무십시오."

시대를 읽을 줄 아는 자가 진정한 준걸이라 했다. 힘센 자가 좋은 자리를 차지하는 것도 당연한 일이니 소란을 피우지 않기로 했다. 지금은 소란을 피워 봤자 좋을 게 하나도 없었다. 봉지미는 조용히 일어나 이불 하나를 안아 들고 옆방으로 향했다. 연회석을 쫓아낼 심산이었다. 어차피 사감과 막역한 사이가 되었다고 했으니 그자와 함께 자는 것쯤이야 별일 아니리라. 봉지미가 막 몇 걸음 옮겼을 즈음 침대에 누운 고남의가 돌아누우며 말했다.

"여기 있어."

봉지미가 순간 휘청였다. 하마터면 품에 안고 있던 이불을 떨어트릴 뻔했다. 믿을 수 없다는 얼굴로 휙 고개를 돌리며 물었다.

"여기 있으라고?"

고남의는 여전히 누워 있었다. 그가 숨을 뱉을 때마다 얼굴을 가린 얇은 천이 조금씩 들썩였다. 너무도 부드럽고 아름다운 광경이었다. 그 모습에 사로잡힌 봉지미는 그 자리에 굳어 버렸다.

"그래."

단호하고 간결한 대답이 돌아왔다. 고남의가 손을 위로 휙 들자 하얀 덩어리 하나가 날아와 발밑에 떨어졌다. 봉지미의 베개였다. 바닥에 누워 자라는 뜻이었다. 봉지미는 고개를 숙이고 그 베개를 바라보며 속으로 끊임없이 되뇌었다.

'절대 안 돼. 이 베개로 저자의 입을 틀어막는 일은 절대 해선 안 돼. 진정해야 해. 절대 안 돼. 절대, 절대, 절대 안 돼……'

숨을 고르며 치밀어 오르는 화를 애써 눌렀다. 검은 옷의 남자에게서 가져온 책의 한 구절이 떠올랐다. 분노가 치밀어 당장이라도 폭발할 것 같을 때는 심호흡을 세 번 하라고……. 크게 세 번 숨을 고르자 화가 조금 가라앉고 진정되기 시작했다.

'그래, 바닥에서 자면 되지. 그냥 침대에서 쫓겨난 것뿐인데 뭐. 사내 둘이 침대 하나씩을 차지하고 나한텐 죽어도 침대에 자지 말라고 하는 것뿐인데 뭐.'

봉지미는 그냥 자신을 일개 시종으로 여기기로 했다. 시종들은 원래 바닥에서 자는 법이니까. 이불을 반으로 접어 바닥에 깔았다. 접힌 반쪽으로 몸을 덮은 채 베개를 베고 누웠다. 반쯤 열린 창문 사이로 봄밤의 바람이 살랑 불어와 방안을 서늘하게 식혔다. 찬바람을 쐬자 답답하던 마음도 조금 편안해졌다. 고개를 들어 검은 밤하늘을 가득 수놓은 별빛들을 바라보았다. 어느새 입가에 옅은 미소가 번졌다. 살아 있어서, 아직 살아남아서, 계절의 아름다운 순간들을 놓치지 않을 수 있어서, 향긋한 꽃 내음을 아직 맡을 수 있어서 이미 충분히 좋았다.

침대 위에 누운 고남의가 갑자기 움직이더니 고개를 아래로 숙이고 미소지은 봉지미의 얼굴을 마주 봤다. 얇은 망사 사이로 뚫고 나온 그의 고요하고 깊은 눈빛이 봉지미의 얼굴에 핀 옅은 미소와 맞닿았다. 그 옅은 미소는 피어날 수 없는 시간에 피어나 있었다. 한밤중 이슬을 머금은 배꽃의 봉오리처럼 불어오는 바람 속에 소리 없는 아름다움을 뽐내고 있었다.

몽롱하게 깊어 가는 봄밤. 얇은 망사가 들썩였다. 그 모습이 마치 자욱한 안개 같았다. 망사 너머로 고남의가 살짝 미소짓고 있는 봉지미를 묵묵히 바라보고 있었다. 어디서 시작된 것인지도 모를 침묵 속에 줄곧 자신의 세계에서 고통받던 사람도 영원히 깨고 싶지 않은 그런 순간이었다. 영원처럼 느껴지지만 지나고 나면 찰나와 같을 것이었다.

일순간에 고남의는 다시 자신만의 세계로 돌아갔다. 조금 전 일었던 충동은 이미 잊은 채로. 봉지미는 이미 오래전에 그 눈빛을 피한 상황이었다. 내내 움직일 줄 모르던 강시 같은 조각상이 왜 갑자기 저러는지 알 수 없었다. 봉지미는 다시 편안히 누워 모자란 이불을 덮고 잠자리에 들었다. 머지않아 바로 꿈속 세계로 들어섰다. 입가에 걸려 있던 그 미소도 조금씩 사라져 갔다. 편안하던 미간이 어느새 조금씩 구겨졌다. 복잡하게 얽힌 고통스러운 삶으로 들어가는 것만 같았다.

침대 위에 누운 고남의의 숨소리는 줄곧 평안했다. 꿈속으로 젖어 든 얼굴 위를 덮은 얇은 망사가 조금씩 흔들렸다. 그의 꿈속 세계는 어떤 세상인지, 그가 지금 어떤 표정을 짓고 있는지 아는 이는 아무도 없었다. 어쩌면 그에게는 꿈도 없고 표정도 없을지도 모르는 일이었다. 창밖에는 달빛이 밝게 빛나고 있었다.

봉지미는 충동적이고 멍청한 선택의 결과가 무엇인지 뼈저리게 알게 되었다. 좁고 딱딱한 바닥에 자는 것뿐만 아니라 다른 많은 대가도 치러야 했다. 고남의 도련님께서는 더할 나위 없이 고귀하고 까다로웠다. 옷을 만드는 옷감은 두껍거나 거칠어서는 안 되고 반드시 가볍고 부드러워야 했다. 가벼우면 가벼울수록 더 좋았다. 마치 피부처럼 몸에 착 붙어야만 했다. 주름이 지거나 삐뚤어져서도 안 될 일이었다. 옷이 조금이라도 마음에 안 드는 날이면 고 도련님께서는 자신의 옷을 준비해 온 봉지미를 집어다 던져 버리기 일쑤였다.

그렇다. 봉지미는 고남의의 옷을 관리하는 일을 하고 있었다. 그뿐만이 아니었다. 고남의의 온갖 시중부터 빨래까지 죄다 도맡아 하고 있었다. 연회석에게 시킬 수는 없는 일들이었다. 연회석은 제 앞가림을 제대로 하는 것만으로도 이미 충분했다. 고귀하신 고남의 도련님께서는 빨래한 옷감에 작은 얼룩이라도 남아 있는 날이면 봉지미를 지붕 위로 던져 버렸다.

비통해진 봉지미는 다시 한번 외간 남자는 아무 데서나 데려오면 안 된다는 것을 되새겼다. 호위 무사로 좀 부려 보고자 데려온 자였는데, 역으로 자신이 시중을 들게 되었다.

봉지미는 비누 거품으로 가득한 대야에서 손을 꺼내며 대야 가득 들어차 있는 값비싸고 부드러운 두루마기와 바지를 바라보다가 악의에 찬 다소 야릇한 생각을 떠올렸다.

'왜 속옷은 한 번도 본 적이 없지?'

괜스레 얼굴이 빨개졌다. 그때 마침 수업 시작을 알리는 종소리가 들려왔다. 서둘러 손을 닦고 서책을 챙겨 다급히 밖으로 달려 나갔다. 그리고 수업을 들을 정사원으로 향했다. 그곳으로 향하는 내내 다른 서생들의 시선이 쏟아졌다. 그 신비한 사내 덕에 서원 내에서 봉지미의 인기는 날로 높아져 갔다. 들리는 말로는 갓 아래 가려진 고남의의 얼굴이 곰보일 것이라며 내기를 건 서생들도 있다고 했다. 곰보 얼굴이라니. 곰보보다 더 울퉁불퉁하고 못나기 짝이 없는 마음씨들이었다.

어쨌거나 봉지미는 서원에서 지식을 배우는 것이 퍽 즐거웠다. 학풍도 꽤 개방적인 데다 가르치는 학문의 종류도 매우 복잡하고 다양했다. 경서, 역사서, 시문뿐만 아니라 아주 많은 학문을 두루 배울 수 있었다. 심지어 현시대의 조정 대사를 두고 서생들이 직접 토의하는 경우도 있었다. 비록 에둘러 말하는 편이긴 했지만 그래도 무척 흥미로웠다. 각 과목을 담당하는 학관들은 대부분 자신의 신분을 밝히지 않고 모호하게 성씨만 알려 주었다. 들리는 말에 따르면 그중 몇몇은 매우 특출한 신분을 가지고 있다고 했다. 웬만큼 특출한 게 아니라, 조정의 대신들도 포함되어 있다고들 했다.

봉지미가 오늘 들어간 수업도 마침 조정의 일을 두고 토의하는 정론(政論) 수업이었다. 봉지미가 가장 흥미로워하는 시간이기도 했다. 백발이 창창한 호(胡) 학관이 새로운 토의 주제를 내놓았다.

"대성황조 여제(厲帝)의 마흔 번째 탄신일을 맞아 황자들 모두 성의를 표했다. 황제로부터 가장 사랑받는 4황자는 변방에 나아가 국경을 지키던 중, 평소 말타기를 즐기는 황제를 위해 최상급의 준마를 어렵게 구해 병사들을 붙여 직접 보내왔다. 황제 폐하의 환심을 사기 위한 것이 틀림없지. 당시 황제는 아직 태자를 책봉하지 않은 상태였으며 4황자의 명망은 매우 드높던 시기였다. 만일 자네들이 다른 황자라면 이 일에 어떻게 대응하겠는가?"

학관의 질문에 장내가 조용해졌다. 각 집안에서 가장 뛰어나다는 서생들이 모두 모여 이 직접적인 듯 애매한 질문에 선뜻 답을 내놓지 못하고 있었다. 봉지미는 조용히 두 눈을 내리깔고 혼자 생각에 잠겼다. 대성의 여제는 마흔까지 살지도 못했거니와 4황자는 몸이 연약하고 무능해 변방에 나가 국경을 수비한 적도 없었다. 학관이 말하는 것이 도대체 어느 황조의 황제인지 알 길이 없었다.

'오늘 문제는 아무래도 이상한데……. 답을 해야 하나, 말아야 하나.'

혼자 깊은 생각에 잠긴 봉지미는 평소와 다른 주변의 분위기와 창밖 나무 그늘 아래 홀연히 나타난 누군가의 그림자를 알아차리지 못하고 있었다.

여우 한 쌍

"더 좋은 말을 찾아 그 기세를 꺾어야지요!"

한참 이어지던 적막을 깨고 누군가 큰소리로 외쳤다. 여기저기서 맞장구치는 소리가 들렸다. 학관은 말없이 제 수염만 어루만졌다.

"황제의 눈에 들기 위해선 우선 줄부터 확실히 서야 합니다!"

서생들의 웃음소리와 맞장구치는 소리가 더욱 커졌다. 나이든 학관이 절레절레 고개를 저었다.

"그 말을 죽이겠습니다!"

그때 살기 맺힌 카랑카랑한 목소리가 들려왔다. 굳은 결의가 보이는 어조였다. 서생들이 모두 하나같이 고개를 돌렸다. 봉지미 역시 마찬가지였다. 매우 아름다운 얼굴이 눈에 들어왔다.

열대여섯 살쯤 되어 보이는 소년이었다. 빛을 머금고 찬란하게 빛나는 두 눈동자에서 칼날처럼 날카로운 기운이 묻어났다. 미간이 조금 딱딱하게 굳은 것처럼도 보였다. 봉지미는 그 소년의 얼굴을 바라보며 왠지 낯익다고 생각했다. 하지만 정확히 누구를 닮았는지는 떠오르지 않았다.

소년이 자리에서 일어나 한 손으로 책상을 짚고는 한 마리 범처럼 웅장한 기세로 주위 사람들을 둘러보았다. 누구든 그의 말에 반기를 드는 자가 있으면 한바탕 욕을 퍼부어 줄 기세였다. 그의 옆자리에는 그와 비슷한 나이로 보이는 커다란 눈을 가진 소년이 앉아 있었는데, 벌떡 일어난 그의 옷깃을 잡아당기며 낮게 중얼거렸다.

"그만해, 그만. 어서 앉아. 앉으라는데도……."

자리에서 일어난 소년이 성가시다는 듯 그의 손을 뿌리쳤다. 아무도 입을 여는 사람이 없었다.

두 사람은 친형제였다. 성격이 온화하고 쑥스러워하는 형의 이름은 임제, 오만하고 방자한 성미를 가진 아우의 이름은 임소였다. 본래 서원 안에서 꽤 눈에 띄는 인물이지만 평소 하고 다니는 차림새로는 그다지 특별할 것이 없었다. 하지만 형제가 부리는 아랫것들의 기세가 등등한 것으로 보아 상당히 높은 집안의 자제인 듯했다. 두 형제의 기질이 보통의 조정 대신 자제들과는 매우 다른 편이었으므로 세상 물정에 밝은 이곳 서생들은 모두 알아서 그 두 사람과 거리를 유지하고 있었다. 물론 서원에 들어온 지 얼마 되지 않은 봉지미는 전혀 모르는 사실들이었다.

하얗게 머리가 센 호 학관은 두 사람을 바라보며 답답하다는 듯 고개를 저었다. 이에 임소가 눈썹을 치켜들고 두 눈을 더 번뜩이며 강한 어조로 밀어붙였다.

"큰 자리를 두고 다투는 만큼 절대 수단과 방법을 가리지 말아야 합니다!"

그의 말이 끝나자 모두 화들짝 놀란 표정을 짓더니 매우 어리석은 사람을 바라보는 듯한 얼굴을 했다. 저런 말은 하지도 않고 듣지도 않는 편이 백번 나았다.

봉지미 역시 눈썹을 꿈틀했다. 순간 위험하다는 생각이 들어 아무 말도 하지 않는 편이 낫겠다고 마음먹었다. 그때 학관이 갑자기 그녀에게로 시선을 옮겼다.

"위지, 자네는 어떻게 생각하는가?"

이제 모든 서생의 시선이 봉지미에게로 옮겨 왔다. 당황한 봉지미가 번쩍 고개를 들자 온화한 미소를 짓고 있는 호 학관의 얼굴이 보였다. 하지만 그 미소와는 달리 눈빛은 전혀 온화해 보이지 않았다. 둘의 시선이 부딪친 순간 서로의 눈빛에서 어떤 간사한 동물적 감각을 느꼈다. 봉지미는 예의를 갖추고 자리에서 일어나 매우 점잖은 말투로 대답했다.

"잘 모르겠습니다."

임소의 피식 웃는 소리가 들려오고, 다른 서생들이 수군거리는 소리가 이어졌다. 모두의 눈빛에서 약간의 조소가 묻어났지만 봉지미는 매우 태연한 모습이었다.

"난 멍청한 제자는 반기지 않네만."

호 학관이 느긋한 말투로 말을 이어갔다.

"스스로 생각하지 않는 자는 앞으로 내 수업에 들어올 필요 없다."

'아니, 저랑 무슨 원수라도 지셨습니까?'

봉지미가 억울한 표정으로 스승을 바라보았다. 서원에 들어온 지 며칠 되지도 않은 자신이 왜 저 늙은이의 눈 밖에 났는지 알 수가 없었다. 결국 봉지미는 한참 만에 한숨과 함께 답을 내놓았다.

"저는 4황자가 황제에게 말을 바친 것 자체가 잘못됐다고 생각합니다. 그것으로 황제의 환심을 사는 것 또한 불가능한 일이지요. 그러니 별다른 대응을 하지 않아도 무탈할 것입니다."

봉지미의 말이 끝나자마자 주위가 소란스러워졌다. 임소는 잔뜩 불만스러운 얼굴을 하고 있었다. 당장이라도 뛰쳐나와 반박하고 싶어 했지만 형 임제가 그를 필사적으로 붙잡고 있었다.

"흠."

학관이 의미심장한 미소를 지어 보였다. 그를 잘 아는 서생들은 함부로 말을 내뱉은 봉지미를 애도하는 눈빛으로 바라보았다. 앞으로 이 수업에서 두 번 다시는 볼 수 없을 거라는 듯한 표정이었다.

"그 말은 북방의 국경과 맞닿은 대월국에서 가져온 것이 분명할 텐데, 대월에서도 황족이 아니고서야 고귀한 품종의 말을 구할 수는 없는 일이지요."

봉지미가 눈을 아래로 내리깔고 차분히 말을 이어 갔다.

"대성 여제 말년에는 나라 사정이 평화롭지 못하고 곳곳에서 분란이 일었습니다. 주변국인 대월은 그 틈을 타 시도 때도 없이 국경 지역을 공격하고 군사적 도발을 이어 가 두 나라의 사이가 매우 좋지 않았습니다."

"그리고 4황자는……. 학관께서 말씀하신 것으로 미루어 생각해 보면 그런 대월을 견제하기 위해 국경 지역으로 향한 것일 테고요."

봉지미가 말을 마치고 조용히 허리를 숙여 예를 표한 뒤 자리에 앉았다. 다른 서생들은 봉지미가 앞뒤 없이 말한 몇 마디 말의 의미를 알아차리지 못하고 여전히 멍한 얼굴을 하고 있었다. 그들 중 몇몇은 말뜻을 알아차리곤 놀란 표정을 짓고 있었지만, 대부분은 여전히 갈피를 잡지 못하고 있었다. 임소도 답답하다는 듯 불만스럽게 입을 열었다.

"무슨 말도 안 되는 소리를 그렇게 늘어놓는 거야? 정말 어처구니가 없군!"

자리에서 벌떡 일어나려는 임소를 임제가 다시 붙잡으며 조금 놀란 듯 의미심장한 얼굴로 봉지미를 바라보았다. 봉지미는 자신에게 적대적으로 나오는 임소에게 별 신경을 쓰지 않고 있었다. 저런 무식한 인간과는 처음부터 상종하지 않는 편이 나았다.

대월과 대성은 사이가 좋지 않은 상황이니 양국 간의 상업적 교류도 진즉 끊어졌을 테고, 국경은 이미 오래전에 폐쇄됐을 터이다. 그렇다면 그 말은 어디에서 왔고 또 어떻게 왔겠는가? 국경을 보호하기 위해 대월과 맞닿은 변방 지역으로 간 황자가, 제 밑에 수만 군사를 거느리고 대월과 맞서야 할 황자가 대월의 황족만 구할 수 있는 명마를 손에 넣었다니. 가만히 생각해 보면 모골이 송연해지는 일이었다. 그러하니 아무 대응도 하지 않고 가만히 있으면 될 일이었다. 그저 황제의 귓가에 조용히 읊조려 주기만 하면 될 일이었다. 황제가 그 사실을 알고도 황자의 역모를 의심하지 않을 리 없지 않은가.

설사 4황자가 그 말을 정당한 방법으로 손에 넣었다 해도 크게 달라질 것은 없었다. 군사를 거느리고 변방에 나가 있는 황자는 언제나 황제가 가장 의심하는 인물이기 때문이다. 호 학관은 크게 동요하지 않는 모습이었지만 그 눈빛만은 매우 진지했다.

"그럼 조금 전 다른 서생이 내놓았던 의견에 대해서는 어찌 생각하는가?"

호 학관은 봉지미를 쉬이 놓아줄 생각이 없는 듯했다. 봉지미가 다시 한번 한숨을 내쉬더니 욱 하고 올라오려는 성질을 애써 누르고 대답했다.

"더 좋은 선물을 마련하는 것은 멍청한 생각이지요. 말에 손을 쓰는 것도 쉬운 일이 아닐 테고요. 다른 황자들이 그 점을 역으로 이용해 함정에 빠트릴 수도 있으니 역시 좋은 방법은 아닐 것입니다. 말을 죽이는 것도……. 쉽고 어렵고를 떠나 황제에게 올릴 진상품을 죽였다는 사실이 황제의 귀에 들어가면 황제를 모욕했다는 큰 죄가 되어 문제가 더 커질 것입니다. 어느 황제도 그런 문제를 쉬이 넘기지는 않을 테니 말입니다. 나서야 할 때가 있으면 나서지 말아야 할 때도 있는 법이지요."

봉지미가 담담하게 말을 이었다.

"이런 상황에서 가장 좋은 대응은 아무런 일도 하지 않는 것입니다."

"훌륭하다."

침묵을 깬 호 학관이 드디어 고개를 끄덕였다. 좀처럼 칭찬하는 법이 없는 호 학관에서 듣기 힘든 말이었지만 봉지미는 전혀 개의치 않았다. 하지만 호 학관을 잘 아는 서생들은 봉지미를 좀 전과 전혀 다른 눈빛으로 바라보기 시작했다.

임소가 미간을 찌푸린 채 여유로운 모습의 봉지미를 뚫어져라 쳐다보았다. 그러다 한참 만에 제 머리를 툭 치더니 작게 중얼거렸다.

"형님, 왠지 어디서 많이 들어 본 이야기 같은데……."

임제는 아우의 입을 손으로 틀어막고 한숨을 내쉬었다. 그러고는 아우의 귀에 대고 작은 소리로 몇 마디 속삭였다. 형님의 말을 듣고 무언가 깨달은 듯한 임소는 아, 하고 소리를 지르려다가 다시 형님의 손에 입을 가로막혔다. 입이 막힌 임소는 번뜩이는 두 눈으로 봉지미를 노려보며 속으로 욕을 뱉었다.

'또 첩자가 들어왔군!'

한편 임제는 의미심장한 눈빛으로 조용히 봉지미를 뜯어봤다. 조금 전까지만 해도 길게 늘어진 버드나무 아래에 서 있던 누군가의 그림자는 어느새 흔적도 없이 사라지고 없었다.

반 시진 후 청명서원 한구석의 조용한 실내에 향긋한 차 내음이 풍겼다. 반쯤 발이 걷힌 문가에 누군가 말없이 서 있었다. 그의 몸에 걸쳐진 하얀 옷자락이 이따금 그 사이로 모습을 드러냈다.

그는 피식피식 웃음을 흘리며 문 쪽을 바라보기도 하고, 수상쩍은 모습으로 주위 소리에 귀를 기울이기도 했다. 그러고는 잔뜩 긴장한 얼굴로 조용히 물었다.

"일곱 송이 꽃들께서 정녕 출타했단 말이지?"

"몇 번을 말씀드립니까. 부인께선 분명 다른 여섯 분과 함께 봄나들이를 나가셨다니까요. 서산 쪽으로 향하는 것을 제 두 눈으로 직접 보고 오는 길입니다."

차를 따르던 머슴아이가 고개도 들지 않고 대답했다.

"아이고, 신이시여!"

그제야 한숨 돌린 남자가 가슴을 쓸어내리며 탄식했다.

"어제 우리 셋째께서 도끼질을 하시는데, 어느덧 신의 경지에 다다른 것 같더라니까. 내가 평소 신체를 단련해 두지 않았더라면 무사하지 못했을 걸세."

시중을 드는 머슴아이가 고개를 내저었다. 속으로는 '매일같이 기방 담을 넘어 다니느라 단련이 되셨겠지요' 하고 생각하고 있었다. 또 한편으로는 제 주인만한 지위와 식견을 가진 인물이 매일같이 호랑이 같은 큰마님과 새끼 호랑이 같은 작은 마님들의 기세에 쫓기고, 아내를 호랑이보다 더 무서워한다며 뭇사람들의 비웃음을 사는 것이 영 안쓰러웠다. 주인은 하루가 멀다 하고 입으로는 아내를 내쫓겠다며 큰소리를 치면서도 오늘날까지 결국 실행하지 못하고 있었다.

향긋한 차 내음이 봄날의 공기를 타고 은은히 퍼져 나가 사방에 진동하던 꽃 내음을 눌렀다.

"기산(崎山)의 최고급 운무차(雲霧茶)가 아닌가. 자네같이 거친 사람이 마실 것이 아니라 이 향기로운 정원에 양보하는 것이 마땅하다고 생각되는데."

옅은 웃음소리와 함께 누군가 꽃처럼 안으로 들어왔다. 달빛 같은 하얀 옷자락이 흐르는 물결처럼 복도를 지나왔다. 흩날리는 옷자락에서 옅은 꽃향기가 풍겨왔다. 어깨에 걸친 검은색 털옷 위에 수놓인 옅은 금빛 만다라 꽃이 그의 움직임에 따라 흔들리자 정원에 만개한 꽃들마저 수줍어 고개를 숙였다.

"개코 아니십니까? 어찌 매번 향만 맡고도 그리 기가 막히게 맞히시는지!"

머리를 길게 늘어트린 남자가 손에 든 부채를 나른하게 흔들자 긴 머리가 흩날렸다. 때아닌 손님을 맞이하는 그의 얼굴에 비아냥거리는 듯한 웃음이 걸렸다.

"이 아름다운 것을 소용없이 두는 것보다야 이렇게라도 쓰는 것이 낫지 않겠는가?"

손님이 웃음기를 머금은 채 자리에 앉아 머슴이 올린 차를 태연하게 받아 들었다. 그가 찻잔을 받아 들자 머슴아이는 곧 소리 없이 밖으로 모습을 감췄다.

"어찌 예까지 오실 시간을 내셨습니까?"

머리를 늘어트린 남자가 손님에게 차를 따르며 말하다가 이내 얼굴이 굳었다.

"다치셨습니까?"

"잠시 한눈팔다가."

손님이 소맷자락을 내려 상처 난 손을 가리며 말했다. 그 문제에 대해 더는 이야기하고 싶지 않다는 뜻이었다.

"어찌 씀씀이가 점점 작아지시는 것 같소. 이렇게 좋은 차를 숨겨 두고 혼자만 마시려 하다니. 오늘 이렇게 찾아오지 않았으면 맛도 한번 못 볼 뻔하지 않았소?"

"조금 늦긴 하셨습니다. 이 차보다 더 좋은 볼거리를 놓치셨으니 말입니다."

청명서원의 서원장 신자연이 싱긋 미소를 지으며 말했다.

"더 좋은 볼거리라?"

"조금 전 호 학관이 정론 수업을 하였는데, 지나는 길에 들어 보니 아주 탁월한 논의가 진행되고 있더이다."

신자연이 들뜬 얼굴로 웃으며 말했다.

"더 재미있는 것은 누군가 예전에 당신께서 하신 말씀을 그대로 했다는 것이지요."

신자연의 말을 들은 손님이 조금 놀란 듯한 표정을 지었다. 재미있는 듯 신자연이 나른한 손길로 부채질하며 웃어 보였다.

"어떻습니까? 어디 한번 만나보고 싶지 않으십니까?"

손님은 말없이 창가에 손을 짚고 서서 창밖을 바라보았다. 창문으로 스며들어 온 아침 햇볕이 청아한 얼굴 위에 앉아 속내를 알 수 없는 그의 표정을 비추었다. 하지만 어둠 속에 잠긴 듯한 그의 두 눈동자는 칠흑같이 깊고 어두웠다.

초왕, 영혁이었다.

잔을 나누다

영혁은 오랫동안 그 자리에 서서 창밖의 버드나무를 바라보았다. 푸르른 버드나무의 유연하고 아름다운 자태가 문득 누군가의 그림자를 떠올리게 했다. 햇빛 아래 살짝 들어올린 얼굴에 담긴 몽롱하면서도 고요하던 눈빛을 보았던 그날이 떠올랐다. 그가 고개를 숙여 내려다보던 순간 봉지미의 자태도 꼭 지금 저 버드나무처럼 부드럽고 질깃한 풍경이었다. 갑자기 그의 마음이 어지러워졌다. 이루 말할 수 없이 청명한 봄빛 아래에 선 그의 눈에 짙고 무거운 그늘이 졌다.

"됐소."

영혁은 개의치 않는 음성으로 말했다.

"일개 서생에 불과한 자 아닌가."

영혁의 말에 신자연이 그를 힐끗 바라보았다. 신자연의 두 눈에 약간의 웃음기가 스치고 지나갔다.

'비범하고 또 비범한 자로다.'

신자연은 제 속의 생각을 입 밖으로는 내지 않았다.

"얼마 전 장 원장이 한밤중에 승명전에 들었습니다. 잠자리에 들었다가 부리나케 불려 나갔다 하더이다."

신자연이 아무렇지 않은 듯 화제를 바꾸더니 계속 말을 이어 갔다.

"다녀온 후에 특별한 말은 없었고 그저 풍병이라고만 하더군요."

승명전은 왕의 침소였다. 신자연이 말하는 장 원장은 태의원의 일인 자였다. 신자연은 웃음기를 머금은 얼굴로 아무 일도 아니라는 듯 가볍게 말했다. 영혁이 이내 신자연에게로 시선을 옮겼다. 그의 눈빛에는 아무것도 담겨 있지 않았다.

"별일 아니었소. 별일인 것은 큰형님의 반응이었지. 다음날 날이 밝자마자 부리나케 달려가 탕약을 올렸으니 말이오. 황제께서 별말씀 안 하셨지만 삼 일 후 형님이 호부 상서에 앉은 나를 밀어내시더군."

영혁의 입가에 체념한 듯한 미소가 걸렸다. 신자연이 연민 섞인 눈빛으로 그런 영혁을 바라보았다. 늑대 같은 적보다 더 두려운 것은 돼지 같은 아군이라 했던가. 그런 주군을 모시고 있으니 답답한 것도 당연지사였다.

어느덧 나이가 들어 버린 황제의 몸은 이제 예전 같지 않았다. 모든 황자들은 촉각을 세우고 승명전의 동태를 살피고들 있었다. 간밤에 태의가 승명전으로 불려갔다는 것도 매우 중요한 신호라고 할 수 있었다. 하지만 그 신호를 제때 잡아낸 것과 신호를 잡아냈다고 겉으로 표를 내는 것은 하늘과 땅만큼이나 큰 차이였다. 간밤에 있었던 일을 다음날 아침 태자가 바로 알고 있다는 것은 황제에게 승명전 내에 태자의 사람이 심어져 있으며, 언제든 황제의 자리를 이어받을 준비가 되어 있다고 떠벌리는 것이나 다름없는 일이었다.

"조금 멍청한 것도 좋지요."

신자연이 영혁의 어깨를 토닥이며 말했다.

"멍청하지 않으셨다면 오늘날까지 살아 계시지도 못했을 것입니다."

영혁은 여전히 미소짓고 있었지만 눈빛은 전보다 조금 더 차가워져 있었다. 그의 눈에 서린 얼음 같은 한기는 가슴에 남은 오래전 상처에서 발작처럼 뿜어져 나오는 한기와 꼭 같은 느낌이었다.

"그건 신 서원장 덕이오."

영혁이 손가락으로 창살을 살짝 두드리며 서원을 바삐 오가는 서생들을 바라보았다. 밥시간이 된 탓에 서생들 모두 식당으로 걸음을 향했다. 그런데 그들 중 눈에 익은 듯한 그림자가 섞여 있었다.

영혁은 이내 피식 웃음 짓고는 고개를 저었다. 불가능한 일이었다. 그 별난 여인이 아무리 숨는 데 능하다고 한들 호랑이굴이나 마찬가지인 청명에 숨어 있을 리 만무했다.

그날 이후 영혁은 그 여인의 행적을 쫓는 데 실패했다. 그 생각을 하자 마음이 또다시 어지러워졌다. 왜 자꾸 마음이 어지러워지는지 알 수도 없었고 알고 싶지도 않았다. 자신에게는 당장 처리해야 할 더 중요한 일들이 있었다. 지나는 사람들이나 눈앞에 보이는 풍경 따위에 관심을 둘 여유 따윈 없었다.

영혁의 삶은 걸음마다 모두 위기였다. 한 발자국이라도 잘못 디뎠간 돌이킬 수 없을 것이다. 하지만 줄곧 그 여인에게는 지나치게 관용을 베풀었다. 자신답지 않은 행동이었다. 자기 통제 밖에 있는 그런 일은 다시는 일어나서는 안 될 일이었다.

창밖으로부터 시선을 거둔 영혁이 몸을 돌려 신자연을 마주보더니 대뜸 말했다.

"준비됐소?"

"저의 뜻은 이전에도, 앞으로도 변함없습니다."

줄곧 생글생글 웃고 있던 신자연도 지금은 웃음기를 거두고 정색한 얼굴로 대답했다. 두 사람의 시선이 허공에서 부딪쳤다. 단단하고 날카로운 두 시선이 서로를 피하지 않고 정면으로 마주했다.

창밖에 바람이 일었다.

영혁이 자신이 찾는 그 뻔뻔한 여자가 바로 지척에 있다는 사실을 꿈에도 모르고 있었던 것처럼, 봉지미 역시 누군가 자신의 이야기를 하고 있다는 사실을 조금도 알지 못했다.

봉지미는 식당에 앉아 매우 능숙한 모습으로 고남의의 그릇에 든 고기의 수를 셌다. 오늘은 쇠고기볶음이 나오는 날이었다. 세어 보니 총 열 점의 고기가 들어 있었다. 봉지미는 이번에도 매우 능숙한 자세로 고기 두 점을 덜어 냈다. 여덟 점. 고남의 도련님께서는 늘 여덟 점의 고기를 드셨다.

연회석은 좀처럼 두 사람과 함께 밥을 먹는 경우가 없었다. 그는 서생이 아니기에 수업 시간에 들어가 친목을 다질 수도 없는 일이라 밥 먹는 시간을 이용해 여기저기를 다니며 서생들과 친분을 쌓았다. 제 사람을 만드는 데에는 나무랄 바 없이 뛰어난 인물이었다. 일전에 친해졌다던 사감과는 사이가 더 가까워진 것인지, 어제는 그에게 밥을 얻어먹고 의형제까지 맺었다고 했다. 연회석과 의형제를 맺은 정사원 사감은 '철면 염라(鐵面 閻羅)'라고 불리는 인물이었다.

한편 고남의는 봉지미의 친절과 아첨에 조금도 동요하지 않았다. 그는 어떤 상황에서도 늘 같은 태도를 유지했다. 시선은 늘 정면만을 향했다. 하지만 밥 먹는 자태는 더할 나위 없이 우아했다. 가끔은 뭔가 부자연스러운 느낌이 들기도 했다. 마치 밥을 떠먹는 것이 익숙하지 않은 것처럼 말이다. 봉지미는 그런 고남의를 보며 속으로 '설마 지금 이 나이까지 계속 누가 밥을 떠먹여 준 건 아니겠지' 하고 생각하곤 했다.

청명에 발을 들인 지도 수 일이 지났다. 봉지미도 이곳이 어떤 곳인지 조금씩 깨닫기 시작했다. 겉으로 보이는 것보다는 훨씬 더 철저하고 오묘한 곳이었다. 봉지미는 그 황금 원숭이 가죽으로 만든 서책을 자주 들여다봤는데, 하루는 정사원과 군사원 사이에 있는 누구도 신경 쓰지 않는 작은 정원의 모양이 그 책에서 묘사한 어떤 진법(陣法)과 매우 유사하다는 사실도 발견했다.

밤중에 서생들이 함부로 돌아다니지 못하게 하는 것이나, 출신도 불분명한데다가 고남의처럼 딱 봐도 위험해 보이는 인물을 데리고 다니는 봉지미를 쉬이 받아 준 것도 그제야 조금 이해됐다. 다 믿는 구석이 있는 것이었다. 누구든 이곳에서 소란을 일으키는 자는 당장이라도 능지처참을 당할지도 모르는 일이었다.

물론 그건 봉지미의 생각이었다. 다른 이들도 모두 같은 생각을 하고 있는지는 알 수 없었다. 최소한 서원의 모든 시설이 겉으로 보기에는 매우 평범해 보여도 실제로는 매우 은밀하고 치밀하다는 것만큼은 사실이었다.

봉지미는 고개를 박고 밥을 먹는 데 열중하느라 한 소년이 다가오는 기척을 느끼지 못했다. 떠들썩하던 식당이 순식간에 고요해졌다. 소년은 곧장 봉지미에게로 성큼성큼 다가가 두 손을 맞대고 예를 표했다.

"위지 아우님."

멍하니 고개를 든 봉지미는 상대가 누구인지 확인도 하지 못한 채 바로 인사에 화답했다. 상대는 이미 쩌렁쩌렁한 목소리로 말을 이어 가고 있었다.

"아우님께서 호 학관님의 애제자라고 들었습니다. 그 이야기를 듣고 긴히 상의드릴 일이 있어 이렇게 찾아왔습니다."

봉지미가 고개를 옆으로 기울이며 살짝 웃었다.

"군사원에 계신 사형이 아니십니까? 호 학관님의 정론 시험 때문에 많이 힘드신 모양입니다. 제가 호 학관님의 애제자라는 것은 사실이 아니나, 시험장에 가지고 가실 소책자 정도는 만들어 드릴 수 있지요."

소년이 크게 좋아하며 활짝 웃었다. 봉지미가 아무것도 묻지 않고 이렇게 호탕하게 나올 줄은 예상치 못했던 것이었다. 너무 좋아 얼굴까지 시뻘게진 소년이 다급히 말했다.

"정말 고맙소. 나는 군사원의 순우맹이라고 하오. 앞으로 내 도움이 필요한 일이 생기면 언제든 날 찾아오시게, 위지 아우!"

봉지미가 순우맹을 바라보며 활짝 웃었다.

'그럼요. 당연히 당신을 찾아가야지. 연회석에게 당신 집안에 대해 듣지 않았다면 처음부터 상대도 하지 않았을 거라고.'

순우맹이 만족한 얼굴로 자리를 뜨자 그 모습을 바라보고 있던 서생들이 몰래 웃음을 삼켰다. 이미 오래전 서원을 나갔어야 할 자가 아직도 호 학관의 정론 수업을 끝마치지 못해 지지부진하는 중이었다. 게다가 호 학관과 순우 장군이 워낙 막역한 사이인 탓에 그만두지도 못하고 잡혀 있었다. 이미 군부에 자리까지 마련이 되어 있는데도 아직 청명에 붙잡혀 있는 신세인 것이었다.

호 학관의 정론 시험이 정말 다가오고 있었다. 순우맹은 한밤중에 담을 넘어 봉지미를 찾아와 배움을 청했다. 두 사람은 그때마다 정원에 있는 배나무 아래서 함께 술을 마셨다. 술병이 하나 빌 때마다 봉지미는 글 한 편씩을 완성해 냈다. 순우맹은 봉지미에게 제 임무를 맡겨 두고는 신이 나 나무에 기대어 술을 마시고 큰소리로 노래를 불렀다.

"새벽 북소리에 맞춰 싸우고, 저녁이면 옥안장 안고 잠자리에 드네. 바라기는 허리춤에 찬 칼로 단번에 적군을 베어 내고 싶어라!"

"그래 봤자 그냥 호 학관님의 정론 수업 아닙니까?"

봉지미가 취기에 잔뜩 젖은 몽롱한 눈으로 배시시 웃으며 물었다.

"그리도 기쁘십니까?"

"아우님은 모르십니다."

순우맹이 허허 웃으며 대답했다.

"나 순우맹, 진즉에 오문 장영위(長纓衛) 교위직을 하사받아 이 군사원에서 나가기만 하면 벼슬길에 바로 오르는 것인데, 그 고약한 것 때문에 아직 이곳에 붙잡혀 있는 것 아니겠소. 아주 조바심이 나 죽겠소!"

순우맹의 말을 들은 봉지미의 눈썹이 꿈틀했다. 뭔가 이상했다. 정론 수업은 서원 내에서 그다지 중요하게 여겨지는 과목이 아니었다. 게다가 순우맹은 군사원 서생이니 정론 수업이 그에게 꼭 필요한 과목이라고도 할 수 없었다. 그런데도 호 학관은 수업 때마다 그를 붙잡고 늘어진다. 이게 무슨 뜻이란 말인가?

'진즉에 오문 장영위 교위직을 하사받았다고? 그 자리에 못 앉게 하려고 시간을 끄는 건가? 왜?'

봉지미가 혼자 생각에 잠겨 있던 그때 끼익, 하는 소리와 함께 문이 열렸다. 고남의가 꼭 귀신처럼 소리 없는 걸음으로 두 사람을 향해 빠르게 다가왔다. 뭔가 불길한 예감이 엄습한 봉지미가 자리에서 벌떡 일어나 술을 들이켜고 있던 순우맹을 있는 힘껏 옆으로 밀어냈다. 졸지에 철푸덕 주저앉아 버린 순우맹이 어처구니없다는 얼굴로 봉지미를 보며 투덜댔다.

"뭐 하는 짓이오?"

봉지미는 그에게 연유를 설명해 줄 겨를이 없었다. 어젯밤 세 칸이나 떨어진 집에서 개가 짖자 그 소리에 잠에서 깬 고남의가 말없이 밖으로 나가더니 개털이 잔뜩 묻은 채로 방으로 돌아오는 것을 목격했기 때문이었다.

봉지미는 자신을 원망했다. 술 몇 잔만 마셔도 극도로 예민해지는 고 도련님께서는 소란스러운 걸 제일 싫어한다는 사실을 까맣게 잊고 있었다니.

이미 잔뜩 취한 순우맹은 나무를 끌어안고 실실거리며 갈 생각을 않고 있었다. 조각상에게서 소리 없이 뿜어져 나오는 엄청난 살기를 조금도 알아차리지 못하는 듯했다. 큰일 났다는 생각에 봉지미가 순우맹의 앞을 막아서려 재빨리 몸을 움직였다. 그 순간 몸 안에서 갑자기 뜨거운 무언가가 용솟음쳤고 순식간에 가벼워진 몸이 저 멀리 휙 날아가는 것이 느껴졌다.

쿵.

그다음으로 봉지미가 느낀 것은 부드러운 듯 단단한 촉감, 짙은 듯 산뜻한 숨결이었다. 갑자기 비상한 초능력이 폭발한 봉지미가 그대로 고남의의 품으로 날아 들어가 버린 것이었다.

봉지미가 상황을 제대로 파악해 내기도 전에 방금 몸속 깊은 곳에서부터 용솟음쳤던 통제할 수 없는 열기는 이미 흔적도 없이 사라졌다. 그저 자신이 멀리 날아가 무언가에 부딪혔다는 느낌만 남았을 뿐이었다. 얼굴에 부드럽고 포근하면서도 따뜻한 무언가가 닿았다. 매우 익숙한 촉감이었다.

'일 났네.'

봉지미가 엉뚱한 남자의 품에 안겨 있다는 사실이 문제가 아니었다. 진짜 문제는 고남의가 누군가와 이렇게 가까이 접촉하는 것을 매우 싫어하는 것이었다. 봉지미를 두 손가락으로 집어 들고 지붕 너머로 던져 버릴 것이 분명했다.

그때 순우맹이 갑자기 숨을 헉 들이켰다. 봉지미는 바로 고남의의 몸에서 떼어 내졌다. 아래를 향하던 봉지미의 눈에 들어온 것은 땅에 떨어진 얇은 망사 천 하나였다.

'내가 갓에 달린 망사를 떨어트린 거야?'

봉지미는 곧장 고개를 들고 고남의의 얼굴을 바라보았다. 하지만 봉지미보다 한발 빠른 그가 이미 바닥에 떨어진 얇은 망사를 주워 다시 제 갓에 고정했다. 하얀 망사가 허공에 휘날리는 사이 고남의가 손가락으로 제 입술을 쓱 닦아 냈다. 그러고는 고개를 살짝 갸우뚱하더니 다시 손을 가져가 입술 주위를 매만졌다.

얇은 망사를 통해 얼핏 보이는 그 표정이 조금은 천진하고 조금은 망연하고 조금은 호기심으로 가득 찼다. 남녀 간의 일에는 철저히 무심한 듯하다가도 어느 순간에는 너무나도 거리낌이 없는 그 자태가 너무나도 탐스러워 보였다.

비밀스럽고 옅은 술 내음이 조금 풍겨왔다. 고남의는 태연하면서도 자연스러운 모습으로 입술 가에 묻은 술을 맛봤다. 봉지미는 놀란 얼굴로 그를 바라보았다. 아이처럼 순진하고 맑으면서 지나치게 달콤한 광경이었다.

봉지미는 비로소 자신이 조금 전까지 순우맹과 함께 술을 마셨던 것을 깨달았다. 술을 다 삼키지 못한 채 고남의와 부딪쳐 갓의 망사를 떨어뜨렸으니 어쩌면 제 입술에 남아 있던 술이…… 고남의 입술에 옮겨 갔을지도 모를 일이었다. 그리고 고남의가…… 그 술을 핥아 먹었다.

봉지미의 얼굴이 순식간에 빨갛게 물들었다.

서원 대소동

그날의 '충돌 사건' 이후로 봉지미는 줄곧 고남의를 피해 다녔다. 하지만 고남의는 전혀 알아차리지 못하고 있는 듯 보였다. 여전히 갓을 쓴 채 잠자리에 들고, 여덟 점의 고기를 먹고, 정면만을 바라보았다. 소리를 지르지도, 화를 내지도, 싸우려 들지도, 뺏으려 들지도 않았다. 다만 누군가 자기 앞에서 소란을 피우려 하는 것은 절대 용납하지 않았다.

조각상의 존재 때문에 마음이 조금 불편한 것만 빼면 봉지미는 아주 잘 지내고 있었다. 타고나길 워낙 총명한 데다 훌륭한 가정 교육 덕에 학업에 성실하고 예의가 바르고 겸손하여 학관들의 총애를 받았다. 그 사이 순우맹과 봉지미는 어느덧 '시험 형제'가 되어 있었다. 순우맹은 종종 군사원의 담을 넘어 봉지미와 함께 배나무 아래에서 술을 마셨다. 그 돼지 멱따는 소리와 다를 바 없는 목청도 여전했다.

발랄하고 쾌활한 성격의 순우맹은 두려움 따위가 없었으므로 그날 이후 매일같이 고남의를 마주했다. 하지만 순우맹은 줄곧 '자네는 사람이 아니야. 자네는 그, 그거 있잖나. 그거 그거, 그거 뭐냐, 그거……'라고 중얼거리며 알 수 없는 눈빛으로 고남의를 올려다봤다. 속세에 속하지 않는데 자신을 속세의 크기에 억지로 맞춰 들어온 자를 보는 듯한 눈빛이었다. 그의 그런 눈빛을 볼 때마다 봉지미는 늘 모골이 송연해졌고, 속으로는 '고남의 저자가 정말 살아 있는 미모의 강시는 아닐까' 하고 생각했다.

모든 것이 평화로웠다. 가끔 임가 형제 중에서 그 고약한 아우를 맞닥뜨리지만 않으면 모두 괜찮았다. 임소가 워낙 봉지미를 괴롭히는 탓에 혹여 마주칠 것 같으면 늘 먼 길을 빙 둘러 다녔다. 분란을 일으키고 싶어 하는 멍청한 자와 맞닥뜨려 좋을 것이 없기 때문이었다.

조금 이상한 생각이기는 하지만 봉지미는 성격이 온화한 형 임제가 오히려 더 불안했다. 그는 매번 봉지미를 마주칠 때마다 저의를 알 수 없는 이상한 눈빛으로 봉지미를 바라보았다.

한 달이 훌쩍 지나갔다. 순우맹은 곧 장영위 교위 자리에 정식으로 임명 받는 일을 눈앞에 두고 있었다. 그 사이 연회석은 서원 안에 있는 모든 사람과 안면을 텄다. '지기'도 족히 오십은 넘게 사귀었다. 고남의의 얇은 두루마기는 어느덧 아주 아주 얇은 재질로 바뀌어 있었다. 봉지미는 매일같이 어떻게 하면 옷감을 상하게 하지 않으면서 깨끗이 빨 수 있을까 고민해야 했다.

한참 고민에 빠져 식당으로 향하던 봉지미는 서원에 처음 들어온 날 봤던 그 소란을 다시 목격했다. 다만 그때와 달라진 것은 이제는 그 광경을 보아도 전혀 놀랍지 않다는 것이었다.

서원의 수장인 신 서원장의 부인은 임강(臨江) 지역에서 온 인사로 아래 여섯 누이가 있어 그들과 함께 '일곱 송이 금화(金花)'라고 불렸다. 금화들은 하나같이 성미가 불같기로 유명했다. 그들은 자주 손에 도마나 빨랫방망이 같은 가정용 흉기를 잔뜩 들고 청명의 일인자인 신 서원장을 죽이겠다고 외치며 출몰하곤 했다. 그렇게 금화들과 신 서원장 사이의 추격전이 벌어질 때면 채소와 달걀이 허공을 가르고 기왓장과 신발이 여기저기를 날아다니는 것이 흔한 일이 되었다.

그런 구경을 거의 하루에 한 번꼴로 볼 수 있었으니 모두 본체만체하는 것도 이상하지 않은 일이었다. 들리는 말에 따르면 신 서원장이 잔뜩 화가 나 당장 부인을 내쫓겠다고 이미 셀 수도 없이 선언했다는데, 무서운 기세와는 달리 실제로는 여전히 부인과 함께 살고 있었다.

서원장 신자연은 최고의 문인 중 하나로서 뛰어난 학자이자 고결한 선비로 조정에서도 매우 중시하는 인물이었다. 청명서원의 서원장이라는 자리가 그런 그의 존엄함을 증명하는 하나의 증좌이기도 했다. 그렇게 대단한 사람이 몇 달이고 몇 년이고 스스로 웃음거리가 되어 가며 포악한 아내의 화를 기꺼이 받아 내고 살고 있다니. 실로 이해하기 힘든 일이었다.

봉지미는 식당 입구에 서서 매번 시작만 보고 끝은 본 적이 없는 그 난리를 지켜봤다. 서원장이 부리나케 달려가자 일곱 송이 금화들이 대단히 무서운 기세로 뒤를 쫓았다. 봉지미는 결국 참지 못하고 웃음을 터트렸다.

결과가 있다면 반드시 원인도 있는 법. 무언가를 이해할 수 없다는 것은 그 무언가에 얽힌 인과를 알지 못하기 때문인 것뿐이었다. 봉지미가 막 식당 한쪽에 자리를 잡고 앉자 순우맹이 제 밥그릇을 들고 봉지미에게 와 인사했다.

"아우, 준비는 잘하고 계신가?"

갑작스러운 인사에 봉지미가 조금 놀라 있는 동안 어느새 연회석도 바짝 다가와 앉았다.

"삼 일 후면 시험이 아닙니까. 조정의 대신들 앞에서 정사원 서생은 문(文)을, 군사원 서생은 무(武)를 겨뤄야 하는데……. 듣자 하니 이번엔 황족께서 친히 우리 청명의 시험을 참관하러 오실 수도 있다 합니다. 서원에서 자체적으로 치르는 시험이긴 하지만 아주 특출한 인물 몇을 뽑아 곧장 내각이나 육부(六部)로 데려갈 수도 있다는 뜻이지요. 잘만 하면 출셋길이 훤히 열리는 것입니다! 이러니 다들 목숨 걸고 청명에 들어와 수학하려고 애쓰는 게지요."

"아, 그렇군."

봉지미가 웃으며 답했다.

"두 분도 아시다시피 전 학식이 그저 그래서 말입니다. 과거 급제랄지 벼슬길이랄지 이 같은 영광은 제게 돌아오지 않을 겁니다."

봉지미의 말에 두 사람은 조금 실망스러운 듯 아, 하고 짧게 대꾸했다. 사실 봉지미의 성적은 꽤 괜찮은 편이었다. 하지만 그저 꽤 괜찮은 정도에 불과했다. 청명에는 봉지미보다 훨씬 뛰어나고 훌륭한 인물들이 많았다. 그들 사이에서 두각을 나타내기란 실현 가능성이 그다지 높지 않았다.

순우맹이 아쉬워하며 자리를 떠나자마자 이번에는 또 다른 이가 밥그릇을 들고 그 빈자리를 채우러 왔다. 새로 온 이는 인사 한마디 없이 그대로 봉지미 옆에 자리를 잡고 앉았다. 봉지미는 살짝 고개를 돌려 자신을 향하는 도발적인 눈빛을 마주했다. 요즘 들어 사사건건 부딪치고 있는 임소의 것이었다. 임소의 두 눈에서 날카로움이 가득 배어났다.

"삼 일 후 시험에서 나와 제대로 겨뤄 보는 게 어때?"

봉지미가 눈가를 으쓱해 보이곤 살짝 미소를 지었다.

"엄두가 나지 않습니다."

봉지미의 말에 임소가 의기양양한 미소를 지어 보였다. 그때 옅은 웃음이 깔린 봉지미의 목소리가 이어졌다.

"제가 사형과 겨뤄 이기기라도 했다간 말이 아니라 사람이 죽어 나갈까 무섭거든요."

"풉."

가볍게 터져 나온 웃음소리와 함께 임제가 두 사람 쪽으로 걸어왔다. 그가 꽤 진지한 눈빛으로 봉지미를 바라보았다. 막 뭐라 입을 떼려던 찰나 어디선가 제대로 성난 듯한 목소리가 들려왔다.

"위지, 네 이놈! 감히 고, 공자 앞에서 그런 식의 언행을 보이다니! 당장 서원장께 고하고 널 여기서 쫓아낼 것이다!"

목소리와 동시에 사람이 모습을 드러냈다. 한 무리의 사내들이 봉지미를 향해 걸어오고 있었다. 족히 예닐곱 사람은 되어 보였다. 하나같이 화려한 옷을 빼입은 모습에 봉지미가 눈을 가늘게 뜨고 그들을 살폈다.

'낯이 익은데…… 아주 낯이 익은데……'

봉지미의 머릿속에 무언가 딱 떠올랐다. 바로 봉호와 기방에서 마주친 날 일어났던 그 벽돌 사건의 공자들이었다. 봉지미가 냉소하며 뭐라 대꾸하려는데 그러기도 전에 옆에 앉아 있던 임소가 눈을 부릅뜨고 그들을 향해 가차 없이 욕을 내뱉었다.

"네놈들은 뭐야? 다 꺼져!"

갑작스러운 욕지거리에 모두 벙어리가 되어 할 말을 잃었다. 하지만 욕 몇 마디 좀 먹었다고 바로 물러날 수도 없는 노릇이었다. 공자 무리 중 하나가 어떻게든 체면을 지켜보려고 봉지미의 얼굴을 향해 삿대질하고 소리쳤다.

"너! 딱 기다려……"

투두둑.

그의 말이 끝나기도 전에 손가락 하나가 바닥으로 떨어졌다.

피 칠갑을 한 채 바닥으로 떨어져 버린 손가락은 아직까지 떨리고 있는 것만 같았다. 그 광경을 지켜보고 있는 식당 내의 무수한 시선들도 떨리고 있었다.

모두의 멍한 시선이 바닥에 떨어진 손가락에서 점점 위로 옮겨 갔다. 그들의 시선이 닿은 곳은 매우 느긋한 속도로 허공을 가르고 있는 젓가락 한 쌍이었다. 젓가락을 잡고 있는 손은 긴 소맷자락에 반쯤 가려진 희고 곧은 손이었다. 공자의 손가락이 봉지미의 얼굴을 향하는 순간 고남의가 젓가락 한 쌍으로 그자의 손가락을 잘라 버린 것이었다.

"아악!"

단단한 사기그릇마저 모두 깨져버릴 것만 같은 고통에 찬 비명이 들려왔다. 시끄러운 것을 싫어하는 고남의가 불만스러운 모습으로 손가락을 튕겼다. 그러자 젓가락 한 쌍이 이번에는 그자의 양쪽 귀 바로 옆을 지나며 그의 머리칼을 엉망으로 만들어 놓았다.

무예를 모르는 자는 전혀 모르는 수였지만 봉지미는 검은 옷의 남자와 매일같이 만났던 그때 이미 깨달은 바가 있었다. 젓가락처럼 보잘것없고 끝이 무딘 물건도 날카로운 흉기가 되어 사람의 머리칼을 베어버릴 수 있다는 것을. 그 사실을 떠올릴 때마다 머리털이 쭈뼛쭈뼛 서곤 했다. 이 정도 가르침이면 이제 충분하다는 생각에 봉지미가 고남의에게로 다가갔다. 그때 그 공자가 땅바닥을 구르며 돼지 멱따는 소리를 냈다.

"네놈이 감히! 감히 날……! 다 죽여 버리겠어!"

봉지미가 한숨을 내쉬었다. 매번 한다는 소리가 다 똑같으니 이제 지겨울 지경이었다.

고남의는 앞을 막아선 봉지미를 조용히 밀어냈다. 그러고는 곧장 고래고래 소리를 지르는 공자의 앞으로 다가가더니 한쪽 발을 조용히 들어올렸다.

콰직.

고남의가 공자의 멀쩡한 손마저 밟아 버렸다. 곧이어 높낮이 없는 건조한 음성이 이어졌다.

"시끄러워."

수군거리는 소리로 가득 차 있던 식당이 순식간에 고요해졌다. 서생

하나는 밥을 너무 많이 먹은 탓에 금방이라도 폭발할 것처럼 꾸르륵 소리를 내는 제 배를 필사적으로 움켜쥐고 있었다. 다른 서생 하나는 씹지도 않은 고기 한 점을 꾸역꾸역 목 뒤로 넘기고 있었다. 모두가 소리를 내지 않으려고 갖은 노력을 기울이고 있는 동안 조금 쉰 듯 갈라진 목소리가 들려왔다.

"어느 대담한 자가 청명서원에서 사람을 해친단 말인가."

소동이 일어났다는 이야기를 듣고 어느새 그곳으로 달려온 중년 남자가 식당 입구에 꼿꼿이 서서 모든 광경을 지켜보고 있었다. 그는 일명 '철면 염라'라 불리는 정사원의 사감이었다. 그의 뒤로 매우 다부진 사내들도 몇 보였다. 서원을 지키는 호위 무사들이었다.

그를 발견하자 서생들의 눈빛이 고남의를 볼 때보다 훨씬 더 긴장한 듯 떨렸다. 역시 그를 발견한 연회석이 바쁜 걸음으로 그쪽을 향했다. 하지만 그대로 그를 지나쳐서 뒤에 서 있던 수하에게로 다가가 뭐라 속삭였다. 봉지미는 그 수하의 소맷자락이 살짝 움직이는 것을 보았다. 무슨 물건을 넣었는지는 알 길이 없었지만.

사감은 줄곧 봉지미와 고남의를 등진 채 서서 뒤도 한번 돌아보지 않고 부상을 당한 공자에게 자초지종을 들었다. 그는 손에 든 쇠구슬을 딱딱 부딪치며 굴릴 뿐 한참이나 말이 없었다.

그 공자와 함께 온 무리가 의기양양한 얼굴로 봉지미를 쳐다보며 '넌 이제 죽었다' 하는 눈빛을 쏘아 대기 시작했다. 봉지미 역시 지지 않고 그들을 향해 미소를 지었다.

'그날 벽돌에 맞은 공자는 죽었으려나?'

봉지미는 문득 그 공자가 떠올랐다. 만약 그가 죽지 않은 거라면 내일 반드시 저자들과 고남의를 우연히 만나게 해 줄 생각이었다.

이 사태를 처리할 권한을 가진 사감은 오랫동안 말이 없었다. 그가 입을 굳게 다물고 있을수록 긴장감이 감돌아 식당 안 분위기는 점점 더 무거워졌다. 지켜보는 이들 모두 각기 복잡한 표정을 짓고 있었다. 몇 몇은 오래간만에 하는 싸움 구경이 재미있어 죽겠다는 얼굴을, 몇몇은 동정 어린 얼굴을 하고 있었다.

연회석과 사감의 수하가 한참 동안 속삭이던 것을 마치고 나자 사감이 그제야 흠, 하고 헛기침하더니 느릿한 말투로 말을 이었다.

"요(姚) 공자, 청명에서는 불필요한 소란을 만들어서는 안 된다는 것을 알고 있지 않은가. 오늘 일은 어느 정도…… 자네가 자초한 바일세."

놀라운 말이었다. 폭력을 쓴 사람은 쳐다보지도 않고 말 몇 마디 했다고 손가락이 잘린 자에게 잘못을 떠넘기다니. 말도 안 되는 일이었다. 순간 식당 안이 다시 소란스러워졌다. 공자 무리는 잔뜩 열이 받은 얼굴로 고래고래 소리를 지르기 시작했다.

"이봐, 이(李) 사감! 지금 누구 편을 드는 거요!"

"내 손을 보라고! 내 손을!"

손가락이 잘려나간 공자가 제 손을 사감의 눈앞에 들이밀었다.

"정녕 이 꼴이 안 보인단 말이오?"

"그만!"

얼굴색이 어두워진 사감이 한차례 호통치고는 엄한 목소리로 말을 이어 갔다.

"사람을 다치게 한 자는 당연히 서원의 규율에 따라 합당한 벌을 받게 될 것이오. 가해자는 앞으로 나오라! 상처를 입은 요 공자에게 사죄를 표하고 치료비 일부를 배상하도록 하시오!"

그의 목소리는 근엄하기 그지없었지만 그 내용은 누가 들어도 봉지미를 편들어 주는 것이었다. 다들 뭔가 수상하다는 눈빛으로 봉지미를 바라보았다. 하나같이 두 사람이 무슨 사이인지 추측해 보는 시선이었다. 봉지미는 상황이 나쁘게 되었다고 생각하며 한숨을 내쉬었다.

'고남의, 저 빌어먹을 도련님 같으니라고!'

어쨌든 봉지미는 지금 혼자만의 생각에 잠겨 있을 겨를이 없었다. 봉지미는 다급히 연회석에게 고남의를 데리고 나갈 수 있도록 사감의 주의를 끌어 달라는 눈짓을 보냈다. 그러자 연회석이 곧 어이쿠, 소리와 함께 비틀거리다가 아주 자연스러운 자세로 바닥에 고꾸라졌다. 봉지미 역시 그와 동시에 어이쿠, 소리를 내며 고남의 쪽으로 몸을 던졌다. 속으로는 도대체 전생에 무슨 죄를 지었기에 이리도 재수가 없는지 한탄하며 욕을 삼켰다.

봉지미의 기억이 맞는다면 고남의는 자신의 몸에 접촉하는 것을 달가워하지 않았지만 지금은 그걸 따질 때가 아니었다. 어떻게든 사람들의 주의가 다른 데로 쏠리게 해야 했다. 봉지미가 바닥에 쓰러지려 하자 고남의가 고개를 돌려 봉지미를 잡으려 했다. 봉지미가 미소지었다. 하지만 옆에 서 있던 임소가 손을 뻗어 봉지미를 붙잡아 버렸다.

"으악, 왜 이러는 거야!"

봉지미는 사사건건 자신과 부딪치는 그 소년을 바라보았다. 괴롭히지 못해 안달일 때는 언제고 갑자기 무슨 양심이라도 발동한 건지 넘어지려는 봉지미의 몸을 단단히 붙잡았다.

"멍청하긴! 아무것도 없는 평평한 땅에서 넘어지기는 왜 넘어져서……."

쾅.

누군가 허공을 가르며 휙 날아갔다. 날아간 것은 괜히 평소답지 않게 좋은 마음씨를 발휘해 일을 모두 그르쳐 버린 임소였다. 그는 순식간에 연회석과 이야기를 나누고 있는 이 사감에게 가 부딪쳤다. 사감과 그 뒤의 수하들이 우당탕 요란한 소리를 내며 식탁 위로 쓰러졌다. 식탁 위에 놓인 음식과 그릇들은 허공으로 날아올라 다른 서생들의 머리 위로 쏟아졌다. 식당 안은 순식간에 혼비백산이 됐다.

고남의가 임소를 던진 것과 거의 동시에 몇몇 그림자가 나타나 번개처럼 빠른 속도로 고남의를 향해 날아갔다. 임소의 호위 무사들과 맞닥 뜨린 고남의의 삿갓에 달린 얇은 망사가 살짝 춤을 추기 시작했다. 순간 평평한 바닥에 푸른빛의 회오리바람이 일었다.

순식간에 아수라장이 된 식당 안에는 가루가 된 사기그릇과 음식들이 아무렇게나 뒤섞여 있었다. 봉지미는 눈조차 뜰 수 없어 지금 사태가 얼마나 심각한지 제대로 파악하기도 어려웠다. 지금 봉지미가 확실히 알고 있는 것이라곤 오늘 밤 이후로 이 식당이 역사 속으로 사라져 버릴 것이란 사실뿐이었다. 혼란스러운 와중에 임소의 호위 무사들이 고함치는 것이 드문드문 들려왔다.

"……놓아라! 저자가 공자……"

"호패를……. 궁에……."

누군가 빠르게 다가와 봉지미의 팔을 붙잡았다. 봉지미는 쓴웃음을 지은 채 별다른 반항을 하지 않았다.

다른 이들과 정신없이 뒤엉켜 있던 고남의가 갑자기 휙 고개를 돌려 봉지미를 바라보았다. 바로 푸른빛이 번쩍 빛나는가 싶더니 쿵 소리와 함께 땅이 둘로 갈라지기 시작했다. 고남의는 어느새 번개처럼 빠른 속도로 봉지미를 향해 날아오고 있었다.

혼란이 극에 달한 순간 누군가 크게 소리쳤다.

"서원장께 고하라!"

홀리다

봉지미가 고개를 들고 피식 웃었다.

'제 인생은 왜 이리도 고통스러운 겁니까? 왜 어디서도 평안하게 지내지 못하는 거냐고요.'

한편 공자 무리는 식당 한구석에 몸을 숨기고 흥분을 감추지 못하는 얼굴로 소리를 질렀다.

"서원의 기강을 더럽히고 서생에게 폭행을 가한 자는 반드시 조정에 고해 엄벌을 내려야 한다. 엄벌을!"

"엄벌은 네놈들 조상에게나 드려라!"

순우맹이 욕을 내뱉으며 제 친우들을 이끌고 그들에게 달려들었다.

"학당에서 소란을 피운 것도 모자라 서생을 폭행하다니. 아주 잘하는 짓들이오!"

식탁 위로 쓰러졌던 이 사감이 다른 이의 부축을 받으며 몸을 일으켰다. 얼굴이 새파랗게 질린 그가 손에 들고 있던 쇠구슬들을 그대로 바닥에 내던졌다.

연회석은 아랑곳 않고 바닥에 떨어진 은 태환 지폐 두 장을 재빨리 주워들었다. 조금 전 사감의 수하에게 찔러 주었던 돈이 때마침 바닥에 떨어져 있던 것이었다. 하지만 그 수하에게 다시 돈을 찔러 줄 생각은 없었다. 이제 와서 준다고 해도 소용없을 것이었다. 도박할 수는 있어도 낭비할 수는 없는 법이니까.

다른 이의 부축을 받고 겨우 자리에서 일어난 임소는 머리가 산발이 된 채 고남의를 향해 삿대질하며 고래고래 악을 썼다.

"저놈을 당장 삶든 튀기든 굽든 뭐 어떻게든 해!"

그러고는 봉지미를 향해 손가락을 옮겼다.

"저자도 함께……."

임소는 말을 하다 말고 다시 고남의에게로 손가락을 옮겼다.

"저놈을 데려다 당장 삶고 튀기고 구워 버려!"

손가락이 끊어진 공자가 교활한 미소를 지어 보이며 소리쳤다.

"네놈은 이제 죽은 목숨이다! 서원장께서 본때를 보여 주실 것이니 두고 봐!"

고남의가 순식간에 미끄러지듯 다가왔다. 난리통에 사람들이 물샐 틈도 없이 빽빽하게 뒤엉켜 있건만 그는 한 줄기 비단결처럼 유유히 그 사이를 빠져나왔다. 무시무시한 적의가 뿜어져 나오자 살을 에는 듯한 서늘한 기운이 느껴졌다. 그 한기가 거대한 얼음덩어리처럼 모두의 몸을 부르르 떨게 만들었다. 사람들이 몸을 떠는 사이 고남의는 빛처럼 날아와 뒤에서 봉지미의 목덜미를 잡은 남자를 덮쳤다.

사락.

얇은 실 한 가닥이 손톱에 긁혀 끊어지듯 가녀린 소리와 함께 출처를 알 수 없는 밝은 빛이 한 줄기 번쩍했다. 검은 창공을 순식간에 밝히는 번개와도 같이 눈이 부신 빛이었다. 고남의의 손이 소리 없이 튕겨져 나갔다.

봉지미는 놀라지 않을 수 없었다. 고남의가 누군가에게 저지당하는 모습을 보는 것은 이번이 처음이었다. 곧이어 누군가의 단호한 음성이 들려왔다.

"그만."

기개가 묻어나면서도 힘은 실리지 않은 무심한 어조였다. 그 소리를 들은 모두가 두려움에 떨었다.

정체 모를 몇몇 사람들이 난리통이 된 식당의 모습을 말없이 바라보고 있었다. 가장 앞에 선 이는 살구색 두루마기에 달처럼 하얀 빛깔의 허리끈을 여미고 있었다. 덥지 않은 날씨였지만 그의 손에는 부채가 들려 있었다. 화가 나도 흥이 나도 변함없이 아름다울 듯한 두 눈동자와 보일 듯 말 듯 드러난 쇄골이 눈을 사로잡았다. 풍부한 표정을 지닌 얼굴에서는 조금 옹졸한 기색도 묻어났다.

언젠가 돈 한 푼 없이 기방 담에 올라 삼류 기생에게 시를 읊어 주다 무시무시한 아녀자들에게 쫓기던 도중 봉지미의 발밑에 떨어졌던 바로 그 미남자였다.

신 씨를 찾아오라더니 그게 신자연일 줄이야. 어쨌든 지금의 신 씨 양반은 그날의 한심한 모습과는 달리 침착하고 여유롭기 그지없었다. 그는 웃는 듯 마는 듯한 얼굴로 엉망이 된 식당을 바라보다가 봉지미에게로 시선을 돌렸다. 그러고는 나른한 음성으로 입을 열었다.

"또 싸우셨소?"

봉지미는 그의 입에서 나온 '또'라는 말이 지나친 오해를 불러일으킬 만하다고 생각했다.

신자연이 입을 열기가 무섭게 한 무리의 사람들이 달려가 봉지미와 수상한 수하가 어떻게 이 사건을 일으켰는지 앞다투어 고했다. 사람의 신체를 절단하고 짐짝처럼 내던졌다며 말하는데, 이 사태를 만든 장본인인 봉지미가 듣기에도 치가 떨릴 정도로 악독한 행위들이었다.

고남의는 시종일관 미동 없이 서 있었다. 그는 모든 이가 서원장을 지켜보고 있는 와중에도 그쪽으로는 눈길 한번 주지 않았다. 자신의 손이 튕겨나간 시점부터 고남의의 모든 신경은 오로지 서원장의 뒤에 서 있는 한 사람에게 쏠려 있었다. 그는 검정 두루마기에 짙은 붉은색 웃옷을 입고 있었다. 얼굴은 꼭 가면을 쓴 사람처럼 딱딱했다. 아무것도 듣지도 묻지도 않는다는 듯한 표정이었다. 자신을 향하는 고남의의 시선 역시 못 본 척 외면하고 있었다. 조금 전 고남의의 손을 쳐낸 그 빛이 자신과는 아무런 상관도 없다는 듯한 모습이었다.

신자연은 얼굴에 미소를 띤 채 이야기를 들었다. 그의 시선이 곧 호위 무사들에게 단단히 둘러싸여 있는 임소와 임제 형제에게로 향했다. 그때 그의 눈동자에 살짝 빛이 돌았다.

지금까지 있었던 일들을 모두 고한 이들은 이제 봉지미와 고남의에게 엄청난 형벌이 내려질 일만 남았다고 생각하며 만족스러운 미소를 지었다. 적막 속에서 신자연은 손에 들고 있던 부채를 들어 저 멀리 봉지미를 가리켰다.

봉지미가 한숨을 내쉬었다. 이럴 때 어머니가 곁에 계시면 얼마나 좋을까 하는 생각이 들었다. 어머니만 있다면 일곱 송이 금화쯤이야 아무것도 아니었다. 이제 봉지미는 죽은 목숨이나 다름없었다. 적어도 식당 안에 있는 대부분의 이들은 봉지미를 죽은 사람으로 보고 있었다.

연회석은 소맷자락 안에 손을 감추고 재빨리 자신이 가진 돈을 셌다. 최소한의 비용으로 최대한의 이익을 창출해 낼 방법을 고안하는 중이었다. 임소는 입술을 깨물고 고민에 잠겨 있었다. 순우맹은 살기가 등등한 얼굴을 하곤 소매를 걷어붙이며 자신의 군사원 형제들에게 눈빛을 쏘아 보내고 있었다.

신자연의 부채가 흐르는 물처럼 봉지미를 그대로 지나치며 유려하게 움직였다. 그러고는 여기저기를 툭툭 가리켰다.

"자네, 자네, 자네, 자네, 그리고 자네!"

그가 손가락이 끊어진 요 공자와 임소, 임제, 순우맹, 연회석 다섯 명을 쉬지도 않고 가리키며 소리쳤다.

"청명서원의 서생이 고귀한 서원에서, 그것도 모두가 지켜보고 있는데 소란을 피운 것도 모자라 천박하게 몸을 뒤섞고 싸우다니! 평소 경서를 읽긴 하는 겐가? 어?"

콧소리가 잔뜩 섞인 '어?' 소리가 빠르고 날카롭게 터져 나왔다. 그에게 지목을 당한 이들도, 그저 지켜보던 이들도 영문을 모른 채 멍하니 그를 쳐다만 보고 있었다. 서원장이 오늘 약이라도 잘못 먹은 건 아닌가 싶었다.

분명 봉지미 쪽에서 먼저 손을 썼는데 왜 자꾸 다른 이들이 잘못을 뒤집어쓰고 있는지 모를 일이었다. 백번 양보해서 요 공자의 시비가 먼저였으니 그에게도 잘못을 물을 수 있겠다. 순우맹과 그 무리도 실제로 싸움에 가담했으니 함께 처벌을 받을 수 있겠다. 하지만 임씨 형제와 연회석은 저들과 함께 벌을 받을 이유가 하나도 없지 않은가.

"자네들!"

서원장의 호통은 호통이라기보다는 고양이의 앙칼에 가까웠다.

"모두 이레 동안 독실 연금 처분을 내릴 것이나라! 누구든 밖으로 한 발자국이라도 나오면 그 자리에서 다리를 자르고 서원에서 영원히 쫓아내겠다!"

요 공자는 그대로 눈을 까뒤집고 정신을 놓았다.

"당신!"

임소는 잔뜩 화난 얼굴로 목청을 높였다.

"흑과 백도 구분을 못하고 감히 그런 처분을 내렸겠다! 모두 고할 것이다! 모두 고할……."

악을 쓰던 임소는 결국 말을 마치지 못했다. 신자연은 힐끗 눈동자를 굴려 곁눈으로 그런 임소를 노려봤다.

"누구에게 고하겠다는 것인가? 명심하게. 내 서원에 속한 자는 그게 누구든 나의 처분에 따라야 하는 법."

서원장의 말이 떨어지자마자 건장한 사내들이 바로 들어와 그를 붙잡았다. 임소는 헛웃음을 터트리며 제 호위 무사들에게 손을 쓰라고 눈짓을 보냈지만 그의 형인 임제가 갑자기 손을 들고 호위 무사들을 저지했다. 임제는 서원장을 향해 꾸벅 허리를 숙이고 낮게 말했다.

"예. 학생 된 도리로서 대화와 타협으로 충돌을 해결하지 못하고 일을 크게 키웠으니 벌을 받아 마땅하지요. 서원장의 처분을 겸허히 받들겠습니다."

"흠."

신자연이 비스듬히 고개를 돌려 임제를 힐끗 바라보았다. 독실에 갇히든 말든 아무 상관이 없는 순우맹은 웃으며 봉지미에게 다가왔다.

결국 서원장에게 지목을 받은 서생들은 각자 독실에 갇혔다. 하지만 한 가지 이상한 점은 가장 처음 손을 댄 고남의는 아무런 처분도 받지 않았다는 사실이었다. 마치 모두가 그를 까맣게 잊은 것처럼 아무도 이야기하지 않았다. 하지만 고남의마저 자신을 잊었을 리는 없다. 그는 봉지미가 끌려가는 모습을 발견하고 곧장 뒤를 따라 잽싸게 날아갔다.

봉지미는 고개를 들고 기방 담벼락을 넘나들던 그 미남자를 바라보았다.

'고남의는 힘이 아닌 지략으로 상대해야 하는 것을 한눈에 알아차리다니…… 신선인가?'

서원의 뒤편에는 외딴 독채 건물이 하나 있었다. 잘못을 저지른 서생들을 연금하기 위해 만들어 놓은 곳이었다. 네모난 작은 방 일곱 개가 나란히 있는 곳으로 방마다 들어 있는 것이라고는 침대 하나와 탁자 하나가 다였다. 그나마 나 있는 작은 창문도 높은 곳에 있었다.

봉지미는 속으로 방의 개수를 세며 생각했다.

'딱 맞는군. 한 사람당 한 칸씩.'

작은 방으로 떠밀려 들어간 봉지미는 문이 닫히기 전 마지막 한마디를 들었다.

"이레다! 깊이 반성하도록!"

이레. 일곱 날.

뒤를 돌아보자 뒷짐을 지고 유유히 걸어가는 신자연의 모습이 보였다. 웃는 얼굴이었지만 그의 두 눈만은 유일하게 웃지 않았다.

'그래, 이레……'

봉지미는 가볍게 웃었다. 앞으로 이레만 잘 버티면 이 일은 그냥 넘어갈 수 있을지도 모르는 일이었다.

방은 매우 조용했다. 자리를 잡고 앉아 두 눈을 감은 채 생각에 잠겼다. 이 기회를 활용해 그 책에 적힌 무공들을 한번 연습해 보는 것도 좋을 것 같았다. 서책에서 기를 다스리는 법을 다룬 부분의 내용을 따라할 때마다 왠지 몸과 마음이 편안해지는 것 같다고 줄곧 생각하던 중이었다.

책에 나온 내용을 제대로 연마하지 못한다 해도 몸속을 떠다니는 그 괴이한 열기만 다스릴 수 있다면 그것으로도 충분했다. 이토록 아름다운 세상을 두고 고작 나이 스물에 떠날 수는 없지 않은가?

봉지미의 머리 위에서 무언가 기척이 느껴졌다. 고개를 들자 저 높은 곳에 나 있는 창문에 앉은 고남의가 보였다. 그의 왼손에는 베개도 하나 들려 있었다. 그가 밤마다 베고 자는 것이었다. 오른손에는 이불이 들려 있었는데 그건 봉지미의 것이었다.

하늘빛이 점점 어두워지고, 어느덧 달이 떠올랐다. 달빛 아래 달빛보다 더 청초한 자가 얼굴 위로 흩날리는 얇은 망사 아래 숨어 있었다.

실로 아름다운 모습이었다. 다만 저 손에 들린 베개가 그 풍경을 조금 망치고 있었다. 봉지미가 바라보자 고남의가 조용히 아래로 내려와 익숙한 자태로 침대에 자리를 잡고 누웠다. 한숨을 내쉰 봉지미는 다정한 목소리로 고남의를 설득해보려 했다.

"도련님, 그냥 이 옆방에서 주무시면 안 되겠습니까? 옆방도 저와 충분히 가까운데요."

고남의는 들고 있던 봉지미의 이불을 침대 옆 탁자에 던지는 것으로 대답을 대신했다.

'예, 예. 알겠습니다요. 도련님은 침대에서 주무시고, 저는 탁자 위에 자고요.'

봉지미가 원망 가득한 두 눈으로 달을 바라보며 한숨만 푹푹 내쉬곤 탁자 위로 기어 올라갔다. 반쯤 올라갔는데 갑자기 고남의의 건조한 목소리가 들려왔다.

"아주 맛있었다. 조금 더 줘."

봉지미가 휙 고개를 돌렸다.

"뭐?"

고남의가 아련한 듯이 자신의 입술을 매만지는 모습이 두 눈에 들어왔다. 등불이 없는 탓에 그런 고남의를 비추는 건 하얀 달빛뿐이었다. 눈처럼 하얀 빛 아래에서 그는 얼굴을 가린 망사를 반쯤 걷고 백옥 같은 피부 위에 붉게 자리 잡은 얇고 부드럽고 광택을 머금은 입술을 길고 곧은 손끝으로 부드럽게 어루만지고 있었다. 하얀 손끝에 닿은 붉은 입술이 마치 한겨울 눈밭에 핀 붉은 설연화(雪蓮花) 같았다. 감옥이나 다름없는 작은 방 한 칸이 순식간에 황홀한 꿈속 세계로 변했다.

봉지미는 순간 심장이 멎을 것만 같았다. 세상에서 가장 아름다운 유혹이었다. 무심결에 한 유혹이기에 더욱 그랬다. 아무런 의도도 없기에 되레 더욱 매혹적이었다.

자신이 사람을 홀리고 있다는 사실을 전혀 모르는 순진한 고남의는 그날 무심코 맛보았던 것을 떠올리느라 여념이 없었다. 그의 인생에서 단 한 번도 맛본 적 없던 강렬한 맛이었다.

"지금은 술이 없는데……."

한참 만에 겨우 목소리를 되찾은 봉지미가 어렵게 입을 뗐다. 그날 고남의가 어떤 방법으로 술을 '마셨는지'를 떠올리자 갑자기 또 얼굴이 붉어졌다. 하지만 이내 분한 마음이 들기 시작했다.

'아니, 왜 저 인간은 얼굴이 안 빨개져? 쟨 뭐 지가 그날 나무토막에 대고 술 마셨다고 생각하는 거야 뭐야?'

"마실 거다."

그는 봉지미가 어떤 생각을 하는지는 좀처럼 관심을 두지 않았다. 자신이 원하는 것을 말하기나 하면 다행이었다.

"없다니까!"

봉지미가 거칠게 화냈다.

"있소!"

봉지미는 벽 모퉁이 아래에서 갑자기 들려온 소리에 깜짝 놀라 펄쩍 뛰었다. 자세히 보니 침대 아래 수상한 구멍이 하나 나 있었다. 목소리는 순우맹의 것이었다. 힘이 잔뜩 들어간 의기양양한 목소리였다.

"무슨 술이든 말해 보시오! 여기 다 있으니!"

순우맹은 아무래도 이곳이 매우 익숙한 듯했다. 바닥에 구멍을 파 온갖 좋은 술을 다 숨겨 놓을 정도로 자주 온 것이 분명했다.

구멍에서 술 한 병이 불쑥 튀어나왔다. 봉지미가 막 손을 뻗어 받으려는데 다른 손 하나가 튀어나와 아랑곳하지 않고 낚아챘다.

봉지미는 두 눈만 끔벅이며 지켜보았다. 고남의 도련님이 갓을 올리고 술 몇 방울을 떨어트려 입술에 바르고 그것을 핥아 먹는 모습을.

술은 취하지 않고 사람이 취하니

봉지미는 거의 쓰러지기 직전이었다. 사람을 아주 미치게 만들려고 나타난 자가 분명했다. 봉지미의 얼굴이 붉어졌다 새하얗게 질리고 또 붉어졌다가 다시 새하얗게 질리기를 수백 번 반복했다. 그는 여전히 술을 몇 방울씩 입술에 묻혀서 핥아 먹는 중이었다. 그렇게 해야 더 맛있다고 생각하는 모양이었다.

반쯤 걷어 올린 망사 아래 드러난 얼굴이 어둠 속에서 달처럼 밝게 빛나고 있었다. 자기 자신은 전혀 깨닫지 못하고 있는 선천적인 유혹의 동작과 그 동작이 연상시키는 지난 기억들이 매우 강력한 살상력을 가지고 봉지미의 이성과 냉정을 무너트렸다. 참다못한 봉지미가 휙 손을 뻗어 겁도 없이 고남의가 들고 있는 술병을 빼앗았다. 그러고는 고남의가 화내기 전에 재빨리 큰 소리로 외쳤다.

"술은 이렇게 마시는 거라고!"

봉지미가 고개를 치켜들고 단숨에 반병이 넘는 양을 꿀꺽꿀꺽 들이켰다.

'마시자, 마셔. 마시고 죽자. 이 마당에 살아서 뭐 하겠어……'

고남의가 아, 하고 소리를 내며 지켜봤다. 술을 마시는 진정한 방법을 알게 되어 아주 기쁜 기색이었다. 실은 고남의도 점점 짜증이 나려던 참이었다. 종일 앉아 맛을 보아도 그날처럼 강렬하고 특별한 맛이 느껴지지 않아 답답했다.

고남의는 제자리에 앉아 고개를 들고 누군가 했던 말을 떠올렸다. 누군가 이 물건을 두고 '술'이라고 부르며 많이 마셔서는 안 된다고 했던 것도 같았다. 하지만 상관없었다. 그는 그고, 다른 이는 다른 이니까.

오랜 세월 이어진 그의 세계는 기이하고 다채로우면서도 바람 없는 연못처럼 잔잔하기도 했다. 그중 이건 새로운 맛이었다. 더 음미하고 싶었다.

고남의가 불쑥 손을 뻗어 술병을 앗아 들고는 봉지미가 했던 모습 그대로 벌컥벌컥 시원하게 들이켰다. 술을 들이켜자 사방에 풍기던 술 냄새가 더욱 짙어졌다. 넘실대는 물 위에 핀 연꽃의 짙고 청초한 향기마저 더욱 선명해져 술 향기와 한데 섞였다. 취하지 않을 수 없었다.

봉지미는 고개를 휘저었다. 왠지 조금 어지러웠다. 뭔가 이상했다. 평소 술고래인 봉지미는 술을 마셔도 점잖아 보이지만 사실 마시면 마실수록 기분이 좋아지고 눈이 반짝였다.

'오늘은 왜 이러지?'

구멍 안에서 투덜거리는 순우맹의 목소리가 들려왔다.

"한 사람에 딱 한 잔씩만 마시는 거요. 괜히 많이 마셨다간 삼 일을 내리 고생할지도 모르니 남은 건 다시 내게……"

"……"

머리끝까지 화가 올랐다.

'저 빌어먹을 자식 같으니라고. 진작 그렇다고 얘길 했어야지!'

봉지미는 쓴웃음을 지으며 벽을 파서 나온 석회를 병 안에 털어넣고 그것을 다시 구멍 속으로 밀어넣었다. 그리고 의자를 가져다가 그 구멍을 단단히 막았다. 구멍 너머로 울부짖는 순우맹을 더는 상대할 마음이 없었다.

몸을 빠르게 움직였더니 술기운이 무섭게 올라왔다. 봉지미는 이마에 손을 짚고 뒤돌아섰다. 몸속에서 용솟음치는 뜨거운 기운만이 느껴지더니 곧 정체를 알 수 없는 한기가 흘러나와 몸속에 가득한 열기를 감쌌다. 순식간에 올랐던 체온이 다시 내려갔다. 순간 몸에 힘이 쭉 빠지며 다리가 풀려버린 봉지미는 그대로 바닥에 쓰러지며 어딘가에 쿵 부딪혔다. 코끝에 차가운 기운과 옅은 풀 내음이 나는 것으로 보아 아무래도 고남의의 베개 같았다.

봉지미는 자리에서 일어나 보려 애썼다. 다른 이와 한 침대에서 한 베개를 베고 잘 생각은 추호도 없었다. 대신 의아한 점이 있었다.

'고남의 저자는 어찌 저렇게 술을 잘 마시는 거지? 나보다 훨씬 많이 들이킨 것 같은데 저렇게 멀쩡하다니⋯⋯.'

갑자기 눈앞이 밝아졌다. 하지만 얼마 지나지 않아 찬란하게 빛나는 것이 사실은 광선이 아니라 고남의의 얼굴이라는 것을 깨달았다. 고남의가 잠자리에서도 내려놓지 않던 갓을 벗은 것이었다.

달빛은 이미 높은 창문을 지나 자취를 감췄다. 이제 사방에는 무거운 어둠뿐이었다. 단지 얼굴을 가리고 있던 장막을 걷었다는 이유 하나만으로 하늘에서 떨어지는 유성만큼 찬란한 빛이 눈을 찌르고 있었다.

그의 두 눈에는 도대체 얼마나 많은 빛이 담겨 있는 것인지 가늠조차 되지 않았다. 전설 속에나 등장하는 호탁설산의 만년설이 녹아 만들어진 빙하라면 저처럼 영롱할 수 있을까? 아니면 삼천리 금사(金沙) 해변의 심해 아래에 사는 천 살 먹은 조개가 품은 진주라면 저만큼 빛날 수 있을까? 바로 눈앞에서 펼쳐지는 아름답기 그지없는 광경은 지나치게 눈이 부셔 모든 것의 근원을 망각하게 했다.

봉지미는 그의 두 눈이 어떤 모양인지조차 제대로 보지 못했다. 고작 눈도 보지 못했으니 그의 얼굴을 자세히 살피는 것은 있을 수 없는 일이었다. 그가 얼굴을 드러내자마자 지나치게 가까이 다가왔기 때문이었다. 곧이어 뜨거운 숨이 섞인 낮은 목소리가 들려왔다.

"더워……."

진짜 더운 모양이었다. 내뱉는 숨결부터 피부까지 죄다 불붙은 듯 뜨거웠다. 고남의는 지금 본능적으로 자신보다 체온이 낮은 물체를 찾아다니는 중이었다. 제 바로 옆에서 베개를 베고 누워 있는 여인의 조금 차가운 얼굴이 지금 그에게는 생명수와도 같았다.

고남의가 조금씩 가까이 다가가자 옅게 나던 청초한 풀 내음이 점점 더 짙어졌다. 곧이어 그가 손을 뻗어 봉지미의 얼굴을 덥석 붙잡았다.

여인의 얼굴을 단단히 붙잡은 그는 손에 닿는 가죽 가면의 부자연스러운 촉감이 영 마음에 들지 않는다는 듯 손가락을 튕겨 가면을 벗겨냈다. 여인의 백옥같이 하얗고 여리고 차가운 피부가 어둠 속에서 은은히 빛을 냈다. 그는 그 차갑고 맑은 느낌이 마음에 들었다. 자신의 뜨거운 얼굴을 당장 가져다 댈 정도로.

봉지미는 미동도 하지 못한 채 굳어 있었다. 지금 눈앞에서 벌어지는 일들은 상상할 수 있는 범위를 지나치게 많이 벗어나 있었다.

상대의 맑고 그윽한 숨결이 너무나도 가까이 다가와 있었다. 길고 빽빽한 속눈썹이 뺨에 닿았다. 고남의는 봉지미의 얼굴이 마치 세상에서 제일 좋은 얼음주머니인 듯 양손에 쥐고 마음대로 주물렀다. 나중에는 아예 제 얼굴을 가져와 여기저기 비벼댔다.

어둡고 좁은 방에서 두 뺨을 맞대고 한 침대에 누워 있는 꼴이라니……. 봉지미는 당장이라도 울음을 쏟아 내고 싶었다. 지금 상황이 어떻든 간에 봉지미는 대갓집 규수 출신으로 어려서부터 엄격한 가정 교육을 받고 자라 예법과 도덕을 매우 잘 알았다. 비록 지금은 살아남기 위해 이것저것 가릴 처지가 아니기는 하지만, 인간의 형상을 한 얼음주머니로까지 전락하는 것은 너무나 가혹한 일이었다.

'그저 내 얼굴이 조금 차가워서 이러는 거잖아?'

봉지미가 그런 생각을 떠올리자 몸속의 열기와 그를 중화시킨 차가운 기운이 동시에 천천히 사라지더니 체온도 다시 올라가기 시작했다. 얼굴에도 옅은 붉은 기가 올랐다.

고남의는 자신이 마구 비비고 있는 물건이 이제 더는 차갑지 않다는 사실을 알아차리자 바로 실망한 듯 손을 뗐다. 하지만 뜨거운 기운이 여전히 가시지 않고 그를 괴롭혔다. 고남의는 잠시 생각하는 듯하더니 손을 올려 단추를 하나씩 풀었다.

술에 잔뜩 취해 있었지만 고남의의 동작은 매우 빠르고 정확했다. 눈 깜짝할 사이 봉지미의 눈앞에 옥처럼 매끄럽고 하얀 목선이 드러나 보였다. 길게 뻗은 쇄골은 마치 예술 작품처럼 정교하고 유려한 각도로 자리 잡혀 있었다. 하늘에서 신이 내려와 그림을 그린다 해도 저보다 아름다운 선은 그려낼 수 없으리라.

봉지미는 펑, 하고 폭발해 버렸다.

'하늘이시여, 왜 제게 자꾸만 수작을 부려 힘들게 하시는 것입니까?'

봉지미는 눈물을 머금고 자신의 몸속 열기를 잠재웠던 한기를 불러낸 후 곧장 제 얼굴을 고남의에게 들이밀고 애원했다.

"벗지 마, 벗지 마. 그냥 만져요, 만져."

자리에서 벌떡 일어나 너무 성급히 움직였던 탓에 봉지미는 막 옷을 벗고 있는 사내와 부딪쳤다. 충돌한 이후부터는 아무것도 보지도 기억하지도 못하는 상태가 되어 버리고 말았다. 어둡고 좁은 방 안의 술기운 가득한 공기 속에 파묻힌 두 사람은 그렇게 조용히 잠이 들었다.

한편 술병 바닥을 하늘 높이 치켜든 순우맹은 석회 가루를 온 머리에 뒤집어쓴 채 경악을 금치 못하고 있었다.

"다 마신 거야? 망했군……."

"일어나. 좀 일어나 보라니까."

"……."

"일어나!"

"……."

"아, 일어나라고 이 자식아!"

어디선가 이상한 소리가 들려왔다. 마치 저 산과 바다 너머에서 들려오는 듯한 아득한 소리가 한참 잠에 빠져 있는 봉지미의 귀를 간질였다. 봉지미는 성가시다는 듯 고개를 저으며 품에 안고 있던 이불을 더 세게 껴안았다.

퍽.

무언가 아주 단단한 것이 얼굴에 와 닿았다. 화끈한 통증이 반쯤 잠든 봉지미의 졸음을 완전히 쫓아냈다. 번쩍 정신이 든 봉지미의 눈앞에 보이는 것은 온통 어둠뿐이었다. 봉지미는 한참이 지나서야 지금 자신이 누워 있는 곳이 좁고 어두운 방의 침대 위라는 것을 깨달았다. 머리 위에 달린 높은 창문을 올려다보니 웬 하얀 얼굴 하나가 내려다보고 있었다.

봉지미는 눈을 끔벅이며 제 얼굴을 만졌다. 늘 끼고 있던 가면이 없다는 사실을 바로 알아차리고 재빠르게 가면을 찾아 다시 얼굴 위에 얹었다. 다행히도 방 안이 어두운 탓에 창밖에 서 있는 사람은 그런 동작을 보지 못한 눈치였다.

순간 봉지미의 손에 뭔가 울퉁불퉁하고 푹신한 '이불'의 감촉이 느껴졌다. 따뜻하고 보드라운 것이 꼭……. 봉지미가 마치 뱀에라도 물린 듯 곧장 손을 뗐다.

'에이, 설마…….'

용기를 내 고개를 돌렸다. 슬픈 예감은 역시 빗나가지 않았다. 인사불성으로 취한 그 도련님께서 자기 아래에 깔린 채 잠자고 있었다.

고남의의 얼굴은 어둠 속에 반쯤 잠겨서 잘 보이지 않았다. 그래도 평온한 얼굴로 깊이 잠든 듯했다. 고여 있는 물처럼 움직임도 표정도 없었지만 불안한 듯 미간 사이를 찌푸리고 자는 평소 모습과는 완전히 달라 보였다. 무슨 이유에서인지 그가 편안히 잠든 모습을 보고 있는 것만으로도 한밤중 고요히 피어나는 꽃을 감상하는 것처럼 온 세상이 평화로워지는 것만 같았다.

봉지미의 눈길은 그의 아름다운 얼굴에 오래 머무를 수 없었다. 바로 시선을 거두고 잠시 고민 끝에 갓을 살포시 그의 얼굴 위에 올려놓았다.

대충 상황을 정리한 봉지미는 그제야 고개를 들고 창밖에 서 있는 사람을 바라보았다. 조금 전 돌멩이를 던져 봉지미를 깨운 사람이었다. 그 성질 고약한 임소였다.

'저자도 함께 연금된 거 아니었나? 어떻게 밖에 나와 있는 거지?'

"이봐, 이제 날 밝으면 시험이라고!"

성미가 급한 임소가 바로 본론부터 꺼내 놓았다.

"빌어먹을 신자연. 우리를 이레씩이나 가둬 놓으려 하다니. 누가 그 기회를 그냥 놓칠 줄 알고? 턱도 없지!"

"잠깐, 잠깐."

아직 머리가 어지러운 봉지미가 임소의 말을 끊었다. 정신이 몽롱한 게 뭐가 뭔지 잘 파악되지 않았다.

"시험은 삼 일 후가 아니오?"

"삼 일을 내리 잠만 잤으니 그렇게 생각할 만도 하겠군!"

임소가 봉지미를 향해 피식 비웃음을 보였다.

"돼지 새끼도 아니고 아무리 불러도 일어날 생각을 안 하더군. 나도 힘들게 여기까지 온 것이니 빨리 결정해. 나갈 거야, 말 거야? 시험에서 나에게 제대로 패배를 당해야 하지 않겠어?"

"왜 또 그러십니까, 사형."

봉지미가 이마를 짚으며 말했다.

"그냥 한번 좀 봐 주십시오."

"그건 안 되지!"

임소가 크게 화내며 소리쳤다.

"싸워 보지도 않고 포기부터 하다니! 나와 함께 가겠다고 하면 가는 것이고, 안 가겠다고 해도 가는 것이니 그렇게 알고 당장 일어나!"

무서운 기세로 소리친 임소가 휙 사라지더니 잠시 후 다시 나타나 창틀 사이로 밧줄을 내려보냈다.

"전 또 사형께서 직접 문이라도 열어 주실 줄 알았는데요."

봉지미가 밧줄을 바라보며 씁쓸하게 웃었다.

"헛소리는. 신자연 그자가 그렇게 만만한 상대인 줄 알아?"

임소가 답답하다는 듯 말했다.

"반 시진 전에 겨우겨우 사람들을 물려 보냈으니 서둘러. 조금만 더 꾸물댔다간 다 물거품이 된다고."

봉지미가 고개를 돌려 고남의를 바라보았다.

'에이, 됐어.'

고남의 도련님께서는 아직 술에 취해 주무시고 계시니 이 틈을 타 그냥 나가는 것이 좋을 것 같았다.

밧줄을 타고 천장까지 올라가자 봉지미를 제외한 다른 이들 모두 나와 기다리고 있었다. 순우맹은 봉지미를 보자마자 허허 웃음을 터트리며 소리쳤다.

"어이, 술 귀신!"

봉지미가 도끼눈으로 그런 순우맹을 노려봤다.

"서둘러. 어서 내 침소로 가서 우선 옷부터 갈아입자고."

임소가 의기양양한 얼굴로 말했다.

"오늘 반드시 시험장을 뒤집어 놓아야 해. 아바……. 아니, 황제 폐하와 태자 전하를 비롯한 황족들께서 직접 오신다고 하니 말이야!"

봉지미는 뒷짐을 지고 처마에 서서 막 터오는 아침을 바라보았다. 아침 햇살이 순식간에 저 멀리 산을 지나 발밑에 와 닿았다. 봉지미는 붉은 햇살 아래에서 끝없이 펼쳐진 산과 들을 눈에 담았다.

봉지미가 두 눈을 가늘게 뜨고 옅은 탄식을 뱉었다.

"바람이…… 부네."

밤의 만남

동이 트기 전. 하늘이 가장 어두운 시간. 봉지미는 잠시 일행들과 헤어져서 방으로 돌아와 옷을 갈아입었다. 삼 일을 내내 죽은 듯 잠만 잔 덕에 온몸에 술 냄새가 진동해 사람 꼴이 아니었다.

사실 옷을 갈아입는 것은 핑계였다. 봉지미는 지금 이 기회에 청명서원에서 빠져나가는 것은 어떨까 하고 고민 중이었다. 변소가 급하다고 일단 둘러대고 따라오려는 연회석마저 따돌렸다.

다만 술기운이 아직 가시질 않았다. 본래 그 술은 천성황조에서 알아주는 독주로 아무리 술을 잘 마시는 자라 하더라도 한 번에 석 잔을 넘겨서는 안 되었다. 그렇게 한참을 걷던 봉지미의 속에서 천둥번개가 쳤다. 봉지미는 무작정 눈에 보이는 구석을 찾아 바로 속을 게워 냈다. 그렇게 한참 안에 있는 것을 모두 뱉어 내고 나니 갑자기 눈앞에 펼쳐진 풍경이 조금 이상하게 여겨졌다.

사방이 꽃과 나무로 둘러싸인 곳에 작은 건물이 하나 있었다. 완전히 어둠 속에 파묻혀 등불 하나 켜져 있지 않은 곳으로, 겉으로 보기에는 별다른 수상한 점이 없어 보였다. 봉지미는 한참이나 눈을 가늘게 뜨고 뜯어봤다. 그 건물의 네 변이 꼭 진법 같아 보였기 때문이었다. 게다가 그냥 보기에는 아주 가까이 있는 것 같아도 정말 가까이 다가가려 하면 자꾸 아득히 멀어졌다.

봉지미가 지금 서 있는 곳까지 올 수 있었던 것도 모두 그 책을 자주 들여다보았기에 가능했다. 봉지미는 그 서책에 나와 있는 진법 중 몇몇에 매우 익숙해져 있었다.

'나도 모르는 사이 정말 중요한 곳을 발견해서 들어와 버린 걸까?'

봉지미는 아무래도 이곳을 벗어나는 게 좋을 것 같은 생각이 들어 몸을 반쯤 일으켰다가 곧바로 다시 바짝 낮추고 몸을 숨겼다. 멀지 않은 곳에서 누군가의 걸음 소리와 옷자락 펄럭이는 소리가 들려왔다.

진법처럼 건물을 둘러싼 꽃과 나무들이 흔들리며 멀리서 다가오는 불빛을 흩트렸다. 다만 그 흔들림이 매우 수상했다. 잎과 가지가 흔들리는 정도가 아니라 빽빽하게 늘어선 키 작은 관목마저 모두 몸을 떨고 있었다.

머지않아 무언가 시커먼 것이 몸을 흔들며 옆으로 갈라선 관목들 틈에서 튀어나왔다. 사방의 공기가 갑자기 무거워졌다. 암흑 속에서 무언가 정체를 알 수 없는 물건이 땅을 뚫고 튀어나왔다. 금속처럼 차가운 살기가 함께 땅을 뚫고 나오는 듯했다. 괴이한 광경이었다.

봉지미는 바닥에 딱 붙은 채 꼼짝도 하지 않았다. 땅속에서 튀어나온 그 물체가 점점 지면 위로 올라오자 그제야 그것이 잔뜩 무리지어 서 있는 사람의 머리라는 것을 알아차렸다.

'지하 군대라도 되는 건가?'

봉지미는 숨을 죽이고 기다렸다. 그때 머리 위로 갑자기 무언가 스치듯 지나갔다. 검은 그림자 하나가 박쥐처럼 하늘을 가르고 작은 건물의 지붕 위를 향해 날아가고 있었다. 그림자가 휙 몸을 돌리자 그의 얼굴에 씌워진 나무 가면이 어렴풋이 보였다. 사흘 전 식당에서 고남의를 막았던 바로 그 검은 옷의 남자였다. 당시 그는 신자연의 뒤에서 산처럼 자리 잡고 있었다.

그는 처마 끝에 서 있었다. 바람에 흩날리는 잎사귀처럼 가벼운 듯 보이다가도 무거운 바위처럼 단단해 보이기도 했다. 그의 시선이 봉지미가 몸을 숨기고 있는 화단 쪽을 향했다.

봉지미는 숨을 참고 두 눈을 꼭 감았다. 저런 고수는 바라보는 시선마저 모두 감지해 낼 수 있을 것만 같았다. 그는 말없이 처마 끝에 서서 시종일관 움직이지 않았다. 바람이 불자 옷자락이 크게 펄럭이며 춤을 추는데도 의심을 품은 그의 시선은 한참이나 멀리 떨어진 곳을 칼날처럼 예리하게 바라보고 있었다.

봉지미의 등에서 식은땀이 흘렀다. 저자에게 봉지미를 죽이는 것쯤은 아무 일도 아닐 게 분명했다. 지금 봉지미는 삶과 죽음의 경계에 서 있었다. 갑자기 새들이 푸드덕 소리를 내며 달아났다. 어느새 소리 없이 열린 이층 창문 틈으로 갑자기 손 하나가 튀어나와 처마 위에 서 있는 그 검은 남자를 안으로 휙 끌고 들어갔다. 넓은 소매가 펄럭이며 하얗디하얀 손목이 살짝 겉으로 드러났다.

봉지미는 바닥에 납작 엎드린 채 겨우 안도의 한숨을 내쉬었다. 하마터면 코앞의 진흙을 그대로 입안에 삼킬 뻔했다.

조금 전 무심코 봉지미를 구해 준 사람은 아마 신자연이었을 것이다. 그가 아니고서는 저렇게 꼿꼿한 자를 함부로 끌고 들어갈 사람이 이 청명서원에는 없을 것 같았다.

갈라진 땅 틈에서는 조금 전보다 훨씬 더 많은 인파가 밀려 나와 그 건물 아래에 하나둘 모이고 있었다. 그러다 잠시 후 다시 소리 없이 흩어졌다.

굉장히 간결하고 빠른 동작이었다. 각자 손에 든 무기마저 모두 검은 천으로 철저히 싸여 있었다. 칼날에 달빛이 반사되어 정체를 들킬 것을 염두에 둔 모양이었다.

그들이 어디를 향하고 무엇을 하려는지 더 생각할 엄두가 나지 않았다. 날이 밝으면 청명서원의 시험이 시작된다. 그 사실을 떠올리자 봉지미의 등 뒤에서 또 한 줄기 식은땀이 흘렀다. 땅에서 나온 자들이 모두 흩어지고 주변의 경계가 점차 풀어지자 봉지미는 아주 조심스레 천천히 몸을 옮겼다.

'오늘 밤 안에 반드시 서원을 빠져나가야 해!'

봉지미의 몸이 갑자기 딱딱하게 굳어 버렸다. 움직이는 방법을 잊은 사람처럼 그 자리에 얼어붙은 채 미동도 하지 못했다. 머릿속이 새하얘졌다.

'아니야, 내가 틀렸어! 지금 움직여선 안 돼!'

병사들이 쏟아져 나온 틈새가 아직 닫히지 않고 열려 있었다. 그 안에서 누군가 또 나올 거란 뜻이었다.

'마지막으로 나오는 사람은 분명……'

온갖 생각들이 머릿속에서 뒤죽박죽 뒤섞였다. 봉지미는 이제 더는 조심스레 움직이지 않았다. 번쩍 몸을 일으키자 그동안 자연스럽게 수련되어 왔던 체내의 기류가 휙 활기를 띠었다. 봉지미는 순식간에 앞으로 달려 나갔다.

'도망쳐야 해!'

봉지미의 뒤에서 낮은 웃음소리가 들려왔다. 서늘한 웃음소리였다. 뼈까지 시린 그런 차가운 웃음이 아닌 그저 서늘한 것이었다. 여린 꽃잎 위에 살며시 내려앉은 눈꽃 같은 웃음이기도 했다. 그 꽃잎이 따스해 보여 손을 대면 결국 그 차가움에 놀라고 마는…….

칠흑같이 검은 겉옷이 어두운 바람에 휘날려 봉지미의 눈앞을 가렸다. 묘하게 왜곡되고 과장된 금빛 만다라 꽃이 순간 눈앞을 휙 지나갔다. 눈앞에서 격렬하게 춤추는 그 꽃에서 화려하면서도 서늘한 기운이 느껴졌다.

봉지미는 그가 누구인지 단번에 알아볼 수 있었다. 이번에는 지난 세 번의 상황과는 전혀 달랐다. 그때는 그도 모르는 척 놓아 줄 수 있었지만 이번에는 아니었다. 그의 손이 이미 뒤에서 봉지미의 정수리를 향하고 있었다.

봉지미가 갑자기 바닥으로 납작 엎드렸다. 조금의 기미도 없었던 행동에 그의 손이 허공을 헤맸다. 봉지미는 지금 개가 진흙에 고개를 박듯 바닥에 바짝 몸을 붙이고 엎드려 있었다.

약간의 놀라움이 섞인 아, 소리가 들렸다. 지금 이 상황이 꽤 의외인 듯한 반응이었다. 봉지미의 무예 실력은 분명 보잘것없는데도 이런 임기응변을 해냈다는 것이 꽤 놀라웠다.

봉지미의 임기응변은 여기서 끝이 아니었다. 봉지미가 해낸 '개'와 같은 동작은 그 만능 책자에 나와 있는 것이었다. 그 책의 지은이는 아무래도 기묘한 무예에 흥미가 많았던 듯싶다. 체통이라고는 조금도 신경 쓰지 않고 남을 해하고 제 목숨을 살릴 수만 있다면 뭐든 개의치 않았다. 개처럼 바닥에 얼굴을 박고 바짝 엎드리는 기술은 전신의 근육과 관절을 모두 통제해야 완벽히 해낼 수 있는 기술이었다. 제대로 쓸 수만 있다면 그 상태로 지면에 붙어 멀리 달아날 수도 있었다.

물론 봉지미는 아직 그 정도 경지에는 이르지 못했다. 전력을 다해도 겨우 오 척 정도만 움직일 수 있을 뿐이었다. 하지만 지금은 그것으로도 충분했다. 봉지미는 살짝 방향을 틀고 몸을 둥글게 말아 그대로 비탈을 따라 굴렀다.

마침 그곳의 지형이 유리하게 작용한 덕이었다. 살짝 비탈져 있어 한 번만 굴러도 꽤 멀리 나갈 수 있었다. 그 수상한 곳에서 재빨리 벗어난 봉지미는 벌떡 일어나 앞만 보고 내달렸다.

뒤에 있던 사내는 별로 다급해하지 않았다. 그는 오히려 매우 느긋한 모습으로 봉지미가 부리나케 달아나는 모습을 바라보고 있었다. 봉지미가 막 그의 시야에서 벗어나려는 순간, 그가 별안간 손을 쳐들었다. 기묘한 모양의 작고 정교한 석궁이 그의 손에 들려 있었다.

분명 중원에서 만든 물건은 아니었다. 양쪽에는 뱀 모양의 붉은 술 장식이 달려 있었고 살의 길이마저 서로 달랐다. 살짝 감도는 붉은 빛 광택이 어두운 풍경 속에서 짙은 피처럼 흘러내렸다.

그의 손가락이 움직였다. 바람에 흔들리는 그의 머리칼과 석궁의 붉은 술 장식이 깨끗한 뺨을 스쳤다. 그는 어둠 속에서 마치 달과 같은 모습으로 서 있었다. 그 달빛 속에서 희미한 금빛 만다라 꽃이 피어났다.

날카로운 화살촉이 정확히 봉지미의 등 한가운데를 겨누었다. 저 멀리 달려가던 봉지미가 불쑥 두 손을 번쩍 들었다. 그러고는 고개도 돌리지 않고 어떤 물건 하나를 들어올렸다. 금속으로 만들어진 둥글고 긴 물건이었다. 가장 끝에 희미한 고리가 하나 달려 있었는데 봉지미의 손가락이 그 고리를 팽팽하게 당기는 중이었다. 폭약 화살이었다. 그 물건의 정체를 확인한 순간 봉지미를 겨누고 있던 팽팽한 활의 시위가 느슨해졌다. 그는 들고 있던 석궁을 다시 거두었다.

그 찰나의 시간 동안 봉지미는 이미 멀리 달아나 버렸다. 그는 짙은 어둠 속에 우두커니 서서 빠르게 사라지는 봉지미의 그림자를 바라보고 있었다. 겉으로 보기에는 간단해 보이지만 실상은 매우 복잡하기 그지없는 진법을 아주 능숙하게 빠져나간 것이었다.

저 멀리서 새로운 아침의 빛이 어렴풋이 떠올랐다. 몽롱한 아침 햇살 속에 서 있는 그의 얼굴은 더할 나위 없이 맑고 아름다웠다. 하지만 그의 두 눈에는 차가운 어둠이 감돌았다.

봉지미는 땀으로 범벅이 된 채 숲을 빠져나왔다. 서늘한 아침 바람이 불어오자 전신이 얼음처럼 차갑게 식었다. 조금 전 폭약 화살을 꺼내지 않았더라면 지금쯤 그가 쏜 화살이 등을 관통했을 게 분명했다.

봉지미는 그 폭약을 꺼내 들어서 그에게 알린 것이었다. 당신은 날 죽일 수 있을지는 몰라도 이 고리를 잡아당기는 일은 결코 막아 낼 수 없을 거라고.

거사를 앞두고 있을 때는 아무리 작은 불씨라도 큰불로 번질 수 있는 법. 그가 아주 오랫동안 준비했을 것이 분명한 그 일을 고작 불화살 하나 때문에 망칠 수는 없지 않겠는가. 그도 지금까지 흘린 피와 땀을 헛되이 낭비하고 싶지는 않을 게 분명했다. 사후에 조용히 없애고 입을 막는 것이 지금 허공에 불씨를 쏴 대는 것보다는 훨씬 나은 선택이었다.

모두 알 만한 사람들 아닌가. 굳이 그런 위험을 감수할 만큼 우둔한 이는 분명 아니었다.

봉지미는 손에 들린 물건을 쓰다듬으며 속으로 안도의 한숨을 내쉬었다. 사실 얼마 전 연회석에게서 받은 것이었다. 제경까지 제 호위 무사들을 모두 데리고 오긴 했으나 청명서원에 들이기에는 적합하지 않았으므로 비상시 쓸 수 있는 요긴한 물건 몇 개만 들고 왔던 것이었다. 오늘 봉지미의 목숨을 살린 그 폭약 화살은 그가 혹시 모르니 가지고 있으라며 준 것이었다. 그걸 연회석에게 받을 때까지만 하더라도 이게 제 목숨을 살릴 비장의 무기란 생각은 꿈에도 하지 못했다.

이곳에 더 오래 머물 엄두가 나지 않은 봉지미는 이대로 후원을 지나 서원에서 빠져나가겠노라 마음먹었다. 봉지미가 복도를 가로질러 막다른 쪽으로 몸을 튼 순간 누군가 튀어나와 봉지미를 붙잡았다.

"한참 찾았네! 어서 가자고. 구경해야지!"

순우맹이었다. 봉지미가 속으로 한숨을 내쉬고는 말했다.

"우리는 원래 갇혀 있어야 하지 않습니까. 아무래도 그곳에 모습을 보이지 않는 게 좋겠습니다."

"괜찮네. 몰래 보면 되는 거 아니겠는가! 사실 참가해도 별일 없을 걸세. 누가 아나? 기분이 좋아진 서원장이 우리 벌을 모두 면해 줄지!"

순우맹이 봉지미의 말에도 아랑곳하지 않고 잡아끌었다.

"어서 가자고!"

'도움이라고는 하나도 안 되는 자식 같으니라고……'

봉지미가 고개를 들어 하늘을 바라보았다. 마음이 초조해졌다. 봉지미가 다시 한번 참을성 있게 순우맹에게 말했다.

"아무래도 일을 더 키우지 않는 게 좋겠습니다. 오늘은 황족과 조정 대신들까지 구름처럼 모여드는 날이니 아무래도 우리는 나서지 않는 것이……"

"황족들이 모여드니 참여해선 안 된다?"

누군가 홀연히 모습을 드러냈다. 그가 몸에 걸친 우아한 비단 두루마기가 바람에 무심히 휘날렸다. 아침 햇살을 머금은 한 줄기 맑은 빛이 그의 눈썹 끝에 살며시 내려앉았다. 그 모습이 마치 하늘에서 피어난 꽃구름 같아 보였다. 순우맹이 놀라고 기쁜 기색을 감추지 못하며 그를 향해 성큼 한 걸음 다가갔다.

"아! 벌써 오셨군요."

반가워하는 순우맹과는 달리 그를 보는 순간 심장이 쿵 하고 내려앉아 버린 봉지미는 잔뜩 당황한 모습으로 몇 걸음 물러났다. 그는 여전히 그 자리에 뒷짐을 지고 서서 옅은 미소를 짓고 있었다.

그가 웃음기 머금은 음성으로 순우맹에게 인사하고 말을 이어 갔다. 하지만 그의 시선은 줄곧 봉지미에게 고정되어 있었다. 바늘 끝처럼 뾰족하고 웃음기는 거의 보이지 않는 시선이었다.

"이렇게 우연히 만난 것도 인연이니 함께 가는 게 어떤가."

교전

그의 음성은 산뜻한 웃음기를 머금고 있었다. 봉지미를 바라보는 시선에도 경계심이나 적의 같은 것은 묻어나지 않았다. 그저 조금의 경멸과 조소와 냉정함을 담고 있었을 뿐. 마치 산에서 내려온 호랑이가 무슨 수를 써서라도 자신에게서 벗어날 가망이 없는 여우 한 마리를 바라보는 듯한 눈빛이었다.

봉지미는 고개를 숙이고 제 몰골을 다시 확인했다. 옷에는 아직도 조금 전 바닥을 구르며 묻은 진흙이 그대로 남아 있었다. 소맷자락에도 마른 풀 조각들이 덕지덕지 붙어 있었다. 그가 자신을 알아보지 못했을 리가 없었다.

물론 그가 알아봤을 사람은 진짜 봉지미가 아니었다. 그가 아무리 대단하다고 한들 이 가죽 가면 뒤에 숨은 진짜 얼굴까지 꿰뚫어 볼 수는 없었다. 봉지미가 숨을 들이켜고 옅게 웃으며 그에게 예를 갖췄다.

"초왕 전하가 아니십니까. 전하와 동행하게 된다면 제게는 너무나 큰 영광일 것입니다."

이번에는 영혁이 놀란 눈빛으로 봉지미를 바라보았다. 불현듯 어디선가 만난 적이 있는 것 같다는 생각이 그의 머릿속을 스쳤다. 하지만 별로 개의치 않았다. 그저 속으로 피식 웃으며 꽤 대담한 자라고 생각했을 뿐이었다. 아무래도 꽤 든든한 뒷배가 있는 모양이었다.

영혁은 봉지미에게서 시선을 떼고 순우맹 쪽으로 몸을 틀었다.

"조금 전 임소가 내게 아주 재미있는 것을 보여 준다고 했는데, 순우 사형은 그 아이가 어디 있는지 아시오? 아무래도 같이 가는 게 낫겠소. 신 서원장에게 벌을 받아도 여럿이 받는 게 낫지 않은가?"

영혁의 말에 순우맹이 기뻐하며 하하 웃었다.

"임가 형제는 저 앞에 먼저 가고 있습니다. 전하 말씀이 모두 맞지요. 재수가 없어도 같이 없어야 하지 않겠습니까! 당장 함께 가시지요."

순우맹이 목청을 한껏 열고 소리치기 시작했다.

"이보게, 임 형제! 우리 여기 있네!"

저쪽에서 바쁜 발소리가 들리더니 곧 임소의 까랑까랑한 목소리가 멀리서부터 들려왔다.

"얼마나 오래 기다렸다고! 곧 시작할 모양이오. 강문당(講文堂)이야! 서둘러, 어서!"

이때 영혁의 입가에 걸려 있던 미소가 조금 차갑게 식었다. 앞으로 달려 나간 순우맹이 임소와 이야기를 나누는 사이 그는 서늘한 웃음 섞인 목소리로 말했다.

"그대는 아는 것이 지나치게 많아."

봉지미는 웃음기 머금은 얼굴로 그저 눈만 깜빡이며 아무런 말도 하지 못했다. 말할 엄두가 나지 않았다. 그가 자신의 목소리를 알고 있으니 함부로 입을 열 수가 없었다. 그 검은 옷의 남자 집에서 허드렛일을 하는 동안 목소리를 변조하는 법을 배우기는 했지만, 한 번도 완벽하게 해낸 적은 없었다.

두 사람의 시선이 허공에서 부딪쳤다. 한 사람은 살기 가득한 시선으로, 또 한 사람은 웃음기 머금은 시선으로 서로를 바라보았다. 살기를 가진 자는 갑자기 나타나 함부로 폭약 화살까지 꺼내 들고 자신을 협박한 이 골칫덩이를 어떻게 처리할까 고심하고 있었고, 웃음을 가진 자는 이 살기 가득한 호랑이에게서 어떻게 하면 살아남을 수 있을까 머리를 굴리는 중이었다.

그때 두 사람의 사정을 알 리 없는 임소가 신이 난 모습으로 달려왔다. 어찌 된 일인지 임제는 그의 옆에 함께 있지 않았다. 봉지미를 바라보는 임소의 눈빛이 반짝거리며 빛났다. 봉지미가 그를 환한 웃음으로 반갑게 맞이하자 임소는 당장이라도 춤을 출 것처럼 기쁜 기색을 보였다. 봉지미의 웃음이 그저 스스로를 구제해 줄 방패에 불과한 웃음인 줄도 모른 채.

임소에게 다가간 봉지미는 그의 소맷자락을 붙잡아 자신과 영혁 사이에 임소를 가져다 놓고는 싱긋 웃어 보였다.

"안 그래도 찾고 있었습니다. 어서 가요."

봉지미의 말에 임소가 잠시 멍해졌다. 봉지미는 늘 다정한 듯하면서도 거리감이 느껴지고, 따뜻한 듯하면서도 저 멀리 바다 너머에서 온 것처럼 낯설게 느껴지는 사람이었다. 그가 이토록 친근하게 구는 것은 임소와 봉지미가 알고 지낸 이래 처음 있는 일이었다. 임소는 살짝 고개를 숙이고 봉지미가 잡고 있는 제 소맷자락을 물끄러미 바라보았다. 그러고는 다시 제 옆에서 미소짓고 있는 봉지미의 눈꼬리를 힐끗 쳐다보았다. 임소의 귓가가 순식간에 붉게 달아올랐다.

영혁은 고개를 비스듬히 기울인 채 봉지미를 바라보다 별안간 임소를 향해 웃으며 말했다.

"이보게, 열한 번째 아우. 형님을 보고도 이렇게 모르는 체하는 법이 어디 있단 말이냐?"

깜짝 놀란 임소가 곤혹스러운 얼굴로 영혁을 바라보았다. 갑자기 약속을 어기고 아우라는 말을 내뱉은 것에 경악한 모습이었다. 봉지미 역시 그 소리를 듣고 속으로 욕을 삼키고 있었다.

'당신 형님이란 사람 참 대단하다니까! 여기서 네 신분을 드러내면 내가 널 방패막이로 사용하지 못할 걸 알고 저러는 거야!'

속으로는 온갖 욕을 내뱉으면서도 봉지미는 늘 그랬듯이 태연한 얼굴을 하곤 아무것도 모른다는 듯 천진하게 두 눈을 깜빡였다.

"아, 소 사형. 초왕 전하의 친척이셨습니까?"

'소 사형'이라는 말에 임소의 얼굴이 새빨갛게 물들었다. 동시에 순발력을 발휘한 임소가 바로 웃으며 봉지미의 말에 대답했다.

"아, 그렇지. 전하의 모친께서 내 먼 친척이시거든. 그러니까……. 내가 전하의 먼 친척 동생인 셈이지. 형님, 제가 실례를 범하였습니다. 그간 잘 계셨는지요?"

임소가 공손한 척 영혁을 향해 머리를 조아렸다. 영혁은 웃음기 머금은 얼굴로 임소를 바라보며 느긋하게 답했다.

"그래, 사촌 동생아. 나중에 네 먼 친척이신 황제 폐하께도 안부 전하는 것 잊지 말거라."

순간 움찔한 임소가 다시 고개를 들었다. 완전히 울상이 되어 있었다. 봉지미와 영혁 사이의 교전에서 어린 임소는 아무것도 모른 채 두 사람 사이에 끼인 신세가 됐다.

'강문당'은 비록 이름은 '당(堂)'이지만 실제로는 광장에 가까웠다. 바닥에는 하얀 돌이 깔려 있고 그 위에 검은 돌로 만든 대(臺)가 놓여 있었다. 다시 그 위에는 커다란 기와 건물이 올라가 있었는데 지붕 아래에서 편히 쉬기도 하면서 창을 열고 바깥 풍경을 바라볼 수 있도록 큰 창이 사방으로 나 있었다. 보통 황제와 황족들이 청명의 시험을 참관할 때 머무는 장소로 쓰였으며, 지금은 모든 창틀에 얇은 흰 천이 달려 있었다. 밖에서는 안이 보이지 않고, 안에서는 밖이 보이는 구조를 만들었다. 이로써 황족의 신비로움과 고결함을 한층 더 강조했다.

그 앞에는 천막을 쳐 관료들이 앉을 자리를 마련했다. 서생들의 경우는 신분 고하를 막론하고 모두 강문당 밖 나무 난간 바깥쪽에 줄을 서서 대기하고 있었다.

강문당은 일 년에 딱 한 번만 열리므로 봉지미는 한 번도 그 모습을 제대로 본 적이 없었다. 마음의 꽃이 활짝 피는 듯한 광경이었다. 강문당 주위로 잔뜩 몰려든 사람들 모두 저마다 신이 난 얼굴들이었다. 서생 몇몇이 봉지미 일행의 옆을 다급히 지나갔다. 그들은 두 발을 바삐 움직이면서도 말하기를 쉬지 않았다.

"어서 서두르시오! 오늘 초왕께서도 오신다고 하였으니 더 잘해야 한다고."

"그게 정말이오? 초왕 전하께서는 삼 년 전 신 서원장과 사이가 틀어지고 난 후엔 한 번도 서원에 오신 적 없다 들었는데."

"높으신 분들 일에 무슨 관심이 그리 많아!"

가장 처음 말을 꺼냈던 서생이 답답하다는 듯 눈을 굴리며 말했다.

"초왕 전하께서 최근 서원 일에 크게 관심을 두고 계시지 않는 건 사실이지만 그래도 늘 학문을 가까이하시는 분 아닌가. 명망 높은 선비들과 조정 문신들과도 가까운 분이시고. 자네 한림원에 들어가고 싶다 하지 않았어? 오늘 전하의 눈에 들면 그 무엇보다도 큰 힘이 될 걸세."

정사원 서생 한 무리가 그 말을 듣고 잔뜩 흥분한 얼굴로 걸음을 서둘렀다. 그들 외에도 더 많은 이들이 어떻게 하면 황제 폐하의 눈에 띌 수 있을지, 어떻게 하면 태자의 환심을 살 수 있을지, 어떻게 하면 무예가 뛰어난 2황자의 호감을 얻을 수 있을지, 어떻게 하면 고상하고 진중한 성격의 7황자와 가까워질 수 있을지 이야기하느라 여념이 없었다. 정식으로 시행되는 과거보다 청명의 시험이 훨씬 더 중요하다고 해도 과언이 아니었다. 서생들 모두 기대감과 긴장감에 잔뜩 흥분해 있었다.

'삼 년 동안 한 번도 서원에 온 적이 없다고? 어젯밤에 분명 서원 건물 땅에서 튀어나왔는데……. 신자연과 사이가 틀어졌다고? 어제 새벽에 신 서원장이 그 건물에서 친히 기다리고 있었는데…….'

봉지미는 속으로 혼자 생각을 이어 갔다. 하지만 얼굴에는 환한 미소가 걸려 있었다.

"아, 역시 전하께선 명성이 정말 탁월하십니다. 이런 전하와 동행할 수 있다니 제가 세 번을 다시 태어나도 누리기 힘든 큰 행운입니다."

순우맹이 봉지미의 말을 듣고 가볍게 미소지으며 말했다.

"전하, 아무래도 여기서부터는 따로 가야 할 것 같습니다. 이 이상 전하 옆에 붙어 있다가는 질투심 많은 다른 서생들에게 큰 화를 입을지도 모르겠어요."

초왕과 매우 막역한 사이인지 그를 대하는 순우맹의 말투가 무척이나 친근하고 편안했다. 순우맹의 말에 봉지미도 싱긋 웃으며 조용히 한쪽 옆으로 비켜섰다.

"무서워할 게 뭐 있소?"

영혁이 웃는 듯 아닌 듯한 얼굴로 순우맹을 흘겨보며 말했다.

"자네는 군사원의 서생이 아닌가. 아첨을 해도 내가 아닌 둘째 형님에게 하는 것이 맞는다는 걸 모르는 이가 어디 있단 말이오? 게다가 그대는 이미 관직까지 하사받지 않았소. 나와 조금 가까이 지낸다고 한들 문제 될 게 뭐 있겠소?"

영혁이 순우맹을 자신의 곁으로 끌어당기며 봉지미의 어깨까지 함께 감싸 안았다.

"본왕에게 저 위는 너무 답답하니 오늘은 그냥 여기서 조정 신료들과 함께 참관하는 게 좋겠군. 두 사람도 나와 함께 앉지."

봉지미는 그 자리에 그대로 굳어 버렸다. 그의 손이 봉지미의 어깨를 잡은 순간 한쪽 어깨의 감각이 사라졌다.

'이 멍청이!'

봉지미가 속으로 스스로를 나무랐다. 자신이 상대하는 자가 천성황조 제일의 여우라는 것을 뻔히 알고 있었으면서 제 처지도 잊고 자만했던 자신이 원망스러웠다. 길을 비키면서 방패막이인 임소의 옆자리를 내주다니. 이는 그에게 저를 내준 것이나 다름없었다.

어깨 쪽에서부터 차가운 기운이 스며들어 혈관을 타고 온몸에 퍼졌다. 모든 관절과 피와 살에 그 기운이 번지는 것이 느껴졌지만 그래도 아직 움직일 수는 있었다. 그녀는 천천히 고개를 들고 이를 악문 채 웃음을 지어 보였다.

"초왕 전하의 배려에 몸 둘 바를 모르겠습니다."

한편 순우맹과 임소는 그런 봉지미를 조금 이상하다는 듯 바라보았다. 봉지미의 동작이 갑자기 눈에 띄게 느려진 탓이었다. 하지만 평민출신의 위지가 갑자기 초왕 전하의 눈에 들게 되어서 그의 '과분한 총애와 관심'에 얼떨떨해진 것이리라 여기고 별 반응을 보이지 않았다.

조금 전 영혁의 목소리가 작지 않았던 탓에 다른 서생들의 이목이 모두 두 사람에게 쏠렸다. 휙 고개를 돌려 영혁의 모습을 확인한 서생들이 일사불란하게 땅 위에 엎드려 그에게 예를 갖췄다. 순우맹과 임소는 다급히 뒤로 물러섰지만 영혁에게 잡힌 봉지미는 자리를 피하지도 못하고 그의 옆에 서 있어야 했다. 제자리에 굳어 버린 봉지미의 등 뒤로 식은땀이 주룩 흘렀다. 그때 영혁이 옅게 웃으며 입을 열었다.

"모두 일어나라."

그는 시종일관 봉지미의 어깨를 놓아 주지 않았다. 조아렸던 머리를 다시 들어올린 서생들은 이제 봉지미에게 전과는 확연히 다른 시선을 보내고 있었다. 부러움, 질투, 시기, 미움, 분노……. 무엇이라 딱 잘라 말할 수는 없지만 적의 가득한 눈빛들이 순식간에 봉지미를 집어삼켰다.

눈 깜짝할 사이 공공의 적이 되어 버린 봉지미를 바라보며 영혁은 입꼬리를 올렸다. 마치 한밤에 피어난 새하얀 만다라 꽃처럼 우아하면서도 매혹적인 미소였다. 그런 그의 미소를 마주한 모든 사람이 넋을 잃고 그 모습에 빠져들었다. 밤에 피어난 아름다운 꽃을 꺾어 버리고 싶다는 생각을 하는 것은 오로지 봉지미 한 사람뿐이었다.

안타깝게도 그는 그런 봉지미의 눈빛에는 아무런 관심도 없다는 듯 어깨를 잡아끌고 그들만 멍하니 바라보고 있는 사람들 틈을 뚫고 나갔다. 그러고는 관료들을 위해 준비된 천막으로 와 아무렇게나 자리를 잡고 앉았다. 그것도 봉지미와 매우 '가깝고 친밀하게'. 그가 선택한 자리는 천막 아래 중앙 부분이었다. 두 사람 주위로 그 누구도 가까이 다가갈 엄두를 내지 못했다. 임소가 그들 옆에 자리를 잡고 앉으려 했지만 곧 순우맹에 의해 저지당하고 말았다. 순우맹은 임소와 함께 자리를 뜨며 봉지미를 향해 능청스럽게 눈짓을 해 보였다. '자리 비켜 줄 테니 꽉 붙잡으시오'라고 말하는 듯한 눈빛이었다.

봉지미는 속으로 절규했다. 만인의 따가운 시선이 자신에게 쏟아지고 있었다. 그래도 다행인 것은 처음에는 영 고통스럽던 것이 조금씩 적응되고 있다는 점이었다. 여기서 보통 사람은 죽음을 앞둔 이의 처절한 깨달음과 해탈을 절대 이해할 수 없다는 소중한 교훈까지 함께 얻었다.

"황제 폐하 납시오!"

저 멀리서 높은 목소리가 울려 퍼졌다.

사방이 순식간에 고요해졌다. 숨소리마저 낼 수 없는 긴장감이 감돌았다. 강문당에 모인 모든 이가 자리에서 일어나 황제를 맞을 준비를 했다. 봉지미도 그들과 함께 일어나려 했지만, 영혁이 갑자기 봉지미 쪽으로 몸을 숙이고 가까이 다가왔다. 꽃내음만큼 화려한 향을 머금은 숨결이 훅 밀려왔다. 이어 그의 소매가 움직이더니 그대로 그에게 손을 잡혀 버렸다.

당황한 봉지미의 귓가에 그의 목소리가 들려왔다. 너무나도 온화하고 부드러워 마치 꿈속에 있는 듯한 음성이었다.

"손이 어찌…… 땀으로 범벅이 되었소?"

초대해 주셔서 감사합니다

귓가에 살며시 와 닿은 그의 숨결에 흔들린 머리칼이 봉지미를 간지럽혔다. 봄날의 장미가 가느다란 가시를 숨기고 한겨울의 샘물이 얼음장처럼 차가운 물을 머금고 있는 듯한 숨결이었다. 너무도 아름다워 가까이 다가가면 다시는 돌이킬 수 없을 것만 같았다.

드디어 황제가 탄 가마가 강문당 안으로 모습을 드러냈다. 모두가 고개를 조아리고 황제를 맞이하는 동안 영혁은 나른한 자세로 봉지미의 어깨에 기대어 있었다. 야릇하고 방자한 자태였다. 땅에 엎드리고 황제를 맞이하던 관료들이 '한 쌍의 남자'를 힐끗거리며 몰래 쳐다보았다. 두 사람을 바라보는 그들의 눈빛은 봉지미에게 기댄 영혁의 자세보다도 더 야릇했다.

초왕은 남녀를 가리지 않고 모두 끼고 논다는 소문을 들어 보지 않은 이는 아마 제경에 없을 것이었다. 하지만 그의 나른한 자태 아래 숨어 있는 음험한 살기를 알아차린 이는 아무도 없었다. 지금 영혁은 봉지미의 경맥을 움켜쥔 채 봉지미가 황제 앞에 절하지 못하도록 붙잡고 있었다.

황제의 가마 앞에 고개를 숙이지 않는 자는 대역죄인이나 다름없었다. 지금 그는 자신이 직접 처리하지 않고 황제의 친위대가 봉지미를 죽일 수 있는 구실을 만들어 내는 중이었다.

황제의 가마가 강문당 안으로 서서히 들어오고 있었다. 모든 이가 그쪽을 향해 무릎을 꿇고 앉아 고개를 조아렸다. 하지만 봉지미는 허리를 꼿꼿이 세우고 자리에 앉아 있었다.

봉지미는 시선을 내리깔고 자신의 바로 앞에 다가와 있는 그 얼굴을 바라보았다. 봄바람처럼 아름다운 얼굴과 얼음 구슬처럼 맑은 눈동자가 보였다. 반면 그 눈동자 저편에서는 서늘한 웃음이 전해졌다. 별안간 봉지미가 싱긋 웃어 보였다. 다시 평정을 되찾은 듯 매우 여유로운 미소였다.

"……저 같은 보잘것없는 천민이 전하와 함께 죽음을 맞이할 생각을 하니 정말이지 몸 둘 바를 모르겠습니다."

"하?"

"설마 제가 어젯밤 그곳에 아무런 이유도 없이 침입했다고 생각하시는 건 아니겠지요?"

봉지미가 나긋한 목소리로 말했다.

"그토록 깊숙이 숨겨져 있는 중요한 곳을 우연히 발견했을 가능성이 얼마나 되겠습니까?"

봉지미가 매우 태연한 말투로 말을 이어 갔다. 하지만 두 눈은 줄곧 강문당 입구 쪽에 고정되어 있었다. 황제의 행차를 알리는 깃발이 이미 강문당 안으로 완전히 들어와 있었고, 황제가 탄 가마도 곧 그들 앞에 모습을 드러낼 것이었다.

영혁의 얼굴색은 변하지 않고 그대로였지만 그의 눈빛이 조금 전보다 사뭇 어두워졌다. 그는 조금 전 바로 손을 쓰지 않은 것에 대한 대가를 치르는 중이었다. 이곳에서는 섣불리 손을 쓰기도 곤란했다. 한편으로 봉지미가 더한 것을 요구해 올까 걱정되기도 했다.

지금 봉지미는 조금의 거리낌도 없었다. 그것이 그의 의심을 더욱더 짙게 했다. 봉지미에게 또 다른 배후가 있을지도 모르는 일이었다. 만일 그렇다면 반드시 알아내야만 했다. 더욱이 봉지미의 목숨을 함부로 할 수는 없는 일이었다.

영혁이 끙, 하며 신음했다. 황실 친위대의 규칙적인 걸음 소리가 이미 가까이 와 있었다. 검푸른색 갑옷과 투구가 동틀 무렵의 햇살에 담긴 서늘한 빛을 반사시키며 위협적으로 빛났다. 그들은 매처럼 날카로운 시선으로 강문당 내부 전체를 샅샅이 살피고 있었다. 황제의 안전에 위협이 될 수 있는 모든 징후와 인물을 탐색했다. 그들의 시선이 곧 관료들이 모여 있는 천막 쪽으로 옮겨 갔다.

"그 기이한 지하 군대는 어젯밤 무엇을 했습니까? 지금은 또 어디에 있고요?"

봉지미는 이제 강문당 입구 쪽을 향하던 시선을 거두고 즐거워하는 얼굴로 주위를 살폈다.

"흐음, 제 정사원 동기들과 군사원 서생들 몇몇이 오늘따라 보이지 않는 것 같습니다."

봉지미의 말에 영혁의 눈이 번뜩였다. 곧 그의 입에서 냉소가 터져 나왔다. 여전히 웃음을 머금은 채 그가 손을 움직였다. 순식간에 봉지미의 온몸이 가벼워지고 다리에 힘이 풀렸다. 봉지미는 자신도 모르는 새 앞으로 넘어져 바닥에 이마를 박았다.

때마침 친위대장이 그쪽으로 시선을 돌렸다. 이어 우렁찬 목소리가 울리고, 강문당 전체에 짙은 흙먼지가 일었다. 봉지미는 바닥에 바싹 엎드려 있었다. 손바닥에서 흐른 땀이 강문당의 돌바닥을 적셨다.

은빛 수가 놓인 달처럼 하얀 비단 두루마기가 펄럭였다. 영혁이 봉지미의 옆에 함께 무릎을 꿇고 앉아 고개를 조아리고 있었다. 낮은 숨소리와 맑은 목소리가 귓가를 울렸다.

"네 동료들은 몇이나 되지? 지금은 어디에서 무얼 하고 있고? 또 어젯밤엔 무슨 일을 꾸미고 있었던 거지?"

그의 물음에 봉지미가 그를 바라보며 미소지었다.

"전하, 갑자기 우둔해지신 것은 아니겠지요? 제가 정녕 그 질문에 지금 바로 답을 드릴 거라 생각하시는 겁니까?"

봉지미의 말에 영혁의 눈이 번뜩이더니 작게 웃음을 터트렸다.

"물론 그렇겠지. 하지만 그대가 얼마나 버틸 수 있을지 모르겠군."

황제의 가마가 그들의 앞을 지나고 나자 영혁이 다정하기 그지없는 손길로 봉지미를 일으키려 했다. 봉지미 역시 그의 손길을 피하지 않았다. 제 목숨이 그의 손에 달린 마당에 그 정도는 상관없을 것 같았다.

이내 두 사람의 손이 서로 맞닿았다. 봉지미는 매우 덤덤했지만 영혁은 갑자기 멍해지고 말았다. 조금 전에는 분명 땀에 젖어 축축하기만 했던 손이었는데 땀이 모두 마르고 나자 매우 보드랍고 여린 감촉이 느껴졌다. 매끄럽고 서늘한 느낌이 꼭 값비싼 옥 같았다. 손의 크기와 감촉은 왠지 익숙하다는 느낌을 떨칠 수가 없었다.

그는 봉지미의 손을 자세히 살피고 싶었지만 봉지미가 얼른 손을 옷 속으로 숨기고 그를 향해 살짝 웃어 보였다. 그 따스한 웃음에 그의 마음이 다시 한 번 동했다. 순간 경계심이 피어올랐다. 시시각각으로 완전히 다른 사람처럼 변하는 상대를 바라보는 그의 눈빛이 다시 한 번 차갑게 식어 내렸다.

두 사람은 다시 이전처럼 자리를 잡고 앉았다. 마침 봉지미의 눈에 대각선 맞은편에 자리를 잡은 연회석의 모습이 눈에 띄었다. 연회석은 의미심장한 눈빛으로 봉지미를 바라보았다. 연회석을 발견하고 얼굴이 환해진 봉지미가 그에게 잘 보이도록 살짝 몸을 틀어 옷 안의 남색 내의를 밖으로 끄집어내어 그를 향해 마구 흔들어 보였다. 연회석은 그런 봉지미를 영문 모를 눈빛으로 쳐다보았다. 초조해진 봉지미가 옷자락을 더 길게 끄집어냈다.

'남색 내의! 고남의! 고남의……!'

그때 귓가에서 그의 목소리가 들려왔다.

"지금 무얼 하는 거지?"

봉지미가 곧장 옷매무시를 가다듬고 자세를 고쳐 앉았다.

"아, 조금 더워서요. 열을 좀 식히려고요."

영혁이 웃는 듯 아닌 듯한 얼굴로 봉지미를 바라보았다. 저런 뻔한 거짓말을 하고도 부끄러운 기색 하나 없는 자는 처음이었다. 이제 갓 봄이 찾아온 삼월의 이른 아침을 두고 덥다고 이야기하는 사람은 아무도 없었다. 그의 시선이 봉지미에게 닿았다. 이유는 알 수 없었지만 지금 그는 봉지미의 목덜미를 쳐다보고 있었다.

청명서원은 천성국의 풍조와 서원장의 풍류를 계승하여 서생들 모두 자신의 목덜미와 쇄골을 밖으로 드러내곤 했다. 반면 봉지미는 늘 속살을 꽁꽁 감추고 다녔다. 하지만 지금은 상황이 너무 절박한 탓에 늘 굳게 여미어 있던 봉지미의 옷자락도 어느새 활짝 열려 있었다. 봉지미는 연회석에게 제 뜻을 전달하는 데 정신이 팔려 옷차림 따위에는 신경쓰지 않고 있었고 바로 그 모습이 영혁의 시선을 사로잡았다.

봉지미의 흰 목은 마치 옥처럼 매끄러웠다. 하지만 옥이라고 하기에는 너무 부드럽고 여렸다. 막 껍질을 벗긴 가시연밥이나 새로 피어난 목화처럼 조금은 부드럽고 조금은 말랑하면서 찬란하게 부서지는 햇빛과 수정처럼 반짝이는 달빛 속의 촉촉함이 함께 느껴졌다. 그 목선 아래에 자리 잡은 가냘픈 쇄골은 그의 시선마저 버텨 내지 못하고 곧 부러질 것만 같았다. 그 아래 하얀 피부를 따라 더 아래로 내려가면 아주 조금…….

영혁의 시선이 한곳을 응시했다. 자신을 향한 그의 시선을 알아차린 봉지미가 재빨리 손을 들어 제 머리칼을 만지며 그의 시야를 가로막았다. 그러고는 얼굴빛 하나 변하지 않고 태연한 얼굴로 옷깃을 여몄다. 봉지미는 시선을 내리깔고 벌어져 있던 자신의 옷깃을 바라보았다.

'위험했어……. 설마 초왕이 뭘 본 건 아니겠지?'

다급한 와중에도 봉지미는 다시 맞은편을 살폈다. 연회석의 모습이 보이질 않았다. 마음속에서 불안감과 기쁨이 교차했다. 연회석이 제대로 알아들은 건지 알 도리가 없었기 때문이었다.

그즈음 황제가 탄 가마와 다른 황족들 모두 강문당으로 들어서서 하얀 천으로 가려진 안쪽에 자리를 잡았다. 5황자를 제외한 모든 황자와 태자, 황제가 함께 자리했다.

신자연은 늘 그렇듯 넓은 소맷자락을 펄럭이며 나타났다. 그는 덥지 않은 날씨에도 부채질을 하며 그들 앞으로 다가가 예를 표했다. 대담하리만치 소탈한 모습이었다. 그날 기방 담벼락에서 뛰어내리던 그 지질한 늑대와는 완전히 달랐다. 그 속에 무슨 괴상한 꿍꿍이를 품고 있는 건지 전혀 들여다보이질 않았다. 봉지미는 그런 신자연을 계속 바라보았다. 봉지미의 시선이 하얀 천을 꿰뚫었다. 그 천 뒤에는 이 나라에서 가장 존귀하고 가장 중요한 한 무리의 사람들이 앉아 있었다.

'도대체 무슨 일들이 벌어지려는 걸까? 이 사람이 노리는 건 대체 누구일까?'

절대 저들 전부일 리는 없었다. 그는 군사력을 손에 쥐고 있지 않았다. 제경 구성(九城)의 일만 팔천 병사가 그의 관할이었다. 허나 그들을 배치할 권한은 태자에게 있었다. 황궁의 이만 장영위는 7황자의 손에 쥐어져 있었다. 제경 이십 리 밖에는 제경을 지키는 수위영(守衛營)도 버티고 있었다. 어젯밤 그 군대로 모두를 상대하는 것은 스스로 무덤을 파고 들어가는 것과 다름없는 일이었다.

'그렇다면 황제? 태자? 아니면 황자들 중 적이 있나?'

황제를 건드리는 건 결코 현명한 일이 아니었다. 그럼 태자인가? 하지만 초왕 영혁은 줄곧 태자의 사람으로 알려져 있었다. 태자를 잃는 건 그의 뒤를 봐 주고 있는 큰 산을 잃는 것과 마찬가지였다. 다른 황자라는 것도 석연치 않았다. 황제와 태자가 그 자리를 계속 지키고 있는데 다른 황자를 건드리는 게 무슨 소용이란 말인가.

게다가 신자연이 왜 엄청난 위험을 감수하면서까지 저런 옳지 않은 일에 가담하고 있는지도 알 수 없었다. 그는 초왕과 막역한 사이를 유지하고 있으면서도 겉으로는 소원해진 듯 꾸며 냈다. 초왕은 몇 년 동안 제 재능을 숨기고 계속해서 소극적인 모습만을 보였다. 그 탓에 황궁에서도 황제의 총애를 받지 못하고 늘 밀려나기 일쑤였다.

'그것 때문에 이런 짓을 벌인 건가? 아니면 그보다 더 오래전부터 철저하게 계획하고 꾸민 일일까?'

봉지미의 머릿속이 뒤죽박죽 엉키기 시작했다. 복잡한 봉지미와는 달리 강문당은 즐거운 웃음과 활기로 가득 차 있었다. 정사원과 군사원의 서생들은 각 두 조로 나뉘어 순서대로 돌아가며 준비한 장기 자랑을 선보였다. 그들은 모두 사전에 추천과 선발을 거쳐 뽑힌 이들이었다. 그날 식당에서 한바탕 난리를 일으켰던 봉지미와 그 일행들은 모두 그 기회를 놓칠 수밖에 없었다.

봉지미는 이제 자신이 고남의 때문에 함께 벌을 받게 된 것이 아니라 임소 때문에 발목이 잡힌 것이란 사실을 눈치 챘다. 신자연은 그 사건을 핑계로 임가 형제들을 가둬 두고 이레가 지난 후 모든 일이 일단락되길 기대하고 있었던 게 분명했다.

이러한 연유로 봉지미는 시험에 참여할 수가 없었다. 황제 앞에서 서원의 규정을 위반했다가는 정말 엄청난 벌을 받게 될지도 모르는 일이었다.

곧 정사원 서생들의 시험이 먼저 시작되었다. 서생들은 토론, 경전, 시문 세 가지 분야를 순서대로 겨뤘다. 청명의 학관들과 한림원 편수(編修)＊국사 편찬에 종사하는 사관가 시험관으로 참석했다.

봉지미는 서생들이 경전의 문장과 고사를 인용해 연꽃처럼 아름다운 문장을 만들어 내는 것을 보면서 마음이 몹시 심란해졌다. 갑자기 어디에선가 수군거리는 소리가 들렸다. 누군가가 놀라서 소리쳤다.

"금방(金榜)이다!"

경외와 유감이 동시에 담긴 목소리였다. 봉지미도 시선을 들어 그쪽을 바라보았다. 하얀 천 뒤에 선 태감(太監)이 금빛 두루마리를 손에 들고 있었다. 심지어 영혁조차 얼굴에 놀란 기색을 숨기지 못하고 중얼대듯 말했다.

"저 물건을 또 꺼내오라 하셨나 보군……."

사방에서 놀란 목소리들이 끊임없이 쏟아져 나왔다.

탁영권(擢英卷)이라고도 불리는 '금방'은 세 가지 불가사의가 적혀 있는 두루마리로 그 문제에 정확히 답할 수 있는 자는 '무쌍국사(無雙國士)'의 자리에 오를 수 있었는데 무쌍국사는 천하를 편안하게 다스릴 수 있다고 했다. 이는 대성황조의 초대 황제가 만든 매우 특이한 물건으로 지금까지 대대로 전해져 내려오면서 매우 오랫동안 천하에 그 명성을 떨쳤다.

대성의 초대 황제는 매우 놀라운 재주를 가진 이였다. 들리는 말에 따르면 그의 스승이 궁창신전(穹蒼神殿)과도 관련이 있어 헤아릴 수 없는 신통력까지 지녔다고 했다. 그러한 연유로 그는 훗날 역대 황제들의 존경과 숭상의 대상이 되었다. 그가 남긴 물건 역시 물론 평범하지 않았는데, 그중 하나인 탁영권은 줄곧 황궁에 고이 보관되어 있었다. 대성이 멸망한 뒤, 대성의 황실에 속해 있던 모든 보물은 천성의 소유가 되었고, 천성의 황제 역시 대성의 초대 황제를 매우 경모하는 듯 보였다.

황제는 거의 모든 과거와 청명서원의 시험에서 영재를 가려내기 위해 탁영권을 꺼내 들었다. 하지만 지금까지 아무도 성공한 이가 없었다. 질문의 답은커녕 질문 자체를 이해하는 이가 전무했다.

훗날 탁영권은 '뛰어넘을 수 없는 것'의 대명사로 자리 잡았다. 세상 모든 선비가 우러러보고 갈망하는 관문이었지만 그 누구도 그 관문을 뛰어넘을 수는 없었다.

거듭되는 실패에 황제의 실망감은 날로 커져만 갔다. 결국 싫증이 난 황제는 탁영권에 답하는 데 자신이 없는 자는 경솔히 나서서는 안 되며, 경솔한 자에게는 기만죄를 적용해 그 자리에서 참수할 것이라고 엄포했다. 그날 이후로 그 누구도 탁영권에 도전장을 내밀지 않게 된 것이었다.

지금 태감이 탁영권을 손에 들고나온 것도 그저 상징적이고 형식적일 뿐이었다. 금색 비단으로 만들어진 탁영권이 단숨에 구름 위로 오를 수 있는 황금 계단과 같은 자태로 모두의 시선을 사로잡았다. 서생들 모두 열정 가득한 눈빛으로 목을 길게 빼고 탁영권을 바라보고 있었지만 그 누구도 차마 다가갈 엄두는 내지 못했다.

그때 별안간 봉지미의 마음이 동했다. 이왕 이렇게 된 이상 가진 재능을 계속 감추고 있을 수만도 없었다. 이대로 가만히 있다가 하찮은 목숨을 그대로 날리느니, 가능성이 낮더라도 살아남을 수 있는 일에 과감히 도전장을 내미는 것이 백번 나았다.

죽기 아니면 까무러치기였다. 도박이나 다름없었다. 낭떠러지에서 떨어져 뼈가 부서지거나 아니면 탄탄대로에 들어서거나.

'영혁…… 다 당신이 몰아붙인 탓이야.'

금빛 두루마리가 바람에 펄럭였다. 그것을 들고 있는 태감의 손도 조금씩 저릿해지기 시작했다. 머지않아 황제의 담담한 목소리가 들려왔다.

"보아하니 오늘도 마찬가지인가 보군. 이만 거두어라."

황제의 명에 태감이 막 탁영권을 거두려던 찰나, 갑자기 누군가 우렁찬 목소리로 외쳤다.

"제가 해보겠나이다!"

저 아래 얇은 옷을 입은 작은 소년 하나가 결연한 얼굴로 자리에서 일어섰다. 옷자락을 펄럭이며 바람 속에 당당히 서 있는 자. 바로 봉지미였다.

봉지미는 자신을 향해 쏟아지는 수많은 시선 속에서 매우 평온한 모습으로 여유롭게 걸음을 옮겼다. 앞으로 나아가던 봉지미가 고개를 돌려 미소지었다. 막고 싶어도 어찌할 도리가 없어 그대로 굳어 버린 영혁을 바라보고.

전처럼 따스한 미소였다. 하지만 그 따스함 너머에는 근원 모를 굳건하고 맹랑한 기개가 묻어 있었다. 평소에는 늘 몸속 깊은 곳에 정체를 감추고 있다가 봉지미가 궁지에 몰렸을 때마다 모습을 드러내는 일종의 패기 같은 것이었다. 봉지미는 온 세상 사람이 자신을 말려도 절대 물러나지 않고 용감하게 앞으로 나아갈 생각이었다.

'전하, 초대해 주셔서 대단히 감사합니다. 그럼 안녕, 안녕히······.'

무쌍국사

영혁은 제 옆의 소년이 자리에서 일어나 목청껏 소리치고, 고개를 돌려 미소짓고, 결연한 자세로 떠나는 모습을 모두 가만히 지켜봤다.

무슨 이유에서인지는 몰라도 지금 그의 마음속에서 고개를 든 것은 사냥감을 빼앗긴 분노가 아니라 이름 없는 불안이었다. 새장 밖으로 날아가 버린 새가 허공에서 봉황으로 탈바꿈하는 모습을 바라보고 있는 기분이 들었다.

아니, 어쩌면 줄곧 날개를 감추고 기회를 엿보던 매가 구름을 스치고 날아올랐다 다시 아래로 내려와 그에게 일격을 날린 것일지도 모를 일이었다.

그럴 리 없다고 고개를 절레절레 흔들며 머릿속을 잠식한 황당한 생각을 떨쳐 버린 영혁은 천천히 등을 기대고 앉아 탁영권을 향해 성큼성큼 걸어가는 그 소년을 바라보았다. 야윈 뒷모습이 하늘에 뜬 눈썹달과 닮아 있었다.

'스스로 무덤을 파고 들어가겠다……. 그것도 나쁘진 않겠군.'

영혁에게는 분명 기뻐해야 마땅한 일이었다. 하지만 그의 미간에 자리 잡은 먹구름은 결국 사라지지 않았다.

봉지미가 단 앞에 이르자 아래쪽에서 누군가 놀라 소리치는 것이 희미하게 들렸다. 왠지 임소의 목소리인 것 같았는데, 봉지미를 따라 앞으로 달려 나오려다 단 아래에서 붙잡힌 모양이었다.

이제 봉지미를 향하는 서생들의 시선 속에서 더는 이전의 흠모나 시기 같은 것들이 묻어나지 않았다. 그들은 하나같이 놀랍고 안타깝다는 눈빛으로 봉지미를 바라보았다. 스스로 죽음의 길을 걸어 들어가는 사람을 향한 놀라움의 표시였다.

탁영권은 오늘날에 이르기까지 육백 년이라는 시간 동안 그 누구도 이해하지 못하고 풀어 내지 못한 신비의 존재였다. 사람들은 모두 그것은 하늘의 것으로 오로지 인간의 능력을 벗어난 비범한 자만이 답할 수 있는 문제라고 굳게 믿고 있었다. 봉지미는 자신을 향한 기묘한 시선들을 모두 외면한 채 제 앞에 놓인 길을 따라 걸어갔다.

하얀 천 뒤에서 누군가 작게 아, 하고 소리를 냈다. 한창 잡담을 나누고 있던 황족들이 잇달아 자리에서 일어나더니 앞으로 고개를 빼꼼 내밀었다. 여러 해 만에 처음으로 탁영권에 도전장을 내민 대담한 자가 누구인지 궁금했던 것이었다.

"규칙은 잘 알고 있겠지이?"

탁영권을 든 태감이 말꼬리를 길게 늘이며 봉지미를 곁눈질했다.

"답을 하지 못하면 기꺼이 죽겠습니다."

봉지미가 웃으며 말했다. 여린 말투였지만 그 속에 담긴 말은 매우 단단했다. 모두 그 단호함에 화들짝 놀라지 않을 수 없었다. 줄곧 자리에 앉아 봉지미의 모습을 바라보고 있던 영혁도 눈썹을 찌푸렸다. 살랑거리는 바람과 보슬비 같은 부드러운 태도로 벼락이 내리치듯 맹렬히 달려드는 것, 누군가와 꼭 닮은 모습이었다.

태감이 고개를 돌리고 하얀 천 뒤를 바라보았다. 지시가 떨어지자 그는 탁영권을 덮고 있던 밝은 황색 비단을 풀어냈다. 두루마리는 총 세 절이었는데, 각 절당 문제가 하나씩 적혀 있었다. 이미 무수히 많은 자가 답을 찾으려 했던 문제이지만, 조정의 율령에 따라 문제를 본 이는 그 누구도 바깥에 누설할 수 없었으므로 문제의 내용은 아직 기밀로 유지되고 있었다. 그 덕에 모두가 봉지미와 태감을 향해 호기심 어린 시선을 보내고 있었다. 봉지미가 시선을 내리깔았다. 지금 그녀의 표정은……. 매우 좋았다.

첫 번째 문제가 주어졌다.

"송하(松下)는 어찌하여 여승을 찾는 것만큼 강하지 않은가?"

봉지미는 자신의 입꼬리가 씰룩이려는 것을 가까스로 참아 냈다. 겨우 이게 자그마치 육백 년 동안 불가사의로 남아 있던 천하제일의 문제란 말인가. 겨우 이게 무쌍국사 자리가 걸린 그 대단한 탁영권이라니. 이 문제에 답할 수 있는 이가 없었던 것도 당연한 일이었다. 이건 애초부터 이 세상에 속하는 문제가 아니었다.

이제 모든 이가 봉지미의 표정만을 뚫어져라 바라보고 있었다. 눈썹을 치켜세우고 입술을 깨물고 있는 봉지미의 모습으로 보아 문제가 너무 기가 막혀 간신히 참고 있는 것처럼 보였다. 모두 예상했던 바라고 생각하면서도 한편으로는 실망한 기색을 비쳤다.

영혁은 한 손으로 턱을 괸 채 멀리 서 있는 봉지미를 바라보았다. 모두 그가 예견했던 바인데도 기분이 전혀 좋지 않았다. 무엇인가 무거운 것에 짓눌리고 끝없이 아래로 떨어져 파묻히는 답답한 느낌이 까닭도 없이 몇 번이나 반복됐다. 그의 은빛 소맷자락이 바람에 흩날려 살짝 뺨을 스쳤다. 서늘하고도 부드러운 느낌이 지금 그의 심정과 같았다.

'비상한 머리와 순발력을 겸비한 자가 정녕 한 번의 경솔함에 이토

록 허무하게 묻히는 것인가?'

그가 속으로 생각하는 사이 단 위에 선 소년이 어느덧 활짝 웃음을 짓고 있었다.

소년의 웃음은 그렇게 느닷없이 찾아왔다. 분명 그다지 특별할 것 없는, 어찌 보면 딱딱하기까지 한 얼굴인데도 그 두 눈은 찰나에 솟아오른 동해의 태양처럼 눈부시게 빛났다. 차마 가까이 다가갈 수 없을 정도로 환한 빛이었다. 평범했던 소년의 얼굴은 갑자기 비할 바 없이 아름다운 자태를 뽐내고 있었다. 영혁이 그 눈빛에 매혹되어 넋을 놓은 동안 소년은 조금도 주저하지 않고 앞으로 성큼성큼 나아갔다. 미리 준비된 붓을 잡더니 거침없이 무언가를 써 내려갔다.

태감은 당당히 답을 써 내려가는 봉지미와 그 답을 직접 볼 엄두를 내지 못하고 하얀 천 안쪽으로 들어갔다. 부름을 받고 올라와 있던 한림원 학자들과 서길사(庶吉士)들이 우르르 몰려들어 봉지미가 써낸 답지를 받쳐 들고 뚫어져라 살폈다.

아주 간결한 듯하면서도 아주 괴상해서 뜻을 알 수 없는 그 문제보다 더 괴이하고 구불구불하게 생긴 '부호[PANASONIC]'가 그려져 있었다.* 아무리 봐도 정체를 알 수 없는 그 '부호'를 보고 모두 신자연에게 달려갔다. 하지만 신자연은 얼굴을 찡그리고 씩씩대며 소리쳤다.

"나는 도사가 아니라 학자요! 이런 요상한 부적 같은 것은 알지 못한단 말이오!"

그들은 곧장 가장 빠른 말에 사람을 태워 보내 궁에 모셔 놓은 답안지를 직접 가지고 와야만 했다. 지금껏 답안지가 필요한 적이 한 번도 없었기에 그 누구도 미리 챙길 생각을 하지 못한 것이었다.

---

* (역자 주) '송하(松下)'는 일본 전자회사 파나소닉(PANASONIC) 창업자의 이름이자 중국 내에서는 해당 회사의 브랜드명으로 쓰인다. '여승을 찾는다[索尼]'는 말은 '索尼'의 중국어 발음이 [쑤어니]이기 때문에 일본 전자회사 SONY의 중국 내 브랜드명으로 해석한다. 즉 이 문제의 답은 '소니를 무서워해서[怕了索尼哥]'이고, '怕了索尼哥'의 발음이 '파나소닉'과 비슷한 데서 유래한 말장난이다.

머지않아 여기저기서 감탄이 터져 나왔다. 금을 두른 두루마리 위에 봉지미가 그린 것과 똑같이 생긴 삐뚤삐뚤한 그 '부호'가 자리 잡고 있었다. 봉지미의 것보다 조금 복잡하게 적혀 있긴 했지만 하나하나 맞추어 보니 과연 조금도 틀리지 않은 정답이었다. 서길사들은 잠시 그대로 넋을 놓고 있다가 비로소 그 답지를 황제와 태자가 있는 병풍 뒤로 전달했다.

병풍 뒤에 앉아 한참 차를 마시던 태자는 찻잔을 내려놓고 그들의 보고를 들었다. 그러고는 살짝 몸을 일으켜 밖을 쳐다보더니 슬며시 웃음을 지었다.

"아바마마, 소자 오늘 청명에서 탁영권의 문제를 풀어내는 자를 볼 수 있을 줄은 정말 몰랐사옵니다."

호리호리한 몸에 밝은 황금빛 옷을 걸친 황제가 '오호라' 하고 감탄하고는 입을 열었다.

"태자가 벌써 여러 해 동안 청명을 보살폈지. 나날이 인재가 늘어나니 보기 좋구나. 오늘 짐이 친히 행차한 보람이 있도다."

태자는 황제의 칭찬에 흥분한 기색을 감추지 못하며 며칠 전 여섯째 아우와 나누었던 대화를 떠올렸다. 아우는 최근 대월이 국경 지대에 빈번하게 공격을 가하고 금사의 해적들이 백성들을 약탈한 일로 황제께서 매우 근심하고 계시니 아바마마를 모시고 기분전환 삼아 나들이를 가는 것이 어떻겠느냐며 조언했다. 청명서원은 오래전부터 수많은 인재를 길러 낸 곳이니 아바마마께서도 많은 위로를 받으실 수 있을 것이며, 이번 시험의 규모를 조금 키워 성대하게 치르면 천성의 위세를 과시하기에도, 약탈로 지친 백성들을 달래기에도, 주제를 모르고 계속해서 날뛰는 불량한 분자들에게 경고해 주기에도 좋을 것 같다는 말도 덧붙였다. 여섯째 아우의 말대로 황제께서 기뻐하시는 것 같아 뿌듯한 마음이 절로 들었다. 하지만 오늘 이 공로를 여섯째에게 넘겨주고 싶은 마음은 없었기에 그 일은 말하지 않고 그저 싱긋 웃어 보였다.

"아바마마께서 조정에 힘을 써 주시니 우리 천성황국이 하늘의 기운을 받은 것이지요. 천하의 재능 있는 자들이 모두 제경에 모인 것도 모자라 이젠 탁영권을 풀어낸 국사까지 나오게 되었으니 주제를 모르고 날뛰는 불량한 분자들에게도 매서운 경고가 되어 줄 것입니다."

황제가 보다 더 만족한 얼굴로 고개를 들어 태자를 바라보았다.

"그래도 이제 겨우 한 문제를 풀어낸 것이 아니냐. 국사라고 칭하기에는 아직 이르다."

"아니어도 그리될 수 있습니다!"

너무 들뜬 나머지 자제력을 잃고 우쭐해진 태자가 찻잔을 내려놓고 웃으며 말했다.

"폐하께서 원하시면 저자는 국사가 되는 것이지요."

태자의 말에 황제가 그에게 잠시 시선을 두더니 입가에 걸려 있던 미소를 조금 거두고 태감을 향해 손을 흔들었다. 태감이 다시 앞으로 나가 목을 가다듬고 소리쳤다.

"두 번째 문제요!"

태감의 말에 강문당 전체가 들썩였다. 모두 벼락이라도 맞은 것 같은 표정을 하고 있었다.

차를 마시고 있던 영혁의 손도 눈에 띄게 떨렸다. 찻물 한 방울이 그의 옷소매에 떨어졌다. 그는 흘러내린 찻물을 닦을 생각도 하지 않고 그저 봉지미만 바라보고 있었다. 순간 그의 두 눈이 반짝였다.

두 번째 문제.

"갑과 을은 서로 바뀔 수 있고, 을은 끓는 물 안에서 병이 될 수 있으며, 병은 공기 중에서 산화되어 정이 되고, 정에게서는 썩은 달걀 냄새가 난다. 그렇다면 갑, 을, 병, 정은 각각 무엇인가?"

봉지미는 조금 전보다 훨씬 침착한 모습이었다. 봉지미는 금빛 두루마리에 적힌 익숙한 필체를 저 아래에서 보았을 때 무언가 깨달았다. 이어서 첫 번째 문제를 확인하고 나서는 자신이 깨달은 바를 확신하게 됐다. 소위 말하는 탁영권이라는 것, 무쌍국사라는 것은 와전된 것이거나 저 두루마리를 만든 자가 세상을 향해 던진 농담에 불과했다. 어찌 됐든 간에 그 농담은 온 세상 사람들을 놀려 먹는 데 성공했고, 봉지미에게도 큰 도움이 됐다.

두 번째 답안이 안쪽으로 전달되고 나자 결과가 알고 싶어 안달이 난 이들이 까치발을 들고는 고개를 쭉 내밀었다. 잠시 후 흰 천이 들리고 태감이 경악한 얼굴로 나와서 그 자리에 있는 모든 이를 향해 큰소리로 외쳤다.

"세 번째 문제요!"

이제 모두의 몸이 앞으로 기울었다. 육백 년 동안 단 한 번도 없었던 국사가 탄생하는 순간을 직접 눈에 담고 싶어 안달이었다. 더는 가만히 앉아 있을 수 없었던 영혁은 그대로 일어나 옷자락을 휘날리며 단을 향해 성큼성큼 걸어갔다.

영혁은 단 위에 선 봉지미의 옆을 스치듯 지나갔다. 그가 잠시 고개를 돌리고 날카로운 눈빛으로 바라보자 봉지미가 시선을 아래로 낮게 내리깔았다. 그가 그대로 지나쳐 멀어지려던 순간, 봉지미의 작은 목소리가 흘러나왔다.

"전하와 함께 조정의 신하가 될 수 있어 참으로 기쁩니다."

영혁의 어깨가 눈에 띄게 굳었다. 하지만 그는 이내 봉지미의 곁을 떠났다. 그 모습을 지켜보고 있던 봉지미의 기분이 순식간에 좋아졌다. 줄곧 그의 압박과 괴롭힘에 시달리던 긴 시간을 지나 오늘 드디어 자신의 기를 펼쳐 보인 셈이었다.

세 번째 문제.

"하늘의 장청신전(長靑神殿)에서 왔으며 국가의 운명과도 밀접한 천

명신석(天命神石)을 핏빛 달이 뜨는 한밤에 악해나찰도(鄂海羅利島)에 던지면 무슨 일이 일어나는가?"

천문관과 한림원의 원로들은 일찍이 이 문제를 본 바 있었다. 그들 모두 물안개가 가득 낀 망망대해처럼 넓고 아득히 펼쳐진 무수히 많은 학문과 지식 속에서 그 문제의 답을 찾으려 애썼다. 점술, 천문, 관상, 주역, 경문, 풍수지리 등등 여러 각도에서 매우 심오한 연구를 이어 갔지만 아무도 답을 얻는 데 성공하지 못했다. 그들 중 천문관 원로 하나가 팔짱을 끼고 고개를 절레절레 내저으며 탄식하듯 말했다.

"심오하도다……. 심오하고 또 심오하도다……."

모두가 의미심장한 얼굴을 하고 있었다. 탁영권에 적힌 세 가지 문제는 앞선 몇 대에 걸쳐 뛰어나다 하는 학자들이 평생을 걸고 연구했는데도 그 답을 찾아내지 못한 불가사의였다. 그들이 마지막에 내린 결론은 겉보기에는 괴이하고 유치해 보여도 그 안에 매우 심오한 의미가 깃들어 있다는 것뿐이었다. 이 세 문제에 평생을 바쳐 백발이 된 그 원로는 제 무릎을 탁 치고 크게 탄식했다. 과연 대성의 위대한 초대 황제가 남긴 것답게 무쌍국사가 아니면 풀 수 없는 문제였다.

세 번째 문제를 들은 봉지미는 갑자기 명해졌다. 자신이 그 신비한 서책에서 전혀 본 적이 없는 내용이었다. 앞선 두 문제를 풀어 나가며, 봉지미는 탁영권을 만든 이의 의도를 분명히 알아차렸다. 이 세 문제의 핵심은 듣는 사람으로 하여금 무릎을 탁 치게 만드는 매우 간결하고 알맞은 답을 생각해내는 데에 있었다.

머지않아 봉지미의 마지막 답지가 하얀 천 안으로 모습을 감췄다. 잠시 후 하얀 천 너머에서 소란스러운 소리가 들려왔다. 심지어는 누군가 뒤로 쿵 넘어지는 소리까지 들렸다. 곧 얼굴이 완전히 땀으로 범벅이 된 태감이 밖으로 나와 입을 뻥긋거렸다. 그는 차마 소리를 내지 못하고 있었다.

이제 모두의 이목이 곧 태감에게서 터져 나올 한마디 말에 집중되어 있었다. 그들은 저마다 태감의 입술을 바라보며 누군가는 국사가 탄생하기를, 또 누군가는 영혁이 바닥으로 추락하기를 고대하고 있었다. 수천의 사람이 모인 강문당이 순식간에 죽은 듯이 고요해졌다.

오로지 봉지미 한 사람만이 그 앞에서 뒷짐을 지고 담담한 미소를 보이고 있었다. 금빛 두루마리가 눈처럼 하얀 봉지미의 손가락 사이에서 나부꼈다. 종이가 바람에 펄럭이는 소리가 꼭 하늘 위 누군가가 흘린 부드럽고 낮은 웃음소리처럼 들렸다.

영혁은 단 앞에 서서 그 가냘픈 소년을 바라보고 있었다. 그의 눈빛이 사뭇 복잡해졌다.

적막과 답답함이 최고조에 이르고 모두가 폭발하기 직전이 되자 태감의 입에서 비로소 소리가 터져 나왔다. 그는 숨을 가다듬고 봉지미의 앞으로 성큼성큼 다가가 곧장 허리를 숙였다.

"무쌍국사를…… 뵙습니다!"

내 것이다

그 한마디에 사방이 고요해졌다. 그 한마디에 모두의 심장이 요동쳤다. 순간 강문당 안에 격랑이 몰아치고, 눈 깜짝할 사이 그 파도에 맞은 수많은 사람들의 머릿속이 하나같이 모두 새하얘졌다.

무쌍국사.

서생들은 그저 꿈속에서나 그려 보았던 그 존귀하고 고결한 단어에 그저 흥분할 수밖에 없었다. 하지만 조정의 대신들은 의미심장한 얼굴로 서로 눈빛을 교환했다.

참으로 운이 좋은 소년이었다. 국경 지대가 지금처럼 불안정하지 않았더라면, 최근 몇 해 동안 황제가 정신적인 피로감에 젖어 잊지 않았더라면, 조정에 수많은 비리와 폐단이 생겨나고 민심이 불안하게 요동치지 않았더라면, 그래서 황제에게 민심을 급히 안정시킬 필요가 없었더라면 저런 애송이가 '국사'라는 칭호를 받는 일도 없었을 것이었다.

하지만 몇몇은 조금 더 멀리 생각하고 있었다. 태자는 그다지 탁월하지 못했으며 다른 황자들의 위세는 날로 커지고 있었다. 조정의 신하들 역시 각자 파벌을 가지고 있었으므로 장자를 태자에서 폐하고 더욱더 현명한 이를 국본(國本)으로 세우라는 상소가 그칠 날이 없었다.

얼마 전 태자의 보새(寶璽) 사용이 금지되자 황태자 자리를 향한 여러 황자들의 경쟁은 더욱 심해졌다. 황자들이 태자 자리를 두고 싸우는 것은 결코 황실에 도움이 되지 않는 일이었다. 황제는 그에 대해 줄곧 이렇다 할 반응을 보이지 않고 있었지만, 오늘 태자의 문하에 있는 청명서원에 그가 직접 행차한 것만으로도 황자들에게 보이지 않는 경고를 하고 있는 것과 마찬가지였다. 태자는 아직 황제의 총애를 잃지 않았으니 그에 대한 도전을 멈추라는 뜻이었다.

황제가 이 나라에 국사가 필요하다 여기면 소년은 국사가 되어야 했다. 그가 한 일이라고는 고작 선 몇 개 그은 것이 전부라 하더라도. 다른 누군가는 이에 대해 더 깊이 생각하고 있었다.

'혹 처음부터 모두 계획된 것이 아닌가?'

물밑으로는 거친 파도가 일고 있었으나 모두 겉으로는 즐겁고 평화로운 모습을 하고 있었다. 모두 하나같이 환한 미소를 띤 채 봉지미를 반갑게 맞이했다.

봉지미는 풀이 죽지도 오만하지도 않은 매우 자연스러운 태도로 그들의 환대에 보답했다. 봉지미가 가진 온화하고 점잖은 인품을 본 원로들은 제 마음속에 자리 잡고 있던 의심을 의심하기 시작했다.

'저 모습을 보아하니 실로 뛰어난 국사가 맞는 것 같군!'

여러 황자들도 모두 봉지미를 바라보고 있었다. 하지만 호의라고는 거의 묻어나지 않는 시선이었다. 청명서원 출신의 인재는 모두 태자의 사람이나 마찬가지인 탓이었다.

한쪽에 앉은 영혁은 이미 평정을 되찾고 느긋한 자태로 차를 마시고 있었다. 그의 긴 속눈썹이 아래를 향해 길게 늘어지며 눈가에 비친 열은 웃음기를 가렸다.

'그래. 아주 훌륭해. 인정하지. 벼랑 끝에서도 살길을 찾아내다니…… 하지만 벼랑 끝을 벗어났다고 해서 목숨을 구했다 할 수는 없는 법.'

갑작스레 황제를 알현하게 된 데다 이제는 '국사'라는 칭호가 내려진 까닭에 봉지미는 최소한의 예절만 지킨 채 황제 앞에 섰다. 황제와 태자 역시 어진 인재를 예의와 겸손을 다해 몹시 상냥하게 맞이했다. 심지어 태자는 그에 그치지 않고 봉지미의 손을 잡기도 하며 매우 살뜰히 돌봐 주었는데, 그 모습을 지켜보고 있던 이들이 태자와 봉지미가 여러 해 만에 다시 상봉한 둘도 없는 지기일지도 모른다는 생각까지 할 정도였다. 하지만 봉지미는 제 손에 닿은 태자의 축축하고 기름진 손바닥이 매우 불편해 최대한 미소를 지으며 무례하지 않게 그 손을 떨쳐내려 노력하는 중이었다.

이때 봉지미보다 먼저 인내심을 잃은 누군가가 나타났다.

"비켜!"

우렁찬 고함이 강문당 밖에서 들려왔다. 그 소리가 강문당 정중앙에 와 닿았을 무렵 사람들 사이로 푸른 그림자 하나가 모습을 드러냈다. 그 그림자는 마치 하늘에서 뚝 떨어진 별빛처럼 눈 깜짝할 사이에 튀어나왔다. 그가 지나간 자리에 바람이 일어 열 척 밖에 있는 나무에서 떨어진 낙엽마저 소리 없이 날아들었다. 그 그림자의 옆으로는 마치 하늘이 열리고 그 틈에서 거센 부채가 나타난 것처럼 엄청난 바람이 불고 있었다.

"자객이다! 황제 폐하를 엄호하라!"

주변을 호위하고 있던 친위대와 근위 장영위가 일제히 소리치며 몰려들었다. 하지만 거세게 불어오는 그 바람에 곧 텅 빈 조롱박마냥 데굴데굴 구르며 나가떨어지고 말았다. 무수히 뽑혀 나온 붉은 술이 달린 장검들이 햇빛을 받아 온 사방에 빛이 번뜩였다.

그때 시커먼 그림자 하나가 아무런 기척도 없이 신자연의 뒤에서 솟아 나와 그 정체 모를 그림자를 막아섰다. 그가 손을 뻗자 하늘에 가득 차 있던 푸른 그림자가 순식간에 모습을 감췄고, 정체 모를 인영(人影)은 그를 피해 기이한 각도로 몸을 꺾어 달아났다.

머지않아 그 푸른 그림자는 순식간에 봉지미의 눈앞에 나타났다. 쓱, 하는 소리와 함께 금색 빛이 번쩍였다. 날카로운 바람 소리가 곧 봉지미의 얼굴을 덮쳤다. 영혁이 손에 들고 있던 찻잔을 던져 그를 저지했다. 이번에는 그 자객이 손을 휘둘렀다. 영혁이 던진 찻잔이 다시 그에게로 휙 날아갔다. 허공을 오가는 동안 찻잔 속 찻물은 단 한 방울도 쏟아져 나오지 않았다.

몇 차례의 공격과 방어 모두 순식간에 일어났다. 지켜보는 이들이 이렇다 할 반응을 보이기도 전인 아주 짧은 시간이었다. 그때 누군가의 그림자가 긴 옷자락을 펄럭이며 봉지미의 앞에 나타났다. 그의 눈처럼 새하얀 손가락이 잠시 모습을 드러냈다 또 사라졌다. 그는 이미 봉지미를 태자에게서 빼앗아 온 후였다.

화들짝 놀란 태자는 어찌할 줄 모르고 크게 소리만 치고 있었다. 그의 몸이 뒤로 휙 넘어가자 누군가 그를 부축했다. 태자 앞에 모습을 드러낸 사내는 갑자기 휙 몸을 돌리더니 역시 태자만큼이나 놀란 얼굴을 한 황제 앞을 막아서고 크게 소리쳤다.

"무엄하다! 저자를 당장 붙잡아라!"

바로 영혁이었다. 그리고 봉지미를 손에 넣은 그 푸른 그림자는 당연히 이제 막 술에서 깬 고남의였다. 고남의는 태자의 얼굴은 보지도 않고 그대로 봉지미에게서 손을 떼어 내고는 단호한 목소리로 말했다.

"내 것이다."

"……."

정말이지 울고 싶었다.

'날 지켜 주겠다는 거야, 아니면 날 곤란하게 하겠다는 거야……! 제발 나타나 달라고 빌 때는 보이지도 않더니 왜 하필 지금 이런 순간에 갑자기 튀어나와서는. 그리고 뭐? 내 것이라니?'

고남의는 늘 그렇게 앞뒤를 다 잘라먹고 말했다. 오늘은 심지어 중간도 잘라 먹었다. 예를 들면 조금 전 고남의가 한 말은 '내 것'이 아니라 '내가 보호하는 것'이나 '내가 따라다니는 것'이라고 하는 게 더 정확했다. 그 요상한 서책의 주인이 자주 쓰는 표현인 '내가 커버하는 것'과 같은 말이 둘의 관계에 훨씬 잘 어울렸다.

'그런 식으로 말하면 오해한다고!'

고남의의 출현 이후로 영혁의 낯빛이 바뀌었다. 그의 기억이 맞는다면 저 사내는 그 뻔뻔한 여인과 함께 사라진 바로 그 자객이었다. 그때 그 뻔뻔한 여인과 저자가 함께 그를 다치게 했었다. 심지어 이번에는 그의 일을 그르치려 하고 있었다. 어쩐지 계속 어딘가 익숙하다는 생각이 들었는데 알고 보니 그 여인이었다. 그 뻔뻔한 여인…….

속에서 화가 끓어오르고 있는 것과는 달리 그의 표정은 평소보다도 더 차분해 보였다. 비스듬히 치켜뜬 눈썹 아래에 자리한 흑옥(黑玉) 같은 눈동자가 천 년 동안 눈 속에 숨어 있던 바늘처럼 차갑고 날카롭게 고남의를 주시하고 있었다. 그 바늘은 고남의를 발견한 순간부터 그의 살을 뚫고 나오더니 그 '내 것'이라는 말에 더 날카롭게 번뜩이며 날을 세웠다.

봉지미는 갑자기 몸을 떨었다. 갑자기 주위 공기가 서늘해진 것만 같았다. 고개를 든 봉지미의 두 눈에 바로 영혁의 얼굴이 들어왔다. 아름답기 그지없는 용모의 초왕 전하는 비할 바 없이 차가운 기운을 내뿜으며 자기 앞에 서 있었다. 그에게서 단 한 번도 본 적 없는 표정이었다. 당장이라도 주위의 모든 것을 얼음덩어리로 만들어 마구 쏟아 낼 것만 같았다.

'에잇, 몰라. 나랑은 팔자가 영 안 맞는 인물인 거지. 화가 나면 내라지 뭐. 지금은 고남의 저 자식을 구하는 게 우선이니까.'

봉지미는 두 눈을 부릅뜨고 앉아 있는 태자와 차분한 얼굴로 황제를 보호하고 선 영혁의 모습을 번갈아 보며 속으로 한숨을 내쉬었다. 그러고는 한 걸음 물러나서 허리를 숙이고 예를 갖춘 뒤 입을 열었다.

"황제 폐하, 그리고 태자 전하. 소생의 친우가 속세의 법도를 모르고 강호에서만 거칠게 살아온 탓에 이리도 무례합니다. 부디 아량을 베풀어 주시옵소서."

봉지미의 말에 모두가 놀란 기색을 감추지 못했다. 한참 만에 다시 정신을 되찾은 태자가 믿지 못하겠다는 듯 다시 물었다.

"……그, 그대의 친우라고 하였는가?"

"강호에서 자란 야인인 탓에 속세의 법도를 전혀 알지 못하는 자이옵니다. 폐하에게 달려든 이상 죽음으로 속죄해야 마땅하겠으나……."

고개를 숙이고 말을 이어 갔다. 본래 고남의가 해야 마땅한 변명과 사죄를 혼자 다 뒤집어쓰고 있다는 사실에 짜증이 나 미칠 지경이었다. 하지만 그 심정을 겉으로 내보이지는 못하고 담담한 음성으로 말했다.

"소생의 친우가 이토록 뛰어난 무공을 갖춘 것도 제왕가에 내보이길 바랐기 때문이옵니다. 소생의 친우는 평소 조정의 가르침을 우러러보았지요. 지나치게 순진하여 언행이 제멋대로이기는 하나 매우 순박한 심성을 가진 자이옵니다. 결코 폐하를 거스르려는 마음을 가진 자는 아니니 부디 하해와 같은 아량으로 이 자를 가엽게 여겨 주소서."

봉지미가 고개를 조아리며 황제에게 간청했다. 봉지미의 말에 그제야 마음을 놓은 태자는 혼자 속으로 생각했다.

'뛰어난 무공을 가진 자는 대개 괴이한 성정을 지녔다고들 하던데, 오늘 일을 보아하니 그 말이 사실이었나 보군. 더구나 이 자의 무예는 일전에 거금을 들여 불러들인 문객과는 비할 나위 없이 뛰어나니 곁에

두고 부릴 수 있다면 언젠가 큰 힘이 되겠어.'

태자가 이내 가볍게 미소지으며 봉지미에게 말했다.

"이 자가 정말 폐하를 암살하려 했다면 빈손으로 오지 않고 무장을 하지 않았겠는가. 또 지금처럼 이렇게 태연히 서 있지도 못했겠지. 괜찮네, 괜찮아."

태자의 말이 다소 다급하게 튀어나왔다. 황제가 덤덤한 눈빛으로 그런 태자를 바라보더니 이내 봉지미에게 나지막이 말했다.

"잠시 그자를 물리거라."

안도의 한숨을 내쉰 봉지미가 알겠다며 고개를 조아리자 이번에는 영혁에게 분부하는 황제의 목소리가 들려왔다.

"너도 물러가거라."

방금 봉지미에게 말할 때와 같은 말투였다. 도리어 더 차갑게 느껴지기까지 했다. 분명 바로 조금 전까지만 해도 제 몸을 던져 황제를 보호한 영혁인데도 황제는 그런 그를 보지 못한 것처럼 무심하게 대했다. 하지만 영혁은 평소와 다름없는 차분한 얼굴로 허리를 숙이고 황제의 명을 받들었다.

이내 태자가 싱긋 웃으며 자리에서 일어나 태감의 손에 들려 있던 찻잔을 가져다 황제의 차와 손수 바꿔 주었다. 태자가 막 자리에서 일어나고 영혁이 황제의 앞에서 물러난 바로 그 순간, 갑작스러운 변고가 일어났다.

암살

　태감이 바로 차를 올렸다. 자색 단목으로 만든 쟁반은 밝은 황색 비단으로 뒤덮여 있었다. 차는 큰 사기 찻잔에 담겨 있었고, 조공 받은 꽃사과는 작은 은백색 접시 위에 가지런히 놓여 있었다. 쟁반 위 비단은 궁의 법도에 따라 네 방향이 살짝 위로 접혀 있었다.

　황제가 궁 밖으로 행차를 나온 데다 조금 전 고남의의 그 요란한 등장 때문에 황제의 곁을 지키는 호위 무사들은 그 어느 때보다 경계심을 높이고 있었다. 그들은 비단 아래에 아무런 물건이 없다는 것을 철저히 확인하고 나서야 태감이 안으로 들어가는 것을 허락했다. 태자가 직접 차를 받아다 싱긋거리며 황제에게 올렸다.

　"이것은 폐하께서 가장 즐겨 드시는 장풍 지역의 과편＊녹차 중 하나로서……."

　태자의 말이 미처 끝나기도 전에 무언가 번쩍이는 빛이 그의 눈앞을 스쳐 지나갔다. 서늘한 은백색의 빛은 하늘에서 내리치는 번개처럼 그의 눈을 찔렀다. 극강의 빛이 지나고 나자 극강의 어둠이 밀려왔다. 일

순간 태자는 아무것도 볼 수가 없었다.

그 섬뜩한 빛은 이내 쟁반 위에 떨어졌다. 꽃사과 열매가 사방으로 튀어 날아가며 허공을 선홍색 핏빛으로 물들였다. 번뜩이는 은백색의 검이 춤을 추고, 조금 전 그 은백색 접시는 이미 자취를 감춘 지 오래였다. 특별히 제작된 접이식 연검(軟劍)이 줄곧 그 꽃사과를 가득 머금은 채 모두의 눈을 속이고 황제의 바로 앞까지 도달한 것이었다.

검이 번뜩이며 빛나던 순간, 하필 태자가 황제에게 차를 올리느라 모든 호위 무사의 시선을 가로막았다. 그 탓에 그 누구도 순식간에 벌어진 그 일을 막아 내지 못했다. 기이한 연검의 끝은 곧 태자의 어깨뼈를 뚫고 그대로 황제의 가슴에까지 박힐 것이 분명했다.

너무나도 가까운 거리에서 너무나도 순식간에 일어난 일이었다. 대라금선(大羅金仙)*도교의 대라천에 머무르는 신선이 온다 해도 그들을 구하는 것은 불가능했다.

자객의 손에 들린 그 연검이 돌연 흔들렸다. 연검은 명주 끈처럼 순식간에 태자를 휘감고 그대로 황제를 노리고 있었다. 하지만 검이 흔들리며 속도가 느려진 탓에 누군가 그들을 구할 틈이 생기고 말았다. 하얀 비단옷자락이 펄럭거리며 그들 앞에 모습을 드러냈다. 옷자락의 주인은 자신의 목숨은 아랑곳하지 않는다는 듯 엄청난 속도로 황제의 앞을 가로막고 섰다.

사악.

얇고 예리한 검이 여린 살을 베어 내는 아주 작은 소리가 들려왔다. 여린 소리와는 다르게 상처에서 쏟아져 나오는 선혈은 화려한 비단처럼 선명한 색을 뿜내며 보는 이의 눈을 어지럽혔다. 밖으로 솟구친 피의 꽃을 따라 멀리 날아간 꽃사과는 금사로 수놓인 병풍 위를 시뻘겋게 물들였다.

붉은빛이 온 땅을 물들이자 누군가의 창백한 얼굴이 더욱 두드러져 보였다. 연검이 황제를 찌르기 직전 그 앞을 막아선 이는 바로 초왕 영혁이었다.

이내 바람 소리가 멎었다. 곧 푸른 그림자가 스쳐 지나갔다. 공격에 실패한 자객은 더 싸울 생각이 없는 듯 바로 몸을 돌려 달아났다. 달처럼 하얀 그림자가 그 뒤를 좇았다. 영혁은 그를 놓아 줄 생각이 없었다. 문까지 달아난 자객이 확 몸을 돌리고 손을 휘두르자 금색 빛줄기가 그대로 황제를 향해 날아갔다.

누구도 예상치 못한 수였다. 부상을 당한 채 그를 좇고 있던 영혁도 이번에는 미처 막아 내지 못했다. 불운이 곧 황제를 덮치려던 순간 적갈색의 그림자 하나가 소리 없이 창문을 뚫고 들어와 손에 든 칠흑같이 검은 중검(重劍)을 들고 그 빛줄기를 막아 내려 몸을 던졌다.

늘 신자연의 뒤에 서 있던 그 신비로운 검은 옷의 남자가 황제를 구하려고 몸을 던졌지만 그와 황제 사이의 거리가 너무나도 멀었다. 그 금빛 빛줄기가 이제 곧 황제의 미간에 다다를 터였다. 황제는 결국 절망적인 얼굴로 두 눈을 감았다.

그때 고남의가 움직였다. 앞에서 무슨 일이 일어나도 아랑곳하지 않고 봉지미의 옆에만 서 있던 그였다. 누군가 칼에 찔렸어도 그게 봉지미를 위협하는 일이 아니라면 단 한 발자국도 움직이지 않았다. 그런데 그런 그가 검은 옷의 남자가 나타나는 순간 불쑥 손을 들어올렸다.

고남의가 손을 휘두르자 담장만큼이나 두터운 바람이 일어나 황제를 향해 날아가던 금색 빛줄기가 갈 곳을 잃었다. 고남의의 방어에 튕겨 나간 그 빛줄기는 곧 검은 옷의 남자의 중검에 가 부딪히더니 조금 전보다 더 빠르게 자객을 향해 반사되어 날아갔다.

이미 그 자객은 멀리 달아나고 있었다. 하지만 그 빛줄기는 마치 눈이라도 달린 것처럼 자객의 행적을 따라 날아갔다. 절체절명의 순간 자객은 있는 힘을 다해 몸을 틀었고, 그 빛줄기는 그대로 그의 팔을 뚫고 지나가 핏방울을 머금은 채 문틀 위에 박혔다.

호위 무사들이 곧장 그에게 돌진했지만, 그는 꽤 훌륭한 무예 실력을 뽐내며 달아났다. 그때 다시 하얀 그림자가 빠른 속도로 스쳐 지나갔다. 상처를 입은 영혁이 그를 추격하고 나선 것이었다.

그의 그림자가 봉지미의 곁을 스쳐 지나가면서 영혁에게서 새어 나온 핏방울이 봉지미의 옷자락에 복사꽃과 같은 흔적을 남겼다. 더할 나위 없이 붉은 그 흔적을 바라보는 봉지미의 두 눈에 복잡한 감정이 서렸다.

일부 호위 무사들은 영혁과 함께 자객을 쫓아 나섰고, 대부분은 황제와 태자에게 달려가 그들 주위를 단단히 에워쌌다. 황제는 놀란 가슴을 가라앉히고 시커멓게 질린 얼굴로 간신히 몸을 가누고 있었다. 한편 태자는 종잇장처럼 하얗게 질린 얼굴을 하곤 바들바들 몸을 떨며 사방을 두리번거리고 있었다. 호위 무사들이 그를 단단히 지키고 있는데도 전혀 마음이 놓이지 않는 듯한 모습이었다. 그때 마침 고남의를 발견한 태자가 구원자를 보기라도 한 듯 다급하게 손짓했다.

"이보게! 이리 오게! 어서!"

속으로 몰래 욕을 삼킨 봉지미가 망설일 틈 없이 바로 태자의 옆으로 달려갔다. 고 도련님께서는 봉지미가 움직이지 않는 한 태자의 말을 따를 리가 없었다. 봉지미의 생각대로 고남의는 역시 봉지미의 뒤를 졸졸 따라 태자의 옆에 와 섰다. 겉으로 보기에는 그저 태자의 명을 따른 것처럼 보였다.

고남의가 제 곁으로 온 것을 본 태자가 기쁜 기색을 감추지 못하자 봉지미 역시 그를 향해 가볍게 웃어 보이고는 더 가까이 다가갔다.

봉지미가 황제와 세 걸음 거리에 멈춰 서자 그 뒤를 바로 따라온 고남의는 아주 자연스레 황제의 앞을 막아서게 됐다.

황제가 시선을 들어 봉지미를 힐끗 바라보았다. 다른 말을 하지는 않았지만 잔뜩 굳어 있던 그의 얼굴이 조금 편안하게 펴진 듯했다. 한편 태자는 다시 굳은 표정으로 괴이하게 웃으며 말했다.

"안 그래도 고 선생에게 아바마마 곁을 지켜 달라 청할 참이었네만, 내 마음을 그리 잘 읽어 내다니. 역시 예사롭지 않은 인물이었구려."

봉지미가 태자를 향해 다정하게 웃었다.

'이보세요, 선생님. 당신 좋으라고 이렇게 하는 거 아니랍니다. 곧 재수 없어질 인간에겐 그럴 필요가 하나도 없거든요.'

자객이 모습을 감추고 주위가 조용해지자 모두 서서히 평정을 되찾았다. 하지만 저 멀리에서 들려오는 처절한 격투의 소리와 아직 마르지 않은 선혈 자국을 바라보고 있자면 겨우 가라앉았던 마음이 다시 요동치기 시작했다. 앞으로 벌어질 일을 생각하자 손에 땀이 맺혔다.

황제의 목숨을 노린 역모가 일어났으니 이제 남은 일은 온 세상이 피바다가 되는 일뿐이었다. 이 일로 인해 수많은 사람의 머리가 바닥에 나뒹굴게 될 것이다. 수많은 사람의 목숨이 허무하게 사라져 버리고 말 것이다.

줄곧 멀리서 들려오던 격렬한 소리가 점차 가까워졌다. 자객이 달아나지 못한 게 분명했다. 하얀 천 밖에는 세찬 바람이 불고 있었다. 칼이 맞부딪치며 내는 날카로운 소리가 끊이지 않고 들려 왔다. 반면 하얀 천 안에 있는 이들은 모두 하나같이 숨을 죽였다. 매 순간 누군가는 죽어 나가고 있다는 사실을 머리로는 알고 있었지만, 살육을 제 눈으로 보는 것은 처음이라 더욱 두려웠다.

오로지 황제만이 그들 사이에서 느긋하게 차를 마시며 바닥에 떨어진 꽃사과를 주시하고 있었다. 싸우는 소리가 전보다 더 가까워졌다. 누군가가 내지른 비명이 길게 늘어졌다. 곧이어 다급한 영혁의 목소리가 들려왔다.

"반드시 생포하라!"

모든 이의 표정이 긴장감으로 굳어졌다. 생포하라는 것은 반드시 그의 배후에 있는 주모자를 밝혀내겠다는 뜻이기도 했다. 초왕은 분명 뭔가 이상하다는 것을 눈치 채고 있었다. 그를 생포해 배후를 캐내면 틀림없이 조정까지 그 연결 고리가 이어질 거라는 것도 알고 있었다. 하지만 그는 멈출 생각이 없는 듯 보였다.

황자들이 서로의 기색을 살폈다. 모두 서로의 눈빛에서 억측과 경계심, 방어심을 읽어 냈다. 반면 황제는 그저 태자만을 바라보다 느닷없이 싱긋 미소를 지었다.

"태자, 태자가 직접 저자를 심문하는 것이 어떠냐?"

황제의 말에 태자는 순간 멍해졌다. 황제가 저에게 이처럼 신임을 가지고 있을 줄은 생각지도 못한 탓이었다. 태자는 크게 기뻐하며 망설이지 않고 바로 답했다.

"황제 폐하의 뜻에 따라 반드시 진범을 알아내겠습니다!"

호위 무사들을 제외하고 미처 안으로 들어오지 못한 몇몇 태자의 스승이 그 말을 듣고 서로의 얼굴을 바라보며 긴 한숨을 터트렸다.

'태자의 우둔함이 저 정도였단 말인가……'

자객은 태자는 건드리지 않고 곧장 황제를 암살하려 했으니, 황제의 마음속에 이미 그를 향한 의심이 싹텄을 것이 분명했다. 태자에게 직접 심문을 해보지 않겠느냐고 물어본 것은 태자를 탐색하기 위한 황제의 수였다. 태자가 총명한 자였다면 황제의 제안을 완곡히 거절해 냈을 것이다. 가장 현명한 대처는 자신의 정적인 다른 황자에게 그 역할을 떠밀고 자신은 아무런 음모도 꾸미고 있지 않다는 것을 황제에게 보이는 것이었다. 하지만 태자는 황제의 제안을 넙죽 받아들여 버렸으니, 황제가 그에 대해 어떻게 생각할지는 굳이 묻지 않아도 다 알 수 있었다.

황제는 평소와 다르지 않은 표정으로 그저 '그래' 하고 말한 것이 전부였다. 하지만 봉지미는 찻잔을 든 늙은 황제의 손가락이 살짝 떨리는 것을 발견했다.

봉지미는 동정 어린 눈길로 그를 힐끗 바라보았다. 아무리 봐도 황제가 너무나 가련했다. 아무리 노여워도 무조건 억눌러야 하고, 제 계승자가 아무리 멍청해도 다 참아 내야만 하다니. 참으로 가련한 자리였다. 사실 더욱 가련한 현실이 그를 기다리고 있었지만, 늙은 황제는 아무래도 그 사실을 알아차리지 못하고 있는 듯 보였다.

갑자기 펑, 하는 둔탁한 소리가 들리더니 한 사내가 바닥에 거칠게 내동댕이쳐졌다. 돌바닥에 피가 튀고, 곧이어 누군가 그 선혈을 밟으며 천천히 앞으로 걸어나왔다. 달처럼 하얗던 금포는 어느새 피로 물들어 있었다. 하지만 그의 아름다운 얼굴과 범접할 수 없는 기개는 단 한 치도 흐트러지지 않았다. 그가 병풍 밖에서 머리를 조아리고 입을 열었다.

"소자, 다행히도 자객을 붙잡는 데 성공했나이다. 부디 아바마마께서 직접 처분을 내려 주소서."

황제가 전보다 온화해진 얼굴로 말했다.

"병풍을 걷어라."

그의 말투도 전보다 더 부드러워졌다.

봉지미는 영혁의 모습을 몰래 살피며 생각에 잠겼다. 도대체 무슨 꿍꿍이를 숨기고 있는 것인지 도무지 감이 잡히질 않았다. 어디까지가 그의 치밀한 계략인지, 앞으로 어떤 계략이 남아 있는지 가늠이 되질 않았다.

'모함? 아니, 굳이 그럴 필요는 없어. 황제는 이미 태자를 의심하기 시작했으니까.'

온몸에 피를 뒤집어쓴 채 바닥에 내던져진 이가 고개를 치켜들었다. 조금 전 황제를 공격하려 했던 바로 그 자객이었다. 영혁은 황제의 의심을 피하기 위해 그를 장영위 총관에게 넘기고 뒤로 물러섰다.

"장 태의에게 네 상처를 보이고 치료 받도록 하라."

황제가 영혁에게 분부했다. 황제인 아버지에게서 좀처럼 나오기 힘든 관심과 애정에도 영혁은 결코 기쁜 기색이나 놀란 기색을 드러내지 않은 채 그저 살짝 고개를 조아리고 예를 표한 뒤 차분한 모습으로 자리를 떠났다. 그런 아들의 모습을 바라보는 황제의 표정이 더욱 온화해졌다.

봉지미는 영혁이 병풍 뒤로 돌아 나가는 것을 바라보고 있었다.

'전하, 참으로 타고나신 광대이십니다.'

봉지미가 그렇게 홀로 생각하고 있었는데, 병풍 뒤에서 별안간 영혁의 담담한 목소리가 들려왔다.

"폐하께서도 많이 놀라셨을 터이니 장 태의는 폐하 곁에 머무르는 것이 마땅하다 사료되옵니다. 듣자하니 국사 위 선생께서도 의학에 뛰어나다고 하던데, 본왕의 보잘것없는 상처는 국사께서 봐 주시는 것이 어떠하겠습니까?"

약속

봉지미가 멍하니 두 눈을 깜빡였다.

'아니…… 정말 절 끝까지 놓아 주지 않을 생각이십니까, 전하?'

한편 황제는 영혁의 말이 매우 일리가 있다고 생각했다. 나이가 많은 황제는 오늘 있었던 한바탕 일들로 인해 실로 심신이 조금 불편했다. 곁에 태의를 두고 자세히 살필 필요가 있었다. 게다가 학식이 좀 있는 지식인이라면 간단한 치료 정도야 누구든 할 수 있을 테지 싶어 이내 고개를 끄덕였다.

슬픈 눈으로 하늘을 바라보던 봉지미가 하는 수 없이 병풍 뒤쪽을 향해 걸음을 뗐다. 고남의 역시 그런 봉지미의 뒤를 바짝 쫓았다. 고남의와 함께 가 좋을 것이 하나도 없을 거란 생각에 봉지미가 서둘러 그를 말렸다.

"나 일 보러 가는 거요……. 일 보러!"

고남의가 눈살을 찌푸리며 검은 병풍을 쳐다보았다. 봉지미의 말을 믿지 않는 듯했다. 골치가 아파진 봉지미는 서둘러 말을 덧붙였다.

"뒷간 간다니까! 정말로!"

결국 고남의는 봉지미를 따라 들어가는 것을 포기하고 병풍과 세 발자국 떨어진 곳에 자리를 잡고 서서 봉지미가 '뒷간'에 가는 모습을 물끄러미 바라보았다.

병풍 뒤로 돌아 들어가자 솥바닥처럼 까맣게 질린 초왕의 얼굴이 보였다. 조금 전 봉지미가 말한 그 '뒷간'이란 말을 그가 들은 것이 분명했다.

'예. 그래요……. 제가 감히 전하를 더럽혔습니다.'

봉지미가 멋쩍게 웃어 보였다. 비단으로 뒤덮인 의자에 앉은 영혁이 봉지미의 눈을 마주하지 않은 채 그대로 손을 쭉 뻗었다. 봉지미는 온통 피로 물든 그의 옷소매를 바라보며 영문을 몰라 멍해졌다.

"벗기시게."

영혁은 태연한 얼굴로 앉아 지금 시중드는 법을 단 한 번도 익혀 본 적이 없는 양반가 아가씨에게 제 옷시중을 들라 명하고 있었다. 이내 봉지미가 살짝 웃으며 말했다.

"전하, 지금 전하의 곁에는 시중을 들어 줄 궁인들과 내관들이 있지 않사옵니까."

말인즉슨 이 같은 사소한 일로 이 재능 없는 국사를 번거롭게 하지 말라는 것이었다.

영혁이 비스듬한 시선으로 봉지미를 힐끗 바라보았다. 칠흑같이 검은 눈동자 속에서 조금 날카롭고 서늘한 무언가가 날을 세웠다. 봉지미가 두 눈을 가늘게 뜨고 시선을 맞받아치자 그가 변함없는 표정으로 궁녀들을 향해 고개를 끄덕였다. 초왕의 부름에 그의 곁으로 다가간 궁녀 하나가 막 그의 옷소매에 손을 가져가자 그가 갑작스레 그 손길을 거세게 뿌리쳤다.

중심을 잃은 궁녀는 그대로 비틀거리다 뒤로 쿵 쓰러졌고, 그 바람에 다른 궁녀가 들고 있던 약마저 땅으로 떨어졌다. 당황한 두 궁녀가 작은 비명과 함께 곧장 그의 앞에 무릎을 꿇고 죄를 청했다. 영혁은 몹시 불쾌하다는 듯 낮은 소리로 으르렁거렸다.

"쓸모없는 것들! 썩 물러가!"

궁녀와 내관들 모두 순식간에 모습을 감췄다. 영혁은 그제야 고개를 돌려 봉지미를 똑바로 쳐다보았다. 조금 전까지 그의 얼굴을 집어삼키고 있던 분노는 이미 모두 사라지고 조금 냉랭한 미소만이 남아 있었다. 봉지미는 이제 다른 수가 없었다. 계속 그의 말을 거부하고 버티다간 무고한 궁인들만 더 화를 입을 것이었다.

겉으로는 한없이 가벼워 보이지만 그는 사실 자신의 마음과 생각을 감추는 데 뛰어나고 단호한 인물이었다. 그런 그가 결코 쉽게 양보하지 않을 거라는 걸 봉지미도 일찌감치 잘 알고 있었다.

봉지미가 바닥에 떨어진 약을 주우러 몸을 구부린 순간이었다. 무늬가 있는 검은 비단신을 신은 발이 봉지미의 손가락을 지그시 눌렀다. 결코 힘을 주지 않은 가벼운 동작이었다.

고개를 들자 살짝 허리를 숙인 그가 여전히 손가락을 살짝 밟은 채 바로 앞까지 다가와 있었다. 꽃처럼 아름다운 얼굴이 봉지미의 눈앞에 닿을 듯 가까이 있었다.

서로의 호흡을 들을 수 있을 만큼 가까웠다. 옅은 피비린내 너머로 영혁의 청량한 숨결과 봉지미의 따스한 숨결이 소리 없이 느리게 뒤엉켰다. 병풍 밖의 소란이 비좁은 병풍 안쪽까지 전해졌지만 왠지 만 리 밖에 있는 것처럼 아득하게 느껴졌다.

영혁은 아무 말도 하지 않았고 봉지미는 무슨 말을 해야 할지 몰랐다. 꾸며 낸 온순함과 숨겨 둔 영리함을 이 사람 앞에서는 모두 펼쳐 보일 필요가 없었다. 지금 봉지미의 머릿속에는 이렇게 가까이 있으니 지나치게 야릇하다는 생각뿐이었다. 봉지미가 몸을 살짝 뒤로 기대며 그를 피했다. 봉지미가 물러나자 영혁은 앞으로 더 몸을 숙였다. 그 사이 봉지미의 얼굴에 정체 모를 냉기가 스쳤다.

봉지미가 손을 들어 제 얼굴을 만졌다. 손끝이 새빨갛게 물들었다. 그날 제 미간에 떨어졌던 붉은 것이 어렴풋이 떠올랐다. 곧이어 그의 담담한 음성이 들려왔다.

"그날도 내 피가 이렇게 그대 얼굴 위에 떨어졌었지……. 기뻤나? 만족스러웠어?"

깃털처럼 가벼운 말투와는 달리 그의 말 한 마디 한 마디 속에는 분노가 서려 있었다. 깜짝 놀라 고개를 든 봉지미는 그가 어째서 그런 질문을 하는 것인지 이해할 수 없었다. 눈앞에 있는 영혁의 칠흑 같은 눈동자가 먹구름처럼 봉지미를 짓눌렀다. 순간 말문이 막혀 아무런 말도 꺼낼 수 없었다.

봉지미가 한참 후에야 겨우 어색하게 입을 열었다.

"무슨 말씀이신지……."

봉지미는 제 태도가 매우 진실했다고 생각했지만 영혁은 결코 그렇게 보지 않았다. 돌연 분노 한 줄기가 마음속에서 치밀어 오른 그가 곧고 길게 뻗은 눈썹을 치켜세우고는 봉지미를 덥석 붙잡았다.

영혁이 무엇을 하려는 것인지 알 길 없는 봉지미는 무의식적으로 벗어나려 몸부림쳤다. 갑자기 몸속에서 어떤 기운이 끓어올랐다. 봉지미는 순식간에 엄청나게 강해진 힘을 발휘해 그를 밀어냈다. 하지만 자신이 그의 어디를 밀어냈는지는 알지 못했다. 아니나 다를까, 곧 그의 입에서 고통 섞인 신음이 터져 나왔다.

화들짝 놀란 봉지미가 서둘러 그에게 닿은 손을 거두었다. 그 틈을 타 영혁의 손이 봉지미의 목덜미에 와 닿았다. 피 묻은 손가락이 가녀린 목을 움켜잡았다. 그 붉음이 봉지미의 피부를 더욱더 옥처럼 맑아 보이게 했다. 봉지미는 두 눈을 크게 뜨고 놀란 눈으로 그를 바라보았다. 그 눈동자 속에는 애원도 두려움도 없었다. 하지만 곧 안개가 서리기 시작했다. 눈물 맺힌 안개가 아닌 그저 원래 타고난 몽롱함이었다. 몽환적인 광경이었다. 여명에 피어나는 꽃에 맺힌 이슬처럼 적막한 어둠 속에서 홀로 맺힌 안개.

영혁의 손가락이 홀연 떨려 왔다. 마치 처음 만났던 그 순간 같았다. 물속에서 그를 바라보던, 사람을 죽이고서도 여전히 맑고 태연하게 아름답던 그 눈동자와 같았다. 세상의 그 어떤 풍파도 기어코 이겨낼 것만 같은 그 기질이 여전히 느껴졌다.

영혁의 손가락은 여전히 봉지미의 목 위에 있었다. 그의 마음은 뒤엉킨 실타래 속에 갇혀 있었다. 봉지미는 이미 너무 많은 비밀을 알고 있었다. 충분히 그의 일을 망칠 수 있었다. 교활하고 속을 감추는 데 능하다. 결국 그가 반드시 없애야 할 암적인 존재였다. 뿌리까지 뽑아내야 할 화근이었다. 하지만 고요하고 단단한 눈빛으로 자신을 바라보는 봉지미를 마주한 순간 그의 다섯 손가락은 힘을 잃어버리고 말았다.

봉지미가 애원했다면 죽였을 것이었다. 봉지미가 울음을 터트렸다면 죽였을 것이었다. 하지만 봉지미는 아무것도 하지 않았다. 그저 차분하게 가라앉은 두 눈으로 그를 마주했을 뿐이었다. 문득 이 여인을 우연히 마주친 그날 이후로 그가 보았던 모든 것이 떠올랐다. 봉지미는 그와 같은 사람이었다. 자신만의 성을 지키기 위해, 무너지지 않기 위해 발버둥치는 영혼이었다.

영혁의 손가락이 천천히 풀리기 시작했다. 난데없이 일어난 폭풍이 꽃의 바다 앞에서 돌연 속도를 늦추고 아름다운 꽃을 망치길 포기하는 것 같았다. 그의 다섯 손가락이 그녀의 목에서 완전히 거두어진 바로 그 순간 그는 속으로 소리 없이 한숨을 터트리며 자신을 위로했다. 지금 이 여자를 죽이는 것은 좋지 않다고. 밖에 있는 이들에게 설명할 방법이 하나도 없으니 죽일 수 없다고 스스로 합리화했다.

봉지미는 천천히 자신의 목을 어루만졌다. 손자국은 남지 않았다. 처음부터 그가 힘을 준 적도 없었으니. 조금 전 그에게서는 살기가 느껴지지 않았다. 하지만 봉지미는 똑똑히 알고 있었다. 이번이야말로 자신이 죽음에 가장 가까웠던 순간이었다는 것을. 그는 정말 자신을 죽이려 했다.

조금 전 영혁에게 사로잡힌 순간 봉지미는 머릿속이 새하얘졌다. 그를 밀어냈던 엄청난 힘과 머릿속에 들어 있는 다양한 임기응변도 모두 사라졌다. 그저 멍하니 그를 바라보며 생각했다. 그가 지금 무슨 생각을 하고 있는지 알고 싶다고.

영혁이 무슨 연유로 놓아 주기로 했는지 전혀 알 수 없던 탓에 봉지미는 한참이나 말을 잃고 침묵했다. 그러고는 다시 천천히 몸을 숙이고 바닥에 떨어진 약을 주워 들었다. 소리 없이 영혁의 곁으로 다가가 그의 옷을 벗기고 몸에 난 상처에 약을 발라 주었다.

역시 내내 말이 없던 영혁은 조용히 손길을 받아들였다. 두 사람은 감정이 휘몰아치던 조금 전 그 상황을 어렵사리 가라앉혔다.

반쯤 벗겨진 옷 사이로 옥같이 매끄럽게 빛나면서도 무예를 수련한 이의 힘과 탄성이 그대로 담겨 있는 남자의 피부가 드러났다. 그의 존귀한 지위와 지금껏 누렸을 부유함을 증명해 보이듯 깨끗하고 섬세한 피부 결이었다. 쇄골은 반듯하고 어깨와 목의 선은 유려하고 탄탄하여 지극히 아름다운 몸이었다. 하지만 봉지미의 시선은 줄곧 피가 철철 흐르는 어깨의 관통상에만 집중됐다.

상처를 보고 있던 봉지미가 파르르 몸을 떨었다. 상처 부위는 마치 소용돌이가 훑고 지나간 것처럼 엉망이었다. 이토록 심한 부상을 입고도 아픈 기색 하나 없이 자객을 쫓아 나섰던 것이었다. 봉지미가 잔뜩 구겨진 얼굴로 숨을 들이켰다. 마치 자신의 어깨까지 아파 오는 것만 같았다.

영혁이 시선을 들어 그런 봉지미의 표정을 살폈다. 어두웠던 그의 표정이 이내 조금 밝아졌다. 봉지미가 그의 상처 위에 약을 올리자 그가 움찔하며 살짝 몸을 떨었다. 이를 알아차린 봉지미가 다급히 물었다.

"아프십니까?"

별안간 그의 어깨를 향해 몸을 숙이더니 호, 하고 작게 입김을 불었다. 그게 영혁을 웃게 했다. 교활하고 영악한 여인이 이런 아이 같은 행동을 하리라고는 전혀 생각하지 못하고 있었다. 갑자기 기분이 좋아진 영혁이 더는 참지 못하고 물었다.

"뭘 하는 것이오?"

봉지미가 조금 민망한 듯 뒤로 물러나며 시선을 내리고 말했다.

"어릴 때 뛰놀다 넘어져 무릎이 깨지면 어머니께서 이리 해주셨던 게 기억나서……."

봉지미의 말소리가 점점 안으로 기어들어 갔다. 영혁의 얼굴에 걸려 있던 웃음이 조금씩 사라졌다. 봉지미가 어쩌다 가족을 떠나 집에서 나오게 되었는지 그는 잘 알고 있었다.

잠시 후 그가 나긋한 목소리로 말했다.

"그대에게 그런 사람이 있었다니 다행인 일이군……."

봉지미는 순간 멍해졌다. 지금 자신에게 일어난 일을 도무지 믿을 수가 없었다.

'지금 날 위로해 주는 거야……?'

말을 뱉자마자 그게 실수였음을 깨달은 영혁은 자신도 조금 어이가 없다는 듯 허, 하고 헛웃음을 한번 터트리곤 다시 입을 다물었다. 봉지미 역시 굳게 입을 닫은 채 그에게 약을 발라 주었다. 열중한 봉지미의 머리칼이 흘러내려 그의 어깨에 닿았다. 영혁은 제 어깨에 느껴지는 간지러운 느낌에 몸을 피하고 싶다가도, 한편으로는 조금도 움직이고 싶지 않았다.

봉지미의 숨결이 그의 귓가에 닿을 듯 가까이 있었다. 그 맑고 달콤한 숨결이 마치 초여름 봉오리를 맺은 배롱나무꽃 같았다. 병풍 밖은 몹시 소란했다. 사람들이 무언가를 두고 다투고 있는 것 같았다. 분명 저 소리에 관심을 기울여야 하는데도, 어느덧 나른하게 풀린 영혁의 귀에는 아무런 소리도 들리질 않았다.

봉지미 역시 바깥의 소란에는 주의를 기울이지 않았다. 다만 뼈까지 드러난 영혁의 상처를 바라보며 오늘 같은 일이 벌어지게 된 이유에 대해 생각했다. 갑자기 마음이 너무 아파 와 결국 참을 수가 없었다.

"아니, 도대체 왜……!"

봉지미의 입에서 별안간 터져 나온 그 말에 영혁은 그대로 굳어 버렸다. 한참이 지나고 나서야 그는 천천히 고개를 돌려 봉지미를 바라보았다. 봉지미는 아무런 말이 없었다.

'도대체 왜 이런 짓을 벌이는 겁니까? 이토록 고심하고, 몸을 내던지고. 이렇게 심하게 다치기까지 했는데 다가와 자세히 살피는 자 하나 없지 않습니까. 이 자리가, 황족이라는 영예가 정녕 이만큼의 가치를 가진 것입니까?'

말없이 봉지미를 바라보며 그 눈빛에서 속마음을 읽어 낸 영혁은 화내지 않고 덤덤하게 말했다.

"그대는 모르오."

봉지미는 속으로 생각했다. 어쩌면 그의 마음을 자신이 알고 있을지도 모르겠다고.

어린 나이에 어머니를 잃었고, 저 자신은 병들고 다쳤다. 타고난 출중함을 여러 해 동안 억누르고 또 억누르며 살았고, 막역한 지기인 신자연과도 일부러 사이가 좋지 않은 척하는 수밖에 없는 데다 오래전 스스로 장악한 청명서원까지 별수 없이 태자의 손에 넘겨주었을 것이다. 황제의 총애를 받지 못하니 태자를 따르지 않을 수가 없었을 것이고, 그 멍청한 놈을 대신해 언제나 자신을 내던지며 살았을 것이다. 제 몸 안에 숨기고 있는 수많은 상처와 비밀을 그 누구도 진심으로 가여워하지 않았기에 스스로 더욱더 모질어진 것이리라.

봉지미는 탁자 위에 놓여 있던 천 조각으로 천천히 어깨의 상처를 싸맸다. 그러고는 나긋한 음성으로 말했다.

"오늘 전하께서 절 한번 봐 주셨으니, 저도 언젠가 전하를 한번 봐 드리겠습니다."

영혁이 조금 놀란 듯 봉지미를 바라보았다. 봉지미는 차분하면서도 결의에 찬 얼굴로 그를 바라보고 있었다. 그리고 한참 뒤 영혁이 웃음을 터트렸다. 어이가 없다는 듯 그저 고개를 절레절레 흔들 뿐 아무 말도 하지 않았다.

그는 자기 생을 제 손에 쥐고 있는 자였다. 자신이 얻고자 하는 것을 기어코 얻어 내고야 마는 자였다. 아무리 지혜롭다고 한들 이 어린 여인이 그의 생명을 손에 쥘 기회를 가질 수 있을 리는 만무했다. 봉지미는 그가 제 말을 대수롭지 않게 생각한다는 것을 알면서도 따지고 들지 않았다. 그저 싱긋거리며 마지막 매듭을 단단히 묶고 말했다.

"다 됐습니다."

봉지미의 말이 끝나기가 무섭게 병풍 밖에서 느닷없는 호통 소리가 들려왔다.

"말도 안 되는 소리!"

결투

태자의 목소리였다. 분노와 불안이 한데 뒤섞인 그의 호통 소리가 퍼지자 주위가 순식간에 고요해졌다. 서로 눈이 마주친 봉지미와 영혁은 이내 함께 고개를 돌렸다. 병풍 밖 태자가 잔뜩 화가 난 듯 벌떡 일어나 바닥에 쓰러져 있는 자객을 발로 걷어차려다 친위대에 저지당하는 모습이 보였다. 태자는 화를 삭이지 못하고 시퍼렇게 질린 얼굴로 씩씩대고 있었다.

"이런 방자한 놈을 봤나! 입만 열면 모함을 하려 들다니!"

자객이 피범벅이 된 얼굴을 들어올리고 증오심 가득한 눈빛으로 그를 바라보며 날카롭게 말했다.

"전하께서 이토록 초조해하시는 이유가 무엇입니까? 전 아무 말도 하지 않았는데요!"

태자는 잔뜩 화가 나 숨을 몰아쉬면서도 결국 아무런 말도 하지 못했다. 조금 전까지만 해도 그는 의기양양한 모습으로 조정 대신들과 여러 황자들 앞에서 직접 자객을 심문하겠다며 나섰다. 하지만 그 자객은 모든 물음에 교활하게 빠져나가며 주모자가 누구인지는 절대 대답하지 않았다. 하지만 한 마디 한 마디 누군가를 암시하듯 단서를 던졌다. 매우 지위가 높고 수완이 뛰어난 자이며, 청명서원 안팎의 길을 훤히 꿰고 있고, 그에게 충성을 바치는 사람이 무수히 많으며, 저 자신도 주인에 대한 충심으로 절대 그의 이름을 발설하지 않겠다고 말했다.

처음에는 왜 그런 말을 하는 것인지 눈치 채지 못했던 태자가 저를 바라보는 이들의 낯빛이 수상하다는 것을 차츰 깨닫고는 자객이 말한 그 '지위가 높고 수완이 뛰어나며 청명서원 안팎의 길을 꿰고 있고 많은 이를 거느리는 사람'이 본인을 가리킨다는 것을 뒤늦게 알아차렸다.

생각이 그에 닿으니 순간 머리끝까지 분노가 치밀어 오른 태자가 호통친 것이었다. 옆에서 말리는 이가 없었다면 태자는 당장이라도 자객의 명치를 걷어차 저세상으로 보냈을 것이었다.

한편 화가 난 태자와는 달리 다른 이들은 이 상황에 꽤 만족해하고 있었다. 2황자가 곧 여유로운 음성으로 입을 열었다.

"결백한 이는 스스로 결백을 주장하지 않아도 결백할 것이고, 더러운 이는 아무리 발뺌을 하여도 더러울 것이니. 형님, 이리 흥분하지 마시고 저자가 또 무슨 말을 꺼내 놓을지 우선 지켜보시지요."

이번엔 7황자가 눈살을 찌푸리며 말했다.

"정말이지 뻔뻔한 자가 아닙니까! 감히 이런 말을 입에 올리다니요! 당장 옥에 가두고 삼사(三司)가 심문토록 해야 합니다!"

뒤이어 5황자가 냉담한 목소리로 말했다.

"대리시(大理寺)*사법 중앙 기관도 결국 태자 전하께서 주관하고 계시니 굳이 그럴 필요는 없을 것 같습니다만."

그 말에 태자가 두 눈을 부릅뜨고 황자들을 노려봤다. 5황자는 그의 시선을 회피했고, 7황자는 온화한 미소를 지어 보였으며, 2황자는 곁눈질로 그를 힐끗거렸다. 늘 중립적이고 공평 타당했던 조정 대신들도 오늘만큼은 평소와 달리 태자를 두둔하는 말 한마디 하지 않고 있었다.

황제는 눈에 보이지 않는 파도가 그의 주변에 거세게 몰아치고 있는 모습을 내내 무심히 바라보고 있었다. 태자를 끌어들이고 있는 자객의 말을 다 믿을 수는 없었다. 지존의 자리에 앉은 그는 일찍이 귀로 듣는 것도, 눈으로 보는 것도 반드시 참은 아니라는 것을 배운 터였다. 저 자객이 암살을 시도하며 태자는 건드리지 않고 피해간 것은 분명한 사실이지만, 굳이 태자를 끌어들이고 있다는 것은 누군가 태자를 모함하기 위해 함정을 팠을 가능성이기도 했다. 물론 태자가 제 혐의를 완전히 벗기 위해 교묘하게 꾸민 일이 아니라는 보장도 전혀 없었다.

온갖 권모술수와 중상모략에 익숙해진 이는 무슨 일이 생길 때마다 생각이 많아지기 마련이었다. 황제는 서로 다른 표정을 하고 있는 황자들의 얼굴을 말없이 훑어봤다. 그는 평온한 겉모습 아래 자신의 의심을 숨기고 홀로 생각했다.

'누구의 짓이란 말인가?'

황제의 시선이 다시 바닥에 널브러진 자객에게로 향했다. 태자를 바라보는 그의 눈빛에 원한이 담겨 있긴 하지만 그는 단 한 번도 시선을 피하지 않고 일관되게 태자를 똑바로 바라보고 있었다. 그 모습이 꼭 태자에게 무언가를 일깨워 주려는 듯 보였다. 그런 생각이 들자 황제의 마음이 또 한 번 요동쳤다.

계속 대치를 이어 가고 있는데 단 아래에서 다급한 발걸음 소리가 들리더니 곧 누군가의 목소리가 이어졌다.

"위지, 위지는?"

그 목소리의 주인공은 곧 황제와 황자들을 지키고 있는 친위대를 옆으로 밀어내곤 불쑥 안으로 들어왔다.

지금은 서원장이 서생들을 모두 강문당 밖으로 내보내고 난 뒤였다.

하지만 하얀 천 안으로 들어온 이는 서생의 옷차림을 하고 있었다. 특별할 것 없어 보이는 수수한 차림을 하고 있는데도 친위대는 그를 막아설 생각 없이 그저 황급히 다가와 보고만 올릴 뿐이었다.

흰 천을 들추고 보석처럼 빛나는 큰 눈으로 황제에게 달려온 사람은 바로 임소였다.

"아바마마!"

사람들이 일제히 그를 향해 고개를 숙였다.

"공주!"

가장 총애하는 딸아이의 얼굴을 마주한 황제는 비로소 내내 굳어 있던 표정을 부드럽게 풀었다. 소녕 공주는 황급히 달려가 그를 위아래로 구석구석 살피며 말을 쏟아 냈다.

"아바마마! 괜찮으신 겁니까? 정말 괜찮으신 거죠? 소녀 정말 깜짝 놀랐습니다!"

황제가 얼굴을 찌푸리며 공주를 꾸짖었다.

"어허! 천성의 공주가 어찌 이리 체통도 없이!"

분명 나무라는 말을 하고 있는데도 황제의 눈빛에서는 애정만이 느껴졌다.

"지나치게 오랫동안 서생으로 지내 그렇습니다. 이제 와서 고치긴 틀렸어요."

소녕 공주가 배시시 웃으며 말했다. 이내 잔뜩 화가 나 씩씩거리고 있는 태자와 피투성이가 된 채 바닥에 쓰러져 있는 자객을 발견하곤 인상을 찌푸렸다.

"이놈입니까?"

"그래, 동생아!"

태자 역시 같은 어머니에게서 난 누이를 무척이나 아꼈다. 그가 황제에게 외면을 당할 때도 누이가 나서서 온갖 애교와 청으로 그를 도와주었던 터라 매우 믿고 의지하는 인물이기도 했다.

"아바마마를 시해하려 한 것도 모자라 이젠 이 태자까지 모함하려 드는구나!"

"죽음이 두렵지 않은 모양이로군요."

피식 냉소를 흘린 소녕 공주가 자객의 곁으로 천천히 다가가 그를 머리끝부터 발끝까지 자세히 뜯어봤다. 그러고는 옆에 놓인 장식용 수석을 집어 들고 그대로 자객의 머리를 내리쳤다.

퍽.

수박이 깨지는 듯한 둔탁한 소리가 울려 퍼졌다. 붉은 선혈이 순식간에 사방으로 퍼졌다. 자객의 목구멍에서 몇 번 꺽꺽 소리가 나는 듯싶더니 곧 몸이 괴이하게 비틀렸다. 경련을 일으키다 고꾸라진 자객은 터져 나온 핏속에 쓰러진 채 다시는 일어나지 못했다.

사방이 고요해졌다. 모두 어린 공주의 갑작스러운 심판에 너무 놀라 말을 잃었다. 오로지 소녕 공주 단 한 사람만이 태연하게 손을 털며 차갑게 웃어 보였다.

"이제 해결되었군요."

태자는 너무 놀란 나머지 뒷걸음질하다가 그대로 의자에 풀썩 주저앉았다. 그는 이마에 맺힌 식은땀을 닦으며 속으로는 은근히 안도의 한숨을 내쉬었다. 어찌 됐든 계속 자신에게 불리한 양상을 띠던 상황이 이제는 일단락된 것이나 다름없었다. 저자가 죽어 버렸으니 이제 더는 심문할 길이 없어진 것이었다. 설사 더 조사한다고 해도 요주의 인물이 죽은 뒤 하는 조사이니 잘 넘길 수 있을 것이었다.

줄곧 황제의 사랑을 독차지했던 소녕 공주이기에 할 수 있는 일이었다. 생각이 이에 이르자 태자는 다시 한 번 어린 누이에게 감탄하고 또 감탄했다.

"무슨 짓을 벌인 게야!"

황제가 노한 얼굴로 호통쳤다.

"아바마마."

소녕 공주가 바로 황제에게 달려가 그의 목을 끌어안았다.

"웬 정신 나간 자가 감히 아바마마를 시해하려 했다는데 제가 어찌 참을 수가 있단 말입니까? 저자는 천자를 시해하려 하고 태자를 모함하였습니다. 우리 황실과 조정의 기강을 어지럽히기 위해 벌인 짓이 분명하지요! 저자를 당장 죽이지 않았다면 전 평생 그 한을 품고 살았을 것입니다."

황제는 '우리 황실과 조정의 기강을 어지럽히기 위해 벌인 짓'이라는 말을 듣고 순간 움찔했다.

'소녕이 이제 이런 말까지 할 수 있게 되었단 말인가?'

황제가 공주에게 무어라 말을 꺼내려는데 자객의 시신을 수습하던 친위대 중 하나가 무언가를 발견한 듯 낮은 비명을 뱉었다.

모두의 시선이 그쪽으로 향했다. 자객의 얼굴에서 무언가를 벗겨 내고 있는 모습이 보였다. 머지않아 친위대의 손에 들린 것은 바로 몹시 정교하게 만들어진 가죽 가면이었다.

조금 전 소녕 공주가 돌로 그의 머리를 내리치는 바람에 피가 흐르면서 가면의 가장자리가 조금 떨어졌고 마침 그것을 친위대가 발견한 것이었다. 2황자가 재빨리 다가가 자객의 진짜 얼굴을 살펴보고는 소리쳤다.

"어? 낯이 익은 자다!"

7황자는 속으로 무슨 생각을 하는 건지 아무런 말이 없었고, 5황자는 팔짱을 낀 채 무심한 얼굴로 말했다.

"얼마 전 여섯째 아우가 왕부(王府)*왕족의 자택에 불러들인 무림 고수가 아닌가? 본 적이 있는 것 같은데."

태자는 순간 멍해졌다. 자신이 매우 잘 알고 있는 자였다.

한 달 전이었다. 그는 여섯째 아우와 사담을 나누다 동궁에는 늘 저를 엿보는 이가 있고 다른 형제들도 호시탐탐 태자의 자리를 노리고 있으니 마음이 불안하다고 이야기한 적이 있었다. 여섯째 아우는 동궁을 안전하게 지킬 수 있는 무사를 찾아보겠노라 약속했고, 후에 그가 데리고 온 자가 바로 오늘 황제를 시해하고 자신을 모함하려 했던 그 자객이었다. 호탁설산(呼卓雪山) 이(異) 검문 출신의 최고 고수라는 말에 바로 동궁에 들이려 했으나 여섯째 아우가 저자의 눈빛이 수상하니 조금 더 살펴본 후에 들이는 것이 좋겠다고 하여 그렇게 하자고 한 참이었다. 그런데 아니나 다를까 이자에게 정녕 문제가 있었던 것이었다. 다른 아우들은 여섯째가 저자를 제경으로 데리고 온 것을 보고 여섯째의 사람이라 여긴 것이었다.

태자는 시선을 아래로 내리깔고 잠시 속으로 생각했다.

'이 일을 사실대로 말해야 한단 말인가 아니면 숨겨야 한단 말인가?'

그가 결정을 내리는 데에는 그다지 오랜 시간이 걸리지 않았다. 그는 이미 황제의 의심을 받고 있었다. 여기서 있는 그대로 털어놓았다가는 그 의심이 확신이 될지도 모르는 일이었다. 굳이 제 손으로 골칫거리를 더 만들어 낼 필요는 전혀 없었다.

여섯째 아우가 조금 마음에 걸리기는 했지만, 결국 그는 태자인 자신의 신하이니 어쩔 수 없는 것 아니겠는가. 신하가 주군을 위해 죽는 것은 하늘의 뜻. 제 살길은 스스로 도모해야 하는 법이었다. 마음의 결정을 내린 태자는 더 망설이지 않고 바로 입을 열었다.

"나도 본 적이 있는 얼굴이오. 여섯째 아우의 왕부 호위를 맡고 있던 자일세."

태자의 말에 그 자리에 있던 모든 이의 얼굴빛이 변했다. 본래 태자의 사람인 영혁은 그 누구보다도 태자에게 충성을 다하는 인물이었다. 그 탓에 모두 태자가 영혁을 두둔하고 나설 것이라 생각했지만 실상 태자의 입에서 나온 말은 모두의 예상과는 완전히 달랐다. 모두 태자가 이렇게까지 무정한 사람일 줄은 몰랐다는 듯한 눈치였다. 그는 지금 자신의 왕위를 지키기 위해 충신을 내버리고 있었다.

병풍 뒤에 선 봉지미의 마음이 순식간에 얼음처럼 차갑게 식었다. 봉지미가 시선을 돌려 영혁을 바라보았다. 너무나 당연하고 자연스러우면서도 그 속에 무한한 무언가를 품고 있는 눈빛이었다. 그런 시선을 느낀 영혁이 담담한 얼굴로 웃어 보였다. 어두우면서도 굳센 기개가 묻어나는 미소였다. 하지만 봉지미는 알아볼 수 있었다. 그 웃음 속에 담긴 고통과 처량함을.

병풍 밖 황자들은 모두 아무런 말도 하지 않고 있었지만 서로 같은 생각을 하고 있었다. 태자를 꺾을 수 없다면 여섯째인 영혁을 쓰러트리는 것도 나쁘지 않았다. 그는 태자의 손발과 다름없는 인물이었다. 태자의 손발이 꺾이는 것은 모두가 원하는 일이었다. 태자까지 직접 나서서 그에게 돌을 던지고 있으니 별 거리낄 것도 없었다.

더군다나 영혁은 조금 전 몸을 던져 황제를 구한 공을 세우기까지 했으니, 훗날 부친의 눈에 들어 기세가 높아지기 전에 일찌감치 밀어내는 편이 더 나았다.

"태자 전하께서 청명을 살피시기 전에는 줄곧 여섯째가 이곳을 돌보았으니 서원 안팎의 길도 모두 꿰뚫고 있겠군요."

냉정한 얼굴의 5황자가 먼저 입을 열었다.

"지위가 높고 수완이 뛰어나며 청명 안팎의 길을 꿰고 있고 그 아래 무수히 많은 이들이 충성을 바친다고 했었지요……."

다리를 꼬고 앉아 뻔뻔하게 말을 이었다.

"지금 보아하니 여섯째에게도 맞아떨어지는 말이 아닙니까."

"섣부른 판단은 하지 않는 게 좋겠습니다."

7황자가 정중하게 말했다.

"여섯째 형님께도 스스로 변론할 기회를 드려야 합니다. 아바마마, 부디 그리하여 주십시오."

병풍 뒤에 선 봉지미는 그들의 말을 들으며 차갑게 웃었다. 셋 중 7황자가 가장 모질고 잔인했다. 아직 밝혀진 것은 아무것도 없는데도 '변론'이라는 표현을 사용하며 그를 이미 죄인 취급하고 있었다.

'역시 현왕다워!'

병풍 한쪽이 황제의 얼굴을 반쯤 가리고 있었다. 내내 말없이 반쯤 눈을 감고 있던 황제는 아들들이 서로를 공격하고 있는 것이 전혀 귀에 들어오지 않는다는 듯한 모습을 하고 있었다. 하지만 봉지미의 눈에는 똑똑히 보였다. 그의 속눈썹이 살짝 떨리며 내리깐 시선 속에 고요하고 어두운 기운이 서려 있다는 것을.

갑자기 누군가의 낭랑한 목소리가 들렸다.

"서원의 허술한 호위로 황제 폐하께서 이리도 놀라게 되시니 정말 면목이 없사옵니다. 소신 폐하께 죄를 청하러 왔나이다."

비단옷을 펄럭이며 빠르게 달려온 신자연이 단 아래 무릎을 꿇었다. 2황자가 미소를 지으며 그를 향해 말했다.

"서원장께서 때마침 잘 오셨소. 하지만 서원장이 죄를 청하기엔 아직 이르지 않은가? 본왕이 보기에는 그대가 서둘러 나설 필요는 없어 보이는데."

그 말에 신자연이 허리를 펴고 산처럼 뾰족하고 짙은 눈썹에 가느다란 눈을 가진 2황자를 물끄러미 바라보았다. 곧이어 흘러나온 그의 또렷하고 맑은 목소리가 평소의 나른하고 알랑거리는 기색을 단번에 감춰 주었다.

"그러하면 전하께서는 누구의 짓이라 여기시는지요?"

신자연의 물음에 5황자가 냉랭하게 대답했다.

"방금 그대도 듣지 않았는가. 모르는 척하지 마시게."

"소신은 잘 모르겠나이다."

신자연이 바로 황자의 말을 받아쳤다.

"청명의 안팎을 잘 알고 있으며 소신과 친분이 두터우면 죄가 있는 것입니까? 하면 제왕께서 처남의 청명서원 수학을 위해 무리하여 말 오백 필을 증여하신 것도 죄라고 해야겠군요? 5황자께서 지난해 소신을 초대하여 연회를 베푸시고, 귀하디귀하다는 진주알까지 주신 것도 물론 죄일 테고요. 7황자께서 종종 산월(山月) 책방에서 소신과 만나 절판된 고서를 선물하여 주신 것도 큰 죄이겠군요."

연이은 세 번의 '죄'가 강철처럼 단단한 기세로 터져 나와 황자들을 짓눌렀다. 황자들은 모두 얼굴이 붉으락푸르락 달아올랐거나, 파랗게 질렸거나 그것도 아니면 창백하게 굳어 있었다. 어쨌든 평소와 같은 태연한 얼굴을 한 이는 단 하나도 없었다.

봉지미는 경이롭다는 시선으로 신자연을 지켜보고 있었다. 기방의 담을 넘으며 사랑 시를 읊어 대는 그에게도 뜻밖에 꽤 훌륭한 문인의 기개가 있었다.

영혁은 돌연 자리에서 일어나 밖으로 걸어나갔다. 그는 그대로 황제의 발아래에 무릎을 꿇었다. 다른 황자들에게는 시선을 주지도 않았고, 어떤 말을 하지도 않았다.

이런 상황에서 변론하는 것은 변론하지 않는 것보다 못한 일이었다. 만 마디 옳은 말을 해도 그것이 한 번의 침묵보다 나을 것이 없었다. 때때로 침묵이 가장 큰 분노이자 슬픔이라는 말이 떠올라 봉지미는 속으로 한숨을 터트렸다. 자신을 둘러싼 상황을 파악해 제 감정을 통제하고 숨기는 면에서 영혁은 실로 대단한 능력을 갖춘 자였다.

봉지미는 조용히 영혁의 모습을 지켜봤다. 문득 마음속이 황량해졌다. 이 모든 것이 그가 계획한 일이라고 할지라도 그를 외면하는 황제의 시선과 그를 배신하고 모함하는 형제들의 말은 그가 꾸며낸 것이 아닌 진짜였다. 영혁을 바라보는 황제의 눈빛이 바뀌었다. 머지않아 황제가 잠긴 목소리로 물었다.

"무슨 할 말이 있느냐?"

황제의 그 말에 황자들이 모두 화색을 띠었다. 영혁은 넋이 나간 듯 믿을 수 없다는 얼굴로 황제를 바라보다 다시 고개를 돌려 태자를 바라보았다. 하지만 태자는 그런 아우의 시선을 외면했다.

두 눈을 감은 영혁의 몸이 파르르 떨려 왔다. 그의 얼굴이 종잇장처럼 창백해졌다. 봉지미의 예리한 시선이 그의 어깨 위에 닿았다. 감아 두었던 천에 붉은 핏물이 스며 나오는 것이 보였다.

영혁이 다시 몸을 엎드리고 나직이 말했다.

"저자는 소자의 왕부 호위가 맞사옵니다. 하지만 오늘 일에 대해서는 소자 아는 것이……."

"별궁으로 가 이 일의 조사가 끝날 때까지 근신하라!"

황제는 그의 말을 다 듣지도 않은 채 차가운 목소리로 말했다.

연금이나 마찬가지인 처분이었다. 황자들은 예상 밖이라는 듯한 기색을 보이면서도 하나같이 기쁨을 감추지 못했다. 하지만 누군가는 답답한 듯 긴 한숨을 토해 냈다. 황제의 발아래 머리를 조아린 영혁은 아주 한참 뒤 겨우 입을 뗐다.

"예. 명을 받잡겠나이다."

친위대가 다가가 그를 부축하듯 끌어내렸다. 영혁은 그들을 모두 뿌리치고 스스로 일어나 단 아래로 내려갔다. 강문당의 끝에 다다른 그가 석양으로 물든 금빛 하늘을 올려다보며 덤덤히 말했다.

"황조의 핏줄이 서산에 지는 해와 같이 덧없이 스러지리라."

그의 몸이 위태롭게 흔들리다 곧 바닥으로 맥없이 쓰러졌다.

청운(靑雲)

모두가 영혁의 말을 들었지만 그 누구도 그의 말을 들은 체하지 않았다. 봉지미는 병사들이 그를 별궁으로 끌고 가는 모습을 두 손을 모은 채 바라보았다. 영혁이 중상을 입은 것은 사실이나 상한 것은 살덩이뿐이었다. 조금 전 맥을 짚어 보니 큰 이상은 없었다. 저렇게 갑자기 맥을 잃고 쓰러질 리가 없었다. 이 시점에 저런 모습으로 퇴장하다니 참으로 절묘한 일이었다.

황제는 줄곧 아무런 말이 없었다. 그는 한참이 지나고 나서야 지친 듯 팔을 휘저으며 황자들에게 이만 물러가라는 뜻을 표했다. 봉지미 역시 황자들과 함께 물러가려던 찰나 황제가 갑작스레 입을 열었다.

"자네는 잠시 남아 있게."

봉지미가 놀라서 멈춰 섰다. 황제가 이번에는 봉지미의 옆에 선 고남의를 바라보았다. 고남의도 황제를 바라보았다. 황제가 다시 고남의를 바라보았다. 고남의도 다시 황제를 바라보았다. 봉지미의 등 뒤로 식은 땀이 흘렀다. 봉지미가 다급히 황제에게 고했다.

"폐하, 소인의 친우는 사고가 지나치게 단순하고……."

봉지미가 난감한 기색을 내보이며 조심스레 말을 이었다.

"세상 도리를 모르는지라 웬만하여서는 말귀를 잘 알아듣지 못하니…… 부디 아량을 베푸시어……."

모호한 말이었지만 그 저의는 뚜렷했다.

'멍청하고 단순한 놈이니 혼자 두었다가는 위험해질 수 있습니다.'

잠시 고민하던 황제는 별다른 말을 붙이지 않고 고남의를 그대로 두었다. 소녕 공주에게도 물러가라 눈짓했다. 소녕 공주는 불만스럽다는 듯 입술을 비죽이긴 했지만 이내 얌전히 물러갔다.

봉지미는 차가운 눈으로 그 모습을 지켜봤다. 교활한 아이이기는 하나 제 분수는 잘 알고 있다는 생각이 들었다. 조금 전 일말의 망설임도 없이 사람을 죽이는 험한 모습으로 보건대 꽤 배짱이 있어 보이기도 했다. 같은 배에서 난 제 큰 오라비보다 훨씬 더.

소녕 공주가 봉지미의 곁을 지나치며 일부러 어깨에 툭 부딪쳤다.

"잘하라고……. 내가 너무 많이 놀라게 한 건 아니겠지?"

봉지미가 살짝 웃으며 뒤로 한 걸음 물러나 소녕 공주에게 예를 표했다.

"공주마마를 뵙습니다."

소녕 공주는 그런 봉지미를 힐끗 쳐다보고는 씩 웃더니 자리를 떴다. 경쾌한 발걸음이었다. 하지만 공주의 신발에는 조금 전 그 자객의 피와 살덩이가 그대로 묻어 있었다. 황제는 웃음기 머금은 얼굴로 딸의 뒷모습을 바라보다 이내 시선을 봉지미에게 옮겼다. 애정 어린 눈빛은 어느새 진중하고 무겁게 가라앉아 있었다.

"오늘 일어난 일에 대해 어떻게 생각하는지 짐에게 말해 보라."

황제의 말에 봉지미가 두 눈을 끔뻑였다.

'날 시험해 보겠다는 건가? 이제 막 '국사' 자리에 오른 이에게 물어

볼 질문은 아닌 것 같은데…….'

"폐하."

봉지미가 허리를 숙이며 예를 표하고 말을 이어 갔다.

"소신 출신이 미천하여 국가 대사에 대해 논할 엄두가 나지 않사옵니다."

"이게 어찌 국가의 일이란 말인가?"

황제가 두 눈을 가늘게 뜨고 되물었다.

"이것은 짐의 집안일이니라."

"천자의 일은 모두 국가의 일이지요."

봉지미가 싱긋 웃으며 간결하게 답했다.

"뭐라?"

황제의 눈빛이 칼처럼 날카롭게 날아와 꽂혔다. 봉지미는 그 눈빛을 받아 내며 오늘은 결코 어영부영 넘길 수 없을 것이란 사실을 깨닫고 소리 없는 한숨을 내쉬었다.

'이보세요, 영감님. 이미 심중에 다 계획이 있으시면서 왜 굳이 저까지 힘들게 하십니까 그래.'

"국본 황태자는 국가에 있어 더할 나위 없이 중요한 존재인 줄로 압니다. 그러니 쉽게 취할 수도, 쉽게 거둘 수도 없는 법이지요."

봉지미가 한참 만에 다시 입을 열었다. 황제를 향했던 시선을 거두고 다시 머리를 조아렸다. 제 발끝에 남은 선명한 핏자국이 보였다. 영혁의 피였다. 봉지미가 속으로 한숨을 토해냈다.

'초왕 전하, 제가 당신을 돕지 않으려는 게 아닙니다. 지금 당신 아버지는 태자를 버릴 생각이 없다고요. 여기서 말을 함부로 뱉었다간 내가 죽게 생겼어요.'

지금 봉지미에게는 무엇보다 보잘것없는 제 목숨을 지키는 것이 가장 중요했다.

'당신에겐 분명……. 다음 수가 있을 거예요. 그렇죠?'

황제는 말없이 봉지미를 바라보고 있었다. 아직 나이가 어린데도 총명하고 영리한 것이 실로 보기 드문 인재였다. 저에게 물어오는 황제의 심사를 꿰뚫어 봤을 뿐더러 솔직히 제 의견을 털어놓는 일 또한 꺼리지 않으니 오랜 시간 관직을 꿰차고 있는 조정 대신들보다 훨씬 대담하고 뛰어난 기개를 가진 자였다. 어쩌면 관직에 오르지 않았다는 바로 그 점 때문에 솔직하게 답할 수 있는 지도 모르겠다는 생각이 들었다.

황제는 탁영권을 풀어내는 자가 천하를 얻게 된다는 말을 한 번도 믿은 적이 없었다. 국가의 운명은 총명한 군주와 어진 신하에게 달린 일이었다. 위부터 아래까지 한마음이 되어 정치와 율령을 만들고 민심을 잘 다스리는 것만이 국가가 번영할 수 있는 길이었다. 설사 한 나라의 운명이 한 사람의 힘으로 좌우된다 할지라도 그 한 사람이 황제인 자신이 아닌 다른 이가 될 수는 없다고 여겨왔다. 하지만 지금 눈앞에 선 이 어린 소년은 꽤 써봄직했다.

"탁영권은 오늘날까지 육백여 년의 시간 동안 단 한 명도 풀어내지 못한 미지의 것이었다."

어두운 표정을 지워 낸 황제가 싱긋 웃으며 봉지미를 바라보고 말했다. 매우 만족스러운 표정이었다.

"오늘 그대가 이 자리에서 그 문제를 풀고 탁영권의 명성을 드높인 것에 짐은 더할 나위 없이 기쁘도다. 짐은 벌써 여러 해 칙령을 반포하여 탁영권을 푸는 자를 조정에 문신으로 들이고, 백 칸짜리 저택과 농경지 천 경(頃)을 하사하고, 조화전(朝華殿)의 학사들을 통솔하는 관직을 내림과 동시에 어서방(御書房)의 명문을 관리하고, 짐의 곁에 고문으로 두겠노라 천명한 바 있느니라. 농경지는 제경 근방에 있는 매산(梅山) 기슭의 땅을 하사할 것이고, 집은 7황자에게 책임지고 준비하라 명할 것이다. 앞으로 다른 공을 더 세우면 다시 논하여 높은 벼슬을 내릴까 하는데 그대의 생각은 어떠한가?"

황제가 말을 이어 가며 몇몇 신하들을 불러 받아 적게 했다. 가장 앞에 선 동각의 대학사 요영이 황제의 말을 듣고 눈썹 끝을 치켜올렸다.

봉지미 역시 눈썹을 치켜올렸다. 만족스러웠다. 실로 만족스러운 제안이었다. 하지만 너무나 만족스러워 불만족스러웠다. 이건 상을 내리는 것이 아니라 그녀를 불구덩이에 던져 넣는 벌을 내리는 것과 같은 일이었다.

내리겠다는 관직은 모두 이름뿐인 문지기였다. 학사는 정육품을 넘길 수 없으니 그다지 과분하지는 않다고 생각했다. 하지만 조화전에는 지금까지 단 한 명의 학사도 없었던 데다가 어서방에서 명문을 관리하는 것은 지금껏 들어본 적 없는 기이한 업무였다. 황제의 곁을 보좌하며 고문으로 쓰인다는 것은 재상 직무의 일부라고 보는 것이 맞는데, 황제의 곁에서 그를 모시며 조정의 핵심으로 들어가는 것은 실로 명예로운 일이긴 했다. 결국 지금 황제는 자기에게 어서방의 재상이 되라는 표현과 크게 다르지 않은 말을 하고 있었다. 농경지와 집을 하사한다는 말도 몇몇 대신들의 표정을 보아하니 문제가 많은 일인 듯싶었다.

'황제가 날 추락시켜 죽이려고 지금 이렇게까지 높이 추켜세워 주는 건 아닐까?'

"폐하……."

요영이 잠시 망설이는 듯하더니 진중한 목소리로 조심스레 입을 열었다.

"아뢰옵기 황공하오나 위 선생은 아직 나이가 어리고 식견이 부족하여 조정의 일을 잘 알지 못하니 우선 한림원 학사로 임명하여 두시고 훗날 더 높은 관직으로 오를 여지를 남겨 주심이……."

"그건 정육품짜리 벼슬이지 않은가. 국사가 대학사를 맡아서는 안 된다고 생각하는가?"

황제가 비스듬한 시선으로 요영을 바라보며 말했다. 봉지미는 순간 그 얼굴이 영혁과 매우 닮았다고 생각했다.

"천부당만부당한 말씀이옵니다. 소신이 어찌 감히 그럴 수가 있겠나이까."

요영이 즉시 꼬리를 내렸다. 봉지미도 더는 주저하지 않았다.

"소신, 황제 폐하의 뜻에 따르겠나이다!"

의기양양할 필요도 없고 진심이 아닌 사양을 거듭할 필요도 없었다. 사양한다고 해서 사양할 수 있는 일도 아니었다. 황제가 내리는 것은 밥이든 죽이든 응당 감사히 받드는 것이 당연했다. 그를 거절한다는 건 곧 다른 마음을 품은 것처럼 보이는 일이 될 것이었다. 사실 봉지미는 제가 감당하지 못할 일은 없을 거라는 자신이 있기도 했다. 사람은 앉은 지위만큼의 권력을 손에 넣을 수 있는 법이고, 오로지 권력을 손에 넣은 자만이 이 세상과 동등하게 맞설 권리를 가지는 법이었다.

봉지미는 지금껏 질리도록 양보했다. 끊임없이 다른 이에게 업신여김을 당하며 버텨왔다. 당장 한 걸음 앞이 낭떠러지라 하더라도 한 치 앞을 모르는 흙먼지 속에서 또 다른 이들에게 짓밟히는 것보다는 백번 나은 일이었다.

봉지미가 밖으로 나오자 기다리고 있던 조정 신료들이 모두 소식을 듣고 봉지미에게 벌떼처럼 날아와 축하 인사를 건넸다. 햇살 아래 선 어린 신임 관료는 매우 온화하고 점잖은 인품을 가진 데다 친근하고 스스럼없는 것이 마치 한 그루 나무처럼 아름다웠으므로 모두 그에게 흠모의 시선을 보냈다. 그들은 내리쬐는 강한 햇빛 때문에 하나같이 가는 실눈을 뜨고 그 소년을 바라보았다. 다들 단번에 청운을 타고 황제의 곁으로 날아오른 그와 어떻게 관계를 맺어야 할지 궁리하는 중이었다.

봉지미는 그들과 일일이 인사를 나누며 다정히 웃어 보였다. 돌연 봉지미의 눈이 번뜩였다. 누군가 웃으며 인사를 건넸기 때문이었다.

"위 선생은 아주 젊어 전도가 유망하니 내가 부러움을 금할 길이 없소이다."

매우 온화한 말투였지만 자신이 그보다 높은 자리에 있다는 것을 의도적으로 드러내는 말이기도 했다. 오군도독 추상기. 봉지미의 외숙부였다.

봉지미는 참으로 오랜만이라고 생각했다. 그리 길지 않은 시간이었는데도 마치 하루가 삼 년처럼 아득하게 느껴졌다.

"숙부님!"

봉지미는 제 옆에 몰려든 이들을 가볍게 제치고 빠른 걸음으로 그에게 다가가 대뜸 절을 올렸다.

"참으로 오랜만에 뵙습니다! 숙부께서 이토록 건강하시니 이 조카 마음이 한결 편안합니다!"

봉지미의 말을 들은 추상기는 넋을 놓지 않을 수 없었다. 황제의 총애를 받게 될 새로운 인물과 친분을 맺으러 온 것인데 갑자기 그의 숙부가 되다니. 당황스러운 일이 아닐 수 없었다.

"숙부님, 오래전 사파정(思波亭)에서 보았던 숙부님의 늠름한 기개와 의협심을 단 한 번도 잊은 적이 없습니다. 청명으로 배움을 구하러 오는 제게 아버지께서 거듭 당부하셨지요. 무슨 일이 있어도 숙부님을 찾아뵙고 문안 인사를 드려야 한다고 말입니다. 하나 이 불효막심한 조카는 학업이 바쁘다는 핑계로 여태껏 찾아뵙지 못하고 있었습니다. 부디 숙부님께서 너그러운 마음으로 이해해 주시기를……."

물론 지금 봉지미의 입에서 나오는 말들은 모두 헛소리였다. 하지만 그 음성과 눈빛만큼은 세상 그 무엇보다 진실해 보였다. 추상기는 벌써 봉지미의 말을 철석같이 믿고 있었다. 사파정은 그의 저택 후원에 있는 정자로, 중요한 손님이 오면 늘 그곳으로 모시곤 했다. 지금 제 앞에 무릎을 꿇은 이 소년은 분명 누군가의 자제로 그의 부친을 따라 추가 저택에 방문했던 것이 분명했다. 한 해에 추가에 발을 들이는 손님은 헤아릴 수 없이 많다. 그 탓에 정확히 누구인지 기억할 방도는 전혀 없었지만 그는 이내 기억이 떠오른 척 환하게 웃으며 봉지미를 기쁘게 맞이했다.

"아이고! 이제 보니 우리 조카였구먼! 정말 오랜만이구나. 부친께서는 안녕하신가? 얼굴을 보기가 힘드니 잘 지내고 있는 것은 맞는지 나도 아주 걱정이 되었어. 애석하게도 높은 산과 깊은 물에 가로막혀 서로 만날 기회가 없으니 참으로 안타까운 일이 아닐 수 없지. 언제 시간이 나면 우리 집으로 와 이야기나 나누세."

"물론입니다. 제가 어찌 숙부의 말씀을 거스를 수가 있겠습니까? 숙부 댁 후원 사파정의 아름다운 풍경이 벌써 여러 해 동안 제 꿈속에 나타나곤 했답니다."

봉지미가 황홀한 미소를 지으며 말했다.

'아아, 정말 당신 부인과 딸을 생각하면……'

두 사람이 서로를 마주보며 하하 크게 웃음을 터트렸다. 마주한 시선 속에는 오랜만에 상봉한 가족의 정이 한가득 맺혀 있었다.

연환계(連環計)

옆에서 그들을 지켜보고 있던 관료들이 부러운 눈으로 추상기를 바라보았다. 안 그래도 높은 자리에 있는 양반이 황제의 최측근에 있을 조카까지 두고 있으니 시기하지 않을 수가 없었다.

두 사람은 '부둥켜안고' 자주 왕래하자며 굳게 약속한 뒤 '마지못해' 서로의 손을 놓아 주었다. 봉지미는 자신을 둘러싼 관료들에게서 어렵사리 빠져나와 곧장 자신의 처소로 향했다. 다행히도 넓은 아량을 가진 황제가 며칠간의 말미를 준 덕분이었다.

봉지미가 문을 열고 안으로 들어서자마자 순우맹이 갑자기 튀어나와 봉지미에게 달려들었다.

"이렇게 대단한 자일 줄은 정말 몰랐소!"

연회석도 어느덧 다가와 요상하게 웃으며 말을 걸었다.

"정말 하룻밤 사이에 용이 되셨습니다."

봉지미는 그들을 그대로 무시한 채 빠르게 말했다.

"서둘러 물건을 정리하고 곧장 청명서원을 떠날 것이오. 참, 연회석

아우, 제경 부근에 집이 하나 있다고 하셨지요? 우선 그곳에 가서 잠시 묵는 것이 좋겠소. 그곳에 있으면 소식을 전하기도 빠를 테니."

봉지미의 말에 두 사람은 다소 놀랄 수밖에 없었다. 봉지미가 다시 순우맹을 보며 말했다.

"순우가에는 별일 없을 테지만 그래도 아버님의 말씀을 듣는 것이 좋겠습니다. 당분간은 장영위에 들어가지 말고 잠시 계세요."

"지금 무슨 말을 하는 거요?"

순우맹이 아직 상황 파악을 제대로 하지 못하고 멍하니 물었다. 하지만 연회석은 이미 봉지미의 의중을 알아차린 듯 다급히 물었다.

"자객은 이미 죽지 않았습니까? 그런데도 황제께서 난리를 치르시겠답니까?"

연회석의 물음에도 봉지미는 아무런 말이 없었다. 그저 '난리를 치르게 될' 사람이 다른 이가 될 거란 사실이 걱정스러울 뿐이었다. 오늘 여러 황자들이 영혁을 공격할 때 황제의 얼굴에 떠올랐던 그 표정을 다시 떠올렸다. 어떠한 일은 그저 겉으로 보이는 것만큼 간단치는 않다는 생각이 새삼 들었다.

"묻지 마시오. 지금은 그냥 날 믿고 함께 떠납시다."

봉지미는 단호하게 대답한 뒤 곧장 몸을 돌렸다. 고남의가 이미 자신의 소중한 베개를 챙겨 들고 서 있는 모습이 보였다.

그 밤에 결국 일이 벌어졌다. 황제의 가마가 청명서원을 떠난 이후 제경에 난이 일어난 것이다. 역사는 이를 경인년(庚寅年)에 일어난 일이라 하여 '경인지변(庚寅之變)'이라 칭했다. 시작점이 어디인지 알 수 없는 난이었다. 너무나 혼란스러워 당사자조차 도대체 어디서부터 어떻게 시작된 건지 알지 못했다. 여러 해가 지나고 많은 사람이 이미 지난 과거를 곱씹으며 살피고 나서야 아, 하는 탄식과 함께 깨달음을 얻을 수 있었다.

시작은 황제가 태자를 부른 것이었다. 부자는 내용을 알 수 없는 밀담을 나누었고, 태자는 안절부절못하는 모습으로 출궁했다. 그날 밤, 행궁에 연금되어 있던 초왕 영혁은 그곳에서 자객을 맞닥뜨렸다. 그의 음식에 독을 타려던 궁녀가 병사에게 발각되는 일도 있었다.

황제는 하루 만에 다시 태자를 불러들였고, 무슨 이유에서인지 두 사람 사이에 갈등이 폭발했다. 어전 밖에 있던 궁인들의 말에 따르면 안에서 그릇이 깨지는 시끄러운 소리가 들렸다고 했다.

다음날 황제는 5황자에게 잠시 장영위를 총괄하라는 명령을 내렸다. 장영위는 줄곧 태자의 동궁에 속해 있던 부대였으나, 5황자는 황궁을 수비할 병력이 부족하다는 이유로 장영위를 동궁에서 빼내어 황실 친위대 밑으로 재배치했다. 이에 진노한 태자는 곧장 5황자를 추궁했으나 그는 시종일관 공손한 태도로 이런저런 규정들을 내세우며 결코 장영위를 다시 동궁으로 돌려놓을 수 없다고 단호히 말했다. 심지어 '장영위도 친위대와 다를 바 없는 황실의 수비대인데 어찌 장영위만 고집하고 친위대는 기피하시는 것입니까? 혹 심중에 다른 생각이 있으신 겁니까?'라고 묻기까지 했다. 결국 화를 참지 못한 태자는 5황자에게 찻잔을 집어 던져 상처를 입혔다.

그즈음 태자는 자신이 모두에게 버림받았다는 사실을 깨달았다. 청명서원은 죄를 뉘우치고 서원 살림을 줄이는 것으로 몸소 검소함을 실천하겠다며 태자의 친인척인 서생들을 쫓아냈다. 초왕이 총괄하는 구성 관아도 겉으로는 그를 섬기는 척하면서 뒤로는 그의 명을 하나도 따르지 않았다. 조정의 여러 신하들 역시 태자의 무정함에 실망하고 알게 모르게 그에게서 멀어졌다. 겉으로는 전과 같이 공경하는 척했으나 조정 일에 나설 때면 갖가지 핑계를 대며 누구도 그에게 협조하려 들지 않았다.

남은 것은 10황자 하나뿐이었다. 이전까지는 나이가 너무 어리다는 이유로 태자가 그다지 살피지 않았던 아우였다. 하지만 6황자 영혁이라는 조력자를 잃은 태자는 결국 나이 어린 아우를 찾아가 하소연하는 수밖에 없었다. 10황자는 태자에게 절대 참고 양보하지 말라며, 배은망덕한 자들에게 태자의 권위가 무엇인지 똑똑히 보여 주라며 부추겼다. 태자는 즉시 구성 관아를 장악하고 순사사(巡査司)에서 5황자가 사사로운 목적으로 변방의 장수들과 교류하고 몰래 토지를 빼앗은 것을 밝혀냈다. 게다가 함정을 파 그가 개국 공신을 은밀하게 암살했다는 누명까지 씌웠다.

덩굴을 더듬어 가면 참외가 나오듯, 이 일에는 7황자도 은밀하게 연관되어 있었다. 태자는 보물을 찾아낸 사람처럼 기뻐 날뛰면서도 이 일을 보고했다가 황제께서 노여워하시지는 않을까 하는 두려운 마음에 꾀를 냈다. 일부러 입궁을 늦추고 그날 밤 증거들을 모두 모아 태자의 보새를 이용해 그 일에 관련된 일련의 관료들을 정직시키고 조사를 받게 했다.

더 나아가 태자는 사정이 급해진 5황자와 7황자가 자신을 해치려 하지는 않을까 하는 두려운 마음에 동궁전 참모들의 만류에도 불구하고 제경 밖 수위영(戍衛營) 병력을 차출해 두 황자의 왕부를 포위하라는 명령을 내렸다. 5황자는 황제를 알현하려 했으나 태자가 보낸 수위영에 저지당하고야 말았고, 그에 크게 분노한 5황자는 즉시 친위대를 움직이려고까지 했다. 만약 7황자가 나서서 그를 말리지 않았다면 엄청난 유혈 사태를 피해 가지 못했을 것이었다.

7황자는 5황자와는 달리 태자에게 바로 백기를 들었다. 그에 몹시 만족한 태자는 사태가 일단락되었다고 여기고 동궁에서 연회를 열었다.

"아바마마께선 늘 내 성정이 너무 무르다며 걱정하셨다만, 이젠 그분께서도 나의 이 용맹함과 결단력을 똑똑히 보셨을 거요!"

말이 끝나기가 무섭게 누군가 비웃는 듯한 목소리로 중얼거렸다.

"글쎄!"

곧이어 병풍 뒤에서 누군가 모습을 드러냈다. 서늘하게 가라앉은 표정의 그는 바로……. 황제였다.

세간을 떠도는 이야기는 모두 여기서 끝이 났다. 그 뒤에 무슨 일이 있었는지 정확히 알고 있는 사람은 아무도 없었다. 이야기는 짧디짧은 십수 일의 시간 동안 사람들의 입에 오르내리며 시시각각 새롭게 변해 갔다. 5황자를 잡은 뒤 기고만장해졌던 태자는 다시 자신의 보새를 빼앗겼고, 5황자, 7황자와 한패인 조정 신료들은 그 기회를 놓치지 않고 태자를 탄핵했다. 그렇게 황실과 조정의 인물들이 서로를 물어뜯고 격투를 벌이는 사이 조정은 난장판이 되었다.

앞선 일련의 일 중 몇몇은 세상 사람 모두가 다 아는 일이었고, 몇몇은 봉지미가 연가의 식구와 손님들을 통해 여기저기서 수집하고 정리하여 알아낸 일이었다. 다른 이들은 여전히 무지와 추측 속에서 헤매고 있었지만 봉지미는 똑똑히 알고 있었다. 태자는 지금 점점 더 깊은 수렁 속으로 빠져들고 있었다.

이제 와 보니 영혁이 처음부터 노린 것은 황제가 아닌 태자였다. 게다가 결코 작지 않은 권력을 손에 쥔, 늑대와 범처럼 잔인하고 흉악한 두 형제까지.

따스한 바람이 불고 화창한 볕이 내리쬐는 여름날, 창밖에서 청량한 바람이 상쾌한 기운을 싣고 날아 들어왔다. 봉지미는 반쯤 창을 열고 방 안에 앉아 순금으로 만든 작은 집게로 호두를 깨고 있었다. 호두가 하나 깨질 때마다 봉지미의 웃음소리도 함께 들려왔다.

"아주 대단한 계책이야! 아주 훌륭한 계획이었어!"

고남의는 봉지미의 맞은편에 앉아 호두를 하나씩 깨 먹고 있었다.

"자, 이게 태자야."

봉지미가 호두 하나를 집어 들고 이야기를 시작했다. 봉지미는 손에 들고 있던 큰 호두알을 내려놓고 옆에 있던 작은 호두알을 다시 집어 들었다.

"이건 초왕 영혁이고. 이 자는 모두가 인정할 정도로 아주 충성스러운 태자의 사람이었어."

봉지미의 말이 떨어지기가 무섭게 고남의가 그 영혁을 집어삼켜 버렸다. 깜짝 놀란 봉지미는 영혁의 역할을 할 다른 호두를 바로 집어 들었지만 소용없었다. 이번에도 고남의 도련님께서 재빨리 삼켜 버린 것이었다. 그는 호두를 입에 넣고 씹으면서 껍질을 발라 모두 뱉어 냈다.

봉지미는 고심 끝에 호두가 아닌 붓을 들고 그게 영혁이라고 말했다. 다행히 영혁은 고남의에게 삼켜지는 화를 면할 수 있었다.

"어쨌든 이 사람은 태자의 사람이었기 때문에 '태자의 사람'이라는 신분에서 벗어나기 전까진 결코 태자에게 손을 쓸 수가 없었을 거야. 만약 그랬다면 자신도 태자와 함께 화를 당했을 테니까."

봉지미는 호두 한 무더기를 좌르르 펼쳐 두고 태자와 영혁을 향해 휙 튕겼다.

"설령 이 자가 태자를 건드린 후에 아무 일도 일어나지 않는다고 하더라도 그를 호시탐탐 노리고 있던 다른 황자들이 득달같이 달려들었겠지. 그 황자들은 모두 그보다 지위도 높고 권력도 더 많이 가지고 있었던 데다가 황제의 어여쁨까지 더 많이 받고 있었을 테니 태자의 자리를 차지하는 건 결코 그가 될 수 없었을 거야. 그럼 그 상황에서 영혁이 취할 수 있는 수는 뭐가 있었을까?"

봉지미가 가볍게 미소지으며 태자 호두를 황자 무리들 쪽으로 튕겼다. 호두들이 서로 부딪치며 모두 사방으로 튕겨 나갔다.

"자기는 무대 밖으로 물러난 뒤에 다른 사람의 힘을 이용해 또 다른 적을 무찌르는 거지. 그럼 그를 제외한 사람들이 모두 함께 진창에 빠지고, 그 혼자 온전한 모습으로 무대에 돌아올 수 있을 테니까."

봉지미가 영혁 붓으로 태자 호두를 툭툭 쳤다.

"그 자객은 첫 번째 단계에 불과해. 처음부터 황제를 암살할 생각 따윈 없었던 거지. 영혁은 스스로 누명을 쓰고 감금되기 위해 그자를 활용한 거야."

"그는 그 자객을 일부러 태자에게 소개했고, 그 모습을 다른 황자들이 알아차리도록 만들었어. 영혁은 태자의 이기적인 성정을 이미 잘 알고 있었을 테니 무슨 일이 생겼을 때 태자가 자신에게 모든 책임을 전가할 거란 사실도 충분히 예측했을 거야."

봉지미가 고개를 들고 나지막이 말을 이어 갔다.

"내 짐작이 맞는다면 영혁은 이미 특별한 방법을 사용해 그 자객에 대한 세부 사항을 황제에게 전달했을 거야. 그가 직접 전달하지 않았다고 하더라도 천하의 황제가 정말 자기 아들과 관련된 일에 대해 아무것도 모르겠어? 그래서 태자가 모든 책임을 영혁에게 미루고 다른 황자들까지 그를 모함했을 때 황제의 표정이 그토록 안 좋았던 거야."

봉지미가 계속 말했다.

"그 사람은 누명을 썼지만 정세를 고려해 아무 말도 하지 않고 꾹 참아냈어. 황자들은 그에게 죄가 없는 줄 알면서도 모르는 척하고 뻔뻔하게 그를 음해했지. 그러니 황제가 그런 표정을 지을 수밖에."

봉지미는 태자 호두를 집어 들고 붓으로 천천히 과육을 꺼내 입에 넣었다. 남은 절반은 고남의에게 건넸다.

"나이 든 황제는 역시 예사 인물이 아니었어. 아무것도 모르는 척하면서 초왕을 연금시켜 다른 황자들을 시험해 보려는 생각이었겠지. 하지만 황자들은 그것도 모르고 경쟁 상대 하나를 쓰러트렸다며 기뻐했지. 바보같이 말이야. 시험당하는 줄도 모르고. 이후 일어날 일들도 물론 모두 그의 계획에 있었겠지. 영혁은 이미 태자의 사람이 아닌 데다 중상을 입은 채 내내 별궁에 연금되어 있었으니 그에게 뭘 뒤집어씌우려 해도 도무지 씌울 수가 없는 상황이야. 그렇게 다른 호두들은 모두⋯⋯."

봉지미가 눈을 가늘게 뜨고 웃었다.

"독을 타고 군사를 움직이고 증거도 휘저어 놓았으니, 이제 태자와 다른 황자들이 모두 만신창이가 되기만을 기다리면 되는 거지. 그쯤 되면 어깨 상처도 다 낫고 누명도 다 씻었을 테니 말이야."

짝, 짝, 짝, 짝.

봉지미가 손뼉을 치곤 태자 호두와 황자 호두들을 오랫동안 기다리고 있던 고남의에게 모두 쓱 밀어 주었다. 귀찮다는 얼굴로 봉지미가 무슨 말을 하든 관심도 없고 듣지도 않았던 고남의는 호두를 허겁지겁 먹어치웠다.

짝, 짝.

누군가 밖에서 손뼉을 치며 생글거리는 얼굴을 들이밀었다.

"매우 훌륭한 추론이었습니다. 모든 계략이 형님 머릿속에 있다는 사실을 초왕이 알게 되면 당장 달려와 형님을 꺾어 버릴지도 모르겠는데요?"

"내 비록 여리고 약한 사내이긴 하나 그리 쉽게 꺾이진 않는다오."

봉지미가 싱긋 웃으며 손을 휙 휘두르자 손에 들려 있던 붓이 정확하게 붓통에 가 꽂혔다.

"새로운 소식이 있습니다."

연회석이 창틀에 걸쳐 앉아 제경 방향을 바라보며 말했다.

"황제께서 태자의 알현을 거부하시고 대학사 셋에게 입궁을 명하셨다 합니다."

연회석의 말을 들은 봉지미가 속으로 웃으며 생각했다.

'태자는 이제 끝났군.'

그날 밤, 황제에게 거듭 뵙기를 청했으나 결국 거절당한 태자는 대학사 셋이 어서방에 들어 밤새 나오지 않았다는 소식을 듣고 절망했다. 결국 그는 동궁의 병력과 제경의 수위영 병력을 동원해 황제의 측근에 있는 간신을 몰아낸다는 것을 명분 삼아 궁으로 향했다. 하지만 황제는 태자가 군사를 이끌고 궁으로 들어오기 전 이미 황궁을 떠나 제경 변두리 지역에 있는 호위군(虎威軍) 군영에 머무르고 있었다.

황제는 즉시 조서를 내려 수위영의 장관(長官)을 새로 임명하고 호위군을 동원해 반란 분자들을 포위하는 데 성공했다. 봉지미 역시 황제의 편에 선 대열에 속해 있었는데, 사실 황제는 봉지미보다 그 곁에 있는 고남의를 더 마음에 들어 하고 있었다.

황제가 머무는 호위군 군영은 영혁이 연금되어 있는 옥천(玉泉) 별궁과 매우 가까웠다. 그 덕에 소식을 빨리 접한 초왕이 얼마 후 십여 명의 호위 군사만을 데리고 밤새 호위군 군영으로 말을 타고 달려와 황제에게 뵙기를 청했다.

그날 두 부자는 서로 가까이 마주 앉아 길고 긴 이야기를 나눴다. 하지만 두 사람 사이에 정확히 어떤 이야기가 오갔는지 아는 사람은 아무도 없었다. 어쩌면 아비가 아들의 효심을 확인하는 계기가 되었을지도, 또 어쩌면 전쟁 같은 토론을 벌였을지도 모르는 일이었다.

그날 밤, 소가죽으로 만든 움막 안에는 깊은 향내가 가득했다. 희미하게 피어오른 연기가 그 속에서 빛나고 있는 어둡고 무거운 눈빛들을 모두 가렸다.

날이 밝아 오고 푸르른 풀잎들 위에 이슬이 맺히기 시작할 무렵, 영혁이 정중히 밖으로 물러났다. 아침 햇살 아래 드러난 그의 눈시울이 살짝 붉어져 있었지만, 제경을 바라보는 두 눈은 서리처럼 차가웠다.

어지러운 바람이 일었다. 바람을 거슬러 갈 이 누구인가. 그는 다시 처음부터 헤아려 봤다. 그가 불현듯 고개를 돌렸다. 이슬이 맺힌 풀잎 위에, 하늘을 온통 물들인 아침노을 아래, 소년의 차림을 한 그 여인이 뒷짐을 진 채 아득한 눈으로 그를 응시하고 있었다. 웃을 듯 말 듯한 얼굴로.

풀잎 여인

영혁은 봉지미를 물끄러미 바라보았다. 화창한 볕과 기나긴 바람이 산등성이 위로 불어오자 그 위에 선 사람의 검은 머리칼과 옷자락이 나란히 흩날리며 춤을 췄다. 높은 곳에 서 있어도 남을 업신여기는 기색은 조금도 느껴지질 않았고, 낮은 곳에 서 있어도 위세에 눌려 몸을 움츠리는 기색이 조금도 보이지 않았다. 늘 그렇게 영원히 신비하고 평온한 얼굴이었다. 지금 그 평온한 등 뒤로는 파도가 몰아치고 있었다. 이토록 높은 산처럼 꼿꼿하고 흔들림 없는 여인.

두 사람의 시선이 마주쳤다. 오늘의 눈 맞춤에는 이전과는 다른 의미가 서려 있었다. 조금도 의도치 않았던 첫 만남의 순간, 그의 손에 여인의 목숨이 온전히 달렸던 순간, 멀리 서서 서로를 마주보며 각자의 셈을 헤아리는 오늘에 이르기까지 그 모든 순간이 지금 마주한 두 눈에 깃들어 있었다.

영혁은 자신의 모든 걸 이 여인이 꿰뚫고 있음을 알고 있었다. 또한 영혁이 그 사실을 알고 있다는 것을 봉지미 역시 알았다.

영혁은 갑자기 조금 이상한 예감이 들었다. 왠지 이 순간 이후로 봉지미가 더욱 종잡을 수 없는 모습으로 조금씩 자신을 향해 걸어올 것만 같았다.

그는 문득 다가가 말을 건네고 싶었다. 하지만 무슨 말을 해야 할지 생각나지 않았다. 다만 봉지미에게 가는 동안 충분히 생각해 낼 수 있으리라 믿었다. 그가 막 발을 내딛으려던 순간 봉지미가 갑자기 고개를 돌렸다.

저 멀리 봉지미의 옆에서 한 줄기 푸른빛이 솟아올랐다. 옥으로 빚은 조각상과 같은 모습의 그자는 여전히 그 누구에게도 시선을 두고 있지 않았다. 그저 봉지미의 바로 옆에 서서 막 피어오르는 햇살을 향해 고개를 들 뿐이었다.

옅고 투명한 햇살이 그의 갓에 달린 망사 아래로 반쯤 드러난 턱 위에 닿아 부서졌다. 부드러운 호선을 그리는 턱이 옥과 같았고, 빛이 잠시 머물렀다가 유려하게 미끄러져 갔다.

그쪽으로 고개를 돌린 봉지미가 이내 그 조각상 같은 사내를 마주보며 환하게 웃었다. 무슨 말을 나눴는지는 알 수 없었다. 그 사내는 그 무엇에도 관심이 없다는 듯 살짝 고개를 들고 눈을 감은 채 이른 아침의 햇살 아래에서 초목의 내음을 느끼는 데에만 전념하고 있었다. 봉지미는 허리를 숙이고 무언가를 찾는 듯하더니, 단맛이 나는 풀을 찾아 이파리들을 꼼꼼히 떼어 내고 줄기를 반으로 꺾었다. 줄기의 반은 자신이 천천히 빨아 먹고 나머지 반은 그 사내에게 건네며 환한 얼굴로 먹는 방법을 가르쳐 주었다. 조각상 같은 그 사내는 풀을 한참 동안 물끄러미 바라만 보더니 이내 가르쳐 준 방법대로 입안에 가져다 넣었다.

높은 산 위에 불어오는 따스한 바람과 눈부시게 빛나는 햇살 아래 봉지미는 온화하고 평화로운 모습으로 그 사내를 향해 환히 웃어 보이고 있었다.

다른 사람이었다. 영혁은 단 한 번도 본 적이 없는 또 다른 여인의 모습이었다. 봉지미가 그에게 보여 준 모습은 모두 교활하고, 악랄하고, 계획적이거나 두려움에 젖어 초조해하는 모습뿐이었다.

갑자기 조금 짜증이 치밀었다. 햇볕이 조금 옅어지고 바람 소리도 더는 상쾌하지 않았다. 일곱 빛깔로 빛나는 무지개의 아름다움은 곧 풀 끝에 닿아 부서졌다. 날은 견디기 힘들 정도로 뜨거워졌다.

영혁이 손을 들어 저 멀리 서 있는 봉지미를 가리켰다. 봉지미가 그를 향해 고개를 돌렸다. 저 멀리 서 있는 초왕 전하께서는 어느새 표정을 어둡게 가라앉힌 채 입을 꾹 다물고 있었다. 왠지 조금 원망스럽다는 생각이 들었다. 분명 조금 전까지만 해도 매우 평화로운 얼굴이었는데 왜 갑자기 한여름 하늘처럼 변덕을 부리는 건지 알 수 없었다.

영혁은 손으로 봉지미를 가리키다가 이내 제경 쪽을 가리켜 보이고는 곧장 옷자락을 펄럭이며 자리를 떠났다.

"예. 소신이 잘 처리하겠나이다."

봉지미는 그를 향해 허리를 굽혀 예를 표했다. 미소 띤 얼굴로 결연하게 떠나는 그의 모습을 눈으로 좇았다.

"전하께서 바라시는 대로."

늦은 오전 시간, 연회석이 데리고 온 사람들이 봉지미에게 간식을 챙겨 주었다. 물론 대부분은 고남의를 위해 준비한 것들이었다. 봉지미가 종종 그들과 재상들이 '우연히' 만날 수 있도록 손을 써 주고 있어서 봉지미에게 좋은 인상을 남기고자 하는 것이었다.

연회석은 올 때마다 제경의 새로운 소식들을 가져왔다. 예상대로 황제와 태자 사이의 갈등은 나날이 심해지고 있었다. 그들의 상황을 표현할 수 있는 말은 단 하나뿐이었다.

'계란으로 바위 치기.'

"태자는 역시 어리석어요."

연회석이 절레절레 고개를 저었다.

"황제가 근래 들어 아무것도 하지 않는 것처럼 보였지만 사실 정사와 군사를 단 한순간도 손에서 놓은 적이 없는데……. 태자는 겨우 그 정도 힘으로 승기를 잡을 수 있다고 생각한 걸까요? 쯧쯧……."

봉지미는 뒷짐을 진 채 저 멀리 하늘을 바라보고 있었다. 제경의 핏빛 불꽃에 데기라도 한 듯 두 눈을 가늘게 뜬 봉지미가 한참 뒤에야 나긋한 목소리로 입을 열었다.

"태자와 초왕 사이에는 큰 차이점이 하나 있어요. 둘 중 후자는 결코 황제를 얕보지 않았지요."

형세를 판단하고 절묘한 때를 찾아내는 초왕의 침착함은 실로 보통 사람의 경지를 벗어나 있었다. 봉지미도 처음에는 그가 무려 십 년이라는 시간을 투자해 그 엄청난 계획을 세웠을 거란 생각을 미처 하지 못했었다.

태자를 밀어내는 것은 어렵지 않은 일일지 몰라도, 태자를 밀어내고도 황제의 의심을 피해 가는 것은 무척이나 어려운 일이었다. 자신의 추측이 맞다면 암살 시도가 있기 전날 밤 그 병사들은 자객이 순조롭게 서원 내로 들어갈 수 있도록 진입로를 확보하고 서원에서 수학하고 있는 조정 대신의 자제들을 통제하는 일을 했을 것이었다.

청명은 이번 계획에서 가장 중요한 역할을 해냈다. 풍류를 즐기는 것처럼만 보였던 초왕이 사실은 이 서원을 통해 여러 대신의 생명줄을 손에 틀어쥐고 있었던 것이었다.

'언제부터 시작된 계획인 걸까? 건국 초기부터? 아니면 그것보다도 더 먼저?'

모든 이가 청명서원의 중요성을 깨달은 무렵, '충성심 강한' 그는 제 손에 들려 있던 청명을 태자에게 '바치고' 물러났다.

풍류 초왕. 제경의 귀족 공자들을 손아귀에 넣고 정치에 무심하기 그지없는 얼굴과 태도로 제경의 꽃이란 꽃은 모두 꺾은 사내. 기방과 제경 대로에서 우연히 마주쳤던 그때 보았듯, 제경의 공자 나리들은 오직 그의 말만을 따랐다.

그렇게 아무도 모르게 의도하지 않은 듯 서서히 그들 안으로 침투했다. 여러 해가 지나는 동안 귀족 자제들은 초왕과 떼려야 뗄 수 없는 굳건하고 은밀한 관계를 맺는 데 성공했노라 굳게 믿었을 것이다. 하지만 실상은 그들의 사생활부터 공적인 영역, 온갖 약점과 병폐까지 모두 그와 신자연의 손안에서 빈틈없이 통제되고 있었다.

영혁이 이루고자 하는 일은 결코 태자를 쓰러트리는 것만이 아니었다. 그는 태자를 쓰러트리는 과정에서 황제의 신임을 얻고자 했고, 태자를 쓰러트린 후에는 더 많은 이의 지지를 얻고자 했다. 그는 단 한순간도 천성황조를 세운 자신의 아버지를 만만히 본 적이 없었다. 이미 노쇠하고 지쳐버린 황제라 할지라도.

한편 황궁의 태자라는 이는 자신의 오른팔이 이토록 철저하고 위험한 사람이라는 사실을 아마 영원히 알아차리지 못할 것이었다. 그는 이미 기세가 등등한 호위군에 빈틈없이 포위되어 있었다. 명백한 열세에 처해 있었다. 지금 태자는 평정심을 잃은 지 오래요, 당장 미치기 일보 직전이었다.

태자는 궁을 장악하려 했던 일이 실패로 돌아가고 난 후 줄곧 동궁 안에 처박혀 몸을 움츠리고 있었다. 황제는 모든 갈등을 동궁에서 해결하고자 했다. 동궁에는 피를 물들일 수 있어도 조화전에는 결코 그럴 수 없다는 게 그의 뜻이었다.

황제는 매우 평온해 보였다. 그가 함께 장기를 두자며 봉지미를 불러들였다. 봉지미는 두 판을 지면 반드시 한 판은 이기고 말았는데, 그 모습을 황제가 매우 마음에 들어했다.

시시때때로 군보가 전해졌다. 황제는 아무런 표정 없이 내용을 읽어 내려갔다. 촛불 아래 드러난 그의 눈빛은 고요했고 눈밑 주름은 온갖 풍파를 모두 다 겪어 낸 듯 깊이 패어 있었다. 봉지미의 마음이 옥으로 만든 장기 알처럼 조금 차가워졌다. 심연처럼 깊고 무거운 것이었다. 제왕의 집안이라는 것은.

두 사람의 장기 놀이는 야심한 시각까지 이어졌다. 저 멀리서 말 한마리가 밤공기를 가르며 빠른 속도로 달려오고 있었다. 곧 왕이 머무르는 처소 앞에서 누군가 이름을 대는 소리가 희미하게 들리더니 군보가 올라왔다. 황제는 제자리에 똑바로 앉아 있었다. 그가 장기 알을 내려놓자 둔탁한 소리가 났다. 손에 힘이 너무 들어갔던 탓인지 탁자 위에 놓여 있던 등불이 위태롭게 일렁였다. 속으로 한숨을 내쉰 봉지미가 자리에서 일어나 지친 기색을 보이며 황제에게 고했다.

"소신의 부족한 실력을 부디 용서하여 주시옵소서."

황제가 웃으며 자리에서 일어나 장기 알을 흩뜨렸다. 봉지미는 물러가겠노라고 고하고 곧장 문을 향해 걸음을 옮겼다. 하지만 머지않아 황제의 한숨 섞인 목소리가 들려왔다.

"같이 보지."

봉지미는 잠시 멈칫했지만 황제의 말을 거역할 수는 없는 법이기에 시선을 내리깔고 고개를 조아렸다.

"예. 그리하겠나이다."

고개를 들어 피곤한 기색이 역력한 황제의 얼굴을 바라보았다. 그날 병풍 뒤에 가만히 서서 황자들의 공격을 받던 영혁의 모습이 불현듯 떠올랐다. 그 역시 지금 황제와 비슷한 얼굴을 하고 있었다.

황제는 밀봉된 군보를 건네받아 끝까지 단숨에 읽어 내려갔다. 그의 속눈썹이 갑자기 눈에 띄게 파르르 떨리더니 곧 노한 얼굴로 탁자를 내리쳤다.

"이런 가당치 않은……!"

태자는 광증에라도 걸린 사람처럼 동궁 밖 담장에 화포를 던져 그곳을 완전히 쑥대밭으로 만들어 버렸다. 동궁인 명의궁(明宜宮)은 본디 황궁의 일부분이었으나 황궁과 동궁 사이에 담장을 두어 상징적으로 독립된 공간이 되었다. 하지만 그 담장을 포격으로 무너트린 태자는 기어코 황궁으로 진입했고, 친위대와 수위영은 아무 잘못도 없다는 것을 뻔히 알면서도 결국 그들을 사지로 내몰았다. 그는 제 안의 악의를 기꺼이 겉으로 쏟아 내어 궁 안에서 방화와 살인을 저질렀고, 10황자와 소녕 공주를 인질로 삼아 입을 열 때마다 황제께서 정의를 실현해 주셔야 한다는 말만 반복하고 있었다.

탁자 위 등불이 바닥으로 떨어졌고, 황제의 손에 들려 있던 군보는 불길 속에서 활활 타들어 갔다. 그 연기 속에 가려져 있던 황제의 노한 얼굴이 금방이라도 폭발할 것만 같았다. 그는 태자를 이해했다. 아들의 능력이 그저 그렇다는 것도 알고 있었지만, 이 시점에 경거망동할 만큼 어리석지도 않다고 생각했다. 어쩌면 늘 태자와 사이가 좋던 소녕 공주가 제 오라비를 설득할 수 있을지도 모른다는 생각에 일부러 궁에 남겨 두고 온 참이었다. 그런데 태자가 이토록 정신을 완전히 놓고 제 누이마저 붙잡고 늘어질 거란 생각은 조금도 하지 못했다.

몇몇 대신들이 경악한 얼굴로 달려왔다. 하지만 그 누구도 태자의 갑작스럽고 대담한 행보의 원인을 찾아내지 못했다. 그들은 하나같이 사람의 마음이란 헤아릴 수 없는 것이라고 탄식했다. '태자의 곁에는 간사한 자들이 많다, 태자가 미쳐버린 것이 분명하다, 어찌 폐하의 두터운 은혜를 이토록 처참하게 저버릴 수 있는가'와 같은 말들도 덧붙였다.

봉지미는 싸늘한 눈빛으로 그들을 바라보며 동각 대학사의 아들을 떠올렸다. 고남의에게 손가락이 잘린 바로 그 공자였다. 그가 초왕의 곁에 있는 모습도 여러 번 본 적이 있었다.

잠시 분노에 몸을 떨던 황제는 서서히 냉정을 되찾더니 무거운 목소리로 입을 열었다.

"위 선생."

'올 게 왔구나……'

봉지미가 속으로 절규했다. 역시 피할 수는 없는 노릇이었다. 서둘러 청명을 떠나 황제를 따라서 군영에 숨어들어 왔건만, 만군이 옆에 있으니 이제는 쓸모없어진 모양이었다. 봉지미도 오늘과 같은 일이 생길 것이라고는 생각지 못했다. 고남의가 그날 제 실력을 드러내지 말았어야 했다. 그걸 한번 보인 이상 황제는 앞으로도 쭉 그 모습을 기억하게 될 테니.

잠시 후, 천 명의 호위군이 막사 앞에서 봉지미를 기다리고 있었다. 봉지미는 하는 수 없이 말에 오르며 고남의에게 거짓말을 했다.

"술 마시러 가세."

고남의는 본래 늦은 시간에 깨어 있는 것을 몹시 싫어했지만 술을 마시자는 말에는 흔쾌히 응했다.

"그날 그 술이 어떤가?"

봉지미가 거짓말을 이어 갔다.

"순우맹 사형께서 가지고 계시지. 나와 함께 순우맹 사형에게 가자."

고남의가 매우 기쁜 기색을 보이더니 풀잎 하나를 반으로 갈라 상을 주듯 봉지미에게 건넸다. 봉지미가 웃으며 그가 건넨 풀을 입에 가져다 물었다.

'……쓰잖아!'

봉지미는 그 쓰디쓴 풀을 입에 물고 말 위에 앉아 조금 전 황제가 했던 말을 다시 떠올렸다. 늘 동요하지 않아 보이던 황제는 무척이나 걱정스러운 눈빛으로 신신당부했다.

"반드시 공주를 구해야 하네."

봉지미는 황제가 소녕 공주에게 진짜 부성애를 가지고 있으리라고는 생각하지 못했다. 어쩌면 천성황조 영 씨 황가에 유일하게 남은 혈육 간의 정일지도 모른다는 생각이 들었다.

봉지미는 말을 타고 빠르게 제경으로 달렸다. 이미 계엄령이 내려진 탓에 제경 안 모든 관아에는 호위군이 주둔해 있었다. 호위군은 영 씨 가문이 천성황조를 세우기 전 대성황조의 외척이었던 시절 장악한 병력으로, 호위군의 통수인 서원량과 부수 순우홍 모두 천성황조 건국 당시 큰 공을 세운 개국 공신들의 후손이었다.

제경 서화문에서는 연기와 흙먼지가 끊임없이 피어올랐고, 격렬하게 싸우는 소리와 비명이 온 천하를 뒤흔들었다. 영혁은 명을 받들어 태자의 남은 군사를 맹렬히 공격하고 있었다. 태자는 남궁의 천파루(天波樓)에 포위되어 있었는데, 10황자와 소녕 공주 역시 그곳에 태자와 함께 있었다.

봉지미는 말 위에 앉아 피처럼 붉은 불빛이 집어삼킨 황성의 한편을 바라보았다. 새빨간 불빛이 봉지미의 투명하게 빛나는 뺨과 눈동자에 비쳤다.

봉지미는 자신과 함께 온 천 명의 호위군을 그 전장에 밀어넣지 않았다. 고남의를 데리고 뛰어들어 사람들을 구하지도 않았다. 그저 가만히 그 자리에서 기다릴 뿐이었다.

머지않아 영혁이 말을 타고 곁으로 다가와 멈춰 섰다. 한 쌍의 남녀는 그렇게 묵묵히 말 위에 앉아 사람들이 피를 흘리며 싸우고 죽어가는 곳을 아득히 바라보았다.

영혁이 덤덤한 목소리로 말했다.

"몇몇 이들은 살아남지 못할 것이오."

"몇몇 이들은 반드시 살아남아야 하고요."

봉지미가 그를 보고 웃어 보였다.

"이를테면 인질이라든가요."

"그대는 열째 영제를 구하시오."

영혁이 눈썹을 치켜세웠다.

"그 정도면 폐하의 앞에 서기에 충분할 거요."

그가 잠시 망설이는 듯하더니 이내 덤덤히 말을 이어 갔다.

"내가 장담하지."

봉지미는 그의 말을 믿었다. 하지만 그에게 그를 믿는다고 말하지는 않았다. 처음으로 그와 서로의 이익을 맞교환하는 것이었다. 마음속에 왠지 조금 서늘한 바람이 불었다.

누가 죽고 누가 살지를 고작 몇 마디 말로 결정하고 있었다. 영혁이 야 아무렇지 않은 것이 당연하다 할지라도, 봉지미는 어찌하여 저 자신 까지 이토록 아무 동요 없이 평온한 마음인 것인지 알 수 없었다.

늙은 황제는 차가웠고, 초왕은 침착했다. 그리고 봉지미는 이미 이 격랑 속에 발을 들이고 말았다. 이 치열한 세상에서 봉지미가 가장 먼 저 보호해야 할 것은 다름 아닌 자기 자신이었다.

"날 실망하게 하지 마시오."

불길이 일렁이는 와중에 그가 눈부신 미소를 지으며 말했다.

"그대가 절망하게 될 테니."

의미심장한 미소였다. 칠흑같이 검은 두 눈동자 속에는 봉지미마저 읽어 낼 수 없는 무언가가 맺혀 있었다. 봉지미가 말의 방향을 살짝 옆 으로 틀며 말했다.

"절 절망시키지 마세요."

봉지미가 그를 바라보며 웃었다.

"제가 정신을 놓아 버릴지도 모르니."

밀회

　천파루 밖에 말을 세운 봉지미는 가만히 주위를 살폈다. 태자가 인질을 붙잡고 완강히 저항하고 있었지만, 초왕의 군사력이면 이곳을 장악하는 것은 실로 식은 죽 먹기였다. 하지만 그는 천파루에 본격적인 병력을 투입하지는 않았다. 쥐를 잡기 위해 집을 부술 수는 없는 법. 약한 불로 천천히 들볶아 태자의 자신감을 바닥으로 떨어트린 뒤 그가 정신을 놓고 극한의 상황까지 치닫도록 유도해 소녕 공주와 함께 죽게 만드는 것이 최선이었다.

　봉지미의 생각이 틀리지 않았다면 지금 태자의 곁에 있는 신하 중영혁의 눈과 귀 역할을 하는 자들이 있을 게 분명했다. 그는 다음, 그다음 수까지 끊임없이 준비하고 있는 자였다.

　만약 천파루 사방에 창이 트여 있지 않아서 그 안의 상황을 볼 수 없었다면 그들은 진즉에 주검이 되어 저 바닥에 누워 있었을 것이었다. 사람을 구하는 것은 사실 매우 간단한 일이었다. 그저 구하러 갈 수 없는 것일 뿐.

갑자기 태자의 괴이한 웃음소리가 들려왔다. 그의 목소리는 칼처럼 잔뜩 날이 서 있었다.

"아바마마는 어디 계시느냐! 왜 날 보러 오시지 않는 것이야! 당신 아들을 기어코 외면하시겠다 하더냐? 나를 보러 오지 않으면……."

그때였다. 쿵, 하는 둔탁한 소리와 함께 누군가 천파루 밖으로 떨어져 그대로 바닥에 부딪혔다. 순식간에 머리가 터지고 피가 흘렀다. 그 모습을 목격한 이들은 하나같이 화들짝 놀라 어찌할 바를 몰라 했다. 한참이 지난 후에야 떨어진 이가 궁녀라는 사실을 알아차렸다. 소녕 공주는 아니었다. 태자의 웃음소리가 전보다 더 기괴해졌다.

"아바마마께서 오시지 않는다는 것이지? 그렇다면 앞으로 일각(一刻)＊15분 마다 밖으로 한 명씩 사람을 던질 것이다! 조금 전 떨어진 것은 소녕의 궁인이었지. 다음……, 다음은 누굴 던져야 하나……. 아바마마께서 가장 아끼시는 공주를 던져 보는 게 좋겠군. 아바마마께서 이곳으로 오시지 않는다면 소녕 공주가 귀신이 되어 아바마마께 달려갈 것이다!"

곧 천파루 주변이 적막에 휩싸였다. 무고히 죽어 나간 망자의 피가 소리 없이 천천히 흐르고 있었다. 소녕 공주의 찢어질 듯한 거친 목소리가 돌연 터져 나왔다. 그 음성 속에는 분노가 빈틈없이 담겨 있었다.

"오라버니! 미쳤어요?"

"그래! 미쳤지! 난 미쳤어!"

태자가 폭소를 터트리며 소리쳤다.

"모두가 다 미쳤지! 이 더러운 황족들 모두! 이 빌어먹을 집구석 모두가 미쳤다고!"

봉지미가 고개를 돌려 연회석과 낮게 몇 마디 말을 주고받았다. 연회석이 자리를 뜨자 봉지미가 쑥 앞으로 한 걸음 나아가 조용히 입을 열었다.

"태자 전하."

갑자기 웃음소리가 뚝 끊기더니 태자가 밖으로 고개를 내밀었다. 봉지미를 발견한 그의 얼굴에 희망이 가득 피어올랐다.

"위 선생이 왔는가? 아바마마께서 오시는 게지? 아바마마를 뵈어야겠네! 아바마마께 내 억울함을 풀어 달라 청해야겠어!"

곧이어 소녕 공주가 태자보다 더 반가워하는 목소리로 안간힘을 써 소리쳤다.

"위지! 위지! 날 구하러 온 거지? 날 구하러 올 줄 알았어!"

작은 머리통 하나가 불쑥 밖으로 튀어나오더니 곧 태자의 손에 끌려 안으로 밀려 들어갔다.

"폐하께서 지금 이쪽으로 오고 계십니다. 곧 당도하실 겁니다."

봉지미가 곁눈으로 소녕 공주를 힐끔 바라보곤 얼굴색 하나 변하지 않고 거짓말을 이어 갔다.

"태자 전하, 어찌 이런 큰일을 벌이신단 말입니까. 이렇게까지 여지를 남기지 않으시면 나중에 무슨 낯으로 폐하를 뵐 수 있겠나이까."

"재상들은 어디 있느냐?"

태자가 봉지미의 말은 무시한 채 주위를 두리번거리며 물었다.

"왜 너를 보낸 것이야? 넌 아직 그럴 만한 자격이 되지 않는데."

하지만 봉지미는 동요하지 않고 싱긋 웃으며 말을 이어 갔다.

"저는 태자 전하의 사람이 아닙니까. 폐하께서 절 보내신 이유를 아직도 모르시겠습니까?"

태자가 두리번거리던 것을 멈추고 봉지미를 바라보았다. 그의 얼굴에 기쁜 기색이 가득 차올랐다.

"내 사람……, 내 사람이라……. 한데 폐하께서는 왜 아직도 군사들을 물리지 않으시는 게냐?"

봉지미가 고개를 들고 그를 향해 다시 웃어 보였다.

"전하께서 어리석으시기 때문이지요."

봉지미의 입에서 나온 천지개벽할 말에 모두가 화들짝 놀라지 않을 수 없었다. 태자마저 깜짝 놀라 휘청거릴 정도였다. 잠시 후 겨우 정신을 차린 태자가 크게 화내며 소리쳤다.

"무엄하다! 감히 나를 능멸하다니!"

"감히 그러지 못할 이유는 또 무엇이란 말입니까?"

봉지미가 차갑게 웃으며 말했다.

"서로 적이 되는 아비와 자식이 천하에 어디 있단 말입니까. 억울한 일이 생겼다 한들 폐하께 진심으로 결백을 고하고 진실을 밝히시면 될 일. 어찌하여 무력까지 이용하신단 말입니까. 폐하께서는 호위군 군영에 머물며 태자께서 진실한 마음을 모두 털어놓기를 간절히 기다리고 계셨습니다. 그리하여 부자 간의 응어리를 풀고 다시 한 번 잘해 보고자 마음먹고 계셨사온데……. 황제께서도 태자 전하께서 궁을 뒤집어놓은 것도 모자라 누이를 인질로 잡는 극단적인 일까지 벌일 줄은 생각하지 못하신 게요. 태자 전하께서는 이토록 여전히 부친의 마음을 헤아리지 않으시고 스스로 파멸의 길로 들어서고야 마셨는데, 어찌 어리석단 말을 하지 않을 수가 있단 말입니까."

날카롭기 그지없는 말들이었지만 태자의 눈동자에는 한 줄기 희망이 스쳤다. 그가 봉지미를 떠보듯 다시 물었다.

"……그게 정녕 아바마마의 뜻이란 말이냐?"

봉지미가 단호한 목소리로 답했다.

"소신이 어찌 황제 폐하의 뜻을 왜곡할 수 있단 말입니까!"

"내가 정녕 정신을 놓은 광인이 되어 버린 것인가……."

멍하니 있던 태자가 말을 이었다.

"아바마마께서 나의 결백을 들어 주실 마음이 있으시다면……."

그가 고개를 돌리고 소녕 공주와 10황자를 바라보았다. 아우와 누이를 먼저 내보내는 것으로 화해의 표시를 해야 하는 것은 아닌지 고민이었다.

"길을 잃으신 듯하더니 겨우 제자리로 돌아오셨습니다. 역시 벼랑 끝에 다다라야 말 머리를 돌리는 법이지요. 정말 잘 되었습니다. 아주 잘 됐어요."

갑자기 누군가가 말을 타고 나타나 기쁜 얼굴로 웃으며 말했다.

"일이 이리 되었으니 이 아우가 즉시 호위군 군영에 사람을 보내 알리겠습니다."

봉지미가 소리 없는 탄식을 내뱉었다.

'하아……. 영혁……! 당신 정말 내 일에 초를 치려고 태어난 사람 아니야?'

천파루 위의 태자는 순간 멍해지고 말았다. 호위군 군영에 사람을 보내 알리겠다는 건 황제가 아직 군영에 머물고 있다는 뜻이었다. 지금까지 위지가 그에게 고한 말이 모두 거짓이란 뜻이기도 했다.

"이런 염치없고 뻔뻔한 놈을 봤나!"

태자가 화를 누르지 못하고 내관 하나를 천파루 밖으로 걷어찼다. 퍽, 하는 둔탁한 소리와 함께 또 한 번 머리가 터지고 사방으로 피가 튀었다. 곧이어 날이 선 태자의 목소리가 들려왔다.

"네놈이 어질지 못한 짓을 했으니 나 또한 참지 않겠다! 모두 죽어!"

말 위에 앉은 영혁이 차갑게 웃었다. 그가 줄곧 기다리고 있던 그 말이었다. 소맷자락 안에 숨은 그의 손가락이 소리 없이 움직였다. 검은 화살 비가 먹구름처럼 몰려와 휘잉 소리를 내며 허공을 가로질렀다. 화살 비는 그대로 사람들의 머리를 지나 천파루 꼭대기로 돌진했다.

탁. 탁. 탁. 탁.

활짝 열려 있던 천파루의 네 창이 순식간에 굳게 닫혔다. 허공을 가르고 날아온 화살들이 창틀에 단단히 박혔다. 태자의 광기 어린 웃음

소리가 허공을 찢더니 곧 아무 소리도 들리지 않았다.

휙, 소리와 함께 천파루에서 던져진 정체 모를 물체 몇몇이 밤하늘에 붉고 노란 궤적을 그리며 땅에 떨어졌다. 그 물체가 땅에 닿는 순간 갑자기 펑, 하는 소리가 들려왔다.

순식간에 천파루 주변에 불이 붙었다. 나무로 지어진 천파루의 한쪽 모서리에도 불이 번졌다. 불씨는 어느덧 한 마리 화룡(火龍)처럼 기둥을 타고 활활 타올라 순식간에 건물의 반을 집어삼켰다. 태자는 지금 자결하려는 것이었다.

붉은 화염이 천파루를 감싸자 지켜보는 모든 이의 안색이 창백해졌다. 태자는 이제 수년 전 3황자가 군사 반란으로 자결한 이후 처음으로 스스로 파멸의 길을 선택한 황족이 되는 것이었다.

아니, 두 번째인 태자로 끝나는 것이 아니었다. 오늘 저 안에서 죽어 갈 황족은 황제가 가장 총애하는 어린 공주까지 포함해 모두 세 명이었다.

모두들 눈을 동그랗게 뜬 채 거침없이 솟아오르는 불길을 바라보며 지금 이 일의 결과에 대해 생각했다. 손발이 얼음장처럼 차갑게 식고 온몸을 움직일 수 없었다. 오로지 초왕 영혁만이 무심한 눈빛으로 그 모습을 바라보고 있었다.

호위군 지휘사인 서원량은 조급해지기 시작했다. 하지만 초왕이 무슨 생각을 하고 있는지 알 도리가 없어 감히 그 대신 명령을 내릴 수도 없는 일이었다. 그는 하는 수 없이 고남의를 향해 구원의 눈길을 보냈는데, 봉지미가 갑자기 어이쿠, 소리를 내며 황급히 제 옷을 털었다. 그러자 그의 시선이 자연스레 그쪽으로 향했다.

"불!"

천파루와 너무 가까이 서 있었던 탓에 봉지미와 고남의 옷에도 불이 붙고 만 것이었다. 허둥지둥 옷을 털어 불을 끈 봉지미는 제 옷이 타고 있는데도 놀라우리만치 무관심한 얼굴로 서 있는 고남의를 바라보았다. 그는 자신의 옷이 타는 것보다 다른 것이 불타는 것을 보는 게 더 재미있다는 듯 그저 고개를 들고 불꽃을 바라보고 있었다. 결국 봉지미가 그에게 달려가 옷에 옮겨 붙은 불을 꺼 주는 수밖에 없었다.

영혁은 그 모습을 내리 지켜봤다. 고남의의 옷에 붙은 불을 끄는 일에 온 신경을 집중하고 있는 봉지미의 모습을 바라보며 그의 두 눈은 조금 더 깊게 가라앉았다. 그는 말 위에 허리를 꼿꼿이 세우고 앉아 살짝 고개를 들고 화염에 휩싸인 천파루를 바라보았다. 그의 눈동자에 붉은빛이 비쳤다. 도깨비불처럼 기이하고 뒤틀린 모습이었다.

초조해진 병사들은 모두 그의 명령만을 기다리고 있었다. 하지만 그는 불길이 천파루를 완전히 집어삼켜 더는 손쓸 방도가 사라진 때가 되어서야 느긋하게 입을 뗐다.

"멍청한 놈들! 불만 끌 줄 알고 사람을 구할 줄은 모른단 말이냐!"

왕명을 받은 병사들은 서둘러 '사람을 구하러' 달려갔다. 그 옆에서 쓴웃음을 지은 봉지미는 겨우 반만 남기고 다 타버린 제 옷자락을 펼쳐 보이며 말했다.

"소신은 가서 옷을 좀 갈아입어야겠습니다."

영혁이 봉지미를 바라보았다.

"고생 많았소. 불길이 워낙 크니 아무리 무공이 뛰어나도 사람을 구하기는 힘들 것이오. 우선 가서 옷부터 갈아입으시오."

봉지미가 그에게 진짜 미소를 지어 보였다.

"전하께서도 고생이 많으십니다. 어찌 계속 전하께 폐만 끼치는 것 같군요."

봉지미는 예를 갖춰 인사하고 곧 물러났다. 정신없이 바삐 움직이는 인파를 뚫고 궁의 외딴 구석까지 걸어가자 조금 전 어딘가로 사라졌던 연회석이 모습을 드러냈다.

"역시 맞았습니다!"

연회석은 몹시 흥분해 있었다.

"자결하는 척 불을 지르고 옆으로 빠져나갈 심산이었어요! 천파루에 다른 출구가 있습니다!"

봉지미가 예상했다는 듯 피식 웃어 보였다. 다른 이들은 모두 궁지에 몰린 태자가 그저 황제에게 제 억울함을 고하고자 떼를 쓰는 것이라 여기고 있었지만, 봉지미는 오늘 이곳으로 오는 내내 태자의 퇴각 방식이 매우 일률적이라는 생각을 떨칠 수가 없었다. 그저 벼랑 끝에 몰려 무작정 천파루에 오른 것은 아닌 것 같았다. 하여 태자와 담판을 짓기 전에 먼저 연회석에게 천파루에 다른 출입구가 있는지 면밀히 살펴 달라고 청한 것이었다.

"천파루에는 지하도도 나 있지 않고, 뒤쪽엔 인공 호수뿐입니다."

연회석이 말했다.

"초왕 역시 철저한 자이니 미리 사람을 보내 살펴봤겠지만 그래도 우리 집안 문하의 초자파(哨子派)보다 뛰어난 이들은 세상에 없지요. 천파루는 대성황조 때부터 매우 기이한 곳으로 이름을 떨쳤다고 하더군요. 누각 안에 누각이 있고, 또 그 안에 좁은 공간이 하나 더 있는데, 그게 사람이 숨기 위한 공간이 아니라 위아래를 오르내리는 층계를 숨기기 위한 공간이라는 겁니다. 그 계단을 통하면 천파루의 뒤쪽으로 오르내릴 수 있는 것이지요. 그 층계는 상고 시대 무덤에 쓰인 것으로 안팎에 정밀한 장치가 달려 있어 처음 사용하면 올라가는 길이 열리고 두 번째로 사용하면 내려가는 길이 열린다고……. 저기 보십시오."

봉지미가 고개를 들었다. 인공 호수 가장자리에 맞닿아 있는 산 하나가 천파루에 매우 가까이 붙어 있었다.

"그럼 저 산이……."

"저 산의 중간이 뚫려 있습니다. 그곳에 또 다른 절묘한 비밀이 숨어 있지요."

연회석이 경탄에 젖은 두 눈을 반짝이며 말했다.

"산을 가로질러 나가면 그 길이 호수 바닥으로 이어지고, 바로 지하 통로가 나타납니다. 여기서 정재(靜齋)까지 쭉 이어지지요. 정재는 동화문과 매우 가깝습니다."

허공을 가로질러 걸어가는 것과 다를 바 없는 비밀 통로였다.

철저한 영혁도 알아내지 못했다는 게 이제 조금 이해됐다. 천파루에는 지하 통로가 아예 나 있지 않으니 호수 바닥까지는 살피지 않았을 것이었다. 호수 바닥에 지하 통로가 나 있다는 것을 아는 이가 없으니, 그 통로의 출구가 어디인지 알아보려는 이도 물론 없었을 것이었다.

봉지미는 두 눈을 가늘게 뜨고 천파루의 한쪽 구석을 자세히 살폈다. 호수를 바로 등지고 있어 아무리 봐도 호수 아래로 통하기에 가장 좋은 장소인 것 같았다. 봉지미는 그 만능 서책에서 눈속임을 알아차리는 방법에 대해 거들먹거리며 적어 놓은 기록을 보았다. 그 덕에 온갖 무덤 속 기이한 장치들에 대한 허풍을 다양하게 접할 수 있었다.

"이건 내가 그 통로를 찾아내라는 하늘의 뜻이야."

봉지미가 고개를 들고 천파루 꼭대기를 바라보았다. 소녕 공주가 기쁜 얼굴로 고개를 빼꼼 내밀고 내려다보던 모습이 머릿속에 떠올랐다.

"가 보자."

연회석의 표정이 조금 진지하게 가라앉았다. 그는 지금 이 결정이 매우 중요하다는 것을 알고 있었다. 영혁과는 반대의 길을 가겠다는 뜻이었다. 하지만 그는 아무 말도 하지 않고 봉지미에게 길을 안내할 길잡이를 불렀다. 초자파의 고수라는 그이는 내내 천파루의 설계에 대해 쉴 새 없이 떠들었다. 봉지미는 문득 대성황조나 천성황조에 이토록 정찰에 능한 이가 있었는가 하는 의문을 떠올렸다.

"초자파는 어떤 문파요?"

봉지미가 물었다. 그러자 연회석이 곧 짧게 대답했다.

"도굴."

봉지미는 뭔가 깨달은 듯 고개를 끄덕였다.

'그래, 그 만능 서책의 주인도 분명 도굴의 고수인 거야…….'

뒤에서 기다리는 새

연회석은 길을 안내할 초자파의 노인만을 남긴 채 모든 이를 물렸다. 그들은 지하 통로로 이동할 필요 없이 그저 먼저 출구로 가 기다리기만 하면 되는 일이었다.

궁문 밖에 나가 기다릴 수는 없으니, 통로의 반대편 출구 바로 앞을 지키는 수밖에 없었다.

봉지미는 태자의 손에서 그 오누이를 되찾으려 하는 것이 아니었다. 그들은 태자와 아무런 이해관계가 없으니 태자도 도망 길에 그들을 데려가지는 않을 것이었다. 아주 우둔하지 않고서야 두 사람은 충분히 자신을 스스로 지킬 수 있었다.

황가에서 태어나 황제의 총애까지 듬뿍 받고 자랐으면서 자신을 스스로 지킬 힘은 하나도 없는 인물이라면 언제 죽어도 결국 죽게 될 것이니 봉지미가 마음 쓸 일은 아니었다.

영혁에게 완전히 맞설 필요도 물론 없었다. 그는 반드시 소녕 공주를 죽일 것이다. 황제의 총애를 독차지하고 있는 태자의 동복누이를 황궁에 남겨 둔다는 것은 태자가 계속 살아 있는 것만큼이나 위험한 일일 테니.

봉지미는 나쁜 계략을 꾸미는 자의 앞잡이가 되고 싶은 마음은 없었지만 그렇다고 그에게 정면으로 맞설 생각도 없었다. 그저 한 걸음 뒤에서 조용히 뒤따르며 정세를 손에 쥐고 싶을 뿐이었다.

천성황조의 황궁은 대성황조의 황궁을 재건한 것이었다. 지하 통로의 반대쪽 끝에 있는 정재는 오래전 대성황조의 한 태비가 은거하며 도를 닦던 곳이었다. 외진 곳에 자리한 탓에 사람의 왕래가 매우 적은 곳이기도 했다.

황궁 내원에 자리한 그 작은 누각에는 휘장이 드리워져 있었다. 봉지미가 그곳에 다다랐을 때는 아직 태자의 사람이 오기 전이었다. 고남의는 칠흑 같은 기둥 옆에 가만히 서서 무슨 이유에서인지 조금 넋을 놓고 있었다.

고남의가 불쑥 손을 뻗어 기둥을 만졌다. 본래 필요할 때가 아니면 절대 움직이지 않는 고남의의 갑작스러운 행동에 봉지미가 고개를 돌려 그를 바라보았다. 고남의의 손은 어느덧 기둥에서 떨어졌다. 그가 손을 거두자 새까만 껍질 조각 하나가 함께 바닥으로 떨어졌다.

'심심해서 기둥 껍질이라도 벗긴 건가?'

봉지미가 땅에 떨어진 그 검은 껍질을 찾아 시선을 내렸다. 하지만 떨어지면서 먼지가 된 것인지 어디에도 그 흔적이 보이질 않았다.

그때 아래쪽에서 갑자기 발소리가 들려왔다. 그 앞을 지키고 있던 봉지미 일행은 바로 문 뒤에 몸을 숨겼다. 곧이어 온몸에 피 칠갑을 한 호위 무사들이 먼저 밖으로 나와 주위를 살피더니 커다란 상자 하나를 밖으로 끌어냈다. 곧이어 발걸음 소리가 다시 이어지고, 태자를 비롯한 이들이 모습을 드러냈다.

소녕 공주 역시 그들 중에 있었다. 하지만 10황자처럼 완전히 에워

싸여 있지는 않았다. 공주는 머리칼이 반쯤 풀어진 채 얼음이 서릴 것만 같이 차가운 얼굴로 냉랭하게 말했다.

"오라버니, 지금 이게 무슨 짓입니까! 정녕 아바마마께 맞설 수 있다고 생각하시는 거예요? 여기서 우릴 다 죽이기라도 할 셈인가요?"

"누이, 그런 말이 어디 있느냐."

태자가 이상하리만치 차분한 얼굴로 돌아보며 말했다.

"내가 어찌 널 죽일 수 있단 말이냐?"

태자의 말에 소녕 공주가 눈을 흘기자 곧이어 태자의 괴이한 웃음소리가 터져 나왔다.

"넌 본왕을 대신하여 아바마마께 문안을 올려야 하는 사람이 아니더냐."

"그게 무슨 뜻입니까?"

태자의 웃음소리가 이어졌다. 마치 올빼미 울음처럼 들리는 그 괴이한 소리에 모두가 몸을 벌벌 떨었다. 소녕 공주는 의심이 가득한 얼굴로 눈동자를 굴렸다.

웃기만 하고 말은 않던 태자가 갑자기 누군가에게로 시선을 옮기며 호위 무사들에게 먼저 물러가라는 손짓을 해 보였다. 그러자 그 자리에는 태자와 소녕 공주, 10황자 영제, 검은 옷을 입은 한 남자만 남았다.

태자의 시선이 그 검은 옷의 남자에게 머물렀다. 봉지미 역시 그에게 시선을 빼앗겼다. 어렴풋이 보이는 그의 모습을 본 봉지미의 입에서 어, 하는 소리가 작게 터져 나왔다.

왠지 눈에 익은 그림자였다. 그자의 길고 곧은 몸은 창가에 기대어 있었다. 얼굴에 쓴 투박한 가면은 그가 다른 이에게 제 얼굴을 보일 생각이 없다는 것을 말해 주고 있었다.

태자가 소녕 공주에게 다가가 그녀의 귓가에 대고 몇 마디 작게 속삭였다.

"미쳤어!"

소녕 공주는 태자의 말이 다 끝나기도 전에 비명을 지르듯 소리쳤다. 이에 태자가 곧장 소녕 공주의 입을 틀어막고 처연하게 가라앉은 목소리로 말했다.

"범이 아무리 사납다 한들 제 새끼는 잡아먹지 않는다 했지. 하지만 그분께선 나를 어찌 대하셨느냐? 눈에는 눈, 이에는 이! 아바마마께서 날 버리시겠다면 나 또한 똑같이 할 것이다!"

소녕 공주가 태자의 손을 뿌리치고 화난 얼굴로 소리쳤다.

"아니 됩니다!"

"이 오라비가 오늘 벌어진 일을 만회할 수 있을지 없을지는 모두 네게 달렸다."

태자가 갑자기 애원하는 듯한 말투로 말했다.

"나는 모함을 당한 것이다. 그저 몇 번의 실수로 벼랑 끝에 서고 만 것이야. 누이 네가 돕지 않는다면 이 오라비는 죽어서도 편히 눈을 감을 수가 없단다!"

"제가 함께 돌아가자고 하지 않았습니까! 돌아가서 아바마마께 진심으로 죄를 청하라 말씀드렸잖아요!"

분노한 소녕 공주가 소리치며 말했다.

"범이 아무리 사납다 한들 제 자식은 잡아먹지 않는다는 걸 잘 알고 계시면서! 이런 불경한 생각까지 품고 저까지 그 구렁텅이에 끌어들이려 하시다니요! 가당치도 않습니다!"

"가당치 않으면 또 어떠한가?"

태자가 냉소를 뱉었다.

"내가 빠져나올 수 없는 함정에 빠진 것은 사실이나, 나는 하늘의 운명을 타고난 자이다. 하늘이 무너져도 솟아날 구멍은 있다 하였다. 나를 도울 사람이 있다. 그가 오면 동화문을 통해 제경을 빠져나가 강가를 따라 남하하여 곧장 강회(江淮)로 향할 것이다. 강회의 총병(總兵)＊군대를 통솔하고 지방을 지키는 벼슬 류성록은 일찍이 우리 외가의 사람이었다. 어마마마께서 오래전 돌아가시기는 했지만, 상(常)씨 일가는 아직 굳건하지 않더냐! 내게 정말 아무런 힘도 없다 생각하는 것이냐?"

태자가 이번에는 소녕 공주를 구슬리는 듯 태도를 바꾸었다.

"소야, 하늘을 거스를 수는 없는 일 아니겠니? 이 오라비는 천자의 운명을 타고난 자이니라. 내가 위험에 처하면 나를 구하러 오는 이가 있기 마련이란다. 이 세상 대업은 모두 내 손에서 이루어질 것이다. 오늘 나와 뜻을 함께 해 주기만 한다면 밖에서 적당히 때를 보다 군사를 이끌고 제경으로 돌아와 네 옆에 함께 서겠다. 황실 적자인 내가 아니면 누가 황위에 오를 수 있단 말이냐? 그때가 되면 너를 나라의 기둥인 장공주(長公主)＊임금의 누이로 봉하고 평생 부귀영화를 누리며 살 수 있도록 식읍(食邑)＊공로에 대한 보상으로 하사하는 영지 십만 호를 하사하겠다고 약속하마!"

하지만 소녕 공주는 그 말에 흔들리지 않았다.

"이 나라의 황제가 누구든 저는 장공주입니다!"

"그래봤자 자유라고는 조금도 없는 황실의 인형일 뿐이겠지!"

태자가 조소를 터트리며 말했다.

"네 입을 막고, 네 세월을 얽매어 적당한 나이가 되면 얼굴 한번 본 적 없는 부마를 맞이하게 될 테지! 어쩌면 아주 늙은이일 수도, 어쩌면 불구일 수도, 어쩌면 남색을 즐기는 변태일지도 모르겠군! 너는 발 너머로 네 서방을 바라보고 네 서방은 네 발아래 꿇어앉아 너를 우러러 보며 기껏해야 한 달에 한 번 정도나 만날 수 있는 혼인 생활을 하게 될 것이다. 게다가 그와 만날 때마다 온갖 요구와 청탁을 들어줘야 하겠지! 정녕 그러한 인생을 살고 싶은 것이냐?"

태자의 말에 소녕 공주의 낯빛이 변했다. 그러자 태자가 다시 말투를 누그러뜨리고 다정한 목소리로 말을 이어 갔다.

"아바마마께서 널 아무리 총애하신다고 한들 네가 그러한 처지를 비껴갈 수 있을 거라 자신하면 아니 된단다. 찬찬히 생각해보거라. 아바마마께서 단 한 번이라도 종실의 예법을 거스르신 적이 있었느냐? 아바마마께서 승하하시고 새로운 황제가 그 자리에 앉으면 네가 오늘날처럼 황제의 총애를 독차지할 수 있을 것 같으냐? 그때가 되면 널 생각해주는 이가 누가 있겠느냐? 둘째? 다섯째? 여섯째? 일곱째? 네가 보기에는 그놈들이 정녕 널 아끼고 보듬어 줄 것 같으냐?"

소녕 공주는 말이 없었다. 태자가 기색을 잠시 살핀 후 웃으며 말을 이었다.

"위지 그자를 마음에 두고 있는 게지? 하나 너도 잘 알고 있지 않느냐. 그자는 출신이 미천한 말단 관료에 불과하다. 아바마마께서 그자를 네게 붙여 주실 리가 없지. 소야, 네가 진심으로 연모하는 이와 함께 여생을 보내고 싶지 않느냐? 금실 좋게, 사랑하는 서방의 손을 잡고……. 그렇게 세상 모든 여인이 꿈꾸는 삶을 살고 싶지 않아?"

침묵이 무겁게 내려앉은 누각 안, 누군가의 가쁜 숨소리가 희미하게 들려왔다. 청량한 달빛이 창문 틈으로 새어 들어와 살짝 붉게 물든 소녕 공주의 귓바퀴를 비췄다. 조금 전까지 공주를 사로잡았던 맹렬한 분노가 차츰 사라지고 수줍으면서도 달콤한 갈망의 기운이 공기 중에 퍼져 나왔다.

봉지미는 문 뒤에 몸을 숨기고 선 채 울지도 웃지도 못하고 가만히 그 상황을 지켜보는 수밖에 없었다.

'도대체 언제부터 황가가 권력 다툼의 미끼가 된 것인가.'

사실 봉지미도 조금은……. 알고 있었다. 하지만 소녕 공주가 자신에게 가진 감정은 그저 어린 호기심일 것이라고만 생각했다. 다른 이에게 늘 떠받들리는 것에 익숙하던 어린 응석받이 소녀가 자신을 겁내지도 떠받들지도 않는 유일한 사람을 만났으니 흥미가 생길 법도 했다. 하지만 자신을 향해 품은 마음이 이토록 뿌리를 내리고 있을 줄은 생각도 하지 못했다.

'태자마저 그걸 알아차리고 미끼로 이용할 정도라니……'

봉지미는 괜스레 땀이 났다. 본래 봉지미를 등지고 서 있었던 소녕 공주가 돌연 창가를 향해 몸을 돌렸다. 생각에 깊이 잠긴 듯 비스듬히 들어오는 달빛을 바라보았다. 울지도 웃지도 못하고 가만히 숨어 있던 봉지미는 놀라서 그만 넋을 잃었다.

'저 얼굴……'

봉지미의 곁에 있던 고남의가 휙 고개를 돌리더니 한 방향을 응시한 채 미간을 찌푸렸다. 깜짝 놀란 봉지미가 그쪽으로 시선을 돌리자마자 소녕 공주의 비명 섞인 목소리가 들려왔다.

"오라버니, 지금 뭐 하시는……!"

봉지미가 휙 고개를 돌리자 눈앞으로 무언가 번쩍이는 빛이 지나간 것 같았다. 태자는 어느새 손에 장검을 빼 들고 비열한 웃음을 흘리고 있었다. 그의 손에 들린 검이 곧장 10황자 영제에게로 향했다. 줄곧 침묵으로 일관하던 영제는 자신을 향해 날아오는 검을 이미 예상했다는 듯 휙 몸을 틀어 공격을 피했다. 소녕 공주가 달려와 태자를 말리려고 해 보았지만 태자는 여전히 검을 든 채 영제를 공격하려 하고 있었다.

"반드시 죽여야 하느니라!"

봉지미도 놀라지 않을 수 없었다. 태자는 이미 오래전 영제를 죽이 겠다고 마음먹은 것이 틀림없었다.

"오라버니의 친아우입니다!"

소녕 공주가 다급히 외쳤다.

"뭐라?"

태자가 헛웃음을 터트렸다.

"아니! 여섯째 놈의 개일 뿐이다!"

"안 됩니다! 제가 가만 두고 보지 않을 거예요!"

소녕 공주가 파랗게 질린 얼굴로 소리쳤다. 영제와 소녕 공주는 신분을 숨기고 청명에 들어가 생활하며 오랜 시간을 함께 보낸 사이였다. 영제는 늘 누이를 다정히 보살펴 주던 막내 오라버니였고, 공주 역시 그런 오라비를 좋아했다. 태자가 그를 죽이는 것을 가만히 두고만 볼 수는 없는 일이었다.

"이리도 정신을 놓고 아버지와 아우를 해하려 하다니요! 전 절대 오라버니 뜻에 따르지 않을 것입니다!"

"날 따르지 않겠다?"

태자가 고개를 돌렸다. 그의 눈은 살기로 새빨갛게 물들어 있었다.

"정녕 따르지 않겠단 말이냐!"

"예! 따르지 않을 것입니다!"

영제의 앞을 막아선 소녕 공주가 비록 산발이 된 모습임에도 얼굴색은 조금도 변하지 않은 채 태자를 노려보며 말했다.

"이토록 잔인한 분이라면 지금 뜻을 같이한다고 한들 훗날 제게도 똑같이 매정하시겠지요!"

소녕 공주가 필사적으로 영제의 앞을 막아서며 한배에서 나고 자란 오라비의 손에 들린 장검을 노려봤다. 그때 영제의 발 아래에서 무언가 반짝이며 빛나는 것이 보였다. 그것은 봉지미가 숨어 있는 곳에서만 보였다.

몽롱한 달빛에만 의존한 실내는 온통 모호함 속에 잠겨 있었다. 한줄기 달빛이 오래도록 사람의 손길이 닿지 않은 낡은 창틈 사이로 비집고 들어와 창문을 마주하고 선 영제의 발아래 떨어졌다. 바닥에 내린 옅은 회색 빛줄기가 겨우 그만큼의 빛인데도 눈부셨다. 얇고 긴, 옅고 빛나는, 겨우 손가락 세 마디 정도의 빛…….

'검이다!'

영제의 소맷자락 안에 숨겨진 단검이 달빛을 받아 반짝인 것이었다.

태자의 말이 틀리지 않았다. 영제는 영혁의 사람이었다. 그가 바로 영혁이 태자의 곁에 심어 놓은 마지막 수 중 하나였다. 소녕은 그에게 아무런 방비도 없이 등을 내주고 있었다.

봉지미의 손이 바닥을 눌렀다. 손바닥에 땀이 흥건히 맺혀 있었다. 영 씨 황족은 정말이지 하나도 빼놓지 않고 무서운 자들이었다. 도대체 누가 누굴 노리고 있는 건지 알 수가 없었다.

봉지미는 영제의 소매가 조금 떨리고 있다는 것을 알아차렸다. 망설이고 있는 듯했다. 바닥에 맺힌 빛이 계속해서 흔들렸다. 그의 손에 들린 칼이 떨리고 있다는 뜻이었다.

봉지미가 막 앞으로 나서려는데 갑자기 태자가 웃음을 터트렸다.

"그래, 날 돕지 않겠다! 아무도 날 돕지 않겠다 그거지! 좋다!"

태자의 손에 들린 장검이 파르르 떨리더니 곧장 소녕 공주의 가슴을 향했다. 참을 수 없는 분노가 실린 일격이었다. 강렬한 천둥과 같은 그 일격이 곧 소녕 공주를 잔인하게 꿰뚫을 것이다.

봉지미가 순식간에 앞으로 달려 나갔다. 그때 영제가 재빨리 손을 올려 휘둘렀다. 그의 손에 들린 빛줄기가 챙, 소리를 내며 태자의 장검을 막아 냈다. 하지만 위에서 아래로 내리치는 강한 공격을 막아 내기에는 역부족이었다. 영제는 민첩하게 소녕 공주를 옆으로 피신시킨 뒤 문밖 회랑을 향해 달려 나갔다.

영제가 황급히 움직이는 사이 계속 창가에 가만히 서 있던 가면을 쓴 검은 옷의 남자가 돌연 손을 들어올렸다. 갑자기 거센 바람이 불어 영제의 움직임을 저지했다.

소녕 공주가 그 힘을 이기지 못하고 회랑에 부딪쳤다. 오랜 세월 홀로 방치되어 있던 정재의 난간이 곧 소리를 내며 갈라졌다. 소녕 공주가 비명을 지르며 난간 아래로 떨어지려는 순간 봉지미가 다급히 뛰쳐나왔다. 봉지미를 발견한 검은 옷의 남자는 높이 들고 있던 손을 홀연히 거두어들였다.

봉지미는 그 남자를 신경 쓸 겨를이 없었다. 봉지미는 곧장 전속력으로 달려가 나가떨어지려는 소녕 공주를 붙잡았고, 소녕 공주 역시 필사적으로 그런 봉지미를 붙잡았다. 죽음의 문턱에서 자신을 붙잡는 엄청난 힘에 봉지미는 거의 탈골이 될 지경이었다. 팔에서 전해져 오는 고통을 꾹 참아 내며 봉지미가 소녕 공주를 위로 끌어당겼다. 이런 때에 갑자기 눈앞이 환해지며 북소리가 울려 퍼지더니 곧 붉은 용과 같은 불화살 하나가 날카로운 바람 소리를 내며 너른 하늘을 가로질러 봉지미의 바로 뒤에 떨어졌다.

뒤에서 누군가의 짧은 비명이 희미하게 들려왔다. 머지않아 끈적이고 축축한 액체가 봉지미의 목덜미에 뿌려졌고, 무언가 무거운 것이 등 뒤를 덮쳐 왔다. 소녕 공주를 끌어올리려 안간힘을 쓰고 있던 봉지미는 그 무게를 이기지 못하고 그대로 난간에서 추락했다.

모든 것은 찰나에 일어났다. 이제 봉지미가 할 수 있는 일이라고는 소녕 공주를 끌어안는 것뿐이었다.

사방에서 거센 바람이 소리를 내며 불어왔다. 모든 빛이 눈앞에서 흐릿하게 뒤엉켰다. 거꾸로 뒤집힌 빛 사이로 철갑을 두른 이들이 강물처럼 밀려오고 있었다. 펄럭이는 왕기(王旗) 뒤로 그가 말을 타고 오고 있었다. 달처럼 하얀 비단 두루마기에 금관을 번쩍이며, 소녕 공주를 안고 추락하는 봉지미를 바라보고 있었다.

그의 얼굴에 서늘한 미소가 서렸다.

너와 나는 이제 적이다

밤하늘을 표류하는 무수한 별빛이 끝없이 펼쳐진 궁궐의 곳곳을 비추듯, 천 개의 횃불이 여명 직전의 어둠을 비추고 있었다. 칠흑같이 어두운 오랜 누각 아래 철갑을 두르고 선 수천의 병사가 바람에 흩날리는 버들잎처럼 땅을 향해 떨어지는 두 작은 그림자를 바라보고 있었다. 어디서 날아오는지 알 수 없는 화룡 같은 불화살이 밤하늘에 떨어지는 유성처럼 허공을 가로질러, 천하에서 단 한 분을 빼고 가장 고귀한 자를 향해 날아갔다. 살이 날아들고, 불꽃이 튀고, 곧 피가 터져 나와 먼지 속으로 떨어졌다.

태자는 낡은 난간 위에 몸을 반쯤 걸친 채 고개를 아래로 깊숙이 떨어뜨렸다. 누각 아래 빽빽이 들어선 병사들을 향해 자신이 벌인 광기 어린 일들을 참회하는 듯한 모습으로.

아득히 높은 자리에 앉았지만 결국 제 야심을 버리지 못해 결국 벼랑 끝에 다다라 자신의 욕망을 모두 터트려 보였던 한 사내가 그렇게 한 줌의 재가 되었다. 더할 나위 없이 고귀한 존재가 더할 나위 없이 비참하게 죽어 갔다. 이토록 비참하게 타락하고 말았다.

거센 바람이 불어오더니 하늘에서 몇 줄기 빗방울이 떨어졌다. 활활 타오르던 횃불이 일순간 요동쳤다. 흔들리는 불꽃에 눈동자가 흔들렸다. 흔들리는 눈동자 속에는 번쩍이는 푸른빛이 담겼다.

푸른 그림자가 바람처럼 날아와 바닥으로 떨어지고 있는 두 그림자를 쫓았다. 모두가 고개를 들고 그 모습을 바라보았다. 두 사람을 모두 구할 수 없다는 걸 다들 알고 있었다. 하지만 그 둘 중 누구를 구하고자 하는 것인지는 알지 못했다.

영혁은 차갑게 가라앉은 얼굴을 하고 말 위에 꼿꼿이 앉아 있었다. 그는 알고 있었다. 고남의는 봉지미를 구할 것이 틀림없었다. 그렇게 된다면 소녕 공주에게는 가망이 없었다.

'좋아. 아주 좋아.'

고남의가 허공에서 누군가를 붙잡았다. 직접 손을 뻗어 잡은 것은 아니었다. 그저 허공을 향해 손을 한 번 휘저어 보였을 뿐.

이제 곧 동이 틀 터였다. 빽빽이 들어선 초목 사이에 얼음처럼 맑고 깨끗한 물기가 맺혔다. 그는 허공에서 몸을 곧게 펴고 있었다. 날고 있었지만 연못처럼 고요했다. 옅은 안개 속에서 유유히 손을 휘젓는 고남의의 자태는 구름 위에서 바람을 타며 나는 신선 같았다. 그 모습을 우러러보고 있는 이들의 마음이 동요했다.

고남의가 일으킨 바람이 서로 끌어안고 있던 봉지미와 소녕 공주를 갈라놓았다. 순식간에 고남의가 다가가 봉지미의 가슴에 손을 얹었다. 정신을 잃고 추락하던 봉지미의 몸이 갑자기 가벼워졌다. 온몸이 일순간 늘어지더니 저도 모르게 깊이 숨을 들이켰다. 몸 안에 아침 공기가 가득 들어차는 듯하더니 추락하는 속도가 눈에 띄게 줄어들었다.

봉지미에게서 떨어져 나온 소녕 공주는 웬일인지 저 멀리 사선으로 날아갔다. 고남의가 손뼉을 치자 소녕 공주가 긴 호선을 그리며 친위대가 있는 쪽으로 날아갔다. 마침 그곳에 있던 친위대 소속 무사가 높이 뛰어올라 공주를 무사히 구해 냈다.

그 사이 고남의는 이미 봉지미의 손을 잡고 천천히 아래로 내려오고 있었다. 허공을 가르는 두 사람의 옷자락이 아름다운 자태로 흩날렸다. 한 쌍의 남녀가 나비처럼 날아드는 그 매혹적인 자태에 모두가 시선을 빼앗겼다.

이 모든 일은 눈 깜짝할 사이에 일어났다. 극소수의 사람을 제외하면 그저 소녕 공주가 옆으로 밀려 떨어지고 고남의가 봉지미를 구해서 땅으로 내려온 모습만을 보았을 뿐이었다. 고남의가 무슨 동작을 취했는지도 제대로 알 수 없었을 뿐더러 그때 고남의가 손을 쓰고 다른 이가 받아 내지 않았다면 두 사람 모두 무사하지 못했을 거란 사실 역시 알지 못했다.

영혁은 그 극소수의 사람 중 하나였다. 그의 시선이 돌연 정재의 가장 위쪽을 향했다. 누군가 위에서 고남의를 도와 바람을 일으켜 소녕 공주가 추락하는 방향을 바꿔 주었다.

'저자는 도대체 누구지? 태자의 사람인가? 그렇다면 왜 고남의를 도운 거지?'

영혁은 살짝 고개를 든 채 조금 전 일어났던 일련의 일들에 대해 생각하며 두 사람이 손을 맞잡고 있는 모습, 특히 봉지미를 애써 외면했다. 그는 그 어느 때보다 더 차분했다. 그 누구에게도 자신의 안에 일었던 격랑과 그 후에 남은 황폐함을 보일 수는 없었다.

봉지미가 아래로 떨어지는 모습을 본 순간 그는 굳었다. 봉지미가 소녕 공주를 안고 떨어지는 모습을 본 순간 그는 요동쳤다. 곧 분노가 휘몰아쳤다. 머지않아 스스로 통제할 수 없을 만큼 황망해졌다.

천파루 앞에서 봉지미와 나눴던 약속의 말이 아직도 귓가에 맴돌았다. 하지만 봉지미는 반나절도 되지 않아 다시 한 번 눈앞에서 자신을 배반했다. 봉지미는 영원히 이럴 것이다. 가면을 쓰고 거짓된 다정한 말들을 하고서는 돌아서는 순간 모든 약속과 다짐은 저 멀리 던져 버릴 것이다. 영원히 그렇게 아름다운 모습으로 미소지으며 그를 홀렸다가 그의 등 뒤에 칼을 꽂을 것이다.

'그럼 나는, 내 마음은 도대체 어디까지 약해져야 한단 말인가. 도대체 언제까지 저 종잡을 수 없는 화근을 살려 두어야 한단 말인가.'

이전까지는 그래도 별거 아니라고 자신을 설득할 수 있었다. 하지만 지금은 달랐다. 영혁은 이미 자신의 길에 걸음을 내디뎠고, 피의 전쟁이 바로 눈앞에 다가와 있었다. 수천수만의 목숨이 제 손에 달려 있었다. 이제 더는 물러설 수도 마음이 약해질 수도 없었다. 마음이 걸음을 붙잡도록 내버려 두었다간 곧 몰아칠 소용돌이에 맞설 수 없게 될 터였다.

위지. 봉지미.

너와 나는 이제 적이다.

봉지미는 멀리서 영혁을 바라보고 있었다. 그는 말 위에 꼿꼿이 허리를 펴고 앉아 있었다. 그의 앞으로는 구름이 용솟음치고 그의 뒤로는 수천의 철갑이 끝없이 이어져 있었다. 온 세상이 그의 눈 속에 들어 있는데도 오로지 봉지미의 모습만 없었다.

봉지미는 조용히 그를 바라보다가 깊은 한숨을 내쉬었다. 자신의 의지와는 다른 상황들이 자꾸만 닥쳐왔다. 그럴 때마다 봉지미는 그의 반대편에 섰다. 이유는 알 수 없었다. 마치 운명이 자신을 두고 짓궂은 장난을 치는 것만 같았다. 하지만 그에게 변명하지 않겠노라 결심했다.

변명이 아무런 소용이 없어서가 아니었다. 그저 자신은 소녕 공주를 안은 채 추락했을 뿐이고, 마침 영혁이 그곳에서 그 광경을 바라봤을 뿐이었다. 모두 하늘의 뜻이라 여겼다. 놀란 기색이 역력한 친위대 총관이 땀을 훔치며 달려와 봉지미와 고남의에게 거듭 감사를 표했다. 황제는 이미 호위군 군영을 떠나 황궁으로 돌아오는 중이었다. 봉지미가 소녕 공주를 구했다는 소식을 접하면 반드시 후한 상이 내려질 거란 생각에 미리 와서 눈도장을 찍는 것이었다.

그때 소녕 공주가 봉지미를 향해 달려왔다. 산발에 신발까지 한 짝 잃어버리고 두 눈에는 눈물이 그렁그렁 맺힌 채로 한달음에 달려온 소녕 공주는 활짝 웃으며 봉지미의 목을 끌어안았다.

"위지! 위지! 위지!"

소녕 공주는 결코 봉지미에게 목숨을 구해 주어서 고맙다는 말을 하지 않았다. 진짜 저를 구한 것은 봉지미가 아니라는 사실 따위는 아랑곳하지 않는 것 같았다. 소녕 공주는 그저 봉지미를 끌어안고 위지의 이름만 거듭 부를 뿐이었다. 소녕 공주의 음성에 울음이 섞여 있었다. 지금 자신이 겪고 있는 이 요동치는 감정을 모두 그 이름 하나에 담아 털어 내고 있었다.

무수한 병사들은 시선을 아래로 내리고 그 모습을 바라보지 않는 것으로 공주에 대한 예를 표했다. 황급히 달려온 조정 대신들은 서로의 눈치를 살폈다. 모든 이가 지켜보는 곳에서 공주가 저리 행동하는 것을 보고 당황한 모습이었다. 이런 일은 일단 겉으로 새어 나갔다가는 다시 주워 담을 수 없다는 것을 잘 알고 있기 때문이었다.

봉지미는 엷게 웃으며 자신을 끌어안은 소녕 공주를 조심스레 밀어 내더니 뒤로 물러나 허리를 숙였다.

"공주마마."

봉지미가 부드러우면서도 공손한 목소리로 말했다.

"소신이 미처 몸을 가누지 못하고 공주마마까지 저와 함께 변을 당하시게 하고 말았습니다. 모두 소신의 죄이니 벌을 내려 주시옵소서."

봉지미는 미소지으며 덧붙였다.

"정말 큰일 날 뻔했습니다. 소신도 공주마마만큼이나 많이 놀란 나머지 그만 실례를 범하였습니다."

봉지미의 뜻은 매우 명확했다.

'저는 마마를 구한 것이 아닙니다. 그저 제 위로 쓰러지는 태자 전하의 무게를 이기지 못하고 공주마마까지 변을 당하게 했으니 공을 세운 것이라 할 수 없지요. 공주마마께서 제게 달려오신 것도 살아남았다는 기쁨에 감격하여 일어난 일입니다.'

봉지미는 달려와 안긴 것이 소녕 공주임에도 그것이 자신의 실례라 말했다. 봉지미는 믿고 있었다. 자신이 진짜 하려는 말이 무엇인지 소녕 공주도 잘 알고 있으리라는 것을.

소녕 공주는 멍하니 그 자리에 서 있었다. 대신들은 탄식했다. 그리고 봉지미는 이내 떠나갔다. 봉지미는 조금의 미련도 없는 얼굴로 고남의와 함께 황궁의 한구석으로 가 황제가 황궁으로 돌아오기를 기다렸다. 호위군 영패(令牌)를 다시 내놓아야 하기 때문이었다.

그 구석에는 두 사람을 제외하곤 아무도 없었다. 고남의는 이렇듯 조용한 곳을 좋아했다. 지금 그는 풀밭 한가운데에 앉아 달콤한 맛이 나는 풀이 있는지 하나하나 뜯어 맛보고 있었다. 조금 전 일어났던 무시무시한 일들이 아무런 영향도 미치지 않는 것처럼 보였다.

봉지미는 한참 동안 그를 바라보다 문득 앞으로 다가갔다. 그러고는 그가 절대 벗지 않는 그 갓에 달린 얇은 망사를 바라보며 물었다.

"말해 봐. 너 도대체 누구야?"

너 도대체 누구야

살랑이는 바람 속에 꽃 내음이 실려 왔다. 여명의 옅은 빛줄기가 곧 눈앞으로 닥쳐올 것인데도 얇은 망사 뒤의 그 얼굴은 여전히 아득히 멀게만 느껴졌다.

제경의 한 낡은 집에서 만나 봉지미는 영문도 모르고 그의 포로가 됐다. 그는 영문도 모르고 봉지미에게 붙잡혀 호위 무사가 됐다. 벌써 수개월을 함께 지내면서도 그는 자신의 원래 생활로 돌아갈 생각이 조금도 없어 보였다. 처음부터 봉지미의 옆에 있어야만 했다는 듯이.

봉지미는 줄곧 알고 있었다. 고남의가 정말 조각상이라는 것을. 겉으로나 안으로나. 바로 그 점 때문에 아무런 경계도 하지 않고 그를 믿었다. 하지만 오늘 밤 일은 지나치게 수상했다.

속임은 당할 수 있지만 이용은 당할 수 없었다. 늘 제 앞 허공만을 바라보는 소년은 이런 질문에 절대 답할 리 없었다. 하지만 이번에는 고남의가 고개를 돌려 처음으로 봉지미를 똑바로 바라보았다.

"난……."

"위 대인!"

갑자기 들려온 다급한 목소리가 그의 대답을 가로막았다. 황제를 가장 가까이에서 호위하는 친위대 중 하나가 발바닥에 불이 나게 달려와 봉지미를 잡아끌었다.

"폐하께서 찾으십니다!"

봉지미는 할 수 없이 그를 따라나서며 고남의에게 당부했다.

"나중에 꼭 말해 줘야 해. 안 그럼 정말 죽어."

고남의가 고개를 끄덕였다.

황제는 정재 앞에 서서 고개를 들고 그 위를 물끄러미 바라보고 있었다. 태자의 시신은 친위대에 의해 수습이 되었는데도 황제는 여전히 그 망가진 난간만을 바라보았다. 아직 마르지 않은 핏자국이 맏아들이 죽어 가던 때의 광경을 보여 주는 듯했다.

하늘 아래 드러난 낡은 난간에 작은 틈이 나 있었다. 부서진 나무 조각이 바람에 흔들리며 아래로 떨어졌다. 마치 이가 빠진 노인이 차디찬 조소를 뱉고 있는 것만 같았다.

저 멀리 위를 바라보고 있는 황제의 그림자는 노쇠하고 병약해 보였다. 평생 스물여섯의 아들을 가졌고, 그중 열여섯이 살아남았다. 넷은 어린 나이에 저세상으로 떠났고, 둘은 왕위를 하사한 후 병사했다. 3황자가 역모를 꾀했을 때 다시 셋이 가고……. 그리고 오늘은 장자를 잃었다. 곧 황위를 물려받았을 또 다른 아들 하나를.

번창했던 영 씨 일가는 해마다 서로 전쟁을 벌여 하나씩 하나씩 으스러졌다.

영혁은 그의 앞에 무릎을 꿇고 앉아 진실한 얼굴로 죄를 청하고 있었다. 봉지미는 그가 황제에게 하는 말을 어렴풋이 들을 수 있었다.

"……혼란스러운 상황이라 미처 구할 새도 없이……. 모두 소자의 잘못입니다……. 무슨 벌이든 달게 받겠습니다……. 소자 바라는 것은 아바마마께서 옥체 보존하시어…… 백성들을 살피시고……."

봉지미는 잠자코 있다가 황제의 앞으로 다가가 무릎을 꿇었다. 영혁이 봉지미를 잠시 바라보더니 곧 황제에게 고했다.

"소녕 공주가 누각에서 떨어질 때 소자는 너무 멀리 있어 구할 수 없었사온데, 위 선생이 몸을 아끼지 않고 뛰어들어 공주를 구했나이다. 문인의 신분임에도 그토록 용맹할 수 있다는 것에 소자 깊이 감격했사옵니다."

황제가 만족스러운 눈빛으로 봉지미에게 시선을 두었다. 봉지미는 속으로 한숨을 내쉬었지만 지금 할 수 있는 일은 그에게 그저 감사를 표하는 것뿐이었다.

"전하의 칭찬에 몸 둘 바를 모르겠사옵니다. 소신은 정말 그저……."

"소녕!"

영혁이 소녕 공주를 소리 높여 불렀다. 황제는 애정이 가득 담긴 눈으로 딸을 바라보며 공주가 살아남았다는 사실에 안도하고 있었다. 아직 마음이 진정되지 않은 소녕 공주는 아버지에게 다가가 안부를 묻고는 이내 주체하지 못하고 봉지미에게로 시선을 돌렸다. 봉지미를 향한 소녕 공주의 시선을 황제 또한 알아차리고 딸과 봉지미를 번갈아 봤다. 그의 시선에 먹구름이 드리웠다.

태자의 시신을 수습한 이들이 황제에게 다가와 직접 확인해 줄 것을 청했으나 황제는 가지 않고 그저 한참 동안 두 눈을 감고 있었다. 그는 이내 긴 한숨을 터트리며 휙 손을 내저었다.

"우선 명의궁에 안치하도록 해라. 궁 안팎 신하들에게는 들지 말라 이르고."

그것은 태자의 장례를 치르지 않겠다는 말이었다. 영혁은 그런 황제의 말을 듣지 못한 척 비통한 얼굴로 태자에게 달려가 무릎을 꿇고 울음을 터트렸다.

"형님……!"

영혁은 오랫동안 말없이 흐느꼈다. 황제가 비통한 얼굴로 다가가 위로를 건넸다.

소녕 공주가 갑자기 곁으로 다가갔다. 줄곧 혼미했던 소녕 공주의 눈빛이 동복 오라버니의 시신을 마주한 후로 눈에 띄게 맑아졌다. 소녕 공주는 천천히 걸음을 옮겨 태자의 시신 앞에 무릎을 꿇었다.

흙먼지와 핏자국으로 엉망이 된 치맛자락이 저와 똑같이 피와 먼지로 더러워진 태자의 비단 두루마기 위에 내려앉았다. 소녕 공주는 시신을 덮은 천을 거두고 생기를 잃은 오라버니의 시신을 한참이나 바라보았다. 그러고는 아직도 비명을 토해내듯 크게 벌어져 있는 태자의 입을 조심스레 다물렸다.

"오라버니."

차분한 음성이었다. 맑은 목소리에 담긴 슬픔은 영혁이 내보인 비통함과는 사뭇 달랐다.

"바로 조금 전 제가 누각 밖으로 추락하던 그 순간에 불현듯 깨달았어요."

소녕 공주가 차게 식은 태자의 얼굴을 어루만지며 말했다.

"가장 불쌍한 사람은 오라버니였다는 걸. 오라버니가 날 죽이려 했다는 거 원망하지 않아요."

소녕 공주가 부드러운 손길로 엉망이 된 태자의 옷매무시를 고쳐주었다.

"오라버니가 죽기 직전 제게 말했던 그 바람은 이뤄 드릴 수 없지만……. 약속할게요. 오라버니의 다른 한 바람은 반드시 대신 이뤄 주겠다고."

소녕 공주가 고개를 들어 영혁을 마주보며 묘한 미소를 지었다.

"그래도 되겠죠? 여섯째 오라버니."

영혁이 공주를 바라보았다. 그는 한참이 지나서야 다정한 목소리로 말했다.

"누이, 상심이 많이 큰 모양이구나. 어서 들어가 쉬는 게 좋겠어."

"예, 여섯째 오라버니. 앞으로 여섯째 오라버니께서 수고가 많으시겠어요."

소녕 공주가 천천히 일어나며 태자에게서 시선을 거두었다.

"그러니 부디 몸조심하세요."

"이제 공주도 다 컸구나."

영혁이 위로하는 듯한 눈빛으로 공주를 바라보며 말했다.

"어느덧 이렇게 자라 아바마마와 오라비를 위로해 주니 기쁘구나."

영혁의 말에 소녕 공주의 낯빛이 변했다. 공주는 이미 혼기가 찬 지 오래였으므로 진즉에 부마를 정하고도 남아야 했지만, 황제와 태자의 총애에 기대 하루하루 혼사를 미루고 있었다. 하지만 이제 공주 대신 핑계를 찾아줄 태자는 없었다. 공주를 대신해 조정 대신들을 압박하고 공주가 청명에서 수학하도록 도와줄 이도 없었다. 밀려온 피의 파도와 간사한 권력욕이 하룻밤 사이 공주의 혈육을 영원히 앗아갔다. 소녀는 비틀거리는 몸을 가누고 소맷자락 안으로 꽉 쥔 주먹을 숨겼다.

황가에 불어 닥친 피바람은 역사 속에 그저 '경인지변'이라는 네 글자로만 흔적을 남겼다. 그 옆에 남은 것은 그저 차디찬 글씨로 적힌 사망자 수가 전부였다.

사망한 이의 수는 매우 방대했다. 초왕 영혁은 삼법사(三法司)를 이끌고 그날 밤 있었던 일에 가담했던 모든 이를 색출해 뿌리 뽑았고, 태자의 사람이거나 태자의 사람으로 의심되는 자는 모두 그 일의 희생자가 됐다. 천성황조 열다섯 번째 해의 늦봄과 초여름은 그렇게 피로 물들었다. 그 후로 몇 년이 흘러도 그해 형장에 흩뿌려진 검붉은 핏자국은 여전히 지워지지 않고 남았다.

태자는 사후 태자에서 폐위당한 후 평민 신세가 되어 제경 외곽 서맹산(西峝山)에 묻혔다. 그의 자식들은 천성 서북의 유주(幽州)로 쫓겨나 다시는 제경으로 돌아오지 못했다.

개국 공신을 모함한 것과 관련하여 5황자는 쥐고 있던 군 통솔권을 빼앗기고 강회도(江淮道)로 가 천성의 남북을 이을 용천(龍川) 운하 공사를 지휘하게 됐다. 이제 막 시작한 공사는 적어도 삼 년이 걸릴 예정이었으므로 그 삼 년 동안 새해를 맞이하거나 돌아오라는 특별한 어명이 없는 이상 제경으로 다시 돌아오기 힘들 것이었다. 반면 7황자는 다행히도 옛 사건에서 수월히 빠져나올 수 있었다. 하지만 그 일로 크게 위축돼 두문불출했다.

황위 계승자가 세상을 떠난 데다 가장 총애 받던 두 황자까지 추락하고 마는 바람에 늘 황제와 조정의 관심 밖에 있던 6황자 영혁의 기세가 날로 등등해졌다. 천성황조 장희 16년 6월, 황제는 초왕에게 호위 부대 셋과 장영위 통솔권을 하사했고, 친왕 작위와 의장(儀仗)＊제왕·관리 등이 의식을 갖추어 외출할 때에 쓰던 깃발, 무기 등 外에도 호위 무사 총 열여섯을 배치해 주었다. 호부(戶部)와 제경 인근 지방의 수리(水利)와 영전(營田)＊군량을 충당하기 위해 일구는 토지 까지도 그에게 맡겼다. 영예와 권력이 그에게 찾아왔다.

경인지변 이후의 영혁은 황제가 마음을 놓을 수 있게 해 주었다. 새로운 국면을 맞이한 조정에는 주요 대신들이 물러나며 생긴 빈자리들이 속출했지만 영혁은 결코 섣불리 그 자리에 자신의 세력을 끼워넣지 않았다. 오랜 세월 내내 그는 조정 신료들과 가까이 지낸 적이 없었다.

영혁은 오직 나라를 위해 모든 충성을 다하는 친왕의 모습에 완벽히 부합하는 인물이었다. 자신에게 주어진 일에만 최선을 다했다. 사람을 쓰는 일도 오로지 원칙에 따라 청명서원의 선발에 통과하거나 여러 관청의 추천을 받은 이만 기용했다.

오로지 봉지미 단 한 사람만이 알고 있었다. 영혁이 애써 제 세력을 만들 필요가 없다는 것을. 청명서원은 본래 그의 것이기에.

봉지미 역시 더 높은 관직에 올랐다. 정식으로 관직에 오르기도 전에 승진한 것이나 다름없었다. 모두 공주를 구한 공을 세운 덕이었다. 조화전 학사직은 그대로 유지한 채 동궁 내 살림을 총괄하는 첨사부(詹事府)에 속하는 기관인 우춘방(右春坊)의 우중윤(右中允)과 청명서원의 사업(司業)＊왕이나 동궁의 앞에서 학문을 강의하던 일 으로 태자에게 경학을 가르치는 것을 도맡아 하는 관직이었으나 지금은 태자 자리가 비어 있었으므로 그저 걸치레일 뿐이었다. 하지만 후자는 청명서원의 부서원장 자리로 매우 쓸모가 있다고 할 수 있었다.

하지만 봉지미는 높은 관직을 하사받고도 속은 영 엉망이었다.

'더는 초왕 전하와 엮이고 싶지 않은데……'

봉지미의 새 거처는 서화항(西華巷)에 마련되었는데, 이곳은 본가인 추가 저택과 바로 마주하고 있어 특별히 선택한 곳이었다. 이번 사변으로 태자의 사람으로 알려져 있던 이들이 줄줄이 낙마했고, 그 과정에서 밀려난 전임 우중윤이 지내던 저택을 봉지미가 제게 넘겨달라 청한 것이었다.

근래 추씨 일가의 상황 역시 그다지 좋지는 않았다. 추 도독이 줄곧 5황자와 가까이 지냈던 탓에 주시받는 대상이 됐다. 당시 옆 나라 대월이 국경 지대에서 끊임없이 소요를 일으키는 탓에 황제의 근심은 날로 커지고 있었다. 추 도독은 '국사' 위 선생과 친분을 맺은 후 갑자기 총명해지기라도 한 건지 친히 천성의 서북쪽에 맞닿아 있는 대월은 토지가 황량하고 자원이 부족하여 끊임없이 약탈을 일삼는 것으로 보이니 국경 지역에 말 시장을 열어 대월의 준마와 천성의 식량을 거래하는 것으로 양국의 평화를 이루는 것이 어떻겠느냐고 제안했다.

황제가 그 말을 흔쾌히 받아들여 서북쪽 국경 지대에 시장이 설치되었다. 그러나 일은 바람대로 일사천리로 흘러가지 못했다. 대월은 약속을 어기고 병든 말을 가져와 높은 가격을 요구했고, 심지어는 '강도질'까지 서슴지 않았다. 게다가 아침에 병든 말을 가져와 내다 팔고 밤에는 다시 그 말을 훔쳐 대월로 돌아갔다. 황제는 대노했고, 추 도독은 다시 곤경에 빠졌다.

봉지미는 자신의 저택 정원에 앉아 미소 띤 얼굴로 추가 저택의 처마를 바라보며 차를 음미했다.

'어느 시점에 어떤 신분으로 추가에 찾아가야 좋으려나?'

그때 머슴 하나가 내관 하나와 함께 저택으로 들어왔다. 그자는 매우 비밀스럽게 들어와 한참을 머물렀고, 봉지미는 다시 매우 비밀스럽게 그자를 돌려보냈다.

'소녕 공주가 무슨 일로 날 찾는 거지?'

봉지미는 문득 지난번 고남의에게 했던 질문에 대한 답을 아직 듣지 못했다는 사실이 떠올랐다. 최근 이사하느라 정신이 없었던 탓이었다. 봉지미는 곧장 고남의에게 달려가 물었다.

"그날 하려던 말 못 했잖아. 지금 다시 답해 줄 수 있어?"

"응."

한창 호두를 까먹고 있던 고남의는 그것에 정신이 완전히 팔린 채로 봉지미의 말에 느릿하게 대답했다.

"……난 너의 사람이다."

분홍빛 함정

"장주지몽(莊周之夢)을 깨고 나온 나비가 큰 날개로 거센 동풍을 타고 날아오르니, 명성이 드높은 삼백의 정원의 꽃이 모두 텅 비어 꿀을 따러 온 벌들이 화들짝 놀라 죽어……."

봉지미가 양탄자가 깔린 가마 위에 나른히 기대앉아 반쯤 눈을 감은 채로 혼자 중얼거렸다. 그러자 가마 옆에 나란히 걸어가고 있던 시위(侍衛)*임금이나 어떤 모임의 우두머리를 모시어 호위하는 사람 하나가 불쑥 고개를 들이밀고 물었다.

"금방 무어라 말씀하시지 않으셨습니까? 혹 가마가 너무 흔들리는지요?"

"아니야, 아니네."

봉지미가 손을 내젓는데 왠지 얼굴이 조금 창백해져 있었다.

'꿀벌' 봉지미는 한 아름다운 나비 덕분에 화들짝 놀라고 말았다. 아직도 그 두근거림이 여실히 느껴졌다. 고남의는 말 한 마디를 금쪽같이 아꼈다. 그의 입에서 나온 말은 하나하나가 모두 금과 같았다.

"난 너의 사람이다."

간결하고 단순하며 강력하고 또 놀라운 말이었다. 일순간 머리 위로 번개를 맞은 봉지미는 거기서 단 한마디도 더 물을 엄두를 내지 못하고 재빨리 도망쳐 나와 소녕 공주에게 가는 중이었다. 원래는 조금 시간을 끌 생각이었지만 고남의의 말을 듣는 순간 머릿속이 바로 새하얘지고 말았다.

가마는 곧 큰길에서 벗어나 굽이굽이 이어진 길을 따라가다 작은 골목 깊숙한 곳에 은밀히 자리한 작은 요정 앞에 멈춰 섰다.

"왜 궁으로 가지 않고?"

봉지미가 미간을 살짝 찌푸리며 물었다. 뭔가 이상하다는 생각을 하며 가마에서 내려온 봉지미가 조심스레 주위를 살폈다. 누군가의 인기척이 느껴졌다. 아무래도 소녕 공주의 호위 무사들인 것 같았다.

근래 들어 봉지미는 유달리 눈과 귀가 밝아졌다. 생각해 보니 이상한 일이었다. 그 이상한 서책을 읽으면 읽을수록 몸 안에서 들끓던 뜨거운 기운이 나날이 줄어들었다. 근래 그 열기가 매우 강하게 느껴진 것은 딱 두 번이었는데, 한 번은 외숙부의 첩 옥화를 죽이고 물에 빠졌을 때였고, 마지막 한 번은 그날 정재에서 소녕 공주와 함께 추락했을 때였다. 그날 이후는 이상하리만치 편안했다. 완전히 환골탈태한 기분마저 들었다.

'거의 죽을 고비에 처했을 때였는데……. 설마 그것과 연관이 있는 건가?'

봉지미는 그날 땅으로 떨어지던 때 고남의가 자기 가슴을 손으로 짚었던 것과 왠지 익숙했던 그 검은 옷의 남자를 떠올렸다. 그리고 순간 무언가를 깨달았다.

시위가 앞에 서서 길을 안내했다. 작은 요정 안은 무척이나 조용해 들리는 소리라고는 오직 발소리뿐이었다. 발이 걷히자 소녕 공주가 자리에서 일어나 웃으면서 봉지미 쪽으로 다가왔다.

봉지미는 걸음을 멈췄다. 순간 뒤로 돌아 달아나고 싶다는 충동이 일었다. 고남의를 때려죽이고 싶다는 충동도 일었다.

'네가 날 그렇게 놀라게 하지만 않았어도 아무 생각도 방비도 없이 이런 분홍빛 함정으로 걸어 들어오진 않았을 거라고!'

분홍빛 함정, 아기자기한 정원 가득 꽃이 피어 있었다. 가냘픈 담쟁이덩굴은 서로 사이좋게 뒤엉켰고 화사한 봉선화 꽃잎이 바람에 산들거렸다. 담 위아래로 아름다운 꽃들이 흐드러지게 피어 있었으나 발 뒤에 반쯤 가려진 채 서 있는 이의 자태에는 비할 바가 없었다.

아름다운 수가 놓인 연분홍빛 적삼, 금실로 된 옅은 꽃무늬가 화려하게 자리 잡은 풍성한 주름의 비단 치마, 가냘픈 소녀의 귀 뒤로 틀어 올린 윤기 나는 머리칼 위에 살포시 내려앉은 나비 모양의 진주 비녀와 화려한 보석으로 장식된 금비녀. 이 모든 것들이 빛을 머금고 맑게 빛나는 두 눈동자와 한데 어울려 그 수려함을 뽐내고 있었다.

봉지미는 그 얼굴을 바라보았다. 아련한 기색이 드러났다. 봉지미의 눈동자가 살짝 흔들렸다. 눈동자가 흔들린 이유는 다른 데 있었지만 수줍은 기대를 품은 소녕 공주의 눈에는 그 흔들림이 완전히 다르게 보여 그만 더 수줍어지고 말았다. 예전의 횡포함이나 오만함은 온데간데없이 사라지고 그저 제 손만 만지작거리는 소녀만이 남아 있었다.

"공주마마."

봉지미가 발을 사이에 두고 허리를 숙여 공주에게 예를 갖췄다.

"소신, 마마께서 왜 궁이 아닌 이곳에서 저를 보자 하셨는지 까닭을 모르겠사옵니다. 아무래도 소신은 이만 물러가는 것이 좋겠습니다."

말을 마친 봉지미가 걸음을 서둘렀다. 하지만 곧 등 뒤에서 여린 목소리가 들려왔다.

"거, 거기 서! 서라니까!"

첫 마디에는 다소 놀란 기색과 당황스러움이 묻어 있었다면 그다음 마디엔 본래의 난폭함과 오만함이 다시 묻어났다. 몰래 작은 한숨을 내쉰 봉지미가 걸음을 멈추고 돌아섰다. 별로 달갑잖은 얼굴이었다.

"내가 널 불렀는데 감히 먼저 가려 하다니……!"

소녕 공주는 이제 부끄러움 따위는 개의치 않고 그대로 발을 걷어 한달음에 달려 나와 봉지미의 소맷자락을 붙잡았다.

공주의 열 손가락 끝이 모두 붉게 물들어 있었다. 너무 붉어 꼭 손끝에 피가 스며 나온 것만 같았다. 봉지미의 옆에 서서 살짝 고개를 튼 고남의가 그 손이 매우 마음에 들지 않는다는 듯 휙 손을 휘저었다. 그러자 소녕 공주가 그대로 휙, 소리를 내며 허공으로 날아갔다. 분명 조금 전까지만 해도 인기척이 느껴지지 않았던 작은 뜰에서 호위 무사들이 불쑥 튀어나왔다.

소녕 공주의 연분홍 치마가 허공에서 펄럭였다. 하지만 흩날리는 꽃잎 같은 그 모습과는 달리 입에서는 발톱을 드러낸 맹수처럼 매서운 말들이 터져 나왔다.

"저 고 씨 놈을 당장 잡아다 시궁창에 처넣어 버려! 꺅!"

시위들이 주춤거리며 고남의에게 다가왔다. 하지만 그는 그들에게는 아무 관심 없다는 듯 본 체도 하지 않고 툭툭 손을 털며 투덜거렸다.

"온통 분이군."

재채기가 터졌다. 시위의 부축을 받던 소녕 공주의 얼굴이 새빨갛게 물들었다. 봉지미는 살짝 미소지으며 소녕 공주의 시위들에게 일깨워 주듯 말했다.

"여기 고 선생께서는 폐하께서 얼마 전 특별히 정사품 무직을 하사하신 황궁 호위 무사이십니다."

봉지미의 말에 정육품 호위 무사들이 뒤로 물러섰다.

"바깥을 좀 살펴 줘. 아무도 이 안으로 들어오지 못하게 하고."

봉지미가 발끝으로 서서 고남의의 귓가에 몇 마디를 작게 속삭이고는 바로 소녕 공주에게 다가갔다.

"공주마마, 무슨 일로 소신을 보자 하셨나이까?"

봉지미가 손을 내밀자 소녕 공주는 더 붉어진 얼굴로 얌전히 봉지미를 따라 걸음을 옮겼다. 방 안에는 겹겹의 발이 두텁게 말려 있었고 옅은 침향나무 향이 풍겼다. 작은 술상에 과일 몇 개와 술병 그리고 술잔 두 개가 나란히 놓여 있었다. 소녕 공주가 저와 함께 술을 마시자고 이곳으로 부른 모양이었다.

"소신 오늘 오후 처리해야 할 일들이 아직 남아 있습니다. 분부하실 일이 있으시면 말씀해 주십시오."

봉지미가 먼저 소녕 공주에게 술을 따르며 말했다. 봉지미는 소녕 공주의 술잔에는 술을 가득 따르고 자신의 술잔에는 몇 방울만 흘리듯 따라 넣었다.

몇 잔 술을 주고받는 동안 봉지미는 조정의 일은 입에 올리지 않고 계속 사사로운 한담만 늘어놓았다. 한편 소녕 공주는 봉지미의 말은 듣는 둥 마는 둥 그저 제 맞은편에 앉은 소년의 얼굴만 멍하니 쳐다보고 있었다. 용모가 빼어난 것도 모자라 뛰어난 기품까지 가진 자였다. 그 어떤 순간에도 늘 우아하고 여유로운 모습을 잃지 않았다. 크게 놀라는 법도, 크게 화를 내는 법도 없었다. 분명 천출의 말단 관료일 뿐인데도 늘 침착하게 정세를 살피고 안정시켰다. 제경에는 분명 고관대작들이 가득했지만 그 부잣집 공자들은 위지에 비하면 고상하기는커녕 도리어 썩은 내가 났다.

"별것도 아닌 관청을 다스리는 일이 뭐 그렇게 중요하다고."

소녕 공주가 드디어 모호하게 구는 봉지미에게 짜증이 난 듯 술 한 잔을 털어 넣고 비웃음 섞인 말투로 말했다.

"위지, 넌 재능이 있어. 재상의 자리에 올라 내각에서 큰일을 해야 마땅하다고. 그런데 겨우 우중윤이라니. 설사 초왕이 태자가 된다 해도 그 옆에서 황제께 아뢰는 상주문이나 써 줘야 할걸? 청명의 일도 그래. 정말 신자연 밑에서 그 비위나 맞추며 영영 초왕의 손아귀를 벗어나지도 못하고 살고 싶은 거야?"

'신자연이 초왕의 사람인 걸 알고 있어?'

조금 놀란 봉지미가 속으로 생각했다. 하지만 겉으로는 옅게 웃어 보이며 소녕 공주에게 술을 따르고는 공손한 말투로 답했다.

"보잘것없는 일개 평민인 제가 하루아침에 지금의 자리에 오른 것만으로도 만인의 부러움을 살 일입니다. 과유불급이라 하지 않습니까. 저는 지금의 영예로도 충분합니다. 공주마마께서 이리도 저를 살펴 주시니 성은이 망극하오나 저는 그럴 만한 사람이 되지 못한다는 것을 스스로 잘 알고 있나이다."

"되지 못하긴 뭘 못한다는 거야? 승자가 왕이 되고 패자는 도적이 되는 것뿐이라고!"

소녕 공주가 냉소를 터트리며 말했다. 얼굴에 서려 있던 수줍음은 이미 사라진 지 오래였고, 미간에는 어느새 깊은 주름이 자리 잡고 있었다.

"원하지 않는다고 말하지 마!"

소녕 공주가 갑자기 봉지미에게 가까이 다가와 활활 타오르는 두 눈으로 봉지미를 똑바로 응시하며 말했다.

"난 분명 네 눈에서 야심을 봤어! 그건 절대 못 속인다고!"

"이 세상 모든 사내는 가슴속에 야심을 품지요."

봉지미가 미동도 하지 않고 소녕 공주를 향해 웃으며 말했다.

"제가 나라를 열심히 섬기면 황제께서 분명 제게 주실 것입니다."

"내가 줄게!"

소녕 공주가 술병을 들고 있던 봉지미의 손을 덥석 잡으며 말했다.

공주의 몸이 떨리고 있었다. 머리 위에 내려앉은 화려한 나비가 칼날처럼 번뜩였다.

"네가 원하는 게 무엇이든 내가 다 줄게. 네가 영혁을 죽여 주기만 한다면!"

기습

어두운 방 안, 술잔과 함께 날 선 말이 오갔다. 등불이 소녀의 머리 위 금비녀를 비추자 검처럼 번뜩이는 빛이 눈을 찔렀다.

"그자를 죽여 줘!"

소녕 공주가 다급하면서도 단호하게 말했다.

"초왕은 비열하고 간사한 인간이야. 이 나라에 독이 될 거라고! 넌 이미 그자와 틀어졌잖아. 분명 그자도 널 살려 두려 하지 않을 거라고. 그냥 가만히 앉아서 죽임을 당하느니 날 도와 그 비열한 자를 없애는 게 훨씬 나아!"

봉지미가 고개를 들고 자신을 향해 소리치는 소녀의 눈을 바라보았다. 푸르게 반짝이는 맑은 물속에 희미한 먼지가 낀 것이 보였다. 그 눈빛은 유일하게 공주와 어울리지 않는 부분이었다.

봉지미는 한참이 지나서야 붙잡혀 있던 손을 빼내고 말했다.

"마마, 저는 지금 마마께서 무슨 말씀을 하시는 것인지 도무지 모르겠습니다."

"아니, 넌 알아."

소녕 공주가 다시 냉정함을 되찾고 말했다.

"그 인간이 무슨 짓을 했는지, 무슨 짓을 하려고 하는지 넌 알아. 그러니까 내 말대로 해."

봉지미가 잠시 침묵했다.

"마마, 마마의 오라버니이십니다."

"나에게 오라버니는 단 하나밖에 없어."

소녕 공주가 혼자 잔에 술을 따르고 빠르게 들이켰다.

"나보다 열두 해 일찍, 같은 어머니에게서 났어. 어머니가 돌아가시고 내가 혼자 궁에 틀어박혀 울고 있을 때 하룻밤에도 몇 번이고 잠에서 깰 날 달래 주러 왔어. 내가 아프면 나랏일은 다 뒤로 제쳐 두고 날 보살펴 줬어. 그럴 때마다 아바마마께 꾸중을 들으면서도 말이야. 내가 궁 밖에 나가 놀고 싶어 하면 늘 그렇게 하라 해 주었고, 내가 밖으로 나간 일이 아바마마 귀에 들어가면 늘 대신 나서서 책임져 주기까지 했지. 내가 자유로운 청명에 들어가고 싶어 했을 땐 나 대신 수개월 동안 아바마마를 설득해 주고, 내가 힘들어 할까 봐 열째 오라버니까지 함께 보내 줬다고……. 세상 사람들 모두 오라버니가 미쳤다고, 황태자 자리에 걸맞은 이가 아니라고 하지만 사실 난 내 오라버니가 황태자 자리에 맞는 사람이든 아니든 상관없어. 내 유일한, 그 누구로도 영원히 대체할 수 없는 최고의 오라버니니까."

"내 오라버니……."

잔뜩 붉어진 얼굴로 소녕 공주는 술잔을 세게 내려놓았다. 잔에 든 술이 넘쳐 나와 손등 위로 흘렀다.

"그런 내 오라버니가 내 눈앞에서 죽었어. 가슴이 찢긴 채로. 죽은 후에도 편히 모시질 못했잖아. 황족으로 태어난 사람을 정말 이렇게 처참한 신세로 놔둬야 한단 말이야?"

봉지미가 조용히 두 눈을 감았다. 머릿속에서 희미하게 피와 불이 피어올랐다.

"아바마마를 독살하자는 부탁은 거절했지만, 그 대신 복수해 달란 부탁은 거절하지 않을 거야."

소녕 공주가 쓸쓸한 웃음을 지으며 말했다.

"위지. 오라버니가 영혁의 연환계에 당해 죽었다는 걸 나도 아는데 네가 모를 리 없잖아. 난 그냥 아무것도 모르는 응석받이일 뿐이어서 내가 하겠다는 복수도 그저 어린애의 치기라고 생각하는 거야?"

봉지미는 아무 말도 하지 않았다.

'조금 더 똑똑해지는 게 좋을 거야. 초왕의 세력이 나날이 강해지고 있는데 지금 그에게 맞서겠다고? 죽고 싶어 안달이 난 거라면 말리진 않겠지만 난 같이 죽을 생각 따위 전혀 없다고.'

"난 천성황조 황실에서 가장 사랑받는 공주야. 가장 사랑받는다는 말은 괜히 하는 게 아니라고."

소녕 공주가 차갑게 웃으며 말했다.

"나에게도 호위 부대가 있어. 친왕 호위가 삼천이라면 내 호위는 일 만이야. 그것도 황실 친위대 중에서도 제일가는 고수들로만. 아바마마께선 내게도 영지를 하사하셨어. 그것도 강회도에서 가장 비옥하다는 가화현(嘉和縣)으로 말이야. 그리고…… 아바마마께서 점점 연로하시면서 다른 이들에겐 곁을 잘 내어주지 않게 되셨지만 나와 정사를 논하는 일은 한 번도 꺼리신 적이 없어."

앞선 장황한 말에는 전혀 동요하지 않던 봉지미가 마지막 한 문장에 눈썹을 움찔했다. 황제가 공주를 아낀다는 것은 알고 있었지만 이 정도일 줄은 예상치 못하고 있었다. 영혁이 반드시 공주를 죽이려 했던 이유를 이제 알 것도 같았다.

"마마, 소신은 오늘 아무것도 듣지 못한 것으로 하겠습니다."

봉지미가 한참 뒤에야 입을 열고 공손히 말했다.

"공주마마와 초왕 전하께서 황실의 일원이라는 것은 절대로 변하지 않는 사실입니다. 피를 나눈 두 분이 서로 등을 돌리신다면 폐하께서 분명 크게 상심하실 것입니다."

"지금은, 지금은 상심하지 않으셨고?"

소녕 공주가 의미심장한 눈빛으로 봉지미를 바라보았다.

"피를 나눈 형제라는 말…… 나도 예전엔 그렇게 생각했어. 하지만 영혁은 절대 그렇게 생각하지 않아. 예전에 있었던 그 일들……"

봉지미의 시선이 소녕 공주에게로 돌아갔다. 하지만 소녕 공주는 입을 굳게 다물었다. 낯빛이 별로 좋지 않았다.

"위지. 내가 네게 도움을 청하는 건 네 목숨 역시 지키고 싶어서야."

소녕 공주가 다시 한 번 봉지미의 손을 붙잡고 말했다.

"넌 이미 위험에 처해 있어."

"공주께서도 그렇지 않으신가요?"

봉지미가 조금 넋을 놓은 듯 술잔에 든 술을 바라보다 돌연 고개를 들고 소녕 공주를 향해 웃어 보였다.

"오늘 궁을 나오시며 지금 형국이 매우 불안하니 밖은 위험하다는 생각을 분명히 하셨을 텐데요? '태자의 세력'이 아직까지도 색출되고 있는 형국에, 만에 하나 무슨 사고가 생겨도 도움을 청할 곳 하나 없으실 테고요."

"그럴 리가 없어."

소녕 공주의 얼굴색이 변했다.

"그래서 호위 무사들을 많이……"

"모두 믿을 수 있는 자들입니까?"

소녕 공주의 얼굴색이 또 한 번 변했다. 공주가 뭐라 말하려던 순간 갑자기 탁자 위 등불이 크게 흔들렸다. 순식간에 벽이 갈라지고 그 사이로 긴 창이 튀어나와 벽을 등지고 앉아 있는 소녀 공주의 등을 향해 날아왔다. 말로 형용할 수 없을 만큼 빠르게 날아온 창은 어느덧 두 사람의 바로 앞까지 다다라 있었다.

봉지미는 술상 위에 올라가 있던 소녀 공주의 손을 앞으로 휙 잡아 당겼다. 소녀 공주의 얼굴이 탁자 위에 있던 쟁반에 부딪혔다. 그 위에 놓여 있던 복숭아 몇 개가 터지며 사방으로 과즙이 튀었다.

창이 휙, 소리를 내며 소녀 공주의 머리 위를 스치고 지나갔다. 흔들리던 등불이 결국 맹렬한 바람을 이기지 못하고 꺼지자 방 안에 어둠이 밀려왔다. 번뜩이는 창은 멈추지 않고 그대로 번개처럼 봉지미에게로 날아오고 있었다. 봉지미는 재빨리 몸을 늦혔다. 창끝이 코끝을 아슬아슬하게 스쳐 지나갔다. 금속에서 나는 피비린내가 선명히 느껴질 정도였다.

그때 밖이 소란스러워지는가 싶더니 곧 옷자락 펄럭이는 소리가 끊이지 않고 들려왔다. 고남의가 곧장 들어오지 못한 걸 보니 그도 밖에서 누군가에게 붙잡혔던 모양이었다. 그렇다는 건 지금 이곳에 온 자들이 저 창을 휘두르는 자만큼이나 뛰어난 무공을 가지고 있다는 뜻이었다. 누군가 봉지미와 소녀 공주 두 사람을 죽이려고 단단히 마음을 먹은 듯했다.

빛이 완전히 사라진 고요한 방 안에는 복숭아 과즙의 달콤한 냄새만이 가득했다. 독사같이 긴 창끝이 사냥감을 찾아 헤매는 굶주린 맹수처럼 예리했다. 그때 검은 그림자가 휙 나타나더니 호위 무사 중 하나가 방 안으로 달려 들어와 다급히 소리쳤다.

"공주마마! 무사하십니까!"

순간 안도한 소녀 공주가 그를 향해 소리치려 했지만 곧 차가운 손이 공주의 입을 틀어막았다. 청량한 내음을 은은하게 머금은 매우 부드럽고 여린 손이었다. 소녀 공주는 혼란스러운 와중에도 그 손에 신경을 빼앗기고 말았다.

'위지 손은 어째서 이렇게……. 작고, 부드럽고, 향기로운 거지…….'

봉지미는 소녕 공주의 입을 틀어막고 낮게 신음했다. 호위 무사가 두 사람이 있는 쪽을 향해 달려오자 봉지미는 곧장 그에게 손을 뻗어 그의 목덜미를 틀어쥐고 그 창을 향해 돌진했다.

푸욱.

살이 뚫리는 소리가 나고 곧 피가 터져 나왔다. 그 호위 무사의 목에서 꺽꺽, 하는 소리가 터져 나왔다. 크게 뜬 두 눈에 마지막 빛이 돌았다. 그의 동공에는 그만큼이나 놀란 소년의 모습이 비쳐 있었다.

피를 보지 않고는 만족하지 못하는 잔인한 창이 드디어 유유히 모습을 감췄다. 벽을 뚫고 들어왔던 창은 눈 깜짝할 사이 시야에서 사라졌다.

봉지미는 얼굴이 온통 복숭아로 범벅이 된 소녕 공주를 붙잡고 곧장 밖으로 달려 나갔다. 두 사람이 막 문에 다다랐을 무렵 그림자 하나가 튀어나와 부딪쳤다. 코끝으로 깨끗하고 맑은 내음이 느껴졌다. 고남의가 온 것이었다.

"공주마마를 궁으로 모시고 가!"

봉지미가 소녕 공주를 고남의의 품에 던지듯 밀어넣으며 소리쳤다. 소녕 공주가 자신과 궁 밖에서 만난 때에 죽게 둘 수는 없었다. 죽어도 이곳이 아닌 다른 곳에서 죽어야 했다.

"안 가!"

고남의가 그대로 소녕 공주를 옆으로 내동댕이치곤 곧장 봉지미의 옆에 와 섰다.

"가야 해."

봉지미가 거짓 웃음을 지어 보이며 옆으로 비켜섰다.

"반드시."

"왜?"

고남의가 물었다. 그에겐 늘 이유가 필요했다.

"왜냐하면."

봉지미가 정색한 그의 어깨를 잡고 밀어내며 말했다.

"넌 나의 사람이니까."

입맞춤

드디어 고남의가 소녕 공주를 데리고 그곳을 빠져나갔다. 봉지미는 혼자 그 방 안에 앉아 생각에 잠긴 채 그가 돌아오길 기다렸다. 태자의 죽음 이후 고남의가 왠지 모르게 전과는 달라졌다는 생각이 머릿속을 떠나질 않았다. 그전까지만 해도 고남의는 절대 자신의 곁에서 떨어지는 법이 없었는데, 오늘은 무슨 이유에서인지 마음을 놓고 저를 혼자 내버려 둔 것이었다.

어쨌든 진짜 화근은 소녕 공주였다. 고남의가 공주를 데리고 가자마자 이 주변을 둘러싸고 있던 자들도 모두 그의 뒤를 쫓아 사라졌다. 고남의가 다치지는 않을까 걱정되는 것은 아니었다. 이곳은 황제의 턱밑이나 마찬가지였다. 황궁과 매우 가까운 곳이니 한 번의 공격을 실패한 이상 끝까지 따라가 죽이기는 쉽지 않았다. 그저 소녕 공주가 오늘의 일로 깨달음을 얻고 두 번 다시는 봉지미에게 궁 밖에서 따로 만나자고 요구하지 않았으면 좋겠다는 생각뿐이었다.

봉지미가 손을 더듬어 등불을 켰다. 바닥에 쓰러진 시신이 아직 두 눈을 뜬 채로 널브러져 있었다. 자신이 무슨 죄를 지었기에 이런 억울한 일을 당해야 하는 건지 모르겠다는 얼굴이었다. 봉지미는 몸을 숙이고 그를 바라보며 한숨을 내쉬었다.

"그쪽이 너무 빨리 나섰어. 첩자는 그렇게 조급하게 굴면 안 되는 법이야."

첩자가 아니라면 그렇게까지 빨리 달려올 수 있을 리가 없었다. 첩자가 아니라면 들어오자마자 공주를 부르며 위치를 확인하려 할 이유가 없었다.

소녕 공주는 그를 알아차리지 못했지만 봉지미는 그 짧은 순간 그 모든 것을 파악해 냈다. 온 천하를 다 뒤져도 봉지미의 순발력에 맞설 수 있는 이는 몇 없었다.

주위가 점점 더 고요해졌다. 피비린내가 어두운 방 안에 소리 없이 감돌았다. 손에 들린 초는 어느덧 차갑게 식어 마치 뱀처럼 서늘하고 미끄러웠다. 봉지미는 주위를 에워싼 어둠 속에서 무언가 자신을 불안하게 하는 것이 엄습해 오고 있다는 것을 느꼈다.

봉지미는 탁자 위에 부싯돌이 놓여 있었던 것을 떠올리고 손으로 어둠 속을 더듬었지만 아무것도 잡히는 게 없었다. 다행히 몸에 지니고 다니던 것이 있었다.

불꽃이 일었다. 환해진 시야에는 아무것도 들어오는 것이 없었다. 그때 갑자기 사방이 다시 어둠에 잠겼다. 당황한 봉지미는 손으로 불을 붙였던 양초를 더듬었다. 조금 전 그 불꽃은 모두 허상이었다는 듯 조금의 온기도 느껴지지 않았다.

봉지미는 문득 초가 전보다 짧아진 것 같다는 생각을 했다.

'누가 검을 휘둘러 불이 붙은 부분을 잘라 낸 건가?'

봉지미는 차마 문밖으로 나갈 엄두를 내지 못했다. 방 안에 정말 다른 이가 있는 거라면 그건 그에게 등을 내주는 것이나 마찬가지였고,

문밖에 사람이 있는 거라면 그것 역시 사지로 걸어 들어가는 것이나 다름없는 일이었다.

봉지미는 입술을 깨물고 다시금 초에 불을 붙였다. 불꽃이 일었다가 이내 다시 꺼졌다. 불꽃이 다시 한 번 일었다. 봉지미는 곧장 초를 든 손을 자신의 왼쪽을 향해 휘둘렀다. 그러고는 재빨리 뒤로 몇 걸음 물러섰다.

이윽고 무언가에 쿵 부딪혔다. 봉지미가 그쯤 있을 거라고 예상했던 문은 분명 아니었다. 등 뒤에 닿은 것은 부드러우면서도 탄탄했다. 예상치 못한 감각에 잠시 당황한 사이, 봉지미는 그대로 그것에 단단히 안기고 말았다.

자신을 끌어안은 힘이 결코 강하지 않은데도 봉지미는 조금도 몸을 움직일 수가 없었다. 옅은 남자의 향기가 전해져 왔다. 그는 봉지미를 품에 안은 채 귓가에 얼굴을 묻었다. 그의 따뜻한 숨결이 그대로 느껴졌다. 봉지미의 머리칼이 그의 숨결에 흔들리며 얼굴을 간질였다.

봉지미는 몸을 움직이는 것을 포기하고 손목을 비틀었다. 그러자 작은 단검 하나가 소리 없이 흘러 내려와 손에 잡혔다. 그날 영제가 소맷자락 속에 단검을 숨겨 두었던 것을 보고 봉지미 역시 그날 이후 소맷자락 안에 작은 검을 늘 숨기고 다녔다. 단검이 손에 들렸으니 이제 손가락을 한번 움직이기만 하면 뒤에 선 그의 허리를 충분히 찌를 수 있었다.

그때 그가 낮은 한숨을 토해 냈다. 마치 바람이 나뭇잎을 스치듯 희미하면서도 천둥처럼 온몸을 울리는 낮고 긴 숨이었다. 그 감각에 봉지미가 몸을 흠칫 떨었다. 이젠 단검을 쥔 손마저 몸처럼 딱딱하게 굳어 버렸다.

어느새 그가 다정한 손길로 봉지미의 손을 감싸 쥐었다. 그의 손가락이 얇은 단검을 어루만지다 이내 가볍게 꺾어 버렸다. 챙, 하는 청아한 소리와 함께 그가 낮게 웃었다. 그가 손가락을 튕기자 봉지미의 손에 들려 있던 단검이 그대로 허공을 가르고 날아가 조금 전 창이 뚫어 놓은 벽의 구멍에 정확히 박혔다. 그 사이로 스며들던 일말의 빛줄기마저 이제 사라져 버렸다.

검은 이미 날아가고 없었지만 그의 손은 여전히 제자리에 머물러 있었다. 봉지미의 손을 쓸어내리는 그의 손이 무척이나 매끈하고 부드러웠다. 그의 단단한 손끝이 봉지미의 여린 손바닥에 닿았다. 조금 거친 사포가 따뜻하고 부드러운 심장을 문지르는 것처럼 간질거리는 감각 너머로 아주 조금의 통증이 일었다.

봉지미는 시선을 떨어트린 채 휘몰아치는 파도 속을 헤매고 또 헤맸다. 지금 봉지미에게는 손끝에서 전해지는 미묘한 감각에 사로잡혀 있을 여유가 없었다. 봉지미를 껴안은 그의 손끝이 이미 제 가슴에 닿아 있었던 것이었다.

그가 살짝 고개를 숙인 채 봉지미에게 가까이 다가왔다. 두 사람의 호흡이 한데 뒤엉키고 흘러내린 머리칼이 서로의 목과 어깨를 부드럽게 간질였다. 나른하고 서늘한 감각이었다. 지금 이 순간 두 사람의 감정처럼.

그가 고개를 틀자 봉지미의 뺨에 그의 얼굴이 스쳤다. 조금은 차갑고 부드러운 그의 입술이 마치 수면 위에 내려앉은 푸르른 잎사귀처럼 잔잔한 파도를 일으키며 봉지미의 부드러운 뺨 위를 스치고 지나갔다. 두 사람 모두 흠칫 몸을 떨었다.

어둠 속에서 그는 이내 차분해졌다가 다시 숨이 조금 가빠졌다. 이 내 또다시 평정을 찾은 그는 봉지미에게서 떨어졌다. 마치 한밤중 잠자리의 투명한 날개가 어둠의 서늘함을 이기지 못하듯이.

봉지미의 마음 깊숙한 곳에서 갑자기 슬픔이 밀려왔다. 저 멀리 아름답게 빛나던 풍경이 눈앞에서 순식간에 무너져 내린 것만 같은 기분이 들었다.

아름다웠다. 너무 아름다워 살이 에이는 듯 아파왔다. 깊이 쌓인 눈 속에 갇혀 의미 없는 날갯짓을 하는 나비처럼.

고요하고 어두운 방 안에는 그렇게 오로지 두 사람의 생각만이 떠 다니고 있었다. 누군가의 다급한 발소리가 들려오기 전까지는.

"위지 형님! 형님!"

연회석의 목소리였다.

"아직 여기 계십니까?"

봉지미가 잠시 몸을 움찔했다. 순간 어떻게 대답해야 좋을지 떠오르지 않았다. 그때 뒤에 있던 남자가 낮은 웃음과 함께 갑자기 봉지미를 밀어냈다. 앞으로 휘청이는 봉지미의 뺨 위로 조금 차갑고 부드러운 옷 자락이 스쳐 지나갔다. 봉지미는 옅은 향기를 머금은 그곳을 향해 손을 뻗었다. 하지만 그의 옷자락은 이내 봉지미의 손가락 사이로 빠져나가 흔적을 감췄다.

끼익, 하는 소리와 함께 문이 열리고 연회석이 햇살을 등진 채 모습을 드러냈다. 봉지미는 무의식적으로 고개를 돌렸다. 어두운 방 안에는 엉망으로 흐트러진 술잔과 말없이 누워 있는 시신 한 구가 전부였다. 조금 전 그 순간은 마치 깨어 버린 꿈처럼 사라지고 없었다.

늑대를 길들이다

날이 점점 더워졌다. 내리쬐는 햇살이 제경을 나날이 들끓게 하고, 제경 안 이들은 모두 그 뜨거움 속에 정지해 버린 듯했다. 바람 한 점 불지 않는 황궁 안에서 궁인들은 모두 막대를 들고 쉬지 않고 울어 대는 매미를 잡느라 여념이 없었다. 안 그래도 마음이 시끄러운 황제의 심기를 거스를까 걱정된 탓이었다.

어서방 안에서 무언가 기척이 들려오자 내관들 모두 잔뜩 긴장한 얼굴로 서로의 눈치를 살폈다.

"아주 대단하군!"

황제가 손에 들고 있던 상소문을 누군가의 얼굴을 향해 내던지며 소리쳤다.

"자네가 아주 대단한 생각을 내놓았어!"

황제의 앞에서 무릎을 꿇고 두려움 가득한 얼굴을 들어 보인 이는 바로 오군 도독 추상기였다. 그가 주장했던 '말 시장' 정책이 실패로 돌아가고 난 후, 대월은 나날이 더 횡포해져 갔다. 국경 지역의 백성들은 끊임없이 대월에게 약탈을 당하다 그를 이기지 못하고 줄줄이 내륙으로 피신해 왔고, 갑자기 많은 이가 들이닥친 내륙 지방에는 온갖 사고들이 하루가 멀다 하고 일어났다. 그 후 대월은 더 많은 병사를 결집해 계속해서 침략을 이어 가고 있었다.

끓어오르는 화를 달리 풀 곳이 없는 황제는 애초 말 시장을 만들자고 제안했던 추상기에게 모든 책임을 돌리고 분노를 쏟아 냈다.

추상기는 속으로는 비명을 지르고 방방 뛰면서도 차마 그런 마음을 어디 다른 곳에 드러내지도 못하고 있었다. 그는 고개를 들어 아무렇지 않은 얼굴로 황제의 서안(書案) 앞에 앉아 각지에서 올라온 상소문을 정리하고 있는 봉지미를 바라보며 조용히 한숨을 내쉬었다. 말 시장을 만든다는 생각은 처음부터 그의 것이었으니 다른 이에게 책임을 미루고 싶어도 그럴 수가 없었다.

봉지미가 집으로 찾아온 날이었다. 잠시 서재에서 이야기를 나누며 들춰 본 책들을 정리하다가 문득 생각해 낸 묘책이 바로 말 시장이었다. 그러니 그를 탓할 수도 없었다. 책 좀 들춰 봤다고 책임을 물을 수는 없는 일 아니겠는가.

"모두 소신의 잘못이옵니다."

추상기가 거듭 머리를 조아리며 말했다.

"감히 천성의 영토를 넘보다니요. 폐하, 부디 소신에게 이번 일을 만회할 기회를 주시옵소서. 반드시 대월 놈들을 때려잡고 온 천하에 천성의 위력을 보이겠나이다!"

추상기의 말에 황제는 두 눈을 가늘게 뜨고 어떤 말도 하지 않다가 한참이 지난 후 냉랭하게 말했다.

"오늘은 이만 물러가라."

추상기는 조심스레 물러나와 구름이 가득한 하늘을 올려다보며 혼자 생각했다.

'정녕 이 나이에 또 말을 타고 변방으로 나가야 한단 말인가?'

추상기가 물러나고 난 후의 어서방 안에서는 내내 침묵을 지키던 황제가 갑자기 입을 열었다.

"그대들은 어찌 생각하는가?"

황제의 물음에 몇몇 재상들이 서로 눈치를 살피다 하나둘 입을 열었다.

"폐하, 섣불리 전쟁을 일으키는 것은 위험하다 사료되옵니다……"

"백성들은 은덕으로 보듬으심이……"

"태자의 역모 사건이 아직 완전히 정리되지 않은 시점에 또 전쟁을 치르는 것은 백성들을 더욱 불안케 할 것이오니……"

황제의 얼굴이 점점 더 어두워지자 대신들 모두 말을 이을 엄두를 내지 못하고 입을 다물었다.

어서방의 상좌에는 영혁이 앉아 있었다. 제경 인근 지역 수리에 관한 일을 처리하러 입궁한 길이었는데, 마침 정쟁을 목도하고 내친김에 자리를 잡고 앉은 것이었다. 칠흑같이 검은 머리 위에 옥관을 쓴 그는 매우 침착한 얼굴로 살짝 미소를 머금은 채 대신들의 말에 귀를 기울이고 있었다.

봉지미는 그와 몇 걸음 떨어지지 않은 황제의 서안 앞에 앉아 고개를 숙이고 황제를 대신해 먹을 갈고 있었다. 영혁보다도 더 침착한 얼굴이었다. 그가 어서방에 들어오고 난 뒤로 두 사람은 단 한 번도 서로에게 시선을 두지 않았다. 황제의 낯빛이 어둡게 가라앉은 것을 보고 영혁이 갑자기 웃으며 말했다.

"아바마마, 국사 위 선생의 의견을 한번 들어 보심이 어떠신지요."

순간 만인의 시선이 구석에 앉은 봉지미에게로 향했다. 그들 중 몇몇은 조소를 숨기지 못하고 있었다. 초왕의 입에서 튀어나온 '국사'라는 말이 아무리 들어도 야릇하게 들렸다.

봉지미는 전혀 동요하지 않는 모습으로 붓을 내려놓고 자리에서 일어나 나긋이 말했다.

"전쟁을 하되 하지 말아야 합니다."

"그런 말이 어디 있단 말이냐?"

황제가 눈을 반짝이며 물었다.

"대월 사람들은 본래 오만하고 포악하여 신하로서 굴복하길 원치 않는 자들이옵니다. 여러 해 중원과 전쟁을 치른 적이 없어 천성에게 호되게 당하고 중원에서 쫓겨났던 굴욕적인 역사는 진즉 까맣게 잊어 버리고 오늘날 천성이 매우 풍요로운 곳이라는 사실만을 기억하고 있을 것입니다. 그런 어리석음에 빠져 불순하게 구는 자에게는 반드시 우리 천성의 위엄을 다시 보여 주어야 할 것입니다."

"그래, 계속하라."

"하나 대월 사람들은 유목 민족으로 매우 뛰어난 말과 병사를 가지고 있어 그 진군 속도가 바람만큼 빠르니 한 번 승리하기는 어려움이 없으나 그 뿌리를 완전히 뽑아내는 것은 쉽지 않을 것이옵니다."

그때 내각 재상인 요영이 미간을 찌푸리며 끼어들었다.

"지금 공허하기 짝이 없는 말을 빙빙 둘러 하고 있지 않은가!"

봉지미가 그 늙은 재상을 힐끗 바라보았다. 초왕의 사람인 저 늙은 신료는 제 아들의 일로 봉지미와 악연을 맺은 바 있었다. 그 때문에 진즉에 손을 써 두지 못한 걸 두고두고 후회하며 사사건건 봉지미의 일에 끼어들어 훼방을 놓으려 했다.

"예, 대감."

봉지미가 온화하게 웃으며 공손하고 겸허한 태도로 말했다.

"제 학식이 얕아 여러 조정 대신들 앞에서 감히 생각을 뽐내기가 참 송구스럽습니다."

"학식이 얕으면 계속 단련하면 될 것 아니냐. 어서 계속해 보라."

황제가 눈썹을 찌푸리며 말했다.

"요영 그대는 어찌 그리 참을성이 없는 것이오?"

말문이 막혀 버린 요영은 그대로 입을 꾹 다물었다. 하지만 속으로는 봉지미가 소녕 공주 옆에 찰싹 붙어 황제까지 구워삶고 있다며 욕을 삼켰다.

"지네는 죽어도 굳지 않고 들풀은 불에 타도 봄이면 다시 난다 하였지요."

봉지미가 말했다.

"병사와 말은 다시 모을 수 있고, 무기는 다시 만들면 그만이니 그저 몇 번의 전쟁만으로는 사납기 그지없는 대월을 완전히 멸할 수는 없을 것입니다. 그러니 그 백성을 나약하게 만들어야 하옵니다. 그들이 가진 포부를 짓밟아야 하옵니다. 그리고 그를 통해 나라를 손에 쥐어야 하옵니다."

황제의 눈썹이 꿈틀거렸다. 그가 봉지미를 재촉했다.

"계속 하라!"

"지금처럼 필사적으로 걸어 잠그기보다는 차라리 변방 지역을 활짝 여는 것이 더 나을 것입니다."

봉지미가 말을 이어 갔다.

"추 도독께서 고안하신 말 시장 역시 사실 그 방향이 잘못된 것은 아니었사옵니다. 그저 시기가 맞지 않았을 뿐이지요. 대월은 근 몇 해 동안 그 기세가 날로 오만해지지 않았습니까. 우리의 제의로 말 시장을 열었으니 아마 천성의 국력이 쇠약해졌다 여기고 더욱 기고만장해졌을 겁니다. 우선 전쟁을 일으켜 대군으로 그들을 압박하고 그 기세를 꺾어 놓은 뒤 다시 교역을 시작해야 합니다."

"들으면 들을수록 황당하기 짝이 없군!"

요영이 불쾌한 기색을 드러내며 벌컥 호통쳤다.

"전쟁까지 치른 마당에 교역이라니! 승리의 기세를 타고 끝까지 밀어붙이지 않으면 전쟁에서 대승을 거둘 좋은 기회를 잃게 된다는 걸 모르는가!"

"요 대감, 조금 전 폐하께서도 말씀하시지 않으셨습니까. 마음을 너그러이 가지세요. 젊은 사람들도 갈고 닦을 기회는 얻어야지요."

그의 옆에 긴 수염을 늘어트리고 선 호성산이 허허 웃으며 말했다.

봉지미가 싱긋 웃어 보이는 것으로 그에게 감사를 표했다. 그는 청명서원에서 봉지미를 가르쳤던 바로 그 호 학관이었다. 그 역시 초왕의 사람인 건 마찬가지였으나 봉지미를 곤란하게 하는 일은 거의 없었다.

"교역은 반드시 해야 합니다."

봉지미가 약 올리듯 배시시 웃으며 말을 이어 갔다.

"대월이 굴복하면 그 기세를 몰아붙여 시장을 형성하고 비단, 도자기, 의약, 식량 등 대월에 부족한 물건들을 수출해야 합니다. 무기를 제외한 다른 것은 아낌없이 내주고 내륙의 백성들을 북상시켜 대월국 사람과의 혼인도 윤허해야 하고요."

"당치 않은 소리!"

이번에는 요영뿐만 아니라 다른 대신들까지 목소리를 높였다.

"고귀한 천성의 혈통을 그런 오랑캐와 엮어 더럽힐 수는 없소!"

"대월은 토지가 황폐하고 생활이 궁핍하여 여러 해 동안 거듭 주변국을 약탈하며 포악한 심성을 키운 자들입니다. 스스로 대붕(大鵬)*하루에 9만리를 날아간다는 상상의 새의 후손이라 칭하는 거친 자들이라 해도 온화하고 다정한 중원 사람들과 만나 안정적인 삶을 꾸리고 농경과 경상을 배워 자신의 재산을 모을 수 있게 되면 먹을거리 입을거리 걱정 없이 편안히 살 수 있겠지요. 풍족한 식량과 뛰어난 의술까지 누리게 되고 나서도 그들이 계속 그토록 포악하고 잔인하기만 할까요? 가진 것이 아무것도 없을 때라면 모르지만 그 모든 것을 가지고도 전장에서 제 몸 아끼지 않고 대월을 위해 싸울 수 있을까요?"

방 안에 적막이 내려앉았다. 모두 저마다 깊은 생각에 빠져 있었다.

천성 건국 초기 대성의 잔당과 치른 암투로 나라가 혼란에 빠진 일이 있은 후로 천성의 조정은 늘 대월의 세력이 천성 안으로 침투하는 것을 물리적으로 막아 왔다. 지금 위지가 제안하는 것은 천성이 수년간 지켜 오던 국책을 완전히 뒤엎자는 것과 다름없었다. 대담하고 또 대담한 자였다.

육백 년 대성황조가 오랑캐를 어떻게 상대했는지 지켜봤던 이들이 모두 지금 이 자리에 있었다. 그들 모두 봉지미가 말한 문명 전파와 평화 정책, 경제 교류 모두 유목 민족을 길들이는 3대 정책이라는 것을 잘 알고 있었다. 하지만 세 가지 수단 모두 각자의 한계를 가지고 있었다. 초원의 위협은 늘 중원 위에 도사리고 있었다. 오랜 시간을 들여 근거지를 쟁취한 오랑캐는 초원 위의 들풀처럼 불에 타지도 않고 쉬이 뽑히지도 않으며 계속해서 다시 살아났다. 한 민족을 정복하고 문명에 동화시키는 데 성공한다 해도 곧이어 그보다 더 잔인하고 야만적인 오랑캐가 초원 지대에 모습을 드러내고 다시 덩치를 키웠다. 그런 그들을 뿌리까지 뽑아내기란 매우 어려운 일이었다.

군사를 일으키고 나면 곧 길고 긴 전쟁이 이어질 것이었다. 한 정권을 짓누르는 데 성공한다 한들 결국 더 사나운 정권과 마주하게 되는 결과를 초래할지도 모르는 일이었다. 게다가 천성의 서남쪽 국경에는 제염업과 상업이 발달해 매우 부유한 서량마저 자리하고 있었다. 천성이 대월과 전쟁을 치른다는 소식이 전해지면 그들이 그 틈을 타 침략해 올지도 모르는 일이었다.

그렇게 되면 그에 대한 책임은 누가 진단 말인가? 분명 좋은 계책인 것은 틀림없지만 그 누구도 봉지미를 지지한다고 말할 엄두는 내지 못했다.

"초원의 유목 민족이 중원의 문명을 받아들이고, 기술을 배우고, 법치를 배우고, 국책을 배우면 그 세력이 더 강해질 거란 생각을 해 본 적은 없소?"

잠시 후 호 학관이 느긋이 물었다.

"혼인 윤허와 교역은 한참이 지나고 나서야 제대로 효과를 보일 수 있을 것입니다. 중원의 문화를 그대로 따라하는 일은 하루아침에 할 수 있는 일이 아니지요."

봉지미가 미소를 머금고 말했다.

"게다가 초원에는 대월을 제외하고도 철륵(鐵勒), 골아(骨阿), 타술(朵術)이라는 3대 부족이 남아 있지 않습니까. 그들 역시 여러 해 동안 줄곧 분란을 일으켜 온 자들이지요. 먼저 대월을 무찌른 다음 그 틈을 타 그들까지 함께 견제해야 합니다. 그럼 적어도 그 후 십 년간은 대월도 결코 국경을 넘어오지 못할 것입니다."

"그리고……"

봉지미가 싱긋 웃었다. 하지만 얼굴에 피어 있던 온화함은 순식간에 모습을 감췄다.

"소신에겐 대월을 우리의 발밑에 꿇리고 거친 늑대 같은 그들을 길들일 좋은 물건이 두 가지 있습니다."

"뭐라?"

황제가 몹시 흥분한 얼굴로 물었다. 그의 옆에 자리한 영혁은 그런 황제와 달리 두 눈을 가늘게 뜨고 봉지미를 바라보고 있었다. 봉지미의 눈빛이 돌연 영혁에게로 돌아갔다. 그녀가 그를 향해 가볍게 고개를 숙여 예의를 표했다.

"전하, 소신에게 물건을 좀 빌려주실 수 있사옵니까?"

당신의 것이 곧 나의 것

영혁이 시선을 들어 봉지미를 바라보았다. 가면을 쓴 소녀의 눈동자
는 짙은 안개에 가려진 듯 그 속내를 감추고 있었다. 두 사람의 시선이
허공에서 부딪쳤다 이내 각자의 방향으로 돌아갔다. 자신의 소맷자락
으로 시선을 옮긴 영혁이 곧 덤덤한 목소리로 말했다.

"그렇게 하지."

무슨 물건을 빌려 달라는 건지 묻지도 않은 채 영혁은 대답했다. 무
엇을 요구할지 이미 알고 있다는 듯이. 봉지미가 입꼬리를 살짝 올려 웃
었다. 차가움이 느껴지는 미소였다.

다른 이들은 두 사람 사이에 도대체 무슨 일이 일어나고 있는 것인
지 알고 싶어 안달이 났다. 그때 봉지미가 영혁의 손목을 가리키며 싱긋
거렸다.

"전하의 염주를 잠시 빌려주십시오."

영혁은 금빛 실로 수놓인 달처럼 하얀 비단옷을 입고 있었고, 옷의
넓은 소매에는 옅은 녹색의 금잔화가 수놓아져 있었다. 모든 이의 시선

을 사로잡을 만큼 청초하고 우아한 자태였다. 하지만 누구도 그의 손목에서 염주를 본 적은 없었다. 조용히 상황을 지켜보던 황제마저 웃음을 터트렸다.

"여섯째가 불자라는 이야기는 내 한 번도 들어 본 적이 없는데. 언제부터 불자가 된 것이냐?"

"지난번 일곱째 아우가 형제들을 불러 모아 잔치를 벌였었지요."

영혁이 웃으며 대답했다.

"그때 함께 자리한 이가 선물해 주었습니다. 심라국(潯羅國)에서 올린 조공품으로 여름에 지니면 더위를 타지 않고 마음을 맑게 한다기에, 소자 평소 더위를 가장 두려워하는지라 받았을 뿐 불자가 되지는 못합니다."

영혁이 황제의 물음에 답하며 소매를 올렸다. 정말로 그의 손목에 자리 잡은 검은 염주가 모습을 드러냈다. 고풍스러운 모양새와 은은한 향기가 그것이 보통 물건이 아니라는 것을 여실히 보여 주고 있었다. 옥처럼 매끄러운 손목을 감싼 그것은 분명 엄숙한 불가의 물건이면서도 무척이나 매혹적인 분위기를 선명히 뿜어냈다.

영혁은 제 손으로 염주를 풀지 않고 슬며시 웃으며 봉지미를 향해 손을 뻗었다. 풍성하고 긴 그의 속눈썹 사이로 찬란한 눈빛이 새어 나왔다.

봉지미가 그를 바라보았다.

그도 봉지미를 바라보았다.

영혁은 여전히 손목을 허공 위에 올려놓은 채 움직이지 않고 있었다. 봉지미는 몰래 이를 악물었다. 괜히 더 버텼다간 분위기만 이상해질 것이 분명했기에 그를 향해 손을 뻗을 수밖에 없었다. 봉지미는 매우 조심스러운 손길로 최대한 그의 살에 닿지 않으려 안간힘을 썼다. 옆에서 그 모습을 바라보고 있던 호성산이 갑자기 웃음을 터트리며 말했다.

"위 대인 손짓이 꼭 교태로운 여인네 같아 보이지 않습니까."

다른 이들도 웃음을 터뜨렸다. 봉지미 역시 옅게 웃어 보였다.

"소신 위의 형님들 모두 어린 나이에 요절하고 남은 유일한 아들이오라 부모께서 딸처럼 키우셨지요. 덕분에 어르신들에게 웃음을 안겨 드렸군요."

말을 이어 가는 봉지미의 손동작이 점차 빨라졌다. 봉지미의 손끝이 영혁의 손바닥을 살짝 스쳐 지나가자 그의 손가락이 흠칫하며 다시 봉지미의 손바닥을 간질였다.

가볍고 부드러운 깃털 같은 은근한 접촉에 봉지미의 심장이 쿵 떨렸다. 갑작스러운 감정에 저도 모르게 손을 뺀 봉지미는 하마터면 영혁의 염주를 바닥으로 떨어뜨릴 뻔했다. 이제 느껴지는 것이라곤 자꾸만 화끈거리는 얼굴뿐이었다. 봉지미는 속으로 쓴 욕을 삼켰다. 가면을 쓰고 있었지만 소용없었다. 귀까지 완전히 새빨갛게 물든 후였으니까.

영혁 역시 미소를 지어 보였다.

"위 대인께서는 참으로 섬세한 분입니다. 염주 하나까지 이리도 소중히 다루시니."

대신들이 또 웃음을 터뜨렸다. 하지만 좀 전과는 또 다른 웃음이었다. 누군가는 여전히 별생각이 없어 보였지만 다른 누군가는 예리한 두 눈을 번뜩이고 있었다. 아무리 보아도 가진 것 없는 가난한 농가에서 태어난 사내의 기품과 자태는 아니었다.

봉지미는 차가운 웃음기가 서린 영혁의 눈동자를 바라보며 태연하게 웃었다.

"소신 위지, 누추한 신분으로 태어나 오늘날 황제 폐하와 초왕 전하를 직접 알현하고 조정 대신들과 눈을 맞출 수 있는 행운을 얻었으니 더할 나위 없이 기쁘다가도 또 한없이 두려워지는 마음을 숨길 수가 없나이다. 소신의 경거망동을 부디 초왕 전하의 넓은 아량으로 용서하여 주시옵소서."

"괜찮습니다."

영혁이 가볍게 웃었다.

"위 대인을 보고 있으면 나 또한 매우 기쁩니다. 너무 기뻐 두려운 마음이 들 정도이지요."

이제는 모두가 하하 웃었다. 하지만 황제의 마음은 봉지미가 내놓은 외교 책략에 쏠려 있었다. 거세게 치고 올라온 어둠의 파도가 그의 마음을 조금 움직이긴 했지만 아주 깊게 사로잡은 것은 아니었다.

"폐하."

봉지미가 재빨리 화제를 돌리고 황제에게 한 걸음 다가가 염주를 올렸다.

"두 가지 책략이 바로 여기에 있습니다."

염주를 받아 든 황제는 그 위에 새겨진 매우 번잡한 도안을 한참 바라보다 무언가 깨달은 듯 속삭였다.

"겔룩파 라마교?"

"그렇습니다."

봉지미가 아주 조금의 틈도 없이 재빨리 말을 이어 갔다.

"대월은 초원의 유목 민족 출신입니다. 그 첫 지도자가 라마교를 믿었던 것으로 알려져 있지요. 훗날 크게 쇠퇴하여 샤머니즘에 그 자리를 빼앗기긴 하였지만 대월의 많은 귀족들은 아직도 라마교를 믿고 있다 하옵니다. 그러하니 갖가지 방법을 동원하여 대월에서 라마교가 다시 부흥할 수 있도록 하는 것이 바람직하다 사료되옵니다."

"어찌 그러한가?"

"세 가지 이유가 있습니다. 첫째로 겔룩파 라마교에는 두 가지 계율이 있사온데, 하나는 승려는 혼인하고 아이를 낳을 수 없다는 것이고 나머지 하나는 승려가 생산에 관여할 수 없다는 것입니다. 많은 청년이 속세를 떠나 승려가 되면 인구와 전투력이 자연스레 떨어지게 될 테지요. 전시에 잠시 속세로 돌아온다 한들 오랜 시간 수련하여 갈고 닦은 마음에 살기가 다시 일기 어려울 것입니다. 둘째는 라마교는 인간이 여섯 번 윤회한다고 가르칩니다. 이승에서의 수련이 다음 생의 안정을 만들어 줄 것이라 믿는 이들이지요. 마지막으로 라마교를 믿는 자들에게는 반드시 사원이 필요합니다. 샤머니즘을 믿는 무당들과는 완전히 다른 제례를 올릴 수 있어야 하기 때문입니다. 큰 규모의 사원들이 늘 떠돌이 생활을 하는 유목민들을 한곳에 정착시키는 일에 이바지할 수 있을 것입니다."

"두 번째 책략은 무엇인가?"

황제가 봉지미 못지않게 서둘러 물었다. 어느새 몸을 앞으로 비스듬히 기대고 있었다. 황제의 체통만 아니었다면 한걸음에 봉지미의 앞으로 달려 나올 것만 같았다.

"양털입니다."

봉지미가 말했다.

"남해의 연가가 오랫동안 바다에서 장사하며 양을 사들여 온 바 있습니다. 연가가 가진 양모는 털이 길고 튼튼하며 매우 치밀하여 그로 실을 만들어 천을 짜면 매우 부드럽고 따뜻하다 하옵니다. 천성에서 겨울날 자주 쓰이는 두껍고 무거운 면 옷보다 훨씬 유용하다 할 수 있지요. 하지만 그만큼 남쪽의 따뜻한 기후에는 잘 맞지 않고 천성의 기존 면 방직공들에게 피해가 갈 수 있어 줄곧 남해 연가가 그를 판매하는 것을 막아 왔습니다. 규제를 풀고 그 양들을 기후가 맞는 북방으로 옮겨 와 기르면 천성의 민생에도 도움이 될 뿐만 아니라 대월을 견제하는 데에도 매우 효과적일 것이라 사료되옵니다."

"라마교를 들이고 양모를 널리 판매할 구체적인 방법에 대해서는……."

봉지미가 고개를 들고 웃으며 말을 이었다.

"이곳에 계신 뛰어난 대신들께서 폐하의 고충을 덜어 드릴 좋은 비책을 많이 가지고 계실 터이니 소신은 더 나서지 않겠습니다."

자신이 가진 뛰어난 재능을 감추지 않으면서도 그 분수를 정확히 알고 선을 넘지 않았다. 이 자리에 모인 고관대작들 모두 같은 생각을 하고 있었다. 평소 봉지미에게 적대적이었던 이들도 모두 마찬가지였다.

그 재능 있는 소년은 장엄하고 드높은 어전(御殿) 한가운데에 서 있었다. 천하의 모든 일이 결정되는 그곳에서 말 한 마디로 천하를 뒤흔들 수 있는 가장 고귀하고 높은 사람의 앞에 서 있는데도 당당하고 반짝이는 자태였다. 기세는 드높으면서도 오만하지 않았고, 겸손하면서도 비굴하지 않았다. 마치 옥으로 빚어낸 나무처럼 단단하면서도 아름답고 빼어난 모습이었다.

그 자리에 있는 모두가 저도 모르게 고개를 들고 그 소년을 우러러보았다. 그들의 눈동자가 저마다 빛을 머금었다.

'재능과 식견이 뛰어나니 분명 크게 출세할 인물이로다.'

'지나치게 날카로운 자로다. 저대로 가다간 분명 꺾이고 말게야.'

'진짜 속내를 감추고 조금의 의심도 받지 않은 채 남해의 연가를 제경으로 불러들일 수 있는 여인이다. 조심해야 해.'

마지막 생각은 물론 초왕 전하의 것이었다. 그는 자리에 앉아 제 앞에 선 여우같은 여인을 말없이 바라보았다. 옅은 웃음기가 그의 입가에 맺혔다. 한밤에 피어난 붉은 만다라 꽃처럼 아름답고 짙은 자태였다.

천성황조 장희 16년 6월, 오군 도독인 추상기는 북방을 정벌하라는 황명을 받고 이십만 대군과 함께 북으로 향했다. 같은 달, 호부와 공부 역시 황명을 받아 남해 연가의 대표자와 만나 양을 보급하는 일에 대해 긴밀히 논의하기 시작했다. 남해 연가는 먼저 나서서 처음 삼 년 동안은 무상으로 양을 제공하고, 삼 년이 지난 후부터 총이익의 삼분의 일을 취하겠노라고 제안했다. 그러한 남해 연가의 대방한 태도에 깊이 감명받은 황제는 그들에게 황상(皇商)의 지위를 하사하고 남쪽 지방의 여러 산업과 제경 상업 간의 왕래를 총괄하도록 했다. 두 일 모두 봉지미와 연관이 있었지만 겉으로는 전혀 드러나지 않았다.

북방을 정벌할 장수를 뽑는 일에 관해서는 꽤나 격렬한 토론이 이어졌다. 이번 전투는 반드시 대승을 거둬야 하는 데다 승리를 거둔 후에는 또 자비를 베풀어야 했으므로 그 일을 맡을 장수는 용맹하고 싸움에 능하면서도 매우 노련하고 침착한 인물이어야 했다. 하지만 그 두 조건은 완전히 상반된 성격의 조건인 데다 천성이 개국한 이래 의심병이 가장 극에 달한 천성 황제가 지난 대성황조의 노장들을 죄다 쓸어버린 탓에 남아 있는 이가 거의 없었다. 한참의 논쟁 끝에 황제는 결국 추상기에게 공을 세우는 것으로 죗값을 대신하라는 말과 함께 북벌 임무를 맡겼다. 그와 함께 순우홍을 부장(副將)으로 임명하여 조정 내 여러 세력 간의 균형도 어느 정도 맞춰 주었다.

자신의 죄에 대한 대가로 출정을 기다리고 있는 자의 마음에 사기와 용맹함이 가득 차 있을 리 없었다. 추상기는 불안하고 초조한 마음에 결국 '먼 친척이나 다름없는' 봉지미를 찾아가 자신이 제경을 떠난 후 집안을 보살펴 달라고 부탁하기에 이르렀다.

"이보게."

며칠 새 백발이 눈에 띄게 늘어난 추상기가 봉지미의 손을 붙잡고 눈물이 그렁그렁한 눈으로 말했다.

"요즘 조정 분위기가 복잡하여 내가 또 북방의 호위 대영 교위로 가게 되었네. 집안 안팎으로 자네가 좀 면밀히 보살펴 주게."

추상기의 늙은 두 눈동자가 간절한 빛을 띠고 봉지미, 지금의 위지를 바라보고 있었다. 비록 멸월(滅越) 묘책이 아직 그 효과를 발휘하지 않아 섣불리 칭찬을 늘어놓을 상황은 아니었지만 황제께서 이 어린 소년의 영민함을 무척이나 마음에 들어 한다는 사실을 모르는 이는 조정 어디에도 없었다. 앞으로 높이 날아갈 일만 남은 청년이었다. 하지만 그와는 달리 추가의 여러 공자들은 아직도 영 쓸 만하지를 못했다. 음서로 호위 대영에 들어가긴 했지만 하는 일이라곤 하나 없이 그저 시간만 때울 뿐이었다. 한동안은 5황자의 그늘 아래서 호의호식하며 편안한 날들을 누리고 있었지만 황자가 제경 밖으로 쫓겨난 지금은 그 그늘 아래 있던 이들 모두 숨소리 하나 크게 내지 못하고 몸을 사리고 있었다.

추상기의 머릿속에는 제대로 된 연줄 하나 만들어 두지 못한 채 전장에서 송장이 되어 돌아오면 남은 가족들은 어찌해야 하나 하는 걱정뿐이었다. 지금 그가 위지의 손을 잡고 '옛 인연'을 들먹이며 집안을 살펴 달라고 청하고 있는 것도 모두 그 때문이었다.

"숙부님, 마음 놓으십시오."

봉지미가 사뭇 진지하게 말했다.

"추가는 저의 집이고, 추가의 형제들 역시 저의 형제들입니다. 제가 누리는 것 모두 그들 역시 누리게 될 것입니다."

봉지미가 소매에서 비단 주머니를 하나 꺼내 추상기의 손에 쥐어 주었다.

"국경의 창란성(倉欄城)에 도착하시면 그때 열어 보십시오."

추상기가 크게 기뻐하며 활짝 웃었다. 위지가 지혜로운 자라는 사실은 온 세상 모두가 아는 것이니, 그 주머니 안에 든 것도 분명 대월을 무찌를 묘책일 것이라 생각했다. 추상기는 봉지미가 건넨 비단 주머니를 자신의 품에 소중히 챙겨 넣고는 곧 봉지미에게 작별을 고하고 제경을 떠났다.

이십만 대군을 이끌고 먼 길을 달려간 추상기는 드디어 제경 천 리 밖 국경인 창란성에 도착했다. 잔뜩 기대감 어린 얼굴로 봉지미가 건넨 주머니를 살짝 열어 보았다. 머지않아 그의 뒤를 따르던 이십만 대군은 자신들의 장군이 엄청난 비명과 함께 피를 토하며 낙마하는 모습을 목격해야 했다.

불어온 바람이 주머니 속에 들어 있던 작은 종잇조각을 들어올렸다. 종이는 바람을 타고 유유히 날아 창란성 앞 창란강 위에 내려앉았다. 곧 그 위에 적혀 있던 수려한 필체의 글씨가 순식간에 흐려지며 형태를 잃었다. 그 누구도 다시는 그 내용을 볼 수 없었다.

추가는 저의 집이고, 추가 형제들은 저의 형제이지요. 당신의 부인은 제 외숙모이시고, 당신은 제 외숙부이시지요. 오늘 이후로 당신들의 것은 곧 저의 것입니다. 좋지 아니합니까. 기쁘지 아니합니까.

봉지미 올림

귀가

'위 학사 저택'에서 추가 저택까지는 겨우 열 걸음 거리였다. 봉지미는 조금도 서두르지 않고 자신의 보폭에 맞추어 열 걸음을 걸었다. 구름 위를 걷듯 가볍고 산뜻한 걸음이었다. 그 집으로 들어서기까지가 너무나도 쉬웠다는 듯이.

집에서 쫓겨나지 않았다면 눈 내리는 밤거리를 헤매는 일도, 기방에 몸을 의탁하는 일도, 고남의에게 납치당하는 일도, 청명서원으로 들어가는 일도, 그 요상한 문제를 풀고 황제의 눈에 드는 일도, 조정에서 제 목소리를 내고 입지를 굳히는 일도 없었을 것이었다.

봉지미의 뒤에는 연회석과 순우맹이 따르고 있었다. 연회석은 봉지미보다 훨씬 더 가벼운 걸음걸이였다. 자신의 가문에서 양을 보급하는 일에 대해 호부와 거의 이야기를 끝낸 터였다. 연회석이 써서 보낸 편지 한 통에 남해에 있던 어르신들이 줄줄이 올라왔으니 그들에게 꽤나 큰 상을 받았을 게 분명했다. 지금 연가 공자님의 눈빛에 박혀 있는 '의기양양'이라는 네 글자가 그것을 말해 주었다.

순우맹은 최근 장영위 내 책위(策衛) 기마부 참군(參軍)직을 맡았다. 장영위는 훈(勳), 우(羽), 책(策) 총 세 가지 위(衛)로 나뉘어 있는데, 그중 책위가 황궁과 가장 가깝고 긴밀하여 소속된 병사들 모두 궁 안에 머물 수 있었다. 본래 순우맹은 책위에 들어가기에는 실력이 부족한 인물이었으나 한바탕 난리를 겪은 탓에 빈자리가 많이 생긴 데다 그의 아버지가 북방으로 전투를 하러 떠난 상황이었기 때문에 그의 조부가 손을 써서 책위에 자리를 잡게 되었다.

봉지미가 순우맹을 붙잡아 장영위에 들어가는 일이 연기된 덕분에 태자의 난 당시 골치 아픈 일에 연루되지 않은 순우맹은 무엇이든 다 하는 머슴이라도 되고 싶을 만큼 봉지미에게 충성스러운 상태였다.

한편 고남의는 그녀와 삼 척 거리에 서 있었다. 아주 가깝지는 않았지만 손만 뻗으면 충분히 닿을 수 있는 거리였다.

봉지미 일행이 막 걸음을 멈추자 어디선가 다급한 발걸음 소리가 들려왔다. 곧 추가 저택의 대문이 활짝 열렸다. 추가 저택의 일을 도맡아 하는 집사가 활짝 웃는 얼굴로 나타나 봉지미를 향해 공손히 허리를 숙였다.

"위 대인, 추 부인께서 안으로 모시라 하셨습니다."

봉지미가 곁눈으로 하인을 흘끔 쳐다보았다. 이곳에서 쫓겨나던 날, 그 부인이란 사람이 내세운 명분은 '잠시 밖에 나가 몸을 피하라'는 것이었지만 웬일인지 온 집안 식구들은 머물 곳이나 먹을 것 따위를 챙겨 주는 것을 모두 '잊어버리지' 않았던가. 봉지미가 맨몸으로 이 대문을 나설 때 이 집사라는 인간은 문 앞에 서서 이를 쑤시며 간밤에 먹고 이에 긴 육포 찌꺼기나 퉤퉤 뱉어 내고 있었다.

"장 아범 맞는가?"

봉지미가 웃음 띤 얼굴로 그의 어깨를 토닥이며 말했다.

"추가 저택의 장 아범이 제경에서 제일 일을 잘한다고 들었네. 혼자 힘으로 추가 저택의 모든 일을 다 척척 해낸다는 이야기를 들었는데 오늘 보니 역시 눈에 띄는군."

장 아범은 갑작스러운 칭찬에 조금 놀란 눈치였다. 어린 나이에 국사가 된 소년이 자신을 알고 있을 줄은 조금도 예상치 못했다. 장 아범은 확 붉어진 얼굴로 연거푸 허리를 숙였다.

"아이고, 위 대인께 칭찬을 받으니 정말…… 정말 몸 둘 바를 모르겠습니다."

봉지미가 미소지으며 다정한 눈빛으로 그를 바라보았다.

'그래, 들을 수 있을 때 실컷 들어 둬야지. 머지않아 듣지 못하게 될 테니까.'

봉지미는 계속 자신을 향해 허리를 숙이며 인사하는 장 아범에게서 신경을 거두고 저택 안으로 걸어 들어가며 말했다.

"부인께서 날 보시고자 한다 했지? 자네는 여기 이 두 공자님께 차나 좀 내 주시게. 난 후원으로 향할 테니. 이곳은 내 숙부님의 집이니 나의 집이나 마찬가지 아닌가. 한 식구들끼리 내외할 필요 없지 않겠어."

장 아범은 잠시 망설였다. 아무래도 예의에 맞지 않는 일 같다는 생각이 들어 봉지미를 막아 보려 했지만 이미 고남의가 그의 앞을 스쳐 지나가고 있었다. 그는 시선을 살짝 아래로 내리깐 채 그 누구도 바라보고 있지 않았지만 장 아범은 자신의 앞에 보이지 않는 벽이 하나 세워진 것 같은 느낌이 들었다. 저도 모르게 몇 걸음 뒤로 물러서던 장 아범은 하마터면 대문턱에 걸려 크게 넘어질 뻔하기까지 했다. 하지만 봉지미는 고개 한 번 돌리지 않은 채 고남의와 함께 저택 안으로 깊숙이 들어갔다.

봉지미는 부인이 머물고 있는 후원으로 곧장 가지 않고 사람이 없는 회랑 한편에 서서 가면을 벗었다. 가면 뒤에서 봉지미가 늘 바르던 누런 화장을 한 겹 씌운 얼굴이 드러났다. 지난번 소녕 공주의 진짜 얼굴을 보고 난 후, 봉지미는 자신의 진짜 얼굴을 절대 쉬이 드러내선 안 되겠다고 마음먹었다.

가면을 벗은 봉지미는 곧장 저택 서북쪽에 위치한 작은 안뜰로 향했다. 막 회랑 하나를 지났을 때 앞에서 차와 다과 등을 가득 올린 쟁반을 든 이들이 나타났다. 주방에서 후원으로 가는 길인 것처럼 보였다.

봉지미는 그들을 발견하고 피식 웃음을 터트렸다. 우연보다 더한 만남은 없다는 말이 이보다 더 잘 맞아떨어질 수 있을까. 지금 걸어오고 있는 여인들은 마침 봉지미가 이 집에서 쫓겨나던 날 주방에 있던 찬모들이었다. 선두를 차지하고 있는 자는 친히 뺨을 갈겼던 안 씨였다.

안 씨와 찬모들은 봉지미를 발견하고 모두 깜짝 놀라 제자리에 멈춰섰다. 이내 안 씨가 먼저 다가와 웃으며 말을 걸었다.

"어머나, 이게 누구야. 우리 지미 아가씨 아니십니까?"

안 씨는 신중한 사람이었다. 안 씨의 시선이 가장 먼저 향한 곳은 봉지미의 옷차림새였다. 봉지미가 걸친 옅은 푸른빛의 두루마기는 양식이 간단하면서도 박음질과 절개가 매우 정교하고 고급스러웠다. 강회도 지방에서 막 만들어진 최신 양식의 여름옷으로 바람이 잘 통하고 색감마저 매우 부드러웠다. 만드는 데 상당히 높은 수준의 기술과 비용이 필요하기 때문에 주로 공물로만 만들어졌다. 봉지미가 지금 입고 있는 옷은 며칠 전 황제가 내린 옷으로 이런 옷을 입고 있는 자는 제경에도 몇 되지 않았다.

입은 사람이 몇 안 된다는 이야기는 그걸 본 사람도 몇 안 된다는 이야기였다. 안 씨 역시 대수롭지 않게 여기고 곧 시선을 거두었다. 지금 안 씨의 눈에 봉지미의 옷은 '금의환향'이라고 하기에는 부족해 보였다. 봉지미가 입은 옷이 값비싼 것이 아니라고 확신한 안 씨는 무미건조한 얼굴로 입을 열었다.

"우리 지미 아가씨께서 무슨 돈으로 그런 옷을 사 입으셨을까요? 남자도 아니고 여자도 아닌 모양을 좀 보세요. 웬 공자님께 얻어 입으시기라도 하셨나?"

안 씨의 말에 찬모들이 모두 입을 가리고 웃었다. 봉지미를 바라보는 눈빛에서 경멸이 묻어났다. 봉지미는 살짝 고개를 틀고 안 씨를 비스듬히 바라보며 웃음을 지었다.

"안 씨는 아주 잘 지냈나 봐? 풍채가 더 좋아진 걸 보니."

"아가씨께서 저 같은 것에게 그렇게 관심을 가져 주실 필요까지 있나요."

안씨가 피식 냉소를 지으며 말했다.

"저는 아주 잘 지냅니다. 부인께서 제 노후를 책임져 주신다며 얼마 전에는 은자와 작은 집까지 하사해 주셨답니다. 전 이제 평생 추가에 제 충심을 모두 바칠 일만 남았지요."

안 씨의 말이 떨어지기가 무섭게 찬모들은 안 씨에게 이런 저런 아첨을 늘어놓았다. 안 씨는 쏟아지는 아첨들 사이에 서서 의기양양한 눈빛으로 봉지미를 흘겨보며 말을 이어 갔다.

"아가씨께선 밖에서 재미를 다 보신 모양입니다. 부인을 만나 뵈시려고요? 부인께선 오늘 귀빈을 맞이하실 예정이신데……. 손님이 가시고 나면 아가씨를 한번만 만나 달라 청이라도 올려 볼까요? 하지만 부인께 돈을 달라 하실 생각이시라면 그만두세요. 추 씨 집안이 큰 세력을 가진 대감댁인 건 사실이지만 천박하게 구걸하는 친척들까지 모두 챙길 수는 없는 법 아니겠습니까?"

봉지미는 여전히 뒷짐을 진 채 웃으며 재미있다는 듯 안 씨를 바라보고 있었다. 한참 의기양양하게 말을 이어 가던 안 씨는 문득 그 눈빛을 알아차렸다.

고요하면서도 매우 깊은 눈빛이었다. 그 눈빛 속에는 웃음기가 없을 뿐만 아니라 분노, 상심, 괴로움, 불만 같은 종류의 마땅히 있어야 할 감정들마저 조금도 느껴지지 않았다. 그 눈빛은 마치 고요하게 맺혀 있는 깊은 못 같아 높은 구름 사이에 서서 저들끼리 지지고 볶는 중생들을 내려다보는 신과 마주하는 것만 같았다. 안 씨가 화낼 만한 대상도 되지 못해서 화내지 않는다는 듯한 눈빛이었다.

안 씨가 잠시 몸서리쳤다. 봉지미의 뺨을 때렸던 순간 보였던 그 눈빛이 갑자기 떠올랐다. 그때 봉지미가 지금처럼 다정한 웃음을 지으며 남긴 말이 며칠 동안이나 악몽에 시달리게 했었다.

안 씨의 기세가 조금 움츠러드는 듯싶더니 곧 봉지미의 뒤에 하인이 아무도 없다는 사실을 발견했다. 봉지미가 집을 떠난 후에 별 다른 소식을 들은 적이 없다는 걸 떠올리곤 다시 기고만장해져서는 피식 냉소를 터트렸다.

"아가씨는 정말이지 경우가 없는 분이시군요. 계속 여기서 저희 길을 막고 계실 생각이십니까? 부인과 귀빈께 다과를 올려야 하니 어서 비키세요!"

"길을 막다니. 그럴 리가 있나."

봉지미가 옅게 웃으며 살짝 고개를 돌려 미동도 없이 서 있는 고남의를 보며 말했다.

"이봐, 도련님, 방금 누가 나 욕했는데."

고남의는 잘 모르겠다는 얼굴로 봉지미를 바라보았다. 그는 웃는 얼굴에 잔뜩 가시를 품은 이들을 만나 본 적이 없으니 그럴 만도 했다. 그에게는 침을 튀기며 삿대질하고 칼을 들이대는 것만이 '처리'해야 할 '적의'였다.

봉지미가 고남의에게 가까이 다가가 까치발을 들고 그의 귓가에 작게 속삭였다.

"저 여자들이 내 뺨을 때렸……."

봉지미의 말이 미처 끝나기도 전에 고남의가 몸을 움직였다. 그의 몸이 빠르게 휙 날아가자 맑은 물처럼 푸른 그림자가 검푸른 보랏빛 회랑 위를 흘러갔다. 안 씨와 참모들은 제 눈앞을 빠르게 지나는 푸른빛 그림자를 보고 눈을 질끈 감았다. 곧 그들의 귓가에 날카로운 소리가 울리고 뺨 위로 불에 덴 듯 뜨거운 통증이 느껴졌다.

쨍그랑.

다기와 그릇이 깨지는 요란한 소리가 울려 퍼지고, 붉은 피가 묻은 일곱 개의 이가 바닥에 나뒹굴었다. 일곱 명의 사람에게서 정확히 일곱 개의 이가 빠져 나왔다.

여기저기서 울부짖는 소리가 터져 나왔다. 봉지미는 자신은 아무런 잘못이 없다는 듯 두 눈을 끔벅이며 제자리에 서서 고남의에게 하려던 말을 끝맺었다.

"거든……. 몇 달 전에……."

고남의는 깨진 그릇 조각들과 피 묻은 이 사이에 서 있었다. 더러운 것을 싫어하는 자이기에 곧 쓰러져 있는 일곱 여인들을 밟고 다시 봉지미의 곁으로 걸어왔다. 덕분에 눈을 까뒤집고 봉지미에게 욕을 퍼부으려던 안 씨는 다시 그에게 짓밟혔다. 봉지미를 비웃던 참모들의 가슴도 그에게 밟혀 납작해지고 말았다.

봉지미는 옅게 웃으며 쓰러진 참모들 사이를 걸어 지나갔다. 옷자락을 휘날리며 걸어가던 봉지미는 제 신 위에 튄 찻물을 안 씨의 얼굴로 닦는 것도 잊지 않았다. 무척이나 조심스럽고 다정하게, 신의 앞면과 뒷면 모두 빠짐없이 닦아 내고는 다시 상냥한 투로 말했다.

"길을 막으면 안 되는데 이렇게 드러누워 길을 막아 버리면 어쩌누? 이 집에서 키우는 개도 이런 짓은 하지 않는데 말이야……. 어서 일어나야지, 응? 부인과 귀빈께서 다과를 기다리고 계실 텐데."

"너……."

안 씨가 증오 가득한 눈으로 봉지미를 쏘아보다 제 얼굴 앞에 놓인 봉지미의 발끝을 콱 깨물었다. 하지만 봉지미의 단단한 신 때문에 물어지지가 않았다. 봉지미는 여전히 웃는 얼굴로 안 씨를 내려보며 발끝을 치켜들었다. 그러자 안 씨가 크헉, 소리를 내며 나가 떨어졌다. 땅에 부딪히는 충격에 안 씨의 이가 혀를 깨물었고 입에서 피가 철철 쏟아져 나오기 시작했다.

"이봐, 안 씨. 내 말 꼭 기억해. 하늘이 만든 화는 피해도 스스로 자초한 화는 피할 수가 없는 거야. 오늘부터는 처신을 아주 잘해야 할 거야."

봉지미의 옷자락이 바닥에 널브러져 신음을 뱉고 있는 찬모들 사이를 빠르게 지나갔다. 추가 저택의 사병들이 미처 도착하기도 전에 봉지미는 이미 고남의와 함께 저택 서북쪽의 안뜰을 향해 모습을 감췄다.

안 씨와 찬모들이 한참이 지나고 나서야 피떡이 된 얼굴로 병사들의 부축을 받고 겨우 일어설 수 있었다. 안 씨는 난간에 기대 한참을 벌벌 떨다 깨진 이와 핏물을 한가득 토해 내곤 봉지미가 사라진 방향을 죽일 듯이 노려봤다.

"그 계집이 집안에 큰 난리를 치러 온 게야! 가만히 있지 말고 당장 가서 잡아!"

안 씨의 말에 병사들은 머뭇거리고만 있었다. 안 씨가 악에 받친 고함을 쏟아 냈다.

"빌어먹을! 내 얼굴을 이 모양으로 만들어 놓은 거 안 보여? 빨리 가! 빨리 가서 부인께 위험을 알려! 그럼 부인께서 관군을 부르실 테니! 어서! 내가 모두 책임질 테니 어서 가서 잡아!"

안 씨의 말에 병사들은 더는 머뭇대지 않고 곧장 봉지미가 향한 안뜰을 향해 달려 나갔다. 안 씨는 엉망이 된 머리를 애써 정리하며 한참이나 숨을 고르고 아랫사람들에게 깨진 다기들을 치우라고 지시했다.

"잘 챙겨. 다 들고 가서 부인께 보여 드려야 하니. 거기, 다친 것들 모두 일어나서 따라와!"

안 씨의 일그러진 얼굴 틈 사이로 섬뜩한 기운이 스쳐 갔다.

"부인께서 널 반드시 죽여 주실 게다. 절대 이곳에서 살아 나가지 못하게 될 거야!"

의지하다

회랑을 지나 동서쪽 뜰을 가로지르자 저택 서북쪽 구석, 봉지미가
십 년을 살았던 작은 별채의 뜰이 모습을 드러냈다. 봉지미는 안으로
바로 들어가지 않고 별채에서 열 걸음 정도 떨어진 곳에 걸음을 멈췄다.

뜰 왼쪽에 자리한 금목서가 보였다. 아직 꽃을 피울 때가 되지 않아
푸른 이파리만이 바람에 날리며 사락사락 소리를 내고 있었다. 봉지미
는 고개를 들어 그 나무를 바라보았다. 불현듯 어린 시절의 기억이 떠
올랐다. 금목서 꽃이 활짝 피는 계절이 오면 뜰에 꽃 내음이 가득하고,
어머니는 봉지미와 동생을 데리고 나와 작은 소쿠리에다 향긋한 연노
란 꽃을 가득 따곤 했었다. 꽃을 딴 날에는 저녁상에 야들야들하고 맛
있는 달걀볶음이 올라오곤 했다.

남동생은 한입 크게 달걀을 집어넣었고, 봉지미는 어머니의 밥그릇
위에 반찬을 올려 주었다. 볶은 달걀이 꼭 노오란 진주처럼 따뜻한 쌀
밥 위에 자리 잡으면 어머니는 그 달걀을 다시 봉지미의 밥그릇에 놓아
주었다. 흔들리는 등불 아래에서 가족은 서로를 마주보며 웃었다.

눈 깜짝할 사이 그렇게나 많은 세월이 흘러갔다. 봉지미의 촉촉하고 아득한 눈동자 속에 파도가 일었다. 고남의는 말없이 옆에 서 있었다. 봉지미의 두 눈은 앞을 응시하고 있었다.

"내가 자란 곳을 보여 줄게."

고남의가 고개를 끄덕이곤 곧장 별채를 향해 성큼성큼 걸어갔다.

봉지미는 순간 멍해졌다. 추가 저택으로 돌아오자마자 곧장 집으로 오긴 했지만 아직 마음이 다 정리되지 않은 터였다. 어머니를 만나러 안으로 들어갈지 말지 아직 결정도 내리지 못하고 있었는데, 고남의는 아무렇지도 않게 곧장 안으로 들어가 버렸다.

고남의의 논리는 매우 간단했다. 네 집이라면 못 들어갈 이유가 없지 않느냐는 것이었다.

별채의 문을 다 열기도 전에 안쪽에서 하얀빛이 휘익, 소리를 내며 반쯤 열린 문틈 사이로 빠르게 날아왔다. 봉지미가 그 흰빛의 정체를 미처 보기도 전에 고남의가 한 손으로 그것을 잡아냈다. 밥그릇이었다. 그릇 안에는 밥도 반쯤 들어차 있었고, 파란 나물 한 줄기가 그릇 옆에 붙어 있었다.

"이렇게 매일같이 풀떼기만 먹다간 소 되겠어요, 소! 어머니, 주방에다 고기 좀 올리라고 하세요!"

봉호의 목소리가 들려왔다.

"소란피우지 말거라."

봉 부인의 목소리는 여전히 따뜻하고 다정했다.

"오늘 집에 큰손님이 오신다고 했잖니. 손님이 가시고 나면 분명 남은 음식들이 있을 거야. 그러니 조금만 참으렴. 나중에 내가 가서 가져오마."

봉호가 입을 다물었다. 하지만 머지않아 다시 쾅쾅, 하는 소리가 들려왔다. 짜증스럽게 상을 내리치는 듯한 소리였다.

"어머니, 지난번에 빌려 오신다고 한 돈은 어떻게 됐어요? 정말 빌리셨어요?"

집 안이 다시 한참 조용해지나 싶더니 곧 봉 부인의 속삭이는 듯한 작은 목소리가 들려왔다.

"호야, 청명서원에 들어가는 일은 아무래도 그만두는 게……."

"아니된다니까요!"

봉호가 밥상을 걷어차며 말했다.

"그 사람들이 갈 수 있으면 저도 갈 수 있어요!"

"허구한날 그 사람들, 그 사람들, 도대체 그 사람들이 누구니?"

봉 부인도 이제 화난 듯 언성을 높이기 시작했다.

"내가 물어보진 않았다만 지난번 동무들을 만난다며 나가서는 사색이 되어 돌아와 며칠 동안 밖에도 안 나가고 숨어 지냈잖니. 그러고는 얼마 되지 않아서 진국공의 아들이 누군가에게 공격당해 크게 다쳤다는 소식이나 들려오고……. 도대체 어떻게 된 거니, 응?"

봉호는 잠시 멈칫했지만 곧 큰 소리를 버럭 내질렀다.

"제가 그걸 어떻게 알아요!"

봉 부인은 말없이 한참 뒤에야 한숨을 내뱉고는 낮게 물었다.

"너…… 혹시 네 누나를 우연히 만난 적은 없니?"

"없어요!"

봉호가 재빨리 대답하고는 곧장 화제를 돌렸다.

"어머니, 돈을……."

"나도 없다!"

봉 부인이 단호하게 잘랐다. 봉호가 펄쩍 뛰어올랐다. 곧 요란한 소리가 이어졌다. 아무래도 밥상을 뒤엎은 모양이었다.

봉지미는 갑자기 웃음을 터트렸다. 봉지미가 늘 짓던 따뜻하고 달콤하면서도 보는 이로 하여금 등골을 서늘하게 하는 그런 웃음이었다.

고남의의 손에 들린 반쯤 찬 밥그릇을 받아 든 봉지미가 문을 열고 안으로 들어섰다. 봉호는 경악한 얼굴로 봉지미를 바라보았다. 봉지미는 봉호의 바로 앞까지 멈추지 않고 성큼성큼 걸어갔다.

"입 벌려."

봉지미의 말에 봉호가 무슨 반응을 해 보이기도 전에 고남의가 빠르게 날아와 그의 배에 주먹을 날렸다. 조금의 힘도 실리지 않은 손짓이었지만 아무런 무공이 없는 봉호는 속수무책으로 아, 하고 소리를 내질렀다. 비명을 뱉는 봉호의 입이 활짝 열린 사이 봉지미는 곧장 밥그릇을 들어 그의 입안에 음식을 쏟아 넣었다.

봉호는 폭풍 같은 복통을 고스란히 느끼고 있었다. 오장육부가 모두 뒤틀리는 것만 같았다. 그 통증이 지나가기도 전에 입에 음식이 밀려 들어왔다. 그는 당장이라도 음식에 숨이 막혀 꼴깍 넘어갈 것만 같았다.

봉 부인이 달려와 아들의 등을 두드렸다. 봉호는 한참이나 목을 쭉 세우고 있은 후에야 겨우 밥을 목 뒤로 넘길 수 있었다. 꿀꺽, 하는 소리가 무서울 만큼 크게 들렸다. 한참 만에 다시 숨을 쉰 봉호의 목에는 푸른 핏줄이 잔뜩 서 있었고 눈에는 눈물방울이 그렁그렁 맺혀 있었다.

간신히 숨을 돌리자 봉지미의 나긋한 목소리가 귀에 들려왔다.

"소나 말만도 못한 너 같은 놈한텐 이런 나물밥도 과분한데 감히 낭비할 생각을 해?"

봉호는 아픈 배를 움켜쥐고 눈물로 흐릿해진 두 눈으로 봉지미를 바라보았다. 시간이 조금 흐른 뒤에야 봉지미를 알아보고는 얼굴색을 바꾸었다. 재빨리 봉 부인의 뒤로 몸을 숨긴 봉호는 등 뒤에서 빼꼼 고개만 내밀고 투덜대며 소리쳤다.

"어머니, 저 미친년 좀 보세요! 분명 절 때리려고 돌아온 거예요. 이상한 남자까지 데려왔잖아요!"

"입 다물어!"

봉 부인이 고개를 돌리고 엄하게 호통쳤다. 봉지미가 별채 안으로 들어서던 순간부터 봉 부인은 단 한 순간도 빼놓지 않고 시선을 봉지미에게 고정하고 있었다. 봉 부인의 눈빛은 마치 큰 파도가 몰아치듯 흔들리고 있었다. 봉 부인은 한참이 지난 후에야 겨우 입을 뗐다.

"지미야……. 너……."

말이 자꾸만 목에서 턱턱 막혔다.

봉지미가 옅은 미소를 띤 채 그녀의 시선을 피했다. 봉지미는 그저 흙으로 범벅이 된 더러운 밥상만을 바라보았다. 순간 만감이 교차했다. 해야 할 말이 너무나도 많은데 목에 걸려 아무 말도 할 수가 없었다. 그냥 아주 간단한 '어머니'라는 말조차도 나오질 않았다.

봉지미는 한참이 지난 후에 깊게 숨을 들이마시고 입을 열었다. 여전히 봉 부인은 쳐다보지 않고 있었다.

"상의드릴 일이 좀 있어서 왔어요."

봉 부인은 봉지미를 뚫어져라 바라보며 별로 개의치 않는다는 듯한 태도로 대답했다.

"네 뜻대로 하렴."

"아직 무슨 일인지 말 안 했잖아요."

봉지미는 엎질러진 상이 무슨 엄청난 구경거리라도 되는 듯 죽어라 상만 쳐다보고 있었다.

"너무 섣불리 대답하지 마세요."

"네 생각은 한 번도 틀린 적이 없잖니."

봉 부인이 미소지으며 말했다.

"목마르지? 물이라도 좀 마셔."

봉 부인이 급히 몸을 일으켜 낡아 빠진 찻잔에 물을 떠 왔다.

"됐어요. 금방 갈 거예요."

봉지미가 고개를 돌려 바쁘게 움직이는 어머니의 모습을 외면했다.

"호를 하서(河西)에 있는 수남산(首南山)에 보내 공부시킬 수 있도록 허락해 주세요."

물을 뜨던 봉 부인의 손이 순간 허공에서 얼어붙었다. 봉호는 벌써 펄쩍펄쩍 뛰고 있었다.

"수남산이라니!"

봉호가 두려움과 경악이 한데 뒤섞인 얼굴로 소리쳤다. 배의 통증은 이미 잊은 지 오래였다.

"날 제경 밖으로 쫓아내겠다고? 닭이 알도 안 낳는다는 그 요상한 곳으로 날 보내겠다고?"

하서도(河西道)는 천성의 서북쪽에 위치한 곳으로, 혹한의 기후와 수남산의 수남서원으로 유명한 지역이었다. 다만 수남서원의 명성은 청명의 그것처럼 자유와 존엄으로 드날리는 것이 아니었다. 수남서원은 매우 엄격하기로 이름난 곳이었다. 각지 귀족들의 자제가 잘못을 저지르면 수련을 위해 보내지는 곳이기도 했다. 수학이라기보다는 징벌에 더 어울리는 곳이었다. 아무리 제멋대로 굴던 유아독존 귀공자라 해도 이곳에만 들어갔다 나오면 모두 호랑이가 고양이가 된 듯 정기를 잃고 얌전해진다는 이야기까지 전해졌다. 그런 소문들을 봉호가 들어보지 못했을 리 없었다.

"너 같은 놈은 그곳이 딱 어울려. 청명서원에서는 절대 받아 주지도 않을 거야."

봉지미가 봉호에게 조금도 눈길을 주지 않은 채 말했다.

"곧 널 그리로 데려갈 사람을 붙여 줄 테니 그렇게 알아. 삼 년 동안의 학비와 생활비는 모두 내가 책임질 것이니 걱정하지 말고."

"꺼져!"

봉호가 잔뜩 화가 나 소리쳤다. 그의 두 눈이 시뻘겋게 충혈됐고 머리털마저 쭈뼛 서 있었다.

"네가 뭔데! 네가 뭔데 내 일을 마음대로 결정해? 내가 청명서원에 들어가겠다면 무조건 들어가는 거야! 수남산이고 하서도고 나발이고 난 죽어도 여기 있을 거야! 안 갈 거라고!"

남매를 등지고 선 봉 부인은 마지막 말에 흠칫 몸을 떨었다.

"내가 청명엔 못 들어간다고 하면 못 들어가는 거야."

봉지미는 봉 부인이 떠는 모습을 보지 못하고 덤덤히 말했다.

"네 뜻대론 안 돼."

봉호가 겁에 질린 얼굴로 고남의와 덤덤한 얼굴로 서 있는 봉지미를 한 번씩 쳐다보았다. 갑자기 왠지 욕을 했다간 큰일 날 것 같다는 생각이 들어 그대로 시선을 돌려 봉 부인을 끌어들였다.

"어머니! 안 보내실 거죠? 절 그런 곳으로 보내실 리 없어요, 맞죠? 차마 그러실 수 없잖아요!"

봉 부인은 여전히 그들을 등지고 선 채 조금 구부정한 자세로 물을 뜨려던 손을 덜덜 떨고 있었다. 그 뒷모습을 바라보는 봉지미의 마음속에 옅은 냉기가 피어올랐다.

얼마나 지났을까, 봉 부인이 겨우 물바가지를 내려놓고 항아리를 짚은 채 허리를 세웠다. 봉 부인은 몸을 일으키며 자신의 생각을 정리하려는 듯 매우 천천히 움직였다. 허리를 세우고 일어서자 굽어 보였던 허리는 어느새 꼿꼿이 서 있었다.

봉 부인은 어린 아들의 간절한 두 눈을 바라보며 싱긋 웃었다. 그러고는 헝클어진 아들의 머리칼을 어루만져 주었다. 봉지미는 한 걸음 뒤로 물러섰다. 봉지미의 눈이 차갑게 식어 내렸다.

"호야······."

봉 부인이 아주 천천히 애잔한 눈으로 아들의 머리칼을 쓸어내리며 말했다.

"그래. 이 어미는 널 보낼 수가 없단다."

봉호가 환해진 얼굴로 고개를 들고 제 어머니를 바라보았다. 하지만 머지않아 그의 표정이 순식간에 굳어 버렸다. 지금 이 순간 어머니의 눈은 저를 바라보고 있지 않은 듯했다. 마치 자신을 통해 또 다른 사람을 보고 있는 것만 같았다. 하지만 그런 느낌은 순식간에 사라졌다. 이윽고 어머니는 다시 다정한 두 눈으로 아들의 얼굴을 바라보고 있었다.

봉호는 다시 안도의 한숨을 내쉬고 의기양양해진 얼굴로 봉지미를 바라보았다. 봉지미는 문에 기대 서로를 애잔하게 마주보고 있는 모자를 바라보며 천천히 웃음을 흘렸다.

"정말이지 보기 좋은 모자네요. 오순도순 알콩달콩."

봉지미가 웃었다.

"가족도 아닌 제가 괜한 참견을 했어요."

봉 부인이 손을 내리고 시선을 떨어트렸다. 조금 굳은 모습이었다.

"그럼 앞으론 두 분이 알아서 잘 사세요."

봉지미는 조금의 말도 더 하고 싶지 않았다. 그대로 몸을 돌려 밖으로 걸음을 옮겼다.

"미친년!"

봉호가 봉 부인의 뒤에서 튀어나와 봉지미의 등을 향해 크게 소리치며 비웃었다.

"아주 멀리 꺼지는 게 좋을 거야! 내 일도, 우리 집안일도 모두 네가 상관할 바 아니니까!"

봉지미는 뒤돌아보지 않은 채 걸음을 더 서둘렀다. 봉지미의 발걸음 사이로 바람이 일었다.

고남의가 갑자기 몸을 돌렸다. 늘 앞만 바라보고 걷던 그가, 다른 사람의 일에는 조금의 관심도 보이지 않던 그가 갑자기 고개를 돌려 봉호를 똑바로 응시했다.

얼굴을 가린 얇은 망사 때문에 분명 아무것도 보이지 않는데도 봉호는 꼭 그의 눈빛을 바로 앞에서 마주한 것만 같았다. 극단의 냉담함이 가져온 극단의 한기가 전해졌다.

갑작스러운 냉기에 봉호가 몸을 떨었다. 미처 파르르 몸을 다 떨기도 전에 눈앞에 무언가 휙 지나가더니 곧 허공에 푸른 그림자가 보였다. 바로 다음 순간 봉호가 느낀 건 자신의 몸이 붕 떴다는 사실뿐이었다.

몸 아래쪽에서 소매가 펄럭이는 소리가 들렸고 곧바로 봉지미의 목소리가 이어졌다. 놀랄 대로 놀란 봉호는 허공에서 손발을 흔들며 허둥대다 쿵 하는 소리와 함께 땅으로 떨어졌다. 사지가 당장이라도 조각이 나 사방으로 날아갈 것만 같은 통증이 밀려왔다.

봉호의 주위로 다급한 발소리들이 들려왔다. 여러 명의 사람들이 몰려와 그를 일으키고 있었다. 너무 아파 숨이 멎을 것만 같았던 봉호는 한참이 지나서야 자신을 부축하고 있는 자들이 추가 저택의 사병들이라는 사실을 알아차렸다.

왜 사병들이 갑자기 자신을 구하러 별채까지 온 건지 생각할 겨를도 없이 봉호는 팅팅 부은 허리에 손을 짚고 흉악해진 얼굴로 소리쳤다.

"자객이다! 자객이야!"

병사들이 서로 눈빛을 교환했고, 누군가 물었다.

"자객은 어디로 갔습니까?"

"추 부인을 죽이러 갔어!"

봉호가 악독하게 소리치며 조금 전 봉지미가 떠난 방향을 가리켰다.

"부인을 보호해야 한다!"

추가 사병의 우두머리가 크게 소리치자 병사들 모두 우르르 별채 밖으로 달려 나갔다. 그 덕에 봉호는 순식간에 다시 바닥으로 내동댕이쳐지고 말았다.

같은 시각 봉지미는 회랑을 지나면서 다시 가면을 쓰고 곧장 추 부인의 거처인 이화각으로 향했다. 봉지미의 발걸음은 마치 바람처럼 빨랐다. 봉지미가 후원으로 들어설 때 그 옆을 지나던 시종이 봉지미의 그림자조차 보지 못했을 정도였다.

봉지미는 그저 올여름은 바람이 매우 시원하다고 생각할 뿐이었다. 하지만 그러다 다시 극한의 더위가 몰려왔다. 누군가 가슴 속에 불을 질러 놓은 듯 오장육부가 모두 활활 타 하얀 재가 될 것만 같았다.

털어 내려 해도 털어 낼 수 없는 가족의 정, 오랜 이별 후의 따뜻한 재회를 기대했던 헛된 마음, 가슴을 옥죄는 씁쓸함 이 모든 것들이 타서 재가 되어 버렸다.

'어째서……. 어째서……'

봉지미는 가슴 가득 냉기를 품고 더운 바람을 가르며 달렸다. 가슴 속 그 고통을 바람에 날려 보내려는 것처럼.

누군가 뒤에서 봉지미의 어깨를 살며시 붙잡았다. 봉지미가 흠칫 몸을 떨었다. 그 자리에 굳어 버린 봉지미는 느릿하게 고개를 돌렸다. 늘 먼저 움직이는 법이 없었던 고남의가 제 어깨를 붙잡고 있었다. 그는 얼굴을 가린 얇은 망사 사이로 말없이 봉지미를 바라보았다. 저택의 회랑은 길고 고요했다. 살랑이며 불어오는 바람에 그의 얼굴을 가린 망사가 일렁였다. 그의 얼굴이 흐릿해 보였다. 하지만 그의 두 눈만은 가장 순수하고 맑은 흑요석처럼 반짝이며 봉지미를 응시하고 있었다. 긴 복도의 깊은 곳에서 우아하고 곧게 뻗은 두 남녀가 그렇게 서로를 마주하고 있었다.

온 사방이 지극히 고요했다. 화려하게 조각된 난간 옆으로 진홍색의 작약꽃이 활활 피어났다. 봉지미는 돌연 손을 뻗어 그의 손을 잡았다. 그러고는 몸을 돌려 그의 어깨에 머리를 기댔다.

"어깨 좀 잠시만 빌려 줘……."

고남의는 여름 바람 속에서 그대로 굳어 버렸다.

눈물 자국

한 자 한 치, 그게 그의 세상이었다. 딱 앞뒤 한 걸음만큼의 세상. 오랜 세월 동안 그는 자신의 한 걸음짜리 세상 속을 걸었다. 그 누구도 감히 다가가지 못했고, 그 누구도 절대 허락하지 않았다. 하지만 지금 그 단단했던 얼음벽이 깨지고 짙은 안개가 흩어졌다.

봉지미는 그렇게 가벼우면서도 거부할 수 없게 다가와 어깨에 몸을 기댔다. 맑고 달콤한 숨이 그의 얼굴에 드리워진 망사를 흔들고 뺨에와 닿았다. 부드러우면서 서늘했다.

고남의는 조금 망연해지다가 갈피를 잃었다. 그는 눈썹을 살짝 찌푸린 채 어찌할 바를 모르고 있었다. 그토록 가깝고 조용한 숨결이 그의 귓가에 닿았다. 습하고 뜨거운 그 숨이 싫어야 했다. 거친 옷감과 떠들썩한 소리와 눈을 찌르는 빛을 싫어하는 것처럼……. 그에게는 모든 소리가 소음이었고 모든 빛이 눈을 찔렀으며 거친 옷감은 살을 긁어내는 사포였다.

지금 이 조용하고 얕은 숨결은 갑자기 그를 혼란스럽게 했다. 고남의는 지금 이 느낌을 어떻게 설명해야 할지 알 수 없었다. 문득 아주 오래 전 누군가 그의 머리를 부드럽게 쓰다듬으며 했던 말이 떠올랐다.

'우리 남의, 아버지와 어머니는 크게 바라는 것이 없단다. 그저 네가 기쁨의 감정이 무엇인지 알 수 있기를 바랄 뿐이야.'

기쁨. 감정. 두 단어 모두 그에게는 알 수 없는 것들이었다.

고남의는 살짝 고개를 들어 자신의 어깨 위에 기댄 얼굴을 바라보았다. 여자는 조용히 눈을 감고 있었다. 길게 뻗은 속눈썹이 바람 속의 검은 나비처럼 파르르 날개를 떨었다. 짙은 작약 향이 난간을 넘어 그에게까지 와 닿았지만 여인에게서 나는 향기만큼 아름답지는 못했다. 그의 어깨 위에 살며시 올려놓은 손은 가냘팠다. 손마디는 조각처럼 세밀했고 손톱 끝은 보석처럼 빛났다.

고남의는 살짝 고개를 들어 화창한 여름날의 바람을 맞았다.

'감정……. 이런 게 감정이었어.'

봉지미는 전혀 모르고 있었다. 늘 옥처럼 단단히 굳은 채 그 무엇으로도 부서지지 않을 것 같은 남자가 이 순간 인생의 첫 파도를 맞이하고 있다는 사실을. 산 위의 만년설처럼 오랜 세월 꽁꽁 얼어 있던 그의 세계가 불현듯 들어온 한 줄기 빛으로 녹아내리기 시작했다는 사실을.

봉지미는 그저 힘들고 지쳤을 뿐이었다. 쉬어 갈 곳이 필요했다. 마침 곁에 자신의 모든 슬픔과 괴로움을 받아 줄 수 있는 조용한 산 같은 사내가 있었을 뿐이었다.

고개를 아래로 향하고 있던 봉지미는 그의 어깨에 눈을 살짝 비비고는 아무 일도 없었다는 듯 씩 웃으며 고개를 들었다.

"가자."

봉지미가 빠르고 경쾌한 걸음으로 앞장서는 모습을 바라보며 고남의는 고개를 돌렸다. 아직 그녀의 온기가 남아 있는 곳에 제 뺨을 가져다 댔다. 봉지미의 향기가 은은하게 느껴졌다. 하지만 더 가까이 다가가 얼굴을 묻자 문득 뺨이 축축해지는 것을 느꼈다.

고남의가 제 뺨을 만진 손가락을 높이 들어 햇빛에 비춰 봤다. 손에 묻은 습기가 살짝 반짝이며 흔적을 드러냈다. 그는 이해되지 않는 표정으로 한참 동안 그 흔적을 바라보다가 갑자기 뭔가 깨달은 듯 자신의 어깨를 확인했다. 조금 전까지 봉지미가 기대고 있던 바로 그 자리에 촉촉한 습기가 남아 있었다.

길고 긴 복도의 깊숙한 곳에 여름의 빛이 알록달록한 빛깔을 쏟아냈다. 빛 속에 선 그는 자신의 어깨 위에 손을 올린 채 그 자리에 오랫동안 서 있었다.

추 부인은 벌써 한참이나 '이화각'에서 손님을 기다리고 있었다. 하지만 어쩐 일인지 그 손님은 모습을 드러내질 않았다. 그렇다고 본인이 직접 나가서 찾기도 난감한 상황이었다. 추 부인이 그렇게 고민을 이어 가고 있던 그때, 누군가 파란 옷자락을 휘날리며 밝은 햇살과 함께 걸어 들어오는 것이 보였다.

바깥 상황을 정찰하러 나갔던 시종이 다급히 내실로 들어와 손님이 도착했다고 알리자 추 부인이 자리에서 일어나 한 무리의 여자 하인들과 함께 손님을 맞이하러 나섰다. 왜 장 아범과 함께 오지 않은 것인지 의문을 가지기도 전에 봉지미가 활짝 미소를 지으며 먼저 공손히 인사를 건넸다.

"만나 뵙게 되어 영광입니다. 부인."

"편히 숙모라고 부르세요."

추 부인이 무척 인자하게 웃으며 말했다. 남편이 출정 전 어린 나이에 황제의 마음을 산 최측근이니 밉보이면 안 될 뿐만 아니라 무조건 우리 사람으로 만들어야 한다며 위 대인을 잘 모시라 신신당부했기 때문이었다.

어린 소년은 비굴하지도 거만하지도 않게 자리를 지키고 서 있었다. 빼어나게 고상하고 아름다우며 호방하고 멋스러운 자태였다. 전해들은 대로 과연 보는 사람을 기쁘게 하는 이였다. 추 부인은 위지에게 친근히 다가가 자리를 안내하면서 속으로는 왜 자신의 세 아들 중에는 이런 인물이 없는 것인지 한탄했다.

자리에 앉은 후에는 의례적인 인사말이 오갔다. 추 부인은 위지를 후원에서 맞은 것은 추씨 집안과 위지가 매우 가깝고 친근하다는 사실을 보이는 것이며, 위지가 추 도독을 '숙부님'이라고 부르니 어른 된 도리로서 직접 맞이하는 것은 마땅한 일이라고 말했다. 다음번에는 제 아들들인 추씨 공자 셋이 직접 손님을 맞이할 수 있도록 해야겠다며 봉지미에게 차를 대접했다. 하지만 봉지미는 추 부인이 건넨 찻잔을 받아 들지 않았다. 뜻밖에도 스스로 차를 따라 천천히 마시더니 옆에 앉은 고남의를 향해 웃으며 말했다.

"이곳의 작설차가 아주 좋아. 너도 마셔 봐."

고남의는 계속 제 어깨 위에 올려 두었던 자신의 손을 내리고 손가락을 비벼 봤다. 더는 습기가 남아 있지 않은 것을 확인하고 나서 봉지미가 건넨 찻잔을 밀어냈다.

"더러워."

고남의의 말에 봉지미가 싱긋 웃음을 지었다. 한편 추 부인의 얼굴은 파랗게 질려 있었다. 추 부인의 얼굴이 보기 싫게 일그러졌다.

'향촌 출신이라고 하더니 법도를 모르는 건가? 그리고 저 시종은 도대체⋯⋯. 시종이 주인의 옆자리를 꿰차고 앉는 것도 모자라 주인에게 저런 무례한 말을 하다니!'

"부인."

봉지미는 차를 다 마시고 나서 천천히 입을 열었다.

"부인께 긴히 드리고 싶은 말씀이 있는데⋯⋯."

봉지미는 말을 더 이어 가지 않고 주위를 살폈다. 추 부인은 조금 당황해 그 모습을 멍하니 바라만 보고 있었다. 그때 봉지미가 다시 말을 이었다.

"일전에 호위 대영에 한 차례 다녀온 적이 있습니다만……."

추가의 세 아들이 막 음서로 호위 대영에 자리를 차지하고 들어간 터였다. 추 부인은 호위 대영이라는 말을 듣자마자 굳은 표정으로 손을 휘 내저었다. 그러자 시종들이 모두 소리 없이 재빠르게 모습을 감췄다.

"역시 아랫사람들을 휘어잡을 줄 아시는 분이시군요."

봉지미가 무심한 듯 칭찬을 건네고는 자리에서 일어났다.

"이곳의 분위기가 전보다 더 삼엄해진 것 같습니다."

추 부인은 막 봉지미의 칭찬에 감사를 표하려던 찰나 무언가 이상하다는 것을 알아차렸다.

"전보다……."

추 부인은 곤혹스러운 얼굴로 봉지미를 바라보았다. '위 대인'이라는 자는 자신이 이곳에 대해 아주 잘 알고 있다는 듯 이야기하고 있었다. 봉지미가 미소를 지어 보였다.

"호는 아직 나이가 어리고, 지미는 아직 철이 들지 않아……."

봉지미가 싱긋 웃으며 급격히 안색이 변한 추 부인을 바라보았다.

"마음고생이 많으셨지요."

"너…… 너……!"

추 부인이 뒤로 물러나며 의자 등받이에 겨우 몸을 지탱했다. 당장이라도 쓰러질 것처럼 위태한 모습이었다.

"저는 위지입니다."

뒷짐을 지고 선 봉지미는 평온하면서도 날카로운 눈빛으로 추 부인을 바라보고 있었다.

"지금도, 앞으로도, 조정에서도, 이곳 추가에서도 저는 위지입니다."

봉지미가 추 부인에게 종이를 한 장 내밀었다.

"숙부님께서 부인께 남기신 서신입니다."

건네받은 서신을 읽은 추 부인의 얼굴이 파랗게 질렸다. 추 부인은 손에 든 편지를 세게 구겨 쥐었다가 아무래도 무언가 탐탁지 않다는 듯 다시 펼쳐 보았다. 봉지미는 그저 웃으며 그 모습을 바라보고 있었다.

지금 봉지미의 신분을 고려하면 추상기의 필체를 손에 넣는 것은 조금도 어려운 일이 아니었다. 봉지미는 추상기가 쓴 서류를 연씨 집안과 밀접한 관계를 맺고 있는 '재능 있는 자들'에게 가져다주어 추상기의 친서를 만들어 냈다. 편지에 적힌 것이라고는 '위 대인의 기세와 재능이 대단하니 주인이 자리를 비운 추가를 그에게 맡기고 반드시 그의 말에 따르라'라는 것뿐이었다.

추 부인의 눈에는 그 편지의 내용이 추상기가 이미 봉지미의 신분을 알고 반기를 들지 말라고 이야기하는 것처럼 보였다. 그가 떠나기 전 '위 대인'과 잘 지내라고 신신당부했던 것이 다시 떠올랐다. 머릿속에서 한참 전쟁을 치르고 있는 추 부인은 그저 말없이 멍하니 앉아 있었다.

"부인."

봉지미가 무덤덤한 목소리로 말했다.

"저는 부인과 추 대인께 제 정체를 숨기지 않고 드러내 보였습니다. 그러니 제가 이곳에 나쁜 마음을 먹고 돌아온 것이 아닐까 걱정하실 필요도 없는 것이지요. 집안의 어르신께서 자리를 비우셨으니 앞으로 집안일은 부인과 제가 합심해서 끌어나가면 되는 것입니다."

추 부인이 봉지미를 바라보았다. 부인은 봉지미의 말이 사실이라는 것을 알 수 있었다. 지금 봉지미가 가진 신분이라면 이렇게 직접 찾아오지 않아도 얼마든지 손쓸 수 있었다. 자신을 찾아와 제 진짜 모습을 드러냈다는 것은 먼저 정직함을 보이는 태도인데, 그것까지 무시하는 것은 봉지미에게 정말 돌이킬 수 없는 큰 죄를 저지르는 것이었다. 게다가 집안에 무슨 일이라도 생기면 누가 도울 수 있단 말인가? 친정에서 나서 준들 이곳의 일을 모두 해결할 수 있을 거란 보장은 조금도 없었다.

불안감이 엄습했다. 별다른 좋은 방법이 있는 것도 아니었다. 남편이 자리를 비우고 북방으로 떠나자 추 부인은 제 줏대를 잃었다. 엄청난 신분으로 갑자기 찾아와 불쑥 정체를 드러낸 위지 때문에 정신을 차릴 수도 없는 지경이 되어 버렸다.

"워, 원하는 게 뭐지?"

추 부인이 한참 만에 떨리는 목소리로 물었다.

"너무 내외하십니다."

봉지미가 웃으며 말했다.

"전 부인의 조카가 아닙니까. 제 것은 곧 숙모님의 것이지요. 숙모님의 것 중에도 제 몫이 조금은 있는 것이고요. 그런데 굳이 그렇게 정확히 따지셔야 한단 말입니까?"

추 부인이 파랗게 질린 얼굴로 입을 떡 벌렸다. 봉지미는 여전히 친근한 눈빛으로 추 부인을 바라보았다.

"제 신분에 대해선 반드시 비밀을 지켜 주셔야 합니다. 그리고 봉지미는 집으로 돌아오는 겁니다. 부인께서 강회도 친정으로 보냈던 봉지미는 오늘 이후로 집으로 돌아오고, 위 대인은 여전히 추가의 아주 막역한 친우로 남는 겁니다……. 아시겠지요?"

추 부인은 멍하니 서서 봉지미를 바라보았다. 한여름 무더위에도 등 뒤로 서늘한 땀이 흘렀다. 얼굴은 활짝 웃고 있었지만 전혀 웃고 있지 않은 봉지미의 눈동자를 바라보자 몸속 저 깊은 곳에서 이유 모를 한기가 피어올랐다. 단 한 번도 이 아이를 얕본 적이 없다고 생각했지만, 지금까지 줄곧 얕보고 있었던 것이었다.

"그게 부인도 좋고 저도 좋은 일입니다. 이 순간 이후로 다시 집으로 돌아온 지미 아가씨를 어떻게 대해야 할지는 굳이 말씀드리지 않아도 잘 알고 계시겠지요?"

봉지미가 여유 넘치는 손짓으로 옷매무시를 만지며 말했다.

"물론 오는 것이 있으면 가는 것도 있는 법이지요. 이 집안과 세 아드님은 제가 잘 보살피겠습니다."

추 부인은 조금 멍한 모습으로 자리에 털썩 주저앉아 한참이 지난 후에야 입을 열었다.

"지미 너, 예전에……."

"위 대인이라고 불러 주세요."

봉지미가 싱긋거리며 추 부인의 말을 끊었다. 추 부인은 필사적으로 숨을 고르며 조금 전 하려던 말을 다시 꺼내려 했다. 그때 멀지 않은 곳에서 요란한 고함이 들려왔다.

"자객이다! 자객이 부인을 노리고 있다!"

머지않아 초상이라도 치를 듯한 안 씨의 울음 섞인 목소리까지 들려왔다.

"부인! 부인! 소인 하마터면 그 봉 씨 계집에게 맞아 죽을 뻔하였습니다! 반드시 엄벌하여 주셔요!"

방해

추 부인의 얼굴이 점점 더 일그러져 갔다. 한편 봉지미는 당장이라도 달려가 몰려오는 사람들을 두들겨 패려는 고남의를 붙잡았다. 고남의는 시선을 내리고 자신의 손목을 잡고 있는 가냘픈 손가락을 발견하곤 그대로 움직임을 멈췄다.

"그럼 부인께 더 폐 끼치지 않고 이만 물러가겠습니다."

봉지미가 자리에서 일어나며 말했다.

"내일 지미는 성문 밖에서 부인께서 보낸 마차를 기다리고 있을 겁니다. 지미를 다시 집으로 데려오기로 한 거 잊지 마십시오."

추 부인은 잔뜩 울상이 된 얼굴로 겨우 고개를 끄덕였다. 봉지미는 완전히 얼이 빠진 추 부인의 모습을 바라보며 웃어 보이곤 일깨우듯 말했다.

"손님이 이만 간다는데 잡지도 않으시는 겁니까?"

봉지미의 말에 추 부인이 비틀거리며 자리에서 일어나 봉지미와 함께 몇 걸음 걸어나가 갈라진 목소리로 크게 말했다.

"이미 저녁상과 술상까지 준비했는데, 조금 더 머물다 가시는 게 어떻겠어요? 식사는 하고 가셔야지요."

"오늘은 마음만 감사히 받겠습니다."

봉지미가 두 손을 맞잡고 부인에게 장읍해 보이며 말했다.

"오늘은 처리할 일이 너무 많아 힘들 것 같습니다. 다음번엔 꼭 오래 머물며 부인께 많은 가르침을 받도록 하겠습니다."

마음에도 없는 말과 인사치레를 끝낸 뒤, 봉지미는 자객을 잡겠다고 달려 들어온 병사들을 뒤로한 채 밖으로 나왔다. 갑작스러운 소란에 구경거리를 찾아 달려온 순우맹과 연회석의 모습이 바로 눈에 띄었다. 순우맹은 저 멀리서 팔짱을 낀 채 이화각 쪽을 바라보면서 크게 웃으며 소리쳤다.

"추 도독 집안의 병사들은 역시 기세가 아주 대단하군! 자객 하나 잡겠다고 집안 동쪽부터 서쪽까지 바삐 뛰어다니고 말이야!"

추가와 순우가 모두 무사 집안이지만 같은 당파가 아닌 탓에 평소 관계가 그다지 좋은 편은 못 되었다. 순우맹이 꼬투리를 잡아 몇 마디 비꼬는 것도 꽤나 통쾌한 일이었다. 두 사람의 정체를 알 리 없는 추 부인은 다가온 장 아범에게 둘의 신분을 듣고는 마음이 더 불편해졌다.

'봉지미가 어찌 순우가와 연가의 자제들과 함께 있단 말인가! 도대체 언제부터 그렇게 대단한 능력을 갖고 있었던 거지?'

부인은 복잡한 마음을 가다듬고 사병들을 나무랐다.

"내가 여기 이렇게 멀쩡히 서 있는데 자객이 웬 말이냐! 귀한 손님이 와 계시는데 이렇게 소란을 피우다니!"

"부인!"

그때 안 씨가 허겁지겁 달려와 부인 앞에 무릎을 꿇었다.

"소인 조금 전 그 봉 씨 계집에게 맞았사옵니다. 여기, 여기 이것 좀 보세……"

하지만 추 부인은 얼굴이 팅팅 부은 안 씨에게는 눈길조차 주지 않은 채 호통쳤다.

"네년이 노망이 난 게로구나! 여기가 어느 안전이라고 큰 소리를 내. 이 집안 기강이 모두 무너졌다 해도 할 말이 없을 지경이 되었구나. 여봐라, 당장 끌어내라!"

다른 시종들이 충격을 받아 멍해진 안 씨를 미처 다 끌어내기도 전에 부인이 시종들을 향해 냉담하게 말했다.

"지미는 이제 막 강회도 내 친정에서 제경으로 돌아오는 길이라 아직 성 밖에 있는데 무슨 수로 사람을 때린단 말이냐? 내일 류 씨에게 마차를 준비해 시종 아이들과 함께 지미를 집으로 데려오라 하여라."

장 아범과 다른 하인들 모두 그 말에 멍하니 굳어 버리고 말았다. 봉 씨 계집은 분명 집 밖으로 쫓겨난 사람인 데다 그 후로 부인의 입에서 언급조차 된 적이 없었다. 그 탓에 하인들 모두 죽은 사람이라 여기고 지냈다. 죽은 사람이라 여기면 곧 죽은 사람이 되는 법. 이 집안에서 그 누구도 봉지미를 기억하거나 그리워하지 않았다. 그런데 갑자기 강회도 친정이라니. 집으로 돌아온다니.

"부인!"

안 씨가 시종들의 손을 뿌리치고 다시 바닥에 엎드렸다.

"제 말을 좀 들어 주시와요. 정말 봉 씨 그 계집이……."

"당장 끌어내라는데도!"

추 부인이 한껏 언성을 높여 소리치곤 곧장 안으로 모습을 감췄다.

봉지미는 바닥에 엎드려 눈물 콧물 쏟아내며 울부짖는 안 씨의 옆을 웃으며 지나갔다. 봉지미의 옷자락이 살랑이자 작은 먼지가 일었다.

다음날 다행히 당직이 아니었던 봉지미는 점호를 하고 다시 '봉지미'의 모습으로 돌아가 성문 밖에서 자신을 데려갈 마차를 기다렸다.

봉지미가 막 성문 앞에 도착했을 무렵, 화려하고 이국적인 치장을 한 무리가 요란한 소리를 내며 말을 타고 빠르게 몰려왔다. 성문 앞에 줄을 서 있던 사람들 모두 잔뜩 먼지를 뒤집어쓰고 허둥지둥 길을 비켰다. 성문 앞을 지키는 수문 병졸이 인상을 찌푸리며 투덜거리는 소리가 들렸다.

"호탁(呼卓) 십이부 놈들! 가면 갈수록 아주 더 난리라니까!"

봉지미는 제멋대로 달리는 사내들을 보며 눈썹을 찌푸렸다. 호탁 십이부는 둬룬(多倫)*현 내몽골 초원지대에 위치한 지역의 최대 부족으로, 본래 대월과 같은 혈맥을 가지고 있었으나 선조들이 초원 내 세력 싸움에서 밀리면서 둬룬 초원의 서남쪽으로 밀려났다. 그 후로 대월과 오랜 전쟁을 치르다 결국 버티지 못하고 천성황조의 판도에 스스로 뛰어들어 신하를 자청하고 조공을 바쳤다. 하지만 그들이 하는 조공은 사실 형식적인 것이었는데, 그도 그럴 것이 호탁 십이부의 영토는 대부분 대월과 천성의 사이에 끼어 있었으므로 그 존재만으로 대월이 천성을 침략하는 것을 막아 주는 장벽의 역할을 해내고 있었다. 그에 대한 대가로 천성에서는 매해 겨울마다 대량의 식량까지 지원해 주었다.

오늘날처럼 천성과 대월이 곧 전쟁을 일으키려는 시점에서는 호탁 십이부의 역할이 그 무엇보다 중요했다. 호탁이 충성과 지지의 표시로 병사 일만을 내놓고 왕세자를 직접 제경으로 보내 천성 조정에서 각별히 신경을 써 주었다는 이야기를 들었는데, 아무래도 그 특별 대우가 이 부족의 오만함을 이 정도까지 키운 모양이었다.

하지만 그 문제에 대해 더 깊이 생각하지 않기로 한 봉지미는 곧 추가에서 보낸 마차에 올라탔다. 봉지미가 탄 마차가 막 출발하려는데 갑자기 누군가 마차의 유리창을 두드렸다. 말이 좋아 '두드린' 것이지, 어찌나 거칠게 두드렸는지 한 번에 값비싼 유리가 펑 소리를 내며 산산조각이 났다. 창을 박살낸 사내가 웃음을 터트렸다.

"제경의 귀족 여인들은 초원의 여인들과 달리 연약하고 아름답다는 이야기를 들었는데 어렵게 하나 마주쳤으니 구경 한번 해야겠군"

그의 말은 무척이나 간결했다. 아주 간결하기 때문에 그만큼 더 방자하게 들렸다. 마치 이 세상 모든 일이 자기 명령에 따라 이루어져야 한다는 듯한 태도였다.

봉지미를 데리러 나온 장 아범은 아연실색했다. 봉지미 아가씨를 극진히 모셔야 한다며 거듭 신신당부하던 추 부인의 얼굴이 떠올랐다. 불만스럽기는 했지만 집안의 주인인 부인의 명령에 반기를 들 수도 없는 일이었다. 그런데 성문 앞에 도착하자마자 이런 변고가 생길 줄은 상상조차 못했던 것이었다.

천성황조는 관원들과 귀족들이 개방적으로 풍류를 즐기는 사회이긴 했지만 귀족들 모두 제 집안의 여인들에 대해선 늘 보수적이었다. 아직 혼인하지 않은 여인이 낯선 남자에게 무례한 일을 당하는 것은 훗날 있을 혼사에 나쁜 영향을 끼칠 것이 분명하기 때문이었다.

장 아범이 사병들을 데리고 사내의 앞을 막아서려는데 철컥 하는 소리와 함께 건장한 말 여러 마리가 그들의 앞을 가로질렀다. 거센 말발굽 소리와 짙은 붉은빛 가죽 채찍이 흩날리며 지나가자 추가 병사들 모두 탄환처럼 사방으로 흩어졌다.

행동이 매우 빠르고 일사불란한 자들이었다. 넓은 챙의 모자에 눈은 모두 가려져 있었고 칼날처럼 날카로운 턱 끝만이 이따금 모습을 드러낼 뿐이었다. 마차 옆에 서서 유리를 두드리던 남자는 시종일관 고개를 들지 않고 '귀족 여인을 한번 보는 일'에 열중하고 있었다.

유리가 깨지고 발이 걷히자 밝은 햇살이 불쑥 밀려 들어왔다. 봉지미가 급히 얼굴을 피했으나 독수리처럼 날카로운 사내의 시선은 이미 봉지미의 얼굴을 확인한 후였다. 그는 잠시 멈칫하는 듯싶더니 갑자기 미친 사람처럼 웃음을 터뜨렸다.

"오, 맙소사!"

그가 온몸으로 웃으며 말을 이어 갔다.

"중원의 여인들이 왜 그렇게 죽기 살기로 얼굴을 가리나 했더니 다들 이렇게 얼굴이 누렇게 떠서 못 보여 줄 지경이었던 거로구먼! 아니면 병이 든 건가?"

그가 흥미롭다는 듯 마차 안으로 손을 뻗어 봉지미의 턱을 잡았다.

"중원의 여자들은 모두 이렇게 약해 빠졌나?"

순간 그의 손이 딱딱하게 굳어 버렸다. 어두운 마차 안에서 갑자기 빛이 번쩍하더니 곧 그의 손목 위를 비췄다. 그의 손목 바로 아래에서 힘줄 위를 날카로운 유리 조각이 서늘하게 겨누고 있었다. 치명적인 곳을 향하는 날카로운 끝에서는 조금의 망설임도 느껴지지 않았다.

"중원의 여인들은 모두 이렇게 약하답니다."

봉지미의 눈동자가 부드럽게 움직였다. 따뜻함이 묻어났다.

"놀라고 겁을 먹으면 영락없이 손을 벌벌 떨고 말거든요. 그렇게 되면 초원의 사내들이 활시위를 잡아당길 때 쓰는 이 손도 곧 중원의 여인들처럼 나약해지겠지요."

마차 밖에 서 있는 사내는 잠시 굳은 듯 보였다. 봉지미가 앉은 각도에서 보이는 것이라곤 선이 뚜렷한 턱과 곧게 뻗은 코끝이 전부였다.

"인제 보니 중원의 여인들은 얼굴이 누럴 뿐만 아니라 사납기까지 한 모양이군."

남자가 갑자기 크게 웃음을 터트리며 말했다. 하지만 결코 몸을 피하지는 않았다. 그가 손가락을 튕기자 그의 손목을 겨누고 있던 유리 조각이 쨍강, 소리를 내며 조각났다. 조각 중 일부는 그의 피부를 파고들어 피를 냈고, 다른 일부분은 튀어 올라 곧장 봉지미의 눈으로 향했다. 자신의 손목에 상처를 내는 한이 있어도 결코 물러서지는 않는 인물이었다.

"고남의!"

봉지미가 낮은 목소리로 소리쳤다. 마차 안 어두운 구석에 앉아 줄곧 호두를 먹던 푸른 옷의 계집종이 갑자기 밖을 향해 손을 뻗었다. 그의 옷자락이 하늘을 나는 구름처럼 살랑이자 폭풍 같은 바람이 일었다. 그 손짓 한 번에 마차 밖에 서 있던 사내의 몸이 허공으로 날아올랐다. 사내는 성문 밖 물건 더미에 부딪히고 나서야 땅으로 내려왔다.

사방을 둘러싸고 그 광경을 지켜보고 있던 사람들은 웬 방자한 사내가 추씨 집안 마차에 탄 여인을 조롱하다 마차 안에 손을 넣은 모습을 보곤 막 그 여인을 향해 연민 섞인 탄식을 내뱉던 중이었다. 그러던 중 갑자기 그 사내가 바람처럼 날아오르더니 짐짝처럼 땅에 내동댕이쳐진 것이었다.

사람들이 그 기이한 풍경에 미처 반응을 내보이기도 전에 고급스러운 검은색 마차가 조금 움직이는 듯하더니 곧 부드럽고 인자한 여인의 목소리가 들려왔다.

"상천무로하지우문두전각후칠상팔하군마난무수무족도사면매복팔방피파평사낙안등평도수절묘신공!"

사람들은 모두 제자리에 굳은 채 저 길고 요상한 이름의 신공이 도대체 무슨 신공인지 생각해 내려고 애를 쓰고 있었다. 그들이 다시 정신을 찾았을 무렵 추가의 마차는 이미 자리를 떠나고 없었다.

낡은 옷들과 잡동사니가 어질러진 물건 더미 속에서 겨우 부축을 받고 일어선 남자의 머리에는 여기저기 찢어진 두루마기가 씌워져 있었고, 두 귀에는 색색의 덧신이 끼워져 있었다. 사내는 엉망이 된 몰골로 검은 마차가 사라진 방향을 멍하니 바라보았다.

남자의 얼굴은 파랗게 멍이 들고 퉁퉁 부어 이목구비를 알아보기 힘들 정도가 되어 있었다. 하지만 좋은 술처럼 아름다운 빛깔을 가진 호박색 눈동자만큼은 기이한 빛을 반짝이고 있었다.

"이봐! 중원 여인!"

봉지미는 조금 전 성문에서 낯선 이에게 가로막혔던 일을 그저 한바탕 소란으로 여기고 곧 마음에서 떠나보냈다. 봉지미는 오늘 기분이 무척이나 좋았다. 다른 낯선 이가 좋은 기분을 망치게 냐 둘 생각이 전혀 없었다. 봉지미는 턱을 괴고 실실 웃으며 앞에 앉아 있는 푸른 옷의 계집아이를 바라보았다.

'우리 고남의 도련님 좀 봐. 여장을 해 놓아도 이렇게 예쁘잖아. 잘록한 허리며 예쁜 얼굴까지……. 가슴이 좀 납작하긴 하지만'

봉지미는 고남의 도련님이 봉지미를 제외한 그 어떤 일에도 신경을 쓰지 않는다는 걸 잘 알고 있었다. 다 큰 사내가 여자 옷을 입고 있는 지금 이 사태에도 그는 조금도 개의치 않을 것이었다. 너무 화려한 복식은 피하고 옷감을 평소 그가 즐겨 입는 푸르고 얇고 부드러운 것으로 준비하기만 하면 문제없었다.

고남의가 늘 쓰는 망사 갓은 여인들이 쓰는 면사로 바꾸었다. 갓을 벗고 면사를 씌울 때는 봉지미도 두 눈을 꼭 감아야 했다. 고남의가 호두를 아작아작 씹어 먹을 때마다 지나치게 많은 것들이 연상되는 탓이었다.

황제의 앞에서 칼을 들고 걷던 정사품 무사 고남의는 한 계단 한 계단 내려와 이젠 봉 씨 아가씨의 계집종 신세까지 전락하고 말았다.

마차는 추가 저택의 문턱을 넘어서야 움직임을 멈췄다. 추 부인이 몇몇 시종들과 함께 봉지미를 맞이하러 나왔다. 봉 부인과 봉호 역시 그 자리에 함께 있었다. 어제보다 훨씬 더 잘 차려입은 모습이었다. 봉 부인의 표정은 무척이나 복잡했고, 봉호의 표정은 무척이나 일그러져 있었다. 안 씨의 모습은 보이지 않았다. 봉지미는 만족한 듯 미소를 지었다. 추 부인이 일 처리를 잘하고 있는 듯했다.

"지미야!"

하룻밤 사이 추 부인의 안색도 꽤 자연스러워졌다. 추 부인은 인자하게 웃으며 다가와 봉지미를 맞이했다.

"연초에 네 마음을 달래 주러 강회도에 있는 내 숙부 댁에 보냈는데 이렇게 잘 돌아왔구나. 숙부님 댁에서 지내기는 어땠니? 숙부, 숙모님과 사촌 형제들 모두 잘 지내고 있지? 강회도의 풍경은 어땠니? 제경과는 아주 다르지?"

"괜히 외숙모님께 걱정을 끼쳐 드렸네요."

봉지미가 웃으며 예를 갖췄다.

"어르신들 모두 잘 지내고 계십니다. 외숙모님께 안부 전해 달라고 하셨어요."

두 사람은 화기애애하게 인사를 나누는 척하며 추가에서 쫓겨난 후 봉지미가 어디서 무엇을 했는지 다른 이들에게 슬쩍 내비쳐 보였다. 그 말을 믿든 말든 그건 봉지미가 상관할 바가 아니었다. 누군가 그 문제를 들먹이려고 한다면 그가 원하는 죽음을 기꺼이 선물할 의향이 있었다.

내실로 들어가 자리에 앉은 추 부인이 웃으며 봉지미에게 먼저 말을 걸었다.

"채가각을 정리해 놓았으니 앞으로는 그곳에서 지내면 된단다."

부인의 말에 여기저기서 수군거리는 소리가 들려오기 시작했다. 봉지미의 갑작스런 귀환과 시조카를 대하는 추 부인의 태도는 아직까지 추씨 저택 내에서 풀리지 않는 불가사의였다. 와중에 추가의 큰아가씨가 출가 전에 쓰던 거처를 봉지미에게 내준다고 하니 더욱 경악할 수밖에 없었다.

봉지미는 추 부인을 향해 싱긋 웃어 보였다. 봉지미는 이미 자신이 지낼 거처를 마음에 정해 둔 상태였다. 상생호(喪生湖) 아래 가라앉은 옥화가 지내던 췌방재(萃芳齋)가 제격이었다. 바로 그곳이 봉지미가 이 집으로 돌아온 진짜 목적이었다. 채가각은 정실에서 너무 가까워 두 가지 신분을 오가며 살기에는 매우 불편했다.

봉지미가 거절의 의사를 미처 내보이기도 전에 갑자기 카랑카랑하고 냉랭한 목소리가 들려왔다.

"쟤가 뭔데? 쟤가 뭔데 내 큰언니께서 쓰던 방을 써?"

주객전도

목소리의 주인이 곧 모습을 드러냈다. 옥빛 그림자 하나가 성큼성큼 걸어오고 있었다. 조금 늦게 도착한 추 씨 집안의 셋째 아가씨인 추옥락이었다. 추옥락은 봉지미보다 고작 한 살이 어렸으므로 봉지미와 함께 자란 것이나 다름없었다. 하지만 성미가 고약하고 변덕스러운 데다 무척이나 오만한 아이였다.

추옥락은 빠르게 다가와 봉지미에게는 눈길조차 주지 않은 채 곧장 추 부인의 앞에 멈춰 섰다. 곧이어 도저히 믿을 수 없다는 듯한 음성이 터져 나왔다.

"어머니, 채가각은 당초 제게 내어 달라고 몇 번이나 간청 드린 곳이 아닙니까. 그런데 저에게도 내주지 않으신 그곳을 다른 이에게 주신다고요?"

추 부인이 속으로 한숨을 내쉬었다. 딸에게 지금 자신이 겪고 있는 어려움을 모두 토로할 수도 없는 일이었다. 게다가 딸이 예전처럼 봉지미를 홀대하게 둘 수도 없는 일이었다. 십여 년이 넘는 세월 동안 굳어진 습관 같은 태도를 하루아침에 바꾸는 건 여간 어려운 일이 아니었다. 다른 사람은 그렇게 하도록 시킬 수 있을지 몰라도 제 딸은 시킨다고 되는 인물도 아니었다. 봉지미가 말 한 마디 설명 한 줄 없이 재미있다는 표정으로 가만히 앉아 구경만 하는 모습을 보니 속이 더 시끄러웠다.

속이 답답한 와중에 문득, 한 가지 의문이 피어올랐다. 지금 봉지미의 신분을 생각하면 굳이 지금 이 집으로 돌아올 필요가 없었다.

'봉씨 모자 때문인가? 그동안 당한 설움을 갚아 주기 위해서인가? 그게 아니면 다른 속셈이 있는 거란 말인가?'

의문점들이 머릿속을 스치고 지나간 뒤, 봉 부인은 다시 정신을 차리고 딸의 손을 붙잡으며 웃어 보였다.

"아가, 봉지미 언니가 돌아오지 않았니. 어서 가서 인사라도 나누렴."

"제 언니는 남해 고양후(高陽侯) 상씨 집안에 계시지요."

추옥락이 피식 냉소를 지으며 말했다.

"저 사람이 도대체 누구의 언니라는 것입니까?"

추옥락은 본래 오늘 하루 부인에게 문안 인사를 드리지 말고 방 안에만 얌전히 있으라는 분부를 받은 상황이었다. 한창 혼자 수를 놓고 있던 때 갑자기 안 씨가 찾아오기 전까지는.

온통 멍이 들고 팅팅 부은 안 씨의 얼굴을 보고 추옥락은 화들짝 놀라지 않을 수 없었다. 추옥락은 어려서부터 안 씨의 손에 자란 것이나 다름없었기에 안 씨에게 무척이나 애틋한 감정을 가지고 있었다. 안 씨가 대성통곡하는 모습을 보자 화가 치밀어 오른 추옥락은 그길로 수틀을 밀치고 뛰쳐나왔다.

"옥락아!"

추 부인이 얼굴을 굳히고 말했다.

"언제까지 그렇게 철없이 굴 게야!"

추옥락의 표정이 일그러지더니 두 눈이 봉지미에게로 향했다.

"쟤가 도대체 언제 외숙부 댁에 갔다는 것입니까? 쟤가 외숙부 댁에 있는데 제가 그걸 몰랐다고요? 어머니, 그런 얼토당토않은 말에 속지 마세요!"

"집안일이다. 네가 일일이 캐물을 필요 없어."

추 부인이 시종들에게 아가씨를 모시고 나가라는 눈짓을 해 보이며 냉정히 말했다.

"네가 아직 나이가 어려 이리도 제멋대로 구는구나. 정녕 우리 추 씨 집안의 체면을 바닥으로 떨어트릴 생각인 게야? 당장 돌아가서 얌전히 수나 놓고 있거라!"

하지 말았어야 할 말이었다. 부인의 마지막 말이 추옥락의 화에 기어코 불을 붙이고 말았다. 추옥락은 붉으락푸르락해진 얼굴로 문간을 잡고 버텼다. 눈가에는 이미 눈물이 그렁그렁 맺혀 있었다.

"수나 놓으라고요? 수나 놓으라고요! 제가 왜 수나 놓고 가만히 있어야 합니까?"

추옥락의 목소리에 울음이 섞였다. 추 부인의 안색도 변했다. 부인은 속으로 자신이 뱉은 말을 후회하며 한숨을 내쉬었다. 추 부인이 막 딸을 달래 줄 말을 꺼내려는 찰나 봉지미가 웃으며 자리에서 일어났다.

"너무 걱정하지 마세요. 셋째 아가씨. 제가 어디 감히 큰아가씨의 규방에서 지낼 엄두를 낼 수 있겠어요? 전 췌방재가 마음에 듭니다. 그곳을 계속 비워 두기도 아쉬우니 제가 거기 묵도록 하겠습니다."

"너라도 네 주제를 알아서 다행이네!"

추옥락이 흥 하고 콧방귀를 끼며 말했다.

"당연한 일인걸요."

봉지미가 화사하게 웃었다.

"이 언니는 우리 셋째 아가씨의 화를 돋울 엄두가 나지 않는답니다.

수놓는 일에는 집중력과 평정심이 필요한 법이지요. 동생님의 심기를 거슬렀다가 수를 망치시기라도 하면 우리 동생께서 참 곤란해하실 것 아닙니까."

"너……!"

추옥락의 화가 폭발하기 직전이었다. 추옥락이 자수 이야기를 싫어하는 걸 알면서 일부러 자극하려고 한 말이라는 게 뻔히 보였다.

추옥락은 올해 자신의 혼사가 벌써 몇 번이나 엎어졌다는 사실을 떠올렸다. 올겨울 첫눈이 내렸던 그날, 담벼락 옆에 선 그 사람의 아름다운 눈빛과 금빛으로 수놓인 만다라 꽃. 뒤를 돌아보던 아름다운 자태, 꿈처럼 저 멀리 사라지던 모습…… 혼례복에 수를 놓으면서도 자신이 마음에 둔 사람과 혼인을 치를 수 없는 슬픈 현실이 문득 서글퍼져서 추옥락의 두 눈에 다시 눈물이 맺혔다. 하지만 울 수는 없었다. 추옥락은 필사적으로 눈물을 참으며 고개를 들고 뒤를 돌아 사라졌다.

"옥락이 아직 철이 없어서……."

추 부인이 방법이 없다는 듯 화제를 돌려 봉지미에게 청했다.

"함께 식사나 하자꾸나."

봉지미는 추옥락의 뒷모습을 바라보며 연회석이 알려 주었던 소식을 떠올렸다. 본래 추가 여식에게 정해진 정혼자가 있었으나 태자의 역모 사건이 터지고 난 후 그 집안이 권력을 잃고 변방으로 밀려나면서 혼사가 깨지게 됐고, 곧장 영국공의 둘째 아들과 정혼을 하였는데 또 얼마 지나지 않아 영국공이 공신의 무고 사건에 연루된 것이 드러나면서 그 혼사마저 깨지게 됐다는 것이었다. 연회석에게 들은 소식들을 종합해 보면 추씨 일가는 태자와 5황자의 일이 있은 후로 최근 실세를 쥐고 있는 초왕에게 기대고 싶어 하는 모양이었다. 첫째 딸이 5황자의 모비(母妃)인 귀비 상 씨의 친정으로 매우 큰 세력을 쥐고 있는 고양후 상 씨의 장남과 결혼했으니, 만일 추씨 집안의 작은 딸이 초왕과 혼인을 치르게 된다면 추씨 집안의 두 딸은 서로 다른 당파 모두에 연을 가지는 것으로, 황권을 둔 다툼이 일어나더라도 쓰러지지 않고 버틸 수 있게 되는 것이었다.

하지만 앞선 두 번의 혼사가 모두 틀어지며 제경의 호사가들 사이에서 이런저런 듣기 좋지 않은 이야기들이 흘러나오기 시작했다. 그들 사이에서 추옥락은 이미 '하자품'이 되어 있었다. 추 도독이 아무리 철면피라고 한들 초왕에게 다른 이와 혼담을 두 번이나 나눴던 제 딸을 정실부인으로 맞이해 달라 청할 수는 없는 법이었다. 하지만 정실에게서 난 딸을 남의 집 첩으로 보낼 수도 없는 일이었기에 추상기는 초왕과 혼인시키겠다는 생각은 그날로 접고 다시는 생각하지 않았다. 이후 얼마 지나지 않아 추상기는 중서 이학사의 장손과 추옥락을 이어 주기로 마음먹었다. 이 학사는 매우 청렴한 명성을 지닌 이로 그러한 청렴하고 고결한 인사는 군왕이라면 모두 필요로 할 인물이었다. 지난 두 번의 실패로 교훈을 얻은 추상기는 이번에야말로 맞는 선택을 한 듯 보였다. 다만 이 학사의 장손인 이 공자가 외부에서 유학하는 중이라 하여 혼사는 내년으로 미뤄 둔 상태였다.

봉지미는 왠지 그 이름이 귀에 익다고 생각했다. 한참을 곰곰이 생각하던 봉지미는 이내 이 공자를 생각해 내는 데 성공했다.

'이 공자라면…… 내가 주머니를 잘라 버린 그 공자 같은데?'

추옥락 아씨는 아무래도 제대로 된 혼인 생활을 하기에는 틀린 모양이었다.

"함께 식사하시지요. 주방에 모두 준비해 두었답니다."

다른 데 정신이 팔려 있던 봉지미는 추 부인이 봉 부인과 봉호에게 식사를 청하는 목소리를 들었다. 곧이어 추 부인의 초대를 완곡히 거절하는 봉 부인의 낮은 목소리가 들려왔다. 봉지미가 옅고 차가운 미소를 지어 보였다.

"어머니, 가지 마세요."

봉지미가 부드러운 손길로 봉 부인을 붙잡으며 말했다.

"너무 오랜만이잖아요. 저 보고 싶지 않으셨어요?"

분명히 다짐했다. 앞으로는 무정하고 냉정하겠노라, 겉으로만 따뜻하겠노라, 더는 자신을 힘들게 하지 않겠노라 다짐 또 다짐을 했는데도 저 말을 입 밖에 내는 순간 마음 한편이 저릿해졌다.

봉 부인은 봉지미를 바라보며 딸의 뺨을 어루만졌다. 봉 부인은 아무런 말도 하지 않았다. 봉지미는 어머니의 손가락 사이에서 풍기는 익숙한 향기를 맡았다. 마음속 깊은 곳에서 아릿한 고통이 느껴져 재빨리 뒤로 한 걸음 물러섰다.

"외숙모님, 어머니."

봉지미가 주객전도가 되어 술을 따랐다.

"움에서 오래 숙성시킨 이 '일곡주(一斛珠)'가 정말 훌륭합니다. 향기도 짙고 맛도 무척이나 풍부하니 모두 한 잔씩 드시지요."

한바탕 '환영회'가 벌어졌지만 상에 오른 진수성찬과는 달리 분위기는 매우 삭막했다. 시퍼렇게 멍이 든 얼굴을 그릇에 박고 허겁지겁 음식을 먹어 치우는 봉호를 제외하고는 모두 각자의 머릿속에 맴도는 생각들에 빠져 있느라 먹는 둥 마는 둥이었다.

식사를 마친 봉지미는 곧장 췌방재로 향했다. 손이 빠른 장 아범이 식사하는 잠깐 사이 췌방재를 깔끔히 치워 놓은 후였다. 내일이면 추 부인이 지시한 대로 몇몇 물건과 가구들이 더 들어올 예정이었다. 추 부인은 봉 씨 모자에게도 함께 췌방재로 거처를 옮기는 게 좋겠다고 제안했지만 봉 부인이 한사코 거절했다.

봉지미는 그에 대해 별다른 이야기를 하지 않은 채 문을 닫고 안으로 들어가 휴식을 취했다. 얼마 후 옷을 갈아입고 몰래 빠져나온 봉지미와 고남의는 추가 저택 후원의 외딴곳에 있는 담벼락 밖에 마중 나와 있던 연회석과 만났다.

"손님이 오셨습니다."

연회석이 매우 간결하게 알렸다. 봉지미가 그의 안색을 살피곤 피식 웃었다.

"설마 그 귀하신 분들은 아니겠지?"

"역시 총명하십니다."

연회석이 웃으며 말했다.

"숨고 싶으세요?"

"숨긴 뭘? 이미 진흙탕에 빠진 지 오래인데."

봉지미가 웃으며 걸음을 뗐다. 걸음이 향하는 곳은 '위 학사 저택'의 대문이었다.

"진흙탕이라? 여기 이 아름다운 정자 하며 누각들이 진흙탕이면 내 왕부는 양 우리 수준이겠소. 하하."

그때 호탕한 웃음소리와 함께 누군가 성큼성큼 앞으로 걸어나왔다. 그 당당한 자태가 마치 이곳의 진짜 주인은 자신이라고 말하려는 듯 보였다. 봉지미는 활짝 웃는 얼굴로 다가가 예를 표했다.

"위왕(魏王) 전하께서 이리 친히 걸음하여 주실 줄은 몰랐습니다. 소신이 직접 마중을 나왔어야 하는 것인데 미처 그리하지 못해 송구하옵니다."

위왕으로 책봉된 2황자 영승이 하하 웃으며 자신에게 절하려는 봉지미를 붙잡아 말렸다. 그에게서는 쾌활하고 친근한 분위기가 풍겼다. 하지만 봉지미를 바라보는 두 눈동자 속에는 불쾌한 기색도 비치고 있었다.

"둘째 형님. 아무리 겸손하신 분이라 해도 그렇게 말씀하시는 것은 가당치 않습니다."

그때 갑자기 누군가 차가운 웃음을 뱉으며 느릿하게 다가왔다.

"형님의 왕부는 천하의 재능 있는 이들이 모두 모이는 곳인데 양 우리라니요. 못해도 소 우리는 되어야지요."

순우맹이 순간 웃음을 참지 못하고 픔 소리를 내고 말았다. 2황자 영승은 책을 멀리하고 검을 가까이하는 사람으로, 서책을 멀리한다는 이유로 황제에게 늘 지적당하곤 했다. 참다못한 황제가 '둘째는 말이나 소 같은 짐승처럼 무지하기 짝이 없다'라고 역정을 낸 적도 있었다. 이 일은 조정에 드나드는 사람이라면 누구도 빠짐없이 다 아는 사실이었고 모두 그 일을 웃음거리로 삼곤 했다. 배짱 좋은 순우맹이 2황자의 앞에서 그 이야기를 듣고 웃음을 터트린 것이었다. 2황자 영승이 순우맹을 향해 힐끗 눈을 흘겼다. 그러자 봉지미가 한 걸음 다가가 시선을 막아서며 웃어 보였다.

"5황자께서도 이리 걸음 해 주시니 누추한 제 집이 한껏 화사해졌사옵니다."

"위 선생. 우리 아우에게 그렇게 낮추실 필요 없소."

2황자 영승이 봉지미의 어깨를 토닥이며 말했다.

"우리 다섯째 아우가 겉보기엔 냉랭해 보여도 속은 아주 뜨거운 놈이거든. 뭐든 호사는 절대 놓치지 않는 인물이지."

이는 5황자가 앞서 일어났던 일련의 사건들에 관련되어 있는 것을 암암리에 비꼬는 말이었다. 봉지미는 속으로 남몰래 한숨을 뱉었다.

'당신 형제들은 싸우지 않고는 하루도 못 배기는 겁니까? 적어도 내 집에선 싸우지 말라고.'

"형님들, 지금 뭘 하시는 겁니까? 남의 집 대문 앞을 막아서고 집주인마저 들어가지 못하게 하시다니요."

그때 명랑한 목소리와 함께 '칠현왕(七賢王)'이라 불리는 7황자 영예가 때마침 모습을 드러내며 분위기를 풀었다.

"정말 기쁜 날입니다."

봉지미가 활짝 웃으며 안쪽을 향해 손짓했다.

"어서 드시지요."

세 황자가 모두 미소를 지어 보이며 봉지미의 뒤를 따라 저택 안으로 발을 들였다. 그들 모두 이미 진작부터 봉지미를 제 사람으로 만들 작정을 하고 있었지만 황자가 외신과 함부로 결탁할 수는 없는 법이기에 경거망동하기보다는 조심스러운 태도를 취하고 있었다. 그런데 며칠 전 어서방에서 황제에게 한바탕 꾸짖음을 듣고 난 후에는 상황이 달라졌다.

"조정에 뛰어난 학사들이 가득하거늘 어찌하여 가르침을 청하지 않는 것이냐!"

황제의 그 한마디에 두 눈이 번쩍 뜨인 황자들은 그길로 봉지미에게 달려가기로 마음먹은 것이었다. 가르침을 청하기에 '국사'보다 더 좋은 인물이 어디 있단 말인가.

2황자는 그날 곧장 왕부로 돌아가 첩들을 한자리에 모아 놓고 그중에서도 가장 예쁜 아이를 골라서는 아침 일찍부터 집을 나섰다. 한데 하필이면 오는 길에 '우연히' 5황자를 만나 어쩔 수 없이 첩을 두고 둘이 길을 나서게 되었다. 그런데 막 '산월 책방'을 지나던 무렵 5황자가 갑자기 위 선생께 물어볼 서책을 두고 왔다며 책방으로 들어갔는데 하필 또 그 책방에서 '우연히' 7황자를 만나 두 사람에서 다시 세 사람이 된 것이었다. 그 탓에 조금 짜증이 나 버린 2황자 영승은 웃으면서도 화난 기색을 완전히 감추지는 못하고 있었다.

한편 봉지미는 그들 모두를 면밀히 살피고 있었다. 조정에 도는 소문에 따르면 2황자는 성격이 불과 같고, 5황자는 차가우며, 6황자는 풍류를 즐기고, 7황자는 현명하다고 했다. 하지만 그게 모두 사실이라는 법은 없었다. 2황자가 정말 불같은 성미를 가진 자라면 조금 전 5황자에게 침착하게 응수하진 않았을 것이다. 황자 형제들이 그렇게 만만하고 단순한 인물들이었다면 진즉에 땅에 묻혀 백골이 됐을 것이었다.

어쨌든 봉지미는 조금 기뻤다. 가장 마주하고 싶지 않은 그 사람은 오지 않았다. 다행 또 다행이었다.

각자 자신의 마음속 생각을 마주하느라 정신이 없는 황자들과 함께 저택 안으로 들어선 위지가 싱긋거리며 그들에게 말했다.

"날씨가 무더워 안은 답답할 듯하오니 후원에 있는 남월정으로 모시겠습니다. 그곳이 훨씬 시원할 것이옵니다."

"좋소."

2황자가 하하 웃으며 말했다.

"여기가 원래 우중윤 왕 씨의 거처였지. 그 남월정이 달을 딸 수 있을 만큼 높은 곳에 있다 하여 붙여진 이름인데, 올라가고 나면 시원한 바람이 불고 눈앞에 제경의 풍경이 아주 시원하게 펼쳐지는 곳이었어. 오랜만에 유상곡수(流觴曲水)*매년 음력 3월 3일 여러 사람이 둘러 앉아 곡수에 술잔을 띄워 놓고 술잔이 흐르다 멈추면 그 앞에 앉은 사람이 술을 마시는 놀이 도 즐길 수 있겠군그래."

"전하께서는 역시 활기가 넘치고 호탕하신 분이옵니다. 소인 또한 문인들이 즐기는 작은 놀이들을 참 좋아한답니다."

봉지미가 웃으며 말했다.

"실은 전하께 다른 것이 조금 더……."

봉지미가 순간 말을 멈췄다. 황자들 역시 하나둘 걸음을 멈추고 고개를 들었다. 크게 뜬 눈동자와 표정들이 모두 제각각이었다.

눈앞에 키 작은 산 위에 지어진 작은 정자가 모습을 드러냈다. 처마 아래 서로 다른 길이의 옥 방울들이 늘어져 있었다. 바람이 지나자 방울마다 각기 다른 영롱한 소리를 냈다. 바람이 한번 지날 때마다 다른 세상에 온 듯한 묘하고 맑은 소리가 마치 음악처럼 들려왔다.

정자에 누군가 있었다. 그는 옥으로 만든 잔을 들고 옥빛 술을 마시며 정자의 난간에 기대어 앉아 있었다. 눈처럼 하얀 소맷자락에는 화려한 금빛 수가 놓여 있었고, 매끄러운 흑발이 하얀 옷 위에서 찰랑거리고 있었다. 높은 정자 곁으로 불어오는 바람에 머리가 조금 헝클어지자 그가 살며시 제 머리를 어루만졌다.

남자의 곁에 서 있는 시녀들이 모두 넋을 잃었다. 절세의 아름다움이었다. 하지만 그는 그것을 아는지 모르는지 나른한 자태로 술잔을 들어올렸다. 그의 손이 살짝 움직이자 곧장 시녀 하나가 달려와 술을 따랐다. 모두 그 모습을 바라보며 바보처럼 멍한 꼴이 되었다.

"다들 오셨습니까?"

그가 정자 앞에 서서 주인인 듯 웃으며 술잔을 들어 보였다.

"자, 어서들 오세요. 이 집 술인 '평강춘(平江春)'이 아주 마실 만합니다. 향도 짙고 맛도 풍부해요. 사양하지 말고 어서들 드세요. 어서."

함께 취하다

먼저 반응을 보인 것은 7황자 영예였다.

"이제 보니 여섯째 형님께서 가장 일찍 와 계셨군요."

그가 고개를 들고 웃으며 말했다.

"저희는 그것도 모르고 대문 앞에서 한참을 기다리지 않았습니까. 그런데 이리 먼저 올라와 계시다니요."

2황자가 의심스럽다는 눈빛으로 봉지미를 힐끗 쳐다보았다. 봉지미가 쓴웃음을 삼켰다. 저토록 편안하고 자연스러운 모습으로 봉지미의 정자에 앉아 있는 모습이라니. 저 모습을 보고도 황자들이 봉지미와 6황자가 비밀리에 접촉하는 사이라 생각하지 않는다면 그거야말로 이상한 일이었다.

비밀스러운 접촉이라는 말을 떠올리자 문득 얼마 전 그 어두운 방 안에서 겪었던 몽롱한 순간이 다시금 떠올랐다. 떨어지는 꽃잎처럼 떨리던 숨소리……. 그 호흡을 떠올리자 순식간에 얼굴에 열이 올랐다. 가면 덕에 다른 이들에게는 보이지 않아 천만다행이었다.

"6황자께서도 와 계셨군요."

봉지미가 웃는 얼굴로 인사를 건네곤 집안일을 보는 하인을 나무라 듯 말했다.

"이 '평강춘'은 일반 손님들을 응대할 때나 내놓는 술인데 이것을 드 시게 두면 어찌하느냐. 전하께서 잘못 들고 오셨으면 네가 도로 바꾸어 올렸어야지."

봉지미의 말에 나머지 황자들이 조금 안심하는 듯한 기색을 보였다.

'보아하니 여섯째와 위 선생이 그다지 가까운 사이는 아닌가 보군.'

"우리 아우도 참."

2황자 영승이 크게 웃으며 봉지미에게 친근하게 다가가 어깨를 토 닥였다.

"위 아우 술을 빼앗아 마시려면 좋은 술이 어디 있는지 정도는 알고 있어야지. 그렇게 조급하게 아무거나 들고 오면 쓰나."

2황자가 얼얼해지도록 어깨를 토닥였다. 봉지미는 아픈 어깨를 주무 르며 딱딱하게 웃어 보였다. 물론 속으로는 욕을 퍼붓는 중이었다.

'아우는 개뿔!'

"제가 지난번 우리 위 선생께 실수를 한번 저지르는 바람에."

영혁의 시선이 봉지미의 어깨를 두드리는 2황자의 손에 가 닿는 듯 하더니 조금 굳은 눈빛으로 눈을 돌리며 웃었다.

"우리 위 선생이 좋은 물건들을 죄다 숨겨 놓으셨지요."

'우리? 우리 위 선생 같은 소리 하고 앉았네!'

그들에게 일일이 대꾸할 생각도 힘도 없어진 봉지미는 황자들을 황 급히 정자로 모신 뒤 아랫사람들에게 술을 새로 올리라고 일렀다. 사실 6황자가 마시고 있던 '평강춘'은 봉지미의 집에 있는 술 중 아주 좋은 축에 속하는 술이었다.

'이 정신없는 와중에 좋은 술을 어디 가서 구한담?'

잠시 속으로 걱정했지만 봉지미에게는 다행히 사리에 밝은 연회석이 있었다. 연회석은 진즉에 아래로 내려가 하인들에게 술을 사 올 것을 지시해 놓았다. 얼마 지나지 않아 하인들이 술상에 올린 것은 매우 귀하다는 '천곡순(千谷醇)'이었다. 황자들은 점점 더 의미심장하게 웃고 있는 영혁의 모습을 바라보고 있었다. 영혁은 별다른 내색 없이 봉지미를 향해 술잔을 들어 보이고는 말했다.

"사실 '일곡주'도 나쁘지 않으니 다음번에는 위 선생께서도 한번 드셔 보세요."

"전하의 안목이야 워낙 뛰어나시고 철저하시니, 전하께서 추천하시는 술이라면 분명 아주 뛰어날 것이옵니다."

봉지미가 웃으며 답했다. 두 사람의 시선이 허공에서 마주치자 두 사람 모두 하하 웃음을 지어 보였다.

역시 추가 내부에 영혁의 사람이 있는 게 분명했다. 그것도 꽤 높은 위치에. 봉지미는 겉으로는 황자들을 응대하며 속으로는 계속 생각을 이어 갔다. 추 부인 거처는 아무 시종이나 함부로 드나들 수 있는 곳이 아니었다. 영혁이 추가 내부에 자신의 사람이 있다는 것을 드러냈다는 건 봉지미를 향한 경고였다. 일거수일투족이 자신의 손바닥 위에 있으니 함부로 허튼짓을 벌이지 말라는 경고.

봉지미는 처음부터 영혁을 완전히 속일 수 있을 거라고는 생각하지 않았다. 두 사람 모두 서로의 약점을 하나씩 쥐고 있기는 했지만, 여전히 봉지미 쪽이 약세였다. 함부로 일을 벌이는 바보 같은 짓은 하지 않을 것이었다.

'난 아주 얌전한 사람이니까. 그렇고말고.'

"사실 열째 아우도 조금 전 저와 함께 왔습니다."

영혁이 웃으며 말했다.

"술기운을 이기는 법을 몰라 '한 잔만'이라는 별칭까지 가진 아이지요. 쉴 만한 곳을 찾아 들어가 좀 누우라고 했는데, 괜찮겠지요?"

"물론입니다."

봉지미가 웃으며 사람 좋은 집주인 행세를 이어 갔다.

"술도 왔고 사람도 왔으니 유상곡수나 한판 놀아 보는 것이 어떻습니까?"

7황자 영예가 웃으며 화제를 돌렸다.

"차갑고 뜨거운 것을 주제로 돌아가며 짓는 것으로 하시지요. 단 앞선 세 구절에는 반드시 '차갑다'와 '뜨겁다'라는 의미의 말이 들어가야 하는 겁니다. 마지막 구절은 세 마디를 넘기지 않는 것으로 하고요. 제대로 지어 내지 못한 사람이 벌로 석 잔씩 마시는 겁니다."

5황자가 웃으며 말했다.

"우리 일곱째 아우께서 꽤 신이 나신 모양입니다."

2황자가 그를 힐끗 바라보며 말했다.

"운하 일은 모두 마무리한 것이냐?"

"어마마마의 생신을 축하드리고자 잠시 제경으로 올라온 것입니다."

5황자가 덤덤한 얼굴로 간결히 대답했다.

황후가 일찍 유명을 달리하면서 5황자의 친모이자 황후의 친척 동생인 귀비 상 씨가 궁중에서 꽤 큰 세력을 쥐게 되었다. 상씨 집안은 명성이 매우 드높은 명문 집안이었다. 그래서 개국 공신 무고 사건에 깊게 관여한 것이 분명한 5황자가 이만큼 무사할 수 있었던 든든한 배경이기도 했다.

탕평책을 선호하는 천성 황제 덕에 상씨 집안은 천남도(天南道)의 세력을 공고히 붙들고 있었고, 천성황조에서 유일하게 제 봉토를 가진 장녕왕(長寧王)은 그와 인접한 서평도(西平道)에 자리 잡고 있었다. 대학사 요영과 호성산은 영혁이 기용했고, 천성 황제는 젊은 신하들을 등용했다. 육부 상서의 절반에 달하는 직위는 7황자가 손에 쥐고 있었다.

세력이 균형을 이루고 서로가 서로를 견제하는 구조였다. 어떠한 한 집안이나 인물이 모든 세력을 독차지하게 두어서는 결코 안 된다는 게 천성 황제의 오랜 정치 원칙이었다. 바로 그러한 원칙 때문에 황자들은 서로를 못마땅하게 여기고 늘 서로의 세력을 견제했다.

"그럼 부디 소신이 먼저 한 구절 올릴 수 있도록 허락해 주십시오."

황자들이 자신의 집에서 싸우는 꼴은 정말이지 보고 싶지 않았던 봉지미가 황급히 잔에 술을 채우고 정자 앞 작은 수로에 잔을 떠내려 보내며 입을 뗐다.

"옥빛 잔에 따스한 술을 담으니."

술잔이 2황자의 앞을 유유히 지나갔다.

"말에 물을 먹이려고 멈춰 선 강가에 붉은 등이 있네."

2황자가 황급히 잔을 들고 말했다. 이제 잔은 5황자의 앞을 지나고 있었다. 그는 눈썹을 치켜들고 술을 한 모금 마시더니 시를 이어 갔다.

"눈이 날리는 대청에서 등불을 감싸고 앉으니."

5황자가 웃으며 말을 덧붙였다.

"다음 분이 이어 가시기 아주 편하겠습니다."

이제 잔은 물을 따라 흘러 영혁의 앞에 멈춰 섰다. 영혁이 싱긋 웃으며 잔에 남은 술을 입안에 털어 넣은 뒤 말했다.

"얼어 죽겠네!"

모두 하하 웃음을 터트렸다. 하마터면 입안에 있는 술을 모두 뿜어낼 뻔한 봉지미는 이해되지 않는 눈빛으로 영혁을 바라보았다.

'저런 나쁜 인간도 농을 던질 줄 안단 말이야?'

"이봐, 여섯째! 그게 뭐야!"

2황자가 크게 웃으며 영혁을 툭 밀어냈다.

"안 돼, 안 돼. 마시게, 벌주 석 잔!"

영혁은 따져 묻지 않고 호탕하게 술 세 잔을 털어 넣었다. 술잔 밑이

위를 향하자 황자들 모두 즐거워하며 웃었다. 봉지미 역시 함께 웃고 있었지만 마음 한편에서는 한 줄기 의문이 피어올랐다.

그가 봉지미의 집에서 저렇게나 호방하게 술을 들이켜다니 아무리 생각해도 뭔가 맞지 않는 일이었다.

술자리는 그렇게 계속 이어졌다. 각자 몇 번의 패배와 몇 번의 승리를 겪고 나자 황자들 모두 거나하게 취해 있었다. 미리 약속이라도 한 건지 조정의 일에 대해서는 일언반구도 꺼내지 않았다. 그저 술을 마시고 놀이를 하러 이곳까지 온 것처럼.

영혁은 그다지 많은 술을 마신 것도 아니었는데 올라오는 취기를 이기지 못하고 있었다. 그는 하나로 포갠 두 손 위에 제 턱을 나른히 올려놓았다. 백옥처럼 하얀 얼굴에 붉은 홍조가 피어오르고 칠흑 같은 검은 머리칼은 물처럼 찰랑거렸다. 몽롱하게 취한 두 눈은 깊은 밤 짙은 안개 너머에 핀 만다라 꽃 같았다.

때마침 술잔이 그의 앞에 멈춰 섰다. 그는 몸을 일으키지도 않고 제자리에 앉아 손가락으로 술잔을 집어 올렸다. 술잔이 그의 손바닥을 적시며 위태롭게 들렸다. 하지만 머지않아 취기를 이기지 못한 영혁의 손에서 벗어나 술잔이 허공에 떠올랐다.

봉지미는 제 눈앞을 휙 날아가는 술잔을 보고 저도 모르게 손을 뻗어 잡아냈다. 봉지미가 술잔을 영혁에게 돌려주려는데 그가 갑자기 가까이 다가와 봉지미의 손에 들린 술잔에 그대로 입을 가져다 댔다.

비단결처럼 부드럽게 흘러내린 머리칼과 그의 촉촉하고 따스한 입술이 동시에 봉지미의 손바닥에 닿았다. 갑작스러운 봄비가 메마른 땅을 적시듯 세상의 빛이 푸르름으로 물들었다.

봉지미는 순간 그 자리에서 굳어 버리고 말았다. 봉지미의 손바닥을 향해 고개를 숙인 그가 내뱉는 맑고 청량한 숨이 달고 짙은 술 내음과 함께 아름답고 매혹적으로 뒤엉켰다. 영혁은 그 한 잔 술을 무척이나 천천히, 무척이나 길게 마셨다. 그의 호흡이 손바닥 위로 쏟아지자 여린 가려움이 피어났다. 봉지미의 손바닥은 어느새 그의 숨결인지 그가 흘린 술인지 그것도 아니면 긴장한 자신의 손에서 난 땀인지 모를 습기로 촉촉하게 젖어 있었다.

봉지미는 자신을 겨우 진정시킨 뒤 눈빛이 흔들리지 않도록 안간힘을 쓰며 웃어 보였다.

"술을 많이 하셨습니다. 전하."

봉지미가 다른 한 손으로 술잔을 집어 들고 그를 살짝 밀어내려 했다. 영혁이 손을 들어올리자 술잔이 쨍그랑 소리를 내며 바닥으로 떨어졌다. 바닥에 부딪히는 영롱한 소리와 함께 그의 음성이 들려왔다.

"이제 내 차례인데…… 어두운 방에서 보았던 눈처럼 하얀 목에 붉은 매화가 피어……."

속에서 울리는 쿵 하는 소리와 함께 봉지미의 얼굴에 열이 올랐다.

"하아…… 정말 취했군……."

영혁은 마지막 말과 함께 그대로 봉지미의 어깨 위에 쓰러졌다.

"이 댁에 우리 같은 술꾼 몇 놈 재울 곳은 있겠지? 자, 가자고. 나와 함께……."

영혁은 봉지미에게 온몸을 기댄 채 손가락을 까닥였다. 허공을 헤매던 그의 손가락이 머지않아 봉지미의 옷깃 위로 떨어졌다. 그의 손이 조금만 더 움직였다간 정말 봉지미의 '눈처럼 하얀 목'이 '붉은 매화'가 되어 버릴 것만 같았다.

어찌 해 볼 도리가 없는 봉지미는 정자 지붕 위를 바라보았다. 애주가 고남의 도련님께서 아직도 술을 들이붓고 계시는 중이었다. 지금 고남의더러 내려오라 말하기도 이미 늦어 버린 것 같았다.

봉지미가 이를 악물고 자신에게 기대어 있는 영혁의 무거운 몸을 부축했다. 다른 황자들에게는 술에 취한 초왕 전하를 처소로 직접 모시

451

겠다는 말을 전한 뒤 그들과 작별을 고했다.

영혁은 봉지미의 품속에 쓰러지듯 안긴 채 고집스러울 만큼 자신의 힘으로는 걸으려 하지 않았다. 봉지미는 두 팔로 그를 안다시피 부축하며 '함께 침소로 향했다'. 봉지미가 한참 영혁을 부축해 끌고 가던 그때, 저 멀리서 술에 취해 투덜거리는 2황자의 목소리가 들려왔다.

"여섯째가 읊은 시구가 영 이상하잖아! 어서 마셔, 마셔!"

치명적이고 아름다운

정자를 벗어나 아무도 없는 곳에 다다르자 봉지미가 피식 웃으며 말했다.

"전하, 연극은 이쯤으로 충분하지 않겠습니까?"

영혁이 고개를 들었다. 혼미한 눈빛이었다. 옅은 술 내음이 봉지미의 목 위로 떨어졌다. 곧 그의 입에서 웅얼거리는 소리가 흘러나왔다.

"으응?"

그는 봉지미의 답을 기다리지도 않은 채 두 팔을 뻗어 봉지미를 끌어안고는 귓가에 대고 낮게 웃었다.

"그대는 하면서 나는 하면 안 된다? 하아……. 천곡순이 세긴 센 모양이군. 어지러워……."

봉지미가 의심쩍은 눈빛으로 그를 바라보았다. 어지러워 비틀거리는 모양이 정말 술에 취한 것 같아 보였다.

'내가 괜한 의심을 한 건가?'

봉지미는 영혁을 부축해 저택 동쪽의 한 손님방으로 향했다. 방에 도착할 즈음 화가 스멀스멀 피어오르기 시작한 봉지미는 영혁을 침대 위에 휙 던져 놓은 채 곧장 밖으로 나서려 몸을 돌렸다. 하지만 봉지미는 걸음을 떼지 못했다.

침대에 누운 그가 갑자기 다리를 뻗어 봉지미의 몸을 휘감았기 때문이다. 봉지미는 중심을 잡지 못하고 곧장 뒤로 넘어져 버렸다. 억 하는 소리와 함께 눈을 뜨자 봉지미의 몸 아래 그가 웃음기 맺힌 얼굴을 찌푸리며 신음을 내뱉고 있었다.

봉지미는 곧장 자리에서 벌떡 일어나려 했지만 곧 눈앞이 휘리릭 돌았다. 이미 영혁에 의해 침대에 눕혀진 봉지미는 그의 품 안에 갇혀 그를 마주보게 되었다. 코끝이 서로의 호흡을 고스란히 느낄 수 있을 만큼 가까운 거리였다. 서로의 부드러운 입술 역시 당장이라도 닿을 것처럼 가까이 있었다. 무척이나 야릇하고 지나치게 친밀한 자세였다.

봉지미는 그에게서 벗어나려 애를 써 보았지만 그의 팔은 강철마냥 꿈쩍도 하지 않았다. 봉지미가 두 손을 앞으로 가져가 그의 가슴을 있는 힘껏 밀어내자 그가 쓰읍 하며 고통에 찬 소리를 뱉었다.

"잔인해……"

그의 낮은 목소리가 들려왔다.

"넌 늘 이렇게 잔인해……"

낮고도 나긋한 그 한마디는 평소 지독하고 차가운 그의 말투와는 사뭇 달랐다. 몽롱한 취기가 두 사람 사이의 적의와 응어리를 여리게 만들었다. 봉지미를 껴안은 그의 두 팔이 조금씩 부드러워졌고, 그의 가슴을 밀어내는 봉지미의 두 손도 조금씩 그 힘을 잃었다. 하지만 봉지미는 그와 입술이 닿지 않기 위해 필사적으로 고개를 돌렸다.

"어렵사리 한번 취했는데."

봉지미의 두 손으로 낮은 진동과 울림이 전해졌다. 그의 목소리가 가슴에서 울리는 것만 같았다.

"하필 네 집에서 이렇게 취하다니……. 얼마나 더 취할 수 있게 해 줄지 모르겠군……."

봉지미의 마음이 순간 덜컹했다. 그의 말에 무언가 다른 의미가 있는 것 같은 생각이 들었지만 어디서부터 어떻게 물어야 할지 알 수 없었다.

봉지미를 마주하고 있는 사내는 아무래도 더 대화를 나눌 생각이 없어 보였다. 그는 여전히 봉지미를 두고 혼잣말을 늘어놓고 있었다.

"곧 형부에 가 봐야 하는데……. 호탁 왕세자의 수하가 사람을 때려 죽였어……."

영혁의 목소리가 점점 흐려지더니 곧 완전히 끊겼다. 봉지미가 고개를 돌려 그의 얼굴을 살폈다. 이미 잠들어 있었다. 봉지미는 안도하며 서둘러 자리에서 일어나 재빨리 옷매무시를 정리했다. 영혁은 침대에 가로로 걸쳐 누워 있었다. 반쯤 풀린 옷깃 사이로 눈처럼 하얀 피부가 드러나고 그 위로 칠흑 같은 검은 머리칼이 내려앉아, 평소의 우아한 모습보다 더욱 수려하고 매혹적이었다. 저도 모르게 그 모습을 멍하니 바라보던 봉지미는 이내 황급히 시선을 돌렸다.

문을 열고 밖으로 나선 봉지미는 고민하다 다시 방문을 잠갔다. 그리고 자신의 호위병들을 불러 영혁이 머물고 있는 방 앞을 지키도록 했다. 영혁이 데려온 수하들이 아직 저택 앞마당에 있었다. 황자들이 모두 이곳에 있는 한 영혁이 자신의 집에서 일을 벌이게 둘 수는 없었다.

그를 남겨 두고 곧 회랑을 돌아 걸어나온 봉지미가 갑자기 걸음을 멈췄다. 사방에서 불어오는 바람 속에 무언가 작은 소리가 섞여 있는 것 같았다. 옷깃이 바람에 흩날리는 소리, 가벼운 발걸음이 기와 위를 스쳐 가는 소리, 무언가 빠르게 날아가는 소리.

봉지미는 눈썹을 찌푸린 채 긴 회랑 중앙에 멈춰 서서 도대체 집안에 어떤 이들이 활보하고 있는 것인지 곰곰이 생각했다. 소리만 들어서는 모두 고수인 것 같았다. 그런데 자신의 주변을 지키는 그 사람들이 움직이지 않는다는 게 이상했다.

태자의 역모 사건 이후 봉지미는 누군가 곁에서 자신을 은밀하게 보호해 주고 있다는 것을 알아차렸다. 그들과 실제로 얼굴을 마주한 적이 있는 것은 아니었지만 그래도 확신할 수 있었다. 요즘 들어 고남의가 봉지미를 시도 때도 없이 따라다니지 않는 이유도 그것이었다. 고남의가 그에 대해 정확히 이야기한 적도, 봉지미가 물은 적도 없었지만 봉지미는 알 수 있었다. 그런데 저택 안에 이상한 기류가 흐르는 것이 분명한 지금 그들은 아무런 반응도 보이질 않고 있었다.

'설마…… 노리는 게 내가 아닌가? 모든 황자가 지금 이 집에 있는데……. 그들 중 누굴 노리는 거지?'

늦여름 바람이 유유히 불어왔다. 불어오는 바람 속에 차가운 쇠 비린내가 섞여 있었다. 회랑 한가운데에 서서 앞으로 나가야 할지 뒤로 물러서야 할지 고민하던 봉지미는 앞으로 두 걸음 내딛다 다시 의심 가득한 눈빛으로 고개를 돌렸다.

그때 회랑이 꺾이는 곳에서 손 하나가 갑자기 튀어나와 봉지미를 붙잡고 회랑 옆 수풀로 끌어당겼다. 재빨리 고개를 돌린 봉지미는 정신없이 흐릿해진 시선 사이로 나무 밑에 숨어 있는 사람의 모습을 확인했다. 봉지미의 눈빛이 순식간에 풀어지며 웃음기를 머금었다.

"공주마마셨군요!"

얼굴을 반쯤 가리고 수풀 뒤에 숨어 있던 소녕 공주가 봉지미를 원망하듯 다급히 말했다.

"거기서 앞으로 갔다 뒤로 갔다 뭐 하고 있었던 거야? 보는 사람 답답해 죽으라고……."

'그 다급해 죽는 숨소리를 듣고 일부러 그런 거라고.'

봉지미가 여전히 웃는 얼굴로 자신은 아무것도 모른다는 듯 소녕 공주를 바라보았다.

"공주님, 어찌 이런 행색을 하고 오셨습니까? 저희 집에 걸음 하시겠다 미리 소신께 귀띔해 주셨으면 마중을 나갔을 텐데요. 잘 됐습니다. 마침 황자님들 모두 저희 집 정자에서 술을 즐기고 계시는데 공주님도 함께하시겠습니까?"

"난 여기 놀러 온 게 아니야."

소녕 공주가 차갑게 웃으며 말했다.

"아무것도 모르는 바보처럼 굴지 마. 난 오늘 영혁에게 손을 쓸 거야. 위지도 함께하겠어?"

"소신 공주마마의 의중을 알지 못하겠습니다."

봉지미의 속이 조금씩 끓기 시작했다.

"소신이 아는 것이라곤 이곳이 소신의 집이라는 사실뿐이옵니다. 이곳에서 무슨 일이 생기면 소신의 일가족이 모두 죽게 되겠지요."

"내가 그렇게 되도록 두고 볼 리 없잖아."

소녕 공주가 자신만만한 얼굴로 웃어 보였다.

"황자들이 모두 여기 있다며. 무슨 일이 생겨도 네가 한 일이라고 확신할 순 없는 거라고."

"황자님들을 저렇게 한 자리에 모이게 한 것도 공주님의 계획이었습니까?"

봉지미의 물음에 소녕 공주가 별다른 대답 없이 그저 웃어 보였다.

"마침 영혁이 술에 취했으니 잘됐어. 흔치 않은 기회야. 호탁에서 온 자가 사람을 때려죽인 일로 난리가 나 엄청 골치 아팠을 거거든. 처벌하든 안 하든 모두 정치적으로 크게 문제가 될 일이니 말이야. 그런 괴로운 상황이니 술을 그렇게 마셔댔겠지. 정말 하늘이 도왔어."

소녕 공주가 봉지미의 옷자락을 붙잡고 다급히 말했다.

"이 집에서 영혁이 죽게 하진 않아. 우선은 아바마마의 총애를 잃게 만들기만 하면 돼. 여기서 날 이렇게 맞닥뜨렸으니 너도 이 일에서 발을 빼긴 힘들게 된 거잖아. 이따가 술 깨는 차를 들고 찾아가서 이걸……."

소녕 공주는 작은 종이 봉지 하나를 봉지미의 손에 쥐어 주었다.

"……차에 타기만 하면 돼."

봉지미는 소녕 공주가 건넨 종이 봉지를 손에 든 채 아무런 말도 하지 않았다. 그러자 소녕 공주가 간곡한 충고를 건넸다.

"영혁은 널 절대 가만두지 않을 거야. 이번이 그 인간을 없앨 수 있는 절호의 기회라고. 이번 기회 놓치면 분명 너도 후회하게 될 거야!"

"공주마마."

봉지미가 느릿하게 입을 열었다.

"저를 이 일에 끌어들일 생각이시라면 제게도 모든 계획을 털어놓으셔야 합니다. 그리하지 않으시면 소신도 도와드릴 수가 없습니다."

"네가 내 목숨을 두 번이나 구했는데 내가 널 못 믿을 이유가 어디 있겠어?"

소녕 공주가 조금 나긋하게 풀어진 봉지미의 목소리를 듣고 기뻐하며 말했다.

"호탁 왕세자의 수하가 저자에서 소란을 피웠어. 이부의 하급 관리 하나가 맞아 죽었거든. 그런데 그자가 한림 출신이라 조정 문신들이 대노를 했지. 모두들 그 살인범을 엄벌해 달라고 상소를 올리고 있어. 들리는 말로는 과거를 보러 제경에 올라온 선비들도 모두 똘똘 뭉쳐 상소문을 올리고 있다던데? 하지만 지금 같은 정국엔 호탁의 역할이 무엇보다 중요하니 함부로 할 수도 없는 상황인 거지. 호탁 왕세자가 자신의 사람을 건드리면 천성의 부탁을 단 하나도 들어주지 않겠다 단언했거든. 사람을 죽인 그자는 지금 형부 옥사에 감금돼 있어. 그러니 형부의 일을 관장하고 있는 영혁이 머리가 아플 수밖에."

"그래서요?"

"내가 이미 사람을 써서 형부 옥사에 침입하라 지시를 해 놓았지."

소녕 공주가 송연하게 웃으며 말했다.

"그 살인자는 오늘 밤 '자결'을 할 거야."

봉지미의 마음이 흠칫 떨려 왔다. 소녕 공주의 계획이 무엇인지 알 것 같았다. 지금처럼 그 무엇을 택해도 결과가 좋을 수 없는 형국에서는 그 살인자가 자신의 죄를 뉘우치고 자결하는 것이 가장 좋은 해결 방법이었다. 하지만 호탁의 왕세자가 그의 자결을 믿을 거란 보장이 없었다. 제 수하의 자살을 믿지 않은 호탁 왕세자가 조사를 하겠다고 나서고, 곧 수하의 죽음이 자살이 아니란 게 밝혀지면 영혁이 엄청난 곤경에 빠지게 되는 건 당연지사였다. 그리고 소녕 공주는 영혁이 가까이에 둔 수하를 포섭해 두었을 테니 상황은 영락없이 영혁이 사람을 시켜 그 살인자를 독살하고 자결로 위장했다는 것으로 흘러가게 될 것이다. 그렇게 되면 호탁 왕세자는 분노할 테고, 자연스레 전방의 전세에도 큰 영향을 미치게 될 것이다. 영혁이 제 세력을 잃는 것은 둘째 치고 그가 목숨을 부지할 수 있을지도 미지수였다.

분명 치명적인 계획이었다. 소녕 공주에게 뛰어난 책사가 있는 것이 분명했다. 다만 봉지미가 조금 이상하다고 여긴 것은 그 책사가 매우 관대한 인상을 준다는 것이었다. 일부러 황자들을 이 집에 불러 모아 추후 봉지미가 곤란한 일이 생기지 않도록 만들어 놓았다는 게 어떻게 보아도 봉지미를 꽤 염두에 둔 책략인 것 같았다. 분명 지금은 영혁을 없애기에 아주 좋은 기회였다.

"이건 독약이 아니야."

소녕 공주가 눈을 가늘게 뜨고 냉랭한 웃음을 지으며 말했다.

"그냥 필요한 때가 되면 효과를 나타내는 아주 유용한 물건일 뿐이지. 네가 올린 차를 영혁이 마시지 않아도 별 상관없어. 이걸 침대 머리맡에 두고 향만 맡게 해도 똑같은 효과가 작용하거든. 하는 김에 맥이 뛰는 곳에도 발라 놔. 손목에 바르면 딱 좋겠어."

소녕 공주가 푸른색의 환약 하나를 으깬 뒤 봉지미의 손가락 위에 발랐다.

"도와줘."

소녕 공주가 봉지미를 바라보며 말했다. 공주의 얼굴에 은은한 붉은 빛이 돌았다.

"네가 공도 세웠으니 영혁만 없애고 나면 내 지위를 이용해 네가 더 높이 날아갈 수 있도록 도울 수 있어. 그리고 때가 되면 우리 둘……."

얼굴에 맺힌 붉은 기가 더 심해지자 소녕 공주가 쑥스러운 듯 고개를 숙였다. 봉지미는 씁쓸히 웃으며 화제를 돌렸다.

"오늘 이렇게 공주마마께 붙잡혀 왔으니 마마를 도와드리는 것밖에는 별다른 수가 없겠군요. 사방이 고수들로 즐비하니 제 목숨 하나 거두는 것쯤이야 아주 손쉬울 테니 말입니다."

순간 죄책감에 움찔한 소녕 공주의 낯빛이 하얗게 질렸다. 공주가 다시 고개를 들고 봉지미의 모습을 찾았지만 봉지미는 이미 공주가 준 환약을 들고 저 멀리 사라지고 없었다.

호위병들을 물린 후 잠가 둔 문을 연 봉지미가 다시 손님방으로 들어섰다. 영혁은 여전히 고요하게 누워 규칙적인 숨을 뱉으며 자고 있었다. 봉지미는 그의 잠든 얼굴을 조용히 바라보았다. 남자의 길고 빼빽한 속눈썹이 수려한 호선을 그리며 그림자를 드리우고 있었다. 곧게 뻗은 코끝 아래 살짝 다문 얇은 입술이 보였다. 역시 빼어나고 유혹적인 호선을 그리고 있었다.

깊게 잠든 남자에게서는 깨어 있을 때의 서늘한 냉기가 별로 느껴지지 않았다. 그는 햇살 아래 잎을 말고 있는 푸른 잎의 박하처럼 따스하고 편안해 보였다.

바로 이 사람이다. 몇 번이나 자신을 죽이려 한 사람. 태어날 때부터 완전히 반대되는 서로 다른 세상에 서 있는 것만 같은 사람……

봉지미는 그의 눈 아래 드리운 검푸른 그림자를 보며 생각했다. 어차피 죽을 거라면 그 전에 잠이라도 좀 푹 자게 해 주자고.

누군가 자신을 바라보는 시선을 느끼기라도 한 건지 영혁이 갑자기 눈을 떴다. 그는 나른한 시선으로 봉지미를 바라보았다. 막 잠에서 깬 눈빛은 늘 심원하던 평소와는 달리 맑고 깨끗했다.

봉지미는 차분하게 그의 시선을 마주하며 웃었다. 그 역시 웃어 보였다. 그러고는 갑자기 속삭이듯 말했다.

"그대가 그렇게 바라보고 있으니 아내가 침대에서 날 기다리고 있는 것만 같은 착각이 드는데……"

봉지미가 두 눈을 깜빡였다.

"아직 술이 덜 깨 몽중에 계신가 봅니다."

영혁이 화내지 않고 하하 소리를 내며 웃었다. 봉지미를 향해 손을 뻗은 그는 자신을 이기지 못하고 봉지미를 제 앞으로 끌어당겼다. 봉지미 역시 저항하지 않고 그가 이끄는 대로 두었다. 옅은 술 내음이 그의 화려하고 맑은 살 내음과 뒤엉켜 한꺼번에 몰려왔다.

"어렵사리 잠에 들었는데……"

영혁이 봉지미의 머리를 천천히 어루만지며 말했다.

"어렵사리 그대와 이렇게 사이가 좋은데……"

"전하께서 허락만 하신다면……"

봉지미가 입술을 깨물었다.

"이렇게 사이좋은 순간들이 앞으로도 많을 것입니다."

영혁이 웃었다. 하지만 다른 말을 덧붙이지는 않았다. 봉지미를 붙잡은 그의 손이 조금 힘을 잃었다. 봉지미는 곧 눈을 돌리고 시선을 아래로 떨어트렸다.

"밖에 나갔다 왔나?"

영혁이 봉지미의 귓가에 대고 낮게 속삭이듯 물었다.

"……내게 알려 줄 만한 흥미로운 일이라도 있었어?"

"예. 있었지요."

봉지미가 고개를 돌리며 말했다. 봉지미의 얼굴에는 다시 은은한 미소가 피어올라 있었다.

"그래?"

"2황자님께서 지으신 시 구절 말입니다. 정말 훌륭하기 그지없었습니다……."

봉지미는 미소지으며 계속 말을 이어 갔지만, 여전히 취기로 몽롱한 두 눈의 영혁은 그 말을 듣는 둥 마는 둥 하고 있었다.

"정말 많이 취하신 모양입니다……."

"술 깨는 차를 한잔 내줘."

그가 봉지미를 떠밀며 웃었다.

"반드시 그대가 직접 내린 것이어야 해."

봉지미가 그를 응시하며 살짝 웃어 보이고는 자리에서 일어났다.

"알겠습니다."

나무문이 끼익 소리를 내며 열리고 가녀린 그림자가 문밖으로 모습을 감췄다. 열린 문 사이로 밝은 햇살이 쏟아져 들어와 그림자를 흐릿하게 만들었다. 영혁은 그 햇살이 닿지 않는 어두운 그늘에서 가만히 봉지미의 떠나는 뒷모습을 응시하고 있었다.

잠시 후 봉지미가 웃음 띤 얼굴로 들어와 침대 옆 탁자에 쟁반을 내려놓았다.

"술이 과하면 몸이 상하는 법이지요. 제가 맥을 봐 드리겠습니다."

봉지미가 그를 향해 손을 뻗었다.

독과 같은 마음

"그대가 의술에도 뛰어나단 사실을 까맣게 잊고 있었군."

영혁이 제 손을 내주며 열게 웃었다.

"그냥 조금 어지러운 것뿐이야."

그가 고개를 들고 어두운 빛이 스민 눈빛으로 봉지미를 바라보았다. 봉지미는 얼굴에 따뜻한 미소를 지은 채 그의 맥박에 집중하고 있었다.

"예. 전하께선 매우 건강하신 분이니까요."

영혁의 손목을 놓은 봉지미가 곧장 술이 깨는 차를 올렸다. 하지만 영혁은 그를 바라보기만 할 뿐 받아 들지 않았다.

"제가 직접 내린 것이니 드시기 힘드실 수도 있겠군요."

봉지미가 웃으며 쟁반을 내려놓았다.

"아무래도 그냥 물리는 것이 좋겠습니다."

봉지미가 막 몸을 돌린 순간 누군가 손을 뻗어 찻잔을 낚아챘다.

"독한 술은 입에 달지 몰라도 좋은 약은 입에 쓴 법이지."

영혁이 단숨에 차를 들이켰다.

"맛이 어떤지는 직접 먹어 보기 전까진 모르는 거 아니겠어."

그가 느릿하게 몸을 일으키며 말했다.

"시간이 꽤 늦었군. 처리할 일이 있어서 가 봐야겠어."

봉지미가 그의 뒤에 서서 예를 표했다.

"제가 배웅하겠습니다."

그때 영혁이 갑자기 걸음을 멈추고 몸을 돌렸다. 중심을 잃고 휘청이는 그의 모습에 봉지미는 제 두 손을 뻗어 부축하는 수밖에 없었다.

영혁이 봉지미의 어깨에 안기듯 기댔다. 그의 체중이 고스란히 느껴지자 봉지미는 순간 인상을 찌푸렸다. 하지만 미간에 주름이 채 잡히기도 전에 다시 습관적인 미소를 지어내 보였다.

영혁은 다소 재미있다는 듯 봉지미를 바라보고 있었다. 이 작고 어린 여인은 방긋방긋 가짜 미소를 지어 내는 일이 이미 습관이 된 듯했다. 세상사에 조금도 상처 받지 않는 듯 웃고, 비바람이 몰아쳐도 두렵지 않은 듯 웃고 또 웃었다. 그러다 자신의 진짜 표정이 무엇인지조차 구분할 수 없을 지경이 되어 버린 게 아닐까.

'일생을 저렇게 가면을 쓰고 살아갈 생각인 건가?'

그가 손을 뻗어 봉지미의 가면을 벗겨 냈다. 그러고는 손가락을 봉지미의 미간에 대고 문지르며 말했다.

"찌푸려. 찌푸리라고."

봉지미가 웃는 건지 아닌 건지 모를 얼굴로 그를 바라보았다.

'이런 미친놈. 다들 여기 생긴 주름을 없앤다고 난린데 나더러는 주름을 만들라고?'

"처리하실 일이 있으시다면서요. 어서 가셔야죠. 어서."

보아하니 초왕 전하도 가짜 미소를 보고 싶어 하지 않는 것 같고 봉지미 역시 계속 연기하기에는 많이 지친 상태였다. 봉지미는 재빨리 가면을 쓰고 곧장 그를 밀어냈다.

"배웅도 안 하겠습니다."

영혁이 고개를 숙였다. 그의 검은 머리칼이 흐르듯 떨어졌다. 눈처럼 하얀 피부와 몽롱한 눈동자 사이로 흐르는 머리칼이 그를 더 매혹적으로 만들었다. 그가 봉지미에게 가까이 다가가 귓가에 대고 낮은 소리로 웃었다.

"다 알고 있어. 그대가 날 어서 보내지 못해 안달이라는 것을."

"농이 지나치십니다. 전하."

봉지미가 당장이라도 닿을 것처럼 가까이 다가온 그의 입술을 피하며 필사적으로 아무렇지 않은 표정을 지어 보였다.

"소신 전하께서 매일같이 이곳으로 걸음 해 주시어 제 미간에 몇 줄기 주름을 더해 주시길 바랄 뿐이옵니다."

영혁은 봉지미를 응시하며 말없이 웃어 보이고는 앞장서서 걸었다. 다시 정자로 돌아간 두 사람은 '술에 취해 몸을 누이러 간' 10황자가 잔뜩 붉어진 얼굴로 정자에 앉아 계속 술을 들이켜고 있는 모습을 발견했다.

"오늘은 열째 아우가 먼저 취하는 바람에 우리 여섯째 아우의 술을 마셔 주질 못했군그래."

2황자가 그를 가리키며 웃었다.

"예전엔 우리 열째 아우만 있으면 여섯째 아우는 절대 취하는 법이 없었지. 하지만 이번엔 막아 줄 사람이 없어 어쩌누."

"위 선생 댁의 술이 유난히 맛이 좋아 그런 것일지도 모르지요."

7황자가 온화하고 우아하게 웃으며 말했다.

"다들 이리와서 내가 어마마마를 위해 준비한 선물이 어떤지 봐 주시게."

5황자도 반쯤 취한 모양인지 갑자기 제 소맷자락에서 매우 정교하고 아름다운 붓꽃이를 꺼내 보였다.

"십만 리 대리산에 사람을 보내 장장 반 년을 써서 찾아낸, 천하에 하나뿐인 보물이라네. 오늘 막 제경에 도착한 물건이지. 다들 한번 구경이나 하시게."

"일개 붓꽂이가 뭐 그리 특별하단 말이냐? 필묵이 뛰어나신 귀비께서 가지지 못하신 붓꽂이가 어디 있어?"

막 고개를 내저으려던 2황자가 갑자기 어이쿠, 소리를 냈다. 구멍이 송송 뚫려 있는 얇은 붓꽂이 사이로 마구 굴러가는 두 개의 눈동자가 보였다.

"쥐, 쥐다!"

10황자가 비명을 지르듯 소리치고는 한껏 뒤로 물러났다. 5황자가 그런 10황자를 잡아 주며 웃었다.

"우리 열째 아우께선 어찌 이리도 겁이 많을꼬. 황가 식구로서의 기개가 너무 부족한 것 같군그래."

10황자가 얼굴을 붉혔다. 그때 그 붓꽂이 안에 숨어 있던 작은 물건이 밖으로 모습을 드러냈다. 쥐가 아닌 아주 작은 원숭이 한 쌍이었다. 손가락 하나보다도 작은 크기에 부드러운 털이 송송 난 동그란 머리, 칠흑처럼 까맣고 큰 눈, 짧은 꼬리에 황금 비단처럼 빛나는 금빛 털까지 무척이나 앙증맞고 아름다웠다.

"이게 그 말로만 듣던 필후(筆猴)입니까?"

7황자가 감탄하며 말했다.

"진즉에 사라진 동물인 줄 알았는데요? 어디서 찾으신 겁니까? 정말 온몸이 금빛이라니. 필후의 털은 다갈색이나 옅은 등황색이라고 하던데, 어디서 이리 희귀한 색을 가진 놈을 데려오셨어요?"

"민남(閩南) 포정사(布政使) 고선이 아주 사려 깊은 인물이거든. 이 필후 한 쌍도 그자가 민남에서 십만 리 떨어진 대산에서 가장 사냥을 잘한다는 수무족(獸舞族) 안에서 데려온 것이라네. 세상에 단 한 쌍밖에 없는 동물이지. 어마마마께서 글쓰기를 워낙 즐기시니 이런 작은 아이들이 옆에서 먹을 갈고 종이를 펼쳐 주면 아주 즐거워하실 게야. 그럼 그 넓고 깊은 궁에서 느끼시는 적막함도 조금은 줄어들겠지.”

5황자가 의기양양한 기색을 감추지 못하고 말했다. 모두 작고 앙증맞은 필후 한 쌍에서 눈을 떼지 못하고 있었다.

“다섯째 형님은 정말 효심이 지극하십니다.”

영혁이 허리를 숙이고 그 작은 물건을 바라보며 웃었다.

“이 아이들이 귀비마마 곁에서 살랑살랑 글쓰기 시중을 들어 준다면 참 보기 좋은 광경이 될 테지요.”

그의 말에 모두 웃었다. 곧 5황자가 말했다.

“우리 여섯째는 말은 참 번지르르하다니까. 그래서 어마마마의 생신 선물은 준비하였고?”

“귀비마마께서 절 거두어 키워 주셨으니 제게도 어마마마와 같으신 분이지요. 선물은 물론 준비했으나 다섯째 형님의 것보다는 훨씬 못 미칩니다.”

“그럼 되었다.”

5황자의 얼굴에 옅은 웃음기가 나타났다.

“우리 어마마마께서 널 온 마음으로 키우신 게 헛된 일은 아닌 모양이었나 보군.”

영혁은 그저 웃기만 할 뿐 아무 말도 하지 않았다. 봉지미가 선 곳에서는 아래를 향한 눈꺼풀 사이로 무언가 번득이는 빛이 지나가는 것만이 보일 뿐이었다.

한참 웃고 떠들던 황자들은 곧 자리에서 일어났다. 봉지미는 그들을 대문 앞까지 배웅한 뒤 소녕 공주가 큰 소란을 일으키지 않았다는 사실에 안도하며 숨을 돌리고 있었다. 그때 저택의 앞마당 쪽에서 소란스러운 소리가 들려오기 시작했다.

"자객이 나타났다!"

누군가 다급한 목소리로 소리쳤다. 곧이어 날카로운 칼날이 서로 부딪히는 소리가 뒤따랐다. 봉지미의 가슴이 철렁했다. 황자들은 서로를 한 번씩 살피고는 봉지미보다 더 빠른 속도로 달려 나갔다.

앞마당에 한 무리 사람들이 뒤엉켜 있었다. 각기 다른 색의 옷을 입은 여러 황자들의 호위 무사들이 회색 옷에 복면을 쓴 두 남자를 공격하고 있었다. 회색 옷의 남자들은 도깨비처럼 기이한 모습으로 병사들 사이를 누비고 있었다. 손에 든 장검이 오른쪽을 가리키면 왼쪽에 있는 이들이 피를 쏟고 뒤로 달아났다.

봉지미는 잠시 그 모습을 바라보다 이상한 점을 발견했다. 두 자객 중 하나는 아무런 목표를 가지고 있지 않았다. 심지어는 사람을 죽일 생각도 전혀 없어 보였다. 손에 든 장검은 각 병사의 왼쪽 어깨만을 치고 지날 뿐이었다. 단 한 명도 빠짐없이.

자객이 방어진을 뚫고 달려드는 모습을 바라보고 있을 때였다. 갑자기 어디선가 그림자 하나가 날아들었다. 허공에 떠오른 그림자의 왼손에는 무언가 거대한 물건이 들려 있었다. 저 멀리서 날아오고 있는 그림자가 거의 땅에 도달하자 그가 안고 있는 것이 무엇인지 알 수 있었다. 앞마당에 있던 수련을 심어 놓은 커다란 청화 항아리였다.

그 그림자는 커다란 항아리를 들고 다가와 서로 뒤엉켜 싸우느라 지친 사람들을 향해 집어 던졌다. 수련과 물방울이 사방으로 튀어 주위를 엉망으로 만들었다. 갑자기 물벼락을 맞은 자객들이 눈을 움켜쥐고 뒤로 물러섰다. 그 사이 항아리를 깬 그림자가 빠르게 날아가 손을 휘저었다. 그의 손에 들린 칼날이 번쩍이며 차가운 빛을 냈다.

챙.

칼날이 부딪치는 날카로운 소리와 함께 태양처럼 밝은 빛이 번뜩였다. 두 검이 허공을 가르고 휘날리자 곧 붉은 핏빛이 터져 나왔다.

세 사람은 각자 상대의 왼쪽 어깨에 구멍을 뚫었다. 자객의 몸이 휘청이더니 곧 자욱한 먼지 속으로 사라졌다. 각자 다른 방향을 향해.

항아리를 깬 그 그림자는 제자리에 서서 어깨를 움켜쥐고 숨을 몰아쉬고 있었다. 봉지미는 한참을 바라보고 나서야 그가 늘 영혁의 곁을 따라다니던 영정이라는 호위 무사라는 것을 알아차렸다. 그가 자객이 달아난 방향을 바라보다 잔뜩 화가 난 목소리로 "사마광잡항(司馬光砸缸)! 사마광잡항!"이라고 외쳤다.

봉지미는 묵묵히 자리에 서서 그 모습을 지켜봤다. '사마광잡항'은 대성황조에서부터 전해져 내려오는 이야기였다. 하지만 사마광이 도대체 누구인지는 아무도 아는 이가 없었다. 그저 육백 년 전 신영 황후가 '허무는 일을 하는 자'라고 말한 것밖에는 없었다.

한바탕 소란에 황자들 모두 다소 불안한 모습으로 병사들에게 자객을 쫓으라 명하고 봉지미에게 인사를 고하고는 서둘러 걸음을 옮겼다. 봉지미는 그들을 저택 밖으로 배웅하며 황성 방향을 바라보았다. 봉지미의 눈가에서 무거운 어둠이 묻어났다.

그날 밤 다급한 말발굽 소리가 천가(天街)의 적막을 깨트렸다. 동이 틀 듯 트지 않은 어스름한 시간, 호탁의 왕세자가 궁문 밖의 북을 두드렸다. 낮고 무거운 북소리가 자욱한 먼지와 구름을 뚫고 아직은 어두운 짙은 푸른색 하늘을 가르고 울려 퍼졌다.

쿵쿵거리는 북소리가 온 제경을 화들짝 깨웠다. 그 북은 억울한 일을 당한 신하와 백성들이 조정에 상소할 수 있도록 천성황조 건국 초기 황제가 궁문 밖에 놓은 것이었다. 백성의 일을 곧 하늘처럼 여길 것이며, 하늘 아래 모든 이는 공평하다는 것을 천명하기 위함이었다. 그저 북까지 닿기 위해 넘어야 할 문턱이 너무나도 높아 문제였을 뿐.

그 문턱을 넘을 만큼 충분히 '억울한' 일이 생기질 못해서인지, 그 북은 시간이 흐르며 차차 장식품이 되어 갔다. 적어도 온 제경을 들썩일 만큼 큰 북소리가 울린 바로 오늘까지는 그랬다.

청혼

"호탁의 백만 신하와 백성이 천성 대황제의 황좌 앞에 꿇어앉아 있나이다. 오늘 천성 조정의 형법에 따라 형부 옥사에 갇혀 있던 호탁의 전사가 천성의 왕에 의해 독살을 당하였으니 그 억울함을 이루 말할수 없고 그 원통함을 이루 감출 수 없습니다. 호탁 십이부는 그러한 흉악한 자와 운명을 함께하지 않을 것을 이 자리에서 맹세하는 바, 부디황제께서 천자의 지혜로 흉악한 살인범을 색출하시어 우리 호탁인의억울함을 풀어 주시옵소서!"

짙은 푸른색으로 테를 두른 두루마기를 입고 머리에 하얀 천을 칭칭 감아올린 호탁인이 있는 힘껏 거대한 북을 내리치며 소리쳤다. 북소리가 울릴 때마다 흩날리는 소맷자락 사이로 그의 다부진 팔이 모습을드러냈다.

새벽빛이 구름을 뚫고 올라오자 곧 황궁의 문이 열렸다. 건국 이래처음으로 북이 울린데다 그 북을 울린 자의 신분 또한 평범치 않았으므로, 황제는 이른 새벽 궁 안팎의 조정 신료들을 모두 불러들였다.

아침 햇살이 마치 날카로운 칼날처럼 구름을 뚫고 대궐 위에 내려앉았다. 구름 위에 떠 있는 듯 한백석(漢白石)이 깔린 광장에는 짙은 안개가 가득했다. 질푸른 옷을 입고 백옥 머리띠를 한 누군가가 양손으로 시신을 들고 모습을 드러냈다.

시신을 안은 자가 어전에 들어섰다. 그곳에 모여 있던 조정 신료들 모두 놀라움을 감추지 못하고 하나같이 그쪽으로 눈길을 모았다. 황좌에 앉은 천성 황제의 안색이 흉하게 일그러졌다. 그자는 두 팔을 곧게 편 채 성큼성큼 어전을 향해 걸어왔다. 양손에 시신을 안은 채, 아침노을과 짙은 안개를 등지고 선 그에게서 서늘한 기운이 풍겨 나왔다. 천하에서 가장 존엄한 곳인 이곳에서 자신이 하는 행동이 어떤 의미를 가지는지에 대해 아무런 관심도 없다는 듯한 모습이었다. 어전 앞을 지키고 있던 병사가 장총으로 그의 앞을 가로막으며 말했다.

"천자의 공간인 어전에서 이 무슨 방자한 짓이오! 어서 물러나시오!"

철컥 하는 소리와 함께 수없이 많은 총구가 그를 향했다.

"시신을 들고 어전에 들 수는 없다?"

안개 속에 선 사내가 고개를 들고 웃으며 말했다. 입가에 걸린 웃음에서 비아냥거림이 묻어났다. 곧 그가 들고 있던 시신을 내려놓았다.

모두들 비로소 안도의 한숨을 내쉬었다. 평소 제멋대로 횡포를 부리던 호탁의 왕세자가 드디어 법도를 지키게 된 모양이라며 다들 마음을 놓았다.

그때 그가 번개처럼 빠른 속도로 손을 움직였다. 그의 손이 마치 강철처럼 단단하게 죽은 이의 가슴을 뚫었다. 그가 거친 손길로 시신의 가슴과 배를 가르고 그 안에서 죽은 이의 간을 꺼내 들었다. 피가 낭자하는 모습을 지켜본 장영위 병사들의 안색이 하얗게 질렸다.

툭. 장영위에 들어온 지 얼마 되지 않은 어린 병사가 충격을 숨기지 못하고 총을 떨어트렸다.

"시신을 들여선 아니 된다 하여 독이 쓰였단 증거만 빼내었으니 이젠 괜찮겠지?"

층계 아래 선 그는 얼굴색 하나 변하지 않은 채 손바닥을 펼쳐 보였다. 그의 음성이 단단한 송곳처럼 모든 이의 귓가에 날아가 꽂혔다.

"들라!"

하늘에서 내려온 듯 길게 늘어지는 소리가 들려오자 그가 망설임 없이 어전 안으로 걸음을 옮겼다.

"폐하!"

그는 어전에 들자마자 곧장 황좌 앞으로 달려가 미처 예를 갖추기도 전에 손에 든 죽은 이의 간을 꺼내 보였다.

"제 부하가 억울한 죽임을 당했습니다. 이 간이 바로 그 증거입니다. 독살당한 자의 간은 이처럼 검푸른 빛을 띠는 법이지요. 혹여 폐하께서 제 말을 믿으실 수 없다면 태의원의 의원을 불러 확인하라 명하셔도 좋사옵니다!"

황자들과 여러 무신은 그래도 괜찮았지만 어전을 가득 채운 문신들은 당장이라도 속을 게워낼 것만 같은 표정을 숨기지 못하고 뒷걸음질 쳤다. 그가 그들 쪽으로 고개를 돌려 조롱 섞인 웃음을 지어 보였다.

학사들 사이에 서 있던 봉지미는 그제야 근래 제경에서 이름을 날리고 있는 호탁 왕세자의 얼굴을 제대로 확인할 수 있었다. 키가 크고 체격이 좋은데다 짙고 날카로운 인상을 가진 이였다. 벌어진 옷깃 사이로 윤기가 흐르는 듯한 구릿빛 피부가 드러나 있었다. 하지만 그 살결도 두 눈동자만큼 매혹적이지는 않았다. 정면에서 바라보면 값비싼 술처럼 짙은 호박색을 띠고, 옆에서 바라보면 은은하고 깊은 보랏빛을 머금은 아름다운 눈동자였다. 그의 시선이 옮겨 다닐 때마다 마치 햇살 아래 반짝이는 일곱 빛깔 보석을 보는 것만 같았다.

한눈에 보면 매우 아름다운 용모를 가진 것은 아니었지만 움직임과 표정을 가지는 순간 춤을 추는 듯한 아름다운 자태가 드러났다. 황금빛 태양 아래 파도처럼 춤을 추는 푸르른 풀꽃을 떠올리게 했다.

호탁의 왕세자, 혁련쟁. 그가 고개를 돌렸고 봉지미는 고개를 들었다. 곧 두 사람의 시선이 허공에서 마주쳤다. 혁련쟁은 조금은 몽롱한 듯 또 조금은 아득한 듯한 봉지미의 눈동자를 바라보았다. 호기심과 의문이 묻어나지만 두려움이나 경멸은 묻어나지 않는 눈빛이었다.

혁련쟁은 잠시 굳어 그 눈빛을 응시했다. 문신 무리 중 저 정도의 담력을 가진 이가 있을 거란 생각은 해 보지 못한 탓이었다. 그가 곧 하, 하며 냉소를 한번 뱉고는 다시 고개를 돌렸다.

"황제 폐하!"

그는 중원의 말을 꽤 잘하는 편이었지만 조금 어색한 어투가 묻어났다.

"이것은 제 부하 다르잘의 간입니다! 독이 있습니다! 검습니다!"

그가 황제를 향해 말하며 태감에게 간을 받아 들라 손짓했다. 하지만 태감은 감히 엄두도 내지 못하고 하얗게 질린 얼굴로 황제만 바라보았다. 황제는 잔뜩 구겨진 얼굴과는 달리 온화한 음성으로 말했다.

"세자, 살인을 고하고자 하는 것이라면 형부에 찾아가는 것이 옳다. 그렇게 하면 삼법사가 잘못된 것을 모두 바로잡아 줄 것이다. 피가 낭자한 시신을 들고 어전에 드는 것은 법도에 맞지 않는 일이네."

"삼법사는 개풀!"

그가 곧장 황제의 말을 반박하고 나선 것도 모자라 단어까지 엉터리로 뱉어 내자 형부 대리사와 도찰원의 관리들 모두 안색이 파랗게 질렸다.

형부상서 공성술이 냉랭한 음성으로 말했다.

"왕세자께서는 형부를 찾아가 수사를 요청하신 적도 없으시면서 어찌 삼법사가 불공정하게 일을 처리할 거라 확신하시는 겁니까?"

"당신들 모두 그자의 수하이니까!"

혁련쟁이 피식 냉소를 뱉으며 휙 하고 손을 내저었다. 그의 손에 들린 검은 간에 맺혀 있던 검은빛 핏방울이 후드득 떨어지자 신료들 모두 주춤주춤 뒤로 물러섰다.

"그러니 법을 어기고 엉터리로 수사할 것이 당연하지!"

조정 신료들의 안색이 변했다. 삼법사는 초왕이 총괄하는 곳이었다. 지금 혁련쟁은 제 수하의 죽음에 영혁이 배후라고 주장하고 있었다.

"무슨 일이든 증좌가 있어야 하는 법."

2황자가 바로 나섰다.

"세자, 아무런 증좌도 없이 이 조정의 왕에게 오명을 씌우려 하는 것이라면 누구도 그대를 보호해 줄 수 없을 걸세."

"오명이라고!"

고개를 들고 하하 웃음을 터트린 혁련쟁이 곧 손에 들고 있는 검은 간을 2황자의 발밑에 던져 놓았다.

"보십시오! 조금 전 모두가 보는 앞에서 내 손으로 직접 다르잘의 몸에서 들어낸 것입니다. 초원에서는 아무리 멍청한 새라고 해도 검은 간은 먹지 않습니다. 독이 가득 찬 물건이라는 걸 아니까!"

2황자가 얼굴을 찌푸린 채 발로 그 검은 물체를 툭툭 건드리며 코를 틀어막았다.

"음식을 잘못 먹었다거나 그랬을 수도……."

그가 고개를 돌리고는 안색이 점점 더 엉망이 되고 있는 형부상서를 향해 웃어 보였다.

"어제 정오에 다르잘을 만나러 갔었다."

혁련쟁이 말했다.

"그때까지만 해도 멀쩡했다고! 형부 옥사 앞에 있던 이가 그날 저녁 검은 그림자가 옥사 밖으로 날아가는 모습을 봤다고 했다. 그래서 당장 달려가 보니 다르잘이 죽어 있었단 말이다!"

"그래서 범인을 잡았나?"

5황자가 두 눈을 반짝이며 물었다.

"아니요."

혁련쟁이 화난 기색을 감추지 못하고 말했다.

"하지만 다치게는 했습니다!"

그가 휙 몸을 돌리며 줄곧 말없이 가만히 서 있던 영혁을 가리켰다.

"전하, 다르잘은 실수로 사람을 죽게 했습니다. 그게 죽음으로 치러야 할 큰 죄라고 해도 그것은 형부 대리사의 일인데, 어찌 사람을 보내 죽게 만든 것입니까?"

"하?"

영혁이 시선을 들고 싱긋 웃어 보였다.

"그러게요. 내가 왜 사람을 보내 죽게 했을까?"

"제 말을 그대로 따라 하는 것이 무슨 소용 있습니까."

혁련쟁이 냉소를 지으며 말했다.

"왜 사람을 써서 내 수하를 죽인 것인지는 본인이 가장 잘 알고 계시겠지요. 우리 호탁이 다르잘이 죽지 않도록 나설 것이란 걸 알고 있었을 테니 말입니다. 그런데 이 조정 책벌레들이 죄다 그를 죽여 달라고 난리니 암살한 게지요. 자결한 것으로 위장하면 우리도 별 수 없을 테고, 그럼 이 상황이 모두 원만하게 해결되는 것이니까. 하지만 초왕께서 한 가지 간과한 사실이 있습니다. 눈부신 햇살 아래에서 자라난 우리 초원의 용사들은 무슨 일이 있어도 결코 자결하지 않습니다!"

"흐음."

영혁이 여전히 미소 띤 얼굴로 매우 나긋하게 말했다.

"대단합니다. 훌륭해요. 호탁의 왕세자가 이렇게 달변가인 줄은 미처 몰랐는데."

"날 조롱하지 마세요."

혁련쟁이 고고하게 서서 말했다.

"초원의 사내는 당신네처럼 빙빙 돌려 말하지 않아! 증좌가 있어야 한다고 하셨소? 그것도 당연히 있지."

혁련쟁이 황제를 향해 허리를 숙이고 예를 갖췄다.

"폐하, 소신이 증인들을 불러오는 것을 윤허해 주십시오."

황제가 고개를 끄덕였다. 혁련쟁이 손뼉을 두드리자 얼마 지나지 않아 호탁의 병사 몇몇과 형부의 하급 관리 몇몇이 모습을 드러냈다. 궁밖 평민들도 섞여 있는 듯 보였다. 그들 모두 어전 밖에 무릎을 꿇고 앉았다.

"……그자와 검을 겨루었습니다. 양손 모두 검을 능숙히 다루는 자였습니다."

"폐하…… 소신 그자의 용모를 정확히 보지는 못했사오나 그날 오후 정육품 무사인 영징 대인께서 형부 옥사로 찾아와 이곳저곳을 살피는 것을 보았사옵니다."

"……보, 복면을 쓴 자와 부딪쳐 넘어졌사온데 그자가 분명 왼손으로 절 일으켜 주었습니다요."

혁련쟁이 불러온 이들이 모두 증언을 마치자 그를 지켜보고 있던 이들이 제각기 다른 표정을 지어 보였다. 누군가에게서는 근심이 묻어났고 또 누군가에게서는 기쁜 기색이 묻어났다. 반면 봉지미는 그 상황을 이해할 수가 없었다.

'도대체 왜 자꾸 왼손 얘길 하는 거지?'

한참이나 생각에 빠져 있던 봉지미는 어제 자신의 저택에서 영징이 항아리를 깨트렸던 순간을 떠올렸다. 그가 항아리를 들고 있던 손도, 검을 휘두르던 손도 모두 왼손이었다.

다른 신료들의 표정을 보아하니 다들 늘 초왕의 곁에 붙어 있는 그 호위 무사가 왼손잡이라는 사실을 잘 알고 있는 모양이었다. 그 사실에 일말의 관심도 두지 않았던 사람은 늘 영혁의 옆에서 멀리 떨어져 있으려 노력했던 봉지미 하나뿐이었다.

모든 이의 증언이 영징을 가리키고 있었다. 영징을 가리킨다는 것은 곧 영혁을 가리키는 것이었다. 영혁은 웃는 듯 아닌 듯한 얼굴로 내내 그들의 말을 듣고만 있었다. 자세히 들여다보면 차가움이 느껴지는 얼굴이었다.

"아바마마."

영혁이 황좌를 향해 몸을 돌리고 허리를 숙였다. 어느 때보다 극진한 음성이었다.

"소자의 호위 무사인 영징은 어제 종일 소자의 곁에 있었사옵니다. 누군가를 죽이기 위해 자리를 뜬 적은 결코 없사옵니다."

"전하께서는 워낙 제 사람을 아끼시는 분이시니 그를 위해 나서 주시는 것도 당연한 일이지요."

이부상서 허백경이 입을 열었다.

"호위 무사 영징에게 해명의 기회를 주는 것도 응당한 일이겠지요. 그를 이곳으로 직접 불러 대질케 하는 것이 어떨지요?"

"설마 이부상서는 본왕의 말을 믿지 못하는 것인가?"

영혁이 덤덤한 시선으로 허백경을 흘낏 바라보았다. 허백경은 잠시 멈칫하는 듯하더니 제 의견을 굽히지 않고 다시 입을 열었다.

"소신은 그저 초왕 전하의 명성을 지켜 드리고자 할 뿐이옵니다."

"허 상서의 말은 맞지 않소이다."

대학사 요영이 즉시 반박했다.

"초왕 전하께서 아랫사람들을 매우 철저히 가르치신다는 것은 이 세상 모든 이가 아는 사실인데, 지금 허 상서가 하는 말은 초왕 전하께서 거짓을 말씀하신다고 하는 것과 같지 않소?"

"제가 감히 그럴 리가 있겠습니까."

허백경이 영혁을 향해 허리를 숙이며 말했다. 그때 그의 옆에 서 있던 공부 시랑 갈홍영이 뜻밖에 허허 웃으며 말했다.

"밝은 햇살이 내리쬐는 날에도 그림자는 있는 법이지요. 전하께서는 매일 온갖 정사를 처리하시느라 다망하시니 수하들을 철저히 다스리실 겨를이 없으셨을 수도 있지 않습니까. 수많은 수하 중 악한 마음을 먹은 자가 한둘 있었다고 하여 전하의 훌륭하신 품행과 덕망을 해할 수는 없는 법입니다."

"가당치 않은 말씀입니다……."

대학사 호성산이 수염을 쓸어내리며 말했다.

"호 학사께서 하신 말씀은 옳지 않습니다……."

호성산의 말이 끝나기 무섭게 반대 세력에서 또 누군가 반기를 들었다. 한바탕 설전이 벌어지는 모습을 바라보는 황제의 주름이 점점 더 깊어졌다. 머지않아 그에게서 노여운 고함이 터져 나왔다.

"모두 입 다물라!"

어전이 순식간에 적막에 휩싸였다. 황제는 한참이 지나서야 느릿하게 입을 열었다.

"사람을 보내 영징을 이곳으로 가져오라."

황제의 입에서 나온 '가져오라'라는 말에 영혁의 눈동자에 어두운 빛이 서렸다. 몇몇 황자와 그들을 따르는 신료들의 눈이 반짝이며 화색을 띠었다.

"정말 영징이 손을 쓴 것이라고 하더라도 그게 초왕 전하의 지시였는지는 모르는 일이지요."

7황자가 싱긋거리며 말했다.

"사적인 원한이 있었을지도 모르는 일이니까요."

"7황자께서 하신 말씀이 아주 일리가 있습니다."

혁련쟁 역시 웃으며 말했다. 강철처럼 번뜩이는 웃음이었다.

"그 호위 무사와 다르잘이 천지만큼이나 먼 땅에 살아 서로 사적인 원한이 있을 리는 전혀 없으나 저도 다른 이의 사람을 막무가내로 모함하는 것은 아닙니다. 여기 이렇게 증거도 있지 않습니까?"

혁련쟁은 호탁인의 복장을 한 노인을 하나 불러들이며 그가 호탁에서 매우 존경 받는 대의원이라고 소개했다. 그 노인은 온몸을 바들바들 떨며 겨우 입을 열었다.

"황제 폐하께 아뢰옵니다. 다르잘에게 쓰인 독은 대월 국경 지역의 청탁 설산에서 나는 '무향(無香)'이라는 매우 희귀한 독이옵니다. 그 독은 맛과 향이 없고 죽은 후 세 시진이 지나고 나서야 간에 서서히 독소가 맺히기 시작하는 매우 특이한 독이기도 하옵니다. 일반적으로 사후 즉시 검시를 시행하니 검시에서도 독을 검출해 내기 매우 어렵사옵니다. 이러한 독은 아주 희귀한 것으로 대월까지 가야만 구할 수 있사옵니다. 소인 역시 어린 시절 우연히 한 번 본 것이 전부이옵니다."

"폐하, 태의원의 의원을 불러 증명할 수 있도록 하여 주십시오."

혁련쟁이 황제에게 간청했다.

머지않아 태의원의 류 의원이 부리나케 어전으로 달려왔다. 삼법사에서 가장 뛰어나다는 검시관도 그 시신을 한참 살피고는 확신에 찬 목소리로 말했다.

"폐하, 무향이 확실하옵니다."

순간 어전에 소란이 일었다. 요영을 비롯한 초왕의 세력들은 모두 초조한 기색을 감추지 못했다. 모두 초왕이 근래 들어 호탁인이 사람을 죽인 일로 매우 골치 아파했다는 사실을 하나둘 떠올렸다. 설마 하는 의심이 그들의 마음속에 점차 자리를 잡아 가고 있었다.

"무향이니 뭐니 하는 것은 우리 모두 들어 보지도 못한 물건입니다."

2황자가 웃으며 말했다.

"아, 그런데 여섯째 아우의 모비께서 대월 출신이 아니십니까?"

2황자의 말에 모두가 경악을 금치 못했다. 그제야 다들 일찍 세상을 뜬 초왕의 모친이 대월의 한 부족 공주 출신이었다는 사실을 기억해 냈다. 대월과 천성이 치렀던 한 전쟁 때 끌려온 포로였는데, 아주 오래전 일인데다 초왕의 모친이 세상을 뜬 후에는 그 이름을 꺼내는 것이 금기시되었기 때문에 황제를 비롯한 모든 이들이 잊고 있었을 뿐이었다.

황제의 얼굴색이 점점 더 어두워졌고, 조정의 분위기는 점점 더 무거워져 갔다. 그 누구도 감히 입을 열 엄두를 내지 못하고 있었다.

일이 이 지경까지 된 이상 일개 무사를 살해한 살인범을 잡아내는 것 정도로는 해결할 수 없었다. 줄곧 숨어 있던 서늘한 한기가 이미 가까운 곳까지 다가와 있었다.

대월과 천성은 곧 전쟁을 치를 것이었다. 마침 호탁의 역할이 그 무엇보다 매우 중요한 시기에 이런 일이 터지고 말았으니 큰일이 아닐 수 없었다. 성정이 오만하고 포악한 호탁인들의 화를 돋워 그들이 전선에서 되돌아가거나 천성에게 방해가 되는 일을 벌이기라도 했다가는 천리 밖에 나가 있는 천성의 대군이 모두 엄청난 피해를 당할 것이 분명했다. 게다가 영혁의 모친이 대월이며 그 모친이 너무도 젊은 나이에 수상한 죽음을 맞이했다는 사실이 모두로 하여금 영혁이 대월의 후손이라는 것을 명분 삼아 이미 대월과 손을 잡은 것이 아닐까 하는 의심을 품게 했다. 그가 일부러 호탁의 무사를 죽이고 호탁인의 화를 돋워 이번 전쟁에서 대월이 유리한 고지를 차지할 수 있게 한 것이 아니냐는 의심이었다.

사건이 단숨에 전쟁과 매국의 수준까지 커지게 되었으니 그 결과 또한 맹수의 날카로운 이빨처럼 무시무시할 것이 분명했다. 그 누구도 함부로 말을 보탤 엄두를 내지 못했다.

한편 봉지미는 영혁을 바라보고 있었다. 2황자가 자신의 모비를 언급한 후로 그는 마치 말을 하는 것에 흥미를 잃었다는 듯 입을 다물고 있었다. 긴 속눈썹이 아래로 내려앉아 시선을 가리고 있어 그 누구도 그의 눈빛을 살필 수가 없었다. 그를 둘러싼 주변의 공기가 조금 차갑게 가라앉은 듯도 했다.

"폐하."

그때 태의원의 류 의원이 조심스레 황제에게 아뢰었다.

"그 '무향'은 매우 비범한 물건임에 틀림이 없습니다. 대월인이라고 하여 아무나 구할 수 있는 것이 아니지요. 설산에서도 낙일(落日) 부락에서만 나는데다 오로지 낙일 부족의 후손만이 아주 오랜 훈련을 거쳐 그것을 키워 내는 법을 연마해……."

"낙일 부족……."

천성 황제가 두 눈을 가늘게 뜨고 중얼거렸다. 그는 일찍 세상을 뜬 비의 신분을 기억해 내려 애를 썼다. 하지만 많고 많은 자신의 여인 중 이미 오래전 세상을 뜬 그 비의 얼굴조차 잘 기억이 나질 않았다. 게다가 그 여인의 죽음은 그가 마주하고 싶지 않은 아주 오래전 일이었다. 황제의 주름이 더 깊어졌다.

"낙일 부족에게는 한 가지 전설이 있사옵니다. 그들은 스스로 태양신의 후손이라 부르며 그 왕족의 피는 태양처럼 순수한 금빛을 띤다고 하지요."

호탁의 늙은 의원이 갑자기 입을 열었다.

"확인해 보면 바로 알 수 있사옵니다."

혁련쟁 역시 바로 웃으며 말했다.

"그렇지. 확인해 보면 바로 알 수 있지요!"

조금 전보다 더한 적막이 내려앉았다. 어전에서 피를 검사하겠다니, 그것도 황자의 피를. 대단한 권세를 자랑하는 초왕 영혁에게는 무엇보다 모욕적인 일이 아닐 수 없었다. 황족의 존엄은 함부로 해를 입어서는 안 되는 것이었다. 하물며 이미 세상을 뜬, 황자의 모비의 명예까지 달린 일이니 더 말할 필요도 없었다. 자칫 잘못하면 두 번 다시 돌이킬 수 없는 일이 된다.

이제 모두 황제만을 바라보고 있었다. 그에게 아들을 향한 믿음과 애정이 남아 있는지, 자신의 통치력을 지키는 동시에 아들의 존엄까지 함께 지켜 줄 수 있는 온화한 방식을 선택하려는 의지가 남아 있는지 알 수 없었다.

모두 잔뜩 긴장한 모습으로 황제만을 바라보고 있었지만 봉지미는 그들과 달리 시선을 내리깔고 바닥을 보고 있었다.

'……이건 독약이 아니야.'

소녕 공주가 했던 말이 귓가에 맴돌았다.

'그냥 필요한 때가 되면 효과를 나타내는 아주 유용한 물건일 뿐이지……. 맥이 뛰는 곳에도 발라 놔.'

차에 탔던 약과 그의 손목에 발랐던 그 푸른 환약은 정말 소녕 공주의 말대로 독약이 아니었다. 하지만 영혁을 매국노로 만들어 기어코 죽음으로 몰아가고야 마는 매우 치명적인 극독임은 분명했다.

소녕 공주는 봉지미에게까지 진짜 계획을 알리지 않았다. 처음부터 공주가 원한 것은 영혁이 황제의 총애를 잃게 하는 정도가 아니었다. 그가 살인과 매국이라는 죄명을 쓰고 다시는 일어설 수 없도록 만들려 하고 있었다. 두 가지 약효가 섞이고 특정한 요인들이 충족되면 손목 쪽 혈관의 피가 금색으로 변하는 것이 분명했다.

심장을 짓누르는 무거운 침묵 속에서 영혁이 천천히 고개를 들어 자신의 아버지인 황제를 바라보았다. 황제는 어둡게 가라앉은 얼굴로 자신을 향하는 아들의 시선을 피했다. 결국 그가 덤덤히 고개를 끄덕였다. 그리고 간결하게 말했다.

"확인하시오."

그 다섯 글자가 조용한 허공을 가르고 울려 퍼졌다. 작고 나긋한 음성이었지만 마치 거친 폭풍처럼 강한 파동이 일었다. 작은 소리로 수군거리는 음성들이 조금씩 들려오기 시작했다. 약간의 소란 속에서 영혁은 그제야 줄곧 황제를 향하던 자신의 시선을 다른 곳으로 옮겼다.

그의 시선은 평소와 같이 매우 차분해 보였다. 하지만 처음의 찬란한 반짝임은 이제 바람 속에 홀로 선 촛불처럼 위태롭게 흔들리다 점차 암흑 속으로 사라져 가고 있었다. 그는 고요한 빛을 마주한 채 오롯이 홀로 서 있었다.

봉지미는 그 눈빛을 바라보았다. 갑자기 마음이 칼에 베인 듯 아파 왔다. 문득 그날이 떠올랐다. 어머니가 자기 대신 봉호를 선택했던 그날. 자신이 집에서 쫓겨나는 모습을 바라만 보던 그날. 어쩌면 그날의 자신도 저렇게 쓸쓸한 눈빛을 하고 있지 않았을까 하는 생각이 들었다.

봉지미가 제 입술을 깨물었다. 시선을 들자 마침 자신을 바라보고 있는 영혁이 보였다. 그의 눈빛이 이상했다. 봉지미의 마음이 속수무책으로 쿵 떨려 왔다.

환관 하나가 금 쟁반을 들고 앞으로 나오자 신료들이 한 걸음씩 뒤로 물러났다. 하지만 혁련쟁은 한 걸음도 물러서지 않은 채 영혁을 곁눈질하고 있었다.

영혁이 천천히 앞으로 나가 금 쟁반 위에 놓인 작은 은도를 바라보며 옅게 웃었다. 그러고는 제 소매를 걷었다. 이제 모든 이가 그에게서 멀리 물러나 있었다. 홀로 선 그의 등 뒤로 황량함이 느껴졌다.

"폐하, 소신이 초왕 전하의 피를 확인해 볼 수 있도록 허락하여 주시옵소서."

그 소리에 모두 경악을 금치 못하고 고개를 들었다. 봉지미가 앞에 나서서 황제를 향해 허리를 숙이고 간청하고 있었다.

"지금 전하께서는 마음이 불편하고 또 불안하시니 행여 혈관을 심

하게 다치시지는 않을까 소신 걱정을 금할 수가 없사옵니다. 부디 소신
이 할 수 있도록 윤허하여 주시옵소서."

근심이 가득한 얼굴의 황제가 곧 고개를 끄덕였다. 봉지미는 살짝 웃
으며 앞으로 걸어나가 조심스러운 손길로 영혁의 소매를 걷고 날카로
운 칼날로 그의 손목을 그었다.

어제는 그의 몸을 살피기 위해 그의 손목을 붙잡았는데, 오늘은 그
의 생사가 걸린 엄청난 일을 위해 그의 손목에 칼을 들이대고 있었다.

영혁의 검고 깊은 동공에 봉지미의 눈빛이 비쳤다. 심연 속에 피어난
두 달처럼 하나는 어둡고 하나는 몽롱했다. 지척처럼 가깝고 또 세상의
끝처럼 요원했다.

봉지미가 그의 시선을 피했다. 칼날이 번뜩였다. 칼이 내려앉자 피가
흘렀다. 옅은 금빛이 반짝이며 시선을 사로잡았다. 경악에 찬 숨을 들이
켜는 소리가 터져 나왔다. 황제의 얼굴이 딱딱하게 굳었다.

영혁이 휙 고개를 들었다. 그는 자신의 손목에서 흐르는 옅은 금빛
의 피를 이해할 수 없다는 듯이 바라보고 있었다. 그에게서 흘러나온
피가 금빛 쟁반 위로 떨어지자 쟁반 위에 물방울이 떨어진 것이라 착각
할 만큼 그 색을 구분하기가 어려웠다.

칼을 쥔 봉지미의 손에 힘이 들어갔다. 멍해진 모습이었다. 봉지미뿐
만이 아니었다. 어전에 자리한 모든 이들이 목석처럼 딱딱하게 굳어 있
었다.

"호위 무사 영징을 모셔 왔나이……."

한 병사의 우렁찬 목소리가 딱딱하게 굳어 있던 이들을 화들짝 깨
웠다. 영혁의 명을 받고 사람을 죽인 그 호위 무사 영징이 나타난 것이
었다. 붙잡혀 온 영징을 발견한 혁련쟁은 망설일 틈 없이 그에게 다가가
묻지도 따지지도 않고 손을 휘둘렀다. 영징의 옷이 찢어지고 그의 어깨
에 남은 상처가 모습을 드러냈다.

"폐하, 이것이 바로 증좌입니다!"

혁련쟁이 웃음을 터트리며 소리쳤다.

"그날 제 호위 무사 중에 하나가 그 자객의 왼쪽 어깨에 상처를 입혔지요!"

빠져나갈 여지가 없는 결정적인 증거였다. 상황이 이에 이르자 그 자리에 있던 조정 대신 중 일부의 얼굴은 하얗게 질리기 시작했고, 다른 일부의 얼굴에는 기쁜 기색이 넘쳐 흘렀다.

영혁은 피가 흐르는 손목을 그대로 내버려 둔 채 제 눈앞에 놓인 쟁반만을 멍하니 바라보았다. 금빛 쟁반 위에 퍼지는 금빛 피 위로 봉지미의 그림자가 이따금씩 나타났다 사라졌다.

2황자가 분노를 감추지 않고 앞으로 나서서 소리쳤다.

"감히 이런 일을 벌이다니!"

곧이어 허백경이 가볍게 고개를 내저었다.

"전하, 소신 전하께서 호탁인이 사람을 죽인 일로 근심이 많으셨다는 것을 잘 알고 있사오나 이러한 방법으로 문제를 해결하는 것은 옳지 않사옵니다. 이런 방법은…… 어휴……."

그가 시름을 감추지 못하고 한숨을 터트렸다. 공부 시랑 갈홍영 역시 바로 입을 열었다.

"호탁의 왕세자께서 대의를 위해 넓은 아량을 베풀어 주시기를 바랄 뿐이지요. 그렇지 않으면……."

7황자가 고개를 저으며 말했다.

"그럴 리가요. 그럴 리가 없지요. 여섯째 형님께서 그러셨을 리 없습니다. 총명하신 여섯째 형님께서 일이 결국 이렇게 될 거란 사실을 모르셨을 리도 없지 않습니까? 분명 누군가 모함을……."

하지만 곧 5황자가 냉랭한 음성으로 매섭게 쏘아붙였다.

"초왕! 일이 이렇게 될 줄은 꿈에도 모르고 그런 일을 벌였겠지. 당장 아바마마께 죄를 고하고 용서를 구하지 않고 뭘 하는 게야! 세자에게 용서를 구하지 않고 뭘 하는 거냐고!"

"용서라니요! 국법을 어긴 자는 황자이든 천민이든 모두 똑같은 벌을 받아야 하는 법입니다!"

모두의 목소리를 뚫고 나온 호통에 다들 입을 다물었다. 황좌에 앉은 황제마저 그 소리에 잔뜩 굳어 있었다. 그의 목에 선 핏대마저 파르르 떨릴 정도였다.

"여봐라……."

"으아악!"

황제가 낮은 목소리로 무어라 어명을 내리려는데 갑자기 누군가 외마디 비명을 질렀다. 뒤로 물러나던 봉지미가 바닥에 떨어진 물에 미끄러져 넘어지는 모습이 모두의 눈에 들어왔다. 정신없이 넘어지던 도중 봉지미의 손에 들려 있던 칼날이 그녀의 손목 위를 지나갔다.

환관이 급히 다가가 봉지미를 일으켰다. 다른 신료들 모두 별일 아니라 여기고 곧 시선을 거두었다. 하지만 봉지미를 부축하던 환관이 깜짝 놀라 소리를 지르더니 말을 잇지 못하고 바들바들 떨리는 손으로 봉지미의 손목만 가리켰다. 봉지미의 손목에서 선혈이 뚝뚝 떨어지고 있었다. 그런데 봉지미의 피 역시 옅은 황금빛을 띠고 있는 것이 아닌가!

순간 모든 이의 관심이 봉지미에게로 쏠렸다. 다들 두 눈이 휘둥그레져서 봉지미의 손목만 바라보고 있었다. 도대체 무슨 일이 일어난 건지 그 누구도 갈피를 잡을 수 없었다.

"너…… 너……."

황제가 차마 말을 잇지 못하고 봉지미를 가리켰다. 하마터면 '너도 낙일 왕족이란 말이냐' 하고 봉지미에게 물을 뻔했다. 하지만 곧 그건 말도 안 되는 일이라는 생각이 들었다. 이 세상에 이렇게 절묘한 우연이 있을 리도 없을 뿐더러, 그 왕족은 전설 속에나 있는 존재들이었다.

그때 영혁이 갑자기 웃음을 터트렸다. 그는 빠른 속도로 걸어나와 봉지미의 손에 들려 있던 칼을 단숨에 낚아채 내던졌다. 칼이 은빛 호선을 그리고 날아가며 2황자와 허백경, 갈홍영 등 몇몇 이들의 손목을 긋고 쨍그랑 소리를 내며 바닥에 떨어졌다.

손목을 움켜쥐고 뒤로 물러선 2황자가 잔뜩 화난 얼굴로 소리쳤다.

"여섯째 네가 정녕 미친 게구나!"

영혁이 다시 손을 휘두르자 칼이 그의 손으로 다시 날아 들어왔다. 그는 한 손으로 칼을 가지고 놀며 웃는 듯 아닌 듯한 표정을 지었다.

"저는 미치지 않았습니다. 미친 것은 권세욕에 빠진 일부 인사들이지요. 자, 다들 손목을 한번 살펴보시지요."

영혁의 말에 허백경이 손목을 움켜쥐고 있던 손을 풀었다. 제 손목을 힐끗 내려다본 그의 입에서 경악에 찬 소리가 터져 나왔다.

"아니……!"

영혁에 의해 손목이 베인 이들에게서 모두 금빛 피가 흘러나오고 있었다. 천성 황제 역시 깜짝 놀라 자리에서 벌떡 일어났다. 혁련쟁 역시 두 눈이 휘둥그레져서 입을 쩍 벌리고 있었다.

"모두들 하고 싶으신 말씀을 다 하신 것 같으니 이제 제 차례겠군요……. 어제 소자는 줄곧 형님들과 함께 있었습니다."

영혁이 별안간 미소를 지어 보이며 어전 가운데를 천천히 돌았다. 그의 손에 들린 은도에서 빛이 번쩍이고 그의 웃음에서는 서늘한 기운이 여실히 느껴졌다.

"다르잘이라는 자는 분명 정오 즈음까지는 멀쩡한 모습으로 형부의 옥사에 갇혀 있었지요. 바로 그 시간 소자는 여기 계신 형님 아우들과 함께 위 학사의 집에서 술을 마시고 있었습니다. 제가 술에 취하자 위 학사가 저를 직접 손님방으로 안내해 주기도 하였고요. 제가 그곳에서 쉬는 동안 위 선생께서 줄곧 저와 함께 계셨고, 얼마 지나지 않아 다른 형님들과 아우들 모두 함께 위 학사 댁을 나섰습니다. 한데 열째가 술이 많이 취한 탓에 바로 궁으로 돌아오기는 무리였기에 황궁과 가장 가까운 일곱째의 집으로 갔지요. 저와 열째, 그리고 일곱째 모두 그곳에서 함께 밤새 술을 마시다 날이 밝고 나서야 밖으로 나섰습니다. 그리고 그동안 영징은 한시도 제 곁을 떠나지 않고 함께 있었습니다. 게다가 소자와 영징이 단둘이 이야기를 나눈 적도 없었지요. 그러니 제가 영징에게 형부로 가 다르잘을 죽이라는 명을 내릴 틈 같은 것은 없었습니다. 위 학사와 일곱째가 그 증인이지요."

봉지미가 황제를 향해 허리를 숙이는 것으로 긍정을 표했다. 곧 7황자도 조금 멋쩍은 얼굴로 어쩔 수 없이 고개를 끄덕였다.

"제 호위 무사의 어깨에 난 저 상처는……."

영혁이 비아냥거리듯 피식 웃음을 흘리며 말하다 별안간 환관 하나를 불렀다.

"가서 황자 전하들의 호위 무사들을 한 명씩 들라 하여라."

영혁의 말이 떨어지기가 무섭게 황자들의 얼굴색이 일순간 변했다.

"아바마마."

5황자가 앞으로 나섰다.

"소자 어제 위 학사의 집에 형제들과 모여 술을 즐기던 중 갑작스레 자객이 난입한 일이 있었사옵니다. 그때 저희들과 함께 있던 호위 무사들 모두 크고 작은 상처를 입었지요. 여섯째의 호위무사인 영징도 그때 자객들을 상대하다 상처를 입었사옵니다. 이는 제 두 눈으로 직접 본 것이니……."

"여섯째가 한 짓이 아님을 알면서도 어찌 아무 말도 하지 않은 것이냐!"

황제가 크게 노하여 소리쳤다. 5황자는 털썩 무릎을 꿇고 앉았다. 그의 어깨가 단단한 바닥에 부딪히는 쿵 소리가 유난히 크게 울렸다.

"금빛 피가 흐르게 된 연유는……."

영혁이 태의원의 류원정과 호탁의 대의원이라는 노인에게 잠시 시선을 주고는 들고 있던 은도를 두 손으로 황제에게 올렸다.

"폐하! 이 쟁반에 고인 물과 은도를 철저히 조사하여 주시옵소서!"

류원정이 황제 앞에 넙죽 엎드리며 이마를 바닥에 박고 간청했다. 호탁의 대의원은 제자리에 멍하니 서서 식은땀만 비처럼 흘리고 있었다. 상황이 급박하게 돌아가자 그를 따라가느라 거의 혼비백산이 된 조정 신료들은 이제야 조금씩 지금의 정세를 똑바로 파악하기 시작했다.

'초왕 전하께서 다시 한 번 판도를 뒤집으셨다!'

그때 혁련쟁이 갑자기 휙 하고 몸을 틀어 호탁 대의원을 죽일 듯이 노려봤다. 그 시선을 느낀 노인은 몸을 부르르 떠는가 싶더니 곧장 몸을 틀어 밖을 향해 달아났다.

휘익.

"허억!"

외마디 비명을 끝으로 늙은 의원이 어전 문 바로 앞에서 쓰러졌다. 그의 등에는 접이식 부채 하나와 장식용 단도가 꽂혀 있었다.

혁련쟁과 영혁은 각자 자신의 물건을 되찾아 오고는 서로를 바라보았다. 송곳처럼 날카로운 시선이 서로를 향해 뾰족한 끝을 번뜩였다. 그리고 이내 웃음이 터져 나왔다.

"아주 대단한 무공을 지니셨습니다. 전하!"

"아주 대범한 기개를 가지셨어요. 세자!"

"하하."

"허허."

웃음을 나눈 두 사람은 그대로 정면을 바라보고는 두 번 다시 서로를 바라보지 않았다.

어느덧 평정을 되찾은 황제는 영혁에게 몇 마디 위로의 말을 건네고는 이번 사건에 대한 조사를 삼법사에게 맡기라는 어명을 재차 내렸다. 2황자를 모함하려 한 사건의 조사도 더해졌다. 황제는 그에 대한 지시를 모두 내린 후에야 나지막이 혁련쟁을 불렀다.

"다음부턴 이렇게 성급히 굴어서는 아니 되네."

황제의 말에 혁련쟁이 입을 비죽거리더니 한참 후에야 고개를 푹 숙였다.

"예. 폐하께서 제 사람을 죽인 흉악한 살인범을 반드시 색출하여 주십시오."

"그것은 당연지사이니라."

황제가 다정하게 웃으며 말했다. 조금 전까지만 해도 험악하던 분위기가 이젠 조금씩 풀어지고 있었다.

"이 일은 삼법사에게 맡겨 두도록 하라. 삼법사에서 반드시 진실을 밝히고 정의를 되찾아 줄 것이니라. 과연 자네 부왕의 말대로 아주 젊고 기개 넘치는 청년이로군. 그대의 부왕이 내게 몇 번이나 신신당부하였지. 천성의 온화하고 지혜로운 규수와 연을 맺고 그 거친 성미 좀 누그러트릴 수 있게 해 달라고 말이야. 짐이 네게 비를 골라 주도록 하마. 혹 마음에 두고 있는 이가 있는가?"

혁련쟁이 이번에도 입을 비죽 내밀었다. 호탁의 왕은 줄곧 중원과 혼맹을 맺고 싶어 했고, 천성 황제 역시 그를 매우 반기는 눈치였다. 하지만 당사자인 혁련쟁은 전혀 그럴 마음이 없었다. 지금까지는 어떻게든 피하고 있었는데, 오늘은 제가 벌여 놓은 짓 때문에 그러기도 힘들게 되어 버렸다. 천성 황제에게 꼬투리를 잡힌 것이나 다름없는 지금 이 시국에 또 멋대로 성질을 부렸다가는 제 부왕의 귀에 이 일이 들어갈 것이 분명했다. 그러면 앞으로 한동안 좋은 시절을 보내기는 영 틀린 것이나 다름없었다.

하지만 이렇게 이른 나이에 한 여자에게 완전히 발목이 잡히는 것도 영 내키지 않는 일이었다. 게다가 중원의 여자들은 하나같이 온실 속 화초처럼 지루하기 짝이 없다고 하니 더 내키지 않았다.

한참을 난감해하고 있던 혁련쟁의 머릿속에 순간 무언가 번뜩이고 지나가는 것이 있었다. 며칠 전 아주 우연히 그의 흥미를 북돋웠던 누군가가 떠오른 것이었다.

"폐하."

그가 망설이지 않고 입을 열었다.

"소신 마음에 둔 이가 있사온데, 그 여인의 신분이 보잘것없어 호탁의 왕세자인 제 정실로 들이기는 어려우나, 정실부인을 맞이하기 전 첩실을 먼저 들이는 것은 어떻겠습니까?"

"하?"

황제가 흥미로워하는 반응을 보였다.

"그대가 그리 마음먹었다면 나 또한 반대할 이유가 없지. 어느 집안의 여식인가? 내게 말해 보라. 짐이 직접 혼사를 성사시켜 줄 터이니."

영혁을 비롯한 황자들과 신료들 모두 호기심이 가득한 시선을 보냈다. 딱딱하게 굳어 있던 조정의 분위기가 다소 풀어지고 있었다.

"소신 역시 딱 한 번밖에 만나 보지 못한 여인입니다. 용모는 보잘것없으나 재능이 매우 뛰어난 여인이라 제가 마음에 두었지요."

혁련쟁이 고개를 들고 긴 눈썹을 조금 치켜들었다. 그의 눈빛 아래로 짓궂은 장난기와 흥분이 보일 듯 말 듯 모습을 드러냈다. 그의 입가에 곧 웃음이 걸렸다.

"오군 도독 추 대인의 외조카인 봉지미입니다."

혁련쟁에게서 시선을 돌리던 영혁의 두 눈이 다시 그를 향했다.

정복

　영혁의 두 눈이 다시 혁련쟁을 향했다. 마침 고개를 숙이고 그의 손목에 붕대를 감아 주던 봉지미의 손이 멈칫하며 떨렸다. 봉지미는 하마터면 손에 들고 있던 붕대마저 땅으로 떨어트릴 뻔하였다.

　두 사람이 동시에 고개를 들었다. 영혁이 봉지미를 바라보았다. 봉지미의 시선이 가장 먼저 향한 곳 역시 영혁이었다. 두 사람은 이 일을 시작한 당사자에게는 눈길 한번 주지 않은 채 그렇게 서로를 바라보았다. 그러고는 재빨리 각자 시선을 피했다.

　봉지미는 아무 일도 없다는 듯 그의 손목에 붕대를 감으며 한편으로는 혁련쟁의 눈치를 살폈다. 피가 뚝뚝 흐르는 영혁의 손목을 감싸는 붕대처럼 그녀가 자신을 꽁꽁 묶어 옴짝달싹 못하도록 만들어 줄 일만 기다리고 있는 것처럼 보였다.

　혁련쟁의 혼사는 조정 신료들을 다 모아두고 어전에서 논의할 일은 아니었기에 황제는 신료들을 모두 물린 후 혁련쟁에게 어서방으로 올 것을 명했다. 몇몇 학사들과 황자들, 천성 황제의 조서를 작성할 봉지미가 어서방으로 향했다.

막 자리에 앉은 영혁이 갑자기 혁련쟁 쪽으로 살짝 몸을 틀고는 그를 바라보았다. 영혁의 두 눈에서 차갑고 가시가 돋친 웃음기가 조금씩 피어올랐다. 마치 조금 전 혁련쟁에게 모함을 당했을 때의 눈빛처럼 보였다. 영혁이 웃으며 말했다.

"세자는 아주 재미있는 분입니다. 천자께서 혼사를 마련해 주시겠다는데 첩실을 들이겠다 하시다니요? 황제 폐하께서 아량이 넓으신 분이라는 것에 기대 너무 앞뒤를 가리지 않는 것 아닙니까?"

"전하께서 그리 말씀하시는 것도 조금 이상하지 않습니까."

혁련쟁이 바로 비아냥거리듯 말했다. 그의 호박색 눈동자 속에서 옅은 보랏빛이 깊이 반짝였다.

"폐하께서 베풀어 주신 은혜를 신하인 제가 거절이라도 해야 한단 말씀입니까?"

"그래요?"

영혁이 웃었다. 그는 입가에 미소를 띤 채 말을 이어 갔다.

"지나치게 단단하면 부러지기 쉬운 법이고 오만함이 극에 달하면 반드시 무너지는 법이지요. 세자도 조심하세요. 복도 과하면 수명을 깎아 먹게 되어 있습니다."

"깎아 먹어?"

혁련쟁이 고개를 갸우뚱하며 중얼거리듯 되물었다. 영혁이 쭉 늘어놓은 말들을 제대로 이해하지 못한 모양이었다.

"우리 호탁의 말들은 모두 최상의 곡식을 먹고 자라 매우 튼튼합니다. 내 서른여덟 근짜리 총도 거뜬히 옮길 수 있을 만큼 말이지요. 여기 천성의 공자님들이나 가냘프고 연약해서 연지나 찍어 바르고 다니며 말에게 풀을 깎아 먹이지요. 그래도 연약한 공자님들을 태우고 다니는 데에는 아무런 문제가 없을 테니까."

혁련쟁이 앞뒤 맥락과는 전혀 맞지 않는 말을 장황하게 늘어놓자 다들 웃음을 참지 못하고 있었다. 혁련쟁이 다시 고개를 치켜들고 거만하게 말했다.

"당신들 같은 허약한 사내들 아래 무릎을 꿇어야 하다니 천성의 여인들이 참으로 불쌍합니다!"

그 말에 황자들과 대신들 모두 얼굴을 붉혔다. 몇몇 백발의 노신들은 얼굴을 가리고 낮게 욕을 뱉었다.

"야인들은 저렇게 거칠고 저속하기 그지없습니다! 감히 저런 말을 입에 올리다니!"

황제의 앞이 아니었다면 당장이라도 소매를 걷고 달려들 기세였다. 이를 악물고 열심히 붕대를 고정시킨 봉지미는 혁련쟁의 마지막 말을 듣고 하마터면 어렵사리 감아 놓은 붕대를 그대로 망쳐버릴 뻔했다.

영혁은 한참이나 혁련쟁에게 시선을 고정하고 있다가 이내 고개를 끄덕였다.

"그래요. 세자는 과연 사내대장부입니다. 조금 전 그 말에 제경에 있는 여인들 모두 정신을 차리지 못하고 오리 떼처럼 달려들겠어요."

영혁의 말에 여기저기서 웃음소리가 터져 나왔다.

"그 여자는 나와 결혼하는 것을 영광으로 여겨야 할 겁니다."

혁련쟁이 오만한 태도로 말했다. 다시 혁련쟁을 힐끗 쳐다본 영혁이 갑자기 웃음을 터트렸다. 그가 웃으며 고개를 끄덕이고는 새삼 진지한 눈빛으로 말했다.

"맞습니다, 세자. 세자 말이 다 맞아요. 본왕도 세자가 신부를 데리고 이곳에 와 감사를 표하는 날을 기다리고 있겠어요. 그때가 되면 세자에게 아주 큰 축하 선물을 줄 수 있을 겁니다."

분명 진지하게 이야기하고 있는데도 그의 어투에서는 조롱이 여실히 느껴졌다. 혁련쟁 역시 바보는 아니었기에 그의 말 이면에 숨은 자신을 향한 조롱을 알아차릴 수 있었다. 영혁을 향하는 혁련쟁의 시선에 분노가 일었다.

한 명은 냉소로, 다른 한 명은 분노에 찬 시선으로 서로를 바라보고 있었다. 당장이라도 둘 사이에 천둥 번개와 폭풍이 휘몰아칠 것만 같은 일촉즉발의 상황이었다.

중신들은 서로 눈치를 보며 왠지 오늘 초왕이 조금 이상하다는 생각을 하고 있었다. 이런 식으로 누군가를 앞에 두고 대놓고 날을 세우는 인물이 아니었다. 하지만 조금만 바꿔 생각해 보면 이해가 되지 않는 것도 아니었다. 혁련쟁이 조금 전까지만 해도 그의 목숨을 위태롭게 만들려고 하였으니 초왕이 노여워하는 것도 이상한 일은 아니었다.

황제 역시 비슷한 생각을 하며 아들의 모습을 바라보다 이내 일부러 화제를 돌렸다.

"세자, 추상기의 외조카라면 필히 신분이 높은 규수이니라. 그러한 명문가 출신의 자제를 어찌 출신이 미천하다 이야기하고 첩실로 들이려는 것이냐?"

그때 누군가 낮게 헛기침을 했다. 대학사 요영이 조금 난감하다는 듯 황제에게 고했다.

"폐하, 추 도독에게는 누이가 한 분밖에 없사온데 그분이 바로 그……."

요영의 말에 황제가 무언가 생각난 듯 잠시 멈칫했다. 황제의 안색이 조금 어두워지자 신하들 모두 시선을 피했다.

추가의 큰아씨, 그러니까 추상기의 누이는 자신의 고귀한 신분을 버리고 한 사내와 야반도주를 했던 인물이었다. 당시 제경을 크게 뒤흔들어 놓았던 엄청난 사건이었기 때문에 그 이야기를 모르는 이는 아무도 없었다. 하지만 그것이 전부는 아니었다. 그녀가 집안을 버리고 달아난 것은 곧 자신이 황제의 비로 입궁하게 될 것이라는 사실을 전해 들었기 때문이었다. 그 일은 황제에게 달가운 일이 아닐 것이 분명했으므로 모두 자신의 입으로 언급하기를 피하고 있었다.

"폐하, 제가 그 여인에 대해 이미 알아본 바 있습니다."

혁련쟁이 신이 난 모습으로 말했다.

"나이는 올해 열다섯이 되었고 아직은 오가는 혼담이 없다고 합니다. 매우 온화하고 다정한 성품을 가진 데다 무척 지혜롭고 현명한 여인이라는 이야기를 들었습니다. 제가 원하는 여인이 바로 그런 여인입니다. 제가 훗날 정실을 들인다 해도 쫓겨나는 일은 없을 것이옵니다."

혁련쟁의 말에 봉지미가 속으로 욕을 뱉었다.

'저 빌어먹을 자식은 도대체 언제 저렇게 나에 대해 조사한 거야? 내게 혼담이 있었는지까지 알아본 것도 모자라 뭐? 정실을 들여도 쫓아내지 않겠다고?'

영혁 역시 미간을 찌푸렸다. 순간 그의 머릿속에 한 가지 생각이 스쳐 갔다.

"그렇다면……."

다시 본래의 안색을 찾은 황제가 손을 뻗어 앞에 놓인 찻잔을 들어 올렸다.

"여봐라……."

그때 갑자기 황제가 목을 움켜쥐고 기침을 하기 시작했다. 얼굴이 벌겋게 부어오를 정도였다. 환관들이 다급히 달려와 황제의 상태를 살피느라 정신이 없었다. 그 덕에 뭐라 어명을 내리려던 황제의 말은 더 이상 이어지지 못했다.

줄곧 황제의 옆에 서 있던 봉지미가 탁자 위에 올라 있던 제 손을 슬그머니 아래로 내려 감췄다. 조금 전 봉지미는 소매 안에 들어 있던 땅콩을 잘게 부수어 머리를 손질하는 척하며 으깬 가루를 황제의 찻잔에 넣었다. 평소 기관지가 좋지 않은 황제는 음식을 먹다 사레가 들리는 일이 잦았다. 봉지미가 의도한 대로 황제는 결국 어명을 내리지 못했다.

황제의 갑작스러운 기침에 환관들이 혼비백산하고 있는 사이 봉지미가 조용히 혁련쟁의 옆으로 다가가 웃으며 말을 걸었다.

"세자 저하, 참으로 뛰어난 안목을 지니셨습니다."

"그야 당연……. 그쪽도 그 여인을 아시오?"

혁련쟁이 곁눈으로 봉지미를 바라보며 물었다.

"어떻게 아는 사이지? 어디서 만난 건가? 함부로 얼굴도 보이지 않는 명문가의 규수를 당신이 어떻게 아는 거지?"

혁련쟁은 아직 혼례를 올린 것도 아니면서 이미 남편이라도 되는 듯 집요한 태도로 하나하나 캐물었다. 제경 사람도 아닌 자신이 그 '함부로 얼굴도 보이지 않는' 명문가의 규수를 어떻게 알게 되었는지는 생각도 하지 않는 것 같았다.

"제 아버지께서 왕년에 그 집안과 인연이 조금 있으셨지요."

봉지미가 말했다.

"몇 번 초대를 받아 그 댁에 손님으로 간 적도 있사옵니다. 물론 그 댁 규수는 제가 만나 뵐 수 있는 분이 아니지요. 그저……."

봉지미가 말끝을 길게 늘이며 말을 흐렸다. 혁련쟁이 참지 못하고 물어왔다. 봉지미의 예상대로였다.

"그저?"

봉지미가 눈썹을 조금 찌푸리고는 잔뜩 진지하게 고민하는 듯한 표정을 지었다가 이내 고개를 저었다.

"뒤에서 다른 이의 이야기를 하는 것은 옳지 않은 일이죠. 아무것도 아닙니다."

그러고는 고집스러운 조개처럼 굳게 입을 닫았다. 그 단호한 표정이란 칼을 가져와 억지로 벌리려 해도 절대 벌어지지 않을 것처럼 단단해 보였다. 혁련쟁은 보석 같은 두 눈동자를 그녀에게 고정한 채 한참이나 그녀를 쳐다보았다. 그의 표정이 전과는 조금 달라졌다.

'물어봐, 물어봐, 물어봐, 물어봐……'

봉지미가 속으로 주문을 외듯 되뇌며 그를 향해 싱긋 웃어 보였다.

"뭐, 아무것도 아니라면 아무것도 아닌 거겠지."

한참이나 물끄러미 봉지미를 쳐다보던 혁련쟁이 별 관심 없다는 듯휙 고개를 돌렸다. 그의 입가에는 이상한 웃음이 걸려 있었다.

"어차피 진짜 내 처로 맞이하려는 것도 아니니 말이야."

봉지미가 킥, 하고 숨을 들이켰다. 하마터면 사레가 들릴 뻔했다.

'이 오랑캐 자식이 진짜!'

"감히 나를 건드리는 여인을 본 일이 없었거든……"

혁련쟁이 밖을 바라보며 중얼대듯 말했다. 하얗게 반짝이는 햇살이그의 일곱 빛깔 보석 같은 눈동자를 더 찬란하게 만들었다.

"그런 여인을 가만둘 수는 없지 않겠소? 하하, 중원의 여인들은 모두 지아비를 하늘같이 대한다고 들었소. 곧 내가 그 여인의 하늘이 되고 나면 그 여인은 내가 발을 씻기라면 발을 씻기고 다리를 주무르라면다리를 주무르겠지. 내가 열도 넘는 부인들을 들이면 내 부인들을 하나하나 찾아가 안부를 전하고 예도 갖춰야 할 거야. 그 여인이 아무리 용맹하고 아무리 거칠다 해도 드넓은 초원의 매에게 사냥당한 쥐새끼 신세에 불과할 거요!"

봉지미는 욕을 삼키며 입술을 움찔거렸다. 당장이라도 폭발할 것만같은 화를 겨우 누른 봉지미는 겨우 웃으며 칭찬을 건넸다.

"좋습니다. 아주 좋아요. 세자께서는 역시 원대한 계획을 지니시고기개가 하늘을 찌르는 용맹하신 대장부이십니다."

능청스러운 칭찬과는 달리 봉지미의 두 눈에는 연민이 서려 있었다.그 한 줄기 연민이 혁련쟁에게는 의문으로 다가왔다. 혁련쟁이 곧장 봉지미의 옷깃을 쥐어 잡고 말했다.

"계속 그렇게 수상하게 굴지 말고 말해 보시오. 그 봉지미라는 여인에게 무슨 문제가 있나?"

"없습니다. 없어요."

봉지미가 혁련쟁의 손을 풀어 내고는 태연하게 말했다.

"열 채의 절을 부술지언정 하나의 혼인은 깨지 않는다 하였지요. 소신, 발을 씻기라면 발을 씻기고 다리를 주무르라면 다리를 주무르고 열 부인에게 문안을 올리라면 문안을 올리는 아름다운 여인을 얻으신 것을 진심으로 감축드립니다. 시녀를 부리지 않아도 되시니 더욱더 좋으시겠군요. 감축 또 감축드립니다."

봉지미가 엄숙한 얼굴로 말하곤 혁련쟁에게 눈길 한 번 주지 않은 채 다시 황제의 곁으로 돌아갔다. 제자리에 홀로 남은 혁련쟁은 눈썹을 찌푸린 채 홀로 생각에 잠겼다.

저 멀리 서서 이쪽에서 벌어지는 사소한 일들에는 관심조차 두지 않는 듯 보이던 영혁이 갑자기 두 사람을 힐끗 쳐다보았다.

한참 동안 사레에 들려 기침을 하다 겨우 진정된 황제가 앞에 놓인 탁자를 두드리며 봉지미에게 말했다.

"위지, 받아 적어라."

황제의 말이 떨어지자 봉지미가 재빨리 붓을 집어 들었다.

"오군 도독 추상기의 외조카 봉 씨……."

"폐하!"

갑자기 혁련쟁이 빠른 걸음으로 달려나와 크게 소리쳤다. 모두 의문이 가득 찬 눈빛으로 그를 바라보았다. 혁련쟁이 무릎을 꿇고 앉아 머리를 조아리며 큰 소리로 말했다.

"폐하, 소신 생각해 보았사온데, 폐하께서 하사하신 영광스러운 혼사를 일개 첩실을 들이는 데 쓰는 무례를 범할 자신이 없사옵니다. 부디 제가 정실을 들일 때에 다시 하사하여 주시옵소서."

영혁이 곧장 끼어들어 칭찬했다.

"역시 세자는 속이 깊고 예의를 아는 분이셨습니다."

혁련쟁도 전혀 부끄러운 기색 없이 대답했다.

"물론입니다!"

황제는 깊은 한숨과 함께 혁련쟁의 청을 받아들였다. 첩을 하사하는 것은 예의와도 맞지 않는 일인 데다 애초에 혼인을 시켜주겠다는 말도 이 막무가내인 어린놈을 달래 주기 위한 것이었으므로 혼인을 억지로 밀어붙일 이유도 전혀 없었다.

혁련쟁 역시 개의치 않았다. 황제의 말을 거역할 수도, 그렇다고 당장 정실부인을 들이는 것도 내키지 않아 궁여지책으로 내뱉은 수였을 뿐이었다. 황제가 혼인을 시켜주든 시켜주지 않든 그에게는 별 상관이 없었다. 다만 그 봉 씨 아가씨에게 도대체 무슨 문제가 있는 것인지는 무척이나 궁금했다.

'나중에 한번 자세히 알아봐야겠군. 다른 이를 통해 알아내는 게 쉽지 않다면 직접 만나서라도 알아내야겠어……'

혁련쟁이 제 눈썹을 쓰다듬으며 생각에 잠겼다. 봉지미는 웃음기를 머금은 얼굴로 붓과 먹을 정리했다. 영혁은 의자에 나른히 몸을 기댄 채 느릿한 손길로 차를 마셨다. 창밖으로 비단처럼 반짝이는 여름의 빛이 스며 들어왔다.

혁련쟁이 물러가고 난 후 어서방에서는 또 한 차례 논의가 이어졌다. 추상기의 대군이 이미 국경 지역에 도착하여 대월과 오십 리 거리에 있는 결라산(結羅山)에 당도했기 때문이었다. 결라산은 후룬 초원을 남북으로 나누는 분계선인 후룬산맥의 중반부에 위치한 산으로, 동쪽으로는 위(衛), 정(靜), 영(永), 숙(肅) 총 네 개의 주(州)를 가로지르는 능강(凌江)이 흘렀다. 지대가 높고 교통이 발달한 매우 유리한 지형이었다. 추상

501

기는 국경 지대를 수비하고 있던 오만 군사와 함께 결라산 서쪽으로 이동하여 호탁 십이부 영토를 마주보고 있었고, 부사 순우홍은 십만 대군과 함께 동쪽으로 이동하여 대월의 남쪽 국경을 마주하고 있었다.

이는 병가 노장들이 보기에도 매우 안전하고 타당한 처사였다. 현지에 주둔하고 있던 군사들이 그곳의 지형과 문화를 잘 파악하고 있어서 그들이 호탁을 상대하게 하는 것은 매우 훌륭했다. 약간의 감시 의사를 저변에 깔아 둔 것이라고도 할 수 있었다. 만일 호탁이 반기를 들고 허튼 짓을 하면 좌시하지 않겠다는 선언이기도 했다.

오늘 있었던 사건에 관한 이야기가 다시 흘러 나왔지만 황제는 그일에 대해 더 추궁할 마음이 전혀 없는 듯했다. 전쟁을 앞두고 있는 지금 같은 시기에는 조정의 안정이 그 무엇보다 중요했다. 초왕 영혁도 무척이나 아량이 넓은 인물이었으므로 자신을 모함하려 했던 것에 대해 더 따지고 들지 않았다. 그런 영혁에게 매우 만족한 황제는 기쁜 기색을 숨기지 않고 말했다.

"여섯째는 앞으로도 궁에 들어와 처리해야 할 일들이 많으니 궁 밖의 왕부에서 오가는 수고를 덜어 주는 것이 좋겠구나. 짐이 용의전 서측에 있는 풍윤헌(楓畇軒)을 네게 하사할 터이니 앞으로 공무가 늦어지는 날에는 그곳에서 지내도록 하라."

성년이 된 황자는 모두 출궁하고 각자 자신의 저택에서 생활하는 것이 법도였다. 궁 안에 있는 처소를 하사한 것은 매우 큰 상이라고 할 수 있었다. 황제의 말이 떨어지는 순간 몇몇 황자들의 안색이 모두 어색하게 굳어졌다. 하지만 다들 조금 전 못난 모습을 보인 탓에 감히 입을 열 엄두를 내지 못하고 있었다.

"풍윤헌은 아름답고 우아한 곳인데다 아바마마의 침소와도 매우 가까이 있으니 문안 인사를 드리러 가기에도 참 좋겠습니다."

그때 누군가 웃음기 머금은 얼굴로 말하며 모습을 드러냈다. 그의 뒤에는 다과를 든 궁인들이 줄줄이 따르고 있었다. 황제가 대신들과 군사를 논하고 있을 때 자유로이 웃으며 나타날 수 있는 것은 오로지 단 한 명, 황제의 총애를 한몸에 받고 있는 소녕 공주뿐이었다.

"감축드립니다. 여섯째 오라버니."

소녕 공주가 황제에게 차를 올리며 비스듬한 시선으로 영혁을 바라보았다. 영혁이 고개를 들고 소녕 공주와 눈을 마주하며 환히 웃어 보였다.

"아바마마께서 큰 상을 주셨지."

소녕 공주의 말을 들은 황제의 안색이 아주 조금 바뀌었다. 황제는 잠시 고민하는 듯하더니 이내 웃으며 말했다.

"조정의 일을 논의 중이었단다. 어쩐 일로 여기까지 온 것이냐?"

"멍청한 내관들이 차 하나도 제대로 올리지 못해 아바마마께서 사레가 드셨단 이야기를 들었거든요."

소녕 공주가 웃으며 황제의 뒤로 돌아가 그의 등을 토닥였다.

"그래서 소녀 여기 이 벽라차(碧羅茶)를 직접 준비해 왔습니다. 산뜻하고 향긋한 차이니 드시기 좋을 거예요."

"역시 우리 공주는 효심이 지극하구나."

황제가 딸의 손을 다정하게 토닥이며 말했다. 그의 눈가가 눈에 띄게 풀어져 있었다. 그때 황제가 다시 봉지미를 향해 말했다.

"오늘 자네가 실수로 그 칼에 베이지 않았다면 큰일이 날 뻔했구나. 비록 자네 손목에 작은 상처를 얻기는 했으나 그 상처가 초왕의 억울한 누명을 벗겨 주고 황궁에 큰 파도가 몰아치는 일을 면하게 해 주었으니 내 자네에게도 상을 주어야겠다. 앞으로 요 각로(閣老)의 밑에서 조정의 일을 배워 보도록 하라. 식견을 넓힐 수 있을 게야."

황제의 말에 신료들과 황자들이 또 한 번 멈칫했다. 요영은 현 조정의 재상이었다. 이 나라에서 일어나는 모든 대소사는 반드시 그의 손을 거쳐야만 했다. 황제가 위지를 요영의 수하에 두고 가르치겠다는 것은 겉으로 보이는 것 이상의 깊은 의미를 가지고 있는 말이었다. 아무래도 저 소년은 미래의 재상이 되기 위한 훈련에 곧 돌입할 듯했다. 모두 봉지미를 향해 뜨거운 시선을 보내고 있었다. 그것이 질투 때문인지 불안 때문인지는 알 수 없었다.

봉지미는 황제에게 성은이 망극하다며 예를 표했다. 하지만 마음속에서는 경보가 울렸다. 조정의 이인자이자 요영과 늘 대립하는 인물인 학사 호성산이 봉지미를 눈여겨보고 있다는 사실을 황제가 모를 리 없었다. 오늘날 황제가 봉지미를 요영에게 준 것이 봉지미에게 반드시 좋은 일이라고는 할 수 없었다.

'황제 저 인간, 또 탕평지책 타령하는 건가?'

한편 소녕 공주는 반짝이는 두 눈으로 봉지미를 바라보고 있었다. 곧 소녕 공주가 맑은 소리로 웃으며 말했다.

"위 대인, 정말 축하합니다. 우리 초왕 오라버니처럼 어린 나이부터 뜻을 이루고 출세하시게 되었네요."

봉지미가 속으로 쓴웃음을 삼켰다. 까딱 잘못하면 또 활활 타는 불 위에 묶이는 신세가 될 것 같다는 생각이 들었다. 지금 황제의 뒤에 서서 봉지미를 바라보고 있는 소녕 공주의 눈빛은 얼음장처럼 차갑기 그지없었다.

근래 들어 마음이 많이 피로해진 황제는 얼마 지나지 않아 조정 대신들과 황자들을 모두 돌려보냈다. 봉지미는 어서방 밖에 서서 다른 이들이 먼저 가기를 기다리고 있었다. 그때 영혁이 다가와 힐끗 시선을 두었다.

"위 대인, 왠지 넋이 좀 나간 듯해 보입니다. 오늘 해가 뜨거워 더위라도 먹은 모양이지요?"

"소신을 그리도 걱정하여 주시니 몸 둘 바를 모르겠사옵니다."

봉지미가 부글부글 끓어오르는 속을 겨우 숨기고 활짝 웃어 보였다.

"오늘 전하께서 보이신 활약과 지혜를 천천히 곱씹어 보고 있던 중이옵니다."

영혁이 봉지미의 눈을 자세히 살폈다. 그 누구도 가짜라고는 의심조차 하지 않을 만큼 감쪽같은 가면을 쓰고 있었지만, 그 속에 책 한 권만큼의 이야기가 모두 담겨 있다고 해도 믿을 만큼 깊은 두 눈동자는 가려지지 않았다. 조금의 분노와 조금의 불만과 조금의 행복과 조금의 짜증이 모두 느껴지는 그런 눈동자…….

영혁은 웃음을 참을 수가 없었다. 그의 입가에서 옅은 웃음이 자꾸만 새어 나왔다. 새하얀 눈밭에 피어난 우담화(優曇花)*삼천 년에 한 번 핀다고 하는 전설의 꽃처럼 눈부시게 아름다운 미소였다. 그가 웃는 모습을 본 적이 없었던 봉지미는 그저 평소와는 조금 다른 분위기를 풍긴다고 생각했다. 하지만 그의 미소가 세상 그 무엇보다 아름답다는 것만큼은 분명했다. 봉지미는 그런 그를 자신도 모르게 조금 멍하니 바라보았다.

봉지미가 다시 정신을 차렸을 즈음 영혁의 그림자는 이미 긴 회랑 밖으로 사라지고 없었다. 봉지미는 천천히 고개를 돌리고 손을 움켜쥐었다. 손바닥에 놓인 납환이 봉지미의 손을 아프게 긁었다. 조금 전 소녕 공주가 봉지미의 앞을 지나쳐가며 쥐어 준 것이었다.

봉지미가 답답한 듯 한숨을 내쉬었다. 종이를 펼쳐 내용을 살펴보니 역시 잠시 이야기를 나누어야겠다는 소녕 공주의 서신이었다.

어서방을 벗어나 몇 걸음 걷지 않은 때였다. 환관 하나가 소리 없이 봉지미를 뒤쫓아 와 앞을 가로질렀다. 두 사람은 그렇게 한참을 돌고 돌아 작은 화원의 정자 앞에서 멈춰 섰다. 사방이 집으로 둘러싸여 있었지만 살고 있는 이는 아무도 없는 듯 보였다. 저 멀리 궁의 화려한 처마가 켜켜이 늘어서 있는 것이 선명히 보였지만 쥐 죽은 듯 고요한 그런 곳이었다.

화원에 심어져 있는 화목들이 조금 괴이해 보였다. 바닥을 뒤적여 뿌리를 살펴본 봉지미는 곧 그중 하나가 북강(北疆) 지역에서나 자라는 식물이라는 것을 알아보았다. 토질이 맞지 않는데다 돌보는 사람도 없으니 모두 제대로 자라나질 못한 것이었다.

　그때 푸른색 신발 한 쌍이 소리 없이 나타났다. 봉지미는 고개를 들고 가볍게 미소지으며 말했다.

　"복장을 그리하고 나타나시니 소신 하마터면 몰라볼 뻔했사옵니다. 공주마마."

　환관들이 입는 푸른 옷을 입은 소녕 공주가 입을 비죽였다. 보기 드물게 웃음기가 없는 무거운 얼굴이었다. 공주는 말없이 봉지미를 바라보다 한참 만에 입을 열었다.

　"어떻게 된 거야?"

　"그건 제가 공주마마께 여쭙고 싶은 말입니다."

　봉지미가 몸을 일으키며 말했다. 곤혹스러운 기색이 역력한 눈빛이었다.

　"어떻게 된 것이옵니까?"

　"내가 네게 준 물건, 썼어?"

　봉지미가 이토록 덤덤한 태도로 나올 줄은 예상치 못했던 소녕 공주의 눈빛에 의심과 의혹이 서렸다. 봉지미가 덤덤히 고개를 끄덕였다. 소녕 공주는 조금 놀란 듯한 얼굴을 보이고는 아무런 말도 하지 않았다. 소녕 공주의 침묵을 가만히 보고 있던 봉지미가 이내 냉소를 지어 보였다.

　"저는 공주마마를 위해 제 목숨을 걸고 이 모험에 가담하였는데, 공주마마께서는 저를 그만큼 중히 여기지 않으시는 것이었군요."

　소녕 공주의 안색이 전과는 또 다르게 변했다. 조금 전 기세가 등등하던 모습은 전혀 찾아볼 수 없었다. 공주는 자기도 모르게 흠칫하며 뒤로 한 걸음 물러났다.

"쓰기로 한 자는 의심치 않고, 의심스러운 자는 쓰지 않는 것이라 하였습니다. 이번 일은 공주마마께서 스스로 망치신 겁니다!"

소녕 공주가 뒷걸음치자 봉지미가 곧장 공주를 더 압박했다.

"제게 그 약을 주시고도 절 믿지 않으시고 류의정을 시켜 그 물과 칼에까지 손을 쓰신 게요? 그 한 수 때문에 모든 계획이 수포가 된 것입니다!"

"……네게 준 그 약이 정말 효과가 있는 건지 아닌지 나도 몰랐으니까……."

혼란스러운 듯한 두 눈의 소녕 공주가 중얼대듯 말했다.

"그 사람이 양쪽 다 준비하는 게 좋을 거라고 했어. 나도 일이 그런 방향으로 흘러갈 줄은 전혀 모르고……. 그런데…… 그런데……."

그때 소녕 공주가 갑자기 가슴을 펴고 봉지미를 똑바로 응시했다.

"네가 그 칼에 베이지만 않았다면 그런 일이 생겼겠어?"

"또 틀리셨습니다. 공주마마."

봉지미가 고개를 저었다.

"전 일부러 제 손에 칼을 댄 것이 아닙니다."

"설마……."

"분명 멀쩡하게 잘 걷던 제가 갑자기 미끄러진 것입니다."

봉지미의 거짓말은 늘 진실보다 더 진실 같았다.

"너무나도 어처구니없이 바닥에 넘어졌고 그 때문에 칼에 손목을 베인 것입니다. 제가 바보도 아니고 제 손으로 직접 약까지 타 먹인 초왕을 도우려 했겠습니까?"

"네가 약을 탔는지 아닌지 어떻게 알아……."

소녕 공주가 작은 소리로 투덜거렸다.

"그렇지요. 이젠 제가 진짜 약을 탔는지 타지 않았는지 그 누구도 알 수가 없게 되었습니다."

봉지미가 답답하고 안쓰럽다는 듯 고개를 저으며 곧장 등을 돌렸다.

"절 믿으셨어야지요, 마마. 절 믿고 그 무리한 수는 두지 마셨어야 합니다. 지금은 공주마마를 향한 제 충심을 시험해 보고 싶으셔도 방법이 없어져 버리지 않았습니까."

"난 널 믿어!"

소녕 공주가 봉지미를 붙잡았다.

"위지, 화내지 마. 이번 일은 내가 잘못했어. 영혁 그 교활한 인간이 무슨 수를 쓴 게 분명해. 내 주변에 누군가 자기 사람을 심어 놓았을 거야. 그게 아니라면 이번 일에 그렇게까지 철저하게 대처하진 못했을 테니까. 일부러 자객을 써 오라버니들의 호위 무사에게 상처까지 다 내놓았잖아. 영징의 혐의를 벗기기 위해서 말이야. 그건 모든 계획을 처음부터 알고 있었던 게 아니라면 할 수 없는 일이야. 그러니까 위지, 날 좀 도와줘야겠어."

'또 시작이군…….'

봉지미가 속으로 한숨을 내뱉고는 다시 소녕 공주를 마주보고 간절히 말했다.

"공주마마, 전 공주마마를 돕기에 적합한 사람이 아닙니다. 적어도 지금은 말이에요. 잘 생각해 보세요. 초왕이 정말 공주마마의 곁에 누군가를 심어 놓았다면, 소신과 공주마마의 계획 또한 곧 모두 알게 될 것입니다. 지금 전 제 한 몸 건사하기도 힘든 처지인데 어떻게 초왕과 맞설 수가 있겠습니까? 지금 해야 할 일은 숨을 죽이고 적당한 때를 기다리는 것뿐입니다. 그리고 공주마마……."

봉지미가 소녕 공주에게 충고하듯 말을 더했다.

"이번 일은 매우 은밀하여 알고 있는 이가 적지 않았습니까. 주변의 사람들을 면밀히 살피고 정리하셔야 할 때입니다."

"주변 사람……."

소녕 공주가 조금 갈피 없는 듯한 모습으로 봉지미를 잡고 있던 손을 놓아 주었다.

"내 주변엔 유모밖에 없어. 유모가 그랬을 리가 없는데……."

소녕 공주의 목소리는 너무 작아 봉지미조차 제대로 들을 수가 없었다. 봉지미가 무슨 반응을 보이기도 전에 공주는 다시 활짝 웃는 얼굴로 돌아와 있었다. 금세 꽃처럼 화사한 미소를 지어 보이며 바닥에 떨어진 시든 꽃잎을 툭툭 발로 건드렸다.

"여기가 어떤 곳인지 알아?"

봉지미가 영문을 모르겠다는 듯 소녕 공주를 바라보았다. 그러자 공주가 고개를 들고 자신만만하게 웃으며 말했다.

"내가 어린 시절에 자주 와서 놀던 곳이야. 여기 있는 꽃들을 참 좋아했거든. 그리고 엄청 엄청 엄청 예쁜 여인이 저기 뒤쪽 궁에 살았어."

소녕 공주가 화원 뒤에 자리한 조용한 궁실 하나를 가리켰다.

"누군가 내게 이곳에 오면 안 된다고 해서 그 후 걸음을 끊었었지. 그런데 얼마 전에 갑자기 생각이 난 거야. 그제야 사람을 써서 여기저기 알아보다 예전에 있었던 일들에 대해서도 알게 됐지……."

소녕 공주의 음성에는 조금의 기쁨도 묻어 있지 않았다. 그저 조금 이상한 기류만이 느껴질 뿐이었다. 무언가 생각에 잠긴 듯 잠시 눈동자가 흔들리던 공주가 불쑥 다른 말을 꺼냈다.

"아바마마께서 영혁에게 풍윤헌을 내리시다니, 분명 별 의중 없이 하신 말씀일 거야. 사실 영혁은 전부터 엄청나게 많은 공을 세웠으니까……. 오늘 '모함'을 당한 것도 그렇고……. 결국 그 보상으로 풍윤헌을 가지게 됐네. 내가 괜히 그 인간한테 좋은 일을 했다는 게 한스럽긴 하지만 그래도 상관없어. 네겐 훌륭한 계획이 있고 내겐 그를 실현할 힘이 있으니까."

봉지미는 그저 말없이 소녕 공주를 물끄러미 바라보았다. 그때 공주가 봉지미의 옷자락을 잡고 빙그르르 몸을 돌려 어딘가를 가리켰다.

"보여? 풍윤헌 말이야."

봉지미는 그제야 풍윤헌이 이곳에서 멀지 않다는 사실을 알아차렸다. 중간에 화원과 인공 호수가 놓여 있는 데다 곧바로 연결된 통로가 없어 멀게 느껴졌을 뿐이었다.

"이제 그만 가 봐."

소녕 공주가 조금 씁쓸한 미소를 지으며 봉지미의 어깨를 토닥였다.

"기다리고 있어. 아직 안 끝났으니까!"

궁에서 나온 봉지미는 곧장 위 학사 저택으로 돌아갔다. 봉지미는 제 방에서 편안한 차림으로 옷을 갈아입고 방 한쪽에 놓인 자색 나무 상자를 열었다. 어두컴컴한 지하 통로가 눈앞에 모습을 드러냈다.

봉지미가 직접 사람을 시켜 파 놓은 것으로 추가 저택의 췌방재, 즉 봉지미의 규방과 바로 이어지는 통로였다.

고남의가 무척이나 화려한 비단 여인복을 입고 봉지미의 뒤를 따랐다. 한 주머니 가득한 작은 호두가 소맷자락 안에서 달그락달그락 소리를 냈다.

통로를 빠져나온 두 사람이 방 안에 자리를 잡고 앉았다. 사방이 매우 조용했다. 봉지미가 진즉에 추 부인을 찾아가 봉지미 아가씨가 풍진에 걸렸으니 누구도 췌방재 근처에 얼씬도 하지 말라는 명을 내리라고 손을 써 놓은 덕이었다.

추 부인이 봉지미를 위해 새로운 시종들을 들이지는 않은 데다 이전부터 추가 저택에서 일하던 시종 아이들도 이곳에 오는 것을 꺼려해 주변에는 하인들조차 없었다. 그들의 눈에 봉지미는 그저 보잘것없는 지위로 야반도주한 여인이 데려온 출신 모를 계집일 뿐이었다.

하지만 봉지미는 그런 것에 아랑곳하지 않았다. 봉지미가 위험과 번거로움을 무릅쓰고 다시 이곳 추가 저택으로 돌아온 이유는 봉 부인을 보살피는 것 다음으로 이 췌방재가 가장 큰 이유였다.

이곳은 죽은 옥화가 지내던 거처였다. 봉지미가 옥화를 그 얼음 호수로 밀어넣었던 그날 자신의 몸이 보였던 반응과 힘, 그리고 갑작스런 영혁의 등장이 줄곧 봉지미의 마음 한편에서 의혹을 자아내고 있었다.

봉지미는 방 안을 한참 동안 자세히 살펴보았지만 별다른 수확이 없었다. 잔뜩 얼굴을 찌푸린 봉지미가 조금 지친 듯 숨을 고르며 침대 위에 드러누웠다.

그때 등 뒤에서 갑자기 무언가가 느껴졌다. 뒤를 돌아보니 휘장을 고정하는 데 쓰이는 금 갈고리 하나가 이불 아래 반쯤 박혀 있었다.

봉지미는 몸을 일으키고 앉아 그 갈고리를 빼냈다. 갈고리의 위쪽은 백옥으로 장식되어 있었다. 다만 백옥의 모양이 꽤 특이했는데, 약간의 분홍빛이 감도는 두 원이 둥글게 위로 솟아올라 있고 가장 끝에는 짙은 붉은빛이 도는 것이 꼭 여인의 가슴처럼 보여 야릇하고 유혹적이었다. 마치 흥을 돋우는 데 도움이 되는 방자한 물건인 것만 같았다. 이런 물건을 가져다 총애를 사려 하는 첩들이야 많았지만 이러한 장식의 휘장용 고리는 결코 자주 볼 수 있는 물건이 아니었다. 휘장을 거는 고리가 침대에 떨어져 있는 것도 수상했다.

'누가 일부러 여기에 둔 건가?'

백옥의 가운데 부분에서 틈을 발견해 낸 봉지미가 손가락에 조금 힘을 주었다.

달칵, 하는 소리와 함께 백옥이 둘로 갈라지며 작은 자물쇠 목걸이가 떨어져 나왔다. 봉지미는 순간 그 자리에 굳었다. 눈에 익은 물건이었다. 목걸이를 집어 들고 그 위에 적힌 사주팔자를 자세히 살펴보던 봉지미의 눈에 순간 빛 한 줄기가 지나갔다. 봉호의 것이었다.

봉호는 대성 여제 마지막 해의 6월 초삼일 출생이었다. 이 목걸이는 봉호가 어린 시절 차고 다닌 것이 분명했다. 언젠가부터 보이지 않았지만 봉지미도 별다른 관심은 두지 않고 있었다. 물론 이 물건이 여기 있을 것이라고는 생각지도 못했다.

'도대체 봉호의 사주팔자를 왜 훔쳐간 거지? 누구에게 주려고 했던 거야?'

뭔가 물건을 찾아냈는데도 의혹은 풀리지 않고 점점 커져만 갔다. 무심코 엄청나고 거대한 비밀의 끝자락에 닿은 것만 같은 기분이 들었다. 하지만 구름처럼 짙은 안개가 눈앞 사방을 가려 그 무엇도 또렷이 보이지가 않았다.

한참을 생각에 빠져 있던 봉지미는 봉호의 목걸이를 챙기고 자리에서 일어났다. 봉 부인에게 찾아가 직접 물을 생각이었다. 하지만 또 조금 망설여졌다.

봉호를 수남산에게 보내는 일을 거절당하고 난 그날 이후로 두 모녀, 두 남매는 곧장 냉전기에 들어갔다. 봉 부인이 몇 번이나 직접 지은 옷과 음식들을 가지고 찾아왔지만 봉지미는 문을 걸어 잠그고 만나 주지 않았다.

봉지미는 상대가 누구든 한없이 웃고 한없이 다정할 수 있었다. 하지만 그건 그들이 모두 남이기 때문이었다. 십여 년을 살 맞대고 산 어머니와 동생 앞에서만큼은 그 따뜻하고 다정한 가면을 쓰고 있기가 너무도 힘들었다. 사랑하는 사람이야말로 가장 큰 상처를 줄 수 있다.

한참을 고민하고 있던 봉지미는 갑자기 밖에서 들려오는 소란스러운 소리를 들었다. 곧 엄청나게 많은 수의 사람들이 우르르 몰려드는 소리가 들렸다. 가장 선두에 선 사람은 목청을 한껏 높이고 고래고래 소리를 지르고 있었다.

"축하드립니다, 봉지미 아가씨!"

봉지미가 문을 열고 밖으로 나갔다. 남의 불행에 기쁨을 감추지 못하고 눈을 반짝이는 눈빛들이 쏟아지고 있었다. 선두에 서 있는 안 씨는 봉지미를 향해 옷과 장식품을 올리며 당나귀 똥 같은 얼굴로 싱글벙글 웃고 있었다. 너무 웃어 얼굴에 덕지덕지 칠해 놓은 분가루들이 다 떨어질 지경이었다.

"지미 아가씨, 정말 큰 경사입니다."

안 씨가 손에 들고 있던 옷을 내밀며 말했다.

"아가씨께서 곧 호탁 왕세자의 첩이 되신다면서요? 왕세자께서 지금 친히 이곳까지 걸음 하셨답니다. 지금 부인이 앞뜰에서 왕세자를 환대하고 계시는데 옷을 갈아입고 나가 보지 않으시겠어요?"

안 씨는 '첩'이라는 말에 유난히 힘을 주며 말했다. 우르르 몰려온 다른 찬모들은 모두 웃음을 참느라 얼굴이 시뻘게져 있었다. 그때 누군가 웃으며 말했다.

"초원의 사내들은 엄청 건장하다던데, 우리 지미 아가씨가 복을 받으셨네."

그때 또 다른 누군가가 말을 보탰다.

"그런데 냄새가 좀 난다면서? 초원의 사내들은 일 년도 넘게 발을 안 씻고 다닌다고 하더라고. 아가씨, 그래도 지아비를 모실 때 기절은 하시면 안 된답니다."

폭소가 터져 나왔다.

안 씨는 시위라도 하듯 제 손에 들린 옷을 다시 한 번 봉지미에게 내밀었다. 나무판 위에 올라 있는 옷은 침소에서나 겨우 입을 수 있을 법한 촌스러운 옷이었다. 그 위에 함께 놓인 금색 목걸이는 개에게 채울 법한 목줄처럼 무겁고 둔탁해 보였다. 분홍 저고리에 녹색 치마, 거기에 금색 목걸이까지. 당장이라도 눈을 찌를 것만 같았다.

'혁련쟁 이 성질 급한 자식, 이렇게 바로 온다고?'

한쪽 눈썹을 살짝 치켜들고 안 씨가 건넨 옷을 힐끗 바라본 봉지미가 이내 입을 열었다.

"이거, 안 씨가 줄곧 가지고 있던 옷 맞지? 안쓰러워라. 그렇게 오랜 세월 입어 볼 기회도 없이 가지고만 있다가 결국 나한테 주게 되다니. 앞으론 입을 일이 없을 거란 게 확실해진 거야?"

봉지미의 말에 안 씨가 잠시 움찔했다. 손은 그대로 허공에 굳어 있었다. 옷을 들고 온 건 추 부인의 지시가 아닌 안 씨 본인의 생각이었다. 지난번 일에 대한 보복으로 봉지미에게 모욕감을 안겨 주고 싶었다. 지금 들고 있는 옷과 장신구들은 분명 안 씨가 오래도록 간직하고 있었던 것이 맞았다. 추가 저택의 류 관사와 이어질 때 입으려 준비해 둔 것이었다. 하지만 류 관사는 처가 죽은 후에 또 다른 여인과 혼인을 치른 탓에 안 씨에게는 그저 평생의 한으로만 남은 일이었다. 안 씨는 봉지미가 이 정도로 예리할 거라고는 생각지 못했다. 그 탓에 봉지미의 말이 더 날카롭고 아프게 가슴을 찔렀다.

"너……!"

안 씨가 말을 잇지 못하고 분노로 한참 동안 몸을 떨었다. 그때 뒤에서 갑자기 누군가 낮게 묻는 목소리가 들려왔다.

"이게 무슨……."

그 목소리에 모두 고개를 돌렸다. 봉 부인이 영문을 전혀 모르겠다는 얼굴로 불안한 듯 문 앞에 서 있었다. 조금 전 봉지미의 거처 쪽에서 들리는 소란을 듣고 무슨 일인지 알아보려고 부리나케 달려온 참이었다. 봉 부인을 발견한 안 씨의 두 눈이 순간 번뜩였다. 안 씨는 곧장 봉부인에게로 달려가 활짝 웃으며 말했다.

"부인, 소인 하마터면 부인께 축하 인사를 드리는 것을 까맣게 잊을 뻔했습니다. 따님께서 곧 높은 곳으로 훨훨 날아가시게 될 겁니다. 곧 왕세자의 첩이 되신대요!"

"세자? 첩?"

봉 부인의 두 눈이 휘둥그레 커졌다. 그때 어멈 하나가 곧장 끼어들어 대답했다.

"예. 첩이요! 대문 밖을 함부로 나다니며 무슨 여우짓을 하고 다니기에 호탁 왕세자를 꾄 것인지는 모르겠지만 오늘 어전에서 호탁 왕세자가 직접 황제 폐하께 첩으로 들이게 해 달라 청했답니다. 그게 말이 돼요? 황제가 혼인을 시켜 주겠다는데 정실이 아닌 첩을 들이다니. 참나."

봉 부인의 안색이 새하얗게 질렸다. 뭐라 말하려 입을 뻐끔거려 보았지만 소리가 목구멍에서 막혀 밖으로 나오질 못했다. 봉지미는 문 앞에 서서 그런 봉 부인을 바라보고 있었다. 마음 한편이 저리고 아팠다.

'제가 다른 이의 첩이 되게 되었는데 그렇게 아무 말씀도 안 하실 거예요?'

두 모녀는 서로를 바라보았다. 한 사람은 아직 이 충격적인 소식을 소화해 내지 못해 혼란스러웠고, 다른 한 사람은 마음속에 피어오르는 비참함과 실망감에 아파하며 자신이 사랑하는 그 사람이 자신에게 일말의 따뜻한 위로라도 보내 주길 기도했다.

두 사람은 각자의 생각과 침묵에 빠져 있었다. 그 모습이 그 자리에 있는 다른 이들에게는 나약함으로 비쳤다.

"황제 폐하께서 혼사를 마련해 주시긴 무슨……. 그냥 체면치레로 하셨던 말씀이겠지!"

그때 다른 어멈이 의기양양하게 웃으며 말했다.

"그래도 우리 지미 아가씨가 대단하긴 해. 아무도 모르는 새 호탁 왕세자까지 꾀어내고 말이야. 얌전하신 명문가 아가씨께서 언제 그런 짓을 배워 오셨나몰라!"

"다 부모한테 배우는 거지 뭐!"

마침 봉 부인의 옆에 서 있던 글자를 몇 자 읽을 줄 아는 하급 찬모

하나가 고상한 척을 해 보이며 말했다.

퍽. 둔탁한 소리가 울리고 곧 피가 튀었다. 여자의 날카로운 비명이 들려왔다. 잔뜩 쉬어 갈라진 소리였다. 봉 부인이 그 무거운 황금 목걸이를 집어 들고 곧장 적진을 가로질러 그 여자의 입을 향해 휘두른 것이었다.

깨진 이가 밖으로 터져 나오자 봉 부인의 얼굴에도 핏방울이 튀었다. 하지만 봉 부인은 범벅이 된 피를 닦지도 않은 채 피가 묻은 목걸이를 든 손을 다시 한 번 휘둘렀다.

"법도가 무엇인지 배우지 못한 것이냐? 내 오늘 너희들이 정신을 차릴 때까지 때려 주마!"

기세가 하늘을 찌르던 하인들 모두 아연실색하며 뿔뿔이 달아났다. 봉 부인은 곧장 안 씨에게 다가가 안 씨가 들고 있던 옷을 바닥으로 내던졌다.

"쓸모없는 늙은 년 같으니. 이건 네 수의나 하고 당장 꺼져!"

빨갛고 파란 옷이 휙 하고 날아가 이제 막 봉지미의 앞뜰에 도착한 이들의 얼굴 위로 떨어졌다. 가장 선두에 있던 이가 으악, 소리를 내며 고래고래 고함쳤다.

"이 촌스러운 물건은 또 뭐야?!"

사내가 제 얼굴을 뒤덮은 옷을 내팽개치고 발로 지르밟았다. 그의 얼굴이 드러나자 분명 밝게 내리쬐고 있던 햇살이 어두워진 것 같은 착각이 들었다. 그러다 또 순식간에 일곱 빛깔의 빛이 반짝이는 것도 같았다. 남자의 눈동자였다. 술처럼 짙은 호박색과 심연처럼 깊은 보라색. 양 극단에 있는 듯한 두 빛깔이 한 사람의 눈동자 속에 녹아들어 있었다. 보는 이의 정신이 혼미해질 것만 같은 독특한 아름다움을 가진 눈빛이었다.

그는 소매를 단단히 묶은 옷깃 사이로 수정 같은 땀이 맺힌 구릿빛 피부를 드러내고 있었다. 그의 온몸에서 강한 남성미가 흘러내렸다. 나와 있는 여인들 모두 멍하니 바라보고 있을 정도였다. 곧 추가의 호위 무사들이 달려 나와 소리쳤다.

"들어가시면 아니 됩니다! 들어가시면 아니 됩니다!"

허나 무사들은 전부 사내의 뒤에 선 이들에게 가로막히고 말았다.

산발이 된 머리로 손에는 피가 묻은 금목걸이를 들고 있는 봉 부인과 계단 위에서 덤덤한 얼굴로 아래를 내려다보고 있는 봉지미가 차례대로 그의 시선에 들어왔다. 혁련쟁이 피식 웃으며 봉지미에게 물었다.

"이봐, 누런 얼굴. 이쪽이 어머니인가? 정말이지 사납기 그지없는 모녀로군!"

봉지미가 혁련쟁의 말에 사레가 들려 콜록 기침을 했다. 곧이어 그의 쩌렁쩌렁한 목소리가 또 들려왔다.

"아주 마음에 들어!"

이번엔 봉 부인이 사레가 들려 기침을 했다. 손에 들고 있던 목걸이마저 떨어뜨릴 정도였다.

"납폐(納幣)를 하러 오신 겁니까, 세자 저하?"

직접 손을 보려고 준비하고 있던 봉지미는 갑작스러운 봉 부인의 폭발에 너무 놀라 움직이길 까맣게 잊어버리고 있었다. 하지만 혁련쟁이 모습을 드러내고 난 이후로는 다시 정신을 되찾고 차분하고 태연한 얼굴을 해 보였다.

"그래."

혁련쟁이 비스듬한 시선으로 봉지미를 뜯어보며 대답했다. 얼굴이 좀 누렇고 눈썹이 밑으로 처진 게 흠이긴 하지만 자세히 보면 그리 못생긴 것도 아니었다. 그는 겉으로는 차분해 보이지만 알고 보면 오만하고 방자한 봉지미가 꽤 마음에 들었다. 생각하면 할수록 즐거워지는 기색을 숨기지 못한 그가 허공에 대고 휙 손을 휘저으며 소리쳤다.

"팔표(八彪)!"

"예!"

병사들을 향해 금색 채찍을 휘두르던 여덟 명의 호위 무사들이 곧장 달려 나와 예를 갖췄다. '여덟 호랑이'라는 호칭이 아깝지 않은 모습이었다. 잠시 후 여덟 명이 각자 품 안에서 노란 천으로 싸인 작은 보따리를 꺼내 매우 소중한 손길로 올렸다.

'무슨 보물이라도 되는 건가?'

다시 한 번 화가 난 봉 부인이 막 그 물건들을 발로 밟아 버리려던 참이었다. 하지만 부인은 봉지미의 말리는 듯한 시선을 알아차리고는 애써 화를 누르고 뒤로 물러났다.

"우리 민족에게 가장 진귀한 물건을 내 여인에게 주겠다."

혁련쟁이 큰 소리로 말했다.

"매가 하늘을 떠날 수 없고 양이 초원을 떠날 수 없듯 우리 호탁 십이부의 용맹한 사내들도 이를 떠날 수 없다!"

여덟 명의 무사들이 한 치의 오차도 없이 일치하는 동작으로 그 노란 천을 풀었다. 곱디고운 하얀 가루가 눈처럼 환하게 빛나고 있었다. 소금이었다.

여기저기서 웃음이 터져 나왔다. 봉 부인은 깜짝 놀라 두 눈이 휘둥그레졌고, 봉지미는 울지도 웃지도 못한 채 그저 바라만 보고 서 있었다. 한편 안 씨는 물 항아리 뒤에 쪼그리고 앉아 온몸을 벌벌 떨며 웃고 있었다.

"소금…… 소금을 선물하다니……."

하지만 혁련쟁은 엄하게 군은 얼굴로 뻣뻣이 고개를 들고 있었다. 다른 이들의 폭소에도 전혀 개의치 않는 모습이었다.

"중원의 여인네들은 무식하기 짝이 없어!"

"과연 진귀한 선물이 맞는군요."

봉지미가 싱긋 웃으며 고개를 끄덕였다.

"호탁은 바다와는 아주 먼 북강 지역에 위치해 있으니 소금이 귀하지요. 소금은 백성들에게 없어서는 안 되는 아주 중요한 물건입니다. 비단이 없으면 소와 양의 가죽으로 의복을 만들면 되고, 닭고기, 오리고기, 물고기가 없으면 양고기와 소젖을 먹으면 되지요. 하나 소금이 없으면 호탁의 드넓은 초원을 달리는 용사들이 활약할 힘을 잃게 되니 그 무엇보다 중요한 보물이에요. 세자께서는 이 선물을 통해 제가 없어서는 안될 귀한 존재임을 알려 주시고 싶으셨던 것인가요?"

봉지미의 말에 혁련쟁의 두 눈이 반짝였다. 곧 그의 눈가에 환한 미소가 피어올랐다.

"역시 난 그대가 금은보화나 밝히는 상스러운 여인들과는 다르다는 걸 바로 알아봤어!"

"저는 유일무이한 존재이니까요."

봉지미는 줄곧 제자리에 가만히 서서 혁련쟁을 내려다보고 있었다.

"그렇다면 세자께서 정실부인을 맞이할 때는 무슨 선물로 그 여인이 유일무이한 보물임을 보여 주실 생각입니까?"

혁련쟁은 봉지미의 물음에 잠시 진지하게 고민하다 답을 내놓았다.

"소금 종지!"

'……소금 대왕 나셨군.'

봉지미는 소금 종지로 부인을 맞겠다는 호탁의 왕세자를 바라보며 '호탁 왕실은 참으로 알뜰하네' 하고 생각했다.

봉지미는 웃음기가 맺힌 눈으로 혁련쟁을 바라보았다. 살짝 고개를 들고 봉지미를 바라보고 있는 혁련쟁의 웃음 뒤에 옅은 막막함과 우울함이 담겨 있었다. 닿을 수 없는 무수히 많은 별빛이 안개로 가득 찬 짙은 하늘에서 반짝이고 있는 것처럼 더 아득하고 신비롭고 아름다워 보였다.

그 눈동자와 명랑한 표정이 어우러지자 갑자기 누런 얼굴이 누렇지 않게 보이고, 축 처진 눈썹이 처지지 않게 보였다. 엷은 미소에는 단아함과 풍류가 동시에 묻어났다. 하늘 위에 떠 있는 구름처럼 아무런 기척도 없이 다가와 그 아래 선 사람을 아득하면서도 따뜻한 기운으로 감싸 안았다.

혁련쟁은 고개를 들고 누군가를 바라보는 것을 아주 싫어했다. 하지만 어찌 된 영문인지 지금은 자신의 자세가 뭔가 잘못됐다는 생각조차 하지 못하고 있었다. 마치 봉지미가 그렇게 몸을 숙이고 그를 내려다보는 것이, 그가 고개를 들고 봉지미를 우러러보는 것이 처음부터 정해진 일이었던 것처럼.

그의 머릿속이 조금 얼떨떨해지고 있을 무렵 가장 높은 곳에 선 그 여인이 아름답게 활짝 웃으며 말하는 소리가 들렸다.

"제가 전해 듣기로는 초원의 사내들은 여인에게 혼인을 청할 때 모두 자신의 무예를 보여 용맹한 기개를 뽐낸다 하던데요. 세자께서도 소첩을 위해 한번 보여 주시겠습니까?"

혁련쟁은 봉지미의 입에서 나온 '소첩'이라는 두 글자를 듣고는 화려한 장막 안 붉은 조명 아래에 드러난 신부의 매끄러운 살결을 떠올렸다. 그는 망설임 없이 번개처럼 빠른 속도로 외쳤다.

"좋소! 승리한 자만이 가장 뛰어난 여인을 얻는 법이니까!"

"아주 좋습니다."

봉지미가 '연약하고 여린' 자태로 자리를 잡고 앉아 말했다.

"소첩은 무예에 대해 아는 것이 전혀 없습니다. 한데 세자 저하께 이 집의 호위 무사와 싸우시라 할 수는 없는 법 아니겠습니까? 제게 저와 아주 가까이 지내는 계집아이가 하나 있는데 줄곧 초원의 풍채를 우러 러보던 아이랍니다. 그 아이에게 작은 것이나마 한두 가지 가르쳐 주실 수 있으신지요?"

"곁에 두는 계집이라고?"

혁련쟁이 크게 웃으며 말했다.

"난 여인과 싸우지 않는다. 하지만 네가 늘 '곁에 두는' 계집이라면 그 아이도 정복해 주는 것 역시 나쁘지 않겠군. 너와 함께 말이야."

혁련쟁이 '곁에 두는'과 '정복' 두 단어를 유난히 힘주어 말했다. 봉지미는 재미있다는 듯 그를 내려다보며 손을 들었다.

"의의, 여기 널 정복하겠다는 분이 계시네."

푸른빛 그림자가 화려한 면사를 쓰고 호두를 땅에 뱉으며 모습을 드러냈다. 이미 성질이 날 대로 나 버린 그 계집아이가 천천히 앞으로 걸어나왔다.

호두 공격

아름다운 자태의 고 도련님은 옷자락을 흩날리며 느릿하고 여유로운 걸음으로 천천히 걸어나왔다. 키가 지나치게 큰 것을 제외하고는 누가 보아도 아름다운 모습이었다. 중원 사람의 눈에는 기골이 너무 장대해 보이긴 했지만 혁련쟁과 그의 수하 팔표들의 눈은 하나같이 반짝거렸다.

"중원에도 이렇게 키가 큰 여인이 있었다니!"

혁련쟁이 팔표를 돌아보며 웃었다.

"우리 누님보다 더 크군!"

"결사려 공주님께선 초원에서 제일로 아름다운 꾀꼬리가 아니십니까. 그분을 능가할 수 있는 여인은 세상 어디에도 없습니다."

얼굴에 푸른색 독수리를 그려 넣은 남자가 걸걸한 목소리로 말했다.

"저 여인도 나쁘지 않은 것 같긴 합니다."

"삼준이 너, 저 계집이 마음에 든 모양이구나?"

혁련쟁이 크게 웃으며 말했다.

"그럼 네가 상대해 보아라. 이기면 내가 저 의의라는 계집을 상으로 주마."

"감사합니다!"

삼준이라는 건장한 사내가 잔뜩 흥분한 얼굴로 옷을 벗고는 근육질 몸을 드러냈다. 그의 등 뒤에 대고 혁련쟁이 당부하듯 한마디를 보탰다.

"살살 해! 예쁜 여인을 다치게 하지 말고!"

"걱정 마십쇼."

삼준이 가볍게 채찍을 휘두르며 말했다.

"제 여인이 될 아이이니 살살 다뤄야지요."

봉지미는 태연하기 그지없이 호두 껍데기를 까며 그들이 나누는 대화를 잠자코 듣고 있다가 나긋하게 입을 열었다.

"세자 저하. 저희 중원 사람들이 말을 빙빙 둘러 한다는 것은 잘 알고 계시겠지요? 저하와 저하의 수하들이 무예를 뽐내는 자리라고는 하나 이것도 결투와 다름없지 않겠습니까? 승패를 가르는 자리이니 내기를 걸어 보는 게 어떨까요?"

"내기?"

혁련쟁이 이해할 수 없다는 듯 두 눈을 동그랗게 뜨며 되물었다.

"네게 승산이 있다고 생각하는 거냐?"

"내기를 걸어야 더 재미나는 법이지요."

봉지미가 세심한 손길로 호두 껍데기를 까며 대답했다.

"저와는 한마디 상의도 없이 제 사람인 의의를 상으로 걸으셨으면서 제가 제안하는 내기 하나 못 들어주신다는 것입니까?"

"네 것은 곧 내 것이다. 네가 가진 계집이라면 내가 가진 계집이나 다름없어."

혁련쟁이 눈을 가늘게 떴다.

"그런데 네게 무슨 상의를 한단 말이냐? 그래, 내기를 해야겠다면 해도 좋아. 굳이 말릴 이유가 없지. 대신 다 잃고 나서 내 탓을 하면 곤란해."

"물론입니다."

봉지미가 배시시 웃었다.

"약속을 어기는 자는 즉시 제경을 떠나는 겁니다."

"좋아!"

혁련쟁이 호탕하게 대답했다.

"난 평생 단 한 번도 약속을 어긴 적이 없다."

"좋습니다."

봉지미가 싱긋 웃는 얼굴로 턱을 괸 채 흥미로운 눈길로 혁련쟁을 바라보았다.

"소첩이 이기면 오늘부로 혼인 이야기를 거두시고 저와 마주칠 때마다 '이모님'이라고 부르시는 겁니다."

"무엄하다!"

여덟 가닥의 채찍이 허공에서 금빛을 번쩍이며 봉지미를 향해 날아왔다. 금빛 바람이 불어오는 동안 봉지미는 그 자리에 앉아 눈썹 하나 꿈쩍하지 않고 여유롭게 호두 껍데기를 까고 있었다. 그 모습을 바라보던 혁련쟁이 손을 올렸다. 봉지미를 향하던 여덟 채찍이 곧장 허공에서 힘을 잃고 땅으로 떨어졌다.

"매우 대담하군."

혁련쟁이 또 한 번 두 눈을 가늘게 뜨고 봉지미를 바라보았다.

"그대가 지면 무얼 내놓을 생각이지?"

"만약 소첩이 진다면."

봉지미가 호두 알에 남은 얇은 껍질을 후후 불어 내고는 혁련쟁에게 살짝 시선을 돌렸다.

"초원에 가자면 초원에 가고, 제 사람을 내놓으라면 제 사람을 내놓을 것입니다. 하늘 끝 땅끝까지 주군과 함께하고, 주군이 원하는 것이라면 무엇이든 다 해내야지요."

봉지미의 대답을 듣자마자 혁련쟁은 자신이 손해 보는 장사라고 생각했다. 원래부터 그의 첩이 될 여인이니 그가 초원으로 가자면 초원으로 가고 계집을 내놓으라면 계집을 내놓는 것이 당연한 일 아닌가. 하지만 '주군이 원하는 것이라면 무엇이든 다'라는 말에 담긴 봄바람처럼 살랑이는 교태에, 가만히 앉아 호두 속껍질을 후후 불어 내는 그 자태에, 그를 향하는 눈동자 위에 자리 잡은 길고 곧은 속눈썹이 살며시 흔들리는 모습에 마음 깊은 곳 한편이 간지러워 참을 수 없을 지경이 되어 버렸다. 혁련쟁은 속으로 문득 '저 호두는 내게 주려고 까고 있는 걸까' 하는 생각마저 하기에 이르렀다.

혁련쟁은 자신의 입에서 무슨 말이 튀어나오고 있는지 자각하지 못했다. 그저 제 입에서 무언가 말이 튀어나왔고, 다음 순간 모두의 얼굴에 놀란 기색이 피어올랐다는 것만 알 수 있었다. 곧이어 봉지미의 박수 소리와 들뜬 목소리가 들려왔다.

"역시 대장부이십니다!"

봉지미의 입에서 나온 그 칭찬 한마디에 '손해 보는 장사'라는 생각은 완전히 사라져 버렸다. 혁련쟁이 호탕하게 자리를 잡고 앉아 봉지미가 자신이 '원하는 건 무엇이든' 들어줄 때를 기다리는데 봉지미의 목소리가 또 들려왔다.

"소첩 쪽에서는 제 시종이 나갈 것이온데 세자 저하 쪽에서는 누가 나오려나요? 차례대로 한 명씩 나옵니까 아니면 다 같이 몰려나옵니까? 혹시 마지막에는 세자 저하께서 나오십니까?"

혁련쟁은 다 마음에 들지 않는지 한쪽 눈썹을 치켜들었다.

"겨우 계집종 하나 내보내면서 나까지 나서라는 것이냐? 차례대로 나갈 필요도 없다. 그냥 삼준 하나면 충분해."

"하지만 소첩은 제 모든 패를 의의 하나에게 걸었는걸요."

봉지미가 눈썹을 치켜올리며 웃었다.

"세자께서도 한 사람에게만 거는 도박을 하시겠습니까?"

"못할 게 뭐 있어?"

혁련쟁이 오만한 얼굴로 말했다.

"삼준. 잘 상대해."

"걱정 마십시오! 오늘 삼준과 세자 저하 모두 신방에 들게 될 것이옵니다."

눈썹에 맹수를 그려 넣은 다른 사내가 혁련쟁보다도 더 자신만만하고 오만한 기세로 웃으며 말했다. 봉지미는 자리에서 일어나 천천히 '의의'의 옆으로 다가가더니 걱정스러운 듯 한숨을 내쉬었다.

"어휴, 우리 불쌍한 의의. 이렇게 여리고 약한 몸으로 호탁의 세자 저하를 지키는 용맹한 전사와 결투를 벌여야 하다니……."

"그 아이도 내기에서 이기면 원하는 걸 하나 들어주겠다."

더 대범해진 혁련쟁이 호탕하게 말했다. 봉지미가 재빨리 고남의 귓가에 입을 대고 속삭였다.

"어서 말해, 어서."

"끝나고 할게."

평소 봉지미의 말에 대꾸조차 잘 하지 않던 고남의가 웬일로 입을 열었다. 당황한 봉지미는 고개를 들고 조금 멍한 얼굴로 고남의를 바라보았다.

'뭐야, 설마. 아니지? 정말 원하는 걸 말하겠다고? 네가?'

도대체 무슨 바람이 분 건지 봉지미는 도무지 알 수 없었다.

봉지미는 너무 놀라 고남의에게 지나치게 가까이 붙어 있다는 사실을 전혀 깨닫지 못했다. 너무 가까워 하마터면 고남의의 턱에 제 얼굴을 부딪칠 뻔하기까지 했다. 고남의의 얼굴을 가리고 있는 망사가 아니었다면 봉지미의 속눈썹이 그의 뺨에 닿고도 남을 거리였다.

만사에 무관심한 고남의는 무심코 내리깐 시선에 들어온 여인의 매끄러운 이마와 곧은 눈매를 발견하고는 순간 조금 굳어 버렸다. 아무래도 이 여인이 너무 가까이 다가온 것 같았다. 지나치게 가까이.

갑자기 이유를 모르게 마음이 까슬해졌다. 고남의는 그 느낌이 불편했다. 꼭 절벽 아래 떨어진 작은 호두를 보고 있는 것만 같았다. 향긋한 내음이 그에게까지 와 닿는데도 막상 손을 뻗으면 결코 닿을 수 없는 그런 느낌이었다.

고남의는 그 자리에 서서 한참을 생각했다. 하지만 지금 이 감정의 출처가 어디고 그 이유가 무엇인지는 생각해 내지 못했다. 결국 그는 가장 직접적인 방법을 택하기로 마음먹었다. 바로 봉지미를 단숨에 밀어내곤 뒤도 돌아보지 않은 채 걸어나가는 것이었다.

호탁의 부하들은 여전히 태연하기 짝이 없는 모습으로 서로 떠들며 웃고 있었다. 오늘 밤 삼준이 신방으로 들어가는 일이 그들의 주된 이야깃거리였다. 혁련쟁은 그들 옆에 앉아 추가 저택의 하인들이 내온 차를 마시며 봉지미의 동작 하나하나를 주시했다. 봉지미는 보면 볼수록 재미있었고, 차는 마시면 마실수록 향이 좋았다.

고남의가 성큼성큼 앞으로 걸어나오자 서로 잡담을 나누던 팔표들이 갑자기 조용해졌다.

혁련쟁 역시 주변의 고요한 분위기를 알아차리고는 고개를 돌려 고남의를 쳐다보았다. 뜨거운 김이 오르는 차가 하마터면 목에 그대로 걸릴 뻔했다.

고남의의 손에는 어느새 매우 특이하게 생긴 옥검이 들려 있었다. 몸통 전체가 피처럼 붉은색을 띠고 있었다. 그의 손에 들린 것은 옥 중에서도 매우 귀하다는 혈옥(血玉)이었다. 칼자루는 금색이었는데 화려한 보탑 양식까지 정교하게 새겨져 있었다. 금색 보탑에 핏빛 칼날. 분명

서로 어울리지 않는 기이한 조합이었지만 정체를 알 수 없는 서늘함을 안겼다.

고남의는 아무것도 하지 않고 곧은 자세로 서 있었다. 주변에는 아무런 장애물도 없었지만 자세히 살펴보면 모든 공기의 흐름이 그의 주변을 둘러싸고 있었다. 그것을 뚫고 들어갈 틈 따위는 조금도 없었다.

걸음걸이, 무기, 기개까지 그를 둘러싼 모든 것이 그가 예사로운 인물이 아니라는 것을 여실히 보여 주고 있었다. 초원의 전사들과 혁련쟁이 이쯤에서도 고남의가 예사 사람이라고 생각한다면 지금껏 인생을 헛되이 산 것이었다.

삼준이 잔뜩 심각해진 얼굴로 혁련쟁을 바라보았다. 혁련쟁은 들고 있던 찻잔을 천천히 내려놓더니 고개를 들어 하늘을 바라보았다. 한참 뒤 그는 여전히 확신에 찬 얼굴로 삼준에게 손짓을 보냈다. 삼준의 얼굴이 흠칫 굳었다가 별말 없이 등 뒤에서 금망치 한 쌍을 빼 들고 성큼성큼 걸어나갔다.

봉지미는 혁련쟁에게 약간의 경외심을 느꼈다. 고남의가 예사롭지 않다는 것을 알아보았지만 자신의 명예를 수하에게 모두 맡겼다. 제 사람에 대한 확신과 신뢰가 비범할 정도로 강한 인물이라는 생각이 들었다. 저런 사람은 누군가를 위해 기꺼이 죽음을 택할 수 있을 것이었다.

주군에 대한 감사와 경의로 마음이 들끓은 삼준은 쿵쿵 소리를 내며 자신 있게 걸어나갔다. 양손에 육중한 망치를 든 삼준은 지금까지 불패를 기록한 자신의 지난 전투를 생각하며 제 앞에 느긋이 서 있는 고남의를 바라보았다. 순간 삼준은 방금 전 뭔가 잘못 본 게 분명하다고 생각했다. 눈앞에 선 사내는 손에 들린 호두를 물끄러미 쳐다보고 있었다.

"하아!"

거대한 금망치가 거센 바람을 일으키며 아래로 내리꽂혔다. 고남의의 머리 위로 태양이 추락하는 듯했다. 당장이라도 고남의를 산산조각 낼 것 같은 바람에 고남의의 옷자락이 펄럭였다. 길고 마른 그의 몸이 당장이라도 휩쓸려 날아가 버릴 것만 같았다.

쨍강. 맑은 소리가 들려왔다. 얇고 긴 소리가 윙윙거리며 길게 늘어지는 듯하더니 금색 빛이 삽시간에 자취를 감췄다. 피처럼 붉은빛이 금색 망치 위를 휙 지나갔다. 고남의의 손에 들린 옥검이었다. 망치가 그에게 닿기 직전 붉은 검이 번개처럼 튀어나와 망치를 뚫은 것이다. 단단한 금망치가 얇디얇은 옥검에 베였다니, 상상조차 할 수 없는 경지의 내공과 순발력이 있어야만 가능한 일이었다.

혁련쟁의 안색이 눈에 띄게 변했다. 줄곧 대수롭지 않다는 태도로 일관하던 팔표들이 헉, 숨을 들이켰다.

봉지미는 다소 따분한 듯 처마 밑에 자리를 잡고 앉아 손가락 끝으로 탁자를 툭툭 내리치고 있었다. 속으로는 '저 붉은 막대기로 둥그런 노란 걸 뚫은 모양이 꼭 만능 서책에서 본 막대 사탕이란 물건이랑 비슷하잖아. 내일 하나 만들어서 고남의에게 상으로 줄까' 하고 생각하고 있었다.

고남의의 옥검은 여전히 망치를 뚫은 채였다. 삼준의 얼굴은 어느덧 잿빛으로 변해 있었다. 고남의는 고개를 들고 그 망치를 힐끗 쳐다보더니 손가락을 살짝 움직였다. 핏빛 그림자가 다시 한 번 번뜩이는 순간, 단단하던 금망치는 속수무책으로 조각났다. 처음에는 둘이었던 금덩어리가 이젠 넷이 되었다.

고남의는 땅에 떨어진 금덩어리를 발로 툭 차고는 느릿하게 몸을 돌렸다. 순간 삼준이 바닥에 떨어진 망치 조각 하나를 주워 들고 고함을 내지르며 고남의에게 또 한 번 달려들었다.

고남의는 고개조차 돌리지 않고 그를 단숨에 걷어찼다. 핏빛 그림자가 다시 한 번 번뜩이더니 넷은 이제 여덟이 되었다. 삼준은 끈질기게 또 기어 일어나 팔 분의 일이 된 망치를 들고 고남의에게 달려들었다. 고남의가 다시 발길질하자 망치 조각은 이제 먼지가 되어 허공에 흩날렸다.

바닥에 쓰러진 삼준이 조각난 이를 퉤 뱉었다. 잇몸에 반쯤 걸친 채 덜렁거리는 이 하나를 짜증스럽게 뽑아내고는 거칠게 짓밟았다. 이젠 마당에 있는 돌 의자를 집어 든 삼준이 휘청거리며 또 한 번 고남의에게 달려들었다.

"그만!"

잔뜩 화난 혁련쟁이 찻잔을 집어 던지며 소리쳤다.

"삼준, 그만해! 이미 졌어!"

"아니요!"

피로 칠갑한 삼준이 혁련쟁보다 더 큰 목소리로 외쳤다.

"저는 싸움에서 져도 좋고 죽어도 좋습니다. 하지만 제가 모시는 초원의 주군이 일개 중원 계집에게 이모님이라고 부르는 일은 결코 없을 것입니다!"

삼준이 고남의의 머리를 향해 돌 의자를 던지려 하자 고남의가 팔을 휘둘렀다. 돌 의자와 삼준의 머리가 동시에 고남의의 겨드랑이 아래에 속절없이 갇히고 말았다. 그의 팔이 엇갈리자 돌 의자는 먼지가 되어 사라지고 삼준은 자욱한 먼지 속에서 피를 토해 내더니 이내 썩은 포대 자루처럼 땅바닥에 버려졌다.

바닥에 쓰러진 삼준은 한참이나 몸부림쳤지만 결국 일어나지 못하고 바닥을 기며 고남의의 발목을 붙잡으려 했다. 피와 먼지로 범벅이 된 바닥을 기던 삼준이 엉망이 된 얼굴을 겨우 들어올렸다. 어느덧 찢어진 그의 눈가에서도 피가 흐르고 있었다.

'내가 죽는 한이 있더라도 주군이 모욕을 당하는 걸 두고 볼 수는 없어!'

봉지미가 그를 조금 안쓰럽게 바라보았다. 혁련쟁에게 이토록 충심이 가득한 부하들이 있을 거라고 생각해 본 적이 없었다. 이대로 가다간 혁련쟁과 생사의 원수가 될지도 모를 일이었다.

봉지미는 잠시 고민에 빠졌다. 고남의에게 이제 그만두라고 이르고 한 걸음 물러서는 게 좋을지도 모르겠다는 생각이 들었다. 혁련쟁 역시 똑똑한 사람이니 오늘 이후로 자신을 괴롭히는 일도 없을 것이었다.

다만 변수는 따로 있었다. 봉지미가 멈추라는 신호를 몇 번이나 보냈는데도 고남의는 그 신호를 완전히 무시했다. 고남의는 느릿하게 몸을 돌려 삼준을 내려다보고만 있었다. 그의 얼굴을 가리고 있는 망사마저 미동조차 하지 않았다.

놀라지 않을 수 없었다. 봉지미는 당황한 눈으로 그를 바라보았다.

'어떻게 된 거지? 왜 꼭 화난 것처럼 저러는 거야? 화를 내? 고남의가? 고남의도 화를 낼 줄 안다고?'

봉지미의 머릿속에 꼬리에 꼬리를 무는 의문들이 쏟아져 나오던 때, 삼준은 필사적으로 고남의의 다리를 붙들고 물어뜯고 있었다. 곧 고남의의 손에 들린 옥검이 번개처럼 빠르게 빛을 내며 움직였다.

챙. 어디선가 날아온 푸른 그림자가 고남의의 손에 들린 검을 막아 냈다. 혁련쟁은 돌 의자로 고남의의 검을 막아 내며 그 무게를 견디기 힘든 듯 몸을 떨고 있었다. 하지만 얼굴에는 여전히 호탕한 웃음이 가득 걸려 있었다.

"졌다, 졌어! 이놈이 인정하지 않아도 내가 인정하지."

삼준은 눈물범벅이 된 얼굴로 또 한 번 고남의에게 달려들려고 했지만 이번에는 혁련쟁이 발로 그를 걷어찼다.

고남의는 그냥 물러날 생각이 없는지 검을 움직였다. 그를 막고 있던 돌 의자가 두 동강 나고 혁련쟁의 겉옷마저 반토막이 났다. 하마터면 그의 바지까지 잘려 나갈 뻔했다.

혁련쟁은 조금도 개의치 않는다는 듯 대충 옷매무시를 정리하곤 고남의에게 말했다.

"아주 대단하군!"

이어서 호방한 걸음으로 봉지미의 앞으로 가 한참 동안 뚫어지게 쳐다보더니 큰소리로 외쳤다.

"이모님!"

너무 놀란 봉지미는 그만 손에 들고 있던 호두를 산산조각 내고 말았다.

'진짜 했어!'

"저 무사가 내기에서 이겼으니 원하는 것도 들어줘야겠군."

혁련쟁은 얼굴색 하나 변하지 않고 덤덤하게 말했다.

"모두 말해 보게. 다 들어줄 테니."

봉지미는 왠지 조금 불안해졌다. 오늘의 고남의는 분명 평소와 달랐다. 그가 무엇을 요구할지 짐작되질 않았다. 제발 수습할 수 없을 정도로 엄청난 사고만 치지 않기를 바랄 뿐이었다. 무관심한 얼굴로 가만히 서 있던 고남의는 뜰 한편에 놓여 있던 소금을 가리켰다.

"예물로 가져온 것을 먹어라."

"……."

일순간에 물을 끼얹은 듯 주변의 분위기가 가라앉았다. 봉지미는 손에 들고 있던 호두를 또 조각내고 말았다.

혁련쟁이 고개를 획 돌리고 잠시 고남의를 응시했다. 그러고는 무언가 알겠다는 듯 하하 웃음을 터트리고는 단숨에 소금 한 움큼을 쥐어 입에 가져다 넣었다.

"안 됩니다! 저희가, 저희가 먹겠습니다!"

멍해져 있던 팔표들이 앞다퉈 달려 나가 세자의 손에 들린 소금을 빼앗았다.

모두가 어안이 벙벙한 얼굴로 초원의 사내들이 서로 소금을 뺏어 먹는 광경을 지켜봤다. 소금을 입에 털어 넣은 팔표들의 얼굴이 모두 시퍼렇게 질려 갔다. 오직 혁련쟁만이 태연한 모습을 유지했다. 그는 어떤 순간에도 저 꼿꼿하고 강인한 모습을 지킬 줄 아는 사람인 것 같았다. 그는 몸에 묻은 먼지와 소금을 툭툭 털어 내고는 옷매무시를 다시 가다듬고 건장한 두 다리로 봉지미의 앞까지 거침없이 걸어와 똑바로 응시했다.

봉지미 역시 그의 시선을 피하지 않고 덤덤히 마주하며 배시시 웃어 보였다.

"초원의 사내들이 이모에게 아주 좋은 구경거리를 보여 주었네요!"

봉지미의 말에 팔표들의 얼굴이 시커멓게 굳어졌다.

혁련쟁이 갑자기 웃음을 터뜨렸다. 평소와 다르지 않은 웃음이었지만 그의 호박색 눈동자 저편에서 조금의 교활함이 묻어났다. 한밤중에 초원을 거니는 여우같은 눈빛이었다.

그가 옷을 툭툭 털더니 봉지미에게 천천히 한 걸음 더 가까이 다가갔다. 그러고는 소금 때문에 잠겨 버린 목소리를 가다듬고 말했다.

"내가 그만 깜박 잊고 말을 안 해준 게 있어서 말이야. 우리 초원의 사내들은 이모도 취할 수 있거든."

"……."

좋은 소식은 대문을 넘지 않고 나쁜 소식은 천 리 밖까지 닿는다고 했던가. 호탁의 왕세자가 추 도독의 외조카에게 혼인을 청했다가 망신을 당했다는 소식 역시 며칠 되지 않아 온 제경에 퍼져 나갔다.

정확히 무슨 일이 있었는지 구체적인 내용을 아는 이는 거의 없었다. 단지 그 유명한 팔표가 엉망이 된 몰골로 추가 저택에서 나왔다는 사실과 호탁 왕세자가 벌써 며칠째 말도 하지 못하고 모든 걸 손짓으로 대체하고 있다는 사실은 모두가 다 알고 있었다. 심지어 그가 하는 손짓을 알아보는 자가 아무도 없다는 소식까지 함께였다.

그 덕에 조정 내외로 여러 가지 형태의 이야기들이 퍼져 나가고 있었다. 봉지미마저 들어 봤을 정도였다. 누구는 세자가 그 봉 씨 아가씨의 못생긴 용모를 보고 놀라 도망갔다고 했고, 다른 누구는 그 봉 씨 아가씨가 혼인을 못하겠다며 울고불고 떼를 써서 세자가 화가 나 뛰쳐나왔다고 했다. 또 다른 누구는 그 두 이야기 모두 터무니없는 헛소문이고 사실은 추 도독의 외조카가 온 세상이 놀랄 만큼 뛰어난 여인이라 어머니인 봉 부인이 소란을 피워 쫓아 보낸 것이라고도 했다. 그 소문을 들은 봉지미는 억울하게 비극의 배후가 된 봉 부인에게 잠시나마 애도의 시간을 가졌다.

봉지미는 자신을 위해서도 애도의 시간을 가졌다. 유명세를 치르고 싶지 않았지만 결국은 치르게 된 것에 대한 애도였다. 지금 봉지미는 제경의 그 어느 아가씨보다도 이름을 날리는 신세가 되어 버렸다. 심지어 이부 상서 화문염의 딸 화궁미보다도 더 유명해졌다.

일이 어찌 되었든 간에 봉지미는 나름 편안한 나날을 보내고 있었다. 일을 하나씩 마칠 때마다 새로운 일이 계속 배정됐다. 황제는 자신의 정치, 군사적 공적을 드러내기 위해 『천성지(天盛志)』라는 책을 엮을 준비를 하고 있었다. 경서, 역사서, 제자(諸子), 시문집 등을 비롯하여 천문, 지리, 역사적 문물과 민속 풍토까지 모두를 아우르는 내용이었다. 대학사 호성산이 총재를 맡고 청명서원의 서원장인 신자연과 사업(司業) 위지가 부총재를 담당하며 청명서원 출신의 인재들과 한림원 서길사(庶吉士)까지 모두 한데 모여 『천성지』를 전무후무한 최고의 책으로 만들어 내는 일에 매진했다.

내년 황제의 탄신일에 맞춰 책을 완성하려면 책 편찬에 참여하는 신료들은 모두 황실 서고 근처에 있는 작은 편전에서 작업해야 했다. 총재와 부총재는 아예 궁 안에 거처를 마련하고 일이 늦어지는 날에는 궁 안에서 휴식을 취하기도 했다.

봉지미가 요즘 가장 자주 드나드는 곳은 청명서원과 궁이었다. 추가 저택 쪽에는 아예 췌방재 사방에 병사들을 깔아 두고 누가 가까이 다가오기라도 하면 '병자가 있다'라고 겁을 주어 쫓아내는 방법을 택했다. 어느 정도 시간이 지나자 추가 안에서는 죽은 옥화의 원혼이 췌방재 주변을 맴돌아 자꾸 탈이 난다는 말이 나오기 시작했다. 이윽고 누구도 그 근처를 지나다니지 않게 되었다.

아침 일찍부터 청명서원으로 떠나려던 봉지미는 제대로 자리를 잡고 앉기도 전에 그 '미남자'가 늘 입고 다니는 반투명한 바지부터 발견하고 말았다.

"위지, 위지!"

"예. 따로 분부하실 일이라도 있으십니까, 서원장님?"

봉지미가 속으로는 '저렇게 친한 척하며 부르는 걸 보니 또 무리한 부탁을 할 모양이군' 하고 짜증을 삼키며 신자연을 향해 나긋이 인사했다.

"위지, 너무 내외하는 거 아니야?"

신자연이 봉지미의 손을 잡아끌며 눈웃음을 쳤다.

"위지, 이러다 나 정말 죽겠다니까. 요즘 정말 바빠도 너무 바쁘잖아. 호 영감은 이름만 총재지 사실 원래 하던 일만 해도 눈코 뜰 새 없이 바쁜 양반이거든. 말들 풀 먹이고 군영에서 온 전보 전하는 것만으로도 말이야. 그래서 책 쓰는 일은 다 내가 떠안아 버렸잖아. 그것 때문에 우리 청명서원에 신경 쓸 겨를이 없지 뭐야. 부탁인데 위 사업 그대가 정사원을 좀 신경 써 주면 안 될까?"

신자연의 말에 봉지미가 싱긋 미소를 지어 보였다. 청명서원에 대한 영혁의 관심이 정사원이 아닌 군사원으로 바뀌었다는 사실을 봉지미 역시 알고 있었다. 전쟁을 눈앞에 두고 있으니 우수한 군사력이 가장 강력한 자원이 되는 시기였다. 반면 손에 쥐고 있던 정사원의 귀족 자제들은 그가 이미 조정에서 자리를 잡고 활발히 활동하고 있는 이 시점에서는 이용 가치가 많이 떨어졌다고 할 수 있었다. 이런 연유로 신자연이 이토록 거리낌 없이 봉지미에게 정사원을 넘겨준다는 말도 할 수 있는 것이었다.

정사원의 귀족들을 단속하는 게 여간 어려운 일이 아니라는 이야기를 들은 적이 있었다. 시도 때도 없이 말 같지도 않은 소동을 일으키고 다니는 그들을 제대로 처리하고 관리해 내지 못하면 제경에서 난다 긴다 하는 귀족들 모두와 적이 되는 불상사가 생길지도 모르는 자리였다. 그걸 봉지미가 선뜻 받아들일 거란 생각을 했다면 물론 오산이었다.

"서원장님."

봉지미가 매우 신중하게 신자연의 기색을 살피며 말했다.

"요즘 들어 무리를 많이 하신 탓인지 안색이 누렇고 야윈 것이 영 보기 안쓰럽습니다."

"그러니까 말이야."

시름에 찬 얼굴을 한 신자연이 소맷자락으로 코를 훔쳤다.

"그러니 제발 나 좀 도와주게……."

"정사원엔 대단하신 공자들이 많지 않습니까."

봉지미가 더 시름에 찬 표정을 지어 보였다.

"저는 담이 작아 욕하지도 때리지도 못하는 인물입니다. 도저히 그들을 관리할 능력이 없어요……."

"때려도 되고 욕해도 돼."

신자연이 코를 훔치던 손을 내리고는 불쑥 말했다.

"무슨 일 생기면 다 내가 책임질게."

"좋습니다."

봉지미가 잔뜩 찌푸렸던 미간을 바로 풀고는 의자 위에 걸쳐져 있던 신자연의 새 옷을 집어 들었다. 나지도 않은 이마의 땀을 그 값비싼 옷의 소맷자락으로 닦고는 옷을 마구잡이로 구겨 툭 내던졌다.

"그럼 정말 하는 수 없이 제가 한번 맡아 보겠습니다."

신자연은 의자에 앉은 채로 어느덧 허전해져 버린 자신의 등 뒤를 돌아보다 저 멀리 작아지고 있는 봉지미의 뒷모습을 바라보았다.

'아무래도 어쩌면…… 저 녀석에게 또 이용당한 걸지도 모르겠군…….'

"오화마야, 천금구야……."

오후 수업까지 반 시진 정도 남은 무렵이었다. 다들 식사를 끝낸 지 오래였지만 식당은 여전히 시끌벅적했다. 한 무리 서생들이 탁자 하나를 빙 둘러서 가위바위보를 하고 있었는데, 진 사람이 벌칙을 수행할 때마다 천둥 같은 폭소 소리가 들려왔다.

그들은 모두 과거에 합격할 가망이 없는 자들, 즉 머지않아 음서로 관직에 진출할 귀공자들이었다. 신자연이 청명서원에 자리를 지키고 있을 때는 모두 얌전히 말을 잘 들었지만 최근 들어 그가 다른 일로 바빠지며 자리를 비우는 일이 잦아지자 점점 더 대범해지고 있었다.

그들의 소란이 더욱 요란해지자 누군가 슬그머니 다가와 호기심 넘치는 얼굴로 물었다.

"다들 여기 모여 무얼 하고 계십니까?"

"멍청하긴. 보면 몰라? 가위바위보잖아."

공자들 중 하나가 무심하게 대답했다.

"같이할 거면 은자를 가져와라. 한 판에 은자 두 냥이야. 처음엔 열 냥을 내야 하고."

"은자가 없는데 이 물건으로는 안 될까요?"

호기심 많은 자가 사람 좋은 목소리로 물으며 웬 물건 하나를 쑥 꺼내 놓았다. 의자 위에 쪼그리고 앉아 있던 공자가 탁자 위로 손을 뻗어 그가 내민 물건을 잡았다. 뭔가 심상치 않은 촉감에 줄곧 놀이에만 집중되어 있던 시선이 획 아래로 내려갔다. 그가 손에 든 건 서원 내에서의 높은 신분을 증명하는 명패였다. 매끈한 고동색 패의 윗면에 '사업'이라는 두 글자가 선명하게 새겨져 있었다.

놀란 탓에 잠시 멍하니 있던 그가 고개를 돌렸다. 봉지미가 배시시 웃으며 그를 바라보았다.

"요 공자, 참 활력이 넘치십니다."

"뭐야, 너였어?"

조정 내 일인자인 대학사 요영의 아들이자 얼마 전 고남의에 의해 손가락이 잘린 바로 그 요 공자, 요양우였다. 요양우는 패에 적힌 '사업'이라는 두 글자에 흠칫 놀라 굳은 모습을 보였지만 그자의 정체가 자신의 원수인 봉지미라는 것을 확인하자마자 마음속에서 이름 없는 불씨가 타닥타닥 타오르기 시작했다. 그는 거만한 얼굴로 입꼬리를 씩 올리며 비아냥거리듯 말했다.

"뭐야? 사업 대인께서도 같이 한판 하시려고요? 그럼 은자를 내셔야지요. 누가 와도 판돈은 똑같답니다……."

그가 손가락으로 봉지미의 패를 빙빙 돌리며 가지고 놀다 저 멀리로 획 던져 버렸다.

"이런 쓸데없는 패 따위! 값도 안나가는 게!"

패가 바닥으로 떨어지며 쨍그랑 하는 맑은 소리에 모두 쥐 죽은 듯 고요해졌다.

"그런가?"

봉지미가 여전히 웃는 얼굴로 말했다.

"황실에서 글자를 새기고 내무사에서 만들어 황제 폐하께서 친히 내려 주시고 자네 아버지께서 직접 내게 전해 주신 이 물건을 고작 은자 열 냥과 바꾸려 했다니…… 황제께서 노하시고 자네 아버지께서 노하실까 두렵군. 네가 감히 천성황조의 존엄한 법도를 무시하다니 말이야…… 당장 주워 와!"

줄곧 웃는 얼굴로 나긋나긋 말을 이어 가던 봉지미가 마지막 한 마디에 안색을 완전히 뒤바꾸고 엄청난 소리로 호통을 쳤다. 번개보다 날카롭고 천둥보다 무시무시한 목소리였다. 허공을 가르는 칼날 같은 기세에 가만히 서서 듣고 있던 이들 모두 흠칫 몸을 떨었다.

요양우는 알 수 없는 표정으로 봉지미를 바라보았다. 늘 온화하고 상냥한 봉지미가 이토록 무섭게 화내는 걸 처음 봤다. 유유히 가던 봉황이 일순간 날카롭고 뾰족한 발톱을 드러내고 날아오는 것만 같았다.

멍해진 요양우가 무슨 반응을 보이기도 전에 봉지미가 가까이 다가가 그가 쪼그려 앉아 있던 의자를 발로 걷어찼다. 아무런 방비도 하지 않고 있던 요양우는 그대로 중심을 잃고 바닥으로 떨어졌다. 하필이면 봉지미의 발 앞이었다.

봉지미는 한쪽 발로는 그의 등을 밟고 한쪽 발에는 자신의 패를 휙 걸어 올렸다. 패가 탁자 위에 툭 올라가자 봉지미는 이내 평소의 우아한 미소를 되찾았다.

"자, 이젠 조금 값이 나가 보입니까?"

뻣뻣하게 굳어 버린 공자들은 한참이 지난 후에야 겨우 하나둘 고개를 끄덕였다. 봉지미가 허공에 손을 휘젓자 서원 일꾼들이 곧장 식당 문을 닫았다.

"그럼 이제 놀이를 시작해 봅시다."

봉지미가 나긋이 말했다.

"놀이를 해야겠다니 내가 놀아 드려야지. 이 패가 값은 나가지 않으나 여기 계신 여러분 모두 인정하였으니 난 은자 대신 이걸 걸고 놀이에 참여하도록 하겠습니다. 여러분들은 하던 대로 한 판에 두 냥씩 내도록 하세요. 한 명도 빠짐없이 모두 참여하는 겁니다. 내가 질 때까지 끝은 없습니다. 내가 종일 이기면 놀이도 종일 하는 거예요. 여길 떠나지도 먹지도 자지도 못하고 말이지."

시퍼렇게 질린 얼굴들을 바라보며 봉지미는 가볍게 웃었다.

"이왕 놀 거면 제대로 놀아야지."

구경거리를 쫓아 봉지미의 뒤를 따라 식당으로 들어온 몇몇 오래된 사감들이 속으로 마구 욕을 뱉었다.

'저, 저런 뻔뻔스러운!'

값이라고는 하나도 나가지 않는 패를 가지고 은자를 대신하겠다니. 그건 절대 지지 않는 놀이나 마찬가지였다. 한마디로 상대방이 돈을 모두 잃을 때까지 버티겠다는 말에 불과했다. 더군다나 먹지도 자지도 못하게 하겠다니 호통치고 혼내는 것보다 몇 배는 더 무서운 벌이었다.

공자들이 다시 놀이를 시작했다. 다들 재미라고는 하나도 없이 억지로 놀이를 하는 것은 난생처음이었다. 봉지미는 세상 그 누구보다도 비열했다. 봉지미는 놀이가 끝날 때까지 정말로 떠나지도 먹지도 자지도 못한다면 서원의 일은 누가 돌보느냐며 곧 자리를 떴다. 공자들 역시 봉지미가 없는 틈을 타 식당에서 탈출하려 했다. 하지만 식당 밖에 정사품 무사인 고남의 어르신께서 떡하니 자리를 잡고 있어서 소용없었다. 고남의의 상징이나 다름없는 하얀 망사 갓이 그의 절대 무공을 여실히 보여 주고 있었다. 그는 말없이 호두를 들고 서 있는 것만으로 식당 안을 단숨에 휘어잡았다.

"배가 아픈데……."

누군가 아랫배를 움켜쥐고 나오면서 말했다. 뒷간을 핑계로 빠져나갈 생각이었다. 하지만 고남의가 들고 있던 호두 껍데기를 손가락으로 튕기자 당장이라도 터져 나올 것만 같던 변의가 흔적도 없이 사라졌다.

"내가 병이 있어서……."

이번에는 다른 공자가 나오더니 아예 땅에 드러눕고 꾀병을 부리기 시작했다. 고남의가 들고 있던 호두 껍데기를 다시 손가락으로 튕기자 어지럽다며 뒤로 넘어가던 이의 병이 씻은 듯 나았다.

"집어치워! 강제로 물건을 사게 하는 자는 봤어도 강제로 놀이를 시키는 자는 본 적이 없다고!"

결국 인내심이 바닥난 공자 하나가 소리를 질렀다. 고남의가 손에 들고 있던 호두 껍데기를 손가락으로 튕겨 내자 고래고래 소리를 지르던 입이 단단히 다물어졌다.

다들 나갈 궁리를 하며 이런저런 시도를 벌이는 동안 한쪽 구석에 있던 사감과 일꾼들이 슬금슬금 문으로 다가갔다. 어느 하나가 문을 열려고 손을 가져다 댄 순간이었다. 갑자기 한바탕 폭우가 쏟아지는 것처럼 후드득 소리가 들려오더니 육중한 나무 문을 뚫고 셀 수도 없이 많은 구멍이 생겼다. 곧 밤하늘 별빛이 구멍 사이로 스며들었다. 웃음기를 머금은 아름다운 눈동자 한 쌍이 호두로 뚫린 구멍 사이로 그들을 바라보고 있었다. 배불리 먹고 푹 자서 개운해진 봉지미가 다시 돌아온 것이었다.

문 앞에 서 있던 이는 그 자리에서 까무러쳐 버렸다. 호두 공격으로도 모자라 귀신 소동이라니. 그자가 감당하기에는 너무 벅찬 일이었다. 그렇게 꼬박 사흘이 지났다. 여기저기 쓰러진 사람들 사이에서 아직 의식을 차리고 있는 이는 단 둘뿐이었다. 당연히 봉지미와 그의 호두 무사였다.

"인생 처음으로 패배를 바랐건만 결국은 이뤄지질 않네……."

봉지미가 사람들 사이에 홀로 서서 길게 한숨을 뱉었다.

고남의 도련님은 여덟 번째 호두를 입에 넣고 있었다.

청명서원에서는 그날 이후 그 누구도 가위바위보 놀이 따위를 하지 않았다. 사흘 내내 붙잡혀서 고통 받았던 공자들은 가위바위보 놀이를 하는 사람만 보면 부리나케 숨었고 도박 패에 그려진 새만 보아도 구역질했다.

서원은 한동안 조용했다. 하지만 얼마 지나지 않아 공자들은 다시 따분함을 느꼈다. 그들은 서원에서 금지하는 가위바위보 도박 대신 공놀이를 하기로 했다. 재미도 있고 신체 단련에도 좋아 황제도 적극적으로 권유하는 놀이이니 봉지미도 뭐라 하지는 못할 게 분명했다.

정사원 앞의 넓은 뜰에서 공놀이가 시작됐다. 하지만 공놀이는 점차 도박으로 변해 갔다. 공놀이가 시작되고 이틀이 지난 후 봉지미가 그의 호두 무사와 함께 그들을 찾아왔다.

한창 공놀이를 즐기고 있던 공자들은 두 사람을 보자마자 그만 다리에 힘이 풀리고 말았다. 다행히도 오늘 봉지미는 매우 온화했다. 정말 관중으로서 구경하러 온 게 다였다. 봉지미가 별다른 눈치를 채지 못한 듯하자 공자들의 담도 조금씩 커져 갔다. 공놀이가 세 판쯤 진행되었을 때였다. 봉지미가 고남의에게 불쑥 물었다.

"뭔지 알겠지?"

고남의가 답했다.

"공을 빼앗아 상대의 문에 집어넣는다."

봉지미가 뿌듯한 얼굴로 고남의를 칭찬하더니 그들과 함께 놀아 보는 것이 어떻겠냐고 제안했다. 고남의가 별말 없이 그들에게 다가갔다. 공놀이패의 말로는 이미 정해진 것이었다.

고남의는 만년 묵은 옥 조각상처럼 멀뚱히 서서 호두를 까먹다가 공이 다가오면 상대의 얼굴에 호두 껍질을 뱉어 버리고는 손에 들린 공을 빼앗아 한 방에 점수를 내 버렸다. 어떠한 각도에서 어떠한 방향으로 어떠한 속임수를 동원해 공을 던져도 마지막 관문에만 도달하면 결국 그의 앞에 무릎을 꿇어야 했다. 이러한 상황이 끝없이 반복되다 보니 이 놀이를 계속하느니 차라리 죽는 게 낫겠다는 생각마저 들었다.

공놀이패의 우두머리인 요양우 공자는 열여덟 번째 공격마저 막히자 땅에 떨어진 공을 주워 들고 하늘을 향해 처절하게 소리쳤다.

"하늘이시여! 도대체 왜 이러시는 겁니까!"

고남의가 그에게 다가가 공을 빼앗더니 그것으로 그의 얼굴을 꾹 눌렀다.

"반칙이야."

고남의 도련님이 호두를 씹으며 단호하게 말했다.

청명서원은 개원 이래 가장 평화롭고 조용한 나날이 계속됐다. 청명서원의 사업 봉지미는 서원장의 뒤를 잇는 진정한 실세가 되었다. 서생들 중 특히 그 공자들은 봉지미를 발견할 때마다 저 멀리 달아나느라 바빴다. 그럴 때마다 봉지미는 영문을 모르겠다는 듯 온화한 얼굴로 말했다.

"나 그렇게 어려운 사람 아닌데."

'어려운 사람이 아닌' 봉지미는 호루라기를 만들었다. 서원 내부에 놀이가 사라지고 무거운 분위기만 남은 것이 좋지 않다고 판단하여 새로운 '근면 관리 제도'를 만들어 내기에 이르렀다.

매일 오경(五更)＊새벽 3~5시 해가 뜨기 전인 그 시간에 정사품 무사인 고남의 도련님이 직접 정사원 뜰이 보이는 처마 꼭대기에 서서 그 호루라기를 불었다. 호루라기 소리가 울리면 모든 정사원 서생들이 이유를 불문하고 밖으로 나와 달려야 했다.

남다른 무공을 지닌 고남의는 단 한 명의 서생이라도 빠지면 귀신같이 눈치 채고 듣는 이가 미칠 지경이 될 때까지 호루라기를 불어 댔다.

고남의 도련님의 호루라기 소리가 날개를 달고 서원 담벼락을 넘어

송산을 휘감고 십 리 밖 제경의 번화가까지 닿았다. 제경의 백성들은 한동안 야경꾼의 알림 없이도 아침이 온 것을 알 수 있었다. 황제를 깨우는 아침 북소리 역시 필요치 않았다. 모두 고남의 도련님의 호루라기 소리 하나면 만사형통이었다.

서생들은 오경이면 밖으로 나와 송산 자락을 한 바퀴씩 돌았다. 낙오나 게으름은 허용되지 않았다. 서원의 의관도 마차를 타고 서생들의 뒤를 따랐다. 꾀병을 부리는 자는 누구든 호두 무사 고남의 도련님의 호두 세례를 받아야 했다. 게으름을 피우던 수많은 서생이 향긋한 호두에 맞아 처참히 쓰러졌다.

달리기를 마치고 나면 권법을 수련했다. 조정 군부의 고수를 직접 초빙해 훈련을 진행했다. 군사원 서생들까지 몰려와 담 너머로 구경하곤 했다.

'정사원 서생들이 우리보다 더 심하잖아?'

신분 고하에 따른 차별이 전혀 없어서 가난한 집안 출신의 서생들이 매우 기뻐했다. 제 자식이 청명서원에서 수학하고 있는 제경의 귀족들도 모두 기뻐했다. 아들, 손자가 근래 들어 말도 잘 듣는 데다 성질도 좋아지고 체력까지 좋아지니 더할 나위 없었다. 하고많은 날 여인의 뒤를 쫓아다니던 몹쓸 습관까지 모두 사라졌으니 더더욱 좋았다. 다들 집에 들어오면 눕자마자 잠이 드는 터라 여색을 밝힐 시간 따위는 없었다.

봉지미 역시 요즘 들어 기운이 매우 맑아졌다. 학생들에 맞춰서 봉지미도 일찍 일어나는 데다 그들과 함께 체력까지 기르니 더 좋았다. 고남의 도련님이 보여 준 활약이 봉지미에게 새로운 교훈을 단단히 알려 주었다.

'바깥세상에선 주먹 센 놈이 일등이다.'

하지만 뜻밖의 일도 있었다. 지나치게 뜻밖의 일. 혁련쟁이 자주 '이모님'을 찾아온다는 것이었다. 내기에서 패하고 소금까지 먹어 놓고도 아직 제대로 된 교훈을 얻지 못한 듯했다. 그는 거의 매일같이 찾아와 봉지미와 고남의에게 동시에 매달렸다. 도리어 봉지미보다 고남의에게 훨씬 더 관심이 많아 보였다.

하지만 고고한 고남의 도련님께서 혁련쟁을 상대해 줄 리 만무했다. 고남의는 매번 지극히 그다운 방법으로 혁련쟁을 떨쳐 냈다. 매우 손쉽고 거칠게.

봉지미는 필사적으로 그를 피해 다녔다. 그가 만남을 청할 때마다 죄다 거절했다. 혁련쟁은 영혁을 제외하고 조정에 있는 사람들 중에서 유일하게 위지와 위지의 호위 무사가 함께 있는 모습을 볼 수 있으며, 추 도독의 조카 봉지미와 계집종 '의의'를 함께 만날 수 있는 인물이었다. 물론 고남의가 얼굴을 가리고 다니긴 하지만 그에게서 풍겨 나오는 특유의 분위기는 감출 수가 없었다. 봉지미는 혁련쟁이 그런 고남의를 알아볼까 봐 불안한 마음을 떨칠 수가 없었다.

그 불안은 곧 현실이 되었다. 궁에서 고남의와 마주친 혁련쟁이 그에게 시비를 걸었다가 고남의에게 떠밀렸는데 겨우 반 시진 후에 추가 저택 췌방재에서 정확히 똑같은 일이 한 번 더 발생하고 만 것이었다.

연거푸 두 번을 떠밀린 호탁의 왕세자는 무언가 의미심장한 표정을 짓고 말없이 떠나갔다. 봉지미는 그의 뒷모습을 바라보며 고남의에게 주저하듯 물었다.

"어쩌지? 죽여야 할까?"

고남의가 반으로 쪼갠 호두 조각을 봉지미에게 보였다.

"역시 안 되겠어. 뒷일이 너무 커."

마음을 고쳐먹은 봉지미는 한참 후 쓴웃음을 토해 냈다.

"내가 여길 왜 돌아왔을까."

추가 저택으로 돌아온 이유는 수도 없이 많았다. 돌아오겠노라 스스로 다짐하기도 했고 영혁이 이곳에서 무슨 일을 벌이려 했었는지 알아내고 싶기도 했다. 그리고…… 어머니를 보살피고 싶기도 했다.

봉지미는 이 집안에서 십 년이 넘는 시간 동안 모욕을 당하며 살아온 어머니가 바로 여기서 떳떳이 가슴을 펴고 살기를 바랐다. 자신의 집이기도 한 이곳에서 과거 화봉여수의 지위와 존엄을 되찾기를 바랐다.

그건 어머니를 몰래 이 집 밖으로 데리고 나가 호강시켜 주는 것으로 이룰 수 있는 게 아니었다. 그러한 이유로 돌아왔다. 모든 위험을 무릅쓰고. 하지만 뜨거운 희망과는 달리 현실은 너무나도 차갑기만 했다.

"한 걸음 한 걸음 신중하게 나가는 거야. 혁련쟁을 유심히 지켜봐야겠어."

봉지미가 초연히 웃었다.

"그래도 다행인 건 그 인간이 곧 호탁으로 돌아간단 거지. 그땐 그 인간도 날 어쩌지 못할 테니까."

봉지미가 그 말을 뱉고 난 다음날, 고남의가 새벽 호루라기를 불었을 때 서생 무리 중에서 익숙한 얼굴을 발견했다.

고남의의 호루라기 소리가 갑자기 멈췄다. 처음 있는 일에 서생들 모두 어안이 벙벙한 채로 고개를 들고 그를 쳐다보았다. 도대체 무슨 바람이 들어 평소와 다른 모습을 보이는 건지 알 수 없었다.

서생들 무리에 끼어 보석 같은 눈동자를 빛내고 있던 낯익은 이가 번쩍 손을 들고 큰소리로 외쳤다.

"서생 혁련쟁, 사업 대인과 고 대인께 인사 올립니다!"

봉지미는 태연한 그의 눈빛을 바라보며 소리 없는 한숨을 내쉬었다가 이내 가짜 미소를 지어 보였다.

"새로 들어온 서생인가?"

"예!"

그가 화르르 타오르는 눈빛으로 봉지미를 바라보았다.

"그 누구보다 새로운 인물이지요."

"신체가 건장하고 기세가 좋은 걸 보니 이곳보다는 군사원이 잘 어울릴 것 같은데."

봉지미가 옅게 웃으며 학적부를 휘리릭 펼쳐 봤다.

"군사원으로 배정해 주면 어떤가?"

"됐습니다."

혁련쟁이 결연하게 고개를 저었다.

"저희 이모님께서 지혜로운 사람이 되어야 한다고 하셨거든요."

"……."

봉지미는 순간 말문이 막혀 아무 말도 할 수 없었다. 지금 봉지미의 머릿속에는 '어떻게 하면 저 인간을 군사원으로 보낼 수 있지' 하는 생각뿐이었다. 그때였다. 문밖에서 소란스러운 소리가 들려오더니 곧 장원(掌院) 학사 하나가 종종걸음으로 봉지미에게 다가와 귓가에 대고 낮게 말했다.

"성이 봉 씨인 사내 하나가 자신이 혁련쟁 세자의 처남이라며 입학을 해야겠다고 소란을 피우고 있습니다. 저기에……."

호탁은 천성에서 매우 높은 예우를 받고 있었다. 그중에서도 혁련쟁은 유난히 더 특별했기에 그런 그의 신분을 알아보지 못하는 이는 거의 없었다.

"처남?"

봉지미가 조금 당황해서 되물었다. 그때 웬 소년 하나가 대뜸 정사원 안으로 달려 들어왔다. 소년은 제 뒤를 붙잡고 늘어지는 호위병들을 뿌리치며 소리쳤다.

"제 매형이 바로 여기 계십니다! 제 매형이 보증인이 되어 주실 거라고요!"

마침 한쪽에 서 있던 혁련쟁을 발견한 소년이 곧장 달려가 그의 소맷자락을 잡고 늘어졌다.

"제 누나를 첩으로 두시지 않으셨습니까. 부디 저를 데리고 들어와 주십시오!"

봉지미는 그 둘을 바라보며 미소를 지었다. 하지만 뒷짐 진 손은 초조하게 떨려 왔다. 잠시 후 봉지미가 냉랭한 목소리로 소리쳤다.

"저런 정신 나간 자를 보았나! 당장 끌어내라!"

"아닙니다. 아닙니다."

혁련쟁이 앞으로 나섰다. 그는 봉호를 덥석 붙들고는 봉지미를 향해 싱긋 웃었다.

"제 처남이 맞습니다. 부디 허락해 주십시오, 사업 대인."

"그럴 수 없네."

봉지미가 냉담하게 말했다.

"청명서원엔 그런 규율 따위 없네."

당장 봉지미의 바짓가랑이를 붙잡고 애원하려던 봉호를 혁련쟁이 단단히 붙잡았다. 혁련쟁은 손가락으로 봉호의 머리를 꾹 찌르고는 단호하게 말했다.

"처남, 가만히 있어!"

어디선가 툭, 하는 호두 깨지는 소리가 들려왔다.

"그럼 이렇게 하시지요. 청명서원엔 서생이 호위 무사를 대동할 수 있다는 규율이 있지 않습니까?"

혁련쟁이 제안해 왔다.

"제 호위 무사인 셈 치고 데리고 있겠습니다."

봉지미가 낮은 신음을 뱉었다. 봉호가 일말의 부끄러움도 모르고 이렇게까지 필사적으로 청명서원에 들어오려고 하는데 여기서 더 막았다간 청명서원이 아닌 제경 한복판에서 '호탁 왕세자의 처남'이라는 신분을 마음대로 휘두르고 다닐 것이 걱정됐다. 그건 더 큰 골칫거리가 될지도 모를 일이었다. 보이지 않는 곳에서 사고를 치느니 차라리 발치에 두고 살피는 게 낫겠다는 생각이 들었다. 어쩌면 혁련쟁이 봉호의 기를 누르고 잘 길들일 수 있을지도 몰랐다.

봉지미가 말없이 손을 휘저어 보이고는 피로한 기색을 감추지 못하고 자리를 떴다. 혁련쟁은 좋아 죽겠다는 얼굴로 싱글벙글 웃고 있는 봉호를 붙들고 봉지미의 뒷모습을 바라보며 생각에 잠겼다.

그날 밤, 정사원의 새로운 서생이 봉지미 처소의 담을 몰래 넘다가 붙잡혔다.

그날 밤, 고남의가 폭주했다.

그날 밤, 봉지미는 새로운 학칙을 만들어 선포했다. 총 188개의 조항으로 이루어진 학칙은 대부분 새로 청명서원에 입학한 서생들에 관한 것이었다.

그날 밤, 궁에서 밤늦게까지 공무를 보던 초왕은 예부에서 올린 귀비 상 씨의 생신 연회에 참석할 하객 명단을 전달받았다. 초왕은 두 눈이 흐릿해질 때까지 그 명단을 한참이나 뚫어지게 쳐다보았다.

'호탁 왕세자 혁련쟁과 정혼자 봉지미.'

거센 비와 배꽃이 서로를 만날 때

먼저 담벼락 사건에 관해 이야기해 보고자 한다.

그날 밤 담을 넘은 당사자가 말하길 날씨가 매우 좋고 별빛은 찬란한 데다 향긋한 꽃내음까지 풍겨 와 마음이 일렁였다고 했다. 청명서원에서는 2경(二更)*밤 9~11시 이 되면 호루라기 소리에 맞춰 잠자리에 들어야 했지만 그는 그것이 인도적이지 못한 규율이며, 늘 3경(三更)은 되어야 잠이 드는 습관을 지닌 그로서는 도저히 그 시간에 잠자리에 들 수 없었다고 주장했다. 잠자리에 들지 못하니 밖으로 나왔고, 밖으로 나와서는 아주 예쁜 꽃을 하나 발견해 향기를 맡아 보고자 가까이 다가갔는데 하필이면 그 꽃이 피어 있는 곳이 봉지미 처소의 담벼락이었을 뿐이라는 것이었다.

그날 밤 누군가 제 담을 넘는 일을 당한 당사자가 말하길 그 집 담벼락에는 꽃이 없다고 했다.

그날 밤 담을 넘는 이를 사냥한 고남의가 말하길 날은 어둡고 비가 왔으며 시간은 4경(四更)이었다고 했다.

다시 말하면 바로 제 앞 손가락도 보이지 않을 만큼 어둡고 비가 내리는 늦은 새벽에 누군가 꽃 따위는 하나도 피지 않은 봉지미 처소의 담을 넘으려 했다는 것이었다.

둘 중 어느 것이 더 설득력 있느냐 묻는다면……. 아니, 애초에 물을 필요도 없는 질문이었다. 사실 그날 담을 넘던 이는 반쯤 넘다가 밑을 내려다봤는데 누군가 아래에서 고개를 들고 서 있는 것을 발견했다. 그자는 망사에 가려진 두 눈을 북극성처럼 밝게 번뜩이고 있었다. 때마침 본채의 창문이 소리를 내며 활짝 열렸다. 누군가 창문 새로 고개를 쑥 내밀었다. 옷을 단단히 챙겨 입고 아주 밝고 다정하게 웃으며.

"왔소?"

한쪽 다리는 담벼락 바깥쪽에, 나머지 한쪽 다리는 담벼락 안쪽에 걸치고 앉아 그 모습을 바라보던 혁련쟁 세자가 두 주먹을 불끈 쥐었다. 침소에 직접 들어가진 못하더라도 야심한 시각에 처소에 쳐들어오면 봉지미가 흐트러진 차림으로 뛰쳐나와 그에게 눈요깃거리라도 주지 않을까 기대하고 있었는데 아까보다도 옷을 더 겹겹이 껴입고 있는 것이었다.

그는 축축한 담벼락 위에 앉은 채 봉지미에게 인사를 건넸다.

"왔습니다."

"거기서 보는 풍경은 어떠한가?"

"좋습니다."

"풍경 감상은 충분히 했는가?"

혁련쟁이 고개를 들고 사방을 두리번거리며 말했다.

"아니요. 아직입니다."

봉지미가 창문을 닫으며 말했다.

"그럼 계속 위에 있게."

혁련쟁이 못마땅한 표정으로 고개를 저었다.

'귀엽지도 않은 게 웃기고 있어. 자기가 뭔데 날 계속 이 위에 두려는 거야? 세자인 내가 가고 싶으면 가는 거고 가기 싫으면 안 가는 거지.'

혁련쟁은 다시 담벼락 아래로 기어 내려갈 생각이었다. 다만 고남의의 앞에서 담을 타자니 암만 생각해도 체면이 팔렸다. 고민 끝에 혁련쟁은 걸치고 있던 다리를 한쪽으로 모아 쭉 펴고 용맹한 매처럼 날아오를 준비를 했다.

그의 다리에 막 힘이 들어간 순간, 고남의가 갑자기 손을 들자 은색 빛이 밝게 번쩍였다. 혁련쟁은 그 즉시 허공에 붕 떠올랐다. 그가 엉덩이를 들어올리자마자 셀 수 없이 많은 얇고 긴 은침이 유난히 넓은 그의 바짓가랑이를 뚫고 지나 담벼락에 박혔다. 아주 아주 정교하게.

지금까지 제아무리 세밀하고 정교하고 재빠른 암살 기술도 천하의 혁련쟁을 당황하게 만든 적은 없었다. 하지만 그는 지금 분명 식은땀을 흘리고 있었다. 은침 중 하나가 그의 가장 중요한 그곳을 정말 아슬아슬하게 지나쳤던 것이었다. 고남의가 조금만 각도를 틀었더라면 초원의 수컷 독수리는 초원의 암컷 독수리가 될 뻔했다.

혁련쟁은 잠시 그대로 굳어 있었다. 제대로 날지도 못하고 엉거주춤한 자세로 있던 혁련쟁이 움직이자 담벼락에 박힌 은침들이 그의 바지를 천 쪼가리로 전락시켰다.

혁련쟁이 재빨리 자신의 바짓가랑이를 붙들고 다시 담벼락 꼭대기로 돌아갔다. 근처에 있는 잡초들로 바람이 숭숭 통하는 중요 부위를 가릴 수 있을까 싶어서였다.

그때 그의 몸 아래에 있는 담벼락이 갑자기 움직였다. 혁련쟁은 자신의 착각인 줄로만 알았다. 하지만 시간이 지날수록 점점 더 강한 진동이 느껴졌다. 내려다보니 옥검을 꺼내 들고 그가 앉아 있는 담을 두부 자르듯이 잘라내어 어깨에 가볍게 둘러메는 고남의의 모습이 눈에 들어왔다.

가늘고 긴 돌을 이어 만든 매우 단단한 담이었다. 돌 하나 정도 빠져도 무너지지 않을 만큼 튼튼했다. 하지만 고남의는 건장하고 고귀하신 혁련쟁 세자가 다리를 걸치고 앉아 있는 담벼락을 뚝 잘라 내어 단숨에 들어올렸다. 더욱이 유유히 걸으며 호루라기를 불었다.

잠시 후 서생들이 졸린 눈을 비비며 달려 나와 길가에 두 줄로 나란히 섰다. 서생들이 하나둘 눈을 비볐다. 비비고 나서 또 비비고 다시 비비고 다시 한 번 비볐다. 아무리 눈을 비비고 비벼도 눈앞에 펼쳐진 현실은 변하지 않았다.

고남의가 우아한 자태로 유유히 걷고 있었다. 어깨에 담벼락을 둘러멘 채로. 그 담벼락 위에는 혁련쟁이 옷자락을 휘날리며 앉아 있었다.

높은 곳에 자리하고 앉은 혁련쟁은 자신을 올려다보며 감탄하고 있는 무리를 신경 쓸 겨를이 없었다. 그는 바람에 속절없이 흔들리는 천 조각들을 부여잡고 자신의 중요 부위를 가리기에 바빴다. 방법이 없었다. 지나치게 높은 곳에 있는 터라 누구든 고개만 들면 죄다 보일 것이 분명했다.

점점 더 많은 사람들이 몰려들었다. 혁련쟁은 멀리서 몸을 숨기고 있는 봉호를 발견하고 다급히 소리쳤다.

"처남! 바지 하나만 좀 가져다줘!"

낮까지만 해도 그의 바짓가랑이를 잡고 애원하던 처남은 순식간에 흔적도 없이 사라졌다.

"하!"

혁련쟁이 매섭게 욕을 뱉었다.

"네 누나에게는 허드렛일도 과분하다!"

이대로 있을 수는 없는 노릇이었다. 고개를 돌려 사방을 살펴보니 이건 조리돌리는 것이나 마찬가지였다. 버젓한 일국의 세자가 이런 일을 당하다니 말도 안 되는 일이었다. 혁련쟁의 욱하는 성질이 발동했다.

'까짓것, 그냥 엉덩이 좀 까는 거 아냐. 어차피 여기 다 사내들밖에 없는데 뭐 어때!'

혁련쟁은 옷차림 따위는 다 집어치우고 그 담벼락에서 뛰어내릴 생각이었다. 그의 뛰어난 경공(輕功)을 발휘해 인파를 뚫고 사라지면 그만이었다.

그가 자신의 계획을 실행에 옮기려는데 분명 조금 전까지만 해도 담벼락에 옷을 단단히 박고 있던 은침들이 어느새 끈끈한 은빛 풀처럼 녹아 그의 다리와 심지어 중요 부위까지 달라붙어 있다는 사실을 알아차렸다.

이젠 혁련쟁도 더는 엄두를 낼 수가 없었다. 괜히 뛰어내렸다가 정말 소중한 것을 영영 이 담벼락에 빼앗길지도 모른다는 생각이 들었다. 그건 너무 비참했다.

혁련쟁은 아주 얌전히 고남의의 어깨 위 담벼락에 걸터앉아 큰길을 지나 광장에까지 들어섰다. 높은 곳에 앉아 우뚝 솟은 모습으로 쏟아지는 만인의 시선을 한 몸에 받았다. 그가 마침내 도착한 곳은 바로 정사원 누각 앞이었다.

"설마……."

혁련쟁이 고개를 들어 높이 솟은 누각을 바라보았다. 고남의의 의도가 무엇인지 조금 감이 오자 그의 얼굴이 하얗게 질려 갔다. 고남의는 이미 덤덤하게 누각을 오르고 있었다. 누각의 가장 높은 곳까지 올라간 고남의는 둘러메고 있던 담벼락을 내려놓고는 돌덩이 두 개를 가져와 담벼락이 쓰러지지 않게 고정했다. 이내 칼을 꺼내 들더니 혁련쟁이 앉은 곳 아래에 글자를 새겨 넣었다. 할 일을 마친 고남의는 혁련쟁에게 눈길 한 번 주지 않은 채 곧장 내려갔다.

혁련쟁은 족히 백 척은 되어 보이는 높은 누각의 꼭대기에 올려진 담벼락 위에서 홀로 떨고 있었다. 그 모습이 다가오는 바람에 교태를 지으며 수줍어하는 검은 연꽃처럼 보였다. 그의 발아래 큼직하게 쓰인 글씨들이 유난히 더 눈에 띄었다.

'함부로 담을 넘는 자는 만인의 구경거리가 되어 마땅하다.'

혁련쟁 세자가 만인의 구경거리가 된 엄청난 사건은 곧바로 신자연의 귀에까지 들어갔다. 그 이야기를 전해 들은 신자연은 열일 제쳐 두고 달려와 소중한 왕세자 저하를 구해 냈다.

풀로 변한 은침은 사실 그다지 엄청난 물건은 아니어서 시간이 지나자 조금씩 떨어졌다. 혁련쟁 세자의 털 몇 가닥이 그 담벼락 위에 영원한 기념품으로 남게 된 것 외에는 별다른 손실은 없었다. 봉지미는 늘 그렇게 정도를 알고 일을 벌였다. 신자연에게 세자를 구해야 한다고 알린 것도 모두 봉지미가 사람을 보낸 것이었다.

혁련쟁은 무척이나 후회했다. 별로 무서운 물건이 아니라는 걸 진즉 알았다면 그때 그냥 뛰어내려도 됐을 텐데 말이다. 어쨌든 별 탈 없이 넘어가긴 했지만 서원에 있는 모든 이는 이미 그의 맨다리를 구경한 후였다.

혁련쟁은 두 주먹을 불끈 쥐었다. 성이 났다. 더 화가 나는 건 그다음 날 봉지미가 거의 일만 자에 달하는 서생 학칙을 갑자기 공표한 일이었다. 총 일백팔십팔 개나 되는 조항으로 이루어진 그 학칙은 매우 세밀하고 정교했다. 그중에는 '담을 넘거나 담 위에 올라 풍경을 감상해서는 안 되며, 신체의 일부는 털끝 하나라도 청명서원의 기물 위에 남겨서는 안 된다. 이를 어긴 자는 벌금 은자 천 냥에 처한다'라는 내용의 것도 있었다. 혁련쟁은 그 담벼락에 영원히 남게 된 자신의 털 몇 가닥 때문에 은자 천 냥을 내놓아야 했다.

구경거리가 된 것도 모자라 돈까지 빼앗겼지만 혁련쟁 본인은 별로 개의치 않는 것처럼 보였다. 초원의 사내에게는 그 어떤 일도 호탁 산맥

위를 지나는 바람처럼 그저 다 한순간 지나가는 일일 뿐이었다.

담을 넘는 데 실패하고 나서 혁련쟁은 정정당당하게 봉지미 처소의 대문을 두드리기로 했다. 봉지미가 발표한 일백팔십팔 개의 학칙을 살살이 뒤져 대문을 두드리는 것이 학칙에 위반되지 않는다는 사실까지 철저히 확인한 후였다.

봉지미가 문을 열었다. 간밤에 있었던 일에 대해서는 들어보지도 못했다는 얼굴이었다. 봉지미는 혁련쟁이 찾아온 이유를 듣고 미간을 찌푸렸다.

"세자 저하."

봉지미가 웃으며 말했다.

"귀비마마의 생신 연회에는 위 대인이 반드시 자리해야 합니다."

그 말인즉슨 봉지미로는 그 자리에 참석하지 못한다는 뜻이었다.

"위 대인은 책 집필과 서원의 일로 지나치게 바쁜 날을 보내다 몸져 누울 거요."

혁련쟁이 기어코 봉지미의 옆을 비집고 안으로 들어갔다. 봉지미가 문을 닫고 뒤를 돌아보자 그는 어느새 제집처럼 편한 자세로 침대 위에 걸터앉아 신발을 벗고 있었다. 그는 그날 밤 궁에 가지고 들어가려고 정리해 놓은 고서적에 두 발을 턱 올려놓았다. 봉지미는 열불이 났지만 아무 말도 할 수가 없었다. 다만 맑은 공기를 쐬러 황급히 밖으로 뛰쳐나갔다.

천하의 고남의 도련님마저 그 엄청나고도 말로 형용할 수 없는 발 냄새를 이기지 못하고 지붕 위로 뛰어올랐다. 높은 곳에서 미친 듯이 불어오는 바람을 쐬어야만 그 질식할 것만 같은 냄새에서 벗어날 수 있었다.

혁련쟁은 조금 전까지 봉지미가 누워 있던 침대에 벌러덩 드러누웠다. 어느새 얼굴을 푹신한 이불에 묻고 마구 비벼 댔다. 옅은 향기가 있는 듯 없는 듯 매우 은은하게 풍겨 왔다. 시시때때로 얼굴을 바꾸고 남장을 하는 여인이 분을 바르고 다닐 리도 없는데 이 향기는 도대체 어디서 오는 걸까 신기했다. 초원의 여인들은 비록 강하고 영민하지만 살내음과 자태에서는 중원의 여인을 이길 방도가 없었다.

봉지미의 향기에 완전히 취해 버린 혁련쟁은 자신이 며칠 전 중원 여자에 대해 보였던 경멸을 완전히 잊어버렸다.

봉지미가 맑은 공기를 들이켜고 다시 방으로 돌아왔을 때 가장 먼저 본 광경은 혁련쟁이 이불을 끌어안고 마구 얼굴을 비비고 있는 장면이었다. 깔끔히 정리해 두었던 푹신한 이불은 그의 손길로 엉망진창이 되어 있었다. 이제는 거의 폭발하기 직전의 상태가 되어 버린 봉지미가 냉랭하게 쏘아붙였다.

"세자 저하, 저는 아프지 않습니다. 그러니 없는 병 만들지 마시고 물러가세요. 새로운 189번째 학칙을 어기거나 또 구경거리가 되고 싶은 게 아니라면 조금이라도 빨리 여기서 나가는 게 좋을 겁니다."

"아니. 아픈 게 맞습니다."

혁련쟁이 고개를 들고 매우 단호하게 말했다.

"조금 전에 위 대인 저택의 종놈이 집필부에 가서 위 대인 대신 병가를 냈거든. 내일 날이 밝으면 집필부에서 대학사에게 위 대인의 병가를 고할 거요."

"제가 아프면······."

잠시 말을 쉬고 침묵하던 봉지미가 화를 억누르며 겨우 웃어 보였다.

"봉지미도 아프게 될 것입니다."

"봉지미는 가야 해."

혁련쟁은 지금 제 앞에 선 이가 폭발하기 직전의 상태라는 것을 전혀 눈치 채지 못한 듯 제 신발을 흔들며 신이 난 얼굴로 말했다.

"조금 전 예부 관료에게 내 정혼자인 봉지미와 함께 참석할 거라고 이미 알렸거든. 참석자 명단이 이미 상부까지 올라갔을걸."

봉지미는 어둠 속에 서서 말없이 혁련쟁을 바라보았다. 어떻게 해야 이 인간을 소리 소문 없이 해결해 버릴 수 있을까 고민하며.

"그렇게 자꾸 쳐다보면 이상한 기분이 드는데."

혁련쟁이 허리를 펴고 일어나 흥미롭다는 듯 턱을 쓸어내리며 봉지미를 응시했다.

"후룬 초원의 백두산에 사는 아주 특별하고 위험한 붉은참매를 보는 것 같달까. 깊고 어두운 산속에 몸을 웅크리고 있다 재빨리 날아와 살을 뜯는 아주 거칠고 어둡고 힘 좋은 그 붉은참매 말이야. 아아, 다시 한 번만 더 쳐다봐 줘."

'세상에 저렇게 뻔뻔스럽고 낯짝 두꺼운 남자가 있다니!'

봉지미는 문득 생각했다. 영혁은 아주 말이 잘 통하는 사람이라고. 고남의 도련님도 아주 부드럽고 온화한 사람이라고. 사실 이 세상 모든 사내는 다 귀여운 편이었다고. 지금까지 자신이 지나치게 높은 기준을 가지고 세상을 바라봤던 거라고.

"위 대인은 가지 않는 게 좋아. 내 말 들어."

혁련쟁이 순식간에 얼굴의 장난기를 걷어 내고 말했다.

"지금 그 신분으로 받는 총애만큼 위험도 커. 궁중에서 연회가 열리면 서로 복잡하게 얽힌 인물들이 다 거기 모이게 되어 있어. 조금만 삐끗해도 다른 이에게 말릴 수 있다고. 명심해. 사람들이 빼앗고 싶어 할 만큼 좋은 물건은 빼앗지 못한 사람들의 손에 망가진다는 걸."

배울 대로 배운 지식인들에 비하면 그는 중원의 말을 유려하게 잘하는 편이 못 되었다. 하지만 그가 하고자 하는 이야기가 무엇인지는 정확히 전달할 수 있었다. 가만히 그의 말을 듣고 있던 봉지미는 제 생각이 짧았다는 사실을 깨달았다.

손가락 하나로 마차의 유리를 모두 깨부수었던 그를 처음 만난 날은 그가 무모하고 횡포하다고 생각했다. 그를 어전에서 다시 만난 날에는 시체를 들고 와 어전 앞에서 배를 가르고 장기를 꺼내는 모습을 보면서 거칠지만 결단력 있다고 생각했다. 세 번째로 그를 만난 날에는 청혼을 하고, 그를 위해 필사적으로 싸우는 수하를 살리기 위해 패배를 인정하고, 내기로 걸었던 약속을 지키고, 군말 없이 소금을 집어 먹는 것을 보면서 제 사람을 지킬 줄 아는 대장군의 기질이 있다고 생각했다. 청명서원까지 자신을 따라와 한밤중에 담을 넘다 구경거리 신세로 전락했던 일도 그는 그저 한번 웃고 넘겼다. 그 모습을 보니 초원의 사내들은 기백이 넘친다는 사실을 인정하지 않을 수 없었다.

혁련쟁이 보인 일련의 모습을 종합해 보면 결국 자신감 넘치고 호탕한 초원의 사내였다. 굽힐 때는 굽히고 꼿꼿할 때는 꼿꼿한 유연한 사내. 그런 그가 알고 보니 중원 사람들의 조정 암투와 비열한 중상모략까지 꿰뚫고 있었다.

혁련쟁은 조금 놀란 듯한 봉지미의 눈빛을 바라보며 피식 웃어 보였다. 다만 그 웃음에서 조금의 씁쓸함이 묻어났다. 그가 곧 낮은 목소리로 말을 이었다.

"초원에서도 각자의 이익을 위해 싸움을 벌이는 이들이 있으니까……."

봉지미는 잠자코 서서 속으로 생각했다.

'권력 다툼은 역시 어디에나 존재하는 것이로군.'

두 사람 모두 침묵에 빠져드는 동안 방 안의 공기도 차분하게 가라앉았다. 여름 바람이 반쯤 열린 창문 사이로 불어 들어와 침대에 걸터앉은 혁련쟁의 검은 머리칼을 흔들었다. 그의 머리칼 아래 자리 잡은 눈동자가 은은한 달빛 아래에서 유리알처럼 맑게 빛났다. 순수한 호박색과 신비로운 짙은 보라색이 한데 어우러지자 달빛은 어느새 그 아름다움에서 완전히 밀려나고 말았다.

그는 반쯤 벌어진 옷깃 사이로 매끈한 구릿빛 피부를 드러낸 채, 날카로운 발톱을 숨긴 고양이처럼 나른한 자세로 봉지미의 침대 위에 누워 있었다. 남성미가 물씬 느껴지는 매혹적이고도 신비한 모습이었다.

봉지미가 조금 불편한 듯 시선을 돌렸다. 혁련쟁이 애원하듯 말했다.

"나와 함께 가자……. 이미 명단도 올라갔을 테니 이제 와 바꿀 수도 없어. 당신도 봉 씨 집안 아가씨가 또다시 조정의 관심을 받는 걸 원하지는 않잖아."

'그래, 너 똑똑하다!'

봉지미가 매서운 눈길로 그를 노려보며 속으로 소리쳤다. 애원하는 듯한 목소리로 말하고 있지만 그의 얼굴은 말 그대로 의기양양이었다. 그 얼굴을 보자 화가 더 치밀어 올랐다.

봉지미의 눈빛에 혁련쟁의 입꼬리가 저도 모르게 올라갔다. 평소 늘 침착하고 우아하던 모습은 온데간데없고 심지어 조금 귀엽기까지 한 그 눈빛에 혁련쟁은 결국 참지 못하고 봉지미에게 다가가 덥석 손을 잡아끌었다.

"이모님, 우리 초원에선 혼인 전에 합방하는 풍습이 있는데 우리도 오늘……."

퍽.

풍덩.

첫 번째 소리는 고남의가 혁련쟁을 던지는 소리였다.

그 뒤를 따르는 소리는 혁련쟁의 신발이 그의 머리에 맞고 저 멀리 날아가 바깥뜰의 연못에 빠지는 소리였다.

사흘 후, 연못에 살고 있던 물고기들이 하나도 빠짐없이 허연 배를 까고 죽어 있었다는 슬픈 이야기가 전해졌다.

이틀 후, 귀비 상 씨의 오십 번째 생신 연회 당일이 되었다. 상 씨는 황후의 동생으로 황후가 세상을 떠난 뒤 매우 큰 권력을 손에 쥐었다. 즉 오랫동안 궁에서 가장 강력한 실권을 쥐고 있는 여인이었다. 풋풋하고 젊은 시절은 지나갔지만 여전히 사랑받았으며 조금도 초라해지지 않았다. 황제 역시 자신과 인생의 거의 절반을 함께한 여인의 체면을 제대로 세워 주었다. 귀비의 오십 번째 생일 연회는 궁에서 가장 심혈을 기울여 준비한 행사 중 하나였다.

정식 연회는 저녁에 있을 예정이었지만 손님들 모두 이른 아침부터 입궁해서 축하 인사를 전했다. 오전에는 후궁들이, 오후에는 궁 내외의 부인들과 다른 손님들이 줄줄이 귀비를 찾았다. 점심에는 융경전(隆慶殿)에서 함께 장수를 기원하며 생일에 먹는 국수를 들었다. 남자 손님과 여자 손님은 저녁 연회를 제외한 시간 동안은 내내 따로 안배됐다.

봉지미는 자신이 치러내야 할 빡빡한 일정을 듣고는 아무래도 배를 잘못 탄 것 같다는 생각을 했다.

아침 일찍부터 일어나 머리를 빗고 화장을 했다. 혁련쟁 역시 이른 아침부터 사람을 통해 봉지미가 입을 옷을 보내 왔다. 그가 보낸 옷은 예상과는 달리 호탁의 민족의상이 아닌, 강회 지역의 매우 값비싼 비단 옷이었다. 매우 옅은 호수빛의 푸른색을 띤 옷감은 소매 끝과 치맛자락에 이르면 눈처럼 하얀 빛이 물들어 있었다. 햇살이 내리쬐는 맑은 날 파도가 이는 푸른 바다를 바라보는 것처럼 맑고 아득한 분위기가 묻어났다. 옷의 양식은 매우 단순했지만 작은 부분 하나하나 모두 빠지지 않고 정교했다. 허리끈은 제경에서 제일가는 '위유헌(蔵蕤軒)'의 것이었고, 장식품들 모두 해주(海珠) 지역에서 온 값비싼 것들이었다. 옷깃의 단추마저 무척이나 희귀하다는 해주 조개로 만들어진 것이었다.

젊은 여인이라면 누구나 아름다운 옷을 좋아하기 마련이었다. 내내 굳어 있던 봉지미의 얼굴도 조금 전보다는 살짝 풀어져 있었다. 봉지미는 부드러운 옷감을 손으로 매만지며 속으로 생각했다.

'그렇게 거친 인간이 여자 옷 고르는 눈은 있었네.'

갑자기 문밖에서 웬 소리가 들려왔다. 고개를 돌리니 봉 부인이 문가에 서서 복잡한 눈빛으로 봉지미를 바라보고 있었다.

봉지미는 조금 굳어 버렸다. 지난번 '청혼' 사건이 있고 난 뒤로 모녀가 처음 만나는 것이었다. 잠시 어쩔 줄 몰라 하며 어색해하던 봉지미는 한참이 지나서야 목을 가다듬고 물었다.

"어쩐 일로 오셨어요?"

봉 부인은 바람을 맞고 서 있는 자신의 딸을 자세히 들여다봤다. 이른 아침의 맑고 투명한 햇살을 받은 딸의 푸르른 옷이 바다처럼 흩날리고 그 위를 장식한 보석들이 모래알처럼 반짝이고 있었다. 그 무엇보다도 맑고 아름다운 모습이었다. 반짝이는 빛과 그림자 사이에 반쯤 잠겨 있는 딸의 얼굴에서는 고귀하고 안온한 기색이 묻어났다. 늘 거칠고 낡은 옷을 입고 누런 화장으로 빼어난 자태를 숨겨야 했던 예전의 모습은 마치 지난 밤 꿈처럼 사라지고 없었다.

봉 부인의 마음 한쪽이 아파왔다. 봉지미는 원래 이토록 기품 있고 아름다운 사람이었다.

"네게 할 말이 있어서……."

자신을 바라보던 봉지미가 이내 시선을 거두자 약간 조바심이 난 봉 부인이 재빨리 말을 꺼냈다.

"네 동생 말이다. 이미 청명서원에 입학했다는구나."

'입학이 아니라 입학한 서생의 하인으로 들어간 거겠지요.'

봉지미가 속으로 피식 냉소를 지었다. 알고 있다는 뜻으로 살짝 고개를 끄덕였다.

"지미야."

봉 부인은 봉지미의 태연한 얼굴을 바라보며 잠시 고민하다 말을 이었다.

"그날 내가 호를 수남산으로 보내지 않겠다고 한 건……."

봉지미가 다시 봉 부인 쪽으로 고개를 돌렸다. 어머니의 해명이 듣고 싶었다.

십여 년을 함께 산 어머니였다. 그녀에게는 언제든 해명의 기회를 주고 싶었다. 하지만 봉 부인은 입만 몇 번 뻥긋거릴 뿐 아무런 말도 하지 못했다. 봉 부인의 눈가에 다른 이는 알아차리기 힘든 고통스러운 빛이 스쳐 지나갔다. 봉 부인은 결국 아무런 말도 하지 않기로 했다.

봉지미가 자조적인 웃음을 지었다. 실망이라는 말은 하지 않을 것이었다. 실망이라면 이미 너무 많이 했기 때문이었다.

"그 일은 알겠어요. 또 다른 하실 말씀 있으세요?"

봉지미가 전보다 더 거리감이 느껴지는 어투로 물었다. 봉 부인은 입술을 깨물고 잠시 망설이다 입을 열었다.

"아니야. 혹시 궁에 들어가 소녕 공주마마를 뵙게 되면 그분 옆에 있는 진 상궁에게 내 대신 안부를 좀 전해 주렴. 오랫동안 만나지 못해 아주 그리워하고 있다고 말이야."

봉지미가 인상을 찌푸렸다. 봉지미는 소녕 공주와 마주치고 싶은 생각이 없었다.

"제 신분으로는."

봉지미가 공손하게 말했다.

"공주마마와 독대하는 것이 쉬운 일이 아닙니다. 하지만 혹여 뵙게 된다면 꼭 전해 드릴게요, 그 안부. 진 상궁이라는 분과는 오랜 친구 사이신가 봐요?"

"아니……. 맞아."

봉 부인은 조금 넋이 나간 듯 저도 모르게 '아니'라고 대답했다가 황급히 말을 바꿨다. 봉지미가 조금 의아한 눈빛으로 봉 부인을 바라보았다. 봉 부인은 당황한 기색을 감추지 못하고 황급히 말을 돌렸다.

"호, 호에게 줄 옷을 만들어야 하는데. 나도 참. 이만 가 봐야겠다."

봉지미는 잰걸음으로 멀어지는 어머니의 뒷모습을 바라보았다. 지난 반년 사이 어머니가 조금 늙은 것 같다는 생각이 문득 들었다. 전보다 더 움츠러든 어깨 위에 셀 수 없이 많은 짐과 그늘이 드리워진 듯했다.

봉지미가 혼자 한숨을 내쉬었다. 더는 깊이 생각하고 싶지 않았다.

"왜 그렇게 멍하니 서 있어?"

그때 어디선가 웃음기 섞인 목소리가 들려왔다. 익숙한 음성이었다. 고개를 돌리자 햇살이 내리쬐는 문가에 선 혁련쟁이 보였다. 그는 오늘 초원 왕족의 의상을 입지 않고 천성 귀족의 의상을 입고 있었다. 봉지미와 같은 옅은 푸른색의 두루마기에 짙은 푸른색의 머리띠를 한 그에게서 호탕하고 아름다운 기품이 느껴졌다. 그는 마치 움직이는 거대한 보석 같았다.

봉지미가 뒤돌아서자 혁련쟁은 그 자리에 잠시 굳을 수밖에 없었다. 그의 얼굴에 조금 놀란 기색이 스쳐 지나갔다.

"꾸며 놓으면 이렇게 예뻐질 줄 몰랐는데."

봉지미가 자신의 처진 눈썹과 누런 피부를 만지며 인상을 찌푸렸다.

'눈이 삐었나? 촌스럽기 짝이 없는 이 '이모님'이 예쁘다니.'

혁련쟁은 아랑곳하지 않고 봉지미를 위아래로 훑어보며 활짝 웃어 보였다. 그의 눈에는 봉지미의 누런 얼굴도 축 처진 눈썹도 하나도 못생겨 보이지 않았다. 봉지미의 누런 얼굴은 황금처럼 반짝이며 빛났고, 축 처진 눈썹은 장수(長壽)의 상징 같았다. 다른 이들이 뭐라고 떠들어 대든 지금 그의 눈에는 누런 얼굴의 이모님이 아름답고 또 아름다워 보였다.

"가자."

혁련쟁이 봉지미에게 손을 뻗었다. 봉지미는 재빨리 그의 손길을 피해 비켜났다.

"세자 저하, 가기 전에 확실히 할 일들이 있습니다."

봉지미가 차분하게 말했다.

"이번 일은 세자께서 막무가내로 벌이신 일이고, 저는 어쩔 수 없이 이 신분으로 입궁해 연회에 참석하는 것입니다. 그러니 제가 오늘 세자 저하와 함께 간다고 하여 세자 저하를 받아들인 것은 결코 아닙니다. 두 번 다시는 이런 일 벌이지 마세요."

혁련쟁이 고개를 비스듬히 꺾고 봉지미를 바라보며 웃었다.

"알았어, 알았어. 역시 중원 여자들은 늘 명분 타령이지. 내가 예부에 그댈 '정혼자'라고 알렸다고 했잖아? 내가 정말 내 멋대로 할 거였으면 정혼자가 아니라 '세자빈'이라고 적었을 거라고."

"전 양고기를 좋아하지 않습니다. 열 명이나 되는 부인들에게 인사를 올리고 다닐 생각도 전혀 없고요."

봉지미가 옅게 웃으며 말했다.

"초원의 왕의 수많은 첩 중 하나가 되느니 중원의 평범한 사내의 정실부인이 되겠어요."

"네가 내게 더 적극적으로 협조한다면 기꺼이 초원의 관례를 깨고 널 내 유일한 비로 맞이할 수도 있는데."

혁련쟁이 팔짱을 끼고 반짝이는 눈으로 봉지미를 바라보며 말했다.

"그러니까 내게 신경 좀 써 줘. 그대."

"대왕이라면 또 모르지요."

봉지미가 웃으며 말하고는 앞장서 걸었다.

"저하께서 절 굴복시키기에 충분한 정도가 되면 다시 이야기하는 게 좋겠군요."

혁련쟁은 제자리에 서서 여리고 또 결연한 봉지미의 뒷모습을 바라보았다. 보석 같은 그의 눈동자에 흥미로운 기색이 더욱 짙게 피어올랐다. 무척이나 방자하고 무엄한 말인 듯했지만 봉지미의 입에서 나오는 순간 강한 힘을 지니는 말이었다.

봉지미의 여린 몸에서 다른 이에게서는 찾아보기 힘든 넓은 우주와 강인한 의지가 은은히 빛나고 있었다.

혁련쟁이 준비한 마차에 올라타자 시녀 둘이 조용히 봉지미를 맞이했다. 지난번 일에서 교훈을 얻은 봉지미는 오늘 고남의를 데려오지 않기 위해 몇 근이나 되는 호두를 까서 '의의'에게 건네며 달래 주었다.

고남의는 매일 많은 양의 호두를 먹었는데 거기에도 일정한 규칙이 있었다. 그는 한 번에 반드시 여덟 개의 호두를 먹었다. 고기를 먹을 때와 같은 습관이었다. 여덟 개를 먹으면 한동안은 먹지 않다가 다시 여덟 개를 먹었다. 하루에 먹는 호두의 양은 예외 없이 여덟의 배수였다.

봉지미는 '의의 양'을 달래 주기 위해 호두를 숫자에 맞춰 나눈 뒤 작은 주머니에 넣어 고남의의 허리띠에 채워 주었다. 그가 걸어다닐 때마다 호두 알이 서로 부딪치는 소리를 냈다. 서생들이 무시무시한 '고마왕'이 온 줄 알고 조심하라는 뜻이었다.

반 시진 정도를 달린 마차가 궁문 앞에 도착했다. 봉지미는 마중 나온 궁녀들을 따라 내궁(內宮)으로, 혁련쟁은 환관들과 함께 외정(外廷)으로 향하면 됐다.

혁련쟁은 마차가 완전히 멈추기도 전에 서둘러 말에서 내려 마차 안에 타고 있는 누군가를 향해 손을 내밀었다. 혁련쟁의 그런 행동이 주변의 관원들과 내시들이 모두 하던 일을 멈추고 그쪽을 바라보게 했다. 도대체 어느 집 여인이기에 늘 제멋대로 굴던 호탁의 세자가 저리도 마음을 쓰는 것인지 궁금했다.

마차의 문이 열리고 곧 하얗고 여리고 옥처럼 매끈한 손이 햇살을 받아 투명하게 반짝이며 모습을 드러냈다. 길고 곧은 손가락에는 푸른 반지 하나를 제외하고는 아무런 장신구도 없었다. 영롱한 빛을 내는 푸른 보석이 눈처럼 하얀 손을 더 하얗게 만들었다.

"아아! 아름다운 손이로다!"

한림원 서길사 하나가 고개를 내저으며 감탄했다.

옥처럼 고운 손 다음으로는 옅은 푸른색을 띠는 소매가 우아한 자태를 드러냈다. 쉽게 찾아보기 힘든 여리고 또 여린 푸른색이었다. 막 떠오른 태양 아래 하얀 파도가 부서지는 평화로운 바다를 보는 듯 아득하면서도 기품 있는 색감이었다. 화려한 장식이 없어도 무척이나 우아하고 고결했다.

"아아! 빼어난 의상이로다!"

춘신전(春申殿)의 학사 하나가 고개를 흔들며 감탄했다.

어느덧 모든 이의 시선이 그 마차에 집중되고 궁문 앞은 순식간에 고요에 휩싸였다. 혁련쟁이 반짝이는 눈빛으로 환히 웃으며 그 아름다운 손을 잡았다. 그를 지켜보고 있던 이들 모두 탄식을 터트렸다.

마차에 타고 있던 이가 몸을 밖으로 내밀었다. 무척이나 여리고 가는 몸이 조금 전 그 아름다운 손과 함께 조각처럼 아름다운 선을 그리고 있었다.

"아아! 아름다운 자태로다!"

그 앞을 지나가던 대학사 호성산이 걸음을 멈추고 한길원 서길사와 춘신전 학사의 옆에서 고개를 내저으며 감탄했다. 지켜보던 이들 모두 정체 모를 탄식을 다시 한번 뱉어 냈다.

혁련쟁은 의기양양한 표정을 지어 보였다. 아름답고도 아름다운 그 미인은 혁련쟁의 손을 잡고 천천히 마차에서 내려 땅에 발을 디뎠다. 그 가볍고도 우아한 발걸음이 봉지미의 아름다움을 극도로 배가했다.

드디어 미인이 고개를 들었다.

"어이쿠야! 아아······."

앞선 어이쿠야, 소리는 경악을 금치 못하고 터져 나온 소리였다. 하지만 곧 그게 실례라는 것을 알아차린 그들이 서둘러 아아, 하고 어색하게 감탄사를 덧붙였다.

"허, 매우 슬픈 용모로다!"

아름다운 것을 좇아 걸음을 멈추고 감탄을 터트리던 세 노인이 휙 몸을 돌리고 옷자락을 펄럭이며 황급히 사라졌다. 남은 이들은 모두 서로의 눈치를 보느라 바빴다. 그토록 아름다운 자태와 분위기에 저렇게 누런 얼굴과 처진 눈썹을 가졌다니. 저런 낭비가 어디 있단 말인가.

혁련쟁은 다른 이들의 반응에는 조금도 아랑곳하지 않았다. 여전히 보물 다루듯 소중한 손길로 봉지미의 옷자락을 잡아 주며 궁 안에서 타고 이동할 가마가 있는 곳으로 향했다.

봉지미 역시 다른 이들이 보인 반응을 똑똑히 보고 들었지만 그저 옅게 한번 웃고 넘겼을 뿐이었다. 세상 사람들은 모두 멍청하고 단순해서 진짜 가치는 알아보지 못하는 족속들이었다. 혁련쟁처럼 껍데기에 휘둘리지 않고 진짜를 볼 수 있는 사람이 몇이나 될까 싶었다.

봉지미와 혁련쟁이 이제 막 몇 걸음 뗐을 무렵이었다. 봉지미는 갑자기 등 뒤에서 무언가 따가운 시선을 느꼈다. 고개를 돌리자 화려하게 옷을 차려입은 영혁이 뒷짐을 지고 천천히 걸어오고 있었다.

그의 눈은 봉지미를 향하고 있지 않았다. 지금 그의 시선이 향하고 있는 곳은 봉지미의 손을 잡고 있는 혁련쟁의 손이었다. 봉지미는 지나치게 날카로운 눈빛을 느꼈다. 봉지미가 고개를 뒤로 돌려 그를 바라보자 그가 허공으로 시선을 옮겼다. 봉지미 역시 가볍게 웃어 보이곤 곧 시선을 돌렸다.

가마를 타고 궁중으로 들어간 봉지미는 먼저 궁중에서 지켜야 할 예의를 배운 뒤 다른 이들과 함께 귀비에게 인사를 올리러 걸음을 옮겼다. 귀비마마는 매우 온화하고 점잖으며 용모가 단정한 여인이었다. 겉보기에는 이제 겨우 마흔 정도로밖에 보이지 않았다. 하지만 두꺼운 화장으로도 얼굴에 드리운 피로감을 다 가리지는 못했다. 이 궁중에서 십여 년을 버텨 내는 데는 엄청난 기력이 필요할 것이란 생각이 들었다.

"자네가 봉지미 양인가?"

봉지미를 어떻게 알아본 것인지 귀비 상 씨가 웃음 띤 얼굴로 가까이 다가오라고 손짓했다.

봉지미는 고개를 푹 숙인 채 원망스러운 한숨을 한차례 내뱉고는 다시 고개를 들고 평소의 온화한 미소를 지어 보였다. 그러고는 조금 전 배운 대로 산들산들하는 미인의 걸음걸이로 걸어나갔다. 일순간에 서로 다른 함의를 담은 눈빛들이 사방에서 봉지미를 향해 쏟아졌다.

귀비 상 씨는 웃으며 봉지미를 바라보았다. 예의와 법도를 잘 알고 기질이 매우 우아한 아이란 생각이 든 터였다. 하지만 그 얼굴을 자세히 보는 순간 그대로 굳어 버리고 말았다. 다행히 궁중에서 생활하며 자신의 진짜 표정을 숨기는 법을 잘 익혀 둔 덕에 귀비 상 씨는 머지않아 본래의 태연한 얼굴로 돌아올 수 있었다. 그녀는 봉지미의 손을 잡고 몇 마디 덕담을 건네며 호탁 세자를 매우 존중하고 아낀다는 뜻을 전해 보였다.

봉지미의 손을 놓아 준 귀비 상 씨는 손님들이 편전에서 식사할 수 있도록 준비시킨 뒤, 궁 내외의 지긋한 부인들을 불러 모아 담소를 나누러 내전으로 향했다. 봉지미는 제 신분으로는 당연히 그 자리에 초대받을 수 없었으므로 그저 편전에 앉아 따분한 시간을 보내야 했다.

그사이 화려하게 단장한 소녕 공주가 모습을 드러냈다. 귀비 상 씨의 궁녀 중 하나가 소녕 공주를 발견하고는 환히 웃으며 나가 맞이했다. 매우 가깝고 편한 사이인 듯했다. 소녕 공주는 황후 태생이니 귀비 상 씨는 소녕 공주의 이모라고 할 수 있었다.

봉지미는 자리에 앉아 국수를 먹으며 조금 전 귀비 상 씨에게 인사를 올릴 때 보았던 작은 원숭이 두 마리를 떠올렸다. 그날 5황자가 보여 주었던 그 필후가 분명했다. 하지만 방 안이 너무 어두운 탓인지 그때 보았던 반짝이는 금빛보다는 털 색깔이 조금 짙어 보였다.

봉지미가 혼자 생각에 잠겨 있는 동안 누군가는 그런 봉지미를 유심히 바라보고 있었다. 봉지미가 입은 아름다운 의복과 그녀가 지닌 아름다운 보석 장신구를 매우 유심히 뜯어보던 그 시선이 봉지미의 얼굴에 닿자 비웃는 기색으로 뒤덮였다.

봉지미는 자신을 향하는 그 눈빛을 완전히 무시했다. 눈빛으로는 사람을 죽일 수 없는 법이다. 사람을 죽이는 건 물리적인 힘뿐이니까.

"봉 아가씨 되시나요?"

그 누군가가 결국 참지 못하고 웃으며 봉지미에게 다가왔다.

"얼굴이 낯서네요."

봉지미는 화려하게 빼입은 여인을 힐끗 쳐다보았다. 국공(國公) 집안 중 하나의 아가씨인 듯해 보였지만 딱히 관심을 두지 않았어서 기억이 나질 않았다.

봉지미는 웃음기 머금은 얼굴로 고개만 끄덕인 채 젓가락질을 멈추지 않았다. 봉지미가 대답을 하지 않자 그 여인이 흥, 하고 콧방귀를 뀌었다. 곧 또 다른 아가씨가 다가와 말을 보탰다.

"낯선 것도 당연하지요. 추가에 계시니 궁에 들어올 기회가 거의 없었을 테니까요."

"하긴."

또 누군가 다가와 낮게 웃으며 말했다.

"추가 큰아씨께서 떡하니 버티고 계시니 입궁하기가 쉽지 않으셨겠지요."

봉지미가 말없이 고개를 들었다. 그녀의 눈빛을 마주한 여인이 흠칫 몸을 떨었다. 봉지미가 앞에 있던 국수 그릇을 옆으로 밀어내고 덤덤한 어조로 말했다.

"아가씨, 너무 크게 웃으시면 안 되겠습니다. 얼굴에 바르신 분이 제 국수에 자꾸 떨어지지 않습니까."

"너……!"

여인이 경악한 얼굴로 입을 떡 벌렸다. 예쁘장하던 얼굴이 순식간에 파랗게 질려 갔다.

"모두 체통을 지키세요!"

그때 낮고 무거운 목소리가 들려왔다. 언제 나타난 건지 나이 든 상 궁이 편전 입구에 서서 그녀들을 바라보고 있었다. 푸른색 궁녀복을 입은 그녀에게서 진중한 기개가 느껴졌다. 그녀는 소란을 피우려던 귀족 규수들을 향해 엄중하게 말했다.

"궁은 시비를 가리는 곳이 아닙니다. 모두 자중하세요."

편전 안이 다시 조용해지자 그 상궁이 몇 걸음 앞으로 걸어나왔다. 봉지미를 바라보는 그녀의 눈빛에 잠시 미소가 스치고 지나갔다. 곧 상 궁이 휙 몸을 돌려 편전 안에 자리하고 있는 몇십 명의 사람을 향해 차 분하게 말했다.

"추가의 큰아씨는 천성황조 제일의 여걸이십니다. 천성황조가 세워 지기 전에 폐하의 휘하에 있던 대장군 은지량이 천수관 일대에서 폐하 를 배신하여, 우리 군은 호야파 전투에서 수만의 병사를 잃고 노장군 추진 어르신까지 죽음에 이르게 되었습니다. 그로 인해 우리 대군은 수 십 리를 후퇴해야 했고, 은지량은 그 기회를 틈타 천수관을 기준으로 이 땅을 둘로 나누어 통치하자는 방자한 제안을 하기에 이르렀지요. 당 시 연이어 패하고 있던 우리 군은 이미 사기를 잃은 상태였으므로 폐 하께서도 뒤로 물러날 결심을 하고 계셨습니다. 그런데 오로지 추가 큰 아씨만이 후퇴하지 않고 제 아버지의 갑옷을 걸치고 전장으로 달려나 가셨습니다. 비록 첫 전투에서는 패하셨으나 고작 세 번의 전투만으로 적군이 수백 리를 후퇴하게 만드셨고, 이후 여인의 몸으로 원수(元帥)

의 자리에 올라 화봉군을 만들고 수만 병사들을 통솔하셨지요. 화봉군이 중원 지역에서 쫓아낸 은지량은 황량한 땅에 서량이라는 나라를 세웠지만 우리 천성과 맞서 싸울 국력은 영영 갖지 못했습니다. 큰아씨는 이 세상 모든 여인들이 자랑스러워할 만한 일을 하신 분입니다. 그런데 이 나라의 안정을 위해 그분이 이루신 수많은 공적에 대해, 좋은 부모 만나 온실 속 화초처럼 자라면서 방 안에서 수나 놓고 있는 여인들이 함부로 평하고 논한다는 게 가당키나 합니까?"

매우 시원스럽고 낭랑한 그녀의 음성에 주변이 쥐 죽은 듯 조용해졌다. 한쪽에서 그녀의 말을 듣고 있던 봉지미의 눈빛이 반짝였다. 어머니가 예사롭지 않은 과거를 가지고 있다는 것은 알고 있었지만 이렇게 당시의 일을 자세히 들은 것은 오늘이 처음이었다. 저 상궁은 당시의 일을 무척 잘 알고 있는 듯했다. 단호하고 확신에 찬 어조와 조금 자만하는 듯하면서도 매우 침착한 자태로 보아 그냥 평범한 궁인은 아닌 것 같았다.

어머니가 안부를 전하고 싶어 했던 그 상궁임에 틀림없었다. 저 상궁이 소녕 공주의 유모라는 말을 들었던 것이 어렴풋이 떠올랐다. 궁중에서 매우 높은 지위를 가진 소녕 공주를 어린 시절부터 옆에서 모신 인물이니 그 역시 뭇 사람들의 존중을 받는 사람일 것이었다.

"감사합니다. 상궁마마."

봉지미가 자리에서 일어나 예를 갖추고 인사했다.

봉지미가 막 몸을 일으킬 때, 방금 봉지미에게 시비를 걸었던 그 여인이 갑자기 앞으로 몸을 숙였다. 곧 휘릭, 하는 소리와 함께 봉지미의 앞에 놓여 있던 국수 그릇이 뒤집히고 봉지미의 옷은 국물과 면으로 엉망이 되었다.

봉지미가 아직 별 반응을 보이지도 않았는데 여인이 화들짝 놀라 펄쩍 뛰더니 입을 떡 벌리고 축축이 젖어 버린 식탁을 쳐다보았다.

'방금 무슨 일이 일어난 거지? 왜 갑자기 허리를 꺾더니 남의 국수 그릇을 엎느냐고!'

진 상궁까지 나선 마당에 여인은 봉지미에게 예를 갖추고 사과할 생 각이었다. 그리하면 상궁에게도 잘 보일 수 있을 터였는데 갑자기 이런 말도 안 되는 일이 일어나다니. 믿어지지 않았다.

여인은 파랗게 질린 얼굴로 제자리에 서 있었다. 한편 봉지미는 이미 엉망이 되어 버린 치맛자락을 쥐고 반쯤 울먹이는 목소리로 말했다.

"아가씨, 제가 무슨 잘못이라도 한 것입니까? 제게 이러시면 오늘 저 는 무슨 수로…… 무슨 수로……."

봉지미는 분노로 온몸을 떨었다. 더는 말도 나오질 않았다.

편전 안의 궁인 모두 탐탁지 않은 눈으로 그 몇몇 아가씨들을 바라 보았다. 조금 전 '사고를 친' 여인은 울먹이는 봉지미의 모습을 한참 동 안 멍하니 쳐다보았다. 궁인 중 하나가 정전에 이를 보고하려고 나서자 대뜸 으아앙, 하고 제가 더 억울하다는 듯 울음을 터트렸다.

그녀가 터트린 울음에 봉지미가 울음기를 거두더니 바로 정색한 얼 굴로 말했다.

"이곳이 어느 안전이라고 눈물을 보이시는 겁니까? 그것도 귀비마 마의 생신 연회 자리에서요!"

"여봐라, 아씨들이 편하게 우실 수 있게 댁으로 모셔라!"

재빨리 달려온 귀비 상 씨 처소의 상궁이 잔뜩 구겨진 얼굴로 단호 하게 소리쳤다. 봉지미는 웃음기 머금은 얼굴로 제자리에 서서 치맛자 락을 붙들고 난감한 듯 한숨을 내쉬었다. 진 상궁이 칭찬하는 듯한 미 소를 띠고 봉지미에게 느긋하게 말했다.

"아가씨. 예전에 제가 입던 옷이 몇 별 있사온데, 아가씨께도 매우 잘 어울릴 겁니다. 아가씨께서 내키신다면 그 옷을 내어드리도록 하지요. 저녁 연회에서 실례를 보일 수는 없으니까요."

마침 봉지미가 기다리고 있던 말이었다. 봉지미는 사양하지 않고 곧장 감사를 표한 뒤 진 상궁과 함께 편전을 나섰다. 진 상궁은 가는 길 내내 단 한 번도 뒤를 돌아보지 않고 허리를 꼿꼿이 세운 채 걸었다. 봉지미는 그녀의 뒷모습을 바라보며 문득 진 상궁도 군인 출신처럼 온몸에 야무지고 단단한 기력이 가득한 것 같다고 생각했다.

공주의 처소인 옥명궁(玉明宮) 측실에 도착해 옷을 갈아입고 나서야 봉지미는 진 상궁에게 인사를 전했다.

"어머니께서 진 상궁마마께 꼭 안부를 전해 달라 당부하셨습니다. 제 어머니의 명예를 되찾아 주셔서 감사합니다. 이렇게 상궁마마를 만나게 되어 정말 다행이에요."

진 상궁이 조금 전까지 일관하던 침착함을 뒤로하고 봉지미의 손을 붙잡았다. 봉지미의 손을 물끄러미 바라보던 진 상궁은 한참이 지나서야 고개를 끄덕이고는 물었다.

"어머니와는 잘 지내시나요?"

봉지미는 분명 어머니의 친우인 진 상궁이 왠지 어머니보다 봉지미 자신을 더 신경 쓰는 것 같았다. 봉지미는 봉 부인과 봉지미, 봉호의 안부를 묻는 진 상궁의 질문에 하나하나 대답해 주었다. 봉지미의 대답을 빼놓지 않고 귀 기울여 듣던 진 상궁이 봉지미의 손을 어루만지며 말했다.

"돌아가서 어머니께 전해 주세요. 지금까지 참 고생 많으셨다고. 이젠 너무 마음 쓰고 안달하지 마시라고. 모든 것은 그냥 하늘의 뜻에 맡겨 두면 된다고."

그녀는 봉지미를 물끄러미 바라보더니 흐느끼는 듯한 목소리로 말했다.

"참 좋습니다. 아가씨."

봉지미는 진 상궁이 남긴 말이 조금 이상하다는 생각이 들었지만 이내 웃어 보였다. 봉지미는 다시 편전으로 데려다 주겠다는 진 상궁의 제안을 거절하고 앞에 있는 궁정 뜰에서 잠시 시간을 보내도 되겠느냐고 물었다. 조금 전의 일 때문에 다시 편전으로 돌아가 앉아 있는 것도 불편한 탓이었다.

봉지미는 정원 한편에 자리를 잡고 앉았다. 천성 후궁에 있는 정원은 그 크기가 매우 컸다. 봉지미는 점점 더 깊은 곳으로 들어갔다. 몇 개의 가산(假山)*정원 따위에 돌을 모아 쌓아서 조그마하게 만든 산을 지나자 그 뒤에 이상한 우물이 하나 있었다.

우물가에 앉은 봉지미는 천천히 우물 벽 둘레의 푸른 돌을 어루만졌다. 돌 위에는 아주 오랜 세월의 흔적들이 남아 있었다. 잠시 생각에 빠져 있던 봉지미는 주위를 둘러보았다. 주변에는 아무도 없었다. 이곳은 원래 인적이 뜸한 곳인 것 같았다. 봉지미는 곧 우물 벽을 타고 아래로 기어 내려가기 시작했다.

사람 하나 키만큼 내려갔을 즈음 봉지미의 발끝이 어느 움푹 파인 곳에 딱 맞는 느낌이 들었다. 조심스레 힘을 주자 우물 벽의 푸른 돌들이 움직이더니 어딘가로 통하는 통로의 입구가 나타났다. 낡은 먼지 냄새 같은 것이 옅게 풍겨 왔다. 코를 대고 자세히 맡아 보았지만 별 다른 특이점은 없는 것 같았다.

어느 황조, 어느 시대든 황궁에는 모두 비밀 통로 같은 것이 있기 마련이었다. 한 시대가 지나고 나면 그 시대의 비밀 통로는 서서히 그 역할을 잃고 역사 속으로 사라지곤 했다. 어쩌면 이 문 뒤에 있는 것도 그런 것일지 몰랐다. 봉지미는 이 안으로 들어가는 무모한 짓은 하고 싶지 않았다. 이 너머에 무엇이 있을지 아무도 모르는 일이었다. 만일 그 끝에 있는 것이 귀비 상 씨의 정전이라면…… 황제의 황좌 밑이라면…….
봉지미는 아직 더 오래 살고 싶었다.

하늘색이 갑자기 어두워졌다. 솨아아, 하는 소리와 함께 비가 내리기 시작했다. 봉지미는 속으로 욕을 삼키며 사방을 둘러보았다. 가장 가까운 정자와도 최소한 몇십 척은 떨어져 있었다. 그곳까지 가다가 온몸이 홀딱 젖을 게 분명했다.

봉지미가 고개를 숙여 제 앞에 있는 지하 통로를 바라보았다. 꽤나 깨끗해 보였다. 비를 맞느니 잠시 이곳에 들어가 비를 피하는 게 더 나을 것 같았다.

봉지미가 천천히 통로 안으로 들어갔다. 통로는 매우 길지만 좁았다. 중요한 용도로 만든 통로는 아닌 것 같았다. 사방에서 풍겨 오는 진흙 냄새가 조금씩 짙어졌다. 봉지미는 이곳에 사람이 드나든 지 아주 오래되었다는 사실을 직감적으로 알 수 있었다.

앞으로 계속 나아가자 눈앞이 점점 밝아져 왔다. 봉지미는 의아했다.

'반대편을 막아 두지 않은 건가. 누가 발견하면 어쩌려고.'

귀를 대고 밖에서 들려오는 소리를 자세히 들어 보았지만 빗방울 떨어지는 소리 말고는 그 어떤 소리도 들려오지 않았다. 통로의 반대편이 귀비가 머무는 처소나 황궁의 정전은 아니라는 것이 확실했다.

한 걸음 더 내딛자 갑자기 눈앞이 눈부시게 환해졌다. 환한 빛의 파도 속에서 특이한 차림을 한 미인이 정면으로 걸어오고 있었다.

형언할 수 없이 아름다운 얼굴의 그녀는 옷깃을 휘날리며 살짝 비스듬한 자세로 걸어왔다. 꼭 선녀 같았다.

봉지미는 놀라서 걸음을 멈췄다. 도대체 이곳에 왜 사람이 있는 건지 이해되지 않았다. 두려워진 봉지미는 곧장 달아나려 했지만 한편으로 뭔가 이상하다는 생각이 들어 다시 그 여인을 자세히 살펴보기로 했다. 앞으로 몇 걸음 더 나아가던 봉지미는 그제야 알게 되었다. 그 여인의 몸은 반투명했고, 웃음기 띤 얼굴과 아름다운 자태를 지녔지만 미동도 하지 않고 있었다. 그녀를 맞이하고 서 있던 여인은 사람이 아니라 벽에 새겨진 수정옥(水晶玉) 조각상이었다.

그 기술이 신의 경지에 다다라 머리칼 하나마저 생생하게 새겨져 있었다. 게다가 내내 어두운 통로에 있다가 갑자기 눈앞이 밝아지는 바람에 첫눈에 보고 착각하기에 충분했다.

값비싼 물건인 것이 분명한 저 조각상이 이런 지하 통로의 출구에 있다니 아무리 보아도 뭔가 이상했다.

봉지미는 다시 앞으로 몇 걸음 더 나아갔다. 그 미인상의 뒤에는 커다란 수정이 자리하고 있었다. 수정 뒤의 풍경이 어렴풋이 보였다. 수정 뒤로 보이는 그곳에는 꽃과 나무가 무성했고 흐르는 물과 다리가 보였으며 검은 빛이 감도는 금색 종이 어느 처마 끝에 달려 있었다. 보아하니 누군가의 처소인 듯했다. 다만 그 안에 있는 모든 물건이 아주 낡아 보였을 뿐.

통로 안은 이미 조용해졌다. 바깥의 빗소리는 더 이상 들려오지 않았지만 수많은 빗방울들이 유리알처럼 투명한 수정 위에 맺혀 있었다. 그 빗방울 너머로 아담한 아치형 다리가 하나 보였다. 본래 흰색이었을 다리의 돌들은 이미 누런빛을 띠고 있었고 다리 아래 연꽃들은 반쯤 죽어 있었다. 시들어 버린 연꽃잎을 따라 흐르던 물방울들이 소리 없이 진흙 위로 떨어졌다.

봉지미는 어둡고 적막한 통로 안에 숨어 전설 속에 나오는 '전진경 (前塵鏡)'을 통해 보듯 바깥의 황량한 빗줄기를 바라보고 있었다. 이미 오래전 기억 저편으로 묻힌 과거의 흔적처럼 이야기는 누렇게 바래져 있었고 미인은 나이 들어 있었다. 출처가 어디인지 모를 호금 소리가 저 멀리서 들려오니 꿈속에 있는 것만 같았다.

봉지미의 마음 저편에서 문득 정체 모를 황량함이 밀려왔다.

그때였다. 모든 생기를 잃은 채 죽은 듯이 고요하던 정원에 갑자기 누군가 나타났다. 그는 쏟아지는 빗속에서 우산조차 쓰지 않고 꿈속을 헤매는 듯한 모습으로 다리에 올랐다.

그는 다리 위에 가만히 서서 비를 맞았다. 무거운 빗줄기가 그의 몸에 걸쳐진 하얀 옷을 순식간에 모두 적셨다. 비는 그의 검은 머리칼을 타고 흘러내려 그의 눈썹까지 적셨다. 밤하늘처럼 짙고 검은 눈썹 아래에는 어딘가 깊은 곳을 헤매는 듯한 눈동자가 자리하고 있었다. 조금 창백해진 얼굴에서는 놀라울 만큼의 아름다움과 차가움이 동시에 느껴졌다.

비는 소리 없이 내리고, 그는 그 빗속에 서 있었다. 사방에서 불어오는 바람은 이미 젖어 버린 그의 옷자락을 흔들지 못했다. 차가운 옷깃의 끝에서는 빗방울이 시든 꽃잎처럼 떨어졌다.

봉지미는 저도 모르게 손을 뻗었다. 그를 저 차가운 빗속에서 끌어내고 싶었다. 하지만 봉지미의 손끝에 닿은 건 차디찬 수정뿐이었다.

다리 위 그 사람이 천천히 무릎을 꿇었다.

그는 차가운 빗속에서 무릎을 꿇고 천천히 입술을 달싹였다. 그의 입에서 낮은 세 글자가 터져 나왔다.

봉지미는 빗속의 그림자를 멍하니 바라보며 그에게서 터져 나온 그 세 글자를 되뇌었다. 손이 문득 차가워졌다.

"어머니."

끝없는 봄

쏟아지는 빗속 돌다리 위. 그 사람은 그 차가운 곳에 꿇어앉아 비바람에 폐허가 된 초라한 건물을 바라보며 그에게 있어 가장 중요한 이의 이름을 부르짖었다. 하지만 그는 분명히 알고 있었다. 대답은 영원히 들을 수 없다는 것을.

벽 하나만 넘으면 푸르른 생기가 가득한 황궁이었다. 가득한 활기가 분명 지척에 있는데도 그는 아득히 먼 그곳에 있었다.

봉지미는 그 그림자를 바라보며 지난번 만났을 때 그의 모습을 문득 떠올렸다. 차갑고 무겁고 엄하고 날카로웠다. 그는 천의 얼굴을 가지고 시시각각 변모했다. 하지만 지금처럼 쓸쓸하고 처량한 모습은 단 한 번도 본 적이 없었다.

봉지미는 살며시 뒤로 한 걸음 물러났다.

그녀는 알고 있었다. 세상에는 자신의 준비된 모습만을 드러내고 싶을 뿐, 화려한 꽃이 지고 난 후 드러나는 앙상한 제 모습을 다른 이에게 보이고 싶어 하지 않는 이들이 있다.

조각상 뒤에 있는 수정 벽 앞에 서 있던 봉지미는 뒤로 물러나며 실수로 그 조각상의 품에 안기고 말았다. 어디를 건드렸는지 조각상의 팔이 갑자기 움직이더니 수정 벽이 소리 없이 미끄러지듯 열렸다.

봉지미가 고개를 돌렸다. 조각상의 자세가 바뀌어 있었다. 두 손으로 자신을 끌어안고 고개를 비스듬히 젖힌 모습이 아름답고도 유혹적이었다.

잠시 멍해 있던 봉지미는 저도 모르게 조각상의 모습이 조금 외설스럽다고 생각했다. 그저 조각일 뿐이었지만 단정하고 우아한 용모에 이 자세라니 아무리 생각해도 조금 방자해 보였다.

수정 벽이 열리자 봉지미는 자신이 있던 곳이 한 가산이란 사실을 알아차렸다. 바깥을 향하는 수정 면에는 은은한 녹색이 칠해져 있었다. 얼핏 보기에는 이끼처럼 보이는 색이었다. 안에서 밖을 내다보는 데에는 아무런 지장이 없었지만 밖에서는 그저 이끼가 낀 가산이라고만 생각될 정도였다. 영혁이 수정 벽 너머의 봉지미를 전혀 눈치채지 못한 것도 이해가 됐다.

수정 벽이 열리자 비로소 영혁은 무언가를 감지한 듯 고개를 돌렸다. 빗줄기가 가림막이 되어 두 사람 사이를 가렸다. 영혁은 그 가림막의 저편 다리 위에서 그녀를 바라보았다. 휘날리는 비가 실이 되었다. 봉지미는 가림막의 이편 다리 아래에서 고개를 들고 그를 마주보았다. 물줄기가 지금 이 순간의 마음처럼 빈틈없이 맞닿으며 쏟아졌다. 서로의 눈빛이 실이 되어 이어졌다. 비로 만든 실처럼 형태도 색도 없이 차갑고 길게 이어져 하늘과 땅 사이를 묶었다.

한참이 지난 후, 영혁이 다리의 난간을 짚고 천천히 일어나 한 걸음 한 걸음 그녀를 향해 걸어왔다. 빗방울은 어느새 줄기가 되어 그의 창백한 얼굴을 따라 흘렀다. 물에 젖은 그의 검은 머리칼과 검은 눈썹과 검은 눈동자는 평소보다 더 짙고 깊어 보였다. 하얗게 질린 입술은 빗방울이 스며들어 원래의 온도를 잃은 듯했다.

온 제경이 화려하게 피었는데 오로지 그 한 사람만 시들어 있었다.

그가 봉지미의 곁으로 다가왔다. 무언가 묻고 싶은 것이 있어 보였다. 하지만 그의 시선이 그녀의 등 뒤에 있는 수정 벽에 닿자 순식간에 얼굴색이 변했다. 그대로 봉지미를 지나친 그가 통로 안으로 들어갔다.

수정 벽을 발견하고 파랗게 질린 그의 얼굴이 봉지미를 불안하게 만들었다. 곧바로 뒤따라 들어간 봉지미는 조각상 앞에 멍하니 서서 혈색 없는 입술을 깨물고 있는 그를 발견했다.

조각상을 바라보는 그의 눈빛에서 조금의 아픔과 조금의 그리움과 조금의 기쁨과 조금의 추억이 묻어났다. 그 많은 감정이 한데 복잡하게 뒤엉켜 말로는 설명하기 힘든 눈빛이었다. 봉지미는 그의 감정들을 헤아려 보다 다시 고개를 들어 조각상의 눈을 바라보고는 그제야 무언가 깨달을 수 있었다.

영혁은 그 자리에 그렇게 한참을 멍하니 서 있다가 겨우 조심스레 한 걸음 앞으로 내디뎠다. 파르르 떨리는 그의 손끝이 조각상의 얼굴을 향하고 있었다. 무척이나 조심스러운 손길이었다. 조금이라도 힘을 주면 지난날 꿈처럼 산산조각 나 버릴 지도 모른다는 듯이.

조각상에 한 걸음 더 가까이 다가간 영혁의 눈빛이 순간 아래위를 훑었다. 비로소 조각상의 특이한 자세를 알아챈 모양이었다.

그는 그대로 멈춰 선 채 다시 한번 조각상을 자세히 살폈다.

어느새 그의 두 눈에 매우 짙은 분노가 드리워졌다. 폭풍이 휘몰아치는 바다의 거센 파도가 절벽을 부수고 높은 파도가 세상을 집어삼켜 버릴 것만 같은 눈빛이었다.

쩌억.

하얀빛이 번개처럼 번뜩이더니 무언가 와르르 깨지는 소리가 났다. 깜짝 놀라 뒤로 한 걸음 물러선 봉지미는 그 값비싼 조각상이 산산조각나고 말았다는 생각에 속으로 탄식을 내뱉었다.

발아래로 깨진 조각이 밟히는 소리가 났다. 그 건너편에는 긴 머리를 흩날리며 검을 들고 있는 영혁이 서 있었다. 족히 절반은 날아가버린 수정 벽과 달리 조각상에는 조금의 흠집도 없었다. 영혁은 세상에 하나뿐일지 모를 그 조각상을 결국 손대지 못했다.

그는 시선을 아래로 내리깐 채 한참을 그렇게 서 있었다. 봉지미가 서 있는 곳에서는 그의 날카롭고 창백한 턱선만 보였다.

통로 안은 매우 조용했다. 봉지미 한 사람의 숨소리만 들릴 정도였다. 그의 얼굴이 극도로 창백해지자 봉지미는 걱정스러웠다. 그녀는 참지 못하고 그에게 몇 걸음 다가갔다.

봉지미가 막 영혁의 앞에 다다랐을 때, 그가 갑자기 의식을 잃고 쓰러졌다.

거세게 내리는 비에 온 세상이 웅웅, 소리를 내며 울렸다. 이끼가 가득 낀 돌바닥은 상상 이상으로 미끄러웠다. 봉지미는 겨우겨우 영혁을 등에 업고 가산을 나와 비가 퍼붓는 바깥쪽으로 고개를 빼꼼 내밀었다. 순식간에 얼굴이 흠뻑 젖었다.

봉지미는 얼굴에 묻은 빗물을 닦아 내고 속으로 자신을 원망했다.

'비를 피하긴 뭘 피해! 괜히 기력 낭비만 하고. 어차피 오늘은 비에 흠뻑 젖을 팔자였던 거라고.'

원망의 상대가 곧 영혁으로 바뀌었다.

'아니, 멀쩡한 인간이 왜 갑자기 쓰러지고 난리야? 그냥 원래 하던 대로 태연하고 냉정하기만 하면 안 되는 거냐고! 아직 나 따라오려면 한참 멀었네!'

정원만 가로지르면 바로 그 궁실이었다. 많이 낡긴 했지만 그래도 깨끗해 보였다. 적어도 빗물에 젖어 있지는 않은 듯했다. 어쩌면 약을 찾을 수 있을지도 몰랐다. 쓰러진 사람이 있는 상황에서는 저곳으로 들어가는 방법밖에 없었다. 봉지미는 혼절한 영혁을 한참 쳐다보다 결국 그를 업고 밖으로 나갔다.

빗줄기가 벽처럼 시야를 가렸다. 바닥에 가득 낀 이끼에 떨어지는 빗방울들이 옅은 초록빛 물장구를 일으켰다. 그 한가운데서 봉지미는 등에 사람을 업고 한 걸음 한 걸음 힘겨운 걸음을 옮겼다.

얼마 되지 않는 거리를 이동하는 데 시간이 한참 걸렸다. 비는 제대로 눈을 뜨고 앞을 살피기도 힘들 만큼 거세게 내렸다. 봉지미는 거의 두 눈을 감은 채 손으로 앞을 더듬어가며 처마 아래 기둥을 찾아내 붙잡았다.

겨우 처마 아래로 들어온 봉지미가 훅 한숨을 내쉬며 굳게 잠겨 있는 문을 열었다. 그녀는 안으로 들어가 영혁을 조심스레 내려놓았다. 방 안은 어두웠고 모든 물건은 회색 천으로 덮여 있었다. 천으로 가려진 울퉁불퉁한 것들이 꼭 몸을 웅크린 채 잠들어 있는 야수들의 그림자처럼 보였다.

봉지미는 영혁을 침대에 눕힐 수 없었다. 온몸이 젖어 있는데 지금 침대에 눕히는 건 그냥 물속에 뉘어 놓는 것과 다름없는 일이었다. 봉지미는 우선 영혁을 의자에 앉힌 뒤 침대 위에서 걷어 온 이불을 그의 머리끝부터 발끝까지 단단히 감싸고 맥을 짚었다.

영혁의 맥에 손을 댄 봉지미의 표정이 갑자기 일그러졌다. 영혁은 단순히 비에 맞아 감기에 든 것도 아니었고 갑작스러운 고통으로 혼절한 것도 아니었다. 폐와 비장의 상태를 나타내는 오른쪽 손목의 맥박이 심장과 간의 상태를 나타내는 왼쪽보다 훨씬 강하게 뛰고 있었다. 폐부에 심각한 상처를 입었던 게 분명했다. 오늘 입은 마음의 충격으로 오래전 증상이 다시 발작한 것이었다. 당장 무슨 수를 쓰지 않으면 후유증이 심하게 남을 수도 있는 상황이었다.

영혁의 몸이 얼음장처럼 차가웠다. 우선은 한기를 없애고 몸을 다시 따뜻하게 해야 했다. 그냥 두었다간 증상이 더 심해질 것이었다.

봉지미는 어두운 방 가운데에 서서 고개를 들고 곰곰이 생각했다.

두 눈을 번쩍 뜬 봉지미는 곧장 영혁을 둘둘 싸고 있는 이불 속으로 손을 집어넣어 망설임 없이 그의 옷을 벗겼다.

두루마기, 허리띠, 윗옷, 바지 그리고 속옷까지…….

처음에는 재빠르게 움직이던 봉지미의 손이 점점 더 느릿해지고, 그녀의 귓가에는 조금씩 붉은 물이 들었다. 그래도 손을 멈추지는 않았다. 흠뻑 젖은 옷가지들이 하나둘 바닥에 쌓여 갔다. 하나하나 살펴보니 벗겨야 할 것도 벗기지 말아야 할 것도 모두 벗긴 것 같았다.

이불 속에서 손을 빼내려던 봉지미가 멈칫했다.

손가락 끝으로 줄곧 느껴지던 매끈하고 차가운 피부와는 달리 울퉁불퉁하게 튀어나온 것이 만져졌다. 봉지미가 의아한 듯 손끝으로 그 부분을 더 살폈다. 역시 흉터인 것 같았다. 그것도 매우 크고 깊은.

조금 전 그를 혼절하게 한 그 오랜 상처인 것 같았다. 하지만 황족이라는 존귀한 신분을 가진 이의 몸에 이렇게 큰 흉터가 있다는 게 잘 이해되지 않았다.

봉지미의 손끝이 불룩 솟은 상처 위를 천천히 쓰다듬었다. 흉터는 길고 넓은데다 곳곳이 울퉁불퉁하게 튀어나와 있었다. 당시의 잔혹함을 충분히 상상할 수 있을 정도였다.

봉지미는 문득 제경 곳곳에 떠도는 그에 대한 소문을 떠올렸다. 일곱 살 무렵 죽을 고비를 한 번 넘긴 후에 성미가 완전히 바뀌었다는 이야기였다.

'그 죽을 고비라는 게 병이 아니라 부상이었던 걸까?'

봉지미의 손끝이 무심코 흉터가 아닌 부드러운 피부에 닿았다. 손끝으로 느껴지는 차갑고 매끄러운 감촉이 봉지미의 얼굴을 확 달아오르게 했다. 황급히 손을 거둔 봉지미는 애써 도대체 이곳이 어디인지 생각하려 했다. 지금 이 민망한 감정에서 벗어나기 위해서라면 무슨 생각이든 해야 했다.

봉지미는 혁련쟁의 발 냄새가 매우 고약하다는 생각부터 고남의가 호두를 지겨워하는 날이 오긴 오려나, 이런저런 생각을 하며 이불로 영혁의 몸을 열심히 닦아 냈다. 그리고 다른 이불을 가져와 이미 젖어버린 이불 위에 덮어씌웠다. 이제 남은 건 마른 이불과 물기를 닦아 낸 영혁뿐이었다.

봉지미는 영혁을 이불에 감싼 채 안아 들어 곧장 침대로 향했다. 그는 아직 정신을 잃고 있었다. 하지만 조금 전까지만 해도 거칠게 몰아쉬던 숨이 어느덧 많이 편안해졌다. 봉지미가 이불 위로 열심히 몸을 주물러 피를 통하게 해 주자 창백한 얼굴에 번졌던 푸른 기가 조금씩 옅어졌다. 검은 속눈썹은 아직도 무력하게 아래를 향하고 있었다. 아름다운 눈가에는 검은 그림자가 옅게 드리워져 있었다. 흑과 백의 극명한 조화가 그를 더 초췌해 보이게 했다. 평소 보는 이의 숨을 막히게 할 만큼 강렬하던 인상은 어느덧 사라지고 지금은 하늘에 떠 있는 옅은 구름처럼 여리고 가냘픈 모습만이 남아 있었다.

한참 동안 바쁘게 움직이느라 어느덧 땀에 흠뻑 젖은 봉지미는 편안하게 누워 꿈속을 거닐고 있는 그를 바라보며 조금은 화가 나고 질투 섞인 손길로 그의 얼굴을 툭툭 쳤다.

"잘 자네. 아주!"

그의 얼굴을 때리고 나자 왠지 기분이 통쾌해졌다. 칠 수 있을 때 쳐야지. 봉지미는 그의 얼굴을 몇 대 더 치기로 했다. 지금이 아니면 영영 기회가 없을 것이었다.

기분이 풀린 봉지미의 눈에 침대에 누운 영혁의 젖은 머리칼이 보였다. 젖은 머리를 그대로 두면 안 될 것 같아 머리를 풀어 침대 아래로 길게 늘어트려 주었다.

봉지미는 부싯돌을 찾아 가구 위를 덮고 있는 회색 천들을 모아서 불을 피우기로 했다. 천이 걷히고 드디어 모습을 드러낸 가구들과 물건들을 바라보며 봉지미는 감탄을 금하지 못하고 탄성을 질렀다. 이 방 안에 있는 물건들은 모두 정갈해 보였다. 사실 그냥 정갈한 정도가 아니라 매우 아름답고 정교했다. 그냥 한눈에 보아도 보통 값비싼 물건이 아니라는 것쯤은 단번에 알 수 있었다. 게다가 하나같이 천성의 양식이 아닌 대단히 이국적인 아름다움이 느껴지는 가구들이었다.

아쉽게도 지금은 그 가구들을 하나하나 뜯어보고 있을 겨를이 없었다. 봉지미는 서랍을 열어 자신에게 필요한 물건들을 찾기 시작했다. 웬만한 물건은 모두 있는 것 같았다. 그때 봉지미는 어느 서랍 안에서 방석과 목탁을 발견했다.

부싯돌을 찾아 낸 봉지미는 침대 아래에 있는 화로를 꺼내 불을 붙이고 그의 젖은 옷과 머리를 말리기 시작했다. 빗을 찾아 그의 젖은 머리도 조심스레 빗겨 주었다.

그의 머릿결은 손에 쥐고 있으면 값비싼 비단처럼 부드러우면서도 조금 차가웠다. 봉지미는 그의 이마에 붙어 있는 젖은 머리칼을 조심스레 떼어냈다.

봉지미는 몸을 숙이고 그를 향해 점점 가까이 다가갔다. 그의 얼굴에 손끝을 댄 바로 그 순간 영혁이 깨어났다.

차가운 폭우가 끝없이 내리는 가운데 고통과 혼란이 가득한 어둠의 세계 속에서 헤매다 돌아온 영혁의 눈앞에는 전혀 다른 세상이 펼쳐져 있었다. 지금 그의 눈에 보이는 것이라곤 자신의 눈가를 스치고 지나가는 백옥처럼 하얗고 부드러운 손가락뿐이었다.

그의 시선이 자연스레 위를 향했다. 갸름하고 하얀 턱선과 옅은 연지를 바른 입술이 보였다. 매캐하고 어두운 그곳에서 유일하게 밝고 선명하게 반짝이는 것이었다.

사방이 어두웠다. 하지만 어디선가 들려오는 타닥타닥 불타는 소리와 함께 따뜻한 기운이 밀려왔다.

조금 전의 어둠과 차가운 통증이 마치 지난밤의 꿈처럼 아득하게 느껴졌다.

'아니, 지금 이 순간이 꿈인가?'

눈앞이 아직 조금 흐릿했다. 그 손가락은 아직도 꽃밭의 나비처럼 그의 눈가에서 춤을 추고 있었다. 그는 그 모습을 조금 몽롱하게 지켜보다가 문득 깨달았다. 지금 그가 누운 이곳은 분명 익숙한 곳이었다. 아주아주 오래전 꼭 이런 방에 있던 어떤 이가 떠올랐다. 다정하고 따뜻한, 땀에 젖은 그의 머리칼을 만져 주던 그 손길⋯⋯.

그의 마음에 온 세상을 다 채울 만큼의 기쁨이 차올랐다.

'내가 잃어버렸던 모든 것들을 되찾은 걸까?'

그가 낮게 신음하며 그 손가락을 잡아 자신의 뺨에 가져다 댔다.

"어머니⋯⋯."

차가운 뺨에 닿은 따뜻한 손가락은 너무나도 부드러웠다. 그는 두 눈을 감은 채 그 감촉에 취했다. 놓아 주고 싶지 않았다.

봉지미는 조금 뻣뻣한 자세로 침대맡에 서서 자신의 손을 제 뺨에 비비고 있는 영혁의 모습을 바라보았다. 당장 손을 뿌리쳐야 할지 아니면 그대로 내버려 두어야 할지 잠시 판단이 서질 않았다.

아직 정신이 온전히 돌아오지 않은 것이 분명했다. 봉지미는 고민에 빠졌다. 괜히 지금 손을 뺐다가 그가 완전히 정신이 돌아와 민망한 마음에 벌컥 화를 내지는 않을지 걱정됐다. 그렇다고 그냥 이대로 두었다간 나중에 더 민망해져서 더 크게 화를 낼지도 모른다.

봉지미의 손가락이 잠시 멈칫하며 떨렸다. 순간 그가 정신을 차렸다.

조금 전까지 몽롱해 보이던 그의 눈빛이 순식간에 흑옥처럼 선명해

風叔

졌다. 그는 눈꺼풀을 들어 앞에 있는 이를 똑바로 쳐다보았다.

주위를 살피는 영혁의 눈빛이 조금씩 더 날카로워졌다. 그가 곧 봉지미의 손을 놓고 가라앉은 목소리로 물었다.

"네가 왜 여기 있지?"

그는 민망해하지도 화를 내지도 않았다. 그저 그녀의 앞에서 늘 보이던 날카롭고 차가운 모습으로 돌아왔을 뿐이었다. 몽롱함이라고는 온데간데없이 사라진 그의 검은 눈동자가 지금은 경계심을 잔뜩 품은 채 그녀를 향하고 있었다.

봉지미는 자신의 손을 치마에 쓱 닦은 뒤 몸을 돌려 그의 젖은 옷을 말렸다.

"비를 피해야 해서 어쩔 수 없이 들어온 것입니다."

영혁은 가만히 그녀의 뒷모습을 바라보고 있었다. 이제 막 의식을 찾은 터라 아직 조금 망연했다. 따뜻한 이불 속에 파묻혀 몸이 나른해진 영혁은 그냥 그대로 누워 바삐 움직이는 봉지미를 응시했다. 그녀는 그의 두루마기와 윗옷, 바지, 속옷을 말리고 있었다.

'속옷…… 속옷?'

영혁이 획 이불을 들춰 안을 살폈다. 그러고는 다시 획 이불을 덮었다. 그는 멍하니 허공을 바라보았다. 봉지미는 그를 등진 채 너무도 태연한 손길로 그의 속옷을 들어올려 다 말랐는지 자세히 살피고 있었다. 영혁이 결국 참지 못하고 버럭 소리쳤다.

"내려놔!"

봉지미가 억울한 눈빛으로 그를 쳐다보며 한숨을 내쉬었다.

'어휴, 정말. 내가 지 좋으라고 이러지 나 좋으라고 이래? 불편하든 말든 대충 겉옷만 말려 줘도 될 걸. 일부러 더 신경 써 줬더니!'

대충 다 마른 옷을 걷어 낸 봉지미가 옷가지를 하나하나 가지런히 개어 그에게 건넸다. 비단 속옷은 일부러 가장 위에 올려 두었다. 그걸 본 영혁이 다시 한번 헉, 숨을 들이켰다.

고개를 휙 들어 봉지미를 바라보자 그녀는 태연한 얼굴로 말없이 자리에만 앉아 있었다. 조금 쑥스러워하는 것도 같았지만 영혁은 그녀가 일부러 그리한 것이라 확신하고 있었다. 그 어색한 공기가 마음을 무겁게 짓누르고 있던 먹구름을 조금 가시게 했다.

영혁은 길게 호흡하며 제 몸의 기를 살폈다. 다시 발작이 일어난 건 맞지만 그래도 더 악화되지는 않은 모양이었다. 감기도 들지 않은 것 같았다.

'모두 저 사람 덕분이겠지.'

옷이 그의 옆에 가지런히 놓여 있었다. 그는 가만히 그녀를 바라보았다. 한바탕 내린 비가 그녀의 얼굴을 덮고 있던 화장을 지워 낸 후였다. 조막만 한 작은 얼굴에 놀라울 만큼 아름다운 이목구비가 모여 있었다. 그녀의 눈빛은 비가 내리는 바깥처럼 흐릿하고 아련해 보였다. 단장했던 머리가 엉망이 되어 그냥 머리를 풀어 버렸는지 그녀가 몸을 숙일 때마다 비단결처럼 부드러운 머리칼이 손등 위로 스르륵 떨어지는 것이 그의 마음을 부드럽게 간질였다.

그가 갑자기 무언가에 홀린 듯 손을 뻗어 그녀의 머리카락을 덥석 휘어잡았다.

봉지미가 앗, 하는 작은 소리와 함께 그의 손을 툭 쳐 내고는 제 머리칼을 도로 빼앗아 왔다.

"하지 마세요."

부드러운 어투에 웃음기가 묻어났다. 늘 그렇듯 다정하고 온화한 목소리였지만 평소에는 찾아보기 힘든 친근함과 편안함이 함께 배어 있었다. 영혁은 문득 차갑게 얼어붙은 자신의 마음속에 어느덧 작은 촛불 하나가 켜진 것 같다고 생각했다. 활활 타오르지는 않지만 충분히 따뜻하고 충분히 밝은 불꽃 하나.

그는 이불 속에서 꼼지락거리며 속옷을 입고 나서야 주위를 자세히 살폈다. 그의 눈빛이 조금씩 어둡게 가라앉았다.

"불은 뭐로 피운 거지?"

그는 인상을 쓰고 다시 물었다.

"이곳의 물건을 건드린 건가?"

"전하께 필요한 일이니까요."

봉지미가 그를 등진 채 대답했다. 그의 음성에서 묻어나는 불편한 기색을 눈치채지 못한 듯했다.

"아무리 소중한 물건이라 해도 전하의 목숨보다 더 소중하진 않습니다."

영혁은 말이 없었다. 다시 고개를 들어 사방을 살피던 그는 한참 만에 한숨 섞인 목소리로 말했다.

"역시 조금도 변하지 않았군……."

창살 사이로 바람이 불어왔다. 반쯤 젖은 옷을 입고 있던 봉지미는 재채기를 하느라 그의 쓸쓸한 음성에 관심을 둘 겨를이 없었다.

영혁이 자신의 가슴 쪽을 손으로 더듬었다. 곧 옷깃 안에서 약을 꺼내 입에 넣은 그는 계속 재채기를 하는 봉지미를 보고 잠시 망설이다 말했다.

"저기 있는 장막들을 가져다 태워도 괜찮아."

"괜찮으시겠어요?"

봉지미가 웃는 눈으로 그를 바라보며 물었다.

"난 그저 그대가 오늘 저녁 연회에서 계속 재채기나 하는 모습을 보고 싶지 않은 것뿐이야."

영혁이 이불을 끌어안은 채 몸을 일으키며 말했다. 덤덤한 얼굴이었다. 그는 늘 이렇게 마음과는 다른 말을 하는 사람이었다. 그를 더 상대해 주기 귀찮아진 봉지미는 말없이 불을 더 크게 키웠다.

등 뒤에서 그의 목소리가 들려왔다.

"침대 쪽으로 더 가까이 가져와."

'그래도 대갓집 아가씨인데 날 진짜 시녀로 부릴 작정이군.'

물론 마음에 들지는 않았지만 두 얼굴로 살아가는 데 매우 익숙한 봉지미는 곧 배시시 웃는 얼굴로 화로를 끌고 침대로 가까이 다가갔다.

"이쪽으로 와."

영혁이 또 명령하듯 말했다.

봉지미가 그에게 가까이 다가가 침대 가에 앉았다.

그녀의 뒤에 앉은 그가 자신의 몸을 감싸고 있던 이불을 열고 다시 덤덤한 어조로 명령했다.

"들어와."

봉지미가 벌떡 하고 자리에서 일어났다.

"머리가 엉망이 되어서요. 좀 빗어야겠습니다."

봉지미는 그의 손에 허리를 붙잡히고 말았다. 그녀는 속수무책으로 털썩 주저앉아 따뜻한 이불 속으로 끌려 들어갔다.

심장이 쿵쿵 뛰었다. 봉지미는 뻣뻣하게 굳은 자세로 미동도 하지 않은 채 태연한 척 웃으며 그를 달래듯 말했다.

"전하. 남녀가 칠 세면 부동석이라 하였습니다."

"어떻게 할 생각 없어."

그녀의 등 뒤에 앉은 그 사람의 맑은 숨결이 더 짙어졌다. 그 속에 옅은 약 냄새까지 뒤섞이자 당장이라도 취할 것만 같은 기분이 들었다. 여전히 그녀의 허리 위에 자리한 그의 손은 그에게서 벗어나려는 그녀의 몸을 단단히 붙잡았다.

"내가 참지 못하고 덤빌 만큼 자신이 아름답다고 생각하나 보지?"

봉지미가 침대 끝을 잡은 손에 힘을 주며 낮게 신음했다.

"제가 참지 못할 것 같아서요."

봉지미의 말에 사레들린 영혁이 애써 목을 가다듬고는 단번에 그녀의 혈자리를 누르고 그녀를 이불 안으로 더 깊게 끌어당겼다. 그러고는 조금 성난 듯 말했다.

"그렇게 다 껴입고 있어서 옷이 마르겠어? 나까지 다시 젖게 생겼네. 언제까지 불편하게 그럴 거지?"

"전하 때문에 더 불편합니다!"

봉지미가 결국은 태연한 척을 그만두고 매서운 눈길로 그를 바라보며 버럭 소리쳤다.

"전하께선 생명의 은인을 이런 식으로 대하십니까? 이러다 제 혼삿길 다 막히면 전하께서 책임지실 거예요?"

"혼삿길?"

영혁의 얼굴에 자리하고 있던 노기가 '혼삿길'이라는 말을 들은 후로 갑자기 복잡하게 변했다. 그가 곧 서늘한 웃음을 지어 보였다.

"정말 호탁의 왕세자비라도 될 작정인가 보군."

"초왕 전하의 비가 아니어서 얼마나 다행입니까!"

봉지미가 그보다도 더 거짓된 웃음을 흘리며 말했다.

한참 동안 말없이 봉지미를 응시하던 영혁이 갑자기 웃음을 터뜨리더니 봉지미의 안색 따위는 살피지도 않은 채 그녀의 옷을 벗겨 내기 시작했다.

봉지미는 그대로 비참하게 누워 동곽 선생*사냥꾼에게 쫓기는 늑대를 숨겨 주었다가 오히려 늑대에게 잡아먹힐 뻔한 이야기 속의 인물 이야기를 떠올렸다. 영혁이 그 잔인하고 못된 늑대라는 생각이 들었다.

한편으로 모든 일은 결국 돌아온다는 생각도 들었다. 그는 지금 분명 복수하는 중이었다. 그에게 최소한의 옷가지 정도는 남겨 줄 걸 하는 뒤늦은 후회가 밀려왔다.

여인의 옷은 사내들의 옷보다 훨씬 더 복잡한 탓에 영혁은 한참 동안 헤매고 나서야 겨우 겉치마를 벗겨 내는 데 성공했다. 그는 젖은 치마를 불가에 잘 널어놓은 뒤 고개를 돌려 두 눈을 꼭 감고 무언가 혼자 중얼거리고 있는 그녀를 바라보았다.

그가 조심스레 그녀에게 다가가 귀를 가까이 댔다. 그녀가 뭐라고 중얼거리는지 어렴풋이 들려왔다.

"저 인간은 내시다. 내시. 내시. 내시. 내시. 내시……."

영혁은 손가락 하나 까딱 않고 화병(火病)으로 사람을 죽이고도 남을 그 여인을 바라보며 당장이라도 한 대 쥐어박아 주고 싶었다. 하지만 꽃처럼 아름다운 그 얼굴을 계속 바라보면 볼수록 두 뺨에 조금씩 열이 올랐다.

백옥처럼 하얀 피부는 바람이 불면 바로 날아갈 듯 여려 보였고, 붉은 입술은 보석처럼 탐스러운 광택이 돌았다. 지금 그녀의 입에서 쉬지도 않고 흘러나오는 저 말만 빼면 무척이나 탐날 만큼 아름다운 모습이었다.

저 말도 안 되는 중얼거림을 이젠 멈출 때가 되었다.

그가 그녀를 향해 빠르게 몸을 숙였다. 이토록 달콤하고 향기로운 입술이 있었던가. 수천만 년 동안 끝없이 이어진 봄날처럼 닿는 순간부터 경이롭게 아름답고 깊이 들어설수록 영혼을 뒤흔드는 이가 있었던가. 그는 결국 참지 못하고 그녀의 잇새를 거칠게 파고들었다. 말랑하고 부드러운 그녀의 작은 혀가 지금 이 순간 그에게는 끝없이 펼쳐진 바다와도 같이 느껴졌다.

처음에는 어쩌면 그냥 시끄러운 입을 막고 싶었던 것일지도 몰랐다. 어쩌면 그녀를 놀라게 하는 것으로 벌을 주고 싶었는지도 몰랐다. 하지만 지친 나그네의 앞에 나타난 따뜻한 안식처처럼 따스한 그 세계에 닿는 순간 그는 그곳을 영원히 떠나고 싶지 않아졌다.

이십삼 년 동안의 고통 끝에 드디어 찾아온 난생처음 맛보는 달콤함이었다. 그는 자신의 안에 숨어 있던 경주마를 순식간에 풀어 놓아 버리고 말았다. 그저 그녀의 끝없는 달콤함 속에 영원히 갇힌 채 취하고 싶었다. 그의 손가락이 그녀의 머리칼을 깊이 파고들었다. 그의 팔이 그녀의 여린 어깨를 끌어안고 더 깊이 그녀를 침범해 서로의 맛을 구분할 수 없을 때까지 엉켜들었다.

바깥에는 거센 비가 소란스레 쏟아지고 있는데도 서로의 숨소리를 조금도 놓치지 않을 만큼 아주 조금의 빈틈도 없이 가까운 거리였다.

그때 화로에서 불꽃이 터지며 작은 펑, 소리가 들려왔다.

어두운 방 안에서 터진 아주 작은 불씨는 순간의 도취를 깰 수 있을 만큼 밝았다. 화들짝 놀라 정신을 차린 영혁이 곧장 봉지미에게서 떨어졌다.

그는 자신의 가슴에 살짝 손을 올리고 잘 쉬어지지 않는 숨을 들이켜다 이내 기침을 했다. 그가 제 입가에 묻은 옅은 붉은 기를 손으로 슥 닦아 냈다.

이게 다 옛 상처 때문이고 독한 약 때문이었다. 그것이 순간 통제력을 잃게 한 것뿐이었다.

봉지미의 가슴 역시 조금 들썩이고 있었다. 얼굴에 맺힌 붉은 기가 아직 남아 있었다. 영혁에게 혈자리가 눌린 탓에 움직이기 어려워진 봉지미는 누군가의 얼굴이라도 되는 듯 천장만 뚫어져라 쳐다보았다.

입고 있는 옷도 더는 말릴 필요가 없을 듯했다. 그녀의 몸에서 뿜어져 나오는 열기만으로도 벌써 다 마른 것 같았다.

숨을 가다듬은 영혁이 봉지미에게서 떨어져 조금의 거리를 두었다. 영혁은 표정은 태연한데 눈빛은 당장이라도 불을 뿜어낼 것만 같은 그녀의 얼굴을 발견하고는 참지 못하고 웃음을 터트렸다.

그의 웃음은 잠깐 나타났다 사라진다는 우담화처럼 순식간에 다시 모습을 감췄다. 봉지미를 다시 자신의 옆으로 끌어당긴 그가 봉지미의 속저고리를 벗겨 불가에 널었다. 그는 속치마 하나만을 입고 있는 봉지미가 자신의 팔을 베고 눕게 했다.

"다행이군…… 어머니께서 계시던 곳에서 그대가 험한 일을 당할 뻔했으니 말이야."

그녀가 그를 유혹했다는 듯한 어투에 화가 치민 봉지미는 당장이라도 하고 싶은 말들이 많았지만 그에게는 더 이상 한 마디도 답하고 싶지 않았다. 봉지미는 속으로 그가 눈앞에서 죽어도 눈 하나 깜짝 않고 그의 시신을 외면해 주겠다고, 아니, 가는 길에 그의 얼굴까지 걷어차 주겠다고 다짐했다.

"이란거(夷瀾居)라고 불리던 곳이야. 이곳."

봉지미를 품에 안은 영혁이 그녀의 머리칼을 어루만지며 말했다. 지금 이 순간 그는 마음이 무척 편안했다. 과거의 일들은 소란스레 쏟아지고 있는 저 바깥의 빗줄기처럼 아득하게만 느껴질 뿐 내면의 안온감을 뒤흔들지 못했다. 그는 문득 그 누구에게도 하지 않았던 자신의 마음속 이야기를 그녀에게는 해도 좋겠다고 생각했다.

"내 어머니께선 '돌아가신' 후에 이곳에서 지내셨지."

그가 말했다.

"십 년 동안."

봉지미는 그의 말에 별 성의 없이 그저 아, 하고 짧게 대꾸하고는 잠을 청하려 눈을 감았다.

'나는 당신이 무슨 말을 하든 별 관심 없답니다.'

막 눈을 감으려던 봉지미의 두 눈이 갑자기 동그랗게 커졌다.

'뭐라고? 돌아가신 후에 여기서 지냈다고 했지, 방금?'

깜짝 놀란 봉지미의 온몸에 순간 소름이 돋았다. 그제야 모두가 알고 있는 영혁의 배경이 새삼 떠올랐다. 그의 어머니는 대월의 한 작은 부족 공주 출신으로, 전쟁 당시 포로로 끌려와 천성 황제의 여인이 된 인물이었다. 당시 천성 황제는 아직 천성황조를 세우기 전이었고, 그 이야기 속의 여인은 아들 영혁을 낳고 몇 개월 뒤 혈붕(血崩)으로 세상을 떴다. 이후 영혁이 일곱 살이 되던 해 비로소 천성이 건국됐다.

봉지미는 영혁의 출생에 대한 이야기를 처음 들었을 때 뭔가 이상하다고 생각했었다. 아이를 낳고 몇 개월이 지난 후에 혈붕으로 죽었다는 건 분명 뭔가 맞지 않는 일이었다.

혈붕은 출산 당시 일어날 확률이 가장 높고 그 뒤로는 시간이 지나면 지날수록 확률이 점점 더 낮아지는 증상이었다. 게다가 영혁이 태어날 당시 영 씨 집안은 대성황조에서 엄청난 권세를 자랑하던 외척 집안으로 부와 권력을 모두 손에 쥐고 있었다. 아무리 값비싸고 귀한 약이라고 한들 어렵지 않게 구할 수 있었을 그 집안의 사람이 약이 없고 영양이 부족해서 걸리는 출산 후 혈붕*자궁에서 대량의 출혈이 일어나는 증상으로 죽었다는 건 말이 되지 않았다.

당사자의 입에서 나온 말을 듣고 나서야 조금 이해되기 시작했다. 그녀는 죽지 않고 십여 년을 더 산 것이었다.

'하지만 왜? 왜 숨어서 살아야 했던 거지?'

"대성황조 마지막 황제가 집권한 지 십삼 년이 되던 해에 아바마마께서 거사를 행하셨지."

영혁이 덤덤한 음성으로 말했다.

"당시엔 대성의 속지에 불과했던 대월은 그 틈을 타 대성에게서 벗어나 국가를 세웠지. 당시 아바마마께선 대성 황제와 전쟁을 치르느라 여념이 없으셨고, 삼 년 후 정세가 안정되고서야 다시 대월과 북강 지역에서 전쟁을 벌이셨어. 내 어머니께선 바로 그때 포로로 이곳에 잡혀와 아바마마의 여인이 되셨고."

"어머니께선 대월 국경 지대 낙일 부족 족장의 딸이셨지. 대월엔 일(日), 월(月) 두 부족이 있었는데, 두 부족 모두 신비한 힘을 가졌기로 유명했다고 하더군. 월족의 여인들은 사람의 마음을 다루는 데 능했고, 낙일족의 여인들은 '천제(天帝)의 총애를 받는 자'라는 이름을 가지고 있었어. 그러니 두 부족의 여인들은 늘 쟁취의 대상이 되곤 했지. 아바 마마께서는 '천제의 총애를 받는 자'라는 칭호를 가진 여인이 당신의 야심과 꿈에 더 걸맞다고 생각하셨을 게야. 하지만 아바마마께선 어머니를 포로로 납치해 데리고 오신 것이 아니었어. 어머니께선 노래를 부르며 하늘에서 내려와 아바마마의 말에 내려 앉으셨다고 하더군. 아주 기묘한 일이지."

봉지미가 참지 못하고 에이, 하는 소리를 냈다.

'하늘에서 내려온 선녀라도 된다는 거야?'

"그날 눈이 아주 많이 내리는 바람에 숲길이 모두 눈에 뒤덮여 아바마마의 대군이 모두 눈을 헤치며 진군하고 있었는데……."

영혁이 처마 아래로 떨어지는 빗방울을 물끄러미 바라보며 말을 이어 갔다. 그의 눈빛은 내리는 빗줄기 너머 저 멀리 그 겨울날을 향하고 있는 듯했다.

"어머니는 대군이 소나무 숲을 지나고 있던 때 소나무 위에서 내려오셨던 거야. 하얀 베옷을 입고 작은 다람쥐 한 마리를 품에 안고는 이상한 가락을 부르며 내려오셨으니 다들 순간 선녀가 내려온 게 아닌가 착각했다고 하더군."

봉지미가 두 눈을 반쯤 감고 그 광경을 떠올렸다. 흩날리는 눈, 푸른 소나무, 어둡게 번뜩이는 철갑옷, 하얗게 번뜩이는 총구……. 모든 것이 다 차갑기만 한 그곳에 하얀 옷을 입고 다람쥐를 품에 안은 채 하늘에서 날아오듯 내려온 소녀가 등장하는 그 광경은 얼마나 아름답고 따스했을까.

"어머니께서 기이하게 모습을 드러내신 탓에 군부와 조정 대신 일부는 거부감을 보였어. 그 일로 하마터면 싸움이 날 뻔도 했다더군. 하지만 아바마마께서 끝까지 어머니를 곁에 두겠다고 밀어붙이신 게야. 당시엔 어머니께서 하는 말을 알아듣는 이도, 어머니가 부르시는 노래의 의미를 아는 이도 아무도 없었지. 그 후 어머니께선 중원의 말을 꾸준히 배우시긴 했지만 말하기를 즐기신 적은 한 번도 없었어……. 그 이듬해 어머니께서 날 회임하셨을 때 대성의 마지막 황제인 여제가 대월로 달아났고, 아바마마와 대월은 다시 한번 짧은 전쟁을 치러야 했어. 그땐 정세가 우리에게 많이 불리했었지. 남아 있던 여제의 군대와 대월의 군대가 연합하면서 꽤 많은 영토를 빼앗아 가는 데 성공했고, 우리 군은 혼란에 빠졌지. 그때부터 시작된 거야. 그 소문."

"첩자라는 소문이요?"

봉지미가 참지 못하고 물었다.

영혁이 그녀를 힐끗 바라보았다. 그의 입가에 씁쓸한 미소가 잠시 모습을 드러냈다.

"그래, 맞아. 맞기도 하고 아니기도 하지. '천제의 총애를 받는 자'라는 옛말이 다시 나오기 시작했어. 대월 출신의 한 신하가 그랬거든. 소위 '천제의 총애를 받는 자'라 함은 그 칭호의 주인이 황제가 된다는 뜻이 아니라는 것이지. 낙일 부족의 여인들은 날 때부터 예언 능력을 가지고 있어서 자신과 그 후대에 관련된 미래를 예견할 수 있다는 거야. 그래서 그 능력을 가지고 있는 것이 하늘 신의 총애를 손에 쥔 것과 같다는 뜻이라고. 그리고 어머니께서 처음 아바마마 앞에 나타나셨던 날 부르신 노래 역시 해석해 냈지."

"무슨 뜻이었는데요?"

"몰라."

영혁이 고개를 저었다.

"그 내용을 아는 자는 모두 죽었어. 아직 살아 있는 건 아바마마 단한 분뿐이야."

"왠지 좋지 않은 내용일 것 같은데……."

봉지미가 혼자 중얼거리며 말했다.

"그래, 그렇겠지."

영혁이 고개를 들었다. 저도 모르게 조금 경련이 일어난 그의 손이 봉지미의 얼굴을 스쳤다. 갑작스런 차가운 감촉에 놀란 봉지미가 흠칫 몸을 떨었다.

봉지미가 떨고 있음을 알아차린 영혁이 손을 뻗어 혈자리를 다시 눌러 그녀를 풀어 주었다. 곧장 허리를 펴고 앉은 봉지미는 그에게서 조금 떨어진 채 혼자 무언가 골똘히 생각하며 화로를 가까이 끌어당겼다.

"내가 추울까 봐 걱정해 주는 건가?"

그녀의 뒤에 자리한 그가 낮게 물었다. 낮지만 다정함이 묻어나는 음성이었다.

"아니요."

봉지미가 그의 말을 부정했다.

"옷이 아직 다 마르질 않아서요. 조금 더 가까이서 말리려고요."

베개 하나를 가져다 그와 제 몸 사이에 두고는 어떻게든 그에게서 떨어지려 애썼다. 그 모습에 영혁은 그저 웃기만 한 채 그녀를 내버려 두었다. 봉지미는 그런 그의 웃음을 보자 괜스레 더 민망해져 화제를 돌리는 수밖에 없었다.

"그래서 어떻게 되었습니까?"

영혁이 덤덤하게 말했다.

"아래 위 가릴 것 없이 군부의 모든 이가 마녀인 어머니를 당장 제거해야 한다고 주장했어. 시국이 시국이었던 만큼 아바마마께서도 별다른 방도가 없으셨어. 두 달 후 어머니께서 날 낳으셨고, 그 후 출산 후 붕혈이 왔다는 이야기가 퍼져 나갔어. 그렇게 '병상에 누우신 지' 두 달 만에 어머니는 돌아가신 게 됐지."

영혁이 숨을 고르고 말을 이었다.

"다 어린 시절 내 유모였던 상궁에게 들은 이야기야. 난 세상에 난 후 어머니를 단 한 번도 뵌 적이 없었어. 난 어머니께서 돌아가신 줄로만 알고 살았지. 아바마마께선 어린 나이에 어미를 잃은 날 불쌍히 여겨 황후께 보내셨어. 아, 그땐 천성이 건국되기 전이니 아직은 황후가 아니셨지만. 그곳에 간 지 열흘 정도 만에 난 심하게 앓기 시작했어. 살아남을 가능성이 거의 없다는 말까지 들을 정도였다더군. 황후께서 황급히 아바마마께 그 소식을 알렸지만, 아바마마께선 그저 한숨 한 번 뱉으신 게 다였어."

봉지미가 영혁을 물끄러미 바라보았다.

"그런데 내가 숨이 넘어가기 직전이었던 바로 그날 밤, 황후의 처소 앞뜰에 갑자기 귀신 소동이 벌어졌다는 거야. 그때 난 거의 죽기 직전이라 나이 든 상궁 하나만 내 곁을 지키고 있었는데, 그마저도 앉아서 꾸벅꾸벅 졸고 있었다고 하더군. 그러다 하얀 그림자가 쓱 날아가는 걸 우연히 발견하고 화들짝 놀라 고래고래 소리를 지른 거야. 그 소리에 다른 이들이 죄다 달려와 보니 내가 한바탕 땀을 흘리곤 이미 죽을 고비를 넘긴 상태였다고 하더군."

영혁이 담담하게 말을 이어 갔다.

"매우 특이한 일이긴 했지만 그걸 신경 쓰는 이는 거의 없었어. 난 황후의 밑에서 자라는 동안 늘 아랫사람들의 관심에서 벗어나 있었지. 그래서 다치는 일이 자주 있었어. 태자 전하 역시 한창 말썽을 많이 피우던 나이였던지라 종종 내 입에 이상한 물건을 집어넣곤 했지. 날 보살피던 유모는 형님을 막을 엄두를 내지 못하고 자주 날 안고 궁궐 밖으로 나가 울곤 했어."

영혁은 내내 차분한 말투였다. 자신의 이야기가 아닌 어디선가 전해 들은 이야기를 하는 듯한 음성이었다. 이야기 속 주인공의 슬픔과 고통은 모두 역사의 한구석에서 수정되어 다시 그의 앞에 조각나 흩뿌려졌다는 듯이.

"하루는 유모가 날 안고 계속 울다 깜빡 잠들어 버린 거야. 그런데 잠시 후 깨어나 보니 내가 유모 옆의 계단에서 누워 자고 있더래. 분명 잠들기 전까지 날 품에 끌어안고 있었는데 말이지. 그 일이 있고 난 뒤로 유모는 날 안고 밖으로 나가 울 엄두를 내지 못했어. 그런데 또 그날 이후로 황후의 처소에 귀신 소동이 일어났지."

"이 세상 모든 귀신은 사실 다 사람의 마음에서 나오는 것이지요."

봉지미가 나긋이 말했다.

영혁이 그녀를 바라보았다. 그의 눈빛에 따뜻한 미소가 잠시 스쳤다.

"소동이 몇 번 일어나고 나자 불안해진 황후는 내 팔자가 자신과 맞지 않는다며 날 귀비 상 씨에게로 보냈어. 귀비 상 씨는 황후의 친척 동생이었지만 첩의 소생이라는 이유로 정실이 아닌 첩이 될 수밖에 없었지. 당시 귀비 상 씨에겐 황후의 말을 거역할 배짱이 없었어. 그리고 난 그곳에서 일곱 살이 되던 해까지 잘 자랐지. 천성이 건국하던 바로 그해 말이야."

화로의 불꽃이 점점 약해지자 주위가 더 어두워졌다. 공기에서 옅은 먼지 냄새가 났다. 금으로 테를 두른 값비싼 물건들이 끝없는 어둠 속에 잠기자 그가 전하는 이야기가 더 무겁고 쓸쓸하게 들렸다.

"그럼…… 언제 다시 만나신 겁니까?"

한참을 망설이던 봉지미가 결국 그에게 물었다.

"그대는 역시 총명해. 지나치게 총명한 사람이지……."

영혁이 그녀의 머리를 쓰다듬으며 한숨 쉬듯 말했다. 하지만 이야기를 그만둘 생각은 없는 듯했다.

"천성이 막 건국한 시절의 난 아직 나이가 어려 궁에서 지내야 했어. 천성의 황궁은 과거 대성의 황궁이 있던 자리에 재건되었으니 그 규모가 엄청났지. 내가 한 번도 가 보지 못한 곳들도 아주 많았어. 내가 아홉 살이 되던 해였나. 큰형님을 도와 연을 주우러 갔다가 넘어져 다리를 다친 적이 있어. 다들 의원을 불러오겠다며 나를 두고 사라졌는데 한참을 기다려도 의원이 오질 않는 거야. 너무 아파 제대로 걷지도 못하던 나는 얼마 지나지 않아 산비탈 아래로 굴러떨어지고 말았지. 그때 버려진 궁실을 발견했어. 그곳은 폐허가 된 옛 궁의 일부라 늘 문이 잠겨 있었고, 그곳으로 가까이 가지 못하게 막는 일도 자주 있어서 평소 관심을 두지 않았었는데 그날은 왠지 그곳으로 들어가 버렸어."

그의 입가에 옅은 미소가 걸렸다. 그의 눈동자가 조금 신이 난 듯 반짝거렸다.

"……문이 열리고, 수행자로 보이는 여인이 밖으로 나왔어. 그게 내가 그분을 처음으로 뵌 순간이었지……."

그가 살짝 목을 가다듬고 봉지미의 반대편으로 고개를 돌렸다. 봉지미는 그가 고개를 돌리는 찰나 그의 눈가에 무언가 반짝이는 것을 보았다.

"그때까지만 해도 난 그 여인이 누구인지 몰랐어."

한참이 지나고 다시 평온함을 되찾은 영혁이 아무 일 없었다는 듯 말을 이어 갔다.

"그냥 무척 아름다운 사람이라고 생각했어. 매우 선하고 따뜻한 눈빛을 가졌다는 생각도. 아홉 살이 되던 그해까지 난 그렇게 따뜻한 사람을 본 적이 한 번도 없었거든. 그래서 그게 너무 놀라웠어. 처음 본 사람을 향한 경계심이 한순간에 와르르 무너진다는 게. 내가 가까이 다가가자 그분은 날 안아 줬어. 날 안아 주고, 풍미가 매우 독특한 주전부리들을 만들어 주기도 하셨지. 벌써 아홉 살이나 된 내게 음식을 떠먹여 주려 하시기도 했지. 내가 그곳에 한 시진이 조금 넘게 머무는 동안 그분은 말을 단 한 마디도 하지 않으셨어. 내가 이만 가 보겠다며 인사하자 눈물을 흘리셨지."

이번에는 봉지미가 고개를 돌렸다. 코가 시큰해지고 머리가 띵하며 울려왔다.

"……난 다시 돌아오고 난 후에도 그분을 잊을 수가 없었어. 그래서 몇 번을 더 찾아갔지. 그곳이 가면 안 되는 곳이란 걸 알고 있어서 매번 아주 조심히 행동했어. 배워야 할 것은 많고 주변에 늘 형제들이 있었던 탓에 일 년에 몇 번 가지도 못했지만 매번 그곳에 갈 때마다 그분은 너무 좋아 어쩔 줄 몰라 하셨어. 한번은 너무 피곤해 그곳에서 나도 모르게 잠이 들었다가 족히 두 시진은 지난 후에 깨어났는데, 눈을 떴더니 날 위해 부채질을 하고 계시는 그분이 보였어. 내가 잠들어 있는 동안 잠시도 쉬지 않으신 건지 손목이 퉁퉁 부어 있었지."

영혁이 말을 멈추고 자신의 손목을 만졌다. 자신의 촉감을 통해 오래전 어머니가 느꼈을 고통을 조금이라도 상상해 보려는 듯했다. 그의 손이 매우 느릿하게 움직이는 동안 그의 눈빛은 아주 조금씩 차갑게 가라앉았다.

"일곱 번…… 딱 일곱 번을 찾아갔지. 여덟 번째 그곳에 갔을 땐 아무도 없었어."

아홉 살이던 그해, 그는 처음으로 자신의 어머니를 만났다. 열 살이 되던 그해에는 어머니를 영영 잃었다.

그는 그녀와 함께했던 모든 순간을 그토록 선명하게 기억하고 있었다. 그녀와 함께했던 모든 순간이 남몰래 지켜 온 아주 소중한 시간이었다는 듯이 그 일곱 번의 만남을 하나도 빠짐없이 마음에 새기고 또 새겼다.

평생 단 일곱 번.

그 일곱 번을 제외한 그의 모든 순간들은 하나같이 차갑고 쓸쓸했다. 오로지 그 시간만이 회색빛이 아닌 화사한 색을 띠고 있었다.

봉지미는 그의 눈빛을 가만히 바라보았다. 그 슬픈 결말을 묻지 않을 수 없었다. 아름다운 이는 일찍 사라져 버린다는 그 말은 야속하게도 너무나 꼭 맞아떨어졌다.

어쩌면 십여 년이 넘는 시간 동안 홀로 숨어 사는 고통을 견뎌 낸 이유가 제 아들과 단 한 번이라도 만나 보기 위한 것이었을 수도 있다는 생각이 들었다. 어머니의 사랑이라는 빛이 차가운 궁궐 안에서 점점 어두워져만 가는 어린 아들의 마음에 햇살이 되어 줄 수 있도록. 외롭고 쓸쓸할 그의 긴 인생의 부족함을 아주 조금이라도 채워 줄 수 있도록.

"그러고 나서 한참 후에야 알게 됐어. 어머니의 기일이 바로 오늘이라는 걸."

만인의 축하를 받는 누군가의 생일이 만인의 기억 속에서 사라진 쓸쓸한 누군가의 기일이기도 했다.

"……진실을 알게 된 후 수도 없이 후회했지. 날 기다리고 계셨다는 걸 조금만 일찍 알았더라면 공부나 형님들의 시선이 아무리 중요하다 해도 먹는 시간, 자는 시간을 아껴 다만 몇 번이라도 더 찾아왔을 텐데……. 하지만 이 세상에 후회를 고쳐 주는 약 같은 건 없었어. 내 생에서 가장 소중한 그 일 년의 시간을 그냥 그렇게 낭비해 버리고 말았단 사실은 절대로 변하질 않아."

"아니, 아닙니다. 낭비가 아니에요."

봉지미가 간절하게 말했다.

"결국 만나셨잖아요. 만나서 함께 시간을 보내셨잖아요. 함께한 매 순간 기뻐하셨을 거예요. 전하도 그러셨잖아요. 그것만으로 충분히 가치 있는 일이에요."

"기뻐해?"

영혁이 멈췄다.

"기뻐해?"

그가 갑자기 웃음을 터트렸다. 낮고도 어두운 웃음소리가 들려왔다. 얼굴이 붉어질 정도로 웃던 그가 핏빛처럼 스산한 목소리로 말했다.

"그래. 나도 그분이 기뻐하셨을 거라 생각했지. 지난 십여 년 동안 줄곧 그렇게 생각했어. 그런데 이제야 알게 됐어. 내가 틀렸다는 걸!"

봉지미가 경악했다. 조금 전 그 야릇한 자세의 조각상이 떠올랐다.

"조금 전 그 지하 통로 말이야."

영혁이 갑자기 그 방향을 가리키며 말했다.

"아바마마, 내 아버지는 결국은 내 어머니의 미색을 포기할 수가 없었던 게지. 이곳에 드나들기 불편하니 저 지하 통로를 만들고 저런 조각상을 만든 거야. 이게…… 이게 무슨……!"

극렬한 고통이 그를 집어삼키고 속에서 피가 역류했다. 영혁은 말을 맺지 못하고 갑자기 피를 토해 냈다. 그는 침대에 겨우 손을 짚고 앉아 끝없이 기침만 할 뿐 끝내 말을 잇지 못했다.

잠시 고민하던 봉지미는 결국 그에게 손을 뻗어 그가 숨을 고를 수 있도록 부드럽게 쓰다듬어 주었다. 그 조각상의 지나치게 스스럼없는 자태를 생각하면 그가 왜 이토록 고통스러워하는지 알 것 같았다. 황제는 자신이 자주 드나드는 통로에 옥으로 만든 여인이 있는 문을 만들었고, 심지어 영혁 어머니의 용모를 새겨 넣었다. 그 내면의 외설적인 의도가 여실히 드러나는 일이었다. 그토록 그녀를 탐하고 열망했다면 왜 홀로 이곳에 가둬 수행하게 했을까? 아들의 얼굴을 단 몇 번이라도 보기 위해 이곳에서 그 긴 시간 동안 홀로 슬픔과 모욕을 견뎌 냈을 그녀는 또 얼마나 고통스러웠을까?

그녀는 끝나지 않는 고통 속에서 자신의 자유는 끝내 포기한 채 아들과 만날 짧은 순간을 위해 버티고 또 버텼을 것이었다.

그녀가 아무런 말도 하지 않았던 것은 무언가 말을 꺼내는 순간 쏟아지는 눈물을 참을 수 없을 것을 알았기 때문일 것이었다.

"……무척이나 신실한 분이셨어. 무슨 일을 해도 늘 정성을 다하는 분이었지……."

영혁이 침대를 짚고 낮게 말했다.

"분명 출가하여 수행하고 계셨던 걸 거야. 그런데 어쩔 수 없이……. 얼마나 고통스러우셨을까……."

그는 고개를 숙인 채 불길이 타오르는 화로를 응시했다. 그는 한참 동안 말이 없었다. 그때 무언가 무거운 것이 화로에 툭 떨어지며 치지직, 소리를 냈다.

그의 등 위에 올려져 있던 봉지미의 손이 아주 천천히 그의 어깨 쪽을 향해 움직였다. 위로 올라가려던 손은 허공을 잠시 헤맨 끝에 다시 원래의 자리로 돌아갔다.

봉지미는 침대 위로 시선을 내리깔았다. 그녀의 긴 속눈썹이 눈가에 그림자를 만들고, 붉게 타오르는 불길이 그녀의 얼굴에 붉은색을 남기며 일렁였다. 그녀의 눈가에서 옅은 고통이 묻어났다.

영혁은 몸을 돌려 말없이 그녀를 바라보다가 그녀의 손을 잡았다.

"지미……."

그가 처음으로 그녀의 이름을 불렀다. 놀란 봉지미가 고개를 들었다. 늘 그렇듯 촉촉하고 깊은 그녀의 눈빛이 조금 전 이야기 때문에 더 젖어 있었다. 눈물이 그렁그렁한 두 눈은 그 안에서 평생을 보내고 싶은 생각이 들 정도로 아름답게 빛났다.

마음속 깊은 곳에 새겨 두었던 그 말을, 늘 고민하던 그 말을, 늘 입가에 맴돌기만 하던 그 말을 그는 결국 하고 말았다.

"봉지미. 이 세상 모든 사람이 내 적이 되더라도 너만은 아니었으면 좋겠어."

봉지미가 또다시 몸을 떨었다. 그녀를 마주하고 있는 그의 창백한 얼굴과 깊은 못처럼 짙고 검은 그의 눈동자가 그녀의 마음결을 울렸다.

지금껏 단 한 번도 본 적 없는 눈빛이었다. 그와 이토록 애절하게 마주할 날이 있을 거란 생각은 추호도 해 본 적이 없었다. 그와 그녀는 처음 만나는 순간부터 너무 깊게 얽혀서 싸우고 의심하고 시험하고 회피하는 사이였다. 믿음이라는 건 두 사람의 사이에 지금껏 단 한 번도 존재한 적 없었다. 하지만 지금 이 순간 그는 그녀의 손을 잡고 너무도 다정하고 간절하게 그녀의 이름을 부르고 있었다.

비는 바깥을 적시고 사람은 이불 속에 묻혀 있었다. 화로의 따뜻한 열기가 그들의 마음을 지나치게 들끓게 만든 것 같았다.

봉지미는 그를 바라보며 저도 모르게 '그럴 리가요'라는 말을 뱉어 내고 말았다.

순간 누군가의 인기척이 내리는 비와 두 사람 사이의 적막을 뚫고 전해졌다. 바삐 움직이는 발소리가 어느새 두 사람이 숨은 궁실 바로 앞까지 다가왔다.

누군가 크게 소리쳤다.

"이쪽부터 찾아봐!"

당황한 봉지미와 영혁의 시선이 허공에서 부딪쳤다.

호탁 왕세자의 정혼자인 아가씨와 초왕이 어두운 곳에서 헐벗은 채 함께 있는 모습이 발각됐다간 돌이키기 힘든 엄청난 일이 벌어지고 말 것이 분명했다.

간택

자리에서 벌떡 일어난 봉지미가 단숨에 제 옷을 챙겨 들고는 창밖을 살피며 재빨리 옷을 걸쳤다. 한 무리 병사들이 이미 바로 앞뜰까지 들이닥쳐 있었다.

황급한 손길로 옷깃을 여미던 봉지미의 머릿속에 불현듯 생각이 스쳤다. 황제가 영혁에게 풍윤헌을 하사했던 날 어느 작은 정원에서 소녕 공주가 어떤 궁실을 바라보며 했던 말이 떠올랐다. 그때 소녕 공주는 분명 아직 안 끝났다는 말을 했었다. 그날 그 정원에서 소녕 공주가 바라보던 궁실이 바로 이곳이란 생각이 들었다.

이게 다 내리는 비와 영혁에게 정신을 빼앗긴 탓이었다.

그때 소녕 공주의 웃음소리가 어렴풋이 들려왔다.

"……세자. 어린 시절 이곳에 온 적이 있었어요. 지금은 이미 폐허가 되어 버린 곳이긴 하지만 그래도 살펴보는 게 좋겠네요. 어쩌면 마음에 둔 그분도 길을 잃어 무심코 이곳에 닿았을지도 모르는 일이니까요."

봉지미가 획 몸을 돌렸다. 옷을 입으려 자리에서 일어난 영혁과 두 눈이 마주쳤다. 두 사람은 소녕 공주의 목적을 바로 알아차렸다. 소녕 공주는 영혁을 곤경에 빠트리기 위해 이곳에 온 것이었다. 귀비 상 씨의 탄신일에 영혁이 이곳에 있었다는 사실이 드러나면 다른 이는 몰라도 모든 진실을 알고 있는 황제만큼은 화를 내거나 그를 경계하게 될 것이 분명했다. 영혁의 어머니가 생전에 큰 고통을 받았었고 그로 인해 죽은 특별한 처지였기 때문이었다.

그게 아니라면 영혁이 호위 무사 하나 없이 홀로 이곳에 있는 것이 설명되지 않았다. 이건 처음부터 절대로 밝혀져서는 안 될 극도의 비밀이었다. 귀비 상 씨의 탄신일이 그의 어머니의 기일과 겹쳐 궁 안의 모든 이가 귀비의 생신 연회에 모든 신경을 쏟아붓고 있지 않았다면 그는 대낮부터 이곳을 찾아올 엄두를 내지 못했을 것이었다.

한편 봉지미가 이곳에 있을 거란 예상은 그 누구도 하지 못했다. 그녀는 남을 위해 파 놓은 함정에 재수 없게 걸려 버린 희생양일 뿐이었다. 게다가 영혁과 같이 이곳에서 발견된다면 그녀의 평판에 심각한 손상이 가는 것은 둘째 치고 자칫 잘못하면 그녀까지 이 복잡한 사건의 한가운데로 말려들 수도 있었다. 서로 눈을 마주친 두 사람은 그러한 사실을 누구보다 잘 알고 있었다.

동시에 침대로 돌아간 두 사람은 각자 재빠른 속도로 움직였다. 한 명은 화로를 다시 침대 밑으로 밀어넣었고 다른 한 명은 있는 힘을 다해 이불을 찢고 소리가 나지 않게 의자들을 마구잡이로 쓰러트렸다.

황급히 화로를 정리하던 봉지미는 방 안을 온통 엉망으로 어지르고 있는 영혁의 모습을 보고 순간 이해가 가지 않았다. 그때 갑자기 그가 고개를 돌려 후원 쪽을 살피는가 싶더니 날아가듯 빠른 속도로 창문을 뛰어넘어 후원으로 달아났다.

봉지미는 순간 멍해진 얼굴로 달아나는 그의 뒷모습을 멀뚱멀뚱 쳐다보고 있었다.

'지금 나만 두고 혼자 도망친 거야? 사방이 이미 다 포위됐을 텐데 어디로 달아나려고?'

봉지미는 재빨리 창문가로 달려갔다. 이곳의 후원은 과연 지난번 소녀 공주와 만났던 그 정원이었다. 그날 그곳에서 보았던 북강 지역의 특이한 식물들이 눈에 띄었다. 절반 가까이가 초라하게 시들어 있었지만 아직 살아 있는 것들도 보였다.

봉지미는 창문을 넘어 정원으로 향했다. 관군들이 방 안으로 밀고 들어오는 소리가 들려왔다. 그런데 영혁은 여전히 조금도 조급해하지 않는 모습으로 무언가를 열심히 찾고 있었다. 그러더니 빠른 어조로 봉지미에게 명령하듯 말했다.

"지금 당장 얼굴에 그 이상한 화장부터 해."

봉지미는 두말하지 않고 축 처진 눈썹을 그린 뒤 얼굴에 누런 칠을 했다. 못생긴 봉지미의 얼굴이 순식간에 돌아왔다.

"찾았다!"

영혁이 흥분한 목소리로 낮게 소리쳤다. 반쯤 시든 가지에서 붉은색 열매를 따서 봉지미에게 건넸다.

"먹어!"

봉지미는 그게 무엇인지 묻지도 않은 채 곧장 입에 털어 넣었다.

열매가 목 뒤로 넘어가자 갑자기 몸속에서 엄청난 열기가 용솟음쳤다. 그녀의 얼굴이 순식간에 붉게 달아올랐지만 봉지미는 아무렇지도 않은 듯 영혁을 향해 싱긋 웃어 보였다.

그 모습을 본 영혁이 잠시 넋을 놓았다. 그녀를 향하는 그의 눈빛이 복잡하게 변했다. 그는 손을 뻗어 그녀의 맥을 짚더니 조금 찌푸린 얼굴로 중얼대듯 말했다.

"시간이 없는데……."

그의 손이 그녀의 손목을 지그시 누르자 정체 모를 기가 봉지미의 맥을 통해 그녀의 온몸으로 퍼졌다.

이제 봉지미도 그의 의도가 무엇인지 어렴풋이 알 것 같았다. 봉지미는 경계를 늦추고 그의 손에 몸을 맡겼다. 그러자 그녀의 몸 안으로 그의 기가 스며들고 곧 온몸의 기가 순식간에 들끓기 시작했다.

두 사람의 등 뒤에서 소란스러운 소리가 들리더니 문이 벌컥 열리는 소리와 함께 다급한 발걸음 소리가 들려왔다. 누군가 소리쳤다.

"여기 누군가 있었던 흔적이 남아 있습니다!"

영혁이 무언가를 찾듯 다급히 제 몸을 뒤지기 시작했다. 그 모습을 지켜보고 있던 봉지미는 싱긋 웃어 보이고는 갑자기 정원 한쪽에 떨어져 있던 작은 괭이를 집어 들었다.

"죽어라!"

봉지미가 갑자기 괴상한 목소리로 고래고래 소리를 지르더니 괭이를 들고 영혁을 향해 달려들기 시작했다.

그녀의 앞에 서 있던 영혁은 가볍게 몸을 피하곤 아주 잠깐 살짝 웃어 보였다. 조금 놀란 듯한 기색도 함께 묻어났다. 이 여인은 그가 상상했던 것 이상으로 영민한 여인이었다. 요사스러울 정도로 영민한 여인!

봉지미의 괴성을 들은 병사들이 다급하게 밖을 살폈다.

"이쪽 정원에 누군가 있다!"

병사들이 우르르 몰려나왔다. 후원으로 통하는 두 갈래 길로 소녕 공주와 5황자 그리고 혁련쟁이 빠른 걸음으로 다가왔다. 영혁을 발견한 5황자가 피식 웃음을 터트리며 말했다.

"우리 여섯째 아우께서 왜 이곳에 계시나? 생신 연회가 곧 시작하는데도 제멋대로 돌아다니고 있었다니. 아바마마께서도 널 찾으시더구나. 어서 나와 함께 돌아가자."

소녕 공주는 눈썹을 치켜올리고 두 눈을 반짝이며 웃을 듯 말 듯한 얼굴을 하고 있었다.

한편 혁련쟁은 잔뜩 인상을 찌푸렸다. 봉지미가 편전에서 괴롭힘을 당했다는 이야기를 전해 듣고 찾아갔는데, 궁인들이 봉지미가 소녕 공주를 모시는 상궁과 함께 나갔다는 이야기를 듣고는 다시 소녕 공주를 찾아갔던 것이었다. 그런데 소녕 공주가 봉지미를 찾아 주기는커녕 엉뚱한 곳으로 자신을 끌고 와 잔뜩 성난 참이었다.

그 자리에 모인 사람들은 각자 서로 다른 생각을 품고 그 광경을 지켜보고 있었다. 그때 소녕 공주가 조금 웃음기 맺힌 목소리로 말했다.

"다들 멍하니 서서 뭐 하시는 겁니까. 어서……."

그때 소녕 공주가 말을 멈추고 딱딱하게 굳어 버렸다.

엉망이 된 화원에서 누군가 무서운 기세로 한바탕 난리를 피우고 있었다. 머리가 산발이 된 누런 얼굴의 여인이 녹이 슨 괭이를 들고 두 눈을 부릅뜬 채 마구 소리를 지르며 영혁을 죽이겠다고 날뛰고 있는 것이었다. 입으로는 계속 '죽어라, 죽어라' 하고 외치고 있었다.

그 여인은 살기가 가득한 얼굴로 이를 활짝 드러내고는 사방으로 냅다 손을 휘두르고 있었다. 한눈으로 봐도 싸움이라고는 조금도 모르는 귀족 여인이 마구 울며 떼쓰는 정도의 수준이었다.

한편 영혁은 잔뜩 인상을 쓰고 뒷짐을 진 채 그녀의 괭이질을 가볍게 피하고 있었다. 누가 봐도 그는 지금 싸우고 있는 게 아니라 자신을 향한 일방적인 공격을 피하고 있었다. 사방의 꽃과 나무가 누런 얼굴의 여자가 휘두르는 괭이에 마구잡이로 난도질당해 땅으로 떨어졌지만 그는 옷깃 하나 상하지 않았다.

영혁이 찡그린 얼굴로 낮게 소리쳤다.

"그만! 멈춰. 도대체 무슨 연유로 이러는 것이냐!"

"어떻게 된 일입니까?"

당황한 소녕 공주가 넋을 놓고 물었다.

"봉……!"

봉지미를 발견하고 두 눈이 휘둥그레진 혁련쟁이 재빨리 달려가 그녀를 붙잡았다.

"봉지미! 네가 왜 여기 있는 거야! 여기서 뭐 하는 거냐고!"

봉지미는 그의 손을 있는 힘껏 뿌리치곤 손에 든 괭이를 마구 휘둘렀다. 봉지미의 통제를 벗어난 괭이가 퍽, 하고 혁련쟁의 이마에 가 부딪혔다.

"으악!"

외마디 비명을 지르며 머리통을 움켜쥔 혁련쟁은 그 와중에도 봉지미를 붙든 팔에 힘을 빼지 않았다. 그의 목소리가 다급해졌다.

"아니, 왜 이래. 왜 이러냐고!"

"죽어라. 죽어라. 죽어라……."

봉지미는 혁련쟁의 목소리는 듣지 못한 척하며 손에 든 괭이를 매섭게 휘둘렀다.

한편 5황자는 지금껏 본 것들을 조합해 그림을 그려 내고 있었다. 머지않아 그의 눈빛이 달라졌다.

"세자의 정혼자 되시는 분입니까? 한데 이분이 어찌 우리 여섯째 아우를 죽이겠다고 달려들고 계시는 거지요? 설마……."

그가 조금 야릇한 눈빛으로 다시 방 안을 쳐다보았다. 잔뜩 엉망이 되어 쓰러져 있는 의자들과 마구잡이로 찢어진 이부자리까지.

5황자의 시선이 향하는 곳이 어디인지 알아차린 혁련쟁의 표정이 순식간에 딱딱하게 굳었다.

소녕 공주 역시 깜짝 놀란 얼굴로 시선을 돌렸다. 소녕 공주의 얼굴에 다시 들뜬 기색이 피어났다.

"여섯째 오라버니의 안색이 좋지 않습니다."

소녕 공주가 말했다.

"혹 무슨 마음에 걸리는 일이라도 있으신 겁니까?"

소녕 공주는 당초 영혁에게 '황제에 대한 원망'을 품었다는 죄목을 뒤집어씌울 작정이었다. 그런데 뜻밖의 수확까지 얻었으니 기쁘지 아니할 리 없었다. 이 일로 혁련쟁을 영혁의 적으로 돌릴 수 있다면 지난 계획의 실패까지 단번에 만회할 수 있었다.

"악마! 악마다!"

봉지미는 완전히 정신이 나간 얼굴로 괭이를 휘두르며 주위를 살폈다. 이번에는 혁련쟁의 팔을 향해 괭이를 휘둘렀다.

"이거 놔! 저리 꺼져!"

봉지미의 공격에 화들짝 놀란 혁련쟁이 그녀를 놓아주었다가 다시 정신을 차리곤 재빨리 봉지미를 향해 달려갔다. 하지만 봉지미는 이미 한 병사에게 달려들고 있었다.

"왜! 네놈도 날 잡으려는 게냐? 죽어라!"

봉지미는 괭이를 거칠게 휘두르며 다 죽이겠다고 고래고래 소리쳤다. 관중들은 봉지미의 별다른 위협이 되지 않는 의미 없는 몸부림을 지켜봤다. 딱 보아도 동작이 굼뜬 것이 누군가를 해칠 만큼의 무공을 지니지 못한 것을 알 수 있었다. 다들 손을 쓰지 않고 뒤로 물러나기만 했다.

소녕 공주와 5황자는 무언가 석연치 않은 점을 눈치챘다. 그들이 서로 눈을 맞출 때 자유의 몸이 된 영혁이 냉랭한 목소리로 말했다.

"완전히 정신을 놓은 미친 여인이 아닙니까! 잠시 비를 피하러 어화원으로 향하는데 갑자기 이 여인이 이유도 없이 달려드는 것이 아닙니까. 전 여인과 싸울 생각은 조금도 없는 데다 일을 더 크게 만들고 싶지 않아 서둘러 몸을 피했는데 이 미친 여인이 이곳까지 날……. 혁련쟁 세자의 여인이 맞습니까? 맞다면 어서 세자의 물건을 거두어 가세요."

미친 듯이 괭이를 휘두르던 봉지미가 미친 척을 하느라 정신없는 와중에도 영혁을 매섭게 노려봤다.

'뭐? 물건? 물건은 내가 아니라 당신이야!'

소녕 공주는 실망한 기색을 감추지 못하고 입을 떡 벌렸다.

5황자가 불쑥 손을 뻗어 봉지미의 손목을 붙잡더니 무언가에 집중하는 듯 인상을 찌푸렸다. 맥이 기이하게 뛰는 것으로 보아 여인의 기가 엉망으로 흐트러진 모양이었다. 어쩌면 원래 광증을 가지고 있는 사람일지도 모른다는 생각이 들었다.

그가 고개를 틀어 의문에 찬 얼굴로 혁련쟁을 바라보았다. 그의 정혼자에게 무슨 문제가 있는 건지 묻고 싶었다. 정혼자라면 그가 제일 잘 알고 있을 터였다.

반면 혁련쟁의 시선은 그가 붙잡고 있는 봉지미의 손목에 닿아 있었다. 그가 살짝 미간을 움찔하더니 그에게 성큼성큼 다가가 말했다.

"전하. 제 정혼자의 손목이 전하의 손에 실수로 닿은 모양입니다."

당황한 5황자가 황급히 봉지미의 손목에서 손을 뗐다. 그의 얼굴이 붉으락푸르락 일그러지려고 했다. 그 장면을 보고 있던 병사들 중 몇몇은 터져 나오려는 웃음을 겨우 참아 냈다.

혁련쟁은 5황자의 안색 따위는 살피지도 않은 채 단숨에 봉지미를 제 품으로 끌고 왔다. 지켜보고 있던 영혁의 눈이 잠시 번뜩이는 듯하더니 이내 고개를 돌렸다.

"세자의 정혼자께서 원래 광증을 앓고 계셨나요?"

소녕 공주가 단도직입적으로 물었다.

"예전부터 이런 증상을 보이셨습니까?"

봉지미는 애써 당황한 기색을 감추고 계속해서 괭이를 휘둘렀다. 왠지 조금 불안해졌다. 혁련쟁이 뭐라고 대답할지 알 수 없었기 때문이었다. 만일 그마저 의심하는 듯한 모습을 보인다면 오늘을 무사히 넘기더라도 후환이 남을 게 분명했다.

"이 사람은······."

혁련쟁이 봉지미를 제 품에 단단히 가두고는 무척이나 '아련한' 손길로 그녀의 머리칼을 쓸어내렸다. 의미심장한 눈빛으로 그녀를 바라보는 혁련쟁의 말끝이 길게 늘어졌다.

"이 사람은……."

봉지미는 자신을 바라보는 혁련쟁의 눈빛에 그만 온몸에 소름이 돋았다.

'설마 뭔가를 눈치챈 건 아니겠지? 이 인간이 그 정도로 똑똑했단 말이야?'

"이 사람은요……."

혁련쟁이 계속 말끝만 흐리자 대답을 기다리던 이들의 눈빛이 점점더 집요하게 번뜩였다. 줄곧 무심한 태도로 일관하던 영혁마저 그들을 향해 몸을 돌리고는 잔뜩 인상을 쓰고 있을 정도였다.

결국 참다못한 봉지미가 혁련쟁을 홱 꼬집자 그가 곧바로 정색하고는 답했다.

"그렇습니다."

"아……."

소녕 공주의 안색이 순식간에 어두워졌다.

"다들 알고 계시지 않습니까."

혁련쟁이 망설이는 듯한 태도로 계속 말을 이어 갔다. 봉지미의 손에 워낙 세게 꼬집힌 탓에 그의 보석 같은 두 눈동자에는 눈물이 살짝 맺혀 있었다. 그는 조금 수줍은 듯한 표정을 지어 보였다.

"지난 번 추가에 혼인을 청하러 갔다가 쫓겨났던 그 일 말입니다. 흠, 흠…… 그게 사실은 그러니까 그날도 이렇게 된 일이었습니다……."

"아……."

모두가 동시에 알겠다는 듯 탄식을 뱉었다.

혁련쟁 세자가 청혼하러 갔다 쫓겨난 일은 제경 사람 모두가 아는 일이었다. 당시 떠돌던 여러 소문들 중 당사자인 봉지미가 정신줄을 놓고 발광했다는 이야기도 있긴 했지만 그를 믿는 이는 없었다. 하지만 지금 눈앞에 펼쳐진 광경에 당사자의 증언까지 합쳐지니 그 소문의 진실이 무엇인지 정확히 알 수 있었다.

"세자께서는 참 정이 많으신 분이군요."

5황자가 억지웃음을 흘리며 말했다.

"참 정이 많으신 분이야……."

혁련쟁 역시 그의 말에 허허 웃어 보였다.

"당연한 것 아니겠습니까. 초원의 사내는 아주 특별한 여인을 좋아하는 법이니까요."

그때 줄곧 조용했던 영혁이 대뜸 웃음을 터트리며 말했다.

"세자께선 참 특별한 안목을 지니셨습니다. 존경스럽습니다. 존경스러워요."

혁련쟁이 시선을 들어 그를 바라보았다. 그의 입가에 의미심장한 미소가 다시금 모습을 드러냈다.

"초왕 전하만큼 특별하지는 못하지요."

봉지미는 그 두 사람의 대화가 뭔가 마음에 들지 않는다는 생각을 하면서도 미친 척하는 것을 멈출 수가 없었다. 봉지미는 계속 괴상한 소리를 지르며 괭이를 마구 흔들었다. 이 틈을 타 봉지미의 허리를 마음껏 껴안고 있는 혁련쟁에게서 벗어나려는 몸부림이었다. 하지만 혁련쟁의 팔은 철갑처럼 봉지미의 허리에 단단히 둘러매져 있어서 아무리 몸부림을 쳐도 벗어날 수가 없었다. 그때 혁련쟁이 고개를 숙이고 다정한 손길로 봉지미의 이마를 어루만지는 듯하더니 손으로 입을 가리고는 봉지미의 귓가에 낮게 속삭였다.

"이제 미친 척은 그만하지. 힘들어 보이는데."

봉지미의 마음이 덜컹 내려앉았다.

'이 인간 다 알고 있었어!'

혁련쟁은 티 나지 않게 영혁을 힐끗 바라보았다. 영혁이 두 사람에게는 아무 관심도 없는 척 서 있지만 실은 봉지미와 그에게서 눈을 떼지 못하고 있었다. 줄곧 웃음기를 머금었던 영혁이 불쾌한 기색을 완전히 감추지 못하고 이를 악물고 있었다. 이를 알아차린 혁련쟁이 봉지미를 안은 팔에 일부러 더 힘을 주었고, 그녀의 허리를 안은 제 손이 영혁에게 더 잘 보이도록 몸까지 틀어 보이며 봉지미의 손에 들린 괭이를 단숨에 낚아챘다. 혁련쟁이 내던진 괭이가 길게 호선을 그리며 날아가 정확히 영혁의 발 앞에 떨어졌다. 괭이의 날카로운 끝이 당장이라도 그의 발끝에 닿을 것처럼 가까이 있었다.

영혁은 발밑의 괭이에 시선을 두지도 몸을 피하지도 않았으며 혁련쟁에게는 더더욱 시선을 주지 않았다. 혁련쟁 역시 정말 아무런 의도 없이 그냥 던진 것이란 듯 영혁에게는 눈길조차 주지 않은 채 소녕 공주와 5황자를 향해 싱긋 웃어 보였다.

"제 여인이 상태가 좋지 않으니 의원에게 데려가야겠습니다."

그는 두 사람의 대답은 듣지도 않은 채 곧장 봉지미를 껴안고 재빨리 사라졌다.

5황자와 소녕 공주는 봉지미를 끌고 저 멀리 사라지는 혁련쟁의 모습을 지켜보다 서로 시선을 교환했다. 잠시 후 5황자가 화제를 돌리며 입을 열었다.

"그나저나 이곳은 어디인 게냐? 처음 와 보는 것 같은데."

이미 모든 흥미를 잃어버린 소녕 공주는 입을 꾹 다문 채 아무 말도 하지 않았다. 영혁이 대뜸 웃으며 말했다.

"한 번도 와 보신 적이 없는 곳을 무척이나 빨리 찾아내셨습니다. 역시 다섯째 형님은 참 대단하십니다."

더 머쓱해진 5황자가 또 황급히 화제를 돌렸다.

"봉씨 집안의 규수가 그렇게 문제가 많은 줄은 몰랐군. 광증을 앓고 있었다니, 참. 초원의 미친 사내 정도는 되어야 그런 여인과도 짝을 맺을 수 있는 거겠지."

평소 냉랭한 성격에 말수가 적은 5황자가 별 뜻 없이 아무 말이나 내뱉었는데 뜻밖에도 영혁이 그 말을 듣고 일순간 얼굴이 차갑게 가라앉았다.

"세상엔 형편없는 안목을 가진 이가 참으로 많습니다."

냉랭하게 말한 영혁이 휙 뒤돌아서 자리를 떴다.

다시 눈이 마주친 소녕 공주와 5황자는 각자 쓴 웃음을 지었다.

봉지미는 줄곧 자신을 놓아주지 않고 끌고 가는 혁련쟁을 필사적으로 밀어내며 소리쳤다.

"이거 놔! 놓으라고!"

"더 하지그래. 왜 갑자기 그만둬? 계속하라니까? 미친 척."

혁련쟁은 아무도 없는 회랑의 한 구석에 도착하고 나서야 봉지미를 놓아 주었다. 난간에 손을 짚고 선 혁련쟁이 배시시 웃으며 그녀를 바라보았다.

"더 해 봐. 막 공격해 보라니까?"

얼굴은 웃고 있었지만 그의 눈빛에서는 일말의 웃음기도 묻어나지 않았다. 봉지미는 태연한 얼굴로 소매를 정리하고는 난간에 걸터앉아 물었다.

"어떻게 아셨습니까?"

"회춘과(回春果)를 먹은 거지?"

혁련쟁이 그녀의 옆에 다가와 앉아 물었다.

"잊었나 본데 호탁의 영토는 대월과 바로 붙어 있다고. 북강 지역에서 나는 식물들에 대해선 나도 잘 알아. 물론 천성의 황궁에 그것들이 남아 있을 줄은 몰랐지만. 그건 회춘과라고 불리는 물건이야. 사람의 생명을 구하는 건 아니고, 죽기 직전의 사람이 먹으면 잠시 동안 기력을 회복할 수 있어. 죽음을 앞두었지만 아직 이승에서 해결할 일이 많이 남은 자들이 먹는 물건이지. 멀쩡한 사람이 먹으면 피가 솟고 화가 나지. 먹어서 좋을 게 하나도 없어."

그가 느릿한 말투로 덧붙였다.

"물론 미친 척하는 데엔 매우 도움이 되는 물건이지."

봉지미가 피식 웃어 보이고는 나른하게 허리를 폈다.

"역시 미친 척은 멀쩡한 사람이 하기엔 너무 힘든 일입니다. 고단하네요."

"회춘과를 알아보지 못했더라도……."

혁련쟁이 봉지미를 뚫어져라 응시하며 말했다.

"난 네가 갑자기 정신을 놓았다고는 절대 생각하지 않았을 거다."

"예?"

"너 같은 이가 미칠 리 없잖아."

혁련쟁이 입술을 비죽이며 말했다.

"온 세상 사람이 다 정신줄을 놓아도 그대는 아닐 걸."

봉지미가 푸하하 웃음을 터트리며 그의 어깨를 토닥였다.

"오늘 도와주어 고맙습니다. 조카님."

"사내라면 응당 해야 할 일이지."

혁련쟁이 그녀의 손을 덥석 잡고는 자신의 뺨에 가져다 대려 했다.

"영혁 그 자식은 사내도 아니야!"

"예?"

봉지미가 고개를 돌려 그를 바라보며 웃었다. 그녀의 손가락이 그의 눈꺼풀을 살짝 튕기자 그의 속눈썹이 파르르 떨려 왔다. 혁련쟁은 하는 수 없이 잡고 있던 봉지미의 손을 놓아 주었다.

"회춘과. 그 인간이 먹으라고 한 거지? 그게 몸을 상하게 한다는 걸 그 자식도 아는 거야? 미친 척도 다 그 자식이 시켜서 한 거지? 그 자식은 네 덕에 곤란한 상황에서 빠져나왔다지만 넌? 넌 앞으로 어떻게 할 건데? 중원의 여인들에겐 평판이 가장 중요한 거 아니었나?"

"중원의 여인들에게 평판이 가장 중요하다는 걸 아시는 분이 제가 광증을 가지고 있다는 걸 직접 확인시켜 주셨습니까?"

"네게 필요한 일인 것 같아서."

혁련쟁이 간단명료하게 대답했다.

봉지미는 순간 마음이 흔들렸지만 이내 아무렇지 않은 표정을 지어 보이며 싱긋 웃었다.

"중원에는 이런 말도 있습니다. 두 가지 해악 중에 가벼운 것을 골라라. 두 가지 나쁜 결과 중에 비교적 덜 나쁜 결과를 선택하라는 뜻이지요. 세상에 완벽한 것은 없으니까요."

봉지미는 천천히 자신의 숨을 골랐다. 회춘과의 효과가 아직 기를 시끄럽게 하고 있긴 했지만 영혁이 그녀의 맥을 짚고 불어 넣었던 기운이 그녀의 기를 가라앉히는 데 도움이 됐다.

어찌됐든 그 상황에서 영혁은 할 수 있는 최선을 다했고, 다급한 상황에서 그가 한 선택은 곧 그녀의 선택이기도 했다. 소소한 몇 가지를 잃는다 한들 큰 그림을 해치지만 않는다면 상관없었다. 영혁은 그런 사람이었고, 그녀 역시 마찬가지였다.

"그 자를 감싸고 있는 거지."

혁련쟁이 불만 가득한 얼굴로 툭 내뱉고는 자리에서 일어나 욕하며 소리쳤다.

"간통이야!"

봉지미가 피식 웃으며 그를 바라보고는 화제를 돌렸다.

"옷이 또 더러워져서 어떡하죠?"

"공주의 처소로 가는 게 좋겠어."

혁련쟁이 말했다.

"진 상궁이란 자가 네 옷을 깨끗이 빨아 말려 두었을 거야. 지금 가서 갈아입으면 저녁 연회 시간과도 딱 맞을 테니 나와 함께 갈 수 있을 거야."

그가 의기양양한 기세로 대뜸 소리쳤다.

"선남선녀가 따로 없겠군!"

그를 두고 저 멀리 앞서 걸어가고 있던 봉지미가 순간 휘청였다.

옷을 갈아입고 나자 바로 저녁 연회 시간이 되었다. 본래 연회는 랑야전(琅琊殿) 내부에서 열릴 예정이었지만 한바탕 비가 지난 뒤 하늘이 화창하게 개고 랑야전 앞뜰을 깨끗이 씻어 준 덕에 답답한 실내가 아닌 운치 있고 시원한 야외에서 열기로 했다. 조금 들뜬 듯한 황제는 내전에 준비해 두었던 장식들을 모두 랑야전 바깥뜰로 옮기라 명하고 뜰에 자리한 연못 앞 정자에 자리를 잡았다.

불어오는 시원한 바람과 잔잔히 이는 물결 덕에 의자 위에 앉아 있는데도 마치 배를 타고 노니는 듯한 기분이 들었다. 시원하고 환한 분위기와 함께하니 술맛도 배가 됐다. 혁련쟁의 옆자리에 앉은 봉지미 역시 기분이 좋았다.

물론 사방에서 그녀를 향해 쏟아지는 각양각색의 시선들이 없었다면 더할 나위 없이 좋았을 테지만.

광증을 가지고 있는 봉 아가씨가 왕세자 앞에서 발작한 것도 모자라 바로 조금 전에는 초왕의 앞에서까지 정신줄을 놓았다는 이야기가 반 시진도 안 되는 잠깐 사이에 모든 이의 귀에 들어간 것이었다.

조정 대신들과 귀족 부인들 모두 봉지미에게 호기심 가득한 눈길을 보내고 있었다. 호탕의 혁련쟁 세자에게는 의아함과 동정심이 동시에 묻어나는 시선들이 쏟아졌다.

그가 얼굴도 못생긴데다 정신까지 온전치 않은 여인을 마음에 들어 하는 이유가 도대체 무엇인지 이해되지 않는 것이었다. 초원의 사내들은 죄다 멍청하다더니 멍청한 것도 모자라 보는 눈도 없다며 안쓰러워하고 있는 눈치였다.

아직 오가는 혼담이 없는 처자들의 시선은 앞선 이들만큼 따뜻하지 못했다. 물론 그들 역시 초원의 사내에게 시집을 가 열 명의 부인 중 하나가 될 생각은 추호도 없었지만 그래도 아름다운 물건이 자신의 손이 아닌 다른 이의 손에 쥐어져 있는 꼴이 보기 좋지만은 않았다. 초원에서 난 풀이라고는 하지만 개중에서도 아름다운 풀이 봉지미 같은 거름에게 빠져든 것이 마음에 들지 않았다. 그건 제경의 수많은 아름다운 처자들에게 있어 무척이나 모욕적인 일이었다.

화가 난 아씨들은 하나둘 소매에서 작은 거울을 꺼내 자신의 얼굴을 몰래 살폈다. 아무리 생각해도 꽃처럼 싱그럽고 아름다운 자신이 저런 팔자 눈썹 누렁이에게 밀렸다는 게 받아들여지지 않았다.

봉지미는 자신을 향하는 온갖 시선들을 즐기며 말없이 술을 들이켰다. 무언가를 이렇게 빠르게 퍼트릴 능력을 정치나 싸움에 사용한다면 얼마나 멋질까 하는 생각이 들었다.

생신 연회의 주인공은 아직 모습을 보이지 않고 있었다. 최고 상석은 여전히 비어 있었고, 그 바로 아래 자리에 2황자 부부가 앉아 있었다. 그 다음은 5황자와 7황자였다. 아직 나이가 어린 10황자와 영혁을 제외하고는 모두 곁에 왕비가 자리하고 있었다. 들리는 말에 의하면 그가 혼인을 계속 미루고 있는 것은 그의 건강이 좋지 않은데다 기생집 드나드는 것을 좋아하기 때문이라고 했다. 호사가들은 그가 그쪽 방면으로 '건강이 좋지 않은' 것은 아닐까 걱정 하는 모양이었다.

이후 태자가 밀려나고 영혁의 세력이 커지자 그의 혼인 문제가 다시 수면 위로 떠오르고 있었다. 지금으로서는 대학사 호성산의 손녀와 이부 상서 화문염의 여식 화궁미, 귀비 상 씨의 조카인 고양후 상홍수의 금지옥엽이 가장 유력한 후보인 것 같았다.

아직 혼인하지 않은 고관대작들의 여식과 정삼품 이상 관리 집안의 규수들은 얇은 천으로 가려진 서쪽에 자리를 잡고 앉아 있었다. 형식적인 일이었다. 하지만 재미있는 것은 황자들과 마주보고 있는 쪽에만 천이 설치되어 있지 않은 것이었다. 그 말인즉슨 영혁이 원하면 언제든 여인들을 살필 수 있다는 뜻이었다. 법도에는 조금 어긋나는 일이었지만 그 저의를 곰곰이 생각하게 하는 일이기도 했다.

봉지미는 없는 것이나 다름없는 천을 바라보며 살짝 웃었다. 저들 중 누가 호성산의 손녀이고 누가 상 씨 아가씨일지 궁금했다. 그때 봉지미의 시선을 느낀 영혁이 고개를 들었다. 그의 시선이 미끄러지듯 움직이자 자리에 앉은 여인들 모두 그가 자신을 보는 게 아닐까 하고 속으로 들떠서 숨을 골랐다.

봉지미는 옅게 웃으며 시선을 거두고 자신의 잔에 술을 따랐다. 지금 앞에 놓인 '고월순(古月醇)'은 황가의 술답게 향긋한 내음과 입에 착 감기는 풍미를 자랑했다.

혁련쟁은 술을 곧잘 마시는 것도 모자라 꽤나 음미하고 있는 듯한 봉지미의 모습을 보고 그녀가 한층 더 좋아졌다. 혁련쟁은 재빨리 술병을 잡고 그녀에게 친히 술을 따라 주며 정성스럽고 다정한 목소리로 말했다.

"많이 마셔, 많이. 이건 황실에서도 자주 내놓지 않는 술이니까."

궁정 연회에 올라오는 술은 그 양이 정해져 있었다. 한 자리에 한 병이 정량이었다. 누군가 과음으로 술에 취해 실례를 범하는 일이 생기지 않도록 하기 위해서였다. 혁련쟁은 제 잔은 비워 둔 채 봉지미의 잔만 연거푸 가득 채워 주며 한 잔 따를 때마다 입맛을 다셨다.

술병이 반쯤 비었는데도 혁련쟁은 계속해서 봉지미의 잔에 술을 따랐다. 봉지미는 잔을 들고 한입에 술을 털어 넣었다. 하지만 그녀의 눈빛은 첫잔을 마실 때와 다를 바 없이 조금의 흔들림도 없었다. 혁련쟁은 텅 빈 술잔을 바라보며 슬픈 기색을 감추지 못했다.

'……왜 마셔도 마셔도 취하질 않는 거냐. 취하게 하려고 난 이 좋은 걸 한 모금도 못 마셨는데 왜 취하질 않는 거냐고오!'

"세자 저하."

봉지미가 술잔을 들어 보이더니 갑자기 낮게 웃었다.

"제가 깜빡 잊고 알려드리지 않은 것이 있었네요."

"뭔데?"

혁련쟁이 봉지미에게 귀를 들이밀고 물었다.

"이 정도 도수의 술은."

봉지미가 술병을 가리키며 다정하게 웃었다.

"두 병도 거뜬히 마실 수 있답니다."

"……."

두 사람이 더없이 친근하게 얼굴을 맞대고 귓속말을 나누는 동안 맞은편에 앉은 영혁은 입가까지 가지고 갔던 술잔을 도로 내려놓았다. 그의 눈동자가 다시 한번 주변을 훑고 지나가자 냉랭하기 그지없는 그의 눈빛을 본 귀족 아씨들 모두 들떴던 마음을 다시 내려놓았다.

다들 영혁의 눈빛에 상처를 받은 듯했다. 그 와중에 세자와 나란히 앉아 자유롭게 술을 즐기고 있는 봉지미의 모습을 보니 불난 집에 기름이라도 끼얹은 듯 화가 치밀어 올랐다.

마음의 상처를 얻은 이는 자신의 화를 쏟아 낼 대상을 찾기 마련이고, 추한 얼굴에 정신줄까지 놓은 사람은 그 상대가 되기에 딱 좋은 만만한 존재였다.

"태감 어른!"

혁련쟁의 옆자리에 앉은 봉지미는 10황자의 자리와 인접해 있었고, 바로 옆으로는 얇은 천을 두고 귀족 여인들과 맞닿아 있었다. 천을 사이에 두고 봉지미의 바로 옆자리에 앉아 있던 여인이 갑자기 자리에서 벌떡 일어나더니 태감을 찾았다.

"이곳에서 악취가 나 더는 앉아 있을 수가 없습니다. 부디 제 자리를 다른 곳으로 옮겨 주세요."

봉지미는 손에 든 술잔을 가지고 놀며 비스듬히 고개를 꺾고 그 오만한 여인을 바라보았다. 꽤나 수려한 용모의 처자였다. 보아하니 꽤나 잘나가는 집안의 여인인 것 같았다. 그녀의 미간에 드러난 자만함을 보니 딱 그랬다. 명문가의 여식들은 죄다 저렇게 사람을 개돼지 보듯 하는 눈빛을 가지고 있었다.

그 여인의 말이 떨어지기가 무섭게 누군가 또 자리에서 벌떡 일어나 고고하게 소리쳤다.

"제 자리도 바꿔 주십시오. 미친 여인에게서 참으로 고약한 냄새가 납니다!"

봉지미가 이번에는 그 여인을 향해 시선을 돌렸다. 이번에는 아는 얼굴이었다. 더 재미있어졌다. 추가의 셋째 딸인 추옥락이었다. 추옥락은 어떻게든 봉지미를 괴롭혀 보려고 참으로 애를 쓰고 있었다. 봉지미와는 수천만 리 떨어진 자리에 앉아 놓고도 냄새 타령을 하다니.

'시비는 나한테 걸면서 뭐 하러 앞은 힐끔거려?'

누구 하나가 나서자 다들 기다렸다는 듯 줄줄이 들고 일어서 태감에게 자리를 바꾸어 달라 요구하기 시작했다. 자신은 정신줄을 놓은 여인과 동석할 수 없다는 고고한 태도였다. 거센 파도마냥 줄줄이 들고 일어나 격앙된 얼굴로 소리치기 시작하자 각 집안의 어른들 모두 말릴 방도를 찾지 못하고 있었다.

그중에서도 추옥락이 가장 격한 반응을 보이며 이대로 미친 여인이 황제 폐하를 알현하게 두는 것은 천성황조의 존엄을 돌이킬 수 없을 만큼 모욕하는 것이라고 열변을 토했다. 추옥락은 앞에 나서 있으면서도 때때로 봉지미를 쏘아봤다. 잔뜩 성난 추옥락의 가슴이 위아래로 들썩이고 꽃처럼 고운 얼굴이 붉게 물들자 이미 비가 있는 황자들마저 자제력을 잃고 추옥락을 힐끔힐끔 바라보았다.

추옥락에게 관심이 없는 사람은 영혁이 유일했다. 그는 귀족 처자들이 벌인 한바탕 구경거리에 아주 조금의 흥미도 없다는 듯 옆자리에 앉은 7황자에게 말을 건네며, 정밀하고 아름다운 춘화 하나를 소맷자락에서 슬쩍 꺼내 보였다. 두 형제는 활활 불타오르는 눈빛으로 술상 아래를 쳐다보다 곧 들통이 나 정신이 없었다.

추옥락은 잔뜩 실망하고 말았다. 실망하니 감정이 마구 소용돌이쳤다. 감정이 소용돌이치니 곧 자제력을 잃고 말았다. 추옥락은 자신을 달래는 태감을 그대로 밀어내고는 자신을 엄하게 타이르는 추 부인마저 밀쳐내고 제 손으로 자리를 옮겼다.

"바꿔주시지 않으면 제 손으로 바꾸면 그만입니다."

모든 이의 자리가 이미 정해진 상황인데 자리를 바꾸어 봤자 어디로 간단 말인가. 추옥락 역시 지금 자신의 행동이 터무니없다는 걸 잘 알고 있었다. 그래도 상관없었다. 그저 초왕의 눈에 들기만 하면 그만이었다. 추옥락이 막 허리를 숙이자 태감이 그녀를 말리러 다급히 다가갔다. 그때 누군가 술병을 들고 추옥락에게 다가가 싱긋 웃어 보였다.

"그만하세요, 그만하세요. 저 역시 이곳에서 고약한 냄새가 난다고 생각합니다. 여기 계신 분들 모두 분을 몇 근은 쏟아부었으니 머리가 어지러울 만큼 냄새가 나는 것도 당연하지요."

이어서 태감에게 말했다.

"여기 사람은 칠십 근이요 분은 삼십 근이고 장신구가 사십 근이라 총 백오십 근 나가시는 아씨의 자리를 옮겨 드리게. 아, 저기가 좋겠군.

높은 곳이라 바람이 잘 통하여 시원하고 상쾌하겠군그래. 사람 구경하기도 좋고 사람들에게 구경을 당하기도 좋고 말이야. 저기로 하세."

만인의 시선이 그의 손이 가리키는 곳을 향해 옮겨 갔다. 그 손이 정자의 지붕 위를 가리키고 있었다. 봉지미는 제자리에 가만히 앉아 술잔을 들고는 냉소를 지으며 불난 집에 기름을 끼었었다.

"세자 저하. 계산을 잘못하시지 않았습니까. 모두 합하면 백사십 근이지요."

"저기 얼굴에 난 여드름도 계산에 더해야지."

혁련쟁이 옥락의 이마 위, 분에 덮여 잘 보이지 않는 여드름을 향해 술병을 들어 보이고는 웃으며 말했다.

"여드름을 위하여."

어느덧 사방이 조용해져 있었다. 다들 중원 말이 완벽하지 않은 호탁 세자가 뱉은 독한 말들에 너무 놀라 무슨 반응을 보여야 할지 갈피를 잡지 못했다.

혁련쟁 세자에 의해 백오십 근짜리가 된 것도 모자라 제 속내까지 모두 꿰뚫린 추옥락은 그 자리에 뻣뻣하게 굳어 버리고 말았다. 수치심이 몰려와 당장이라도 죽고 싶었다. 추옥락은 그렇게 얼굴이 새파랗게 질린 채 두 손을 벌벌 떨며 어쩔 줄 모르고 있었다. 혁련쟁은 어느덧 의기양양한 얼굴로 술병을 흔들어 보이며 봉지미가 기다리고 있는 제자리로 돌아가고 있었다.

한편 봉지미는 자신이 직접 나설 기회를 주지 않은 혁련쟁을 보며 조금 원망 섞인 한숨을 토해 냈다. 어쨌든 혁련쟁의 말재간이 꽤나 대단하다는 생각도 들었다.

사방이 고요한 와중에 추옥락은 여전히 어쩔 줄 모르고 있었다. 자리에 앉아 그 모습을 지켜보던 7황자는 가만히 있지를 못하고 도움을 청하듯 영혁을 바라보았다. 영혁이 무심한 목소리로 말했다.

"나설 때와 물러설 때를 모르는 여인입니다. 예가 어디라고 냄새 타령을 한답니까? 제경의 여인들 중 몇몇이 호탁인이 야만인이라 비웃는다는 이야기를 익히 들은 적은 있었으나 호탁의 세자 앞에서까지 저런 짓을 벌이다니요. 아바마마께서 들으시면 경을 치실 일입니다."

영혁의 말에 화들짝 놀란 7황자가 왕비에게 눈짓을 보냈다. 조정 내외의 일들을 두루 관여하는 7황자가 이 사태를 그냥 두고 볼 수는 없는 일이었다. 7황자의 눈짓을 알아차린 왕비가 곧 봉지미를 향해 가까이 다가오라 손짓했다.

호탁 왕세자의 반려자인 그녀를 위로하고 달래 주어 천성 황실이 호탁 세자를 충분히 존중하고 있다는 것을 보이기 위해서였다. 봉지미는 하는 수 없이 자리에서 일어나 왕비에게로 다가갔다. 왕비가 봉지미의 손을 잡고 봉지미의 머리칼과 옷에 대한 칭찬과 봉지미의 손에 대한 칭찬을 늘어놓았다. 하지만 끝까지 봉지미의 얼굴에 대한 칭찬은 찾을 수가 없었다. 봉지미는 잠자코 왕비의 칭찬을 들으며 속으로 주문을 외듯 되뇌었다.

'얼굴 칭찬해 얼굴 칭찬해 얼굴 칭찬해 얼굴 칭찬해 얼굴 칭찬하라고. 내 얼굴까지 칭찬할 수 있는 인물이면 정말 진심으로 존경해 줄 테니까……'

바로 그때 왕비의 아름다운 음성이 들려왔다.

"……안색이 참 보기 좋구나. 아주 하얗지는 않지만 아주 균일하게 노란 것이 보기 좋아."

봉지미가 저도 모르게 흠칫 몸을 떨었다. 7황자는 순간 입에 넣었던 술을 뿜어 냈다. 옆자리에 앉은 영혁은 갑자기 기침을 하기 시작했다.

봉지미는 한참 만에 눈을 끔뻑이며 겨우겨우 대답을 쥐어 짜냈다.

"왕비마마의 균일하게 새하얀 얼굴보다는 못하지요."

이번에는 왕비가 흠칫 몸을 떨었다. 7황자의 술상은 어느새 그의 입에서 뿜어져 나온 술로 바다를 이루고 있었다. 영혁은 당장이라도 숨이 넘어갈 듯 기침을 해 댔다. 한참이 지나고 나서야 7황자가 겨우 웃으며 입을 뗐다.

"역시 아주 훌륭한 여인이군."

왕비가 봉지미의 손을 끌어당기며 말했다.

"난 네가 아주 마음에 드는구나. 이참에 그냥 내 옆에 앉는 것이 어떻겠느냐?"

봉지미는 조금 부담스러워 왕비의 말을 완곡히 거절할 참이었다. 하지만 그때 옆자리에 앉은 영혁의 덤덤한 목소리가 들려왔다.

"이미 북적이는 자리에 사람이 하나 더 앉을 틈이 어디 있단 말입니까? 그냥 제 옆으로 자리하는 게 어떨지요. 어차피 비어 있는 자리이니 말입니다."

영혁의 말이 떨어지기가 무섭게 줄곧 귀를 쫑긋 세우고 상황을 주시하고 있던 귀족 처자들이 번쩍 고개를 들고 서로의 눈치를 살폈다. 모두 자신이 조금 전에 들은 말을 믿을 수 없다는 듯한 얼굴이었다. 추옥락은 아예 얼이 빠져 잿빛이 된 얼굴로 털썩 주저앉아 버렸다.

늑대처럼 무시무시한 눈빛들이 순식간에 봉지미에게로 쏟아졌다. 저 추한 정신병자가 호탁 왕세자의 환심을 산 것도 모자라 풍류란 풍류는 다 즐기고 다녀 안목이 까다롭기 그지없는 초왕의 눈에까지 들었다는 사실을 믿을 수가 없었다.

저들은 모두 초왕의 눈길 한번 받아 보려 안간힘을 쓰는데, 봉지미는 초왕의 옆자리에 앉으라는 제안을 받고도 잔뜩 얼굴을 찌푸리고 있으니 더 화가 치밀었다.

봉지미는 확실히 잔뜩 찌푸린 얼굴로 영혁을 바라보고 있었다. 속으로는 '그런 뻔뻔한 말도 할 줄 아는 인간이었다니' 하고 외쳤다.

봉지미는 순간 자신이 제 속말을 밖으로 뱉어 버린 건 아닐까 하고 흠칫 놀랐다. 잔뜩 당황한 얼굴로 고개를 돌리니 이번에도 때마침 등장한 혁련쟁의 얼굴이 보였다. 그는 싱긋 웃는 얼굴로 그녀를 덥석 붙잡고는 말했다.

"제 정혼자를 그 자리에 앉히다니, 무슨 경우입니까. 전하께선 제경 여인의 반을 품으시고도 제 여인까지 탐내시는 겁니까? 그럴 여유가 있으시면 제 정혼자 말고 저기 분칠한 인형이나 상대해 주시지요."

혁련쟁이 턱으로 추옥락을 가리키더니 허허 웃으며 봉지미를 끌고 갔다. 예의라고는 조금도 모르지만 고귀한 신분을 자랑하는 호탁의 왕세자였다. 황제도 함부로 하지 못하는 그를 황자들이 어찌할 수는 없는 일이었다. 황자들은 모두 애써 허허 억지웃음을 지어내며 장난스러운 투로 영혁을 나무랐다. 영혁은 그저 말없이 웃어 보였다. 그의 시선이 인파 너머에서 반쯤 몸을 돌리고 선 혁련쟁의 눈빛과 부딪쳤다.

혁련쟁의 곁에 선 봉지미는 순간 자신의 옆에서 타닥, 하고 불길이 타오르는 것 같은 기분이 들었다.

한바탕 소란이 지나고 귀족 아씨들은 이제 감히 입을 열 엄두도 내지 못했다. 추옥락은 여전히 잿빛으로 질린 얼굴을 하고 조용히 자리에 앉아 있었다. 추 부인은 추옥락을 나무라려다 겨우 참아내고는 한숨을 내쉬었다. 그녀는 딸의 귓가에 다가가 조용히 말했다.

"옥락아, 이 어미 말을 명심하렴. 앞으로는 절대 지미 언니에게 맞서려 들지 마."

추옥락은 입술만 꽉 깨문 채 아무 말도 하지 않았다. 추 부인은 근심 가득한 눈빛으로 딸을 바라보았다. 지금껏 한 번도 풍파를 겪어 보지 못한 딸이 그 무서움을 아직 몰라 걱정스러웠다. 봉지미는 보통 무서운 인물이 아니었다. 가진 것 하나 없이 빈손으로 집을 나가서 얼마 되지도 않아 천자의 측근이 되어 나타난 아이였다. 그것도 모자라 새로이 황상이 된 남해 연가와 순우가의 자제와도 격 없는 친우 사이였다. 그는 추가는 못 건드릴지언정 추가의 도련님들은 충분히 건드릴 수 있다는 뜻이기도 했다. 집안의 최고 어른인 제 숙부가 멀리 원정을 떠나자마자 그 시기에 맞춰 집으로 돌아온 것을 보면 그가 북방으로 가게 된 일에도 봉지미의 손길이 닿아 있을지 모르는 일이었다. 나라의 큰일에까지 봉지미의 영향력이 행사되었다는 생각을 하면 온몸에 한기가 차고 소름이 돋았다.

추 부인은 딸의 손을 어루만지며 집으로 돌아가면 단단히 주의를 주어야겠다고 생각했다. 그때 옆자리에 앉은 처자 하나가 불쑥 몸을 기울이고 추옥락에게 속삭였다.

"옥락 동생. 너무 속상해하지 마세요. 조금만 있으면 저 미친 여인도 큰코다치게 될 거예요."

추옥락이 두 눈을 반짝이며 희망으로 가득 찬 눈빛으로 물었다.

"무슨 좋은 수라도 가지고 계신 거예요?"

추옥락에게 말을 건넨 이는 조금 전 가장 먼저 일어나 태감에게 자리를 바꿔달라 요구했던 이부 상서의 딸 화궁미였다. 다만 추옥락보다는 눈치가 빠르고 원만한 성미를 가지고 있어 형세가 기울자 조용히 발을 뺀 것뿐이었다. 제경에서 가장 이름난 미인인 화궁미는 아랫입술을 살짝 깨물고 추옥락의 귓가에 낮게 속삭였다. 곧 추옥락의 얼굴에 신이 난 기색이 피어올랐다.

"문예에 능통하신 귀비께선 학식이 없는 자를 가장 싫어하시지요. 화궁미 언니께서 좋은 수를 내시어 저 계집이 자기 무덤을 파게 하면 딱 좋을 거예요."

추옥락의 말에 화궁미가 말없이 싱긋 웃어 보였다. 그녀의 얼굴에서는 자신감이 묻어났다.

천하에서 제일 뛰어난 여인은 화궁미 자신 말고는 아무도 없었다.

화궁미는 오늘 난데없이 나타난 저 추한 여인을 무슨 수를 써서라도 나락으로 떨어뜨려 줄 생각이었다.

　　때마침 황제와 귀비 상 씨가 연회장에 모습을 드러냈다. 자리하고 있던 모두가 일어나 차례대로 예를 표했다. 5황자는 이미 귀하디귀하다는 필후 한 쌍을 올렸는데 그 선물을 받고 매우 기뻐한 귀비는 오늘 연회 자리에도 그 아이들을 데리고 나왔다. 5황자는 귀비의 친자였으므로 귀비의 총애를 받는 데 있어 그를 이길 수 있는 상대는 아무도 없었다. 2황자는 매우 정교하게 조각된 옥 복숭아를 선물로 올렸다. 구하기 어려운 물건인 것은 분명했지만 그렇다고 아주 희귀한 물건도 아니었다. 7황자가 준비한 것은 진귀한 고서들이었다. 시를 즐기는 그의 평소 취향과 문예를 즐기는 귀비의 취향 모두에 잘 어울리는 선물이었다. 소녕 공주는 사대 명금(名琴) 중 하나인 녹기(綠綺)＊거문고의 한 종류를 준비했고, 10황자는 아름다운 수가 놓인 병풍을 올렸다. 귀비는 하나도 빠짐없이 모두 칭찬하며 기쁜 기색을 보였다.

　　유일하게 영혁이 선물을 올리던 순간에만 귀비의 환한 미소가 잠시 굳어졌다. 영혁이 올린 것은 황양목으로 만든 조각품이었다. 황실에 있는 다른 조각들과는 조금 다른 느낌의 것이었다. 조각의 기술이 매우 시원스러웠고 웅장한 기개마저 느껴졌다. 천성황조 남해 지방의 명산인 무양산(舞陽山)이 새겨져 있었다. 장엄한 산과 구름 가득한 하늘, 소나무, 태양 등 자연의 만물이 모두 그 안에 자리 잡고 있었다.

　　황제는 그 선물이 무척이나 마음에 들었는지 한참을 손에 쥐고 살피다 웃음을 지어 보이며 귀비에게 농을 던졌다.

　　"부인께서는 멋진 물건들을 많이 갖고 계시니, 이건 내게 양보하시는 게 어떻겠소?"

　　귀비가 그 나무 조각을 바라보며 곱게 단장한 얼굴로 어딘가 부자연스러운 미소를 지어 보이더니 이내 웃으며 말했다.

"또 소첩을 놀리시는 게지요. 제가 가진 멋진 물건들은 모두 폐하의 것이 아닙니까?"

그때 영혁이 단상 아래에서 웃으며 말했다.

"아바마마께선 어찌 모든 좋은 것을 다 손에 쥐려 하십니까. 어머니 께서 아쉬워하는 모습을 좀 보세요. 이번엔 아바마마께서 참으십시오."

영혁의 말에 황제가 크게 웃었다.

"짓궂구나, 초왕. 감히 이 아비를 놀리려 들다니. 하하."

황제는 손에 쥐고 있던 조각을 내려놓았다. 귀비 역시 환히 웃으며 아랫사람에게 조각을 잘 챙기라 당부하고는 의미심장한 눈빛으로 영 혁을 바라보았다. 영혁은 평소처럼 싱긋 웃고 있을 뿐이었다.

봉지미는 조각을 쳐다보던 시선을 거두었다. 그리고 속으로 내일 남 해 상씨 집안에 대해 자세히 알아봐야겠다고 생각했다.

모든 황자들이 예를 갖추고 나자 이번에는 작년 생신 연회에서 했던 것과 똑같이 하객으로 참석한 귀족 아가씨들이 재능을 보일 수 있는 기 회를 주었다. 이는 궁중의 오랜 관례이기도 했는데, 지금 황자들의 옆자 리를 꿰찬 왕비들 중 대부분은 이 기회를 통해 황자들의 눈에 든 것이 었다. 아직 비를 맞이하지 않은 영혁과 영제에게는 오늘이 대대적인 선 자리나 다름없었다.

봉지미는 그제야 왜 저 처자들이 이토록 잔뜩 꾸미고 왔는지 깨달 았다. 새삼 기방에서 머슴 일을 하던 때가 떠올랐다. 저 얇은 천 뒤에 자 리하고 있는 귀족 여인들 모두 힘껏 단장하고 손님을 기다리는 난향원 기생들과 별반 다를 바 없다는 생각이 들었다. 그들이 쟁취하려는 손님 이 아주아주 높으신 분이라는 것만 빼고는.

신분은 다르지만 처한 처지는 너무도 닮아 있었다. 기생들 역시 돈 많은 고관대작 손님이 오면 다들 눈에 불을 켰다. 그런 생각이 들자 봉 지미가 결국 참지 못하고 피식 웃음을 흘렸다.

아무도 알아차리지 못할 만큼 아주 작은 웃음이었지만 그녀의 맞은편에 앉은 영혁은 곧장 고개를 들고 그녀를 바라보았다. 그의 미간에 살짝 주름이 맺혔다.

'어찌 된 거지? 이 자리가 왕비를 간택하는 자리인 줄 알면서도 저렇게 기뻐한단 말인가?'

영혁은 갑자기 조금 불쾌해졌다.

"……역시 상을 걸어야 더 흥이 나는 법이지."

귀비 상 씨와 잠시 상의한 황제가 상금과 금실로 만든 쌈지를 가져오라 명했다.

"자, 이걸로 흥을 돋구어 보도록 해라."

귀비가 황자들과 공주에게 말했다.

"너희들도 인색하게 굴지 말고 좀 내놓으렴."

황자들 모두 웃으며 선뜻 주머니를 풀었다. 모든 이의 관심이 영혁과 영제에게 쏠려 있었다. 특히 영혁이 무엇을 내놓을지가 가장 큰 관심사였다. 다른 황자들은 사실 모두 형식적으로 내놓는 것이나 다름없었고, 오늘 영혁이 내놓는 물건이야말로 모두의 관심이 집중된 대상이었다. 영혁은 시종일관 말없이 웃기만 했다. 그러자 소녕 공주가 앞으로 나서서 웃으며 말했다.

"저는 가난하여 도리어 어머니께 뭐라도 좀 달라고 청해 보려던 참이니 이 놀이에선 물러나는 게 좋겠습니다. 그래도 여섯째 오라버니께선 무척이나 풍족하시겠지요? 호부를 손에 쥐고 계시니 안 그렇겠습니까? 보아하니 오늘이 옥패를 내놓으시기에 딱 좋은 때인 것 같습니다. 전 오늘 그 옥패를 손에 쥘 주인공이 누가 될지 너무 궁금하답니다."

소녕 공주의 말에 여인들의 얼굴에 화색이 돌았다. 천성의 황자들은 모두 봉황이 새겨진 옥패를 지니고 있었는데 그 옥패를 준다는 것은 곧 그를 비로 맞이하겠다는 뜻이었다. 다만 황자가 연회 자리에서 옥패를 상으로 내거는 것은 흔치 않은 일이다. 장기를 본다고 해서 그 사람을 모두 알 수 있는 것은 아니기에 섣불리 그리하지 않는 것이었다. 그 사실을 잘 알고 있는 고관대작들과 그 자제들은 잠시 흥분했던 마음을 진정시키고 다시 조용히 자리에 앉았다.

"호부의 일을 통솔하고 있다고는 하나 호부 역시 아바마마의 것이 아니더냐. 오라비라고 하여 누이보다 더 많은 녹봉을 받는 것은 아니란다. 소녕이 너보다 단 한 푼도 더 많이 받지 아니하지."

영혁이 소녕 공주를 바라보며 싱긋 웃어 보였다. 그의 말에 소녕 공주의 얼굴이 조금 뻣뻣하게 굳었다. 정일품 공주로서 소녕 공주는 이미 충분히 많은 봉읍과 재물을 받고 있었다. 예전에 태자가 있을 때만 해도 그 문제를 언급하는 이가 아무도 없었지만 요즘처럼 조정의 분위기가 변하고 있는 때에는 그저 마음놓고 있을 수가 없었다. 벌써 몇몇 어사들이 과거 대성황조 조정이 혼란을 겪던 시기의 의성 공주를 예로 들어 황녀가 황자보다 재산이 많으면 황실에 흉조가 든다며 소녕 공주의 봉읍과 호위 무사들을 줄여야 한다는 상소를 올리기도 한 터였다. 영혁이 그 문제를 언급하자 소녕 공주는 바로 입을 다무는 수밖에 없었다.

"그래도……"

영혁이 별안간 웃으며 말했다.

"소녕이 네 마지막 말은 맞는 말인 듯하구나."

그는 중생들의 마음을 뒤흔들 만한 미소를 지으며 밝게 반짝이는 옥패를 품에서 꺼내 태감이 들고 있는 쟁반 위에 살며시 내려놓았다.

사랑

사방이 고요해진 와중에 옥패가 쟁반에 닿으며 나는 영롱한 소리가 유난히 더 크게 울렸다.

무수히 많은 사람의 심장이 쿵쿵 뛰고 있었다.

초왕은 온 제경에 염문을 뿌리고 다니는 인물이었다. 그와 별 관계가 없는 사람들까지도 그가 어느 기방의 기생에게 천금을 주었다더라 하는 이야기들을 끝없이 들을 수 있었다. 하지만 그가 첩을 들이는 일은 거의 없었다. 지금 그의 왕부에 머무는 첩 역시 고작 두셋이 전부였다. 그마저도 모두 황제가 내려 주었거나 태자와 다른 황자들이 억지로 밀어넣은 것이었다.

들리는 소문으로는 그에게 꽤 많은 첩이 있었으나 다들 얼마 지나지 않아 하나둘씩 죽어 나갔다고 했다. 그나마 아직 살아 있는 몇몇도 집에 놓인 가구마냥 초왕의 관심에서 완전히 벗어나 있다고 알려져 있었다. 그러한 탓에, 초왕이 자신의 옥패를 실수로 어딘가에서 잃어버리고 이번 생에는 영영 반려를 맞이하지 않으려는 게 아닐까 추측하는 사람도 있었다. 하지만 오늘은 보아하니 오랜 기다림을 정녕 끝맺을 수 있게 될 모양이었다.

"여섯째가 오늘 유난히 흥이 오르는가 보구나."

황제가 조금 놀란 기색을 보이며 오늘 자리한 규수들을 한번 둘러 보았다. 황제는 자신의 아들을 잘 알고 있었다. 영혁은 이 자리에 제 마음에 드는 여인이 없다면 절대 저 옥패를 꺼내놓을 인물이 아니었다.

물론 지금 황제의 관심에서 봉지미는 완전히 제외되어 있었다.

'이미 지아비가 있는' 여인인 데다 용모가 추하고 정신까지 온전치 못한 처자이니 염두에 둘 필요도 없었다.

귀비가 황제에게 가까이 다가가 속삭였다.

"예전엔 늘 시구(詩句) 따위나 내어 놓더니. 오늘은 조금 새로운 것을 내놓았군요."

황제가 웃음기를 머금은 목소리로 말했다.

"자, 다들 무슨 장기를 준비하였는지 말해 보아라."

"폐하. 마마."

노란 옷을 입은 여인이 사양하지 않고 일어나 가슴에 두 손을 모으고 예를 갖춰 보였다. 매우 우아한 자태에 다들 감탄을 금치 못했다.

단아하고 고운 용모를 가진 그 여인은 바로 제경에서 가장 이름난 재원인 이부 상서의 딸 화궁미였다.

모두 그녀를 보며 고개를 끄덕였다. 그녀야말로 그 자리에 가장 잘 어울리는 처자였다.

화궁미는 자신을 향하는 만인의 시선이 만족스러운 듯 보다 더 의 젓한 자세로 부드럽게 속삭이듯 말했다.

"폐하, 마마. 그리고 황자 전하. 소녀에게 미천한 생각이 하나 있사옵 니다."

"말해 보아라."

귀비 상 씨가 자신의 조카딸이 앞으로 나서려는 것을 막으며 차분한 얼굴로 말했다.

　　"우리 천성이 지금 전쟁을 치르고 있지 않사옵니까. 수천수만의 병사들이 전방에서 적들과 맞서 싸우고 있으니 그 웅장함이 강철과 같고 천성의 깃발이 숲을 이루었습니다. 규중의 여인으로서 직접 전쟁에 참여할 수는 없으나 제 마음은 보이고 싶습니다."

　　화궁미가 미소를 지으며 말을 이었다.

　　"소녀 감히 제안 드리옵건대 각자 자유롭게 상대를 골라 전고(戰鼓)를 치는 것으로 시간제한을 두어 북소리가 세 번 울릴 때까지 문제의 답을 적어 내도록 하는 것이 어떻겠사옵니까? 시간 안에 답을 내지 못한 자는 패하는 것으로 하고, 그를 통해 전방에서 싸우는 장수들에게 경의를 표하면서 천성의 대승을 응원하는 것에 대해 다들 어떻게 생각하시는지요?"

　　이는 능력과 지혜를 동시에 시험할 수 있는 방법이었다. 직접 상대를 정하고 북이 세 번 울리기 전까지 답을 적어 내게 하면 모든 이가 자리에 앉아 느릿느릿 답을 내는 것보다 훨씬 어려울 것이 분명했다.

　　귀비 상 씨가 얼굴을 살짝 찌푸렸다. 제 조카딸은 문학적 재능이 뛰어나긴 했지만 민첩한 재치를 가진 아이는 아니었다. 귀비 상 씨가 이 제안을 어떻게 반려해야 하나 고민하고 있는데 황제가 대뜸 환히 웃으며 말했다.

　　"아주 좋은 생각이로구나. 전장의 북소리에 맞춰 여인들이 서로 실력을 다투는 것은 매우 보기 드문 광경이지. 그렇게 하자꾸나."

　　귀비가 남몰래 한숨을 토해 냈다. 안 그래도 전쟁에 온 신경을 쏟아붓고 있는 황제였으니 화궁미가 전쟁을 언급하고 나선 것이 그의 흥미를 제대로 자극한 듯했다. 귀비는 하는 수 없이 가볍게 미소를 지으며 북을 대령하라는 명을 내렸다. 머지않아 황제와 귀비가 자리한 단상 아래에 북이 설치됐다.

"여기 계신 아가씨들에게는 송구합니다만, 초왕 전하께 직접 북을 울려달라 청해도 되겠습니까?"

화궁미가 영혁을 힐끗 바라보면서 웃음기를 머금고 말했다.

영혁은 말없이 술잔을 입술에 가져다 대고는 시선을 들어 화궁미를 보고 살짝 웃어 주었다.

화궁미의 얼굴이 눈에 띄게 밝아졌다.

"하지 않겠습니다."

"……."

조금 당황한 화궁미의 얼굴이 살짝 굳었다. 그를 지켜보고 있던 7황자가 웃으며 말했다.

"여섯째 형님께 북을 쳐 달라 하면 쓰나. 형님께서 마음에 둔 여인에게만 세월아 네월아 느긋하게 치시면 어쩌려고. 그럼 너무 불공평해지지 않겠소?"

여기저기서 웃음이 터져 나오자 당황했던 화궁미도 다시 평정심을 되찾았다. 화궁미가 7황자의 말을 기회 삼아 다시 싱긋 웃으며 말했다.

"예. 소녀의 생각이 짧았습니다."

화궁미가 황제에게 다시 허리를 숙이고 예를 표했다.

"폐하께서 친히 북을 울려 주시기를 감히 청하옵니다."

"혁련쟁 세자가 고생해 주는 것이 좋겠구나."

황제의 시선이 혁련쟁에게 옮겨 갔다. 외부인이나 다름없는 혁련쟁은 이 조정과 깊게 엮이지 않은 유일한 인물이니 그가 나서는 것이 가장 적합해 보였다.

혁련쟁은 내키지 않는 기색을 숨기지 않고 투덜거렸다.

"저는 오로지 전장에서만 북을 칩니다. 무슨 재미로 여인들을 위해 북을 친단 말입니까."

봉지미가 그를 힐끗 흘겨보고는 나무라듯 말했다.

"세자 저하, 지금 저하의 옆에 앉아 있는 이도 여인입니다."

"그대는 내 이모님이잖소."

혁련쟁이 부끄러운 기색 하나 없이 말했다.

"이모님은 어른이라고."

"어서 가세요."

봉지미가 그를 떠밀며 말했다.

"이런 작은 일에 연연하는 것은 보기 좋지 않습니다."

혁련쟁은 손에 들고 있던 술을 입에 털어 넣은 뒤 옷자락을 펄럭이며 앞으로 나갔다. 나가면서도 마음이 놓이지 않는다는 듯 몇 번이나 뒤를 돌아보며 봉지미에게 당부하고 또 당부했다.

"그대는 절대 나서지 마. 그대와는 상관없는 남의 혼사다."

"그럴 리가 있습니까."

봉지미가 그를 달래듯 말했다.

"그 누구의 혼사도 저와는 상관없는 일입니다."

봉지미는 술을 한 잔 털어 넣으며 속으로 생각했다.

'황제가 이미 화궁미를 점찍어 놓은 게 뻔히 보이는데 무슨. 그런 어려운 방식을 택한 것도 다 화궁미를 그 자리에 앉힐 심산이잖아.'

그것도 당연한 일이었다. 화씨 집안은 분명 높은 지위를 가진 귀족 집안이었지만 집안 자체의 세력은 두터운 편이 아니었다. 황제는 영혁이 아주 대단한 세력가의 여식과 짝을 맺고 더 승승장구하는 모습을 보고 싶어 하지 않을 게 분명했다.

혁련쟁은 북 아래 자리를 잡고 앉아 따분한 듯 북채를 이리저리 던지며 놀고 있었다. 화궁미는 웃음기 맺힌 얼굴로 중앙에 서서 조용히 제 상대를 고르고 있었다. 다들 화궁미와 눈을 마주칠 때마다 불안한 듯 몸을 움츠렸다. 화궁미의 상대로 지목될까 잔뜩 겁을 먹은 것이었다.

그 광경에 화궁미의 얼굴에는 자신감이 점점 더 피어올랐다.

이때 누군가 자리에서 일어나 불만을 표했다.

"폐하. 소녀는 생각이 다르옵니다!"

자리에서 일어난 보라색 옷을 입은 여인은 아담하고 여린 체구와는 달리 강단지고 단단한 힘을 지닌 목소리를 가지고 있었다.

"사람마다 글재주는 모두 다르고 순발력이나 재치만으로는 그 사람의 재능을 진정으로 판단할 수 없습니다. 그러니 이러한 방식은 불공평하다 생각하옵니다!"

천성 황제가 잠시 당황한 사이 귀비 상 씨는 그녀가 대학사 호성산의 손녀임을 알아보고 싱긋 웃으며 말했다.

"그래. 다른 의견이 있다면 개의치 말고 말해 보아라."

호성산의 손녀 호정수는 먼저 황제와 귀비를 향해 허리를 숙이고 예를 표한 뒤 낭랑한 목소리로 말을 이었다.

"전방의 장수들을 응원하기 위함이라면 여기 있는 모두가 빠짐없이 참여하는 것이 옳다고 생각하옵니다. 소녀, 세자 저하께서 북을 세 번 울리시는 동안 모두 동시에 자신의 문제를 적어 내고 폐하와 마마께서 그중 가장 훌륭한 세 가지 문제를 정해 주신 뒤 소녀들이 그 문제에 답할 수 있도록 하여 주시옵소서. 대신 폐하와 마마께서 고르신 문제는 저희 중 누군가 답을 하겠다고 나서기 전까지 문제의 내용은 가리시고 출제자의 이름만 공개하여 저희가 공정하게 문제를 풀 수 있도록 하여 주십시오. 그리고 폐하께서 가장 훌륭한 답을 한 세 명을 직접 꼽아 주시옵소서."

호정수는 화궁미가 제멋대로 상대를 고를 수 있게 두면 화궁미를 제외한 다른 이들이 모두 위축될 거란 사실을 잘 알고 있었다. 화궁미 혼자 돋보이게 만드느니 차라리 모든 이가 같이 물에 잠기는 편이 나았다. 그 과정 중에 누군가 화궁미의 기세를 꺾을 이가 등장할지도 모르는 일이었다. 화궁미를 누를 인물이 나오지 않는다고 해도 황제가 가장 뛰어난 한 명이 아닌 세 명을 고르게 하면 화궁미 혼자 모든 관심을 독차지하고 바로 초왕의 왕비가 되는 일은 막을 수 있었다.

연회를 통해 간택된 이가 반드시 왕비가 되어야 한다는 법은 없었다. 이 자리는 그저 서로의 의향을 내비치는 정도에 불과했다. 황자의 비를 간택하는 일은 결코 작은 일이 아니라 많은 부분을 고려해야 하는 것이 당연했다.

호정수는 자신이 꼭 일등이 되지 않더라도 상위 세 명에 드는 것 정도로 충분하다고 생각했다. 하지만 지나치게 자만하고 있는 화궁미는 되레 실수를 범하고 기가 꺾일지도 모를 일이었다.

봉지미는 조용히 앉아 술을 마시며 호성산의 손녀가 꽤나 영민하다고 생각했다. 저런 방식이라면 문제의 답을 내놓지 못하더라도 뛰어난 문제를 내는 것으로 제 능력을 증명해 보일 수 있을 것이었다. 화궁미역시 별로 개의치 않아 보였다. 세밀한 방식이야 어찌 되었든 그녀가 제경 제일의 재원이라는 사실은 변하지 않는다고 자신하고 있었다.

천성 황제가 낮게 신음했다. 그에게는 분명 원하는 바가 있긴 했으나 그렇다고 지나치게 밀어붙일 수는 없었다. 황제가 결국 호정수의 청에 응하자 환관2황자를 제외한 다른 손님을 모두 밖으로 내보내고 종이와 붓을 나누어 주었다.

영혁이 갑자기 웃으며 말했다.

"아주 좋은 방법입니다. 다들 큰 수고를 앞두고 있으니 본왕이 술을 한잔 청하도록 하지요."

그가 빠른 걸음으로 걸어나와 먼저 제 잔을 비우고는 여인들에게 살며시 웃으며 눈짓했다. 모두들 얼굴을 붉히고 서둘러 술잔을 들었다. 봉지미 역시 잔을 들었다. 술잔 위에 작은 납환 하나가 둥둥 떠 있었다. 조금 전 영혁이 고개를 들어 술을 털어 넣으며 그녀의 잔에 납환을 던져 넣은 것이었다.

봉지미는 동요하지 않는 얼굴로 그 납환을 꺼내 소맷자락 안으로 감 췄다. 조심히 열어 보니 안에 든 작은 종이에 무언가 적혀 있었다.

'평번지책(平藩之策)'*번왕이 일으킨 변란을 평정하는 계책

'부정행위라도 하자는 건가?'

봉지미가 재빨리 종잇조각을 잘게 찢어 없애곤 잠시 생각에 잠겼다. 천성황조에 성씨가 다른 번왕(藩王)은 서평도 지역의 왕으로 봉해진 장 녕왕 단 하나뿐이었다. 개국 공신 중 하나인 장녕왕은 당시 천성 황제 를 도와 국토의 절반을 정벌해 낸 인물이었다. 조금 과장을 보태 말하 자면 정벌이 끝난 후 그가 천성의 황제가 되었어도 이상할 게 없었다. 하지만 그는 결국 지금의 황제에게 황위를 양보했다. 그러한 연유로 건 국 후 그에게 하사할 직책이 매우 중요한 화두가 되었는데, 권력이라는 게 늘 그렇듯 대가가 따르기 마련이었다. 취한 것은 결국 다시 내놓아야 하고 삼킨 것은 언젠가 다시 토해 내야 하는 법이었다. 이후 왕위를 이 어받은 장녕왕은 겉으로는 조정에 복종하는 척했지만 군대를 재편하 고 자신의 지위를 강화하는 등 다른 속내를 보이고 있었다. 그들 영토 내의 관원들은 모두 장녕왕이 직접 뽑았고 조정은 그에 대해 조금도 관 여하지 못했다. 황제 역시 겉으로는 태연한 척해 보였지만 속으로는 그 일을 무척이나 염려하고 있었다.

'그러니까 지금 이 문제로 세 명 안에 들라는 건가? 이 문제로?'

봉지미가 비아냥거리는 듯한 미소를 띤 채 고개를 들었다. 그녀의 대각선 맞은편에 선 화궁미가 무슨 연유인지 갑자기 화색을 감추지 못 하고 얼굴을 발그레 붉히고 있었다. 당장이라도 감격에 젖은 눈물을 흘 릴 기세였다.

'뭐야, 왜 저래? 술 취했나?'

그때 이미 지겨워질 대로 지겨워진 혁련쟁이 더는 참지 못하고 버럭

소리쳤다.

"이제 치겠소!"

둥. 둥. 둥.

세 번의 북소리가 매우 느리게 울렸다. 하지만 아무리 느리다고 한들 결국 끝은 오는 법이었다.

봉지미는 줄곧 무심한 태도로 술을 마시다 두 번째 북소리가 잦아 들 무렵 느릿하게 글자를 적어 내려가기 시작했다.

문제를 적은 종이들이 한곳에 모이자 황제가 자리를 잡고 앉아 하나하나 천천히 살펴보았다.

붉은 등에서 흘러나온 옅은 빛이 그의 얼굴 위에 내려앉았다. 사방이 고요하게 가라앉은 가운데 들려오는 소리라고는 종이를 넘기는 소리와 숨소리뿐이었다. 다들 숨을 죽이고 황제의 안색만을 살피느라 여념이 없는 탓이었다.

오직 두 사람만이 여전히 태연한 태도를 유지하고 있었다.

둘 중 한 사람은 영혁이었다. 그는 자신과는 전혀 상관없는 일이라는 듯 시종일관 조금 전의 춘화만 쳐다보고 있었다.

나머지 한 사람은 봉지미였다. 봉지미는 긴장한 탓에 한 모금도 마시지 않은 옆자리의 '고월순'을 몰래 훔쳐다가 제 술상 위에 올려놓고 아무 일 없다는 듯 앉아 있었다.

결코 그 술이 탐나서 훔친 것이 아니었다. 그저 이 좋은 술에 입 한 번 대지 못한 혁련쟁 세자가 마음에 걸린 것뿐이었다. 정말로.

갑자기 밝은 빛이 천성 황제의 얼굴을 비췄다. 줄곧 덤덤한 얼굴로 평정을 유지하던 그가 갑자기 으흠, 하고 작게 소리 내며 문제지 하나를 자세히 들여다보았다.

누군가는 긴장한 듯 주먹을 쥐었고 또 누군가는 허리를 쭉 펴고 황제의 기색을 살폈다.

문제를 살피던 황제가 이내 종이를 내려놓았다. 그의 짧은 탄식이 실망으로 인한 것인지 기쁨으로 인한 것인지 누구도 알 수 없었다.

황제는 점점 더 빠른 손길로 문제들을 넘겼다. 그럴수록 아래에서 그 모습을 지켜보고 있는 이들의 심장이 점점 더 쪼그라들었다. 그때 바삐 움직이던 황제의 손이 문득 한곳에서 멈췄다.

가만히 문제를 들여다보던 황제는 그 문제를 보고 또 보더니 푸하하 웃음을 터트렸다.

옆에 앉아 있던 귀비 상 씨가 호기심 가득한 얼굴로 그 문제를 살피더니 깜짝 놀라 입을 막았다.

그 모습을 지켜보고 있던 이들 모두 영문을 몰라 호기심 가득한 두 눈만 동그랗게 뜨고 있었다. 소녕 공주가 애교 섞인 걸음으로 총총 달려가 황제의 옆으로 고개를 쑥 들이밀었다. 그녀는 머지않아 배를 잡고 하하 웃음을 터트렸다.

줄곧 덤덤한 얼굴로 춘화를 감상하고 있던 영혁도 더는 참기 힘들었는지 고개를 들었다. 영혁의 옆자리에 앉아 있던 7황자는 이미 일어나 문제를 확인하러 간 후였다. 문제를 확인하고 돌아온 7황자는 요상한 얼굴로 웃음을 참느라 안간힘을 쓰고 있었다.

영혁이 그를 올려다봤지만 7황자는 그저 말없이 영혁을 힐끗 쳐다볼 뿐이었다. 그가 말은 않고 자꾸 힐끔힐끔 눈치만 보고 있자 참다못한 영혁이 결국 들고 있던 술잔을 쾅 내려놓았다. 잔에 든 술이 파도를 일으키며 밖으로 흘러넘쳤다.

화들짝 놀란 7황자는 영혁이 약이 오를 대로 오른 것을 알아차리고 재빨리 다가가 그의 귓가에 대고 무언가를 속삭였다.

영혁의 얼굴이 파랗게 질렸다. 그의 손에 들린 순금 술잔이 본래의 형태를 잃고 조금 일그러져 있었다. 봉지미는 동정 어린 눈길로 그 술잔을 바라보며 초왕의 것은 무엇이든 다 불쌍하다고 생각했다.

한참을 웃던 황제는 이내 그 문제지를 가장 첫 번째 자리에 내려놓았다.

귀비 상 씨는 또 한 번 입을 틀어막았고, 소녕 공주는 막 폈던 허리를 다시 휙 숙였다. 7황자는 제 비의 귀에 대고 무어라 속삭이고 있다. 그의 말을 들은 왕비의 손이 다급히 손수건을 찾았다. 나머지 황자들 역시 궁금해 죽겠다는 듯 하나둘 앞으로 나가 문제를 확인하고는 하나같이 웃음을 터트렸다.

영혁의 손에 들린 순금 술잔은 어느새 본래의 형태를 완전히 잃고 얇은 금 조각이 되어 있었다.

그가 시선을 들고 주변을 살폈다. 곧 봉지미에게 눈길이 닿았다.

봉지미는 그에게 아무것도 모른다는 듯한 천진한 얼굴을 지어 보였다. 꼭 고남의 같은 표정이었다.

잠시 흔들리는 듯하던 그의 눈동자에 의심의 빛이 서렸다. 그사이 황제는 자신이 고른 세 문제를 다시 살피고 있었다. 그의 얼굴에 복잡한 표정이 드리우는 듯했지만 이내 웃어 보였다.

"하나같이 아주 마음에 드는 문제들이었다. 이제 보니 우리 천성의 규수들은 모두 뛰어난 재원이었도다."

화궁미가 자신감 넘치는 얼굴로 제 옷매무시를 가다듬으며 칭찬받을 준비를 했다.

"이 세 가지로 하지."

황제가 문제지 셋을 금, 은, 백 세 가지 색의 명주 끈으로 묶은 뒤 내시에게 전했다. 다들 목을 길게 빼고 반짝이는 눈으로 결과만을 기다리고 있었다. 내시가 삼등 문제지를 집어 들고 호명했다.

"이부 상서의 딸 화 씨요!"

순식간에 주변이 떠들썩해졌다. 순식간에 화궁미의 표정이 초조하게 바뀌었다.

'어째서 장원이 아닌 거야!'

화궁미의 문제가 삼등에 오른 것은 모두의 예상을 빗나간 일이었다. 다들 잠시 동안 정신을 차리지 못하고 멍해 있었다. 하지만 대부분은 그 사실을 꽤나 반기는 눈치였다.

학식이 부족한 추옥락은 자신이 앞선 세 명에 드는 일이 불가능하다는 사실을 잘 알고 있었다. 추옥락은 실망한 듯한 화궁미를 바라보며 통쾌하단 생각이 들다가도 조금 걱정스러워졌다. 추옥락이 화궁미에게 다가가 물었다.

"어떻게 된 일입니까? 저 미친 여자의 것이 장원은 아니겠지요?"

지금 화궁미의 관심사는 봉지미가 아니었다. 어차피 호탁 왕세자의 정혼자이니 봉지미는 그녀의 경쟁 상대가 아니었다. 하지만 제 주제도 모르고 이런 일에 나서는 게 영 마음에 들지는 않았다. 그런데 추옥락이 하필 이 시점에 봉지미를 언급하자 화궁미의 입에서 절로 냉소가 흘렀다.

"온 세상 사람이 다 죽어 없어져도 네 언니에겐 기회 따위 오지 않을 테니 걱정 마."

이제 내시는 이등 문제지를 들고 있었다.

"건원각 대학사 호성산의 손녀 호 씨요!"

자신의 이름이 호명되자 호정수가 싱긋 미소를 지어 보였다. 하지만 그 미소에서 왠지 모를 실망과 놀라움이 동시에 묻어났다.

준비도 철저히 했고 문제도 고심하여 골랐는데 누군가 그런 자신을 뛰어넘었다는 것이 조금 놀라웠다.

"이제 장원을 발표하겠습니다."

내시의 목소리가 길게 늘어졌다. 모두들 잔뜩 기대에 찬 눈빛으로 숨 쉬는 것도 잊은 채 내시에게로 온 신경을 집중했다. 제경에서 가장 우수하고 가장 총명하다는 두 여인을 이기고 장원에 오른 이가 누구인지 궁금하지 않을 수 없었다.

그 주인공으로 봉지미를 염두에 두고 있는 이는 단 한 명도 없었다.

원래의 여유 넘치는 모습을 되찾은 영혁은 홀로 잔에 술을 따르고 있었다. 왠지 조금 재미있어 하는 것처럼 보였다.

혁련쟁은 따분해 죽겠다는 얼굴로 손에 든 북채를 이리저리 굴리며 놀고 있었다. 어차피 봉지미는 아닐 테니 그게 누가 됐든 별 관심이 없었다. 봉지미는 이런 곳에서 일부러 왕비의 자리를 노리고 나설 여인이 아니었다. 그녀는 그것보다 훨씬 더 큰 포부를 지닌 여인이었다.

봉지미는 말없이 제 잔에 술을 따랐다. 어차피 그녀는 아닐 것이었다. 그녀가 적어 낸 문제를 보고 화병 걸려 죽지나 않으면 다행이었다.

내시의 얇고 가냘픈 목소리가 쥐 죽은 듯 고요해진 넓은 뜰을 가로지르며 울렸다.

"봉지미!"

곳곳에서 경악에 찬 탄식이 터져 나오며 한바탕 소란이 일었다.

수없이 많은 사람들이 자리에서 벌떡 일어났다가 곧 실례인 줄 깨닫고 다시 자리에 앉는 일이 줄줄이 이어졌다.

그들은 다시 자리에 앉아 정신을 차린 후에야 두 사람이 멍하니 제 자리에 서서 넋을 놓고 있는 것을 발견했다. 추옥락과 화궁미 두 사람이었다. 두 집안의 부인들이 화들짝 놀라 그 둘을 자리에 주저앉혔다.

즐겁게 술을 음미하고 있던 영혁은 봉지미의 이름을 듣자마자 사례가 들려 기침을 쏟아 냈다. 그 때문인지 아닌지는 모르겠지만 그의 얼굴에 붉은 기가 피어올랐다.

혁련쟁은 손에 들고 있던 북채를 그대로 떨어트리고 말았다. 하마터면 그대로 그의 발이 작살날 뻔했다.

봉지미의 손에 들려 있던 순금 술잔이 형태를 잃고 아무렇게나 일그러졌다.

'설마, 아닐 거야. 내가 낸 문제가 장원이라니. 말도 안 돼.'

그때 황제가 웃으며 말했다.

"여인은 무지한 것이 덕이라 하였다. 아녀자가 국정에 관여하는 것은 나라에 흉조를 불러오는 법이지. 훌륭한 문제들이 많았으나 제창하기에는 맞지 않았느니라. 여인은 여인이 해야 할 일에 심혈을 기울이는 것이 마땅하다. 이 문제는 보기엔 장난스럽고 속되 보이나 실은 매우 새롭고 기묘하며 매우 대담하여 짐의 마음에 쏙 들었느니라."

황제의 입에서 '아녀자가 국정에 관여하는 것은 흉조를 부른다'는 말이 나오자 귀비 상 씨의 얼굴이 창백하게 질렸다. 하지만 그녀는 서둘러 황제의 말에 맞장구쳤다.

"예. 소첩도 그리 생각하나이다. 이 문제가 장원에 오르는 것은 당연지사이지요."

황제와 귀비의 말에 다들 봉지미가 써 낸 문제가 도대체 어떤 내용인지 궁금해 미칠 지경이었다. 귀비 상 씨의 조카는 아예 순위 안에도 들어가지 못했는데, 정신줄을 놓았다는 저 추녀가 호성산의 손녀와 제경 제일의 재원이라는 화궁미까지 꺾고 황제의 마음을 이토록 단단히 사로잡았다는 사실이 놀랍고 또 놀라웠다. 한편 봉지미는 당장이라도 벽에 머리를 박고 싶을 만큼 후회스러웠다.

'내가 잘못 판단했어!'

봉지미는 귀족 아가씨들이 모두 자신의 학식을 뽐내기 위해 현 시국에서 매우 중요한 정치 사안을 주제로 문제를 냈을 거라 생각했다. 하지만 그게 황제의 불안감과 불만을 자극할 거란 생각은 하지 못했다. 황제는 봉지미가 적어 낸 짓궂고 장난스러운 문제를 장원으로 뽑아 지나치게 큰 야심을 품은 처자들에게 경고를 보낸 것이었다.

"아가씨들께서는 이제 황제께서 친히 뽑으신 세 가지 문제에 답을 하여 주십시오."

내시의 말이 떨어지자 혁련쟁이 다시 북채를 주워 들고 북을 쳤다. 조금 전과는 비교도 안 될 만큼 강하고 거친 손길이었다. 당장 북이 찢어진다고 해도 전혀 이상할 게 없을 정도였다.

"소녀가 삼등 문제에 답을 해 보겠나이다."

분홍색 옷을 입은 여인이 수줍게 일어나며 말했다. 귀비 상 씨의 조카였다. 삼등 문제를 고른 것을 보아하니 모험보다는 안정을 택하기를 좋아하는 인물인 것 같았다.

내시가 화궁미의 문제를 펼쳐 들고 천천히 읽어 내려갔다.

"대성황조 장흥 이십이 년에 있었던 삼왕지난(三王之亂)을 나라의 근본을 흔들지 않고 해결할 수 있는 방법을 제시하라."

문제를 들은 봉지미가 잠시 멈칫했다.

'가만. 저건 변형된 번왕지책이잖아?'

대성 장흥 이십이 년에 있었던 삼왕지난은 사실 다른 성씨를 가진 번왕이 일으킨 난이었다.

'어째서 화궁미가 낸 문제가 영혁이 내게 귀띔한 것과 똑같은 거지?'

화궁미의 얼굴은 조금 전 삼등으로 호명되었을 때보다 더 보기 싫게 일그러져 있었다.

조금 전 초왕이 술을 권하며 분명 그녀의 술잔에 납환을 튕겨 넣었었다. 화궁미는 초왕의 의중을 알아차렸다. 그는 그녀를 택한 것이었다. 늘 황제의 곁에서 조정의 일을 돕는 황자들이 황제의 마음을 모른다면 그 누가 알 수 있단 말인가?

화궁미는 너무 행복해 심장이 펑 터질 것만 같았다. 단순히 초왕에게 선택받은 것 이상의 일이었다. 그건 그녀가 초왕이 직접 선택한 왕비라는 뜻이었고, 늘 꿈에서만 그리던 일이 정말 현실이 될 거란 뜻이었다. 화궁미는 행복에 겨워 눈물을 겨우겨우 참아냈었다.

그 결과는 처참했다.

조금 전 황제가 했던 말을 되새기며 화궁미는 영혁의 진짜 의중이 무엇인지 조금씩 알아차렸다. 그럴수록 화궁미의 얼굴색은 점점 더 창백해져만 갔다.

봉지미는 그런 화궁미를 말없이 꿰뚫어 보며 가볍게 미소지었다. 화궁미는 분명 영민한 인물이었지만 선택받았다는 기쁨에 취해 영혁이 일러 준 내용을 교묘히 시대만 바꾸어 그대로 문제로 낸 것이었다. 삼등 상에 뽑힌 것만으로도 화궁미에게는 충분히 다행인 일이었다.

장녕왕은 아직 단 한 번도 조정에 대한 반감을 드러낸 적이 없었으며, 조정과 번왕은 적어도 표면상으로는 좋은 관계를 유지하고 있었다. 평번은 황제의 마음속에만 존재하는 은밀한 비밀과도 같은 것인데 이런 공개된 장소에서 논할 수 있을 리가 없었다. 누군가 문제 제기라도 하면 황제는 번왕을 달래기 위해 '국가의 기둥과도 같은 번왕과 짐의 사이를 이간질하려 한' 화궁미를 엄히 처벌하는 수밖에 없었다.

이러한 자리를 통해 그 문제를 끄집어낸 것은 영혁으로서는 영리한 처사였다고 할 수 있었다. 그 덕에 황제 역시 모르는 척 넘겨 줄 수 있었고 화궁미 역시 화를 면할 새 기회를 얻을 수 있었다.

봉지미는 손톱을 만지며 곰곰이 생각에 빠졌다. 따지고 보면 봉지미 역시 영혁의 속임수에 당한 것이나 다름없었다.

영혁. 사람의 마음을 쥐고 흔드는 일에 너무나도 능한 인물이었다.

그는 같은 내용이 담긴 납환을 동시에 봉지미와 화궁미에게 전했지만 사실 그 의도는 완전히 다른 것이었다. 화궁미에게는 그녀가 장원에 오르는 기회를 완전히 빼앗기 위한 것이었고, 봉지미에게는 그 반대의 뜻이었다.

화궁미는 줄곧 그에게 일편단심이었던 데다 자부심이 굉장했기에 자신이 원하는 자리를 얻기 위해 부정행위도 서슴지 않을 인물이었다.

반면 봉지미는 달랐다. 영혁은 봉지미가 자신의 말에 순순히 따르는 여인이 아니며 그 무엇보다 자신의 이익을 먼저 계산할 인물임을 영혁은 누구보다 잘 알고 있었다. 그는 봉지미가 자신이 알려 준 주제로 문제를 내지 않을 것을 알았다. 또한 그에게 다른 음모가 있다고 의심하고 완전히 반대로 행동하여 그를 곤란하게 만들 것을 확신하고 있었다.

예상대로 봉지미는 결국 그를 곤란하게 하는 방향을 선택했다.

그로 인해 천성 황제의 눈에 들었다.

그가 예상했던 바로 그대로, 그가 원했던 바로 그대로.

봉지미는 이를 악물고 속으로 욕을 삼켰다. 영혁도 고남의도 왜 그렇게 다루기 어려운지 미쳐 죽을 것만 같았다.

북 소리가 세 번 울렸다. 상씨 집안의 아가씨 역시 꽤나 훌륭한 학식을 자랑하며 망설임 없이 술술 대답을 이어 갔다. 우수한 장수를 활용하여 군부를 조정하고 조금 느리더라도 안정적으로 일을 추진하는 것이 중요하다는 매우 상식적인 방식과 그 외에도 여러 번왕들이 서로 분열되게 하거나 그들의 손발을 묶어 병력을 억압하는 방법을 은근히 언급하기도 했다. 조정 대신들과 백성들의 민심을 안정시키는 것 역시 중요하다는 말도 빼놓지 않았다. 다시 말해 섣불리 공격했다 반격을 당하지 않으려면 오랜 시간 공을 들여 철저한 준비를 마친 후에 실질적인 조치를 취하는 것이 옳다는 것이었다. 만반의 준비를 마치고 조용히 숨을 죽이고 있다 알맞은 시기가 오면 번개처럼 빠르게 공격해야 한다는 그녀의 말에 황제 역시 부인하지 못했다. 황제가 마음에 든다는 듯 고개를 끄덕여 보이자 상 씨 아가씨가 그제야 안도의 한숨을 내쉬고 털썩 자리에 앉았다.

봉지미는 상 씨에게는 가망이 없다는 걸 알아차렸다. 상씨 집안은 성씨가 다른 왕족은 아니었지만 현 황조에서 가장 큰 세력을 쥐고 있는 외척 집안이었다. 번왕은 아니나 번왕만큼 강한 존재라고 할 수 있었다. 그런데 그런 집안의 사람에게서 이 문제에 대한 답을 들었으니 황제의 마음이 편안할 리 없었다.

아니나 다를까 귀비 상 씨 역시 불만이 가득한 눈빛으로 조카를 바라보고 있었다.

다음은 이등 문제였다.

"연꽃 고리 화살에 맞설 방법을 제시하라."

연꽃 화살은 최근 대월에서 새로 개발해 낸 것이었다. 화살촉에 갈고리를 단 것으로 일단 사람의 피부를 뚫고 들어가면 함부로 빼낼 수 없고 엄청난 양의 출혈을 일으켜 결국은 목숨을 잃게 하는 무시무시한 무기였다. 셀 수도 없이 많은 천성의 병사들이 그 화살에 맞아 목숨을 잃었다. 참으로 시의적절한 문제이자 우리 군에 대한 관심과 걱정을 충분히 내보이는 문제였다. 지금처럼 전쟁을 치르고 있는 때에 이런 문제를 들고 나왔으니 이등을 한 것도 이해가 됐다.

내시가 문제를 읽자 주위가 순식간에 고요해졌다. 매우 중요한 문제였지만 함부로 대답할 수 없는 문제이기도 했다. 자기 실력을 뽐내지 못해 아쉬운 한이 있더라도 아무 말이나 해서는 안 될 일이었다. 방법을 제시한다 해도 전장에서 실제로 효력을 발휘하지 못하면 수천수만의 병사들이 목숨을 잃게 될 것이었다.

봉지미는 시선을 내리고 얼마 전 연회석과 나누었던 대화를 떠올렸다. 그와 연꽃 화살에 대한 이야기를 나눈 적이 있었다. 연회석은 지금 천성의 병사들이 입는 무거운 철갑은 전투를 치르는 데 도움이 되지 않는다고 말했다. 그는 바다 건너 루손*오늘날 필리핀의 한 지역 이라는 나라에 가면 매우 질긴 실을 뽑아내는 고치가 있다며 그 실로 비단을 짜 내의를 만들어 입으면 미끈하고 푹신한 비단이 화살촉에 달린 갈고리를 꽉 붙잡아 큰 부상을 입는 것을 막아 줄 수 있다는 이야기를 했다. 봉지미는 그에게 비단으로 내의를 만들어 화살을 막아 내는 것은 아주 새로운 기술도 아닌데, 그를 실현하기 위해서는 지나치게 많은 자원이 필요하다 보니 조정에서 쉽게 엄두를 내지 못할 것이라고 말했었다. 사실 대담하게 시도할 수만 있다면 성공할 수 있는 다른 방법이 있다는 말도 덧붙였다. 그때 연회석은 그 방법이 무엇이냐고 물었지만 봉지미는 끝내 말해 주지 않았다. 그 방법을 여기에서 꺼내기에는 아직 너무 이르단 생각이 들었다.

누구도 문제에 대답할 엄두를 내지 못하자 황제가 실망한 기색을 표하며 휙 손을 내저었다. 다음 문제로 넘어가라는 뜻이었다. 모두의 눈빛이 다시 반짝이기 시작했다.

"장원 문제요!"

"제가 하겠습니다!"

화궁미가 자신만만하게 자리에서 일어나 도발하듯 봉지미를 노려봤다. 봉지미는 아무것도 모른다는 천진한 얼굴로 그녀를 향해 싱긋 웃어 보였다.

'그래, 어디 한번 풀어 봐. 꼭 맞혔으면 좋겠네.'

문제를 펼쳐 들고 내용을 확인한 내시가 잠시 흠칫하는 듯하더니 이내 웃음을 터트렸다. 순간 자신이 엄청난 죄를 저질렀단 사실을 알아차린 내시가 황급히 웃음을 거두고 꿇어앉아 죄를 청했다. 여기저기서 한숨이 터져 나왔다. 인내심이 바닥나 버린 혁련쟁은 그대로 내시를 향해 성큼성큼 다가가 그의 손에 들린 문제지를 휙 낚아챘다.

"도대체 뭐길래 다들 난리인지 내가 직접 확인을……"

그가 말끝을 흐리는 듯하더니 곧 그의 얼굴이 괴상하게 일그러졌다. 그가 결국 참지 못하고 푸하하 웃음을 터트렸다.

"맞지! 암. 그렇고말고."

다들 궁금한 기색을 감추지 못하며 서로를 쳐다보았다.

'도대체 무슨 내용이기에 문제를 읽는 것도 잊고 저렇게 웃는 거지?'

혁련쟁은 여전히 웃음을 흘리며 곁눈으로 힐끔 영혁을 쳐다보고 크게 소리쳤다.

"여인으로서 가장 싫은 일이 무엇인가?"

문제를 들은 화궁미가 그 자리에 뻣뻣이 굳었다. 화궁미뿐만 아니라 모든 이가 그대로 뻣뻣이 굳어 버렸다. 장원을 차지한 문제가 가벼운 농담에 지나지 않는다는 사실을 그 누구도 상상하지 못하고 있었다.

'여인이 가장 싫은 일?'

'출신이 평범한 것.'

'용모도 학식도 부족한 것.'

'나이 드는 것.'

'사랑하는 이와 헤어지는 것.'

'첩실이 기어오르는 것.'

'첩의 자식이 내 자식보다 잘난 것.'

'흠모하는 이가 갑작스레 찾아왔는데 옷장을 아무리 뒤져도 입을 옷이 없는 것.'

'내가 특별히 주문하여 맞춘 옷을 다른 이도 입고 있는 것.'

'새로 배운 화장법으로 단장했는데 다른 이도 똑같이 하고 있는 것.'

'소싯적 한 사내를 두고 경쟁하던 정적과 삼십 년 만에 우연히 마주쳤는데 그 인간의 남편이 내 남편보다 높은 벼슬에 올라있는 것.'

순식간에 수십 가지의 답안이 모두의 머릿속을 스쳐 지나갔다. 문제를 들은 모든 이가 자신의 답은 한참 부족하다는 생각을 하고 있었다.

답이 많아도 너무 많았다. 여자란 원래 만족이라는 걸 모르는 존재 아니던가. 여인에게 만족이라는 걸 가르치는 일은 혁련쟁 세자의 발 냄새를 없애는 것보다도 더 어려운 일이었다.

화궁미는 여전히 어안이 벙벙한 모습으로 가만히 서 있었다. 그녀는 수도 없이 많은 문제들을 생각했었다. 정치, 역사, 천문, 지리, 예술, 원예까지 어느 분야에 관한 문제를 내도 망설이지 않고 대답할 수 있을 만큼 본인의 학식이 뛰어나다고 자부하던 화궁미였다. 하지만 이와 같이 모든 것을 포함하면서도 그 어느 분야에도 속하지 않는 문제가 있을 거란 생각은 단 한 번도 해 본 적이 없었다.

가장 간단한 듯하면서도 가장 어려운 문제였다. 무엇이든 답이 될 수도 있고 무엇이든 답이 되지 않을 수도 있기 때문이었다.

화궁미는 초왕이 자신에게 몰래 건넸던 그 납환을 떠올렸다. 그러고는 기이하고 요상한 이 문제를 곱씹으면서 저기 나른한 자세로 등을 기대고 앉아 술을 들이켜고 있는 봉지미를 바라보았다. 바다처럼 옅은 푸른빛의 옷감이 그녀를 저 멀리 아득한 곳에 데려다 놓았다. 어쩌면 자신이 사람을 완전히 잘못 봤을 수도 있겠다는 생각이 들었다.

"여인이 가장 싫은 것은……."

화궁미가 슬픈 목소리로 더듬더듬 답을 쥐어짜냈다.

"……낭군의 거짓말입니다."

화궁미의 대답을 듣고 피식 웃어 보인 영혁은 자신과는 아무런 상관도 없는 일이라는 듯 잔에 술을 채웠다.

봉지미 역시 화궁미를 향해 한번 웃어 보이고는 가상한 용기를 낸 불운한 여인을 향해 꾸벅 인사해 보였다.

'틀렸어. 네게 거짓말을 하는 이는 처음부터 네 낭군이 아닌 거야.'

그때 혁련쟁이 고개를 내젓더니 말끝을 길게 늘이며 요상한 목소리로 답을 읽어 내렸다.

"여인으로서 가장 싫은 일이 무엇인가?"

"답은…… 초왕 전하가 저보다 더 아름다운 것!"

답을 읽은 혁련쟁이 문제지를 던지고 소리 내어 웃는 사이 주변은 순식간에 적막에 휩싸였다. 모두가 눈썹이 축 처지고 피부가 누런 봉지미를 쳐다보다가 수려한 용모의 영혁을 쳐다보았다. 그러고는 다시 '초왕 전하가 저보다 더 아름다운 것'이라는 말을 되새겼다. 다들 당장이라도 터져 나올 것만 같은 웃음을 참느라 온 얼굴을 구기며 괴상한 표정들을 짓고 있었다.

겨우 웃음을 참아 낸 이들이 곰곰이 문제를 되뇌었다. 평범한 듯 심지어 성의 없는 것처럼 보이지만 그 아래에는 황자를 농의 대상으로 삼는 대범함과 자기 풍자를 서슴지 않는 용기가 숨어 있었다. 분명 평범한 여인이 낼 수 있는 문제는 아니었다.

영혁은 이미 저 짓궂은 여인에게 학을 뗀 바 있다. 그는 자신을 향해 쏟아지는 시선 세례를 받으며 모두가 봉지미와 그를 번갈아 바라보는 황당한 순간을 참아내야 했다.

'그나마 내 장점을 하나라도 인정해 주어 고맙군. 내가 그대보다 아무리 아름답다 한들 그대보다 멍청하단 사실은 변하지 않겠지만.'

영혁에게 있어서 봉지미는 매우 음험하고 신랄한 여인이었다. 만약 이러한 상황이 아니었다면 그녀가 저 문제를 정말 내놓았을지 아닐지는 오직 하늘만이 아는 일이었다.

한편 천성 황제는 허허 웃으며 봉지미에게 칭찬을 해 줄 참이었다. 그때 화궁미가 갑자기 앞으로 걸어나와 눈을 치켜뜨고는 벌컥 화를 내며 말했다.

"폐하. 이 문제는 조금의 학식도 묻어나지 않는 데다 깊이도 없습니다. 성스러운 황궁에서 열리는 연회에서 저런 문제를 장원으로 꼽으셨다는 사실이 알려지면 밖에서 우리 천성엔 인재가 없다며 코웃음을 칠 것입니다!"

"본디 즐거움을 위해 벌인 일이 아니더냐."

황제가 웃으며 말했다.

"젊은 사람들끼리 즐겁자고 한 놀이에 그리 진지하게 매달려 무얼 하누."

황제의 말에 모두의 안색이 변했다. 황제가 왜 갑자기 태도를 바꾸는 것인지 알 수 없었다. 귀비 상 씨마저 깜짝 놀란 듯 숨을 들이켰다.

봉지미는 손끝으로 탁자를 툭툭 두드리며 웃을 듯 말 듯한 얼굴로 말없이 그 모습을 지켜보고 있었다. 황제의 의중이 무엇인지 알 것 같았다. 그는 본래 화궁미를 초왕의 왕비로 점찍어 두고 있었고, 오늘 연회를 통해 확실히 못을 박을 생각이었으나 상황이 그의 예상과는 달리 흘러가면서 결국 화궁미를 장원으로 뽑아 줄 수 없는 지경이 되어 버린 것이었다. 또 다른 후보자인 호성산의 손녀 호정수는 호성산이 초왕의 사람이란 이유로 진즉에 고려 대상에서 벗어나 있었고, 귀비 상 씨의 조카 역시 안 될 일이었다. 이런 때에 마침 이미 '호탁 세자의 정혼자'가 된 봉지미의 문제가 눈에 띄어 옳다구나 하고 그걸 뽑은 것이었다. 봉지미의 문제를 장원으로 꼽으면 모든 게 한바탕 놀이였다 말하고 없던 셈 칠 수 있기 때문이었다.

어차피 연회 자리에서 뽑은 왕비는 정식으로 간택된 것이라고 할 수도 없는 법이니 황제가 얼버무리면 그 아래 대신들과 황자들은 모두 그에 따를 수밖에 없었다.

어찌됐든 오늘 있었던 왕비 간택이 수포로 돌아간 것은 두 부자의 지략 덕이었다. 영혁은 봉지미를 이용해 혼인을 피하는 데 성공했다.

"그러게나 말입니다."

영혁이 자신의 봉황 옥패를 가벼운 손짓으로 도로 가져가더니 곧 평범한 보통 옥패를 꺼내 놓았다.

"다 함께 즐긴 한바탕 놀이일 뿐인데요."

다 함께 즐겼다는 건 분명한 사실인 듯했다. 호정수가 모든 이가 문제를 내는 데 참여해야 한다고 말을 하는 순간부터 이 일의 성격은 완전히 변한 것이나 다름없었다. 나이가 지긋한 고관대작들의 부인들 역시 모두 참여했기 때문이었다. 무심한 듯 가벼운 영혁의 말에 그 자리에 있던 이들 모두 황제와 영혁의 의중이 무엇인지 하나둘 알아차리고는 동정 어린 시선으로 화궁미를 바라보았다.

"그래도 상은 드려야지요."

영혁이 자신이 내놓은 보통 옥패를 봉지미에게 건넸다.

봉지미는 하는 수 없이 그에게 다가가 옥패를 받기로 했다. 영혁이 그 틈을 타 봉지미의 손가락을 살짝 붙잡고 살며시 웃으며 물었다.

"정말 내가 그대보다 아름다워서 싫은가?"

봉지미가 가짜 미소를 지어 보였다.

"그럴 리가 있겠습니까."

'뭐야, 왜 꿈쩍도 안 하지?'

봉지미가 아무리 들어올리려고 노력해도 손에 쥐어지지 않는 옥패를 의아하게 바라보며 속으로 생각했다. 옥패는 영혁의 손 위에서 꿈쩍도 하지 않고 있었다.

"그대에게 맞추기 위해서라면 얼마든지 추해질 수 있는데."

손에 옥패를 꼭 쥔 그가 여전히 웃으며 그녀에게 속삭였다. 수면에 비친 달빛처럼 은은하게 찰랑이는 그 미소가 그의 말이 진심인지 아닌지 더욱 알 수 없게 만들었다.

봉지미는 계속해서 가짜 미소를 지어 보이며 말했다.

"그래서야 되겠습니까."

옥패를 빼앗아 오려 안간힘을 썼다.

"그대는 나를 끝까지 믿지 못하는군."

영혁이 웃으며 말했다. 옥패는 여전히 꿈쩍도 하지 않았다.

"그럴 리가 있겠냐고요!"

결국 인내심이 바닥난 봉지미가 옥패를 휙 잡아당겼다.

이때 영혁이 대뜸 손을 놓았다.

균형을 잃고 허공에 붕 뜬 봉지미는 속으로 욕을 삼키며 뒤로 고꾸라졌다.

혁련쟁이 그런 봉지미를 붙잡으려고 빠르게 달려왔지만 결국 영혁보다 한발 늦고 말았다. 재빨리 봉지미의 손목을 붙잡은 영혁이 그녀를 다시 일으켜 세우고는 싱긋 웃으며 말했다.

"너무 지나치게 기뻐하지는 마세요."

그의 손끝이 봉지미의 맥이 뛰는 곳에 닿아 있었다. 봉지미의 맥을 살짝 어루만진 그는 머지않아 그녀의 손을 놓아 준 뒤 옅은 미소를 지어 보였다.

봉지미는 순간 멍해졌다. 그는 봉지미에게 회춘과의 후유증이 남은 것은 아닌지 직접 확인하려 했던 것이었다.

갑자기 얼굴에 열이 오른 봉지미가 황급히 시선을 피했다.

두 사람이 옥패를 두고 벌인 잠시 동안의 설전에 대해 눈치 챈 이는 아무도 없었다. 두 사람과 가장 가까이 서 있던 화궁미만이 이상한 기류를 알아차린 것이 전부였다. 봉지미를 향하는 화궁미의 두 눈에 미움이 잠시 스치는가 싶더니 이내 모습을 감췄다. 화궁미가 싱긋 웃으며 말했다.

"오늘 이렇게 즐거운 시간을 보냈는데 이대로 가기엔 조금 아쉽지 않습니까? 저와 한차례 더 놀아 주시지 않으시겠어요?"

'이러고도 더 하겠다고?'

봉지미는 냉소를 띤 얼굴로 고개를 돌려 화궁미를 마주 봤다.

봉지미의 시선을 마주한 화궁미의 얼굴이 흠칫 떨려 왔다.

"제겐 감히 응할 용기가 없답니다."

봉지미의 대답에 화궁미는 놀란 기색을 감추지 못했다. 봉지미의 서늘하고 짜증스러운 눈빛을 마주하는 순간 그녀가 또 발광할 거라 예상했는데 전혀 다른 대답이 나온 것이었다. 화궁미의 얼굴에 곧 비웃음 섞인 미소가 피어올랐다. 막 봉지미에게 무어라 말하려 입술을 움직였지만 봉지미는 이미 뒷짐을 지고 자신의 자리로 돌아가고 있었다. 봉지미가 화궁미를 향해 피식 웃으며 말했다.

"우리 화궁미 아가씨께서 또 문제를 훔치시다 수치심에 고개도 못 드시는 일이 생길까 두려워서요."

"너……!"

화궁미가 크게 심호흡을 하더니 싱긋 웃으며 말했다.

"긴말 할 필요 있나요. 응하신 것으로 알겠습니다. 가장 간단한 대구 (對句) 놀이가 어떻겠습니까? 선향 한 대가 다 타는 동안 사십구를 짓는 겁니다. 중간에 멈추는 이가 패하는 것으로 하고요. 봉지미 언니께서 절 얼마나 수치스럽게 만들어 주실지 기대가 되는데요?"

대구는 어렵지 않았지만 고작 선향 한 대가 타는 시간은 너무 짧았다. 그 시간 안에 사십구를 지어 내려면 생각할 시간이 거의 없는 것과 다름없었다.

화씨 집안 아가씨가 제경에서 제일 재치 있고 영민한 재원이라는 사실은 온 제경 사람들이 다 알고 있는 일이었다.

"그것도 좋겠구나."

황제가 매우 기뻐하며 말했다.

"상을 내리는 것은 잠시 미루도록 하여라. 저 두 처자의 글짓기 실력 부터 좀 보자꾸나."

"저는 늘 재치 있는 여인을 선망했지요."

영혁이 잔뜩 신이 난 듯 손뼉을 치며 말했다.

"여기서 승리하시는 분께 제 왕부의 대문을 아주 활짝 열어 드리겠 습니다."

영혁의 말에 화궁미의 두 눈이 반짝였다. 초라하게 꺼져 가던 희망 에 불씨가 다시 활활 타오르기 시작했다. 반편 봉지미는 뭔가 잔뜩 마 음에 안 든다는 듯 입을 비죽거리고 있었다.

'또 허튼 수작을 부리려는 거지!'

"먼저 시작하시지요."

봉지미는 쓸데없는 말은 단 한마디도 더 듣고 싶지도 하고 싶지도 않았다.

향을 피우자 푸른 연기가 자욱하게 피어올랐다.

화궁미의 목소리가 쉴 새 없이 이어졌다.

"시가 없이는 매화 아래 손님을 맞이할 수 없노라.

아름다운 가락이 구름 위 신선을 한데 불러.

흐릿한 안개 속에 노를 저으니 물고기들이 노래를 부르고.

달빛이 비추는 길고 긴 강을 따라 맑은 소리가 흐르네.

봄의 소리는 무수한 도화(桃花)에 묻어 있고.

가을의 바람은 연꽃 위를 스쳐.

시를 완성하고 하늘을 우러러보며 환히 웃네.

달디 단 술을 마시며 칼을 지니고 눈 속을 노니니.

차에도 취하는데 어찌 술에 아니 취할 수 있을꼬.

책 내음만 있다면 꽃도 아니 필요하네.

……."

순식간에 연거푸 십여 구를 읊어 낸 화궁미의 표정이 굳어졌다. 봉지미가 그녀에게는 눈길 한번 주지 않은 채 피식 웃으며 한잔 또 한잔 술만 마시고 있었기 때문이었다.

"만남과 헤어짐 모두 인연 속에 일어나니, 한바탕 비가 내리기 전의 한줄기 봄이 그립도다.

이 모든 것은 마음을 빼앗긴 탓이던가, 텅 빈 하늘에 바람이 일면 만나 볼 수 있으려나."

짧은 문장으로 안 되자 화궁미가 이번에는 이를 악물고 긴 문장을 읊어 냈다.

"하늘에서 유배된 그대가 보검을 휘두르며 춤을 추듯 내려오는 모습을 보았네. 백발이 눈처럼 고요하다 그 누가 말했던가. 긴 발이 드리우자 달빛이 휘영청 빛나는구나!

속세를 등지고 배에 올라 동쪽으로 향할 때에 피리를 낮게 불며 섬 위의 달빛 속을 헤매었네. 길고 긴 꿈처럼 지고 마는 도화는 어느덧 까맣게 잊었는데 반평생 아득히 바람이 불어오네.”

“훌륭하도다!”

누군가 감탄을 금치 못하고 손뼉을 치며 소리쳤다. 고민할 틈도 없이 줄줄 이어져 나오는 시구는 거의 흠잡을 데가 없었다. 하지만 이미 사전에 준비해 둔 것이라는 표가 나는 것은 외면할 수 없는 사실이었다.

화궁미의 몸이 조금 떨려 왔다. 화궁미는 아련한 시선으로 영혁을 바라보았다. 수년 전 어느 봄날 한 연회에서 그와 처음 만났던 순간의 기억이 떠올랐다. 바로 그날부터 그녀의 마음속에는 그가 자리해 있었다. 그때부터 화궁미는 모든 시구를 그를 위해 지었다. 하지만 그녀가 아무리 그를 그리워하고 흠모해도 현실은 여전히 차갑기만 했다. 오늘에야 비로소 초왕의 마음에 드는 여인이 되었다고 뛸 듯이 기뻐했지만 현실은 바뀌지 않았다. 내딛는 걸음마다 넘어져 버렸다. 넘어지다 못해 학식도 명성도 없는 추한 여자에게마저 져 버리고 말았다.

슬픔에 잠긴 화궁미의 머릿속에 시상이 떠올랐다.

“하늘에 수도 없이 물었노라.

떠난 내 님은 어찌하고 계신가.

금빛 허리띠에 자줏빛 관복을 입고

백옥 잔을 손에 든 채 둥근 달 아래에서

모란꽃을 바라보던 임의 기억을 떠올리네.

맑은 바람처럼 불어온 임의 미소에

내 마음 영영 빼앗길 줄 누가 알았는가.

텅 빈 마음속 푸른 대나무가 열사의 피로 물드니

내 죽은 마음 가락으로 연주하네."

봉지미는 가볍게 웃는 얼굴로 화궁미를 바라보고 있었다.

'뭐야, 드디어 포기하기로 한 건가?'

봉지미가 바로 맞서지 않고 침묵을 지키자 화궁미의 얼굴에 화색이 돌았다. 하지만 봉지미가 들고 있던 술을 한입에 털어 넣었다.

술이 다했으니 이제는 시를 지을 차례였다.

"창조주의 선견지명에 감탄한들 남은 삶은 어찌하랴.

임은 처음 만난 순간부터 일렁이는 나의 눈을 약탈했노라.

꾀꼬리와 제비는 우는데 대궐에서 마주친 궁중의 귀신은

속세를 정처 없이 떠돌고 흩어지네.

폐허가 된 속세의 과오를 알았더라면

내리던 서리 눈을 정성 다해 붙잡았을 것을.

이제 와 은빛 고쟁으로

길고 긴 슬픈 가락을 부르네!"

봉지미의 입에서 매끄러운 문장이 끊임없이 흘러나오자 화궁미의 얼굴이 잿빛으로 물들었다. 봉지미는 태연히 술잔을 기울였다.

"시든 꽃처럼 바랜 그대의 얼굴을 보라!

양날의 칼처럼 가증스러운 그대의 면모를 보라!

어린아이처럼 어리석은 그대의 행실을 보라!

양날의 칼처럼 가증스러운 그대의 면모를 보라!

황야처럼 각박한 그대의 언행을 보라!

양날의 칼처럼 가증스러운 그대의 면모를 보라!"

참아내지 못하고 곳곳에서 터져 나오는 웃음소리 한가운데에 자리 잡고 선 봉지미는 들고 있던 술잔을 휙 집어던졌다. 술잔이 정확히 화궁미의 발치에 떨어졌다.

"향이 모두 탔으니 이제 놀이는 그만두시지요. 바람대로 즐거운 시간이었길 기원하겠습니다. 이 동생이 숫자로 시를 한 편 지어 드릴 테니 부디 즐거이 들어 주세요.”

　뒷짐을 지고 선 봉지미의 옷자락이 불어오는 저녁 바람에 살랑였다. 몽롱한 불빛 아래 선 그녀의 자태는 마치 하늘에서 내려온 선녀 같았다. 그녀의 뒷모습을 바라보던 모든 이가 순간 그녀의 추한 얼굴과 광증은 씻은 듯이 잊은 채 그녀가 가까이 있는 듯하면서도 아득히 멀리 있는 존재라는 생각에 잠겨 있었다. 술잔을 기울이는 자태는 마치 재야의 군자 같았고 느릿한 걸음은 마치 구름 위를 걷는 듯했다.

　봉지미는 웃음기 머금은 얼굴로 어딘가를 바라보고 있었다. 그녀의 시선이 향하는 곳에는 영혁이 있었다. 영혁은 손으로 이마를 짚은 채 옅은 빛을 뿜고 있는 홍등 아래에서 말없이 그녀를 바라보고 있었다.

　“열의에 차 완벽을 탐하여 구사일생의 기억을 잊으니
　걸으로는 팔방미인으로 보여도 그 속내는 칠칠치 못하여
　육촌 친척마저 몰라보는구나.
　속에 있는 오장육부가 썩어 들어가니
　걸에 드러난 사지마저 기력을 잃고
　삼시 세끼 배도 채우지 못하는 신세가 되어
　둘도 없는 지옥 속에 떨어지는구나.
　아아 차라리 그 미련한 일편단심
　진즉에 버려낼 것을.”

(2권에서 계속)

황권 ❶

1판 1쇄 인쇄 2021년 1월 18일
1판 1쇄 발행 2021년 1월 22일

지은이 | 천하귀원
펴낸이 | 김영곤
펴낸곳 | (주)북이십일 아르테

책임편집 | 원보람
미디어믹스팀 | 장현주 김가람
표지 및 본문 디자인 | 여백커뮤니케이션
해외기획팀 | 정미현 이윤경
영업본부 본부장 | 한충희
문학영업팀 | 김한성 이광호
제작팀 | 이영민 권경민

출판등록 | 2000년 5월 6일 제406-2003-061호
주소 | (우10881) 경기도 파주시 회동길 201(문발동)
대표전화 | 031-955-2100 팩스 | 031-955-2151
이메일 | book21@book21.co.kr

(주)북이십일 경계를 허무는 콘텐츠 리더

아르테팝 채널에서 도서 정보와 다양한 영상자료, 이벤트를 만나세요!
페이스북 facebook.com/21artepop   트위터 twitter.com/21artepop
인스타그램 instagram.com/21artepop   홈페이지 artepop.book21.com

ISBN 978-89-509-8899-9 04820
      978-89-509-8901-9 (세트)